EL CLUB de los ETERNOS

27

ALEXANDRA ROMA

EL CLUB
de los
ETERNOS
27

Plataforma
Editorial

Primera edición en esta colección: enero de 2018

© Alexandra Roma, 2018
© de la presente edición: Plataforma Editorial, 2018

Plataforma Editorial
c/ Muntaner, 269, entlo. 1ª – 08021 Barcelona
Tel.: (+34) 93 494 79 99 – Fax: (+34) 93 419 23 14
www.plataformaeditorial.com
info@plataformaeditorial.com

Depósito legal: B. 28.462-2017
ISBN: 978-84-17114-52-7
IBIC: YF

Printed in Spain – Impreso en España

Diseño de cubierta:
Lola Rodríguez

Realización de cubierta y fotocomposición:
Grafime

El papel que se ha utilizado para imprimir este libro proviene
de explotaciones forestales controladas, donde se respetan
los valores ecológicos y sociales y el desarrollo sostenible del bosque.

Impresión:
Romanyà Valls
Capellades (Barcelona)

«Si mi sonrisa mostrara el fondo de mi alma,
mucha gente al verme sonreír lloraría conmigo.»

KURT COBAIN

Para los que son colores.
Para los que viven en sonrisas ajenas.
Para los gigantes bondadosos.
Y para Lucas, el que acaba de llegar,
el que va a comerse el mundo.

PRÓLOGO

El amanecer de ese día era jodidamente perfecto y no sentía nada. Abrí la puerta corredera de la terraza y anduve hacia la barandilla, sorteando los obstáculos que me encontraba en el camino, fruto del desfase de la noche anterior. La mesa tirada porque una pareja se había caído encima al perder el equilibrio entre risas. El balancín abollado tras ceder por los sensuales bailes que tres desconocidas habían protagonizado sobre su superficie. Las botellas y los vasos en el suelo, pringándolo de ese líquido que hacía que las plantas de los pies se me quedasen pegadas a la tarima. El *jacuzzi* repleto de biquinis que flotaban entre las burbujas con manchas de tinta negra, restos de lo que en algún momento fueron números de teléfono garabateados a mano en el tejido.

Era verano. La suave brisa de Malibú me acompañaba inundando mi piel. En otra época, ese golpe de aire me habría parecido placentero. Por eso no me vestí. Buscaba recuperar parte de lo que había sentido en el pasado, alejarme de ese presente vacío en el que las sensaciones habían desaparecido. Repetir los patrones que antes funcionaban, a sabiendas de que ya no surtían efecto. No quedaba nada del chico capaz de sorprenderse. Condenado a existir. Anulado para sentir.

Descendí por la escalera del porche que se internaba en la playa. No es que tuviese una casa en primera fila, es que poseía

11

mi propio trozo de mar. La arena se coló entre los dedos de mis pies. Los moví jugueteando, adaptándome a su fría temperatura. Miré a ambos lados siguiendo las huellas de pies dibujadas en la superficie, por si alguna persona había osado quedarse después de que los hubiera echado a todos minutos antes, al anunciar abruptamente el final de la fiesta en uno de mis habituales cambios de humor. Es lo que tenía la droga. Subidas y bajadas sin paradas intermedias.

Nada. Nadie a la vista. Estaba solo. Como siempre, aunque a veces me creyese acompañado, por la absurda fantasía de ver a decenas de personas a mi alrededor adulándome, haciéndome creer que era el puto dios de un mundo enfermo que lo absorbía todo.

El silencio me resultó extraño. Tras años rodeado de los gritos histéricos de las fans, la música de la noche, los gemidos de la cama y las conversaciones banales del día, cuando el ruido desapareció, me inquietó. Sin la frenética actividad no podía hacer que desapareciese. No podía evitar oír mi propia voz.

Y no quería hacerlo.

No quería hacerlo porque en el fondo sabía lo que me diría, que yo era solo la proyección del fantasma de lo que un día fui. El hombre de las mil caras dibujadas por aquellos que lo veían y falsamente creían conocerlo, gracias a las entrevistas, los reportajes, los premios, los discos y los conciertos.

Nadie podía saber a ciencia cierta quién era Julien Meadow, porque ni yo mismo lo sabía. Hubo un día en que me conocí muy bien. Sabía lo que me gustaba y lo que no, lo que me hacía reír, lo que me emocionaba hasta el punto de apretar la mandíbula para que no me viesen llorar, lo que ponía mi corazón a diez mil revoluciones y lo que conseguía que se me cortase la respiración.

La luna se resistía a desaparecer del cielo. Exprimía sus últimos segundos de brillo a mi izquierda antes de ir a otro lugar, luchando contra la renovada claridad que traía consigo el sol hasta inundar el lienzo que tenía encima de mi de tonalidades azules, naranjas, rosas y amarillas. Los rayos incidían directamente en el océano infinito, provocando que este pareciese un cristal.

Metí los pies en el océano. El agua de la costa los lamió. Las olas se mecían con un ritmo hipnótico.

¿Por qué no se me ponía la piel de gallina ante semejante espectáculo de la naturaleza? ¿Por qué mi pecho no vibraba? ¿Por qué el ritmo de mi corazón no aumentaba conforme el calor del astro lo alcanzaba?

Mi voz, esa que estaba acallada y sonaba ronca, habló por primera vez en años. Los seres humanos son los que poseen el don de las sensaciones, y hacía tiempo que yo había dejado de serlo. No podría poner una fecha exacta al instante en que entregué mi alma al diablo. Fue un proceso tan progresivo, cómodo y fácil que me desprendí de ella poco a poco sin apenas darme cuenta.

Hasta ese momento en el que lo vi claro. No había ganado en el maldito ascenso a la cima, sino que lo había perdido todo. Tenía más dinero del que podría gastar en toda una vida, incluyendo excentricidades y desfases varios. Me había acostado con tantas mujeres que no era capaz de recordar a una sola, como si sus caricias y sus gritos de placer se fusionasen hasta convertirse en un único ente, sin rostro, sin nada especial. Y el mundo ya no suponía ningún misterio para mí después de recorrerlo por completo, atrapándolo en la suela de mis Converse. Todo ello repleto de lujos, descontrol, desenfreno y una actitud que provocaba que cada día el número de personas que me odiaban desde sus sofás, sin conocerme, aumentase considerablemente.

El mundo estaba a mis pies. El universo al completo lo estaba desde que compré una parcela en Marte. Podía tener todo lo que estuviese a la venta y ese era el problema. Tener la capacidad de poseer cualquier cosa en la que se posasen mis ojos le restaba valor a la realidad, eliminaba la emoción. De nada servía visitar parajes únicos de la naturaleza, tener un Ferrari o follar constantemente con preciosas desconocidas. Nada me ponía la piel de gallina mientras no me activase algo dentro, en la carne, más allá de una frustrante indiferencia que carcomía mis entrañas.

13

¿Dónde estaba el cosquilleo en la yema de los dedos al rozar a una mujer desnuda o ese aguijoneo en el estómago al pisar el acelerador de un coche de ensueño? Me había comido las experiencias previstas para toda una vida de un bocado, no me quedaba nada que degustar y el hambre me devoraba. Esa era la verdad más absoluta. Podría gastarme toda mi fortuna buscándolo y no lo encontraría. Lo que yo necesitaba no se adquiría con billetes desgastados o con tarjetas. La certeza de ese pensamiento se me clavó entre las costillas como si me hubiesen golpeado con un látigo potente que desgarraba los órganos a su paso. Y el dolor se me antojó placentero, porque podía sentir su asfixia en pequeñas dosis.

Caí en la cuenta de que había una cosa que no había experimentado. Lo único que solo probamos una vez en la vida. Aquello que nadie sabe cómo es porque no se puede explicar después. Algo distinto. Novedoso. Algo que sí provocó que mis pulsaciones aumentasen, el corazón se acelerase y la piel se me pusiera de gallina. El final. La muerte.

Regresé al interior de la casa de la playa con sentimientos encontrados. Por un lado, expectativa ante cómo sería, emulando las sensaciones que tendría a medida que esa vida que yo mismo había destruido desaparecía de mí poco a poco, limpiándome, dejándome por un instante tal como era antes, puro, alegre, inocente, tierno, el chico de la sonrisa ladeada. El magnífico cierre del telón de la función. Despedirme de la desesperación de intentarlo una y otra vez y no reconocerme en la cara que me saludaba al otro lado del espejo. La imagen distorsionada que me devolvía el cristal era la de un desconocido.

También me dio miedo. Mucho, de hecho. Demasiado. Me acojoné. Y eso no hizo sino reafirmar mi decisión. Ese temor que me encogía las tripas mientras corría hacia el cuarto de baño era adictivo, potente. El puto minuto desde hacía años en el que, de nuevo, me sentía vivo.

El cristal y la bañera a un lado y la cocaína al otro. Cortarme las venas o una sobredosis. Ir cayendo en un sueño profundo y dulce lentamente o que el corazón me estallase al no poder soportar la velocidad a la que cabalgaba con sus latidos. Lentitud o potencia. Una implosión o una explosión. La tranquilidad del agua caliente de la bañera arropándome o fuegos artificiales para el final.

Daba igual la opción que eligiese. Ambas se me antojaban demasiado tentadoras. Morir para volver a sentir era la mejor idea que había tenido en años. Era un precio que estaba dispuesto a pagar. Mi propia existencia a cambio de vivir una última vez.

Me reí con ironía. Yo, que había juzgado altivamente a todos esos cantantes que ya experimentaban en su propia piel la decadencia de tenerlo todo, de querer subir al pico más alto de la tierra, iba a terminar formando parte del club de los 27. Sería una de esas estrellas de *rock* que a los veintisiete ya no les quedaba más por hacer y preferían desaparecer, sumidos en los mismos vicios que los habían conducido a ese punto.

El cristal y la bañera a un lado y la cocaína al otro. Daba igual. El resultado sería el mismo. Al día siguiente abriría los telediarios de medio mundo, mis fans desgarrarían sus cuerdas vocales llorando con rabia, los *haters* lo celebrarían, sería *trending topic* en Twitter y la noticia más leída de los portales de internet. Mi productor se frotaría las manos y empezaría a gestar una edición especial con mis mejores canciones para que, como muy tarde, saliese a la venta la semana siguiente a mi trágica muerte. Probablemente venderían los derechos a una productora de cine, que haría una película melodramática con mi decadencia, transformándome en una especie de héroe, una de esas películas a las que debes acudir con muchos pañuelos, que sería número uno en la taquilla e inundaría sus arcas con esos billetes que a mí me habían destrozado.

Nada de aquello me importó. No pensaba en esas cosas mientras luchaba por decantarme por una de las opciones para suicidarme. No. Solo tres personas me acompañaban en ese momento. Las únicas que al final importan. Las que vienen a ti solas antes de poner el punto que terminará con todo. Y

15

me arrepentí de no haber llevado mi brújula a la luna, de no haberle construido la valla luminosa a él y de no haber llegado a contar cuántas pecas le salían a ella alrededor de la nariz cuando le daba el sol.

PARTE I

EL VERTIGINOSO ASCENSO

CAPÍTULO 1

JULIEN

18 años antes

Si alguien le preguntase a ella el momento exacto en que nos hicimos amigos diría «años después» y, desde su perspectiva, no estaría mintiendo. La primera vez que la vi ni siquiera se percató de mi presencia y nunca se lo confesé. Mejor así. El recuerdo seguía siendo privado. Mío. El dibujo mental que hice de aquella extraña acabó convirtiéndose en el germen de todo lo que vendría después, el preciso instante en que la descubrí desde la distancia.

—Deja que Julien venga a jugar, por favor —insistió por décima vez Lucas, mi mejor amigo, haciendo uno de esos mohínes que eran su mejor arma para conseguir todo lo que se proponía.

Corría el mes de julio en Ketchikan. El sol todavía nos honraba con su presencia y nuestros padres trataban de exprimir hasta el último segundo en el que sus rayos nos tostaban la piel. Ellos ya sabían lo que vendría después. Alaska era bastante predecible. Los cielos encapotados lo cubrirían todo durante semanas interminables de noche infinita, el aire gélido se clavaría en nuestra piel y haría que nos escociesen los ojos y los árboles no podrían resguardarnos de las gotas de lluvia y de los copos de nieve con sus frondosas copas enredadas en el cielo. La temporada de turismo era corta en esa parte del mundo.

El tiempo justo para que nuestro entorno pellizcase el corazón de los visitantes a base de espectaculares atardeceres sobre los islotes del Pasaje Interior del Pacífico y paseos por los parques nacionales, en los que la naturaleza salvaje atrapaba sus huellas. Los segundos exactos para que los invasores que multiplicaban los escasos ocho mil habitantes durante nuestro suspiro de verano se marchasen con la sensación de que habían vivido algo que no alcanzaban a comprender. El poder de las semillas en el suelo. La libertad del viento que no chocaba contra muros. La sonrisa que dibujas en el firmamento trazando las líneas que separan las estrellas.

Dueños de lo que nos rodeaba, los habitantes les cedíamos estos espacios tan llamativos para disfrutar de la tranquilidad del bosque, alejados del sonido constante de las cámaras de fotos y de la frustración al comprobar que la única intención de esas personas era capturar Alaska en su tecnología sin mirarla, sin atesorarla al cerrar los párpados en algún rincón al que poder regresar.

Todo esto lo aprendí después. El día que mi camino se cruzó con el de ella, yo no era más que un niño de nueve años enfurruñado porque su madre lo había castigado y no lo dejaba ir a jugar con su amigo.

—Yo lo vigilaré —aseguró Lucas, y lo intentó con la segunda baza que tenía. Se apartó el pelo negro azabache y se pellizcó el brazo disimuladamente para que sus ojos azules se pusieran vidriosos. Ni el adulto más severo era capaz de resistirse a ese gesto—. Por favor.

Mi madre, Serena, se colocó las gafas encima de la cabellera rubia, que yo había heredado, dejó en el suelo la novela del hombre sin camiseta con una falda a cuadros y cambió su postura apoyada contra el tronco de un pino para reincorporarse con la espalda erguida.

—¿Te portarás bien, Julien?

—Que tiemblen los ángeles, que hoy les robo el puesto —Me removí inquieto, clavando la puntera de mis zapatillas en la tierra húmeda.

—Nada de rasparte las rodillas, romper la ropa Dios sabe cómo o aparecer con otro diente roto. ¿Lo has comprendido? —Levantó un dedo inquisidor.

—Tragué suficiente sangre con este para darme cuenta de que no me gusta el sabor. —Como prueba, me levanté el labio superior de la boca y le mostré el incisivo de leche partido en mi última aventura.

—¿Y los puños?

—En los bolsillos. No saldrán de ahí.

Mi madre me observó fijamente, valorando si le estaba diciendo la verdad. A diferencia de Lucas, yo no sabía disimular. Era bastante básico y bruto. Uno de esos niños traviesos a los que se ve venir a leguas de distancia. Tenía una sonrisa de diablillo que activaba los sensores de alarma de ella con unos rayos X detrás de unos ojos que me traspasaban.

Como mi amigo me conocía bastante bien, se colocó detrás de ella y escenificó lo que debía imitar. Brazos entrelazados en la espalda, sonrisa con una dulzura fingida y ojos suplicantes de cordero degollado.

—Hoy no me pegaré con ningún niño. Te lo prometo. —Traté de sonar mayor. Eso solía funcionar.

—Mamá confía en ti. Pero, como me mientas, te dejaré sin… —Dudó. Mis constantes trastadas la habían llevado a imponerme la mayoría de los castigos típicos—. Bueno —se mordió el labio—, ampliaré el plazo y estarás una semana más sin todas las cosas.

Acepté de inmediato. Era mejor no dejar que diera rienda suelta a su originalidad.

—¿Vas a hacerle caso? —Lucas rompió el silencio cuando estábamos lo suficientemente lejos como para que ella no escuchase la respuesta.

—Ojalá pueda —dije—. Ojalá me dejen.

Nuestros amigos no estaban allí. A la mayoría solo les gustaba jugar a la consola, ver la televisión o ponerse pesados hasta salirse con la suya y que sus padres les dejasen el móvil. No era nuestro caso. Éramos curiosos, teníamos mucha energía que descargar y un espíritu aventurero por el que nuestras madres se santiguaban. Preferíamos hacer avionetas de papel que emulaban a los hidroaviones de la zona o agarrar un palo y apretarlo con fuerza hasta que se convertía en una espada, una varita o una serpiente. Cómplices con los mismos gustos.

Esa tarde solo tuvimos que detenernos de golpe, ladear la cabeza ante lo que vimos y, sin mediar palabra, salir corriendo para escalar el árbol de enfrente. Lo hicimos como si se tratase de una competición, agarrándonos bien a la madera durante el ascenso y colocando los pies con cuidado en aquellos lugares en los que había un hueco. Gané por un par de segundos y Lucas chasqueó la lengua, enfurruñado. Odiaba perder.

—¿Cuándo aprenderás que soy el campeón? —Me apoyé contra la rugosa madera.

—Tienes suerte… —Me imitó a horcajadas, con las piernas colgando a ambos lados de la rama.

—Debo de ser el chico más afortunado del mundo, porque siempre lo consigo.

—Hasta que se te acabe… —Arrugó la nariz, y supe que iría todos los días de la semana a practicar y me retaría de nuevo cuando sus tiempos fuesen alucinantes.

—¿Por qué te importa tanto ganar? —me atreví a preguntar.

—Porque él dice que no llegaré a ser nadie, como mis hermanos. Y tengo que demostrarle que tiene delante al número uno para que se atragante con sus palabras. —Se refería a su padre. Había sido testigo de esa frase y, aunque no sabía exactamente a qué se refería con temas como «malgastar dinero» en algo que no serviría para nada como el colegio y las extraescolares, entendía que no estaba bien. A Lucas no le gustaba. Se ponía triste—. Ya verás cuando sea alguien importante y tenga mi propio cartel en la carretera. —Su principal aspiración era que algún día su cara apareciese en una valla publicitaria.

—Tendré que salir contigo si no quieres que los coches se estrellen al ver tu gepeto, caraculo —lo provoqué, y conseguí que me mostrase el dedo índice mientras susurraba «idiota» como respuesta.

No estábamos demasiado alto. Aun así, allí el aire olía de otra manera, cuando entraba en los pulmones parecía que te metieses directamente el chute de oxígeno que desprendía la montaña.

—¿Lo ves? —Oteé el horizonte.

—Tienes que dejar de actuar como su perro guardián, tío. —Habíamos copiado la expresión de unos chicos que tenían cinco años más que nosotros. Nos hacía sentirnos mayores y guais.

—Jeremy es mi responsabilidad.

—Lo sé. —Lucas echó la cabeza hacia atrás y cerró los ojos mientras el sol que se colaba entre las hojas le daba en la cara—. Pero de vez en cuando tienes que dejar que esté con los demás sin andar detrás enseñando los dientes.

—Eso hago… Hasta que se vuelven contra él. —Incluso siendo un niño tan pequeño, me puse tenso.

—Lo que imaginaba —suspiró, resignado.

—¿Qué?

—Lo de los puños en los bolsillos era mentira. —No lo negué. Lo localicé entre el gentío.

Mi hermano Jeremy era dos años mayor que yo. Lo normal habría sido que fuese él quien defendiese al otro gruñendo y ladrando si hacía falta, pero en nuestro caso los roles estaban cambiados.

Mis padres siempre mencionaban que cuando él nació parecía que ya estaba criado, por la mata de pelo negro que tenía, los mofletes hinchados porque nunca rechazaba una sesión de comida y su enorme tamaño. Luego, gracias a sus noches de insomnio, comprobaron que tenía una potencia de berrido increíble y llegaron a la conclusión de que tal vez habían traído al mundo al heredero de Pavarotti.

Buenas noticias. Nada de qué alarmarse… Hasta que llegó el reconocimiento médico.

Era un bebé gordo al que no había manera de convencer de que no se lo llevase todo a la boca cuando le diagnosticaron hiperactividad con un grado de discapacidad del setenta por ciento. Ellos, que no conocían la enfermedad, pensaron que solo sería un niño más nervioso que el resto, pero se equivocaron. Jeremy era alguien diferente, especial y único. Robándole las palabras al doctor que tantas veces repitieron en casa, un niño infinito cuya mente nunca llegaría a cumplir más de doce años, aunque su cuerpo creciese en el ciclo inevitable de la vida. Peter Pan. Supongo que el gran hándicap que tenía era su aspecto. Físicamente era un gigante, con las gafas caídas y los mocos sin limpiar, que lo destrozaba todo a su paso. No podían ver su interior. Tal vez si hubiera tenido los rasgos más reconocidos de un Síndrome de Down, nadie en su juicio podría haberse metido con él e irse a la cama con la conciencia tranquila.

Sin embargo, Jeremy parecía tan común que el resto del mundo no interiorizaba que debían tener más paciencia con él. Con el paso de los años he aprendido a no culpar a los niños, a no odiarlos por su trato cruel, a justificar los desplantes y los lloros que le causaban, bajo el pretexto de que todavía no estaban formados del todo, que eran un proyecto de hombres.

No ocurre lo mismo con sus padres. Ellos tenían la clave y nunca la utilizaron. Cada vez que mi hermano se acercaba a jugar y le quitaban los asquerosos muñecos de plástico para que no los rompiese, impidiéndole tener un amigo. Justificando los insultos de sus hijos con el pretexto de que eran «chiquilladas», en lugar de regañarlos para que aprendiesen la lección. Solicitando al claustro del colegio que lo cambiasen de clase porque retrasaba al resto, en lugar de felicitar a los profesores por conseguir que aprobase. Actos en los que perdían un poco de su alma.

Claro que todo eso lo aprendí con el paso del tiempo. Con nueve años, cada vez que veía al grandullón amante de la comida agachar la cabeza porque un grupo de niños cerraba el círculo para que no pudiese entrar, frotarse los dedos después de llevarse un manotazo por intentar agarrar un juguete o ladear la cabeza tratando de comprender por qué lo insultaban, los odiaba a todos. De un modo visceral, irracional y violento. Si por mí hubiera sido, habría agarrado un palo y les habría atizado como a una piñata. Mis padres y Lucas me contenían.

La primera vez que fuimos al parque mi madre me dijo que el grandullón era mi responsabilidad. Debía vigilar que no se perdiese en el bosque persiguiendo a un animal o saliese disparado en dirección a la carretera cuando venía algún coche. Me lo tomé muy en serio. Tanto, que añadí nuevas funciones. Cualquiera que intentase herirlo pagaría por diez el daño que le produjese, sin importar que, a ese ritmo, mi infancia acabase reducida a pasar de un castigo a otro, como en el juego de la oca.

Él era lo más importante, al menos hasta que llegó ella y escaló posiciones hasta situarse a su altura.

—¿Conoces a la nueva? —Lucas interrumpió mis pensamientos mientras observaba al grandullón rechazado yendo de grupo en grupo. No cesaba en su intento de hacer amigos a pesar de toparse una y otra vez con negativas.

—Ni la había visto. —Me encogí de hombros. No prestaba demasiada atención a las niñas.

—Su padre era de aquí, pero se fue a vivir a Florida. Se han mudado hace un par de semanas. Vendrá con nosotros al cole en septiembre.

—¿Cómo sabes tanto de su familia?

—No hablan de otra cosa en casa. —Lucas arrancó una rama pequeña y jugueteó con ella antes de tirarla—. Se llama Crysta y mi madre dice que el nombre es de lo más acertado, porque tiene los ojos como el cristal.

Ese dato llamo mi atención. Una persona con los ojos como cristales debía de molar.

Seguí la dirección de su mirada y me topé con ella. No fue tan difícil. Tendría nuestra edad y estaba sentada sobre una manta blanca repleta de juguetes que resaltaba entre los tonos apagados del bosque. Llevaba un vestido rosa y el ondulado pelo canela repleto de lazos.

—Parece un pastel de merengue —repuse con desagrado. Detestaba a las niñas repipis. Dejé de prestarle atención y me percaté del interés que despertaba en mi amigo—. No, no y desde luego no.

—¿Qué?

—Nada de subirle la falda para verle las bragas, meterle hormigas por la espalda y mucho menos estirarle del pelo. —Eran las tres únicas formas de interactuar con niñas que conocía Lucas.

—¿Por qué?

—Eso me pregunto, ¿por qué te divierte tanto molestarlas?

—Porque gritan mucho, corren menos que nosotros y no nos pueden pillar —contestó como si eso lo aclarase todo.

—Conozco mil maneras mejores de pasar el rato que oír chillar con voz de pito a ese pastel. —Volví a mirarla y entonces me percaté de un detalle. ¿A quién le encantaban las tartas? Al grandullón—. ¡Mierda!

Me puse de pie de un salto y me agarré al tronco para comenzar el descenso.

—¿Adónde vamos? —Lucas me siguió.

—Con el pastel de merengue.

—¿Alguna idea interesante? —me preguntó mi amigo. Descendíamos lo más rápido que podíamos.

—Quiero evitar un desastre. —Supe que no lo comprendería por lo que añadí—: Jeremy se está acercando a ella y no pego a las chicas.

Saltamos cuando quedaban pocos centímetros para llegar al suelo. Corrimos en su dirección sorteando al resto de los grupos. No me importaron sus quejas cuando les golpeaba a mi paso. Tenía que llegar hasta ellos. Era urgente.

Un grupo de curiosos se cernía disimuladamente a su alrededor para observar lo que estaba ocurriendo. Me temí lo peor: encontrar a esa masa de rizos insultándolo o mirándolo con desprecio y superioridad.

Sin educación, utilizando los codos y valiéndome de mi pequeño tamaño, aparté a la gente hasta quedar frente a ellos. Me quedé paralizado al ver la estampa. Jeremy, el paria, el que ningún niño quería a su lado, del que todos huían como si tuviera la peste, estaba sentado sobre la manta blanca, frotándose las manos desconcertado por haber sido aceptado por la niña con la que todos querían estar.

—¿Quieres pintar? —Su voz sonaba tan cursi como había imaginado y las ondas de su cabello se movían al ritmo de su voz. Sin embargo, había algo más, un deje que destilaba carácter y personalidad, con aquel rostro de rasgos finos que la hacían parecer un duende de piel canela repleto de pecas alrededor de la nariz.

—¿Me las dejas? —Jeremy abrió mucho los ojos tras las gafas, cauteloso, intentando distinguir si el ofrecimiento de la niña era real. No se lo podía creer. Ninguno de los que estábamos allí lo hacía.

—Claro.

Mi hermano agarró el rotulador, dubitativo. Me pareció ver cómo las manos le temblaban. No se hacía a la idea de que alguien decidiese, sin que su madre se lo ordenase, compartir algo con él.

La sorpresa no le duró mucho. Tendía a aceptar las cosas. Para bien o para mal.

Inmediatamente se mordió el labio y comenzó a garabatear figuras sin sentido. Lo hacía con esmero. Solo él sabía qué representaban. Ya casi me había relajado cuando mi hermano apretó el rotulador con fuerza e hizo una línea tan larga que sobrepasó el folio, manchando la manta blanca y el pelo rubio de una de las impolutas muñecas que tenía el pastel andante. La tinta rosa no tardó en calar y oí las risitas de algunos de los congregados. Llegaba el momento que ellos esperaban y el que yo más temía.

—Lo siento… —balbuceó, intentando limpiar el estropicio con sus manazas, pero la mancha se esparció todavía más en la superficie—. Ha sido sin querer… —Se me partió el corazón al verlo tan asustado, cómo una persona de ese tamaño se encogía sobre sí misma adelantándose a unos golpes que dañarían su piel o unos gritos que le retumbarían en los tímpanos.

Tomé aire y avancé un paso. Llegaba mi turno. Estaba meditando lo que haría o diría cuando ella habló:

—Lo sé. —Le restó importancia con la mano.

—Se la llevaré a mi madre para que la limpie y… —Jeremy seguía disculpándose con la muñeca en la mano.

—No hace falta. —La rozó sin quitársela—. Así está mejor. Todas las demás son iguales. Esta es ahora más moderna. —Acarició el cabello de la muñeca, que se coló entre sus dedos—. ¿Crees que podrías hacérmelo a mí?

—¿Qué? —No lo comprendió.

—Pintarme un mechón.

El pastel seleccionó uno y mi hermano de nuevo valoró que no se tratase de un juego cruel antes de depositar la muñeca en el suelo y volver a tomar el rotulador rosa para pintar a la niña. Ella se dejó hacer sin parar de sonreír. Entonces, solo entonces, giró la cabeza y se dirigió a la pequeña multitud allí congregada.

—¿Vosotros también queréis que mi amigo os haga una mecha? ¡Vais a tener que hacer cola! Solo las cinco primeras son gratis.

Juro que nunca he visto a mi hermano emocionarse tanto como cuando ella lo llamó «amigo» con tanta facilidad. Solo le faltó saltar o aplaudir, pero él era cauteloso a la hora de mostrar sus sentimientos. En eso nos parecíamos. Sin embargo, a Jeremy la coraza le venía impuesta y yo me vestía cada mañana con ella para no ser vulnerable y que, como ese día, nadie notase que la piel se me ponía de gallina al verlo tan feliz.

La chica paseó la mirada de uno a otro con una sonrisa retadora. En ese preciso instante dejó de ser para mí un pastel andante para convertirse en Crysta. Y, cuando sus ojos se detuvieron en los míos, me sorprendió que fuese cierto que parecían dos cristales azules en los que te podías reflejar. Nada me hizo presagiar que el mechón pintado de rosa de una muñeca nos cambiaría para siempre a Jeremy y a mí. A él, que comenzó a pedir Barbies como regalo de Navidad para compartirlas con ella, a mí, que tardé más en lograr que hablara conmigo, pero que desde ese momento irremediablemente la respeté y la admiré desde la distancia.

El rosa se convirtió en mi color favorito. Significaba amistad. Era la sonrisa del grandullón.

CAPÍTULO 2

CRYSTA

Era una princesa.

O así me sentía ese día, en mitad de nuestro nuevo salón, con el aire que se colaba por las ventanas abiertas removiendo los plásticos que todavía cubrían algunos muebles. El tiempo había pasado volando desde que nos habíamos mudado de Miami a la ciudad natal de mi padre en Alaska.

Mi padre, Brad, había vivido en Ketchikan hasta que empezó a destacar en el fútbol, un ojeador lo fichó, y él y su familia tuvieron que trasladarse al sur a perseguir unos sueños de papel. Nunca se convirtió en la estrella que vaticinaron los expertos ni alcanzó los lujos con los que fantaseaba al firmar el contrato. Pero la realidad no pudo con él. Aprendió rápido que la gloriosa meta solo era un espejismo enrevesado y falso y que lo importante no era alcanzarla, sino el camino. Terminar, en el final o en el medio, con la sensación de que había hecho todo lo que estaba en su mano. Luchar. Divertirse.

La señal de stop llegó gracias a la pesada etiqueta de los deportistas, la de «viejos», que aparecía demasiado pronto. Su posición de portero le permitió aguantar más que los compañeros que empezaron con él, pero a los treinta y cinco años llegó su turno de decir «adiós» al club y «hola» a las nuevas generaciones repletas de ganas que lo sustituyeron.

El ambiente en casa las semanas siguientes fue extraño. Tenso. Mi madre lo observaba de reojo cada vez que se encerraba en su despacho. Le dejaba su espacio, su proceso de adaptación a la nueva etapa, aunque parecía que tenía un nudo que la presionaba a la altura del pecho. Deduzco que una parte de ella sentía curiosidad y otra temor por lo que estaría ocurriendo dentro de la habitación con las persianas bajadas. Contaba las botellas de whisky del minibar y revisaba que todas siguiesen en su sitio cada vez que mi padre salía.

Por eso, cuando nos reunió en el salón y nos explicó su plan, expulsó todo el aire contenido y emitió una risita histérica de alivio. Tras barajar diferentes opciones, regresábamos al origen, a Ketchikan, a reparar barcos. El abuelo se había dedicado a ello toda la vida y papá había sido su aprendiz. El señor al que le habían vendido el negocio iba a jubilarse y sus hijos no mostraban interés en seguir sus pasos. Su señal. Nuestro momento. ¿Cómo decirle que no?

—No es pasión de madre, lo juro. No existe en el mundo una niña más guapa que tú. —Mi madre terminó de subirme la cremallera del vestido verde—. ¿Es o no una muñeca, Becca?

Mi hermana mayor dejó de mirar por la cristalera con melancolía para prestar atención. No estaba llevando bien el cambio de ciudad. Con quince años, mudarte a miles de millas de tus amigos era un drama, y más aún para ella, que siempre estaba de mal humor y no hacía nada para disimularlo; al contrario, desde que se levantaba hasta que se iba a dormir, no dejaba de criticar todo lo que nos rodeaba.

—Esperemos que por dentro no esté tan hueca. —Apretó la coleta con las puntas rizadas y se bajó las mangas del fino jersey beis hasta los nudillos.

—No seas cruel con tu hermana.

—Eres tú la que la utiliza de maniquí, Catherine. —Nunca la llamaba mamá. Sus pequeños ojos negros se clavaron en los míos y desvié la mirada hacia el enorme lunar de su mejilla y el hoyuelo que le partía la barbilla en dos.

—Le pruebo conjuntos para el *casting* —puntualizó. Una marca de ropa infantil estaba buscando rostros para su catálogo publicitario en las tiendas y mi madre quería que yo fuera una de las elegidas.

—Peor me lo pones. —Se cruzó de brazos—. Convertirla en un proyecto de modelo no dice nada bueno de ti.

—¿Qué tiene de malo? —Mi madre podía parecer una mujer superficial, pero la verdad es que se trataba de una mujer risueña y soñadora, que veía el lado bueno y brillante de las cosas, sin detenerse en el lodo que acompañaba a determinadas profesiones.

—¿Necesitas que te lo explique? —Enarcó una ceja inquisidora. Si algo le gustaba más que quejarse era dejarla en evidencia—. Para subir a una pasarela no te piden un máster. Seguir una dieta que te haga creer que los huesos son más atractivos que la carne, aceptar trabajar con poca ropa delante de babosos y un buen cirujano que te ponga silicona en los labios hasta que parezcan esos chorizos que no puedes comer, y listo, ya estás preparada para ser mercancía —sentenció.

Golpeó. No digo que no fuese real. En verdad, con nueve años comprendía más bien poco de ese mundo de adultos. Para mí era un juego. Uno con el que mamá estaba activa, peinándome y enseñándome ropa horrible en lugar de sintiéndose una inútil encerrada en casa. El juicio no parecía tan duro si no conocías las circunstancias, el contexto, el hecho de que mamá había sido modelo. E infravalorar sus recuerdos más felices no podía estar bien.

—El viejo estigma de que las modelos no tienen neuronas está pasado de moda. Yo sacaba muy buenas notas en ciencias en el instituto… —se defendió.

—Te ha sido muy útil. —Carraspeó—. Puedes leer los componentes químicos del detergente antes de echarlo en la lavadora. Podrás salvar la vida a algún jersey…

Deseé que mi madre la pusiese en su lugar. Pero ella no era de esas. Cuando el labio comenzó a temblarle, supe que en el fondo pensaba que Becca tenía razón, y si no rompió a llorar fue porque oyó la puerta de la calle abriéndose. El escudo que la rodeaba era débil y facilitaba al resto del mundo la tarea de herirla. Todo cambiaba cuando mi padre estaba cerca. Se crecía. La fortalecía. Se veía a través de sus ojos y dejaba de arrepentirse de todas las malas decisiones que había tomado, porque la habían conducido hasta él.

Salió de la sala para recibirlo.

Me acerqué a mi hermana con la intención de defender a mamá ante ella, pero en el último momento cambié de opinión. Las bolsas debajo de sus ojos me hicieron recordar el sonido que emitía camuflando los gemidos sordos del llanto en mitad de la noche, cuando creía que nadie la oía. Lo estaba pasando mal y su manera de enfrentarse al dolor era expandirlo. Tal vez la solución para todo era neutralizarlo a base de risa para que no siguiese contagiando a los que la rodeábamos. Asentí, destapé el pintalabios rojo de mi madre, me miré en el espejo y me pinté la nariz sin control.

—Mamá dice que lo más importante es llamar la atención. Así seguro que no me olvidan. —Me reí nerviosa a su lado.

—Tienes que madurar, Crysta. —Puso los ojos en blanco y volvió a mirar por la ventana con aire nostálgico. Se encerró en su mundo.

Mi padre entró en ese momento. Abrió los brazos para recibirme y corrí hacia él. Han pasado muchos años y, si cierro los ojos con fuerza, recuerdo perfectamente cómo iba vestido: vaqueros desgastados, la camisa a cuadros roja de leñador y la cinta negra que sujetaba la melena ceniza que había heredado de mi abuelo. Si lo hago todavía con más fuerza, hasta el punto de ver estrellas entre ese manto negro que hay cuando los párpados cubren la luz, puedo distinguir los reflejos rojizos de su barba y los azules debajo de sus espesas cejas rubias. Si me abrazo hasta clavar los dedos en la carne, soy capaz de rememorar el olor de la vieja colonia que se ponía cuando se mezclaba con el de su cuerpo después de todo un día trabajando.

Y, cuando estoy preparada, incluso me permito el lujo de disfrutar de su sonrisa.

—¡Deja a la niña hasta que te des una ducha, apestas! —bromeó mi madre, mientras yo seguía entre sus brazos. Mi hermana no se inmutó. Tenía ganas de acercarse. Se veía a la legua que lo adoraba, pero debía mantener su máscara de indiferencia.

—Eres una exagerada. No será para tanto… —Me soltó y levantó el brazo para olerse las axilas—. Está bien. Lo reconozco. Hay pedos de mofeta que huelen mejor.

Se mofó guiñándome un ojo y, como había dicho una guarrería y yo era una niña, me reí.

—Vete al baño antes de que la peste se adhiera a las paredes y los pintores nos cobren un extra por tener que venir con mascarilla antigás a trabajar —advirtió mi madre, divertida.

La casa de Ketchikan era muy diferente a la que habíamos tenido en Miami. Mientras que la de Florida era de nueva construcción, con muebles muy modernos, a esta se le notaba el paso del tiempo, con las paredes desconchadas y utensilios que parecían reliquias.

—Antes quería enseñarles a las niñas una nueva cosa en el taller… —murmuró misterioso.

—¡Sí! —exclamé a la vez que Becca emitía un «Paso».

—Ya sabes que no quiero que vayan hasta que esté listo. Hay herramientas peligrosas y pueden hacerse daño —dijo la vena precavida de mamá.

—¡No me separaré ni un centímetro de él! —le aseguré.

—No sé…

—Vamos, vida, deja que el payasito me acompañe. —Mi padre se mofó de mi nariz pintada y ambos le pusimos nuestra mirada más lastimera para que accediese.

—Está bien —cedió—. Pero a la hora de la cena os quiero de vuelta.

Vivíamos a las afueras y no alcanzábamos a ver la casa del vecino más cercano. Nuestra única compañía era el bosque que nos rodeaba y tomamos uno de sus senderos para llegar al taller. La construcción estaba en un claro, junto al muelle que la sostenía sobre ese punto del mar en el que las pequeñas embarcaciones atracarían para que él las arreglase.

Algunas ramitas se habían quedado adheridas entre los rizos. Comencé a quitármelas, estropeándome la trenza de raíz que me había hecho mi madre.

—Molesta, ¿eh? —comentó mi padre al ver mi cara de frustración.

—Aprieta —confesé.

Se agachó y me la deshizo.

—A veces tu madre no se da cuenta de que la estira tanto que te hace un *lifting*. ¿Y esa mecha rosa? —Paseó la yema del dedo por el cabello y me miró con curiosidad.

—Me la ha pintado un amigo. —Recordé al niño que había conocido y sonreí.

—¿Un amigo? No me digas que ya has empezado con los novios... —Se irguió de nuevo para continuar la marcha.

—¡Qué asco! —Puse una mueca de asco—. nunca tendré novio.

—Muy bien dicho, payasito. Recuerda estas palabras hasta que cumplas veinticinco, y evitarás que tenga que comprarme una escopeta para espantarlos.

Apartó las últimas ramas y la panorámica del lago se extendió ante nosotros. La caseta de madera. La frondosa vegetación. Las flores desconocidas. El lago de un azul más oscuro que el de las playas de Miami. Más misterioso. Vivo. Salvaje. Intenso.

Me detuve, como siempre que llegaba. Era en esos momentos cuando las dudas desaparecían. Abandonaba los lamentos por lo que había dejado atrás. Puede que mi piel estuviese cada vez más blanca y que las pecas abandonasen mi nariz. Puede que tuviese que esforzarme en conocer a gente nueva. Puede que esa sensación que tanto me gustaba de sentir los rayos de sol sobre mi piel ya no fuese a ser tan cotidiana. Pero el aire allí azotaba con más fuerza y lo hacía como si tuviese su propia personalidad, y las montañas, que se veían en la lejanía con sus picos blancos y se perdían en la fusión del cielo y el mar. Eran un sustitutivo del pellizco en la piel para demostrarte que no estabas soñando. Eso era Alaska. Fantasía real.

—Algún día subiré ahí arriba y pintaré las montañas. —Señalé el pico nevado de una de ellas.

—Estar tan alto tiene que dar mucho miedo. No todo el mundo tiene el valor suficiente para hacerlo.

—¿Yo lo tendré?

—Serás capaz de hacer cualquier cosa que te propongas, payasito.

—A mamá le gustaría que fuese modelo, —solté de repente.

—Mamá solo quiere que brilles, y todavía no se ha dado cuenta de que lo harás, aunque decidas trabajar bajo tierra en algún lugar al que no llegue la luz.

No le entendí. Demasiado poético. Supe que era algo bueno, porque él nunca decía cosas que no lo fueran.

Entramos en la caseta. Olía a barniz, las herramientas estaban desperdigadas y se oía el agua golpeando con sus olas la superficie de madera de la pared que daba al mar. En mitad de la sala había algo tapado con una gran sábana blanca.

—Te presento a nuestro primer barco. —Quitó la sábana que lo cubría—. Es viejo, pero es una ganga que me servirá para practicar. Por lo pronto ya lo he bautizado.

—¿Cómo se llama? —pregunté, curiosa.

—Léelo tú misma. —Sonrió y se apartó para mostrar el grabado en el que ponía en lápiz «Becca»—. Será su regalo de cumpleaños y hasta entonces es nuestro secreto —se adelantó.

—¿Su dueño era un pirata? —Me emocioné. Había visto hacía poco la película de Peter Pan. Tenía la extraña manía de ir con los malos.

—Quién sabe… ¿Te gustaría que mirásemos dentro por si hay algún tesoro escondido? —Asentí con energía. Miró por los estantes en busca de algo—. Me he dejado la linterna fuera. Espera aquí, que voy a por ella.

Mi padre salió al exterior. A un lado tenía un arcón donde dejaba alguno de los utensilios. Paseé la mano por la cubierta. Era pequeña y no se parecía a los yates que se podían ver en la ciudad. Para cinco ocupantes como mucho. Un transporte para dar una vuelta, pescar o tomar el sol en mitad de ninguna parte. Nada más.

Me pareció perfecto. Becca no podría resistirse a eso.

Iba a meterme dentro a investigar cuando levanté la cabeza y me topé con la linterna. Estaba en una de las baldas. Lo que debería haber hecho, lo más prudente, es avisarlo y que él viniese a recogerla. Todo se habría acabado sin más. Nada habría sucedido. Pero tenía el espíritu aventurero activado, esas ganas de escalar las montañas que estaban en el infinito, por lo que decidí trepar a través de las cajas. Además, no parecía peligroso. Ni siquiera una hazaña memorable.

Casi no tuve que esforzarme para subir a la primera de ellas. Al ver que no cedía ante mi peso, me confíe y continué ascendiendo, sujetándome en las baldas ancladas en la pared. Llegué hasta el final y me solté. Solo iba a ser un segundo. Lo que tardase en levantar las manos, agarrar mi trofeo y bajar de nuevo. La primera cima a la que ascendía Crysta la valiente.

Lo hice con una sonrisa pintada en el rostro que desapareció cuando mi sujeción se movió. Me aferré con fuerza a la primera madera que encontré. Creo que grité al percatarme de que perdía el equilibrio, las cajas se caían como si fuera una torre de cartas y soplase el aire, y yo salía despedida hacia atrás.

No sé qué fue más doloroso, si el impacto seco de mi cuerpo contra el suelo o los hierros que salieron disparados de las cajas y los estantes y se clavaron en mi piel, atravesando la carne, inundando el suelo de un líquido púrpura. La impresión fue tal que creo que ni siquiera fui consciente de lo que acababa de ocurrir. Del sonido de los huesos al partirse. De la brecha de mi cabeza. De los temblores que me agitaban el cuerpo y me cortaban la respiración.

Lo único que sé es que el miedo no me atravesó de arriba abajo hasta que oí el grito desgarrador de mi padre y, a través de mi nublada visión, vi su silueta correr hacia mí. Su cara desencajada al ponerse de rodillas en el suelo y evaluar la situación. El fantasma que perdía color y quitaba las cajas que aprisionaban mi cuerpo con desesperación.

Esperé con los ojos muy abiertos, en estado de *shock* y sin hablar, hasta que él logró liberarme y me asió en brazos.

—Te vas a poner bien, payasito, lo vas a hacer —dijo, más para convencerse a sí mismo que a mí, y, entonces, con la seguridad de que sus palabras eran la verdad más absoluta que había oído en la vida, dejé de esforzarme en seguir despierta.

A su lado estaba segura. Podía dormir.

No sé cuánto tiempo estuve así. No era un tema del que nos gustase hablar después mientras cenábamos. Supongo que pasó al menos un día antes de que volviese a abrir los ojos. Lo hice en el hospital. Tenía la boca pastosa, tubos adheridos al brazo y un monitor con un pitido que se incrustaba en el tímpano. Paseé la mirada por la habitación y distinguí a mis padres y a mi hermana.

Me sorprendió que mi padre y mi madre estuviesen tan separados, cuando siempre necesitaban rozarse, aunque fuese con el dorso de la mano, y que Becca, imperturbable por naturaleza, apretase los dientes con fuerza mientras las lágrimas caían a ambos lados de su rostro. La única vez que el llanto la venció.

—Estoy bien… —balbuceé. Verlos tan preocupados me rompía por dentro.

Mi madre se lanzó a abrazarme y mi hermana colocó su mano encima de la mía. No comprendí por qué mi padre no se unía a sus mujercitas. Vale, había sido un susto grande y, por lo que recordaba, era bastante probable que me hubiese roto algún que otro hueso. Nada que no pudiese solucionarse con una buena temporada de vacaciones en casa con una escayola repleta de firmas. No era el fin del mundo.

O eso creía.

—No hagas esfuerzos —me instó mi madre con la voz rota cuando intenté incorporarme.

No me detuve. Intentaba incorporarme y no comprendía lo que sucedía a mi alrededor. El motivo de tanto dolor por un acontecimiento con final feliz. ¿Por qué mi padre no era capaz de mirarme a los ojos? ¿Por qué parecía que los tenía fijos en algún punto por debajo de mi cadera?

Lo imité y lo que me encontré hizo que me costase respirar. Una sábana blanca cubría mi cuerpo. Toda mi anatomía estaba ahí debajo, o debería estar. Entonces, ¿dónde estaba mi pierna derecha debajo de la rodilla? ¿Qué era ese bulto que daba lugar a la nada?

Negué con la cabeza. La impresión aceleró mis pulsaciones. No podía ser cierto. No. Yo lo sentía. Yo sentía mi pie. Si me lo proponía, notaba incluso el movimiento de mis dedos. ¿Cómo no iba a estar? Debía de ser una especie de ilusión óptica. Estaba alucinando por las medicinas. No existía otra explicación.

Busqué la mirada de mi padre. Él me lo aclararía. Él me diría que todo iba a ir bien y yo le creería.

—Lo siento, payasito. —Se rompió. Tal vez no dobló las rodillas y se cayó al suelo, pero sé que lo hizo. Algo se desgarró en su interior, provocando una herida profunda—. Ha sido culpa mía. No debí dejarte sola...

Mi madre no le llevó la contraria. Yo tampoco. Simplemente grité. Lo hice tan fuerte que temí haber perdido la voz para el resto de mi vida. Y así fue durante las semanas siguientes, en las que me quedaba afónica de chillar durante mis pesadillas nocturnas.

No entraré en detalles. Llenaría todas las páginas contando lo mismo. Mi existencia los siguientes meses se sumió en un bucle de desesperación, negación, ausencia de sueño, sentimientos negativos, aislamiento, comportamiento violento y estrés. Todo ello con mucha rabia. Culpaba a mi madre por haberme dejado ir en vez de seguir peinándome. A mi hermana por no provocar una bronca con la que hubiese terminado castigada. Al fabricante de cajas por no hacerlas más resistentes. Al médico por no poder salvar mi pierna. A Dios.

Pero lo acusaba a él por encima de todo. Por hacerme creer que podría llegar a la cima. Por ponerle a un barco el nombre de mi hermana. Por enseñármelo. Por no ver la linterna. Por mentirme cuando me agarró en brazos diciéndome que «me pondría bien» cuando sabía que no era cierto.

Lo hice con tanta ira que le robé la alegría, las ganas de vivir, su sonrisa. Me ensañé tanto que sus labios nunca más volvieron a curvarse. Su dolor me satisfacía de un modo mezquino, sin darme cuenta de que yo también estaba perdiendo mucho por el camino.

Los meses pasaron. La prótesis llegó. Dejé de ser la princesa para convertirme en el robot con una pierna de carne y otra de metal y madera. No quería ver a nadie. No deseaba reintegrarme en una sociedad en la que todo me recordaba lo que ya no tenía. No lo habría hecho si un día él no hubiese aparecido.

El gigante abrió la puerta de mi oscura habitación y entró con una bolsa de regalo, sorbiéndose los mocos. Le habría pedido que se largase inmediatamente, pero no pude tras ver lo que escondían sus ojos. No había pena ni lástima, como ocurría con todos los que me rodeaban, sino ilusión y alegría por el reencuentro con su amiga.

—¿Qué haces aquí? —le pregunté, desganada, desde la cama.

—Cuando un amigo está malo tienes que ir a verlo. Es lo que hace Julien. —Jeremy se encogió de hombros y se sentó. No hizo ninguna alusión a mi pierna ni me preguntó por mis sentimientos, de los que no me apetecía hablar—. ¿Quieres jugar?

—¿A qué?

Sonrió emocionado. Metió sus manazas en el interior de la bolsa y asomó la cabellera rubia de una muñeca con su respectiva mecha rosa.

—Mis padres me la han comprado. —Continuó sacándola y entonces me percaté de que le faltaba una pierna.

—¿Por qué has hecho eso? —La bilis que me dominaba ascendió por mi garganta.

—Porque quiero que sea especial. Como tú.

Se frotó las manos y se subió las gafas antes de añadir:

—Mi madre dice que cuando te pasan cosas malas puedes enfadarte y no te conviertes en un mal chico. —Me miró ladeando la cabeza—. Puedes pegarme si quieres. A algunos niños les ayuda. Son más felices después. Soy grande y no me dolerá. —Se encogió de hombros—. Eres mi única amiga y quiero ayudarte. —Se quedó paralizado a la espera de ese golpe en el que descargase la rabia.

No habría tenido paciencia con ninguna otra persona. Lo sé. Estoy completamente segura. Con el gigante era diferente. Era tal su inocencia que gritarle o decirle una mala palabra era como agarrar a un bebé y zarandearlo sin piedad. Simplemente no pude. Y eso me salvó. Sospecho que, si él no hubiese entrado en mi habitación, la sangre helada que ascendía por mis venas habría llegado hasta el corazón y lo habría convertido en un glaciar.

Me incorporé y me acerqué sin saber muy bien qué iba a hacer. Lo comprendí cuando cerró los ojos, anticipándose al dolor. Lo abracé. Me miró extrañado e imitó mi gesto con torpeza, y fue ahí, amarrada a su pecho, donde encontré el lugar en el que empezaba mi nuevo mundo.

Jeremy fue la razón de mi existencia. Todos los días sin excepción venía a verme, obligándome a jugar, a hablar, a quitarme el pijama y, llegado el momento, a intentar andar para acompañarlo al exterior porque quería pisar las hojas que caían de los árboles. Cuando estaba a mi lado volvía a ser esa niña que desapareció debajo de unas cajas con un pie que nunca había valorado hasta que lo perdió. Cuando se marchaba y lo veía desaparecer en la lejanía solo podía pensar en que regresase y me hablase sin parar para volver a experimentar la inocencia a través de sus palabras.

Jeremy fue la única persona que vi durante meses. Él y su hermano el rubio, ese que no se acercaba, ese que provocó que por primera vez viera a un niño guapo, haciendo que me pusiese nerviosa, ese del que me escondía detrás de las cortinas cuando lo veía levantar la vista hacia mi habitación mientras esperaba al gigante tarareando alguna canción. Yo no era normal. Nunca debía olvidar que ya no era una princesa. Y los chicos de su clase solo les cantaban a ellas.

CAPÍTULO 3

JULIEN

Pasaron tres años hasta que volví a verla. Noviembre la colocó de nuevo en mi camino, un día en el que el cielo estaba encapotado y una tormenta eléctrica nos amenazaba desde la lejanía.

—La originalidad ha muerto —se quejó Lucas, apoyándose contra la pared en el pasillo del colegio. Se había gastado la paga en comprar unas arañas falsas para asustar a las niñas colocándolas en el interior de la taquilla y el efecto no había sido el esperado. Las habían apartado de un manotazo sin inmutarse—. No hay factor sorpresa. Somos predecibles —bufó, despeinándose nervioso.

—Demasiados años utilizando el mismo truco...

—Mi imaginación agoniza. Antes no habría tardado ni dos minutos en inventar algo nuevo.

—Tu obsesión por fastidiarlas me alarma. Es un poco enfermiza, ¿sabes? —Me recoloqué la capucha gris de mi sudadera. El frío en aquella época era tan pronunciado que seguías sintiéndolo incluso minutos después de haberte resguardado.

—A mí no me engañas. Sé que también te hace gracia cuando gritan, aprietan los puños y no nos alcanzan para pegarnos una colleja.

—No es verdad. —Me encogí de hombros—. Soy un caballero.

41

—No mientas, Julien. Ambos sabemos por qué has dejado de hacerlo, y no es nada heroico.

—¿Por qué? —pregunté, sabiendo la respuesta.

—No me obligues a decirlo en voz alta... —Me miró y yo fingí que no sabía de qué se trataba con una cara que pretendía vender inocencia cuando lo que en verdad estaba mostrando era esa parte canalla que años después tanto desarrollaría. Lucas puso los ojos en blanco antes de añadir con desdén—: Es por la lista.

—¿La que les robaste el otro día en el gimnasio? ¿En la que ponía que era el número uno de los más guapos del colegio? —pregunté como si nada, cuando, en realidad, leer mi nombre en ese folio desgastado repleto de ridículos corazoncitos había despertado una parte de mí que desconocía, mi ego—. Ni siquiera me acordaba...

—Ya... —refunfuñó.

La puerta del colegio se abrió. El silencio sepulcral que invadió la estancia captó mi atención. Tantos niños no callaban la vez si no ocurría una catástrofe. Lucas y yo imitamos al resto y seguimos la dirección de su mirada para ver de qué se trataba. No tardamos en distinguir al ser humano que, con su mera presencia, los había enmudecido.

Crysta.

Supongo que siempre estuvo llamada a destacar. La indiferencia no estaba hecha para ella. Lo habría logrado en todos los escenarios posibles sin proponérselo.

Todo el mundo en Ketchikan había oído hablar de su accidente, ya fuese en casa, en el parque o acompañando a sus madres a la insufrible tarea de hacer la compra. Era una leyenda negra. De esas que los padres utilizaban para aleccionar a sus hijos con la coletilla «no hagas nada peligroso o te pasará lo mismo que a la nueva». La moraleja basada en el fallido cuento de la chica de los ojos como cristales. La crueldad de utilizar en beneficio propio la desgracia ajena. El morbo del chisme. El dolor que se transforma en la conversación más recurrente. Pero poco sabía yo de eso con doce años; solo me disgustaba que todo el mundo llamase a la única amiga del grandullón, la culpable de que Jeremy llenase nuestra casa de estúpidas muñecas, «coja», como si su nombre hubiese desaparecido por arte de magia. Se sabía la protagonista de un instante. Tres años después dejaba la educación en casa. El peso de los ojos fijos en ella no la amedrentó y levantó la barbilla retando al universo. Llevaba un abrigo verde con la capucha de pelo marrón y que le llegaba por debajo de la rodilla y unas enormes botas negras. No fueron detalles que me llamasen la atención. Nunca me importó la moda. Lo que sí me intrigó fue el hecho de que su pelo canela hubiese perdido parte del color, los rasgos dulces de duende de su cara se hubieran endurecido como si hubiese crecido de un plumazo, y sus ojos, esos espejos en los que antes podías reflejarte sin problema, estuvieran más oscuros, como si al internarte en ellos no te transportases a un puerto seguro, sino a un barco que se balanceaba en medio de una tormenta marina con enormes olas que quieren engullirte.

La última vez que la había visto no era así. Estaba en mi cuarto intentando tocar la guitarra. Misión imposible con el grandullón sin parar de hacer ruido en su habitación. Salí dispuesto a preguntarle qué diantres estaba haciendo cuando pasó por mi lado corriendo. Me asomé a la habitación y allí estaba la niña de ojos azules.

—Podrías detener esta locura. —Señaló las piezas del telescopio esparcidas encima de la cama. Iba a enseñarle su lugar favorito del mundo, las estrellas.

—No —me apresuré a contestar.

—¿Tan importante es lo que estás haciendo en la habitación que no puedes dejarlo un segundo para echarle una mano?

—No intentes comprenderlo o te estallará la cabeza. Ya te sale humo. —Oí las pisadas de mi hermano regresando y me largué antes de que pudiese añadir nada más.

Tenía que huir antes de que él llegase. Era la única manera de que lo montase por sí mismo. Si me veía, me obligaría a hacerlo y eso era inconcebible. Tenía que intentarlo por sí solo hasta lograrlo y, si se lo cargaba en un intento, me pediría uno nuevo para mi cumpleaños y asunto solucionado.

Jeremy rara vez era consciente de sus capacidades. Tendía a menospreciarse. La única manera de que se diese cuenta de que podía hacerlo era con la dinámica de prueba y error. Soledad. Por eso desaparecí. Por eso sonreí desde el otro lado de la puerta cuando oí su grito de victoria. Por eso ella me miró a partir de ese día como si fuese un desalmado que no cuidaba de su hermano sin saber que esa distancia era mi particular manera de decirle: «Tú puedes, Jer. Tú puedes lograr lo que te propongas, y que nadie se atreva a decirte lo contrario».

—Qué pena —dijo Lucas entre susurros para no destacar por encima de la quietud generalizada, devolviéndome al presente. No sé si lo hizo por respeto o porque en el fondo, como la mayoría, estaba enfermizamente fascinado observando una tragedia en directo—. Con lo guapa que era...

—Se nos olvidó hacerle una fiesta de despedida a tu cerebro.

—¿Se te ha ido la cabeza? —Le extrañó mi comentario.

—Nadie se merece lo que le ha pasado. Sea feo o guapo —sentencié, serio, y Lucas no se atrevió a llevarme la contraria.

Crysta continuó andando. No controlaba la prótesis del todo, a pesar de la rehabilitación repleta de altibajos que me había contado Jeremy. Cojeaba y arrastraba el falso pie por el suelo. La gente se apartaba a su paso, dejando unos centímetros de distancia entre ella y el resto, un espacio insoportable con el que colocaban una especie de foco invisible encima de su cabeza. Por si acaso no se había dado cuenta de la curiosidad que despertaba con los cuchicheos y las miradas penetrantes.

Actué con normalidad mientras pasaba por mi lado, rebuscando los libros de la clase que tenía a primera hora en la taquilla para girarme conforme se alejaba el sonido de la suela de la bota contra el suelo. Sacó un horario de la mochila que llevaba colgada al hombro y fue directa hacia el ascensor. Tenía que subir a la segunda planta y entonces recordé un detalle: hacía semanas que el elevador estaba averiado.

La chica esperó unos segundos interminables antes de percatarse de lo que ocurría. Miró a la escalera y, por primera vez, un rayo de pánico fugaz cruzó su cara, alumbrándola como los relámpagos de las tormentas. Su respiración se aceleró, cerró los ojos, apretó los puños con fuerza y se mordió el labio para buscar en su interior la determinación que le faltaba. Cuando envolvió la barandilla con su pequeña mano me pareció la niña más valiente que había pisado Alaska.

Nadie lo notó, siempre he sido muy bueno fingiendo, guardando los sentimientos incluso cuando eso no era una necesidad; sin embargo, contuve el aliento con ella mientras la observaba reunir todas las fuerzas del mundo para subir ese enorme escalón. Nunca lo había visto como un obstáculo. No era un reto para mí ascender por él. Lo hacía sin problemas. Corriendo cuando llegaba tarde, saltando e incluso sin mirar si iba hablando con Lucas. Ver el sudor y el esfuerzo que le costó hizo que cambiase mi percepción. Era un impedimento. Al menos para ella. Y le quedaban muchos más para llegar a su meta.

No era complicado adivinar que no lo conseguiría. Sobre todo cuando en el tercer escalón perdió un poco el equilibrio y una de las chicas que estaba detrás de mí ahogó un grito y me agarró de la sudadera, al tiempo que Jeremy pasaba por mi lado con esa patosidad crónica que provocaba que se chocase con todo y con todos.

Él también era un experto en conseguir esas perfectas circunferencias desérticas de gente a su alrededor. La alcanzó y se puso a hablar con ella, entusiasmado porque su amiga por fin estuviera allí, sin mirarla con lástima, sin percatarse de los sentimientos encontrados que provocaba en el público que tenía a sus espaldas. Él no acudía a salvarla, sino a celebrar su llegada, sin comprender el apuro que ella estaba pasando.

De repente tuve una idea. Me zafé de la sujeción de la chiquilla que estaba detrás y me dirigí a mi amigo.

—Este drama me aburre —repuse con indiferencia. Tenía la excusa para el fin que no confesaría y un cómplice que nunca respondía que no a la pregunta que formulé a continuación—. ¿Hacemos algo divertido?

—Que no peligren mis rodillas. Quiero presentarme a las pruebas del equipo —fue su único apunte.

Salí del paréntesis de confort y me interné en ese vacío humano. A la gente le extrañó mi reacción. A mí no me importó lo que pensasen de mí. Al menos tenía ese punto fuerte para todo lo que me esperaba en el futuro. Nunca he sido de los que se preocupan por lo que opinan los demás.

Me detuve a la altura de Crysta y mi hermano. Lucas frenó detrás de mí.

—¿Una carrera con equipaje hasta la segunda planta, grandullón? —reté a Jeremy—. Yo llevo este saco. —Señalé a mi amigo—. Y tú... al duende. —Pronuncié en voz alta el sobrenombre con el que la llamaba en mi mente, desde hacía años.

—¿Cómo me has llamado? —Frunció el ceño.

—Duende. No te ofendas. Todavía no tenemos la suficiente confianza para «preciosa». —Le puse esa sonrisa curvada que dejaba a las demás chicas KO y, en lugar de ponerse repelente e histérica como ellas, arrugó la nariz como si acabase de tirarme un pedo con la boca—. Si te portas bien, algún día cumpliré tus fantasías inconfesables y lo haré. —Le rocé la mejilla y se apartó en el acto.

—Yo no lo definiría así, pesadilla desagradable le pega más...

—No me obligues a hacerlo...

—¿El qué?

—Ponerte la sonrisa. Es irresistible, y si no me crees, solo tienes que ir al baño, las pintadas con mi nombre y corazones en la puerta dan fe de ello.

—Casos inexplicables de la humanidad. No parecéis de la misma especie. —Negó con la cabeza mirándonos alternativamente al grandullón y a mí—. Era mucho más interesante oírlo hablar de ti que ver cómo abres la boca. Te tiene sobrevalorado. —Ella y yo nos conocíamos por lo que Jeremy nos contaba del otro. Éramos su único tema de conversación, así que sabíamos más de la persona que teníamos enfrente de lo que admitiríamos.

—¿Eso me lo dice la loca de las muñecas? —Le guiñé un ojo. Iba a contestarme, pero le pregunté a mi hermano—: ¿Te animas a la carrera o no?

—¡Sí! —contestó él, entusiasmado. Los juegos le apasionaban.

—¡No! —se negó en rotundo ella a la vez.

—¿Alguien se hace caquita?

—Ese truco dejó de funcionar hace mucho tiempo. —Miró de nuevo la barandilla y la agarré por el brazo.

—Venga, duende, no seas cortarrollos. —Disimuladamente le señalé a mi hermano con un gesto de la barbilla.

—Es una tontería… —Pareció dubitativa. No porque no creyese que mi propuesta era una estupidez, sino porque sabía que el grandullón deseaba hacerlo.

—Lo sé. Pero todavía podemos hacerlas y es maravilloso. Vamos, si algo sale mal, te doy permiso para echarme la culpa.

Crysta vaciló un instante antes de acceder. Por él. Nada que ver conmigo.

Lucas se subió de un salto a mi espalda y Jeremy se preparó para agarrarla. Crucé los dedos por que la tratase con delicadeza. Mi hermano era bastante torpe y a veces pecaba de bruto, aunque me constaba que no era la primera vez que lo hacía. Pude soltar todo el aire que había contenido cuando la agarró con una escrupulosa suavidad y la levantó del suelo cargándola, con las manos de la chica rodeándole el cuello.

—Crysta… —Me acerqué.

—¿Sí? —dijo, cansada, y, por algún extraño motivo que podía alterar el orden natural del cosmos, me pareció adorable verla con los morritos fruncidos y el pelo cayendo hacia abajo como una cascada.

—Tengo ojos en la espalda y me ruborizo fácilmente. No me mires el culo. —Dicho esto, me apresuré a comenzar la cuenta atrás—. Tres, dos, uno… ¡YA!

Subí corriendo la escalera con mi hermano siguiéndome detrás. Iba despacio. Cauteloso. Preocupado por su muñeca favorita. Ganamos y, como era de esperar, nos pusimos a celebrarlo como si acabasen de anunciarnos que habían descubierto que las legumbres eran nocivas para la salud y no tendríamos que comerlas nunca más.

—Parecéis monos recién huidos del zoo —murmuró Crysta mientras mi hermano la depositaba con cuidado en el suelo.

—¿Es el resquemor de la perdedora lo que oyen mis oídos?

La chica puso los ojos en blanco y se marchó pensando que Lucas y yo éramos algo así como dos neandertales con taparrabos que habían viajado al futuro provenientes directamente de las cavernas.

No estaba enamorado. No sentí un flechazo cuando nuestros ojos se encontraron ni nada se activó dentro de mí. Puede que me hiciera algo de gracia lo borde y seria que era. Sin más. El motivo de todo era Jeremy. Esa escena en el parque, cuando ella le entregó su amistad con el mechón de pelo pintado, se había clavado en mis entrañas y no había manera de arrancarla. Le debía la felicidad de mi hermano. Formaba parte de mi cuerpo.

Por eso, mi cabeza no paró de darle vueltas a una solución para los escalones mientras estaba en clase, hasta que se me ocurrió una idea absurda que vendí a mi amigo bajo el pretexto de que se trataría de una hazaña épica que haría que siempre nos recordasen en el instituto. Una fechoría para coronarnos. Para ser leyenda.

Pedimos permiso para ir al baño entre clases, llenamos de agua los cubos del hombre de mantenimiento y creamos nuestra propia cascada por la escalera antes de abrir las ventanas de par en par para que las temperaturas glaciales hicieran el resto. El pavimento no era seguro. Resbalaba y la dirección tuvo que apresurarse a arreglar el único ascensor, provocando el éxodo más largo y tedioso de la historia de la institución.

Más que ovacionarnos, los compañeros nos frieron a base de miradas asesinas al no poder largarse nada más sonar la campana, porque, evidentemente, nos pillaron. Las consecuencias fueron una colleja que todavía me duele, una semana expulsados y el sermón más insoportable de todos los que dio mi madre.

Pero Crysta logró bajar sin destacar y el castigo de mi madre dejándome sin cenar y sin salir hasta, según su propia amenaza, «ser mayor de edad», mereció la pena.

Pasaron las horas, y estaba profundamente aburrido componiendo con la guitarra cuando oí las pisadas del grandullón aproximándose «sigilosamente» a mi habitación. Todo el mundo en la casa debía de haberlo oído y no le prohibieron la entrada, por lo que fui consciente de que mi madre había echado un órdago del que ya se estaba arrepintiendo. A veces era demasiado blandita. Eso o que después de todos los problemas que habíamos tenido con Jeremy no le quedaban las fuerzas suficientes para emplear la disciplina y su carácter en temas que no fuesen las injusticias de mi hermano mayor.

—¿Visitando al delincuente?

—Te he traído esto. —Me tendió una porción de *pizza* robada y dejé la guitarra al lado de la cama.

—¿Y el mordisco de la punta que te has comido? —La agarré mientras se sentaba a mi lado en el colchón, provocando que este se hundiese por su peso.

—Era para que no sospechasen. —Se frotó las manos con nerviosismo. No se le daba bien mentir. No sabía.

Le pegué un bocado y relamí la grasa que quedaba adherida a mis dedos.

—Mamá no entiende por qué lo has hecho —comenzó.

—No hay ningún motivo. —Jeremy me miró a través de sus gafas y negó con la cabeza.

—Sí que lo hay. —Frunció el ceño—. Lo has hecho para que ella pudiese bajar…

La facilidad que tenía para comprenderlo todo hizo que me sobresaltase. Él no debería haberlo notado, pero tenía la capacidad de leerme. El poder de los niños de no confundirse con lo que les rodea e ir a lo evidente.

—Yo no soy como tú. Ese duende no me importa lo suficiente como para jugarme la libertad durante el resto de mi juventud.

Mi hermano creyó mis palabras. Siempre lo hacía. Él era sincero y daba por sentado que el resto del mundo actuaba con su misma integridad. Nunca ponía en duda nada que alguien dijese, porque no le veía sentido a mentir.

—Eso es porque no la conoces —repuso.

—¿Qué tiene de especial?

Se quedó pensativo. Supongo que tenía tantas cosas que decir que le costaba elegir. Se decantó por una.

—Su sonrisa.

—¿Cómo es su sonrisa?

—Real. —Lo dijo como si eso lo aclarase todo, pero me dejó con la duda.

Hablamos de muchas cosas antes de que se marchase. Sin embargo, en cuanto cerró la puerta detrás de él solo podía recordar el sonido de su voz al pronunciar «real», como si ese detalle escondiese una poderosa constelación que todavía no había descubierto. Que estaba ahí arriba. Con todo su brillo oculto entre las nubes que empañaban el cielo.

Despertó mi curiosidad por ese secreto desconocido y, como no podía dormir, inventé cien maneras de conseguir que me la dedicase, de robársela sin que se percatase de mis intenciones, antes de sucumbir al cansancio.

Me desperté convencido de que lo conseguiría en cuanto llegase al colegio. Cuando bajé a desayunar y mis padres me dieron la noticia, fui consciente de que eso nunca ocurriría. Me quedé helado y sentí que algo se rompía también dentro de mí. Nadie puede ser testigo de tanta desgracia ajena sin sentir el dolor que le rodea.

No oí los gritos desgarradores que debió de dar ni la vi llorar hasta que se quedó seca. Tampoco la acompañé. No tenía sentido. Mi lugar todavía no estaba ahí. A su lado hasta que juntos formásemos una verdad.

Solo sé que cuando volvió al colegio era un fantasma. El fantasma más triste del mundo, al que jamás vería curvar los labios. Y una parte de mí echó de menos esa sonrisa que no presenciaría en directo. Echó de menos saber qué significaba «real».

CAPÍTULO 4

CRYSTA

Tenía dieciséis años y, como cada 20 de noviembre, estaba allí.

Oí las gotas sobre las copas de los árboles antes de sentirlas en mi piel y ver los lunares oscuros que dibujaban en mi abrigo. Las ramas de los pinos se enredaban creando una telaraña verde que ejercía de paraguas. Una corriente de aire frío azotó el lugar, provocando que las hojas secas se elevasen del suelo y protagonizasen una danza violenta e hipnótica.

No me moví ni un centímetro. No podía.

Daba igual que el ritmo de la tormenta aumentase por momentos y que el pelo empapado se pegase contra mi piel. Daba igual que la tierra casi blanquecina se hubiera oscurecido por el agua hasta adquirir un tono marrón oscuro, casi rojizo, por el que sería más complicado caminar. Y que el césped estuviese cada vez más compacto, con una capa húmeda, invisible y resbaladiza por encima.

La ropa mojada cada vez pesaba más. El frío calaba mis huesos. Y lo que había comenzado como un leve temblor se había acentuado hasta provocar que mis dientes castañeteasen sin piedad mientras apretaba la mandíbula para no sucumbir y marcharme, para seguir hipnotizada con lo que tenía delante.

La abrupta tierra rodeada de una base rectangular de piedra

con musgo. La sencilla cruz ennegrecida por el paso del tiempo, perdiendo su tono blanquecino inicial. Y, la lápida, esa en la que aparecía su nombre en mitad del cementerio, unas letras que no sabía si estarían afectadas por las intemperies del norte, porque nunca me había acercado lo suficiente.

Una bandada de pájaros echó a volar. Observé cómo batían las alas antes de sortear las ramas y perderse en el cielo teñido de tonos grises y negros. Todas las aves se largaban a un lugar seguro excepto una, un cuervo que me devolvió la curiosa mirada, preguntándose por qué esa humana estaba clavada en el suelo.

El peso del pasado volvió a caer sobre mi espalda, si es que alguna vez se había desprendido. Los recuerdos.

Pasé fugazmente por aquella tarde y su posterior noche agónica, cuando, después de superar mi primer día de colegio tras la rehabilitación y la educación en casa, me encontré a mi madre hecha un manojo de nervios.

Mi padre no había regresado de navegar. Todo el resentimiento desarrollado tras el accidente desaparecía al ritmo que las manecillas del reloj seguían avanzando y no teníamos noticias suyas. Confié. Inocentemente deduje que se había hartado de soportar las miradas acusadoras en casa y los reproches constantes. No lo habría culpado por habernos abandonado en busca de un futuro menos fustigador.

Pero él no era de los que se marchan. Nada encajaba hasta que la policía llamó a nuestra puerta y, con esa cara de circunstancia reservada a las palabras que sabes abrirán un agujero en el corazón de la persona que tienes enfrente, nos dieron la noticia. El barco de papá había naufragado por el temporal. No entraron en detalles escabrosos, no dijeron si su muerte había sido rápida o agónica. El resultado era el mismo. Había desaparecido. Ya no existía.

Aceleré con el mando invisible los acontecimientos que sucedieron los días posteriores. Nuestra casa repleta de esa parte de la familia que nunca nos visitaba porque vivía en otros estados del país. Los vecinos llamando a la puerta. El personal de la funeraria recogiendo el traje negro que le pondrían y haciendo preguntas sobre tumbas, lápidas, sobre el dibujo de la muerte. Y, en mitad de todo, mi madre. Ella intentando hacerse la fuerte, a la vez que perdía color, peso y vida con cada papel de los trámites de defunción que firmaba.

Todo sucedió tan rápido que no me había dado tiempo a asimilarlo, a creerme que era verdad, cuando estaba en mi cama y mi hermana entró sin llamar a la puerta. El eco de las conversaciones del interior de mi casa la seguían de cerca. Supuse que venía para silenciarlos, para no montar un espectáculo y pedir a todo el mundo, con el poco tacto que la caracterizaba, que dejase de comer, beber y regodearse en el dolor ajeno y se largasen a sus casas para permitirnos descansar.

Becca iba impoluta, con un moño estirado, un pantalón de vestir negro y una camisa blanca que la hacían parecer mayor. Todo lo contrario que yo. Mi madre no había tenido tiempo para lidiar conmigo y no me había duchado en dos días. Mi pelo estaba encrespado, mi aliento olía a rancio y me pesaban los ojos de llorar.

Estaba tumbada con las mantas echadas por encima. No se recostó a mi lado para que nos abrazásemos, cómplices. Se sentó en el borde del colchón con la espalda erguida, los pies apoyados en el suelo y las manos sobre las rodillas.

—Tienes que levantarte —dijo con lentitud, dándome la espalda.

—No me apetece moverme de aquí —contesté, observando la prótesis sobre el diván que estaba debajo de la ventana.

—No es una sugerencia, Crysta. —Su tono se endureció.

—Llevamos dos días sin dormir... Necesito descansar —apunté.

—No tienes derecho a quedarte desconsolada en la cama. —Inspiró y espiró. Estaba nerviosa. A ella no se le aceleraba el pulso, sino que la invadía una extraña calma.

—Algunas personas necesitan regodearse en su propia miseria el día que acaban de ver cómo meten el cuerpo de su padre en una fosa —comenté. Esa parte de mi mente más macabra no po-

53

día evitar pensar una y otra vez en el cadáver de mi padre dentro del ataúd. ¿Sentiría frío? La noche era fría. Me arropé más, como si las glaciales temperaturas del cementerio se trasladasen a nuestra casa.

—No tienes derecho a estar en la cama llorando su muerte —insistió. Su voz destilaba un deje de amargura. Había algo más bajo todo ese control.

Becca se dignó mirarme con sus ojos vidriosos que no derramaban lágrimas.

—Esto es culpa tuya. —El eco de su voz se instauró en mi cabeza—. Oh, venga, no me digas que la única neurona que te queda activa se ha colapsado. Te lo explicaré. ¿Sabes cuánto le ha costado la rehabilitación y ese estúpido hierro a una familia sin seguro? —Miró con desdén mi pierna metálica a la vez que colocaba su mano en el hueco vacío de la cama donde debería haber estado la de carne y hueso. Un gesto que ella sabía que me destrozaba.

—Él dijo que la organización para niños…

La voz se me quebró por la impotencia. Tuve otra pierna después del accidente. Era más básica, complicada de llevar y se acoplaba peor a mi articulación. La rehabilitación era infinitamente más tediosa. Entonces mi padre llegó un día al hospital y anunció que me habían aceptado en un programa, una asociación de personas altruistas que se dedicaban a facilitar la vida a personas con mis mismas circunstancias.

—No existe. Él te mintió para protegerte, nuestra familia se endeudó y tú pudiste estar entre algodones de azúcar —escupió—. La casa, el negocio, mi paso por la universidad, todo pospuesto por tu pata de hierro. —Lo dijo con tanta calma que, desde fuera, daba la sensación de que me estaba contando un secreto—. Siempre has sido la protagonista. Hasta el final.

—Yo no…

—Tú sí. ¿No te parece sospechoso que un experto como él naufragase un día tan calmado? ¿No te resulta extraño que justo lo hiciera cuando se acababa el periodo de carencia del seguro de vida que había contratado y por el que si él moría en un accidente, nos soltarían los suficientes dólares para poder volver a respirar?

No contesté. Estaba en *shock*. Interiorizaba su revelación.

Si Becca disfrutó de mi desconcierto no hizo ningún gesto que la delatase. Se puso de pie, se atusó las arrugas de la camisa y pasó las manos para apelmazar los pocos pelos que se habían soltado de su recogido. Después se agachó despacio y retiró todas las mantas que tenía encima de mi cuerpo sin contemplaciones.

—Tienes que levantarte. Andar. —Repitió la frase que había dicho nada más entrar—. Brad se ha suicidado para que ese muñón no esté en reposo.

El cielo rugió en el cementerio y me trasladó al presente con la conversación de mi hermana repiqueteando en alguna parte de mi cabeza. Su revelación nunca desaparecía. Era una constante que rebotaba en mi cerebro.

Miré al frente. A las cascadas de las ramas se había unido un manto de lluvia denso y las gotas de mis pestañas me impedían ver la tumba con el nombre de mi padre que sabía que estaba enfrente. Una tumba a la que no me acercaba por un motivo que no era capaz de desentrañar. Puede que se tratase de odio por haberme abandonado sembrando una duda. Puede que una parte de mí supiera que no sería capaz de respirar a escasos centímetros de él, sabiendo que no sentiría sus brazos rodeándome y el viento no traería consigo el olor a su vieja espuma de afeitar.

El cielo bramó con lo que me pareció el rugido de un león a través de los altavoces de la naturaleza. Las corrientes de aire aumentaron provocando que las ramas de los pinos se agitasen. Las bajas temperaturas me sacudieron de nuevo y mi cuerpo se quejó con escalofríos que más bien parecían espasmos.

Comencé lo que debería ser un sencillo movimiento para poder marcharme de allí. Nadie tenía que esforzarse para hacerlo. Pero yo no era como los demás. Debía estar atenta a donde situaba los pies. La tarea de avanzar un paso tras otro. No lo hice y, como consecuencia, me resbalé. Traté de agarrarme a la corteza del árbol más cercano y lo único que conseguí fue que se desprendiese un poco antes de caerme al suelo.

Me encontré atrapada en el fangoso terreno. Intenté ponerme en pie con ayuda de la pierna sana y el impulso de las manos apoyadas en el suelo. No lo conseguí. Estaba a medio camino cuando me vine abajo, de cara, mordiendo la arena mojada.

—Mierda... —Tenía los bajos del pantalón vaquero empapados y unas Converse azules que ahora parecían teñidas de marrón.

—¿Alguien ha pedido un héroe a domicilio? —oí su voz al tiempo que me rodeaba con sus brazos y me elevaba a pulso.

—Puedo hacerlo por mí misma... —bramé sin poder detenerlo.

—Lo sé. Esto solo es para alimentar mi ego. Necesito demostrarme al menos un par de veces al día que estos músculos sirven para algo más que enseñar los cuadraditos y que los tangas de una milla a la redonda acaben transformados en ceniza —añadió con un tono chulesco que me irritó.

Miré a la persona que me sostenía contra su pecho. Era Julien. El hermano de Jeremy. Lo conocía del colegio, del instituto y de las tardes en la habitación del gigante oyendo el eco de su guitarra. No teníamos mucho trato. Nada más allá del «gracias» por cortesía cuando nos teníamos que pasar alguna hoja en clase. Sin embargo, sabía de quién se trataba. No solo porque su hermano era el único amigo de verdad que me quedaba a aquellas alturas, sino porque, definitivamente, él no era de las personas que pasaban desapercibidas en un pueblo pequeño de Alaska.

Tenía una personalidad arrolladora. O al menos esa era la conclusión de todos los que lo habían elegido como una especie de líder en nuestra comunidad. Tenía el punto exacto de diversión para no ser considerado el payaso de la clase, era sociable, simpático y, para qué vamos a negarlo, estaba bastante bien. Puede que alguna vez hubiese sufrido un cortocircuito y me hubiese quedado embobada mirándolo un par de segundos. Solo puede.

Seguía teniendo el pelo rubio, pero ya no lo llevaba a tazón como un clon en miniatura de esa raza denominada Nick Carter. Lo llevaba corto, con las puntas casi siempre despeinadas en todas direcciones. Las facciones infantiles comenzaban a endurecerse, mostrando lo que sería un hombre con cierto aire de misterio, atractivo y con magnetismo. Sus labios solían estar curvados en una sonrisa ladeada, sus ojos eran de un tono más ámbar que canela y había moldeado su cuerpo. Nada de hinchado, definido, con unos brazos torneados y fuertes y una espalda ancha que empezaba con esos hombros musculados y terminaba en una cintura algo más estrecha.

Estoy segura de que muchas de mis compañeras habrían matado por conseguir que él las sujetase como me estaba sujetando a mí, con sus brazos sosteniendo mi cuerpo, las gotas que ennegrecían su pelo cayendo sobre mi nariz y su torso tan cerca de mi rostro que podía oler la lluvia entremezclada con su aroma.

Me hizo sentir muy incómoda. La distancia era vital en nuestra relación.

—Bájame —le pedí.

—¿Pretendes privarme de mi salida teatral del día? —Ladeó la cabeza—. Me temo que no puedo concederte ese deseo. —Me apretó contra su pecho para que la sujeción fuese mejor y liberó una mano que empezó a moverse rumbo a mi cara.

—¿Se puede saber qué haces? —Rehuí el contacto. No estaba acostumbrada a ese tipo de intimidad. No si no se trataba del gigante.

—Tenías barro en la boca. —Pasó la manga de su sudadera por el labio—. Mi madre se ha esforzado tanto en el tema de la limpieza que ha creado un monstruo contra la suciedad. Tendrías que ver mis guerras contra las motas de polvo —bromeó, y me distrajo. Noté la tela sobre mi piel eliminando todo rastro de arena. Cuando terminó volvió a sujetarme—. ¿Nos vamos o prefieres que acabemos protagonizando la primera tragedia norteamericana de los dos jóvenes que se ahogaron en mitad de la lluvia?

No insistí en que me bajase y asentí. No era idiota. Mis posibilidades de llegar al aparcamiento por el camino embarrado sin tropezarme de nuevo eran nulas. Yo lo sabía y él también. Fue lo más sencillo. A mí no me apetecía que alguien volviese a verme despeñarme contra el suelo, mi debilidad, provocar lástima lo pena, y Julien prefería colocar un velo cómico sobre su acto de nobleza.

—Espérame aquí —me pidió al ayudarme a entrar en mi coche.

Me coloqué en el asiento de piloto de mi Honda con los pedales adaptados a la prótesis. Encendí el motor. Tenía frío. Mucho. Los dientes me castañeteaban y las manos me temblaban cuando regulé de la calefacción.

Activé el limpiaparabrisas y observé a Julien corriendo rumbo a la caseta del cementerio. Pegaba pequeños saltos bajo la lluvia mientras rebuscaba en el bolsillo trasero de su pantalón la llave para abrirla. Se perdió en el interior unos segundos antes de salir de nuevo corriendo al coche con su monopatín en la mano, que dejó en el maletero antes de entrar. Aproveché para quitarme el abrigo empapado y depositarlo en la parte trasera.

—Pisa el freno. —Metió la mano debajo del asiento, pulsó la palanca para moverlo y lo echó hacia atrás. Lo miré sin comprender a qué se refería—. Es un poquito precipitado empezar a despelotarnos ya. —Bajó la calefacción—. Robas la magia del arte de la seducción. Normalmente necesito sacar un poquito de la munición pesada para ver la ropa interior. —Se rio, entretenido, al ver que fruncía el ceño sin poder creerme que fuese tan engreído, con una chulería que no sabía si me hacía gracia o con la que me entraban ganas de empujarlo fuera del Honda e irme quemando neumáticos.

—¿Te suele funcionar? —Enarqué una ceja.

—¿Qué?

—La palabrería barata.

—Es infalible. —Se encogió de hombros.

Bufé y miré hacia delante. La tormenta no amainaba. Las nubes descargaban cada vez con más potencia.

—Ya has dicho tu coña de conquistador del día, así que, si no te importa, me gustaría irme a casa. —Señalé la puerta y lo invité a abandonar el vehículo.

—Y a mí. Por eso estoy aquí. —Lo miré de nuevo. Estaba recos-

58

tado despreocupadamente contra la ventanilla con todo el cuerpo girado en mi dirección–. ¿No habrás pensado que la romántica salida entre mis brazos era gratis? Me debes un viaje.

Su sonrisa se ensanchó y arqueó las cejas un par de veces en un gesto que pretendía ser gracioso. Lástima que mi sentido del humor estuviese extirpado, o eso creía.

—No es buena idea que dejes tu coche aquí –comenté. No me apetecía seguir con esa tontería. No quería conocer a Julien. Estaba cómoda en mi zona de confort, aislada del resto del universo–. Seguro que es un caramelito para los ladrones…

—Buen intento. Mi padre trabaja aquí, en mantenimiento. He venido como un buen hijo a echarle una mano, pero no me he largado con él a pesar de que me ha advertido que iba a caer una buena. A veces soy un tío cabezón, con un criterio que deja bastante que desear. Quería regresar en monopatín para meterme un buen chute de adrenalina en vena. –Señaló al frente, al tiempo inclemente–. Como puedes apreciar, no es posible. El día de hoy no destacará por mis ideas brillantes.

¿Qué podía hacer? No iba a dejarlo allí después de que me hubiera ayudado. Cedí y entonces me fijé en que observaba su sudadera pringada de barro con una mueca de desagrado.

—Si quieres puedes traérmela… –propuse, al darme cuenta de que la tenía así por mi culpa.

—Si es porque quieres guardarla en tu mesita de noche y esnifar mi olor antes de irte a dormir, es toda tuya. –Puso de nuevo esa sonrisa ladeada que me producía alergia–. Si es por las manchas, debo aclararte que la lavadora y yo tenemos una relación de lo más correcta. Yo la activo pulsando un botón y ella limpia la ropa.

—¿Estás seguro?

—Cien por cien. No le supondrá ningún reto a ese trasto, después de dejar impolutos algunos calzoncillos de Jeremy que dejarían KO a una persona más rápido que oliendo un pañuelo con cloroformo.

Asentí y quité el freno de mano. Lo normal habría sido que no tardase más de diez minutos en llegar a su casa. En Ketchikan todo estaba relativamente cerca. Era lo bueno de vivir en un sitio pequeño. Las distancias nunca eran excesivas. Sin embargo, a pesar de tener los limpiaparabrisas a su máxima potencia, la visibilidad no era muy buena y tenía que ir despacio.

—¿Puedo? —preguntó Julien, y movió la mano hacia la radio antes de que le diese permiso—. Tengo curiosidad por saber qué sonará.

—¿Por qué?

—Normalmente calo a las personas. Una charla con ellas y sé cuáles son sus gustos. Tú eres distinta.

—¿Lo soy? —Me extrañó.

—Claro, tú no hablas.

—¿Vas a hacerme una consulta psicológica gratuita acerca de los motivos que me llevan a no hablar? —Ese era uno de los motivos por los que relacionarme con los demás me resultaba agotador. Nunca actuaban con normalidad. Siempre trataban de penetrar en mi interior para saber qué pensaba, qué sentía, leerme, aunque yo no quisiera exponerme.

La gente lo quería todo de un modo inmediato. Ya. Estaban tan acostumbrados a que las personas se abriesen de par en par sin esforzarse que nadie comprendía que existiesen seres humanos como yo que necesitaban su tiempo, confiar poco a poco, forjar una relación a fuego lento. En la era de lo inmediato, lo que requería esfuerzo daba pereza.

—Constato una realidad. —Me guiñó un ojo—. No sé cómo puedes mantener las palabras a raya, cómo el silencio no te agota.

Pensé en la frase de Confucio de que «el silencio es el único amigo que jamás traiciona». Me abstuve de pronunciarla en voz alta.

Julien encendió la radio. Tenía sintonizada una cadena de *country*.

—Demasiado desgarrador. Solo puede terminar con nosotros dos lamentándonos de las miserias del mundo. —Iba a cambiar de dial cuando se percató del MP3 que reposaba en el espacio reservado para el cenicero del vehículo. Lo agarró y lo introdujo en la clavija.

—La gente suele pedir permiso antes de hurgar en la intimidad ajena…

—No cuando las apuestas están en su contra. Te habrías negado…

—¿Por qué estás tan seguro?

—La música es un arma demasiado potente. Dime qué escuchas y te diré quién eres. Y por algún extraño motivo tú no quieres que nadie te conozca.

El dispositivo tardó un rato en leer el MP3. La primera canción que sonó fue *Waiting for something*, de Nada Surf. Observé a través del retrovisor a Julien frunciendo el ceño antes de pasar al siguiente tema, *All apologies*, de Nirvana. Repitió el gesto y a ese tema lo siguió *When you are gone*, de Avril Lavigne. La rubia no debió de convencerlo, porque de nuevo apretó el botón. Los altavoces proyectaron *Stayin'Alive*, de los Bee Gees. Entonces, Julien se detuvo, se echó hacia atrás y comenzó a reírse.

—¿Qué te hace tanta gracia?

—Acabo de imaginarte en tu habitación bailando esta canción como si no hubiera mañana.

—Yo no bailo —le aclaré.

—Es verdad. Tú solo te encierras en tu cuarto con las ventanas bajadas pensando lo mucho que odias a todos los habitantes de la ciudad, ¿no? —Se pasó la mano por el pelo, despeinándose—. ¿Sabes qué te digo? Que no cuela. Seguro que berreas como una loca con el puño apretado como un micrófono cuando nadie puede verte…

—Si te hace ilusión pensar eso…

—Me resulta adorable fantasear contigo meneando las caderas en cualquier escenario posible. —La canción terminó y, para mi desesperación y vergüenza, comenzó a sonar *Circle of life*, de la película *El Rey León*. Me removí inquieta. ¿Por qué la había grabado en el MP3, dejando patente mi lado infantil? Porque pensaba que nunca nadie lo escucharía a mi lado—. ¿Disney también? —Se mofó al percatarse de cómo apretaba el volante con más fuerza.

—Me gusta probarlo todo. —Traté de sonar indiferente.

—Duende, en determinado contexto y con una mente pervertida como la mía, ese comentario puede sonar muy mal... O muy bien, depende de lo que quieras conseguir.

—¿Todos tus pensamientos giran en torno al mismo tema?

—Hay muchos más, aunque ese es mi favorito. Tendrás que ganarte el derecho de conocer el resto. —Dejamos atrás la carretera serpenteante del cementerio y entramos en la ciudad. El primer semáforo con el que nos topamos se puso en rojo y frené. Un par de calles más y llegaríamos a nuestro destino.

—Mucho das tú por sentado que habrá más...

—No es una suposición. Lo sé. Mañana a las ocho y media de la tarde vendrás a mi casa a por mí. —Lo miré y sus ojos ámbar se encontraron con los míos.

—¿Por qué iba a hacer eso?

—Por la sudadera.

La luz se tornó verde y me apresuré a pisar el acelerador. El asfalto estaba repleto de charcos y, al pasar con las ruedas por encima, el agua salía disparada en todas direcciones.

—Eres bipolar, Julien. Creía que no era necesario que intercediese entre tú y la lavadora, no vaya a ser que se ponga celosa...

—No tienes que hacerlo. Me debes una por obligarme a lavarla y que pierda su valor. Michael Jordan la tocó el año que veraneó aquí. He elegido una penitencia adecuada.

Estacioné en la puerta de su casa, en el mismo sitio en el que dejaba el coche cuando iba a buscar a Jeremy. Me extrañó mirar el porche iluminado y no ver salir inmediatamente al gigante corriendo en mi dirección con alguna muñeca entre los brazos para mostrármela con orgullo por la ventanilla antes de entrar. Con el hermano mayor solía estar tranquila, con esa confianza que solo él sabía transmitirme. Las cosas eran distintas con Julien. Estaba recelosa, actuaba con cautela.

Jeremy era transparente como el agua y me obligaba a bajar las defensas. Julien escondía un secreto detrás de su sonrisa que hacía que, dentro de mi fingida inactividad, mis nervios se disparasen. No sabía cómo lidiar con él, con una persona con matices.

—¿Cuál es el castigo? ¿Que te ayude a recoger la ropa interior sucia de tu habitación?

—Estás anticuada. —Me guiñó un ojo—. Que las chicas se disfracen de Cenicienta hace años que pasó de moda.

—¿Entonces?

—Tenemos una cita. Tú, yo, las estrellas… y el secreto de la Luna —Su sonrisa se ensanchó.

—No voy a… No voy a… No voy a salir contigo —me apresuré a dejar claro.

—Tienes que controlar esa vena tuya que se viene arriba muy rápido, viciosilla. No es una cita romántica. Podemos dejar los besos para más adelante, cuando no me mires como si fuese una cucaracha enorme, asquerosa y a la que te mueres por pisar. Es un esfuerzo en vano. Los de mi especie podemos sobrevivir a una bomba nuclear, —Tomó aire y añadió—: Solo dos personas que pasan una noche juntas y tal vez hasta se diviertan.

Julien trataba de ser amable con sus comentarios de adolescente hormonado. Lo sabía y me producía rechazo. Había aprendido a soportar las miradas indiferentes, las de lástima y las que pasaban de largo, demostrando que cada día era un poco más invisible.

Esa situación era distinta, inesperada y extraña. El hermano menor de Jeremy me hablaba con la misma normalidad que utilizaba con ese moreno del que parecía inseparable. Simple y llanamente me estaba ofreciendo sin ningún tipo de dobles intenciones un plan de esos que mis compañeros hacían constantemente. Salir por ahí.

¿Podría ser que solo estuviese poniendo los ingredientes de la receta de una amistad? ¿Estaba preparada para aquello que anhelaba en lo más profundo de mi corazón?

—El karma no te devolverá la suerte multiplicada por tres por sacarme a pasear. No soy tu buena acción de la semana, Julien —dije con más seriedad de la que pretendía. Verte como un acto de caridad, como la obligación que los padres imponen a sus hijos al ritmo de «pobrecilla», la mascota, era insufrible.

—¿Sabes una cosa? Que yo sepa, no soy descendiente de la Madre Teresa de Calcuta y no aspiro a convertirme en el próximo Papa.

El chico siguió una gota de lluvia con la yema de los dedos en la ventanilla antes de girarse.

—¿Te gustaría que te mintiese y dijera que esto es porque hace años perdiste un pie? —Apretó los labios y se acercó—. No voy a ponerte tan fácil decir no. Todo es más sencillo. Lo hago porque Jeremy habla sin parar de ti y ya estoy hasta las pelotas de oír lo divertida que eres y luego verte amargada por los pasillos. Sé que él no miente. No sabe hacerlo. Y si eres una décima parte de lo que asegura, habrá merecido la pena este discurso de pacotilla en lo que parece el fin del mundo.

Salió del coche y por fin se marchaba cuando, como si una fuerza lo agarrase, se detuvo en seco, caminó de nuevo hasta el vehículo y abrió mi puerta, provocando que entrasen gotas disparadas en todas direcciones.

—Deja de esconderte y saca ese par de ovarios que he visto que tienes cuando lo defendiste el día que enseñaste las tetas en mitad del gimnasio.

Sabía a qué se refería. Algunas chicas se divertían jugando de un modo cruel con Jeremy. Estaba sentada en las gradas cuando oí que le preguntaban si quería verles las tetas. El gigante, fiel a su costumbre, dijo que sí. Solía ser su respuesta habitual. Me percaté de su mala intención, la de acusarlo de pervertido, y antes de que llevasen a cabo su plan le silbé y le dije que si quería ver un par, yo se las enseñaría a la vez que me levantaba la camiseta. Él no mostró el más mínimo interés, solo asintió como si acabase de mostrarle una nueva peca con forma de luna, ellas fracasaron y durante varios meses me convertí en la comidilla por exhibicionismo.

Que hablasen de mí por algo más que por el accidente fue liberador, por no hablar de que enseñar las tetas no tenía ningún valor para mí, y así evité que le pegasen por acusarle de pervertido. Lo que no sabía es que un tercer testigo estaba también en el gimnasio. No vi a Julien. Era lo habitual. Intentaba no mirarlo demasiado. No interesarme. No conocerlo.

Y ahí estaba. Apoyado en la puerta del coche con la lluvia rebotando contra su cuerpo con toda su atención puesta en mí.

—Tienes que salir de tu confortable habitación. Sin esperar nada. Sin pensar. Dejando que la vida te sorprenda. —Suavizó el tono de su voz—. Ven mañana. Conóceme. Y, quién sabe, puede que incluso nos enamoremos… —Se rio de su propia ocurrencia/locura.

—Eso es bastante improbable…

—Entonces fijaremos una meta más posible. —Carraspeó, satisfecho. En algo se parecía el rubio al gigante. Ambos estaban concebidos para ser felices y contagiarlo—. Ven mañana. Conóceme. Y, quién sabe, puede que incluso te caiga bien. Que pasemos un rato cojonudo en el que no nos quede más remedio que hablar. Que cuando te desvele el secreto de la luna decidas que merece la pena ser mi amiga.

Esa noche pensé en él. No se dibujaron corazones en mi retina, sudé purpurina ni vomité arcoíris. No. Fue algo más sencillo. Me imaginé dándole una colleja de camaradería cuando soltase alguno de sus comentarios bravucones en los que se creía un dios del Olimpo, escupiendo las palomitas cuando lo viese salir con una moña y su guitarra para tocar una canción y escuchando esas anécdotas que tendía a exagerar. Me vi a mí misma siendo su amiga. Porque yo también lo conocía. Más de lo que él podía suponer. Cómo no iba a hacerlo si era el tema favorito de Jeremy.

Fantaseé con que estar a su lado fuese tan solo el uno por ciento de lo que su hermano aseguraba, y se dibujó una imagen en mi cabeza que hizo que me estremeciese. Me vi de nuevo riendo. Feliz.

Atreverme a salir de mi burbuja y conocerlo fue la decisión más arriesgada que tomé en muchos años y, para bien o para mal, es algo de lo que nunca me arrepentiré. Me cambió. En todos los sentidos.

Yo no sabía que mi vida daría vueltas a toda velocidad, que experimentaría acontecimientos únicos, experiencias inolvidables, hechos históricos y momentos apasionantes. Tantas cosas que darían para escribir una novela. Seguramente el lector valoraría más otros capítulos y ese hecho pasaría desapercibido, una pequeña evolución. Pero si lo evalúo todo, si lo pongo en una balanza, lo tengo claro. Lo más memorable de mi existencia fue atreverme a compartir una parte con él. Conocerlo.

No dudaría en cambiar todos los grandes instantes por uno, por muy pequeño que fuera, de los insignificantes que vinieron a continuación. Esos que nunca valoré porque creía que serían eternos.

CAPÍTULO 5

JULIEN

Mi padre, Daniel, tuvo un grupo de *rock* con sus amigos. Versionaban algunos temas de moda y compusieron un sencillo que era horroroso. Con el paso de los años y la llegada de las responsabilidades, acabaron relegándolo a un segundo plano, hasta que pasó lo inevitable y acabó en el olvido. Los instrumentos de ese recuerdo del pasado estaban abandonados en un rincón del garaje con la única compañía del polvo que se posaba sobre ellos hasta que los descubrí con el grandullón y volvieron a cobrar vida. Aporreábamos el piano y la batería y desgastábamos las cuerdas de la vieja guitarra, y fue ahí, en mitad de esa banda sonora de destrucción, cuando me di cuenta de un detalle.

Mi hermano mayor era un puro nervio. Inquieto. No podía estar en el mismo sitio más de cinco segundos antes de activarse y correr sin rumbo. Lo mismo ocurría con su voz. Quería decir tantas cosas a la vez que terminaba por balbucear frases ininteligibles entre tartamudeos.

Estaba nervioso todo el día, a excepción de cuando estábamos en ese garaje. La música lo calmaba. Le transmitía paz. Bajaba las revoluciones de sus palabras cuando cantaba, pronunciando con total claridad.

¿Que cómo me inicié en el mundo de la canción? Da igual lo que dije años después cuando mi carrera despegó. La única razón por la que una buena tarde lo hice fue para asumir una especie de rol de logopeda. Luego fui consciente de que era divertido y mi voz no sonaba del todo mal. Pero eso fue mucho después. Lo que me impulsó a seguir haciéndolo, lo que convirtió ese acto en algo adictivo fue la conexión que alcanzaba con mi hermano, como si a través de las notas que salían de mi boca tuviésemos un vínculo imposible de definir.

Jeremy tardaba poco en aburrirse, así que debía innovar, ofrecerle un espectáculo digno que cautivase su atención, algo distinto en cada ocasión para que esa terapia siguiese siendo efectiva. Era solo un niño cuando aprendí a tocar la batería y la guitarra de manera autodidacta. No era un gran músico, pero me defendía.

Con el paso del tiempo perfeccioné algunos puntos y me centré en la puesta en escena, con una representación teatral y unas letras que lo capturasen. Introducía al menos un par de tacos, porque sabía que le hacían gracia, y me ponía un moño en lo alto de la cabeza para volverme loco en las notas finales moviéndola adelante y atrás y que se me cayese al tiempo que tiraba alguna cosa que me pillase cerca.

Eso le hacía aplaudir como un loco. A él. Mi mejor público.

Esa tarde tocaba el turno de Coldplay. Terminé la versión obscena de *Viva la vida* sudado, golpeando las cuerdas con potencia y moviendo la cabeza como un demente antes de lanzar uno de los peluches de nuestra infancia al otro lado del garaje.

Sentía cómo la sangre circulaba más rápido de lo normal por mis venas, el pecho me subía y me bajaba a un ritmo frenético y tenía la piel de gallina. El final épico y la sensación de que más que aire respiraba notas me había dejado extasiado. Jeremy me vitoreó y aplaudió con ganas mientras yo le hacía una reverencia.

Levanté la cabeza, lanzando las gotas de mi pelo alborotado en todas direcciones, cuando me di cuenta de que había un elemento nuevo en el garaje. Allí, en la puerta, recogiendo el viejo oso de peluche del suelo y mirándome con escepticismo estaba

Crysta. A pesar de que había accedido a venir, no apostaba ni un dólar por que cumpliese su palabra. Estaba convencido de que volveríamos al mismo punto de partida. Ese en el que ella pasaba a mi lado como si yo fuese invisible.

—Tu madre me ha dicho que podría encontraros aquí. No pretendía molestaros en esta especie de ataque epiléptico que habéis sufrido.

Crysta aferró el oso y lo apretó contra su pecho. Llevaba el pelo color ceniza hacia un lado con las puntas rizadas, dejando entrever el mechón teñido de rosa, unos vaqueros anchos, un jersey de manga larga negro que dejaba un hombro al descubierto y sus ojos con sombra oscura que acentuaba la dureza de su mirada, esa que le gustaba resaltar.

—¿Debo interpretar que te hayas pintado los labios de rojo como una señal? —Solté uno de mis chascarrillos.

—Sí, una bien luminosa de cómo quedarán los tuyos si hoy intentas algo raro. —No se amedrentó y me gustó su fortaleza. Saber que para impresionarla era necesario algo más. Un reto.

—Borde… Seguro que eras una de esas niñas sádicas que tiraban de la barba de Santa Claus cuando estaba sentada encima para mostrarle al resto que era un disfraz.

La chica no llegó a contestarme. Mi hermano se abalanzó y la estrechó entre sus brazos antes de que ella pudiese abrir la boca. Depositó el peluche en el estante más cercano y se dejó querer envolviéndolo del mismo modo.

—¿Vienes con nosotros, gigante? —preguntó cuando se separaron.

—No. Hoy es noche de cine —explicó, y ninguno de los dos insistió porque lo conocíamos y sabíamos que lo alteraba cambiar sus rutinas, lo planificado—. Voy a darte la comida para los gatos antes de que os vayáis.

—Te esperamos y… —Le hice un gesto con la mano para que se limpiase los dos lamparones de mocos que le caían de la nariz. Me hizo caso inmediatamente—. Muy bien, campeón. Ya sabes, las chicas se desmayan con los mocos. Son demasiado blanditas... –bromeé. Me agradó ver que Crysta no ponía ninguna mueca de asco.

Jeremy desapareció por la puerta metálica del garaje y me acerqué a ella. Cuando la distancia entre nosotros se estrechó, observé que llevaba un pendiente alargado en forma de cruz. Moví la mano para rozarlo por curiosidad y ella se apartó. Le repelía el contacto. Por lo menos con alguien que no fuese él.

–¿No has tenido suficiente con destrozar mi canción favorita de Coldplay que ahora pretendes robarme el pendiente? –bromeó para enmascarar su reacción.

–Venga, reconoce que no canto tan mal y has disfrutado de lo poco que has visto de la actuación.

Crysta se quedó en silencio. No era muy dada a regalar cumplidos.

–No entran ganas de arrancarte los tímpanos...

–¿Vas a hundirme enumerando los gallos?

–La risa de Jeremy los camuflaba. –De repente se relajó, como si con él de por medio nada pudiese ser malo–. Ese sonido me gusta. Le da valor a todo. Incluso a las letras obscenas inventadas para conseguirlo. –Y fue ese momento de comprensión, la conexión que manifestaba, lo que me demostró que la chica de los ojos recelosos merecía la pena; al fin y al cabo, sentía del mismo modo que yo.

Jeremy regresó al cabo de un rato con una bolsa que contenía un plato tapado con papel transparente. Crysta y yo nos despedimos y salimos al exterior. Juntos. Por primera vez. A pesar de todo lo que habíamos compartido a esas alturas.

El cielo no estaba gris como de costumbre. Había nubes, sí, pero el tono era más bien blanquecino, como algodones flotantes. No tuvimos tanta suerte con el aire. Hacía un frío de mil demonios que hizo que Crysta y yo nos subiéramos el cuello del abrigo a la vez. Además, ella se puso unos guantes a rayas negras y rojas con la puntera de los dedos recortada y yo la capucha de la sudadera que llevaba debajo.

Dimos de comer a los agradecidos animales y nos subimos

a su coche para dirigirnos al puerto. No tardamos en aparcar. Cruzamos la carretera en dirección a los restaurantes en primera línea de mar, con las olas lamiendo sus cimientos, el olor a madera mojada y sus grandes ventanales de colores. Me sorprendió gratamente que la chica seleccionase un bar que conocía bastante bien, el Eagle, en honor a las águilas calvas que surcaban nuestro cielo.

—Has cambiado de compañía —me saludó Jackson, el camarero. Como siempre, llevaba las gafas empañadas colocadas en el puente de la nariz, la cortinilla de pelo hacia el lado derecho para tapar la calvicie y su enorme barriga cubierta por un delantal con el logo del sitio.

—Tanteo opciones, a ver si por fin soy yo el que roba *pizza* y no al que se la quitan… —Me quité la chaqueta y me subí las mangas de la sudadera. Hacía mucho calor allí dentro.

—Lo dudo. La señorita Crysta es de los clientes que le gustan a mi mujer. Deja los platos más limpios que cuando salen del lavavajillas. —Le sonrió con reconocimiento y mi compañera lo saludó, al tiempo que guardaba los guantes en el interior del bolsillo del abrigo—. ¿La mesa de siempre? —me consultó, y asentí.

Jackson comprobó que estuviese libre y nos guio. Eagle era un sitio pequeño con pizarras verdes y negras en la barra donde escribían la carta, mesas de colores chillones y sofás de cuero marrón al lado del amplio ventanal. Me gustaba sentarme en una de las esquinas. Los altavoces estaban cerca y se podía oír con más claridad la tenue banda sonora que acompañaba al establecimiento, inundándolo de canciones antiguas, con una lámpara que colgaba del techo con un cable hasta acabar rozando los pétalos de las margaritas que estaban en el jarrón y no sabía de dónde diablos sacaban, y la pintura de nuestra ciudad y las montañas que lo rodeaban a vista de pájaro.

—Me encanta este cuadro. Cuando lo miras, casi eres capaz de sentir cómo te crecen alas y estás allí arriba —comenté mientras Crysta y yo nos sentábamos en los sofás.

—¿Me estás vacilando? —preguntó, dubitativa.

—No soy un erudito del arte, pero reconozco cuándo algo me pone la piel de gallina. —Frunció el ceño. Parecía confundida. Eso me molestó—. ¿Piensas que no puede gustarme nada que no sean los gráficos de los videojuegos?

—No es por eso. —Sonó apurada—. Creía que lo sabías y, como de costumbre, te estabas quedando conmigo.

—¿Saber qué? —Esa vez era yo el que se había perdido.

—Que es mío —dijo entre susurros, y no pude evitar abrir mucho los ojos.

—Joder, duende, no sé por qué lo dices tan bajito, como si fuera un secreto oscuro del que avergonzarse. Tienes mucho talento. —Se removió, como hacen las personas que no están acostumbradas a los cumplidos.

—Solo es un *hobby*…

—No te restes mérito —apunté.

Jackson apareció en ese momento para tomar nota y pedimos dos *pizzas* para compartir antes de continuar la conversación.

—Eres una caja de sorpresas, ¿algún secreto inconfesable más para dejarme alucinado? ¿Qué haces en tu tiempo libre?

—Lo normal…

—Yo no utilizaría normal para definir esto. —Señalé de nuevo el cuadro.

—Leo, veo series y películas… ¿y tú? —Cambió el foco que sentía sobre su cabeza para situarlo en la mía. No me extrañó. Tantos años soportándolo debía de haber provocado que lo aborreciese incluso cuando se trataba de una conversación normal.

—Intento aprovechar el tiempo. Ya sabes, familia, amigos, chicas, música, tecnologías… Todo bastante típico, excepto una cosa.

—¿Cuál? —Se apartó el pelo a un lado. Las ondas caían por el jersey como si se tratase de una cascada. Me fijé en que la piel de su hombro blanquecino parecía muy suave y me invadieron unas ganas tremendas de tocar el lunar que estaba en el centro exacto.

—Compro cosas viejas, desgastadas, rotas, y las arreglo. Un manitas.

—¿Para qué?

—¿No es evidente? —Sonreí—. ¡Para venderlas! Necesito ahorrar todo el dinero que pueda para comprarme el mejor vehículo del mundo.

—¿Tienes echado el ojo a algún cochazo para fardar en la puerta del instituto?

—Los coches son poco emocionantes y las distancias aquí no son lo suficientemente largas como para que lo necesite. Prefiero el monopatín. —Crysta enarcó una ceja y traté de explicárselo—. Acaba convirtiéndose en una prolongación de ti mismo, como si fuerais uno, eres capaz de sentir el asfalto en la suela de tus Converse. El aire. La velocidad revolucionando tu piel. La adrenalina que invade cada poro.

—¿Entonces?

—Una moto acuática para surcar las aguas sin miedo, en contacto con el exterior, conociendo nuevos lugares sin necesidad de que estos sean lejanos o desconocidos. La emoción de no tener ni puta idea de si serás capaz de manejar lo salvaje. El riesgo.

Distinguí un brillo de nostalgia en los dos cristales que tenía por ojos. No me dio tiempo a intentar indagar el motivo.

—Eres más sensible de lo que suponía…

—Un bizcocho dulce, blandito y relleno de chocolate. Es más, si pienso en el final de *Hachiko* un buen rato, es posible que llore —bromeé.

—¿La has visto? —Asentí y, de nuevo, ella se quedó pensativa.

—¿Qué pasa? No me desaparecen las pelotas por ver películas sin tiros ni acción —rumié.

En la cara del duende se dibujó una sonrisa. No llegaba a ser una como tal. Más bien un intento. Me dejó noqueado durante unos segundos. El modo en que sus labios cedían para mostrar sus dientes era fascinante. Lamenté que casi siempre se encontrasen cerrados a cal y canto.

El espíritu de ese niño que inventaba cien maneras para hacerla reír estaba reviviendo a pasos agigantados cuando giré la cabeza en dirección a la cristalera y me topé con Josh y sus secuaces del equipo de fútbol. Agradecí profundamente que Lucas no estuviera. Eran demasiado imbéciles para que perdiese su tiempo con ellos.

Supe que iban a propiciar un encontronazo antes de que confirmase mis sospechas golpeándome a su paso en el hombro de manera «accidental». El capitán, Josh, tenía una enfermiza obsesión conmigo desde que decidí pasar de ellos tras asistir a una de sus reuniones homoeróticas donde se dedicaban a hablar de lo geniales que eran en comparación con el resto del instituto.

—¿Todavía no has superado que te diese calabazas y no quisiera ser tu amiguito? —Me revolví el pelo antes de mirarlo con la sonrisa más ancha que pude. Tal como suponía, Josh se detuvo con sus centinelas—. La solución a todos tus problemas se llama prismáticos. Puedes estar observándome todo el día con la mano en la bragueta desde la ventana de tu habitación sin que me dé cuenta. Un poco acosador, quizás, pero menos inquietante que me persigas allá donde voy como un adolescente en celo.

El deportista se puso tenso, aunque intentó fingir que no lo estaba con una falsa sonrisa de cordialidad. Su madre trabajaba en el restaurante de enfrente y no podía meterse en problemas si no quería que ella cruzase la carretera y se lo llevase de la oreja a casa.

—El único que está desesperado aquí eres tú. Te gustan todas, sin filtro. —Observó a Crysta, que lo miraba totalmente calmada, consciente de que acababa de convertirse en la víctima colateral para atacarme a mí.

—Y a todas les gusto yo. ¿Te doy clases?

—La coja ya es demasiado... —Ignoró mi comentario, pronunciando «coja» con tanto desdén que tuve que contenerme para no pegarle un rodillazo «accidental» en las pelotas que lo dejase sin voz para el resto del año. Eso era lo que buscaba y, por ese motivo, no iba a dárselo. Ponerme a su altura no era una opción, a no ser que no me quedase más remedio—. Una paja es mejor que bajar tanto el listón. Por un módico precio yo también puedo darte clases para enseñarte cómo se hacen.

Me rasqué el ojo con una tranquilidad que no sentía en absoluto, calmando mis nervios y una furia que me llevaba a morderme el labio con más fuerza que de costumbre. Tomé el aire necesario y lo miré como si nada antes de añadir.

—Entiendo. Lo que te molesta es que no exista ninguna prótesis capaz de solucionar tu problema.

—¿Cuál?

—Que tienes la polla del tamaño de tu cerebro. —Esperé un segundo para saborear las siguientes palabras—: Como una nuez.

Si en esos momentos la mesa no voló por los aires y no acabamos enzarzados en una pelea fue porque sus dos amigos lo sujetaron. La madre de Josh había salido del restaurante para fumarse un cigarro y nos observaba desde la distancia, sospechando lo que estaba sucediendo.

El moreno balbuceó tres o cuatro insultos seguidos de amenazas que meter en el saco de cosas que me importaban una mierda antes de largarse. Crysta me observó atenta antes de intervenir.

—No tenías por qué defenderme.

—No lo he hecho. Esto no tenía nada que ver contigo. Te ha utilizado para provocarme.

—Aun así, aunque alguna vez se metan directamente conmigo, no tienes por qué hacerlo. Estas cosas no me afectan. Soy fuerte —dijo con una determinación con la que me retaba a tener huevos de decir lo contrario.

—Lo sé. Habría que estar ciego para no darse cuenta de que tienes más pelotas que yo, más que todos aquí. Te vemos, Crysta, aunque tú aún no te hayas dado cuenta, estás ahí, siempre has estado.

No volvimos a hablar del tema. Sin llegar a ningún tipo de acuerdo pactado decidimos que Josh no era lo suficientemente importante como para convertirse en el protagonista. Comimos. Mucho. Y no pude evitar reírme cada vez que la veía dar un trago a su batido de vainilla después de pegar un bocado a la *pizza* de queso.

Lo pasamos bien. Yo le conté muchas anécdotas y ella escuchó atenta, de ese modo silencioso por el que te dan ganas de abrirte en canal delante de la otra persona. Crysta no era de las que juzgaban, sino de las que aceptaban sin más. Por algún extraño motivo salí de Eagle con la sensación de que había aprobado alguna especie de examen, de que tal vez ese día ella no se había abierto, pero había desabrochado su armadura y ahora solo le faltaba quitársela.

—Vamos a bailar a algún sitio —le dije mientras caminábamos por el puerto con el manto de la noche sobre nosotros.

—Yo no bailo. —De repente me sentí un idiota. Tal vez no estaba cómoda haciéndolo.

—No me refiero a transformarnos en los protagonistas de *Step Up* y hacer una coreografía de la hostia, sino a movernos como dos locos con sobredosis de calorías. Adelantarnos a la operación bikini. Quemar grasas.

—La pierna no tiene nada que ver con esto. —Había leído mis pensamientos—. Simplemente las canciones de moda no me motivan.

—Entonces no me queda más remedio que componer una con la que no puedas resistirte hasta convertirte en la reina de la pista.

Crysta se detuvo en el mirador y apoyó los brazos sobre la sujeción de madera. La luna ese día estaba amarilla y era tan inmensa sobre el océano que daba la sensación de que iba a engullirlo de un momento a otro, que todas las aguas ascenderían en su dirección enamoradas de la dueña de sus mareas.

Una corriente de aire vino arrastrando el olor a salitre que se pegó a su cabello. El duende tembló y se frotó los brazos con las manos. Esa fue la primera vez que deseé tocarla más que nada en el mundo. Colocarme detrás y envolverla escondiendo mis dedos en los bolsillos de su abrigo, apoyando la cabeza sobre su hombro.

No estaba enamorado, pero desataba mi instinto más protector. Tal vez para hacer ese tipo de justicia que el universo no le había dado. Tal vez porque algo me avisaba de que esa voz que apenas había escuchado me regalaría las palabras más mágicas de mi vida. Tal vez porque nunca había dejado de repiquetear en mi cabeza que su sonrisa era real y me moría por verla en directo.

Tal vez porque había aprendido a quererla antes de conocerla gracias a Jeremy. Él me había hecho ver a Crysta a través de la distancia con un prisma diferente.

—Hablando de componer, ¿qué haces mañana? —La voz le temblaba. No sabía si era por el frío o por el temor de lo que sabía que iba a ofrecerme.

—¿Si te digo que vegetar en el sofá te pareceré la persona más aburrida de la faz de la tierra? Porque si me das unos segundos puedo inventar algo interesante… —bromeé, colocándome a su lado.

Crysta se giró y me miró. Juro que nunca he visto unos ojos tan asustados como los suyos aquella noche. Trataba de ocultar la respiración agitada y cómo retorcía las manos con nerviosismo. Me di cuenta de lo rota que estaba, y eso, en cierta medida, me destrozó el corazón. Nadie tan joven debería tener tanto miedo a exponerse, a entregarse a alguien, a abrirse.

—¿Qué propones? —Mi voz sonó ronca.

—Jeremy y tú podríais venir a mi casa. Tengo buenas películas, palomitas, mi madre dice que hago los mejores sándwiches de pavo con queso del país, y si estás componiendo alguna canción, puedo echarle un ojo para ayudarte. No me supondría ningún esfuerzo. Me gusta leer… —dudó.

—Allí estaremos. —Asentí con firmeza y, de repente, esa luz que tenía dentro parpadeó.

Siempre he tenido la teoría de que las personas somos bombillas, que emitimos luz, que transformamos la energía. Pero también nos fundimos. También necesitamos electricidad y energía. Eso quería ser para ella. Su fuente.

—Por cierto, ¿cuál era el secreto de la luna? —recordó, y yo me preparé para abrirme en canal.

—Jeremy se perdió cuando era pequeño en el bosque después de que unos niños se metieran con él. Era invierno y lo encontramos helado, tirado al lado de un árbol al que se aferraba con fuerza. Cuando le pregunté por qué lo había hecho me confesó que todo era malo, que quería desaparecer. Tuve que improvisar, levanté la cabeza y me topé con ella. —Suspiré y me revolví el pelo antes de confesar uno de nuestros secretos—. Le dije que no se dejase engañar, que las mejores cosas de la vida no se pueden ver, que son como la cara oculta de la luna. La desconocida que está ahí, invisible y, sin embargo, es la más brillante de las dos. Por si acaso no bastaba, le prometí que algún día lo llevaría. Y sé que lo haré.

—Yo también.

Ella levantó la barbilla para observar la luna más majestuosa que he visto en la historia de Ketchikan. Sonrió. Lástima para el astro. Olvidé su imagen en el acto. Y eso que sus labios no llegaron a curvarse por completo. La mera proyección de lo que podía llegar a ser presenciarlo en directo me dejó sin palabras. Bueno, más bien provocó que todas se centrasen en un aspecto. Tenía que conseguir que Crysta volviese a ser tan feliz como la niña pastel del parque sentada sobre una manta. Componer una canción que le robase la risa.

Esa noche llegué a mi casa ataviado con la capa de héroe y, por una vez, la música dejó de ser únicamente un modo de conexión con mi hermano para convertirse en algo más. La capacidad de cambiar el mundo de una persona. Lo que yo no sabía es que estaba muy equivocado. Que ella no era débil y no necesitaba mi ayuda. Que con esa proximidad el duende del mechón rosa no era quien salía ganando, sino yo, porque llegaría un futuro no muy lejano en el que me perdería en una corriente de autodestrucción y decadencia y la única oportunidad que tendría de salvarme sería volviendo a ver mi reflejo en los cristales de sus ojos.

CAPÍTULO 6

CRYSTA

Iba al mirador de Ketchikan cuando tenía un hueco libre y la temperatura me lo permitía. Puede que lo hubiera visto centenares de veces, pero aun así no podía resistirme a caminar hasta la barandilla y apoyarme en la madera eternamente húmeda para otear el horizonte con sus brutales vistas; en ellas me sentía como si fuese parte de una montaña y llevase una falda colorida.

No sé el tiempo exacto que estuve esa tarde. Nunca lo calculaba. Las manecillas del reloj capturando segundos me agobiaban. Me marché después de fusionarme con el paisaje y observar fragmentos que, de otro modo, habrían pasado desapercibidos, como la cabra montesa que saltaba con sus enormes cuernos curvados hacia atrás.

Me cargué la bolsa de deportes al hombro y comencé a andar. Caminar nunca era sencillo para mí. Mucho menos cuando no me movía por un camino perfectamente asfaltado. Tenía que estar atenta antes de apoyar el pie para no desestabilizarme con cualquier elemento y perder el equilibrio. Recorrer una distancia corta era un ejercicio complicado. Por eso no me cansaba de repetirlo. Suponía un reto. La acción de ampliar las posibilidades que tenía. Demostrarme una vez tras otra que podía.

La satisfacción cuando llegaba al destino era infinita.

Esos días iba a un claro al lado del acantilado. Una pequeña planicie en mitad de tanta cuesta prácticamente despejada si no contábamos el césped y algún que otro matorral. Monté el caballete y la silla plegable antes de sacar el lienzo y las pinturas. Ya casi lo había terminado. Agarré el pincel y miré al frente. El paisaje que tenía delante era distinto del que había comenzado a retratar un mes antes. Es lo que tenía la naturaleza, con su constante evolución. Mi dibujo nunca representaría un instante real de las montañas de Ketchikan, sino, como si se tratase de una película en movimiento, un collage de los detalles que más me llamaban la atención en cada ocasión, una composición única que provenía directamente de aquello que me ponía la piel de gallina.

Decidí regalar a las copas de los árboles los colores del otoño. El verde musgo, el marrón, el ocre y el dorado, el mar dejó de estar en calma y, con potentes pinceladas, las olas cobraron vida en su superficie, inundándolo de un movimiento en el que casi podías escucharlas golpeando las rocas del acantilado.

Me faltaba matizar el cielo. No tenía muy claro si quería uno de esos capaces de sobrecogerte desde la distancia ante la inminente tormenta o la calma gracias a esas nubes con distintas formas. Me detuve y me subí el cuello del abrigo viejo que llevaba con alguna que otra mancha de color. Entonces distinguí el rayo que iluminaba una pequeña parcela de mar. La claridad palpable. Ese haz de luz que había logrado sobrepasar todos los obstáculos hasta materializarse como un foco que dotaba de brillo la zona que rozaba. Tan real que daba la sensación de que si pasabas por debajo de él, podrías lograr lo imposible, sentir el tacto del sol acariciando tu piel.

Terminé el cuadro y asentí satisfecha. Solo me quedaba esperar a que la pintura se secase. Me levanté mientras el viento hacía su trabajo y dibujaba las últimas ondas del cuadro. La parte que escapaba de mi control. Tuve que abrazarme a mí misma y me mordí el labio con fuerza para soportar ese dolor demasiado familiar con el que me torturaba la articulación cada vez que la exponía a temperaturas extremas y se engarrotaba.

Cerré los ojos con fuerza y respiré profundamente. Todo era mental. El control estaba ahí. Me armé de valor y comencé a destruir todos los detalles de esos pinchazos que me torturaban como si todavía pudiese sentir en la superficie de mi pierna los dientes metálicos mellados de una sierra arrebatándome la pierna.

Lo hice a conciencia hasta que experimenté una especie de placer sádico en cada una de las descargas. La amputación no me dominaba. Yo lo hacía. Y ese suplicio tan solo era la prueba de ello, de que no cedía quedándome en casa, sino que me enfrentaba con uñas y dientes, entrenando mi aguante hasta que llegase el día en que no me molestase. Escalaba posiciones en los grados de tolerancia al dolor.

Con una nueva victoria, regresé al coche con la pintura seca y fui directa a la pequeña oficina de correos de la ciudad. La dependienta levantó la mirada de la pequeña pantalla que tenía en el mostrador, donde estaba viendo reposiciones de Hijos de la anarquía, y sonrió al verme con el tubo del cuadro.

—¿Ya has terminado otro más?

—Eso parece. —Me encogí de hombros a la vez que se lo tendía.

—¿Puedo? —Asentí y abrió la tapa para desplegarlo al tiempo que se colocaba las gafas. Paseó la yema de los dedos por el lienzo y volvió a mirarme—. Cualquier persona que vea nuestra tierra a través de tus ojos no tiene elección. Alaska le robará el corazón —sentenció.

Era irónico que no supiese cómo reaccionar ante los halagos, cuando de pequeña me salía de un modo tan natural. Había perdido práctica, por lo que me limité a contestar un suave «gracias» que más que escuchar leyó a través del movimiento de mis labios.

—¿Adónde lo mandas esta vez?

—Al Hospital de Niños de Filadelfia. —La mujer metió el cuadro en un sobre y me lo tendió para que escribiese la dirección postal que copié de un papel que llevaba hecho un ovillo en el bolsillo de mi abrigo.

—¿Por qué nunca pones remitente o firmas los cuadros? ¿No quieres que esos niños sepan quién es la persona que llena su habitación de color? —La dependienta me miró mientras movía el sobre.

Podría haberle contestado que no era relevante, que cuando eres pequeña y estás enclaustrada y muerta de miedo en una habitación no te fijas en el menú, la programación de la televisión, las firmas de los cuadros decorativos o los juguetes que te traen tus padres para animarte. Solo tienes un deseo, salir al exterior y que todo sea como antes de entrar allí. Nada más.

Sabía que mis dibujos no serían el analgésico que necesitaban. Los pequeños no los verían y por arte de magia ya volverían a tener su alegría característica. Los cuentos de hadas desaparecían al ritmo que los inundaba el olor a medicinas, el sonido de toses secas y la visión de familiares que lloraban con agonía en la puerta para que los pacientes no los viesen.

Mis ambiciones eran modestas y asequibles. Lo único que deseaba era que durante las largas tardes o esas noches interminables, cuando no pudieran dormir y, como me había pasado a mí, sintiesen cómo esas paredes se movían, estrechándose hasta engullirlo todo, tuviesen una vía de escape. Un cuadro que los lanzase a la cima de una montaña para gritar o al mar para bañarse. Trasladar mi particular universo de colores a su lado para poder combatir al blanco, negro y gris.

—Los mejores regalos son aquellos que se dan sin esperar nada a cambio, ni siquiera reconocimiento —contesté.

—Eres muy especial. Lo sabes, ¿verdad?

—Solo pinto…

—No lo he dicho por tus habilidades. —La mujer me sonrió con amabilidad y de nuevo noté incomodidad ante los halagos.

—¿Cuánto te debo?

—Nada.

—Mandar cosas a otro estado no es gratis.

—Lo sé. Esta vez el dinero saldrá de mi bolsillo. —Quise oponerme, pero la dependienta se adelantó—. No insistas. Yo también quiero ser parte de esto.

Le hice caso. Me marché de allí y me subí al coche. Encendí

la radio y emprendí el camino de regreso a casa. Seleccioné un dial al azar.

No había mucho tráfico ese día. En realidad en esa parte de Alaska nunca lo había. Desde que conducía nunca no había presenciado uno de esos atascos interminables que salen en las noticias en los que la gente parecía al borde de un ataque de nervios. Agradecía esa tranquilidad.

Serpenteé por las diferentes calles hasta tomar la carretera que me llevaba a mi casa, en las afueras. Cuando quedaba menos de una milla para alcanzar mi destino abrí la ventanilla del piloto. Daba igual que hiciese frío o calor. Me gustaba la sensación del aire penetrando por la abertura y sacar la mano para dibujar ondas. Era inspirador.

En la radio comenzó a sonar *Let it be,* de The Beatles. No era una gran amante de los de Liverpool, lo que no significaba que no hubiese canciones de la banda que acelerasen mis pulsaciones. Me vine arriba. Demasiado. Subí el volumen y canté como si fuese una superestrella, algo así como mi propia versión de solista de ópera en la ducha, dando golpes en el volante.

Estaba tan ensimismada con la canción que ni siquiera los vi cuando frené y apagué el motor sin quitar las llaves del contacto, para continuar con mi particular concierto repleto de gallos. Quedé extasiada con la última nota hasta el punto de sentirme cansada.

Oí un par de golpes en la ventanilla y, al girarme, me topé con Jeremy y Julien. El rubio me saludó, divertido, con la mano y me puse roja de vergüenza.

—No hace falta que te sonrojes, duende. Quedarse afónica de vez en cuando es sano, regalarle tu voz al mundo para que vibre.

—Habéis llegado pronto… —apunté mientras salía.

—La puntualidad alemana es para aficionados si vives con el grandullón.

—Tenía muchas ganas de venir —se excusó, mi amigo emocionado, antes de acudir a mi lado y darme un abrazo.

Jeremy siempre me apretaba contra su pecho con fuerza.

Daba igual que nos hubiésemos visto a primera hora de la mañana o a última. Lo hacía. Como si la ilusión por verme permaneciese inalterada. Como si nuestro saludo en vez de un «hola» fuese una caricia.

—Y yo me alegro de haberlo hecho. Me ha ayudado a descubrir una cosa. —Observé cómo Julien ponía su sonrisa ladeada canalla—. Nada de dúos. Cantas de pena. —Me guiñó un ojo.

El gigante me soltó y su hermano y yo nos miramos.

—Deberíamos omitir el saludo. Creo que Jeremy ya te ha triturado suficientes huesos por hoy.

No me opuse, aunque una parte de mí, esa que no dominaba y tenía una actitud un tanto infantil, no pudo evitar preguntarse cómo sería sentir la presión de las yemas de sus dedos atravesando el abrigo hasta poder notarla en la piel, el olor de su cuello o si esas puntas desordenadas de alguna forma me harían cosquillas.

Deseché todas las ideas de inmediato, agarré la bolsa de deporte y caminé hacia mi casa con los dos hermanos pisándome los talones.

Busqué la llave que había detrás de la persiana y abrí la puerta. La sostuve para que pasasen, tratando de actuar como la buena anfitriona que se suponía que debía ser. Aunque no tenía mucha experiencia.

—¿Tienes Coca-Cola? —me preguntó Jeremy desde el pasillo.

—Hay las que quieras de la nevera —me ofrecí, y él abrió mucho los ojos detrás de las enormes gafas.

—¿Todas?

Iba a asentir, pero Julien se adelantó:

—Con control, campeón. No queremos que te transformes en la versión repleta de gases de una bomba atómica y sufrir la onda expansiva si decides honrarnos con un pedo.

Jeremy comenzó a reírse silenciosamente, tal como alguien lo haría en la biblioteca cuando no se puede hacer ruido, con la cabeza agachada, los labios apretados y una mano por delante para que no te vean y desparramando demasiado aire por la nariz. Se marchó rumbo a la cocina mientras no dejaba de repetir la palabra «pedo».

—Lo que sospechaba… —Julien se había detenido enfrente, tan cerca que su aliento rebotaba en mi piel y podía sentir su presencia en cada poro de mi cuerpo—. ¿Tan mal le has hablado a tu madre de mí que se esconde? —Se separó y miró, rebuscando por la casa.

—Estoy sola —aclaré. Error.

—¿Te he hablado alguna vez de mis habilidades contra el insomnio? Va, si quieres puedo sacrificarme y dormir contigo. Puedo demostrártelo hoy mismo. El suavizante que utilizamos en mi casa es narcótico. Caerías rendida en cuanto lo olieses. —Arqueó las cejas, juguetón. No estaba coqueteando conmigo. Los tiros no iban por ahí. Lo que pasaba es que le hacía gracia ver cómo me alteraba con sus frases.

—Ni todas las drogas del mundo conseguirían que me relajase hasta el punto de compartir mi cama contigo.

—¿Aunque supieses que soy muy dócil y que se me da de miedo la cucharita?

—Ni por esas —le contesté—. Anda, vete al salón con Jeremy y espérame allí. Tengo que dejar las cosas.

Me marché directa a mi cuarto. Me alegré de que mi madre hubiera aprovechado las vacaciones en la gestoría donde trabajaba como administrativa para ir a Boston a visitar a mi hermana en la universidad. Ella era la perfecta anfitriona y no habría aprobado que fuese a mi habitación a dejar la bolsa de deporte antes de tener todo dispuesto para nuestros invitados.

También me alegré cuando entré en mi habitación y vi el desorden que lo dominaba. Era la primera vez que estaba sola en mucho tiempo. Desde el accidente, la vigilancia había sido constante, un recuerdo de esa debilidad que todos veían en mí. Me merecía unos días de relax, de dejar la ropa tirada donde me apeteciese, de actuar como cualquier chica sin un objetivo fijo en su cabeza.

Dejé la bolsa debajo de la cama.

—Tenemos más cosas en común de las que parecía a primera

vista. A ti también te gusta la ropa interior de dibujos. —Me giré. Julien estaba allí, toqueteando la ropa que tenía doblada sobre el escritorio a la espera de meterla en los cajones.

—Seguir a una chica hasta su habitación y manosear su ropa interior es demasiado pervertido. Incluso para ti. —Se la arranqué de las manos y comencé a guardarla. Él se dedicó a husmear deteniéndose en cada uno de los dibujos que tenía colgados en las paredes de la habitación—. ¿Querías algo, aparte de sumar puntos para que acabe pidiendo una orden de alejamiento?

—Tenía un motivo, aunque confieso que ver la disparidad de tu habitación es divertido. —Se mordió el labio, acariciando el póster de *Los Goonies*, al lado de un cartel hecho a mano de la película de *El cuervo*—. No me ofrezcas alcohol. Ni una birra ni nada. —Me miró fijamente con sus ojos ámbar, muy serio.

—¿Por qué iba a hacerlo?

—Yo qué sé. La gente joven suele hacerlo...

—Somos menores...

—La edad no suele importar cuando los padres no están. —Se acercó hasta quedar a mi lado. Tenerlo tan cerca me ponía nerviosa. No sé si era por la falta de costumbre o porque, a esa distancia, no podía evitar fijarme en su mandíbula, que cada vez era más cuadrada, y sus rasgos angelicales endurecidos, dando lugar a un rostro imposible de descifrar, demasiado misterioso para que alguien pudiera plasmarlo en un papel con un lápiz o una estatua con el cincel.

—Jeremy se medica. Mucho. La mezcla de las pastillas con el alcohol sería un cóctel destructivo. —Se pasó una mano por el pelo y lo revolvió—. Es joven y a veces quiere hacer las mismas cosas que las personas de su edad. Lo normal. Lo que hacen los demás para divertirse. Sería muy complicado que entendiese que la bebida es un asco si tú o yo brindamos con un botellín en la mano. Querría imitarnos y debemos evitar que se dé la circunstancia. Sé que es una mierda...

—¿No poder emborracharnos? —Enarqué una ceja.

—Que él no tenga la posibilidad de hacerlo si le sale de las pelotas. Ni votar, ni irse a una fiesta hasta acabar vomitando la primera papilla ni conducir…

Julien parecía frustrado, molesto con las circunstancias que rodeaban a su hermano mayor. Agachó la cabeza y le agarré el brazo para decirle alguna palabra que lograse calmarlo, mitigar esa desesperación que su voz solo destilaba cuando hablaba del gigante. Sus ojos se encontraron con los míos y sentí una descarga eléctrica, la conexión de compartir el amor por una tercera persona y la preocupación y las ganas de protegerla, y tuve una revelación.

—Por eso no conduces… —murmuré sin soltarlo, notando sus penetrantes ojos fijos en los míos—. Porque él no puede.

—Es mi hermano mayor y solo adora dos cosas: la luna y cualquier trasto que tenga motor en sus tripas —admitió—. Conoce todos los modelos, las novedades de las principales casas… No hay nada que le guste más en la vida que hablar de coches. Jeremy debería ser el que viniese a recogerme y no al revés. —Lo entendí al instante. No quería que su hermano lo envidiase, mostrarle una y otra vez las cosas que deseaba hacer y nunca le estarían permitidas.

—¿Y la moto acuática?

—El mar es infinito. —Puso su traviesa sonrisa ladeada—. Deberíamos tener la peor suerte del mundo si se la dejase diez minutos conmigo de paquete yendo muy lentos y nos encontrásemos con una patrulla. —Me guiñó un ojo—. Por no hablar de que estoy completamente convencido de que el karma se pondrá de nuestro lado. Trabajo muy duro en ser un ciudadano ejemplar para ello. ¿No te diste cuenta cuando les di de comer a los gatitos callejeros indefensos?

—No puedes privarte de hacer cosas solo porque él…

—No lo haré, duende, pero lo llevaré conmigo siempre.

Julien lo dijo con tal firmeza que no dejó ningún resquicio para la duda. Decía la verdad. Él sería siempre el protector de su hermano mayor, costase lo que costase. En ese momento, ese chico de dieciséis años me pareció mucho más adulto. La absurda máscara que vestía gracias a sus chascarrillos y actitud prepotente y creída desapareció, cayendo a sus pies, y lo vi tal como era.

Ese fue el momento en el que para mí dejó de ser el adolescente que siempre tenía alguna broma que contar, el que exageraba historias, el que hacía que las chicas suspirasen a su paso gracias a su melena rubia, y se convirtió en el hermano desinteresado, en el luchador, en el que era capaz de renunciar a todo para que el gigante no acusase más las injusticias que el universo colocaba en su camino. En ese momento se ganó mi amistad incondicional y mi admiración.

Quería tenerlo a mi lado. Tampoco es que tuviese más posibilidades. Un hilo invisible nos unía. El mismo que nos mantenía anclados a Jeremy. Éramos un triángulo imperfecto. La figura de un todo.

Quise decirle algo, pero nos parecíamos en más aspectos de lo que pensábamos y a él tampoco le gustaba oír halagos. Se separó de mi contacto con suavidad y fue directo a la estantería en la que tenía las series y las películas.

—*Breaking Bad*, *Los Soprano*, *Friends*, *One Tree Hill*... Las tienes todas. —Paseó el dedo por las carátulas—. ¿Cuál es tu favorita?

—Supongo que *Juego de Tronos* —Contesté, dubitativa.

—¿De Tyrion, Jon Snow, Daenerys o Arya?

—De Sansa —confesé, y él se dio la vuelta con expresión sorpresa.

—No parece el personaje más querido...

—Pues es el mío. —Le señalé mi colección de novelas—. Es la que más ha evolucionado. Empezó siendo una chica frívola que creía que la vida era un cuento de hadas y los acontecimientos le demostraron la crueldad del mundo. Sansa ha sufrido más que nadie, pero ha resurgido de sus cenizas fortificada. Ahora ya no busca un unicornio, los vestidos más caros o el pretendiente más apuesto, sino justicia. Ya no es una princesa.

Julien se quedó en silencio mordiéndose el labio mientras me analizaba.

—Estás muy confundida. Si ella quiere, sigue siendo una princesa, da igual que ahora sea una guerrera y que vista ropa de mierda, puede seguir siéndolo. Los palos nunca deben dictaminar en qué se convierte una persona. Solo la protagonista tiene ese poder de decisión. Es lo bueno de la vida, ¿no? Que nadie decide y somos nosotros los que escribimos los capítulos. —Movió la mano y me colocó el pelo con suavidad detrás de la oreja.

No era de Sansa de quien estábamos hablando, sino de mí. El rubio la utilizaba para mostrarme el universo de posibilidades y, de repente, a través de sus ojos ámbar observé mi reflejo y me di cuenta de que yo no dejé de ser una princesa el día que perdí el pie, eso no había tenido nada que ver, porque nunca lo había sido. Esa versión de vestidos pomposos y grandes lazos solo era lo que mi madre quería proyectar, su deseo expresado en mi figura. Yo siempre había sido la aventurera. El pajarillo que quería volar. La artista que temía que un día se le cayesen los ojos de las cuencas al no poder soportar el peso de todas las imágenes que querría atesorar.

Y esa chica no se había ido con la extremidad. Seguía allí. Yendo cada semana al bosque a pintar. Andando con más ganas cuando acusaba al dolor para vencerlo.

Julien se apartó y miró con curiosidad detrás de mí, a la zona en la que estaba la ventana.

—No hagas movimientos bruscos para no asustarlo —susurró sin apartar sus ojos de ese punto—. Hay una cigüeña enorme sobrevolando tu tejado —explicó.

—¡Dante! —exclamé mientras me giraba sin hacerle caso. Observé al pájaro comenzar su elegante movimiento descendiente, con esos ojos rodeados de un tono oscuro con el que daba la sensación de que estaban maquillados, el pico rojizo y las patas del mismo color sobresaliendo a través del plumaje.

—¿Pones nombre a todos los pájaros del estado? —Enarcó una ceja.

—Solo a él y a Beatriz. —Le hice un gesto para que me siguiese mientras me aproximaba al ventanal.

—Veo que las series no son lo único que te gusta… —Anduvo a mi lado. Me sorprendió que se hubiese percatado de que los nombres que había elegido no eran al azar, que conociese *La Divina Comedia*, a Dante y Beatriz y ese amor desinteresado, sin egoísmos y sin necesidad de ser correspondidos que describía, pero estaba tan entusiasmada con lo que sabía que iba a ocurrir que lo dejé pasar y no indagué más.

Creo que en el fondo siempre he sido un poco yonqui de las emociones, de sentir, y, cuando no era capaz de experimentarlo con lo que me rodeaba, recurría a historias, daba igual que estas se narrasen con un pincel, una pluma o tinta de impresora. Era una persona en constante búsqueda de algo que me conmoviese, me estremeciese, me volviese loca, me afectase para recordar que seguía teniendo esa facultad.

Julien y yo nos detuvimos tan cerca del cristal que mi aliento dejaba el vaho sobre su superficie. Le señalé hacia la derecha, justo al lado del pequeño saliente entre tejas rojizas donde se ubicaba el nido en el que estaba Beatriz.

—Hace cuatro años, cuando me desperté, la ventana estaba repleta de sangre —le expliqué—. Me asusté, sin saber muy bien de qué se trataba, y entonces la encontré. Caminaba desorientada, con todo el plumaje teñido de rojo, sin parar de tropezarse una y otra vez.

—¿Qué le había pasado?

—Un cazador le había destrozado el ala de un balazo. —Me encogí de hombros. Poco más sabía de los motivos que la habían llevado allí, a excepción de su herida—. Intenté ayudarla, pero ella no se fiaba de ningún ser humano y no se acercaba a mí, y yo no dominaba lo bastante la prótesis como para salir fuera sin romperme el pescuezo. Pero esperé, poniéndole comida, y al final llegó nuestro momento.

—¿Vuestro momento?

—Sí, el instante en que, al dejar el plato, noté el tacto de su plumaje contra mi mano, revelándome que me había ganado su confianza. —La piel se me puso de gallina al rememorarlo. Ganarte el amor de un animal es de las mejores cosas que te pueden pasar en la vida.

—¿Y en qué momento aparece Dante en escena?

Los labios se me curvaron levemente.

—En el que mismo en el que para mí se convirtieron en la mejor pareja de la historia. —Tragué saliva—. Ella ya estaba sana, pero parecía triste, apagada y solitaria cuando miraba sus brillantes ojos negros. Entonces, una mañana llegó él. Apareció después de haber surcado miles de kilómetros y el reencuentro fue más emocionante que los mejores besos de película fusionados en uno, y durante todo el tiempo que estuvo aquí arregló el nido, trajo comida para ella y alimentó a sus polluelos.

«Dante seguía su camino bailando en el aire mientras Beatriz se ponía de pie sobre sus patas y miraba hacia arriba. Supongo que los expertos tendrían mil maneras de rebatir mi siguiente afirmación con argumentos sólidos que la destrozarían en un segundo. Tal vez tuviesen razón. Nunca lo sabré. De lo único que puedo estar segura es de lo que mis ojos observaban. Daba la sensación de que ella lloraba al ver que su amado regresaba de nuevo, que nunca la había olvidado, que a pesar de que su instinto lo obligaba a marcharse a miles de kilómetros siempre volvía a su lado. Su lealtad.

—¿Por qué se marchó? —preguntó dubitativo, absorto en la imagen que teníamos enfrente.

—Es su naturaleza, pero lucha contra ella año tras año para verla una vez más.

Dante se apoyó en el tejado y Beatriz anduvo hasta llegar a su lado. Juro que el corazón se me paró durante el tiempo que ambos tardaron en recorrer el camino que los separaba y rozaron sus cabezas con un gesto que contenía tanto cariño que te dejaba sin aliento, movimiento o capacidad de reacción, absorta en lo que tenías enfrente.

—Ahora les toca disfrutar. Ya sufriremos luego.

—¿Sufriremos? —Le llamó la atención que hablase en plural.

—Sí, no tendría sentimientos si no se me partiese el corazón cuando llega la hora de que los polluelos y él se vayan. Todos emprenden el vuelo y Dante llama a Beatriz para que los acompañe. Ella intenta seguirlos, hasta que debe aceptar de nuevo que no puede.

Julien se mordió el labio, pensativo.

—Tendré que ir preparándome para ese momento.

—¿Tú?

—Sí. Aunque no lo parezca, a veces soy tan sensible que doy pena —bromeó—. Un efecto colateral de ver *El Rey León* demasiado joven y las secuelas que me dejó la muerte de Mufasa.

—No me refería a eso, sino a que… ¿Vas a estar aquí el día de la despedida?

—Claro —aseguró—. Eso sí, para entonces espero haber desarrollado un poder o algo similar. —Lo miré sin comprender—. ¿Qué? Mi hermano ve la otra cara de la luna y tú tienes dos cigüeñas. Debo ponerme a vuestro nivel de X-Men. No me gustaría que me dejaseis atrás…

—Eres un caso… —Sonreí tímidamente.

—Y tú tienes una sonrisa demasiado bonita para mantenerla siempre oculta.

Fue tras esa frase cuando experimenté el latido más potente que ha soportado mi corazón y, en lugar de doler o molestar, me resultó demasiado placentero. Una descarga de una energía intensa, formidable y poderosa que me recorrió de arriba abajo permitiéndome sentir partes de mi cuerpo que hasta ese momento desconocía.

Pegué la cara contra el cristal para que el frío de su superficie me devolviese a la tierra desde ese punto indeterminado del espacio en el que estaba flotando gracias a su voz. Me percaté de que Dante había levantado un ala y arropaba a Beatriz con ella. Daba la sensación de que eran una de esas parejas en las que el chico le coloca la chaqueta por encima a la chica cuando salen del cine y hace frío. Me hizo gracia. Mucha.

—¿Los has visto? —le pregunté mientras me reía con ganas.

—Lo siento por ellos. Algo infinitamente más impresionante ha captado mi atención.

Me giré. Julien estaba apoyado con despreocupación contra

la pared con los brazos cruzados. La luz del exterior inundaba su perfil llenándolo de sombras, dotando de un color más intenso a sus puntas desordenadas y logrando que sus ojos canela pareciesen todavía más claros con un color único que no podría obtener fusionando todas mis témperas.

—¿Qué?

—Acabo de comprender lo que significa real.

Su respuesta fue ambigua. Sus palabras no me desvelaron nada. Pero sí lo hizo el tono de su voz, que traspasó mi ropa, mis barreras y mi piel hasta acariciar aquellos puntos que ni yo misma era capaz de tocar. No sabía a qué se refería y tenía la carne de gallina. No sabía a qué se refería y noté un nudo en la garganta. No sabía a qué se refería y, aun así, desde ese momento cada día reí siempre con más fuerza y un poquito más alto.

Bauticé mi sonrisa con su nombre.

CAPÍTULO 7

JULIEN

—El ejercicio es bueno. La tortura no. —Me detuve y levanté los brazos para estirar los músculos.

—No puedo permitirme el lujo de reducir el ritmo ahora que estoy en el equipo —contestó Lucas apretando los dientes.

—Tú mismo lo has dicho. Ya estás dentro, tío. Las semanas de brutal entrenamiento han tenido su recompensa. Puedes relajarte. Tomarte un paréntesis para divertirte de vez en cuando. —Agarré la mochila y saqué una botella de agua para dar un trago profundo que me supo a gloria. Se la ofrecí a mi mejor amigo. Él negó con la cabeza, logrando que el sudor de las puntas de su pelo negro saliese disparado en todas direcciones, mientras se agachaba y, sin darse un respiro, comenzaba a hacer una nueva serie de flexiones.

—No quiero ser uno más que pasa desapercibido, sino el mejor.

—Tu insana obsesión con este tema empieza a preocuparme. Ponerte metas, querer destacar en algo, no es malo. Que ganar sea lo único que rige tu existencia, sí.

A Lucas y a mí nos gustaba estar en forma. Controlar nuestro cuerpo. Ejercitarlo para después poder dominarlo. Llevarlo al límite cada vez que lográbamos arañar segundos a nuestra propia tolerancia antes de sucumbir al cansancio. Comprobar que la velocidad aumentaba al tiempo que nuestras pulsaciones se acompasaban.

En primavera y verano corríamos por el sendero que había al lado del paseo marítimo. El sol incidiendo en nuestra piel y el agua meciéndose se mezclaban con las conversaciones de los grupos de personas con los que nos cruzábamos, reunidos allí para ver los atardeceres más jodidamente impresionantes del planeta.

En otoño e invierno cambiábamos la rutina. El clima mandaba. El bosque, con sus serpenteantes caminos, si lo único que amenazaba era un frío desolador, y en esa especie de estadio cutre que teníamos si el cielo estaba encapotado anunciando una lluvia torrencial como la de ese día. Las instalaciones no eran nada del otro mundo. Césped en el medio rodeado por un asfalto de color rojizo que ejercía de pista para correr y unas gradas hechas de hierro en uno de los laterales. Una tribuna que, sinceramente, parecía que iba a salir volando cuando el viento arreciaba o a partirse en mil pedazos cuando la gente vitoreaba al equipo de fútbol americano del instituto en los partidos.

Lucas y yo habíamos ido allí. Después de calentar habíamos hecho flexiones, brazos colgándonos en la barra y habíamos corrido más o menos una hora a una velocidad que cualquiera podría pensar que la tierra se había abierto en dos y había salido de su interior el mismísimo demonio para llevarnos con él. De otra manera, la rapidez de nuestras pisadas era incomprensible. No había necesidad de acabar con los músculos doloridos, el pecho a punto de estallar y la camiseta adherida al cuerpo como si nos hubieran tirado varios cubos de agua encima.

No me había quejado, por la absurda creencia adolescente de que nadie debe ver tus debilidades, que estas son malas, que siempre tienes que ser fuerte cueste lo que cueste, como si caer no fuese el mejor método para levantarte con una nueva experiencia adquirida y menos posibilidades de dañarte por completo en el siguiente golpe.

—Antes pensaba que no me había presentado a las pruebas porque no quería compartir con esos gilipollas más tiempo del estrictamente necesario. Ahora empiezo a plantearme que lo hice por otro motivo. No está bien la presión a la que te sometes tú solito.

Me senté en las gradas enfrente de él, que subía y bajaba haciendo flexiones con una mano, concentrado. El aire me azotó con fuerza y el frío me inundó por completo gracias a las prendas mojadas sobre mi piel.

—No lo entiendes. —Se levantó, negando con la cabeza. Le tiré la botella y la agarró al vuelo.

—¿Qué tengo que entender, tío? —Enarqué una ceja.

—No lo hago porque quiera. —Lucas se puso serio mientras mordía el tapón para abrirlo con los dientes y daba un trago.

—¿Entonces, por qué?

—Porque es mi puta necesidad. —Se secó el sudor de la frente.

—¿Por qué? —Me extrañó su respuesta tajante.

—¿Te gusta este lugar? —Se sentó a mi lado.

—Nunca me lo he planteado.

—Pues deberías hacerlo. Nos queda un año y medio de instituto. Tenemos que tomar decisiones. Visualizar nuestro futuro es la única forma de tratar de hacerlo realidad. —Lucas miró al frente y el aire volvió a golpearnos. A ambos se nos puso la piel de gallina—. Cuando me imagino a mí mismo dentro de unos años me veo muy lejos. Este pueblo me asfixia. Es demasiado pequeño. Todo el mundo nos conoce. Hueles un pedo y ya sabes quién se lo ha tirado. —Tragó saliva—. ¿Qué harás cuando acaben las clases?

—No lo sé —reconocí—. Supongo que improvisaré. Hasta ahora he seguido un plan que yo no he elegido, que me ha venido impuesto. La idea del azar, de sorprenderme, del caos, me seduce.

Contesté lo primero que me vino a la cabeza. Había un matiz de verdad en mis palabras. Siempre había hecho lo que se suponía que los jóvenes teníamos que hacer. Finalizaba un curso y me embarcaba en el siguiente y así en el bucle interminable hasta el final. Veía el futuro como un horizonte repleto de posibilidades, de caminos, y eso planteaba un problema. Quería abarcarlos todos. Experimentar los altos y los bajos de cada uno de ellos.

más a menudo y el modo en que me miraba cuando creía que no me daba cuenta, como si encontrase un nuevo detalle que le llamase la atención, y no hablo del físico. Me hacía sentir especial, una caja de sorpresas, alguien infinitamente más interesante de lo que yo mismo me consideraba.

Tenía todo lo que quería. Allí. En ese pueblo con un paisaje brutal en el que me sentía seguro, parte de un todo. La idea de que todo desapareciese, la incertidumbre de lo desconocido, el hecho de saber que la cuenta atrás para despedirme de lo conocido había empezado me acojonó.

—¿Lo dejamos? A esta velocidad nos adelantarían sin problema dos octogenarios. — Lucas se detuvo y yo lo imité. Ambos nos doblamos sobre las rodillas.

—Iba a decirte lo mismo. Dos pasos más y habría vomitado hasta la primera papilla —bromeé—. Nos habría destrozado. Tenemos una reputación que mantener…

Lucas me miró dubitativo y le señalé las gradas donde se habían reunido un grupo de chicas que hablaban entre ellas con un tono estridente, tratando de captar nuestra atención.

—¿No te cansas de tener siempre público? —bufó, y yo me levanté un poco la camiseta para que no estuviese pegada, lo que provocó que oyésemos sus chillidos histéricos de fondo—. ¿Te gusta alguna?

—Dana no está mal. —Me encogí de hombros.

Dana había llegado a Alaska hacía más o menos un mes. Sus padres eran guionistas en Hollywood y necesitaban un lugar acogedor en el que inspirarse para su próxima serie. La chica era guapa. Tenía una melena negro azabache rizada, ojos oscuros y labios carnosos. Parecía una muñeca.

Era la novedad. Haber protagonizado un par de anuncios y un cameo en una popular serie juvenil la había convertido en la amiga que todas las chicas querían tener.

No pude evitar acordarme de Crystal y cómo durante una fracción ínfima de tiempo ella también fue como Dana. La falsedad de ese mundo. Lo fácil que era subir a alguien a la cima de la montaña para lanzarla al vacío con el primer problema que tuviese. Las amistades basadas en intereses nunca eran sinceras y pendían de un hilo demasiado fino sobre el que hacer malabares sin que cupiese la planta de tu pie.

Con esa reflexión zumbando como una mosca en mi cabeza, llegamos a los vestuarios. El espacio era amplio, tenía un largo pasillo con una banqueta de madera en medio donde podíamos sentarnos y taquillas a ambos lados, que desembocaba en las duchas comunes, los váteres y una única ducha con puerta para los más pudorosos que solo utilizaba mi amigo.

—¿Tienes un monstruo entre las piernas y te preocupa herir mi ego? Puedo competir... —bromeé mientras Lucas se dirigía a la ducha con la ropa en la mano.

—No me seduce la idea de estar en pelotas rodeado de tíos —me contestó.

—Es lo que me temía. Se trata de micropene —me mofé, y como respuesta él cerró de un portazo.

Me encogí de hombros y me metí en la ducha. Abrí el grifo del agua caliente y estuve más tiempo del necesario, hasta el punto de que una especie de nube fruto del vaho se extendió a mi alrededor. Cuando salí Lucas ya estaba completamente vestido. No era de extrañar. Se cambiaba dentro. Le daba igual que a veces su ropa se mojase. Nunca se exponía desnudo delante de los demás.

Se entretuvo peinándose mientras yo me cambiaba en la banqueta común y salimos al exterior. El aparcamiento, normalmente repleto de coches, estaba vacío a esas horas.

—¿Te llevo a casa? —me ofreció.

—Prefiero ir en esto ahora que todavía puedo. —Abrí el maletero de su furgoneta y saqué el monopatín—. Ya llegará la época de heladas y tendré que abusar de tu hospitalidad, chófer.

Nos despedimos y me subí al monopatín para deslizarme por la ciudad. Al día siguiente era Halloween y los jardines de las casas estaban decorados con luces, calabazas con rostros tétricos dibujados, ataúdes, arañas, esqueletos y demás muñecos diabólicos.

El ambiente era húmedo, hacía un frío de mil demonios y las

nubes cada vez estaban más oscuras. El ambiente propicio para emular ese día en el que se supone que la línea entre los vivos y los muertos es más difusa.

Definitivamente, Ketchikan era un buen lugar para disfrutar de esa fiesta. En cuanto acababa la temporada de verano, nos invadía una llovizna continua, que no calaba pero molestaba, y la niebla o las nubes bajas que la dotaban de un aspecto misterioso. Todo ello acompañado de la imagen de la ciudad. La erosión en el ladrillo por el granizo, las humedades en las paredes y esos tejados puntiagudos negros para que la nieve cayese y no se acumulase en la cima.

Me quedé ensimismado al pasar por el puerto. Los barcos siempre me llamaban la atención. Tenían una especie de magnetismo. Observé a los hombres descargar las toneladas de pescado que habían recogido ese día. Los admiraba profundamente. Salían al mar cuando este estaba embravecido y no aceptaba visitantes, trabajaban sin descanso y eran fuertes, curtidos por la necesidad de traer algo a sus familias. No sería la primera vez que un navío sucumbía ante la adversidad y las trágicas noticias llegaban en mitad de la noche, provocando que el pueblo al completo estuviese de luto al ritmo de las campanas que repiqueteaban.

Una figura captó mi atención. Crysta desentonaba entre todos aquellos hombres curtidos. Me detuve y cargué el patinete al hombro. Me pregunté qué hacía ella en ese sitio y descendí los escalones del paseo hasta el puerto. Me acerqué sigiloso con curiosidad por averiguar la razón por la que estaba allí en lugar de resguardarse de las temperaturas al lado de la chimenea en cualquier cafetería.

Llevaba su abrigo verde musgo, la capucha de la sudadera negra sobresalía por encima de la de pelaje marrón de la chaqueta y cubría su cabeza con un gorro blanco con una enorme bola negra en la cima. Estaba sentada en uno de los bancos, y los dedos, cubiertos por sus míticos guantes a rayas grises con la puntera recortada, no le temblaban mientras sostenía las ceras con las que estaba dibujando sobre el folio que sostenía encima de las rodillas.

—Veo que le has pillado el gusto a espiarme —dijo sin girarse.

—Y yo que tú tienes muy interiorizado mi olor corporal y eres capaz de distinguirme a kilómetros de distancia.

Me senté a su lado en el banco y dejé el monopatín a mis pies.

—No estás tan lejos. —Colocó la cera encima del folio—. Tampoco eres silencioso. —Me miró y sonrió. No me acostumbraba a que me dedicase ese gesto tan común. Era extraño y no comprendía el efecto que tenía en mí. Nadie podía sentirse el puto amo del mundo porque una persona curvase los labios.

Cada vez que lo hacía descubría distintos matices, como si durante años hubiese almacenado sonrisas y cada día me regalase una diferente. También poseía el valor añadido de saber que no se las dedicaba a todo el mundo, que estaba contemplando algo único.

—¿Algún sonido característico al andar?

—La banda sonora de las ruedas del patinete que te acompaña no es muy habitual. Eres de los pocos dementes que siguen utilizándolo cuando comienza la época de heladas —bromeó y me percaté de que tiritaba. De manera instintiva me aproximé más a ella hasta que nuestros hombros se rozaron.

Crysta no se apartó. Cada vez se alejaba con menos frecuencia y, joder, el modo en el que mi pecho se revolucionaba por ello era inhumano, tanto que en ocasiones me avergonzaba. Lograba que mis pulsaciones se acelerasen más al sentir el calor que emanaba de su cuerpo calentando el mío que cuando me estaba liando con alguna chica y me acariciaba con sensualidad por encima de la entrepierna.

Fantaseaba con colocar mi brazo sobre sus hombros y atraerla para que apoyase su cabeza sobre el mío, y me repetía una y mil veces que lo hacía por amistad, porque debía sanarla después de todo lo que había hecho por el grandullón. Tenía que convencerme a mí mismo, porque de otro modo el acojonamiento era brutal. Las sensaciones que la chica con los ojos como cristales desataba en mí eran tan nuevas que no tenía con qué compararlas.

Una inseguridad placentera a la vez que agonizante. El hecho de dudar si cambiaría escucharla hablar durante horas a perder mi virginidad. Estoy seguro de que no estaba enamorado de ella. Solo había ascendido el primer escalón de la pirámide rumbo a la cima y ya había perdido el control ante lo desconocido.

—¿Ibas a algún lado o acosarme cada día se ha convertido en una rutina? —bromeó.

—Molestarte siempre es un placer, pero este encuentro ha sido una bonita casualidad. Volvía a casa y había pensado pasarme por el vertedero.

—¿Alguna psicopatía que confesar? No es un sitio agradable para pasar la tarde…

—El olor es mejorable y no subiría a Facebook una foto de postureo de las vistas, pero la gente tiene la mala costumbre de ir allí a tirar las cosas viejas. Quiero recoger unos cuantos palés, lijarlos y repararlos hasta que se conviertan en el perfecto cabecero que da un aire nórdico al dormitorio y hace que gane unos dólares. Moderno, decorativo, y no corro riesgo de sufrir un accidente con mis nulos conocimientos de bricolaje.

—¿Alguna anécdota que confesar?

—Digamos que ya no puedo afirmar sin faltar a la verdad que no me he drogado. La última vez sufrí un colocón con el pegamento que me tuvo viendo ogros con tangas de colores a mi alrededor un par de horas. —Crysta se rio con ganas.

—¿Te han dicho alguna vez que eres un caso digno de estudio?

—Más de las que recuerdo.

Un hombre pasó a nuestro lado con una caja de pescado fresco. Crysta miró el contenido, interesada, en lugar de apartarse y arrugar la nariz por el olor. Me gustaba eso de ella. Su curiosidad. Siempre atenta a todo lo que acontecía a nuestro alrededor sin juzgarlo.

—¿Puedo ver lo que estás haciendo? —Aproveché que estaba despistada para robarle el folio.

—Normalmente, cuando alguien pregunta eso, espera a que la otra persona responda —apuntó, mirándome expectante por saber mi opinión.

—Ya sabes que nunca me la juego ante una negativa. Soy un jugador excelente.

Era un dibujo en blanco y negro inacabado. Las líneas difuminadas trazaban el puerto en un segundo plano. En uno de los laterales estaba el protagonista. Era un pescador que llevaba a un niño en los hombros y una bandeja de pescado en las manos. Traté de localizar al hombre, pero no lo hice.

—¿Dónde está? —le pregunté.

—En mi imaginación. —La miré sorprendido. Era tan real que no podía no existir. Cada detalle de su rostro estaba representado a la perfección, los ojos cansados del hombre, los del niño repletos de ilusión, los brazos en tensión por el frío y el dedo meñique señalando hacia un espacio que no estaba dentro de la imagen y que te hacía desear saber qué había al otro lado y le había llamado tanto la atención—. Me gusta seleccionar escenarios e inventar situaciones, que las pinturas tengan vida propia y no sean una imitación de la realidad. —Se encogió de hombros.

—Eres muy buena —aseguré.

—No es necesario que...

—No te halago para que te sientas bien —la interrumpí. ¿Por qué narices no se daba cuenta del talento que tenía?—. Eres mi amiga. Si fuera una mierda te lo diría para que lo tirases a la basura antes de que te dieses una hostia al intentar venderlo en eBay, —Tomé aire—. Has conseguido captar la atención de una persona que no tiene ni puta idea de arte. Eso debe de significar algo. —Crysta abrió la boca para decir algo, pero me adelanté—: ¿Te has planteado dedicarte a ello?

—De pequeña era uno de mis dos sueños.

—¿Y de mayor has decidido decantarte por el segundo porque da más seguridad?

Estábamos en aquella época de la vida en que todo se regía por «será productivo o no». Las elecciones importantes, las que marcan la diferencia, nunca son fáciles, y menos cuando todo el mundo te presiona con consejos que son directrices. Toda la vida vendiéndote el ideal de que puedes hacer cualquier cosa que te propongas, que los imposibles no existen y si eres capaz de soñar despierto es porque debes perseguir ese sueño que ya sabe la dirección del camino que debes seguir, para que de la noche a la mañana te cuenten el secreto que te amarga. La vida no es fácil. El dinero la domina. Debes asesinar las ilusiones de raíz por un escenario futuro del que te separan muchos años. Las estadísticas de empleo son el verdadero argumento, y no las veces que la piel se te ponga de gallina al imaginarte dentro de unos años.

—El segundo iba ligado con el primero y tuve que despedirme de él hace años —sentenció, y volvió la vista al frente.

—¿Por qué? —Le aparté el pelo de la cara antes de posar mi mano sobre su barbilla y obligarla a mirarme.

—Por esto. —Señaló su prótesis.

—¿Qué era? —Arrugué el ceño.

—Cuando te lo cuente vas a reírte de mí y, esta vez sí, desearé asesinarte lenta y dolorosamente.

—Seguramente lo haré. —Me encogí de hombros y mis labios se curvaron ante su incredulidad—. ¿Qué? El mundo es demasiado complicado para tomártelo siempre en serio. Además, las sonrisas no son algo malo. Los recuerdos en los que aparecen tienden a ser los más cojonudos. —Tomé aire y bajé la mano, apoyándola en el banco, cerca de donde estaba la suya, casi podía sentir su piel, aunque nos separasen centímetros—. Lo que sí puedo prometerte es que con ninguna de ellas me estaré mofando de tus palabras.

Crysta se quedó en silencio un segundo y tomó aire antes de comenzar.

—Quería escalar. Subir a esas alturas. Pisar sitios desconocidos a los que la mayoría de la gente no llega y dejar mi propia huella en una roca, el tronco de un árbol o donde fuera. Pintar a bajo cero notando cómo perdía la sensibilidad en los dedos. Algo sencillo. Nada del otro mundo. Un detalle que me hiciese eterna, parte de la naturaleza. —Cerró los ojos con fuerza recordando las fantasías pasadas.

—¿Por qué la desechaste? Suena demasiado tentadora para tirarla a la papelera. —Crysta me miró.

—Porque me caí y perdí un pie. Ya no puedo subir.

—SOS. Nuestra amistad peligra por tu actitud derrotista. —Levanté el dedo para reforzar mis palabras—. Claro que puedes, solo deberás esforzarte un poco más.

—¿Sabes cuánta gente ha logrado subir a una cima con una prótesis?

—Estamos hablando de ti. Los demás dan igual. Y tú tienes algo con lo que el resto no cuenta.

—¿Qué?

—A mí.

—Sin intención de herir tu orgullo, no creo que puedas cargarme tantos metros a esa temperatura... —Me reí.

—¿Subirte en brazos? —Crysta enarcó una ceja con curiosidad—. Prefiero gastar mis energías en intentar que comprendas uno de los pocos refranes que me sé. —Me aclaré la garganta—. No hay que medir la altura de una montaña hasta que se llega a la cumbre. Entonces verás que no era tan alta como pensabas. Eso y que te acompañaré —anuncié.

—¿A ti también te gusta el alpinismo?

—Suena interesante. —Me encogí de hombros y ella negó con la cabeza—. Tú y yo allí arriba. —Señalé uno de los picos de las montañas que rodeaban Ketchikan—. Te vería pintar y, cuando acabases, sacaría la guitarra.

—¿Para inspirarte y componer una canción? —Se sumó, en lugar de lanzarse a enumerar todos los argumentos por los que esa idea era absurda. Me alegré y, por un momento, me pareció que habíamos dejado de fantasear para hablar de un plan que llevaríamos a cabo.

—¡Qué va! Para que cantes conmigo y des rienda suelta a tus peores gallos. Sin parar. A toda potencia. Hasta quedarnos afónicos. Ya sabes, para cumplir una de las dos cosas que nos revelan si el día ha merecido la pena.

—¿Cuáles son?

—Quedarte afónico de reír, hablar o gritar de emoción o estar cansado. Cuanto mayor sea el agotamiento, más lo has aprovechado.

—No entiendo por qué vas de semental graciosillo cuando está claro que eres mucho más. —Me miró fijamente con sus ojos claros, como si quisiera penetrar en mi interior.

—Porque decido delante de quién quiero mostrarme.

—¿Por qué me has elegido a mí?

—Puede que no haya ningún motivo o que todo sea tan sencillo como que algún día quiero que dibujes una de esas escenas a las que das vida conmigo como protagonista. —Me puse de pie. Se hacía tarde, todavía tenía que ir al vertedero y mi madre llamaría a toda la policía del estado si no llegaba a casa. Agarré el patinete y me giré hacia ella—. ¿Y tú? ¿Cuál es tu excusa para seguir aislándote? La soledad de vez en cuando es necesaria, pero las personas son inspiradoras. Por ejemplo, yo he salido hoy de casa pensando que sería un día terriblemente común y gracias a ti me voy con una nueva meta, escalar cimas.

—¿Y qué propones? ¿Que me acerque el lunes a la primera chica con la que me cruce en el pasillo y le pregunte si quiere ser mi amiga? No todo el mundo lo tiene tan fácil como tú. Hay gente que no es tan abierta.

—Pintando sola las posibilidades de conocer a alguien disminuyen... —Tuve una idea—. Ven mañana conmigo a la fiesta de Halloween. —Crysta se removió incómoda.

—No sé si es buena idea...

—Será una locura. Por eso no puedes negarte. Solo los valientes se atreven a despedirse de la cordura de vez en cuando y disfrutar del arte de hacer que los latidos dejen de perderse en un movimiento involuntario y cuenten. —Observé la duda pintada en su rostro y añadí—: Ya te has abierto a nosotros. A mí. Sería un capullo si no te empujase a que el mundo te conozca. Ellos lo merecen. Vas a cambiarles la vida.

CAPÍTULO 8

CRYSTA

Iba a ir a mi primera fiesta de disfraces a casa de una compañera de instituto, Camille, pero como había aceptado su invitación la tarde anterior, no me había dado tiempo a comprar uno medianamente decente o mirar por internet alguna idea original que hacer con las prendas que ya tenía por casa. Mi videoteca me dio la solución. Pasando la mano por los DVD me encontré el de *La familia Adams* y decidí que Miércoles era una buena opción. Solo necesitaba unos pantalones negros, una camisa de la que sobresaliese un cuello blanco, maquillarme pálida con sombras oscuras y hacerme dos trenzas de raíz.

Puse una selección aleatoria de música en el portátil, me coloqué las botas por encima del pantalón y estaba abrochándome los botones de la camisa a topos negros y blancos frente al espejo cuando tuve una visión que casi me hizo gritar.

—Si querías paralizarme el corazón lo has conseguido. ¿Se puede saber de qué vas disfrazada? —Me giré con la mano en el pecho teatralmente y via a con mi madre riendo a carcajada limpia.

—Catrina mexicana —contestó. Llevaba un vestido negro, una peluca blanquecina rizada y la cara maquillada de un modo perturbador, con una esfera negra alrededor de los ojos, unas cejas dibujadas por encima, un crucifijo en el entrecejo, la nariz con una especie de corazón y los labios como si estuviesen cosidos. Todo muy tétrico—. Este año quería sorprender a los ingenuos que se atrevan a llamar al timbre.

—Lo que vas a conseguir es que la comunidad de vecinos te denuncie por protagonizar las pesadillas de sus hijos —apunté.

—Halloween trata de dar miedo…

—Pero de un modo inocente, gracioso e infantil —aclaré—. Los niños tienen que divertirse y pensar que los monstruos de debajo de la cama son guais y les regalan caramelos, no volver a usar pañales.

Mi madre se encogió de hombros. Las festividades eran su fuerte. Disfrazarse, vestirse de época o cualquier acontecimiento en el que la moda y el maquillaje tuviesen un papel importante y ella pudiese lucirse de nuevo tal como hacía en sus años de pasarela.

—Hagamos un trato: cuando llamen al timbre, nos asomamos a la mirilla antes de abrir y tú te encargas de la censura. Hoy solo soy apta para mayores de trece años con acné. —Colocó las manos a ambos lados de las caderas esperando a que asintiera.

—Sobre eso quería hablarte… —balbuceé. No le había dicho nada y había dado por sentado que me quedaría con ella. Algo normal, dada mi nula vida social más allá de los días que salía a pintar o quedaba con Jeremy o su hermano—. Ayer me invitaron a una fiesta y dije que iría, pero puedo quedarme contigo si quieres… —Le resté importancia al asunto y no sé si lo hice para no dejarla sola o porque los nervios de mi estómago por el paso que iba a dar después de tanto tiempo no eran del todo agradables. Como no dijo nada y ella era una cotorra de manual me asusté y añadí—: Chicos bebiendo de un embudo y dramas amorosos juveniles aumentando conforme pasan las horas no suena apetecible. No creo que lo soporte. Paso de ir. Es más tentador ser testigo de la conmoción que van a sufrir los adolescentes al verte —bromeé.

—De eso nada. —Se decidió a despegar los labios—. Tienes que ir. Quiero que lo hagas. Solo me ha pillado por sorpresa. —Se colocó detrás de mí—. ¿De quién te has disfrazado?

—Miércoles Adams —anuncié.

—Un poco soso, espera.

Mi madre salió de la habitación con rapidez y regresó a los pocos segundos con el kit de maquillaje entre las manos.

—Siéntate —me pidió.

—Ya sabes que no me gusta mucho…

—Por favor. Hace años que no puedo echarte una mano con esos deberes con enunciados escritos en suajili. Deja que me sienta útil.

Noté cómo se centraba primero en mi pelo para hacerme las dos trenzas antes de pasar al maquillaje. Eso y el regusto amargo que ascendía por mi garganta. No me gustaba que se valorase tan poco, y menos saber por qué lo hacía. Años y años de Becca repitiéndole una y mil veces que carecía de inteligencia habían hecho mella en su moral hasta el punto de que se lo había creído. A veces solo hace falta que una persona dedique su tiempo y energías a cimentar una idea en tu mente para que pienses que es cierta.

—Las notas escolares no son un medidor exacto de sabiduría. Conozco a más de una persona que saldrá con sobresaliente y tiene menos luces que un árbol de Navidad en verano. —Tragué saliva. Era penosa cuando me ponía sentimental y abría mi corazón. No obstante, debía hacerlo. Llenar de argumentos la mente de mamá hasta que la balanza cambiase y sus puntos fuertes contasen más en la valoración que tenía de sí misma. No lo pensé, simplemente dejé que se viera a través de mis ojos—. La vida es la que sirve para calcularlo, y tú has superado demasiadas cosas como para que no te considere mi referente.

—No eres parcial. Soy tu madre. —Noté que la voz le temblaba un poco.

—Eso no determina nada. Que en lugar de dejarte llevar cuando pasó todo te levantases para tirar de nosotras, sí.

—No hay nada heroico en mi comportamiento. Cualquiera lo habría hecho por sus hijas.

—Tú lo hiciste por mí. Por nosotras. Y por eso te lo estoy diciendo a ti.

En lugar de responderme, mi madre me dio un abrazo hablando el lenguaje de los gestos. Mucho más eficaz que las palabras.

Cuando terminó con mi cabello se centró en el maquillaje. No sé cuántas capas me aplicó ni para qué servían todas ellas, a pesar de que me lo iba explicando: base para la palidez, para resaltar las ojeras, polvos para marcar los pómulos y demás cosméticos. Lo único que tenía claro cuando terminó es que mi cara contaba con un centímetro más de grosor.

—Mucho mejor. —Se colocó detrás de mí cuando me miré al espejo.

—No recuerdo que Miércoles llevase los labios pintados de rojo. —Ladeé la cabeza observando mi reflejo.

—Un detalle coqueto nunca está de más. —Se encogió de hombros—. Los chicos van a pelearse porque les hagas caso. —Había vuelto a su adolescencia y parecía que era ella la que se iba a una fiesta. Estaba pletórica recordando a través de mí esos años que, según afirmaba, habían sido los mejores.

—Que se batan en duelo por mí no es mi definición de tarde perfecta…

El timbre de la casa sonó y mi madre corrió hacia la puerta. Si la memoria no me falla, creo que incluso iba dando saltitos de la emoción. La seguí todo lo rápido que pude por el pasillo y la encontré asomada a la mirilla.

—Ahora entiendo tu indiferencia con los demás chicos. —Me aproximé hasta colocarme a su lado—. ¡Ya te ha tocado la lotería rubia!

—Julien es solo mi amigo —me apresuré a aclarar antes de que le saliesen corazones en la retina y se descargase alguna aplicación para ver cómo serían sus nietos con nosotros como padres.

—Puedes intentar mentir a la carroza de tu madre, pero un chico no se pone tan nervioso cuando va a recoger a una simple amiga…

Abrí la puerta antes de que siguiese divagando y Julien me recibió paseando la vista de arriba abajo sin disimular. Iba ataviado con unos pantalones de pinzas negros, una camisa blanca, pajarita oscura, chaleco, una enorme capa roja y el pelo revuelto. Quise creer que estaba condicionada por las palabras de mi madre, pero la verdad es que se lo veía un poco nervioso cuando habló.

—¿Mentalizada para pasar una de las mejores tardes de tu vida? —Sonrió y en su boca aparecieron dos colmillos blanquecinos.

—Una oferta tentadora, ¿puedo unirme? —Mi madre se asomó, divertida.

—Claro, Crysta no me había dicho que tenía una hermana. —Fue tan típico que al oírlo no pude evitar poner los ojos en blanco. Mamá parecía encantada.

—Pequeña, apunta. Cada vez que me ponga en plan melodramático porque localizo una arruga nueva, trae a tu amigo a cenar. Sus piropos son más eficaces que las cremas.

—¿Arrugas? Creía que con treinta y cinco todavía no salían. —Julien le siguió el juego y estoy segura de que después de eso le habría concedido mi mano para que nos prometiésemos.

Alguien pitó desde el interior de la furgoneta que estaba aparcada en mi calle con las luces encendidas. Era pronto, pero ya había comenzado a anochecer. La noche llegaba temprano a Alaska. La oscuridad.

—Nos reclaman —anunció mi amigo.

—Pásalo muy bien. —Mi madre se dirigió a mí—. Aunque nada de embudos con alcohol. —Me dio un abrazo y susurró en mi oído—. Prometo respetar tu intimidad y no estar detrás de la mirilla cuando te traiga a casa. —Se separó.

—¡Mamá! —me quejé. No añadí nada más porque él estaba muy cerca y no quería que supiese lo que acababa de decirme. ¿Desde cuándo las madres fomentaban que sus hijas tuvieran un rollete con un desconocido en lugar de mostrarse sobreprotectoras? Tal vez había estado tanto tiempo encerrada en la burbuja que el *modus operandi* se había revertido.

Nos despedimos de ella y caminamos juntos por el sendero de mi patio rumbo al coche. Julien abrió la puerta y la sujetó para que subiese. En el asiento del conductor había un chico. Lo reconocí a pesar de que iba vestido de *Bitelchús*, con peluca blanca, ojos pintados de oscuro y un traje a rayas blancas y negras con una corbata morada. Era Lucas, el amigo inseparable de Julien. Lo miré a través del espejo retrovisor. No parecía demasiado animado con la idea de ir a la fiesta, por lo que me decidí a hablarle.

—¿También ha utilizado sus armas contigo para que vayas?

—El chantaje emocional es lo suyo, aunque no sé cuántas veces va a poder usar el argumento de que tenemos que crear recuerdos legendarios antes de que me canse.

—Lo que pasa es que os encanta haceros de rogar. Ambos sabéis que habéis tomado la decisión correcta. —Julien se subió y cerró de un portazo. Lucas emprendió la marcha—. O tal vez todavía no lo hagáis porque no sois tan visionarios como yo. En un futuro no recordaréis las tardes que os quedasteis en casa sin hacer nada especial, pero sí esta. Y al final eso es lo que cuenta. La memoria. Lo vivido. —Se apoyó, despreocupado, contra el asiento—. Estamos haciendo historia. La nuestra. Hagamos que empiece de la mejor manera.

—¿Con un discurso emocional barato? —señaló su amigo.

—De la forma que más me gusta. Comenzando a perder la voz. —Movió la mano y subió el volumen al máximo antes de ponerse a cantar hasta el punto de sobresalir por encima de la música.

En esos momentos no lo valoré. Julien decía muchas cosas, algunas que podían perderse en el viento y otras que dejaban huella, el problema es que nunca sabías si lo que acababa de pronunciar correspondería a una u otra. El tiempo las colocaba en su lugar. Lo único que no podemos controlar es lo que lo acaba determinando todo.

El trayecto hasta la fiesta no significó nada para mí. Entonces. Fue un instante hacia nuestro destino. Sin más. Lo que no sabía es que años después lo reproduciría una y mil veces en mi cabeza con un único fin: ese momento contenía su esencia.

La energía con la que golpeaba el salpicadero, como si tuviera una baqueta en la mano. El sonido de su voz tratando de inundar un espacio pequeño para insuflarnos ánimo a las dos personas que lo acompañábamos. La sonrisa que nos regalaba manteniéndola en su rostro el tiempo que hiciese falta para que el gesto se trasladase al nuestro.

Ese viaje fue Julien en estado puro. El auténtico. El de antes de todo. El que hacía que su belleza física pasase sin remedio a un segundo plano por aquella que lo eclipsaba, la de su corazón. Y me arrepentí de los segundos que me dediqué a mirar por la ventana en lugar de atenderlo, porque me perdí detalles insignificantes que me habrían ayudado cuando alguien me preguntaba cuál era mi droga y yo respondía con su nombre. Dosis que administrarme para sobrellevar los acontecimientos.

No lo hice adrede. Tenía que distraerme mirando al infinito. Los nervios me tenían atacada.

Todavía no era noche cerrada cuando llegamos. El cielo oscurecido tenía diferentes matices, como si hubiera un foco detrás de las nubes que se apagaba lentamente. Creí que mis oídos dejarían de sufrir los gritos de mi compañero cuando el conductor apagó el motor, pero nada más salir al exterior me di cuenta de que estaba confundida. La música de la casa de Camille sonaba en la calle y Julien volvió a la carga moviendo la barbilla con ritmo mientras susurraba el tema. Le encantaba cantar. No podía evitar hacerlo siempre que tenía la oportunidad.

La suerte parecía estar de mi lado. Tal vez se debía a que Beatriz se había cagado accidentalmente el día anterior encima de mi cabeza y eso era un buen presagio. Toda la zona de alrededor de la casa estaba plagada de coches y fuimos capaces de encontrar un hueco libre de un vecino que huía despavorido ante tanto adolescente concentrado en un mismo lugar.

No lo culpaba. Llegamos una hora tarde y ya nos encontramos a buena parte de ellos borrachos como cubas tambaleándose en la entrada mientras pronunciaban palabras ininteligibles que, aparentemente, solo se comprendían cuando alcanzabas ese estado etílico. Al ser menores de edad, tal vez no era muy buena idea exhibir su borrachera a todo el mundo, pero el padre de la morena tenía el suficiente poder como para que los policías se lo pensasen un par de veces antes de acudir a la fiesta.

—¿Dónde están los estudiantes de los fenómenos paranormales? —pregunté mientras caminábamos hacia la casa.

—No me jodas, que tienes el don y has visto un fantasma —se mofó Julien a mi lado.

—No lo decía por eso... —Me sujeté a la barandilla para ascender los tres escalones de la entrada y me percaté de que ellos disminuían la velocidad para ir a mi paso—. No es normal que, con este frío, con los pingüinos invisibles caminando a nuestro lado, salgan a la calle sin chaqueta. —Señalé a los grupos de chicos congregados a nuestro alrededor. Todos ellos saludaron a Julien, aunque la mayoría no había cruzado más de dos palabras con él en el instituto. Es lo que tenía ser popular. La gente deseaba captar su atención del modo que fuera.

—Eso es porque hay que molar. —Lucas se sumó a la conversación a la vez que se rascaba los ojos, haciendo que la pintura se le corriese.

—Ser malote está de moda y fumar a escondidas los coloca en la pirámide de los rebeldes —me explicó el rubio—. Eso sí. —Se acercó para poder hablarme bajito y que lo oyese—. Fíjate en cómo actúan. —Lo hice. Daban largas caladas y metían el pitillo en la mano, ahuecándola—. No paran de mirar hacia la carretera. No sería la primera vez que una madre se pone la gabardina de detective, pilla a su hijo y lo avergüenza delante de todos, llevándoselo de la fiesta tirándole de la oreja. Y eso, duende, eso es lo peor que puede pasarle a tu reputación hasta que alguien haga una cagada más grande. —Se separó y se pasó una mano por el pelo quitando la gomina que había logrado mantenerle el cabello hacia atrás—. ¿Preparada para conocer a la generación sexi? —Enarqué una ceja y Lucas contestó antes de que formulase la pregunta.

—La versión porno de cualquier profesión con un poco de sangre son los disfraces más habituales.

Lucas sujetó la puerta para que Julien y yo entrásemos. Los niveles de ruido en el interior eran increíbles. Había gente en todos los rincones, y eso que la casa era enorme, al menos comparada con la mía. No reconocía a todas las personas. Colocamos los abrigos en el perchero de la entrada y me pregunté cuánto peso podría aguantar antes de venirse abajo.

No nos dio tiempo a mezclarnos entre el gentío antes de que la anfitriona se acercase a saludar. Iba de vampiresa sexi, con un corpiño rojo terminado en una falda excesivamente corta y los colmillos sobresaliendo de su boca.

—¡Ya pensaba que no ibais a venir, chicos! —saludó a Lucas y Julien, colocándose entre ellos dándome la espalda. No me importó. Ser invisible para ella no era ninguna novedad.

—Lo bueno se hace esperar —respondió el rubio con su media sonrisa.

—Cualquiera diría que nos hemos puesto de acuerdo para ir vestidos como una pareja —coqueteó.

—Lo que me llamó la atención del disfraz fue la capa. Soy un tío elegante. —El rostro de la chica se ensombreció y mi amigo no tardó en añadir—: Pero ha sido una bonita casualidad encontrar a alguien de mi especie por aquí. —Se debía a su público, y a Lucas y a mí nos entraron ganas de transformarnos en la niña de *El Exorcista* y vomitar en todas las direcciones posibles.

—El azar no existe esta noche. —Le dio en el brazo, juguetona. Alguien la llamó desde el otro lado del pasillo—. Me reclaman. Si luego quieres que planeemos juntos quiénes serán nuestras víctimas para chuparles la sangre, búscame. —Sonó tan seductora que me entró la risa. Julien se dio cuenta y la media sonrisa se le dibujó inmediatamente en la cara—. Espero que os lo paséis bien, Julien y Lucas.

Camille se fue y Julien se acercó a mí.

—¿Sabes por qué te ha excluido?

—¿Porque se ha confundido y piensa que voy de Casper y no debería verme? —apunté.

—Porque sabe que da igual que lleve las tetas fuera o se ponga banderitas colgando de los pezones, nunca podrán competir con las tuyas.

—Hay que tener una mente muy sucia para intuir mis pechos por encima de la camisa.

—No nos hace falta verlos. Tú fuiste la primera para todos cuando te dio el ataque de exhibicionismo espontáneo en el gimnasio. Historia para nuestras hormonas.

—No estoy segura de que eso me halague… —repliqué.

—Podría haberte dicho también que con esos ojos azules les das mil vueltas a todas, pero no me gusta mencionar lo evidente. —Se giró y miró en dirección a la cocina—. Voy a por algo de beber.

—Creía que no consumías alcohol…

—Bienvenida al maravilloso mundo de los vasos teñidos de rojo. —Se colocó el cuello de la capa—. Que dentro solo hay refresco será nuestro secreto. Vía libre para hacer lo que te apetezca y luego culpar al alcohol. —Le dio un golpecito en la espalda a Lucas, que estaba ausente, como si buscase algo o a alguien entre la multitud—. No dejes que se meta en líos.

Se marchó y me quedé con su amigo. Ninguno de los dos era muy dado a hablar. La maruja del grupo era claramente Julien. Nosotros, más del tipo de personas que observaban impresionadas todo lo que estaba ocurriendo a nuestro alrededor.

—No me lo puedo creer, ¿de verdad están bebiendo de un embudo? —Le hice un gesto para que mirase hacia la cocina, donde un chico bebió todo lo que le echaban hasta que el líquido se le derramó por la comisura de los labios—. ¿Quién paga toda la bebida?

—Es uno de los grandes misterios de la humanidad a los que no hay que tratar de buscar sentido si no quieres sufrir un cortocircuito neuronal. —Negó con la cabeza—. ¿Vamos al salón? —Asentí.

Grupos de personas riéndose exageradamente y derramando parte del contenido al suelo, gente bailando sin ton ni son y parejas enrollándose como dos babosas con escenas que bien podrían aparecer en alguna película X fue lo que nos encontramos por el camino.

Todo estaba lleno de gente y solo podía pensar en quién se encargaría de limpiar todo ese estropicio cuando terminase. El espíritu de la antifiesta me estaba invadiendo, pero no podían culparme. Mi madre estallaría como una bomba de destrucción masiva si hiciese algo similar en nuestra casa. Claro que, al ver el nivel de los muebles de la mansión de Camille, lo más lógico sería que tuviese un servicio que se encargase de dejar todo impoluto, incluyendo el vómito que había visto en uno de los maceteros. Los borrachos se comportaban como los gatos y buscaban arena para dejar sus residuos.

Nos sentamos en el sofá. El moreno se puso tenso. Iba a preguntarle qué le pasaba o a intentar hacer alguna de las bromas absurdas *made in Julien*, como que «éramos más aburridos que un acuario de almejas y debíamos disfrutar», cuando oí un comentario.

—Ni de coña. Yo no me lío con tullidas. —Tardé dos segundos en comprender por qué alguien se metía conmigo desde el minuto uno. El protagonista de la frase era Josh, un chico con el que nunca había interactuado más allá de la tarde que me lo encontré con Julien.

Entonces, ¿por qué lo hacía? Una botella en la mesa en mi dirección tenía la respuesta. Estaban jugando a la botella y le había tocado besarme. Tenía que dejar un comentario en internet; definitivamente, que una cigüeña se cagase encima de tu cabeza no daba buena suerte.

—Tío, no está bien que digas eso… —Uno de sus amigos parecía apurado. Puede que, aunque imitase al otro hasta en la forma de peinarse, tuviese un poco de moralidad, después de todo.

—¿He mentido? No está completa, joder. Eso es peor que perder la virginidad con la friki de clase porque sabe chuparla…

—Eres imbécil —oí que decía Lucas a mi lado. Me giré para detener la posible pelea verbal y explicarle que lo que dijese ese babuino que se había escapado del zoo me daba igual, pero lo que hizo el amigo de Julien me dejó sin palabras.

Casi no me dio tiempo a distinguir sus ojos azules o el pelo negro que sobresalía por debajo de la peluca blanquecina antes de sentir sus labios impactando sobre los míos. Sí, esa tarde/noche me besaron por primera vez. No fue algo especial. Las mariposas no revolotearon en mi estómago, no noté un nudo en la garganta y la piel tampoco se me puso de gallina. Fue algo más rudimentario. Básico. Con rabia y potencia. Uno de esos contactos como los que me daba mi abuela en los que su boca colisionaba sobre mi mejilla haciendo demasiado ruido.

—Asunto solucionado. —Se separó—. Ahora podéis seguir con vuestros jueguecitos de mierda hasta que os deis cuenta de que parecéis unos niñatos de guardería comiéndose los mocos.

Lucas se levantó en el acto y se marchó. Josh apretó los puños y la expresión de la cara le cambió, como si fuese a montar en cólera. Y yo… yo no sabía qué hacer ni cómo reaccionar. Me planteé montar un drama tan potente que fuese capaz de sacar al moreno de su órbita mental, como si todos los chinos saltasen a la vez sobre el eje de la tierra. Causarle un dolor de cabeza monumental. Decidí que lo mejor era imitar a mi compañero y marcharme con la mayor dignidad posible.

¿Adónde iría? La cocina era un buen lugar. Julien debía de estar por allí. Con el efecto de fanatismo que provocaba con cada paso que daba lo habrían retenido para robarle unos segundos de su tiempo y después poder reproducir una y mil veces la conversación que habían mantenido con él, aunque fuese una tontería en la que mi amigo utilizase un sarcasmo que a veces las personas que estaban a su alrededor no pillaban.

Alguien me obligó a detenerme en mitad del camino, rodeando mi brazo con su mano. Camille. Bien, confirmado, no iba a tener una velada tranquila.

—¿Sabes lo que significa propiedad privada?

—Si estás buscando una profesora particular de lengua no soy tu mejor opción. Entre tú y yo, tengo poderes extrasensoriales. Veo el futuro. Juntarnos más tiempo del estrictamente necesario en una misma habitación alteraría el orden natural de las cosas y ocurriría una tragedia.

Iba a marcharme, pero me cortó el paso de nuevo, colocando su mano sobre mi pecho.

—Julien es mío. Está escrito. Él y yo seremos la pareja que todas envidiarán, los que recogeremos las coronas de reyes de nuestro baile…

—Un consejo: si alguna vez lo haces, recuerda omitir este discurso, o en dos minutos estará corriendo los cien metros lisos en dirección contraria.

—Escúchame —me espetó, acercándose. Sus facciones se endurecieron y habló con irritación—. Aléjate de él. Si quieres, puedes seguir tirándote al retrasado...

—¿Qué has dicho? —Me mordí el labio para reprimir las palabras que luchaban por salir de mi boca. Nadie hablaba así de Jeremy en mi presencia.

—Que si quieres puedes seguir tirándote al retrasado gordo y bizco. —Colocó las manos en las caderas, satisfecha de sus palabras y sonrió.

—Gracias. —La imité estirando los labios—. Tienes un gran talento. Eres capaz de sacar la peor versión de las personas. Tanto tiempo frustrando a la pobre psicóloga porque no era capaz de expulsar lo que llevaba dentro y solo me hacía falta escucharte hablar quince segundos y, *voilà*, rabia fuera.

Antes de que me hiciese alguna estúpida pregunta o interrumpiese ese momento, apreté el puño y disfruté de su cara de incredulidad conforme avanzaba hacia su nariz hasta impactar directamente en ella. La adrenalina que me recorrió el cuerpo fue placentera.

—Te vas a... —comenzó a amenazarme.

—Te he dado con la izquierda. Es en la que tengo menos fuerza. No me obligues a utilizar la buena y dejarte la nariz de tal modo que tus padres tengan que gastar todo el dinero ahorrado para tu futuro implante de pechos en arreglarla.

—Estás loca, coja agresiva de mierda —dijo antes de largarse con su séquito.

Era hora de abandonar la fiesta. Consulté el reloj. Había aguantado menos de una hora en el interior antes de liarla. Eso debía de contar. Transformarme en una leyenda o algo similar.

Recogí el abrigo, salí al exterior y pasé de largo la zona de fumadores. Escribí un mensaje a Julien anunciándole que me marchaba. Decidí que iría a un bar a tomar algo sola antes de pedirle a mi madre que viniese a por mí. Acabaría enterándose de lo sucedido. Los rumores en Ketchikan tenían alas.

Me subí el cuello para que el aire no me azotase con toda su fuerza. La casa de Camille estaba a las afueras. Una milla de caserones antes de alcanzar la civilización. No había ni un alma en la calle. La gente se habría ido al núcleo urbano. En otro momento habría tenido miedo porque era Halloween, pero estaba tan eufórica por haber puesto en su lugar a la morena que no podía parar de recordar el instante, olvidando todo lo demás. Nadie se metía en mi presencia con Jeremy sin sufrir las consecuencias. Nadie.

Oí un ruido en uno de los laterales y me asomé. Temí que fuera algún gracioso que quería darme un susto. No podía acelerar el paso y no quería ir en tensión el resto del trayecto. Correr no entraba dentro de mis posibilidades.

Me asomé a la zona de los arbustos y distinguí a dos personas. Reconocí al primero de ellos por la peluca blanca y el traje a rayas sin abrigo. Se trataba de Lucas. Estaba con Josh. Ambos parecían alterados: hablaban a gritos con los brazos levantados.

Me mordí el labio. Al final había provocado una pelea entre dos compañeros de equipo. Valoré el camino que llevaba hasta ellos. Era de arena, con pocas piedras y no estaba lo suficientemente húmedo como para que me resbalase o tuviese que acabar pidiendo ayuda para regresar. Me encaminé para detenerlos, porque, aunque no había hecho nada, todo aquello estaba ocurriendo por mí. El primer chico que me había besado y el que me había insultado discutían sin tregua por algo tan tonto como haberme sentado en un sofá y que el cuello de una botella me señalase.

La acalorada bronca cada vez subía más de tono. Josh agarró por los brazos a Lucas e iba a gritar que lo dejase en paz o que se metiese con alguien de su tamaño (típicas frases de las series que veía y que fueron las primeras que me vinieron a la cabeza) cuando sucedió algo que me dejó paralizada, como si acabase de ver en directo un ovni aterrizando en la tierra y fuese el único testigo.

Sí, estaban enfadados. Mucho. Más de lo que había presenciado en toda mi vida. Pero no había adivinado los motivos reales. Al ver cómo Josh besaba con agonía a Lucas descifré el misterio. El jefe del equipo colocó los brazos por su espalda para atraerlo y fusionar sus labios con los de *Bitelchús* con tanta pasión que creo que me sonrojé y me llevé una mano a la boca. Ahí había fuerza, sentimiento, arrebato, víscera y deseo.

—Empotrarme contra un árbol no es la solución. —Lucas lo separó de un empujón y, por un instante, Josh pareció confundido—. No evita que siga asfixiado en tu claustrofóbico armario.

—¿Cuántas veces voy a tener que repetírtelo? ¿Mil? Esto es algo nuestro y nadie más tiene por qué enterarse.

—No hagas que suene romántico, cuando lo que te pasa es que en realidad estás acojonado por sus reacciones.

—¿Y qué si es así? —elevó la voz.

—¡Que estoy harto de actuar como si a mí me importase su opinión! No puedo más —estalló, con la voz temblorosa—. Se acabó.

—¿Estás seguro?

—Sí, no puedo más. —Sonaba derrotado—. Si sigo así, voy a acabar por creérmelo, por darle poder a la mentira hasta que sea la única verdad.

Desvié la vista en cuanto empecé a plantearme si seguir allí me convertía en *voyeur* justo a tiempo para ver cómo Josh daba una patada a uno de los árboles, decía algo que no comprendía y se perdía entre la maleza, cabreado. Tenía que huir antes de que me viese el amigo de Julien. Era algo de vital importancia. Giré sobre mis talones y di las zancadas más grandes de mi corta historia a la vez que cruzaba los dedos para que Lucas saliese detrás de su rollo, novio o lo que fueran y no se diese cuenta de que habían tenido un testigo.

¿He dicho ya que las cagadas de cigüeña no dan buena suerte?

—¿Crysta? —oí que me llamaba cuando ya estaba de nuevo en el camino. No tardó en alcanzarme. No me preguntó si lo había oído. Ambos sabíamos la respuesta. Me retuvo por el brazo y clavó sus ojos azules en los míos—. Ni se te ocurra contarle nada de lo que crees haber visto. Como Julien empiece a tratarme como si fuera a intentar darle por culo en cuanto se despiste, yo…

—Él no haría eso —interrumpí su amenaza, apelando a que cuando hubiera reflexionado estuviera más tranquilo y, si me conocía mínimamente, se diese cuenta de que yo no era el tipo de personas que trafican con secretos que no le pertenecen.

—¿Cómo lo sabes? —repuso, entre nervioso y esperanzado por mi respuesta. Se pasó la mano por la cabeza hasta quitarse la peluca, que cayó al suelo.

—¿Acaso no lo conoces? —Me extrañaron sus dudas y también mi certeza. La confianza ciega en el rubio que él mismo se había ganado poco a poco logrando que, sin que me diese cuenta, se enredase en mi piel, en mi pelo, en mis pensamientos, en el pálpito de mi interior, en la comprensión de la unión de que formase parte de mi persona—. Él quiere ver a las personas. Dentro. Lo que son. Lo que sienten. Y las acepta sin preguntas. Sin juicios. Con sonrisas. Nunca se lo digas —susurré—. Pero Julien es de los que merecen la pena.

—Necesito tiempo.

—Mis labios están sellados.

—Será mejor que dejemos el tema…

—Como quieras.

—Más que nada porque hablar de Julien es como mentar al diablo. Parece que tiene una especie de sensor que se activa cada vez que alguien pronuncia su nombre tres veces.

Lucas miraba detrás de mí y, antes de oírlo, supe que el rubio venía a nuestro encuentro.

—No has hecho bien el trabajo que te había encomendado. —Pasó el brazo por detrás de los hombros de Lucas y le dio una colleja—. Tenías que vigilarla, pero la has menospreciado por esos ojillos de corderito degollado que tiene y ha liado una monumental.

—¿Lo dices por el beso? —le preguntó Lucas, zafándose del contacto.

—Por haber despertado a la bestia. Ahora mismo Camille da mucho miedo. —Se rio—. Espera, ¿de qué beso hablas?

—Una tontería... —Le restamos importancia Lucas y yo a la vez. No había supuesto nada para ninguno—. ¿Y ahora qué hacemos? — el moreno se apresuró a cambiar de tema.

—Había pensado regresar momentáneamente a las doce e ir a pedir caramelos de puerta en puerta, aunque me temo que seremos solo dos. La chica nos abandona. —Señaló con la barbilla hacia la carretera, donde había un coche—. Le ha salido una seguidora.

En el interior del vehículo estaba Dana, que miraba en nuestra dirección golpeando el volante con los dedos al ritmo de una canción que no alcanzábamos a oír.

—Ha insistido mucho en saber dónde estabas, porque quiere hablar contigo —me reveló.

—¿Por qué? —dudé.

—Eso debes comprobarlo tú. —Se acercó, me miró fijamente con sus ojos ámbar y añadió—: Dale una oportunidad. Parece buena tía y, además, podrás hablarle muy bien de mí para que se enamore. Me lo debes, porque haber llevado a una camorrista a la fiesta dañará mi prestigio. —Me guiñó un ojo y se colocó detrás de mí para empujarme levemente hacia la morena—. La chica que acaba de poner en su sitio a la abeja reina no puede asustarse por una conversación.

Fui al coche sin estar del todo segura del motivo por el que lo estaba haciendo. Había visto demasiadas películas como para no pensar que el resto estaría en el asiento trasero para hacerme pagar por osar tocar a Camille.

Dana abrió la ventanilla del lado del piloto y bajó el volumen de la música.

—¿Qué quieres? —pregunté.

—Que vayamos a tomar algo.

—¿Por qué? —Estaba recelosa.

—Mi ofrecimiento no es ningún jueguecito ni se trata de una estrategia para que el resto de las chicas te humillen. —Me había leído el pensamiento—. Si te hubieras quedado un rato más después del puñetazo, me habrías visto haciéndote la ola. Quiero hacerlo desde que he estado con ellas los días suficientes para llenar tres diarios completos con sus conversaciones de cosas que me importan una mierda. —Quitó el seguro del coche y señaló el asiento del copiloto—. Venga, si esta tarde es insufrible, el lunes podremos fingir que no nos conocemos, y asunto solucionado. No tenemos nada que perder. —Se encogió de hombros.

Dudé y, cuando me di cuenta de lo que estaba haciendo, me encaminé hacia la puerta. Era hora de arriesgarse. De dejarse llevar. De saber si lo que me había estado perdiendo merecía la pena. De poder experimentar ese tipo de relaciones entre dos chicas que yo solo conocía por los libros y el cine.

Él provocó que fuese a la fiesta. Él me incitó a salir de mi burbuja con sus comentarios. Él me regaló la que tiempo después se convertiría en mi mejor amiga. Desde ese día supe dos cosas: las cagadas de cigüeña me daban mala suerte y Julien era mi talismán.

CAPÍTULO 9

JULIEN

Jeremy no tenía secretos. Era más trasparente que los ojos de Crysta. La puerta de su habitación siempre estaba abierta de par en par. La sinceridad tendía a ser su bandera y daba la sensación de que la inocencia nunca abandonaría su esencia. Un niño con cuerpo de adulto con una nobleza que triplicaba su tamaño.

Por eso tenía la mosca detrás de la oreja. Había aprovechado el domingo para pulir el palé hasta dejarlo decente y poder subirlo a eBay a ver si tenía suerte y alguna pareja joven se decantaba por utilizarlo de cabecero. En mis mejores fantasías lo compraba alguien famoso y lo ponía de moda, logrando que mi cuenta bancaria se engrosase, porque, sin faltar a la verdad, la realidad es que no había conseguido demasiados pavos con mi hazaña.

Mi hermano adoraba hacer cosas conmigo y a mí me encantaba que los dos estuviésemos juntos. Él me hacía sentir especial. Importante. Listo. Invencible. Todo el mundo debería tener a alguien en su vida que le pegue un empujón de ánimo para ascender al menos dos escalones más de la propia consideración que tiene de sí mismo. Pocas personas lo saben, pero a veces solo hace falta que una persona crea que eres único para que tú también te veas así. El efecto contagioso de la opinión ajena.

Para mi asombro, Jeremy me había echado de su cuarto cuando había entrado sin llamar a la puerta, argumentando que invadía su intimidad. No me había preocupado. Puede que la mente del grandullón hubiera decidido quedarse en esa niñez que el resto envidiábamos, pero su cuerpo había evolucionado y tenía algunas necesidades. Hacía un par de años había tenido que hablar seriamente con él al encontrármelo llorando en el patio, meciéndose de un lado para otro al borde de un ataque de nervios, porque, según sus palabras, había hecho algo muy malo que haría enfadar a mamá.

Me acojoné sobremanera. ¿Qué podría ser? Cuando me lo aclaró, me habría echado a reír de no ser consciente de que estaba realmente afectado. El pecado era haber buscado imágenes de chicas en bikini para tocarse. Él tenía su propio ordenador en la habitación. Sin embargo, mis padres le habían bloqueado el acceso a algunas páginas por su propia seguridad, dados los peligros que presentaban las redes, y revisaban su historial todas las noches. Jeremy lo sabía y estaba asustado por lo que podían decirle.

Nadie le había explicado con normalidad el sexo y los instintos. En la escuela a la que iba desde que terminó el instituto, una especie de asociación financiada por el Gobierno en la que hacía labores típicas de granja escuela y, si se portaba bien, le daban un par de dólares a la semana, no tenían tiempo para eso. Normalizaban otras facetas de la vida, dejando esa relegada al fondo de un baúl olvidado.

Tuve que explicarle que lo que había hecho no era nada malo y, como argumento, le mostré esa carpeta secreta que la mayoría de los adolescentes salidos tienen en su portátil con nombres absurdos y poco interesantes para sus progenitores. La mía era algo así como «claves para ganar *Call of Duty*». Ese día supuse que lo había interrumpido en su instante de intimidad y por eso me había invitado a abandonar su habitación.

Sin embargo, cuando regresé después de terminar el palé y convertirme en el esclavo particular de mi madre para quitar las primeras nieves del año de la entrada, y su cuarto seguía cerrado a cal y canto, me mosqueé. O se estaba pegando el festín de su vida e iba a padecer agujetas en la mano derecha con el capullo en carne viva o había gato encerrado. Conocía la vigorosidad familiar y no duraba un maratón de horas sin parar.

Decidí no abordarlo directamente, sino hacerlo de un modo más sutil. Bajé a la cocina, quité la servilleta de papel que había encima de plato y seleccioné un par de los gofres que había hecho mi madre para que merendásemos. Puse sirope de chocolate al mío y de caramelo al suyo y, tras calentarlo, una montaña de nata.

Con las dos manos ocupadas no podía llamar con los nudillos, así que utilicé algo más rudimentario. Mi frente. Un par de cabezazos para anunciar mi llegada antes de abrir la puerta con el codo.

—Narcotraficante de sobredosis de azúcar a domicilio —me presenté con una breve reverencia. Mi hermano estaba sentado en el borde de la cama con el codo sobre el muslo de su pierna y la cabeza apoyada en la palma de su mano—. ¿Es aquí donde han pedido un gofre de esos que luego te dejan diez minutos atontado en la cama para poder digerirlo?

—No quiero comer nada.

No tenía ni un solo recuerdo en el que Jeremy hubiese rechazado comida, y menos si esta se trataba de queso o dulce. Algo no iba bien. Fuera lo que fuese, era malo. Dejé los platos en su escritorio y me senté a su lado.

—¿Qué pasa, Jer? —Ladeé la cabeza para poder observarlo mejor. Tenía los ojos rojizos y se había masacrado las uñas.

—He hecho algo muy malo —balbuceó.

—No dejes que se te pegue el dramatismo de mamá. Ya será menos... —Traté de restarle importancia, aunque por dentro estaba acojonado. Mis pelotas habían dejado de estar en la entrepierna para subir a la garganta.

—¿Sabes lo que es el infierno? Pues si la abuela tiene razón, allí podría acabar después de hoy.

Esa afirmación me dejó KO. Me restregué la cara y levanté la mirada. Las inquietantes muñecas de mi hermano me devolvieron el saludo.

—Explícame qué has hecho para ver si podemos solucionarlo entre los dos o tengo que ir a un cruce de caminos a pactar con Lucifer.

—He robado a mamá. —Supongo que mi siguiente paso debería haber sido regañarlo y enumerarle todos los motivos por los que estaba mal. Lo responsable. Lo educativo. Lo mejor para él. Pero era muy blandito con mi hermano. Lo veía castigándose de una manera que fundió de inmediato mi mano de hierro.

—¿Qué? —Confié en que fuera una tontería, como algún filete precalentado que le hubiese prohibido comer para no alimentar su obesidad.

—Dinero. Cien dólares.

Mierda. Eso era mucho como para dejarlo pasar sin más. Jeremy no tenía la misma concepción que nosotros del dinero o de los objetos. Lo primero le estaba limitado a las pocas pagas que le daban y que se gastaba en comprarnos algún detalle. Lo segundo carecía de importancia en su pensamiento. Tanto es así que mis padres tuvieron que castigarlo por primera vez cuando se enteraron de que había dado a un compañero de la granja escuela la camiseta original los Yankees que le habían traído de Nueva York de porque este le había asegurado que era su sueño tener una y, bajo el punto de vista de mi hermano, «si hacer feliz a alguien era tan sencillo como dar una prenda de ropa, lo egoísta habría sido no quitármela en el acto y entregársela».

Admiraba su pensamiento y altruismo. Ojalá existiese más gente como él sobre la tierra. Desgraciadamente, el mundo era más cruel y hacía tiempo que el ser humano había olvidado que las personas estaban para disfrutarlas y no para utilizarlas. Esa fue la razón por la que no me entrometí cuando mis padres le regañaron. Me daba pánico pensar en que alguien se aprovechase del grandullón y lo destrozase, porque no sabía cómo reaccionaría. A veces creía que algo no funcionaba bien en mi cabeza, porque estaba completamente seguro de que podría asesinar con mis propias manos si dañaban a Jeremy hasta romperlo.

—¿Te lo ha pedido alguien? —Negó con la cabeza—. ¿Y cómo

diablos se te ha ocurrido esa idea suicida que va a provocar que te quedes en los huesos cuando mamá te castigue comiendo brócoli hasta el fin de los tiempos?

—¿Por qué no puedo tener dinero, Julien? Tú, Crysta y Lucas podéis. ¿Por qué yo no? —No supe qué contestar a eso—. No paráis de repetirme que soy especial, ¿y qué pasa si lo único que quiero es ser normal?

—Tú eres mejor que…

—¡No! —Se levantó y se puso a dar vueltas por el cuarto. Juro que no lo seguí porque no tenía fuerzas en las piernas—. Estoy harto de ser único —se quejó—. Quiero ser como vosotros.

—Lo sé. —«Y ojalá pudiese concederte ese deseo», pensé. Habría vendido mi alma al diablo sabiendo que pasaría el resto de mi existencia en el infierno flagelado con latigazos si con eso hubiese podido ayudarlo. Pero no estaba en mi mano. Ni en la mía ni en la de nadie. Lo único que me quedaba era ayudarlo a comprender lo importante que era para mí. Lo que yo sentía al tenerlo enfrente y que se alejaba mucho de la pena porque tuviese una discapacidad mental—. La responsabilidad que se te ha impuesto es muy injusta.

—¿Cómo voy a tener responsabilidad si no puedo hacer nada sin que alguno de vosotros me vigile?

—Tu responsabilidad no es dar órdenes, Jeremy. Eso es sencillo. Cualquiera puede convertirse en un dictador de la noche a la mañana. —Hice una pausa—. Tú eres un ejemplo.

—No soy un ejemplo de nada. Ni siquiera he sacado unas notazas como los niños como yo de los que luego hacen películas… —Me puse de pie.

—Estudiar tampoco es lo más importante. —Me coloqué a su lado—. ¿Sabes cuál es el problema, tío? Que prestamos tanta atención a cosas que no son necesarias que nos hemos olvidado de lo fundamental.

—¿Qué es? —Me miró con curiosidad.

—La bondad. Tú nos recuerdas cada día que esta sigue siendo posible, que está al alcance de la mano, que todavía existen personas para las que lo primero son el resto de los seres humanos y no las máquinas o las marcas… Eres único, sí, y por eso debemos protegerte, porque el mundo te necesita. —Notaba un nudo en la garganta—. O mejor dicho, yo te necesito para tener fe en el mundo. —Coloqué las manos encima de sus hombros—. Sé que es injusto, que no lo has elegido y que es muy duro. Ojalá pudiese ayudarte, pero soy básico, así que lo único que puedo ofrecerte es ayuda. Incondicional e infinita. Todo héroe necesita a alguien a su lado para que lo apoye y le dé un masaje en los hombros cuando está agotado, ¿no? —Apelé a su pasión por los cómics y el universo Marvel.

—Supongo que tío Ben tenía razón cuando habló con Superman.

—¿Qué le dijo?

—Que un gran poder conlleva una gran responsabilidad. —Se limpió los mocos con la mano y me miró—. Lo único que quería era poder comprarle unas botas bonitas a Crysta para su cumpleaños mañana —reveló finalmente, y señaló una caja que había debajo de su cama—. Siempre lleva las mismas y pensé que le harían ilusión. Supongo que debería devolverlas…

—No —lo interrumpí. Jeremy debía tener el derecho de hacer un regalo a una amiga para su cumpleaños, y no sería yo el que le arrebatase más cosas. Me negaba. No era justo—. Dáselo mañana.

—¿Y mamá?

—Yo me encargo de ella. Le diré que se lo quité para comprar un par de videojuegos y se lo devuelvo con lo que tengo ahorrado. —Le resté importancia.

—Pero mentir está mal. —Dudó.

—Hay excepciones, y proteger a tu hermano, transformarte en el chaleco salvavidas de aquellos en los que circula tu misma sangre, es una de ellas —añadí.

Agarré los gofres que había dejado encima de la mesa y le tendí uno. Nos sentamos en la cama y me alegré de que lo aceptase y se pusiera a comer con las mejillas manchadas de caramelo.

—¿Quieres que le diga a Crysta que es de los dos? —preguntó con la boca llena.

—Ha sido idea tuya.

—Y tú vas a pagarlo dándole el dinero a mamá.

—No importa. —Negué con la cabeza, lamentando no haber subido algo de beber al notar la boca pastosa.

—¿Por qué no te gusta que la gente sepa cuándo haces cosas por ellos?

—Porque las hago porque puedo y no para que me den las gracias. —Le ofrecí lo que me quedaba a mi hermano y él aceptó agarrando el trozo de gofre para ponerlo en su plato—. Por eso y por la seducción.

—¿Por la seducción?

—Prefiero ser el guitarrista rebelde que provoca que las bragas de las chicas se reduzcan a cenizas a su paso que el altruista osito amoroso al que abrazan por las noches.

—No es verdad. —Se subió las gafas—. Así les gustas, pero si te conociesen se enamorarían.

—¿Has vuelto a ver las novelas venezolanas con mamá y copias sus diálogos?

—No, me lo dijo una amiga.

—¿Qué más te contó Crysta? —Era la única amiga que tenía, por lo que no había dudas.

—Que no entendía por qué te esforzabas tanto en vender tu físico, que chicos guapos había muchos y no existían tantos con tu interior.

—¿Qué le contestaste?

—Que la comprendía, pero que había algo que ella no sabía de ti.

—¿Qué?

—Que ese es tu poder, sacar lo mejor de los demás mientras permaneces en la sombra. Y no podía culparte. No todos los héroes llevan capa, quieren ser vistos ni son conscientes de que lo son.

Estuve con Jeremy hasta que se terminó el gofre, chupándose los restos de caramelo y chocolate de los dedos antes de que pudiese recoger los platos para bajarlos a la cocina. Los fregué, los sequé y los coloqué en el armario. Todas las acciones posibles eran necesarias para evitar que mi madre montase en cólera asesina.

Supuse que eso y haber limpiado toda la entrada a varios grados bajo cero con la única ayuda de una pala que no era eléctrica sería suficiente para apelar a su bondad infinita, y que cuando le confesase que le había quitado unos pavos todo se quedase en una de sus charlas y poco más. Eso y que le llevaba el importe exacto para devolverle todo lo extraído por mi hermano.

Estaba muy equivocado. Solo con ver la sonrisa tensa que se le dibujaba y el tic nervioso que le daba en uno de los ojos conforme aceptaba los billetes supe que la suerte no estaba de mi parte ese día. El karma no existía. Sacrificarme por el grandullón, asumir su error y ayudar en las tareas domésticas no evitó que me señalase mi cuarto con miles de pensamientos sacudiendo su cabeza en busca del castigo perfecto.

Estuve en la habitación media hora larga antes de que entrase. Adiós móvil, consola y cualquier herramienta tecnológica inventada en el siglo xx. También me tocaba despedirme de las fiestas de Nochevieja. Eso por el momento. Saborearía darme en pequeñas dosis el resto de las sanciones que quedaban.

Me senté ante el escritorio. La niebla había invadido todas las calles de la ciudad, impidiendo que viese el paisaje de las montañas que la custodiaban vestidas de blanco. Saqué un papel y un bolígrafo, porque me había olvidado la libreta de escribir y temía que mi madre hubiese colocado algún tipo de artilugio al otro lado de la puerta que detectase una posible huida.

Decían que los artistas rendían más cuando eran torturados, en la peor versión de sí mismos con una botella de whisky escocés barato en la puerta y vestidos con harapos, consumidos. Así de putas eran las musas. Ese sería el regalo. Escribir el tema más bestial de mi carrera adolescente y forrarme.

Una hora después pude asegurar a ciencia cierta que esa afirmación no era universal. Tras un par de líneas, que taché a conciencia antes de hacer una pelota y encestar en la papelera girando sobre las ruedas de la silla por si alguien rebuscaba en nuestra basura y sufría un *shock* mental por lo horrendas que eran, decidí hacer algo más útil. Me dediqué a dibujar un plan de escape con el cual era capaz de salir de esa habitación gracias a mi habilidad atando sábanas sumada a mi agilidad para descender por ellas si notaba que empezaba a perder pelo de la cabeza y seguía allí recluido.

Estaba valorando los pros y los contras cuando la puerta se abrió.

—¿Se puede saber qué has hecho esta vez? —me preguntó Lucas, sacudiéndose los pequeños copos de nieve que poblaban su pelo negro.

—¿Te acuerdas de cuando la liamos hace mucho tiempo en el colegio y mi madre me castigó hasta los dieciocho años?

—Sí, la mía me prohibió verte durante varias semanas porque creía que eras una mala influencia. —Se quitó el abrigo y lo dejó encima de la cajonera.

—Bien, pues hoy mi madre también lo ha recordado. Si alimenta su vena sádica conmigo, ¿me ayudarás a escapar?

—¿Cómo? No tienes una larga melena rubia que puedas lanzarme...

—La nieve puede actuar como colchoneta si llega el momento en el que me veo obligado a lanzarme y tú solo tienes que salir quemando neumáticos —fantaseé, y él asintió.

Algo no había cambiado. Seguía teniendo fe en mis locuras en lugar de poner cordura y detenerme.

—Siéntate si quieres, aunque ya te adelanto que hoy no soy la mejor opción de diversión. No tengo Play, ni ordenador, ni ...

—No importa. —Se aclaró la garganta—. Tenemos que hablar. —Se puso serio.

—Joder, voy a acabar echando las tripas en el baño.

—¿Qué dices, tío?

—El laxante más eficaz del mundo es «tenemos que hablar». —Quité un poco de hierro a la situación—. Es una frase maldita. Así que si no quieres que acabemos manteniendo la conversación en el váter, para futuras ocasiones, intenta utilizar otra. —Le guiñé un ojo a la vez que él los ponía en blanco—. Ahora en serio, ¿qué pasa?

Lucas se detuvo. Tragó saliva, crujió los puños para tomar fuerzas y me miró fijamente con sus ojos azules.

—No sé combinar ropa ni decorar. No me gusta Mariah Carey. —Escupió y sufrí una especie de cortocircuito. No me esperaba eso—. Ni el rosa. —Seguí desorientado—. Y nunca me referiría a mí mismo en femenino. —Apretó la mandíbula a la vez que asentía con la cabeza. Me levanté y me puse a su lado.

—Lo siento, tío, pero o me das lo que te has tomado para que comprenda tu lenguaje cifrado o seguiré más perdido que un pedo en un *jacuzzi*.

Fui a echarle la mano por encima y se apartó. Necesitaba espacio para hablar. Si se trataba de una especie de juego en el que me estaba dando pistas para adivinar la respuesta, no había elegido las más eficaces.

—Soy... A mí me gustan... —balbuceó, antes de exclamar—: ¡Soy gay!

Al principio creí que se trataba de una broma. ¿Cómo diablos podía llevar toda la vida a su lado y no haberme dado cuenta? Solo con mirarlo de reojo sabía si estaba enfadado, entretenido, si una persona le caía bien, e incluso podía adivinar cuándo iba a entrarle una gastroenteritis antes de que se fuera por la patilla. Todo. Éramos un libro abierto para el otro. Hermanos.

Sin embargo, la ansiedad con la que había pronunciado la revelación y la impaciencia con la que esperaba mi respuesta no dejaban lugar a dudas. A mi mejor amigo le gustaban los chicos. Esa era la realidad que acababa de mostrarme y que no había visto. Tal vez eso explicaba su absurda manía de no meterse en las duchas comunes como el resto de los estudiantes y por qué, por más que se le insinuaban, huía de los acercamientos con las chicas.

—Bien —fue lo único que se me ocurrió decir. Puede que no fuese la frase más acertada, pero mi intención fue normalizar.

También influyó el hecho de que era la primera vez y no sabía cómo se reaccionaba, más allá de la naturalidad.

—¿Bien? ¿Eso es lo único que se te ocurre? —Levantó una ceja.

—¿Qué debería hacer? —le pregunté para gestionarlo de la mejor manera posible.

—Los chicos no reaccionan así. —Parecía confundido—. Se apartan un par de metros, se tapan el culo y le explican amablemente al otro que su amistad tendrá que cambiar a partir de entonces.

—El dramatismo me hace engordar un par de kilos por lo menos y me gusta mantener la línea. —Intenté que se tranquilizase con una de mis frases estúpidas. No sirvió de nada—. Escúchame. —Coloqué una mano en su hombro y él miró con asombro el contacto, como si esperase que huyese de su cuerpo como si tuviera la peste negra. Que pensase que podría llegar a tratarlo así me dolió y me enfureció—. Si me preguntas si lo sospechaba, te diré que, joder, eres mejor actor que los que han ganado un Oscar honorífico. Por lo tanto, si quieres saber si me extraña, la respuesta es sí. Me ha pillado por sorpresa. Pero eso no significa que quiera separarme de ti o cualquier gilipollez que esté paseándote por esa cabezota. De hecho, me sienta como una patada en los cojones que hayas barajado esa opción.

—¿Qué querías que pensase? Uno de tus temas favoritos es hablar de todas las chicas que íbamos a conocer en la universidad y...

—Y seguiré haciéndolo. Solo que yo te comentaré cómo me vuelven loco los pechos de la estudiante de la biblioteca que lleva un superescote, y tú, las espaldas del moreno de la fila de abajo.

—¿De verdad no te importa? —No se lo creía.

—A no ser que tu siguiente frase sea que te has tocado imaginando una escena mía de porno cutre limpiando un coche, todo está bien.

—No le gustas a todo el mundo, Julien.

—Solo al noventa por ciento de la población. Ser un dios del Olimpo que se hace pasar por ciudadano común es agotador.

—Los dos nos reímos y cortamos la tensión—. Ahora de verdad, y hablando sin ser un maldito engreído, si tienes algo más que contarme acerca de tus sentimientos... Podemos gestionarlo juntos. —Esperé con impaciencia.

—La verdad es que cuando te quitaste la camiseta por primera vez y vi tu pecho desnudo... —Tomé aire. Me temía una declaración. No me importaba que lo hiciera. Me habría sentido halagado. Lo que me dolía era tener que romperle el corazón, porque yo lo quería mucho, pero no de ese modo—. Di gracias al señor por darme paciencia en lugar de fuerza. Si no, te habría soltado una hostia de buena gana después de que te tirases diez minutos hablando de cómo se te empezaba a notar la tableta. Soy la excepción que confirma la regla. No me atraes en absoluto. —Me dio un codazo divertido—. Tenías las pelotas encogidas como canicas cuando pensabas que iba a confesarte que estaba enamorado de ti, ¿eh?

—Como si me hubiera metido en una piscina llena de cubitos de hielo —confirmé.

Mi madre pasó en ese momento y, para mostrar su enorme indignación, recogió el abrigo de Lucas para bajarlo al perchero de la entrada y dejó un par de vasos con refresco y dos hamburguesas sobre la mesa antes de marcharse, despidiéndose de mi amigo y echándome una mirada asesina.

La visita me había librado de comer zanahorias y brócoli hasta que mi mierda fuese preocupantemente verde. Nos sentamos en la cama y cada uno agarró un plato.

—¿Hay alguna persona? —pregunté, dando el primer bocado. Llevaba lechuga, tomate, mucha cebolla, queso, carne jugosa y beicon. Deliciosa.

—¿Que lo sepa?

—Que te guste.

—Hubo un chico —reveló reticente a aportar más información.

—¿Se puede saber de quién se trata? —Dejé el plato con la hamburguesa y agarré el vaso.

—Solo si me prometes que no lo putearás por ello.

—Me ofende que creas que podría utilizar esa información como arma para atacar a nadie…

—No lo hará cuando te diga el nombre. —Levanté el vaso para dar un trago—. Josh.

—¿Josh? —Escupí el líquido. No podía creérmelo.

—Recuerda que me has dado tu palabra —apuntó.

—Que sí… Pero ¿Josh? A tu discurso inicial de no saber combinar ropa y decorar, añade tener un gusto pésimo a la hora de elegir tíos.

Josh. ¿No podía ser otro? Lucas era un tío guapo. Alto, fuerte, con el pelo negro y unos ojos azules que envidiaba. Además, las veces en las que no estaba gruñendo o quejándose por la presión de saber que necesitaba una beca para poder continuar con su camino, era divertido e interesante. Un caramelito.

—Cuando lo conoces no está tan mal, pero le pierde su cobardía. Yo no quería que fuese un secreto. Solo me importaba tu opinión. Lo que digan los demás me resbala. —Sacó el queso de la hamburguesa y lo engulló como un pavo—. Él quiere seguir manteniendo su falsa apariencia de mujeriego. Es su decisión y, aunque no la comparta, la respeto. Y tú también debes hacerlo. Nada de lo que te he contado hoy puede salir de aquí.

—¿Necesitas que me lo tatúe para creerme? No voy a martirizar a la ameba sin cerebro de ese modo.

—Eso suena a que sí que vas a hacerlo de otro…

—Bueno, solo te adelanto que no pienses que me estoy replanteando mi sexualidad si a partir de ahora te doy alguna palmadita casual en el trasero.

Lo comprendí todo. Siempre había creído que Josh me tenía una manía irracional porque era bastante primitivo, un animal al que no le gustaba compartir su territorio con otro macho alfa. La realidad es que estaba celoso de mi relación con Lucas, de nuestra confianza, del modo en que los dos nos comprendíamos, de esa intimidad que nos otorgaba nuestra amistad y él no podía alcanzar.

—¿Por dónde se mueve el ambiente en Ketchikan? —pregunté mientras terminábamos el plato.

—Aquí no hay ambiente —repuso.

—Tendremos que ir fuera.

—¿Me acompañarías a un local así?

—Claro, a ver si te crees que tú eres el único que podrá reírse del otro cuando lo rechacen de un modo fulminante. Además, creo que puedo tener mi público para que me suba la moral mientras tú estás con el futuro protagonista de una serie de la CW, porque voy a asesorarte, así que despídete de chicos como Josh. Esos ojos azules se merecen algo mejor.

—Eres una persona in…

—Soy tu hermano. El resto de las palabras sobran.

Lucas pilló a lo que me refería, no me dio las gracias y me alegré por ello. Eso era ser amigos. Conocer las necesidades del otro y hacer todo lo posible para que pudiese satisfacerlas. Ser un complemento que lo ayudase a sumar, a estar más a gusto consigo mismo, a desvelar las incógnitas a las que no encontraba respuesta solo.

Estuvimos divagando y bromeando hasta bien entrada la noche. Le pedí que se quedase más tiempo, pero al día siguiente debía madrugar. Su madre estaba enferma y tenía que ayudarla. No como su padre y sus hermanos, que mantenían esa percepción cavernícola de que el único ejercicio que debía realizar un hombre en casa era el levantamiento de cerveza y la puntería a cambiar de canal.

Me dormí tarde. Por mucho que había actuado con normalidad para facilitarle las cosas a Lucas, no dejaba de extrañarme el secreto que había compartido conmigo. Al día siguiente me habría levantado a la hora de comer si no llego a sentir una especie de terremoto en mi casa, lo que se traducía en Jeremy corriendo a toda pastilla por los pasillos siguiendo el sonido del pitido de un coche que estaba aparcado fuera.

Me asomé a la ventana para saber qué lo había puesto tan nervioso y me encontré con Crysta descendiendo del vehículo. Con la información del día anterior casi había olvidado que era su cumpleaños. Tenía una alarma en el móvil para felicitarla, pero era una de las propiedades que mi madre me había requisado la noche anterior.

Me coloqué en uno de los laterales para poder observarlos sin ser visto. Mi hermano llevaba una enorme caja que trataba de ocultar en su espalda. A pesar de su anchura, el cartón era demasiado grande y sobresalía por ambos lados, captando la atención de la chica de la mecha rosa. Jeremy no esperó a que ella suplicase que le dejase ver el contenido. De hecho, creo que él estaba más impaciente y nervioso por dárselo.

Noté la sorpresa de Crysta al ver una caja tan grande. Después de años recibiendo muñecas no se esperaba algo diferente. Negó con la cabeza y Jeremy insistió. Tampoco se hizo de rogar. A veces la ilusión de la persona que te va a entregar algo es motivo suficiente para que de alguna forma decidas dejar de lado tus propias ideas.

La abrió con curiosidad, de manera delicada, quitando la tapa con lentitud y, entonces, sacó una de las botas. Si por algo se caracterizaba la chica era por mantener sus sentimientos a raya, por ser poco expresiva, por esconder esa emoción que solo se escapaba del control en sus ojos. No fue el caso. La boca se le abrió de par en par, miró a mi hermano y lo abrazó como si hubiera un tornado a su alrededor y él fuera el único capaz de retenerla en tierra firme, apretando la carne con sus manos, limpiándose las lágrimas con los dedos, temblando sin que la razón fuese el frío.

Crysta se había roto. La armadura había desaparecido por completo. Y no lo había hecho por un regalo ni por el dinero que este costaba, sino porque alguien se preocupaba por ella, porque desde la sombra alguien se había detenido a observarla para darle aquello que ni siquiera sabía que anhelaba, porque los deseos que más importan son los que nunca se pronuncian en voz alta y, aun así, alguien te los concede.

Sus labios se movieron y, aunque era imposible que me viese desde su posición, la vi pronunciar «gracias» mirando hacia mi ventana. Entonces mi madre me llamó. Por el tono supe que ya había decidido mi penitencia de ese día. No me importó. Nada. La estampa que tenía enfrente de mi casa bien merecía no volver a sentir nunca el aire del exterior en mi piel.

CAPÍTULO 10

CRYSTA

Era el día después de Navidad. Las calles estaban más vacías que de costumbre, fruto de las suculentas cenas y las copas de más de la noche anterior. Me alegré cuando la señora Meadow me dijo que Julien y Jeremy estaban en el garaje en lugar de durmiendo porque así mi viaje no había sido en balde. Esperaba oír el sonido atronador de la batería o los vozarrones enfebrecidos de mis amigos, pero me encontré con una quietud absoluta.

La puerta estaba entornada. Entré sin llamar. No tardé en distinguir a Julien entre todos los trastos de la estancia. Estaba de pie frente a la montaña de instrumentos musicales. Ni rastro del gigante. Estaba buscándolo en algún lugar de la estancia cuando Julien se arrancó la sudadera y la camiseta con bastante rudeza y las dejó encima de uno de los tambores mientras desdoblaba una prenda vieja. Al ver el palé de madera supe que iba a trabajar en su proyecto de conseguir dinero del modo que fuese.

Sonreí. Sabía algo que él desconocía. Iba un paso por delante.

Debí hablar y anunciarle mi presencia. Sin embargo, algo me dejó paralizada. Fue su imagen. No por el hecho de que siguiese haciendo un frío capaz de conseguir que la sangre dejase de circular convertida en un granizado rojizo, él estuviese medio en pelotas y, probablemente, en ese momento en sus pezones se pudiesen colgar abrigos de pana. El trabajo físico podía ayudar en ese aspecto. Lo que me noqueó fue su piel desnuda, su cuerpo tan expuesto que podía ver los detalles que con ropa solo se intuían.

La cintura estrecha que sobresalía por encima de los pantalones vaqueros azul marino demasiado bajos, ceñidos a un trasero bien puesto, duro y llamativo. Seguí el camino ascendente por la espalda en la que se le marcaban los músculos hasta llegar a unos hombros anchos y moldeados. Vigoroso. Fuerte. Atlético. La proyección de lo que ese chico llegaría a ser en su transformación a hombre.

La parte instintiva, esa que no podía manejar del mismo modo que la cabeza y el corazón, me traicionó. Me descubrí deseando avanzar de un modo irracional para rozar con la yema de mis dedos las líneas que delimitaban los músculos de su torso como si fueran el pincel o el cincel que había trazado esa obra maestra. Eso y hundirlos en su cabello despeinado para desordenarlo todavía más con fuerza, con potencia, con víscera, disminuyendo la distancia que nos separaba.

El estómago me dio un vuelco por mis fantasías y noté un pinchazo en la parte baja del vientre. No entendía nada. El deseo no era una de las sensaciones que conocía, y no creí que la primera vez que lo experimentase fuese tan fuerte, potente, arrollador y deslumbrante. Consumía.

Lo conocía desde hacía meses, años, aunque no hubiéramos tenido contacto, la cercanía provocaba el efecto contrario. Lo normalizaba todo. Hacía que personas que te atraían surcasen la delgada línea de la amistad y dejases de verlas apetecibles. Con Julien ocurría lo contrario. Cuanto más tiempo pasaba a su lado, más nerviosa me ponía que se aproximase, su carne ardía más cuando chocaba con la mía y quemarme se volvía más adictivo. Escucharlo, anticiparme a sus comentarios, saber identificar cuándo su risa era sincera o por cortesía y que su olor me invadiese las fosas nasales hasta impregnar todo mi interior era siempre mágico, sin importar que los patrones se repitiesen. Una rutina de la que no quería desprenderme.

Trataba de mantener a raya ese descontrol y, cuanto más lo intentaba, menos lo conseguía. Podía repetirme un millón de veces el viejo mantra de que él no era para mí. No importaba. Los labios se curvaban solos cuando lo tenía enfrente, las mejillas ardían y mi corazón palpitaba con fiereza lanzando mensajes a todas mis articulaciones.

Ignorarlas era complicado. Sobre todo cuando lo que me pedían era tan tentador. Deshacer los pasos que había entre nosotros y colocarme lo suficientemente cerca como para que nuestros ojos se analizasen fijamente y hablasen. Mis labios estaban sellados. Una mirada sería capaz de transmitirle todo y comprobar si el efecto era recíproco. Si también había un secreto atrancado en mitad de su garganta tratando de ascender.

Saber si él estaba igual de forzado cuando me pedía que lo «vendiese bien» a Dana como cuando yo lo hacía. Averiguar si era su armadura para no enfrentarse a lo desconocido. La locura de algo tan fuerte que te deja noqueado porque no tienes nada con que compararlo, ni con lo que te han contado, leído o visto, ni con lo que imaginabas que llegarías a experimentar algún día. Algo imposible al entendimiento y a la vez real en todos los aspectos que te hacen humano.

—Antes de que lo preguntes, sí, te estoy provocando. —Se dio la vuelta mientras se bajaba la camiseta. Podría haberme deleitado con la parte baja de su vientre, pero claramente lo mejor del rubio estaba en su cara. Ese toque canalla arrebatador que tenía su punto fuerte en una sonrisa que te apetecía probar con los labios.

Nada me apetecía más en el mundo que conocer el sabor de su risa.

—Lástima que sea inmune a tus encantos. —Me hice la digna y, para que no se percatase de la respiración agitada, me entretuve más tiempo del necesario en bajar la cremallera del abrigo y depositarlo en el perchero.

—Tu mentira va a costarle la vida al abrigo. Te tiemblan las manos...

—Recuerda que he venido a ayudarte y todavía puedo largarme sin contemplaciones —le advertí.

—¿Y renunciar a mi presencia toda la mañana? —Frunció el ceño—. A mí no me engañas, duende, te preguntan cuál es tu droga favorita y responses mi nombre. —¿Podía ser más creído, presuntuoso y capullo? No. Sin embargo, para eso estaba yo, para bajarle los aires de grandeza. Al final, era un ejercicio que ambos disfrutábamos. Nuestra diarrea verbal era bastante entretenida.

—No se te dan muy bien las comparaciones. Los vicios no son buenos.

—Y, a pesar de que todos lo sabemos, la gente sigue volviéndose adicta a ellos.

Puse los ojos en blanco. Era la pescadilla que se mordía la cola. Un círculo sin fin.

—Podrías ir a llamar a Jeremy para disfrutar de su compañía y que me demuestre que tu familia no tiene un gen recesivo que os conviete en fantasmas, sino que te viene a ti solito de serie.

—Está en su momento zen con el paraguas. —Se sentó en el sofá y caminé hasta situarme delante de él. Estaba recostado con una postura chulesca. Una perfecta actuación si sus manos no llegan a traicionarlo rozando la guitarra, que estaba apoyada contra el asiento, con delicadeza.

—¿Le relaja la nieve?

—Sí, me costó, pero conseguí que lo hiciera.

—¿Por qué?

—Porque su infancia me obligó a desarrollar a pasos agigantados mi nula imaginación.

Se incorporó y agarró la guitarra, haciendo que la libreta que estaba a su lado chocase contra el suelo. Centró su atención en las cuerdas y pasó los dedos por ellas con lentitud, sin tocar ninguna melodía en concreto, rozando sin más. Parecía un guerrero amarrándose el escudo antes de enfrentarse al dragón que tenía presa a la princesa. Los recuerdos, en este caso.

—El grandullón quiso apuntarse a un curso de astronomía. Le encantaban las estrellas, las constelaciones y todo ese rollo… —dijo con desdén, e imaginé que, más que detestar la materia, lo hacía lo que provocó—. Se obsesionó. Quería conocer el origen de todo en busca de las respuestas que mis padres no podían darle.

Hizo una pausa y aproveché para agacharme a recoger el cuaderno. Él estaba tan ensimismado que no se dio cuenta. Estaba viejo y desgastado.

—Era diciembre y nevaba muchísimo. Estaba esperando en el coche a que mi madre lo dejase en el curso al que querían apuntarlo, para largarme a casa y jugar a la videoconsola. Las respuestas del universo no me importaban más que descubrir los trucos para pasar a la siguiente pantalla. —Se encogió de hombros—. Entonces lo vi a través del cristal, alterado, gritando y llorando como un loco. Mi madre estaba descompuesta. Nada más salir me contó que no lo habían aceptado argumentando que iba a retrasar al resto.

La sangre me hirvió, como siempre que se trataba de Jeremy.

—Tuve que improvisar. Agarré el paraguas y corrí a su lado. Le dije que yo le daría las clases y, con razón, me contestó que no tenía ni la más remota idea sobre la materia. Le mentí y, para salir al paso, le conté un supuesto secreto de los masones…

—¿Cuál? —Miró hacia el instrumento, avergonzado.

—Que la nieve era fragmentos de astros que caían sobre nosotros. El polvo de las estrellas. Pensé que se reiría en mi cara por mi estupidez, pero en lugar de eso levantó la vista para ver el cielo a través de su paraguas transparente, lo apartó y volvió a sonreír a medida que los copos se posaban en su cara.

—¿Piensa que eso es cierto? —Necesitaba saber esa información para continuar con la mentira y no romper sus ilusiones.

—No lo hizo ni ese día. Jeremy siempre ha sido mucho más inteligente que yo. Me miró y me dijo: a mí me parecen más terrones de azúcar.

—Si no lo hizo, ¿por qué se calmó?

—Porque se dio cuenta antes que yo de lo que pasaría. Nuestra madre nos regaló un telescopio no demasiado bueno y entre los dos aprendimos las constelaciones y las estrellas. —Dejó la guitarra de nuevo en el suelo—. Y desde entonces observar la nieve a través del paraguas transparente lo relaja. Es su prueba de que justo después de ver de reojo el fin del mundo puedes encontrar el paraíso. —Levantó la vista hasta encontrarse con mis ojos—. No me mires así.

—¿Cómo?

—Como si quisieras que mañana mismo encauzase mi futuro profesional hasta convertirme en escritor de manuales de autoayuda.

—No serías malo…

—Eso es porque todavía no has visto cómo destrozo las palabras con un bolígrafo en la mano.

—Exagerado…

—¿No me crees? A las pruebas me remito…

Me hizo un gesto con la barbilla señalando mis manos. Me percaté de que todavía no había soltado la libreta.

—¿Tienes aquí las letras que compones?

—Sí, esa es la demostración de que más valdría no haber talado un árbol para rellenar sus hojas con tanta mierda.

Lo miré pidiéndole permiso silenciosamente para echar una ojeada y él asintió. Confiaba en mí. La abrí por la mitad, al azar. Los folios estaban desgastados, tan endebles como si hubiesen caído de una rama en otoño y si presionases muy fuerte pudiesen partirse en mil pedazos con un fuerte crujido.

Intenté que no me cambiase el rostro a medida que leía por encima una letra tras otra. Siendo sincera, las primeras daban un poquito de pena. No eran tan básicas como el reguetón, pero la profundidad brillaba por su ausencia. No obstante, la evolución era palpable. Así, pasé de leer dos líneas casi horrorizada a disfrutar de un verso entero y, al llegar a las dos últimas páginas, abrí mucho los ojos.

—¿Algo que confesar? —Cerré la libreta.

—Creo que no… —contestó dubitativo, mordiéndose el labio.

—Es evidente que ya has encontrado tu propia voz, tu camino.

—¿Te gustan?

—Tanto que no sería capaz de negarme a bailarlas si creas una melodía a su altura. —Traté de demostrarle lo buenas que eran de un modo natural. Esos temas hablaban de juventud, de errores y aciertos, de sueños y de golpes, y de no parar nunca para que la muerte nos encontrase vivos.

—Apunto lo que has dicho. —De repente me di cuenta del compromiso de mis palabras.

—Me parece que no voy a devolverte la libreta...

—Está escrito en un lugar más importante. —Se señaló la cabeza.

Mi mente me jugó una mala pasada. Imaginé sus manos rozando mi cintura con la suavidad con la que había tocado la guitarra hasta acabar apretando la carne con sus dedos. Nuestros pechos pegados. El aliento de ambos susurrando el tema golpeando la cara del otro. La barbilla levantándose lentamente hasta que nuestros ojos...

No podía seguir por ese camino. Las fantasías eran reales y, de algún modo, Julien parecía capaz de penetrar en lo más profundo de mi ser. Si ya era odiosamente insoportable sin tener constancia de las sensaciones que estaba despertando en mí, no quería ni imaginar los niveles que podría alcanzar al ser consciente de que me ponía bastante mala.

Anduve hasta el palé de madera y lo analicé. Estaba pulido y barnizado, con picos de diferentes alturas que le daban un toque *cool*. Algo futurista, puede, pero original.

—La gente no lo quiere ni regalado. —Julien se colocó detrás y todas mis hormonas se dispararon.

¿Cómo se controlaban? De seguir así, iba a tener que comprar bromuro para ver si también funcionaba con el sexo femenino o comer algo en mal estado para que los retortijones y las ganas de ir al baño redujesen a esos gusanos que habían cobrado vida en mi estómago antes de que se transformasen en horribles mariposas.

—No está mal. Tal vez un poco soso. He pensado que... —Dudé

148

un instante si debía mostrárselo, con la mano en el bolsillo trasero del pantalón, donde reposaba un folio doblado en cuatro partes. Decidí dejar a un lado mis temores. No había estado toda la tarde del día anterior trabajando para echarme atrás–. Tal vez con un dibujo y un mensaje de esos que llegan dentro podría salir algún comprador.

Saqué el papel y se lo tendí. Él movió la mano para alcanzarlo y la retiré para advertirle.

—Has cubierto tu cupo de comentarios de machito por hoy. Uno más y me largo. —Julien entrecerró los ojos, como si eso pudiese ayudarlo a adivinar lo que había en el interior.

—Está bien —aceptó, y le dejé agarrarlo.

Lo sujetó y comenzó a desplegarlo lentamente. Lo hacía de ese modo para torturarme, disfrutando de mi reacción conforme se mostraba una nueva parte de la composición hasta que la totalidad de la misma quedó extendida delante de él.

En el interior del folio había un diseño, un dibujo para trasladar al palé si así lo deseaba. El protagonista era Julien, una proyección de sí mismo que había inventado tocando una guitarra en la que las notas se transformaban en dientes de león y terminaban siendo pájaros. Encima de la pintura, una frase: «Sueña cuando despiertes».

Julien abrió la boca y temí que me preguntase si era una acosadora, tenía mis paredes empapeladas con su cara, lo perseguía para hacerle fotos con las que tocarme antes de ir a dormir o algo similar.

—¿De verdad me ves así? —Su rostro era una mezcla de asombro e impresión.

—Supongo.

No añadió nada más. Fue directamente al sofá y se sentó de golpe antes de tomar la guitarra.

—¿Cuál es tu canción favorita?

—¿*Every Breath you Take,* de The Police? —Dudé porque no comprendía su reacción.

—La conozco. —Asintió, convencido.

—¿Qué pasa, Julien? Estás actuando de un modo raro —apunté.

—No te das cuenta, ¿verdad? —Me miró y negué con la cabeza—. Claro que no. La manera que me ves es... Joder. —Las palabras se le atrancaron y sentí cómo levitaba por su emoción contenida—. Es lo único que necesitaré observar si algún día todo es una mierda, si cuando me miré en el espejo me he convertido en todo aquello que me horrorizaba ser.

No lo pillaba. No había hecho nada especial. Lo había retratado tal como lo recordaba. Para mí ese dibujo era él. De lo que no me daba cuenta es de que cuando estaba frente a mis pupilas se convertía en alguien especial, el ser más importante de la tierra.

—Quiero darte algo que esté a la altura y no tengo mucho talento, aparte de cantar. Así que supongo que tendrás que conformarte con mi versión de tu canción favorita.

Antes de que pudiese decir algo, Julien se puso manos a la obra. Golpeó las cuerdas de la guitarra y se perdió en su arte. A partir de ese momento, en su universo desaparecieron las personas para transformarse en notas y en el mío dejó de existir el aire para respirar música. Su interpretación no tenía tanto ritmo como la original, era más lenta, saboreaba cada frase, cada palabra, cada detalle.

Conocía esa canción a la perfección y, aun así, me sorprendió y tuve que bajar la manga de mi camisa a la altura de los nudillos para ocultar la carne de gallina. No sé por qué lo hice, pero en un arrebato saqué el móvil y comencé a grabarlo para poder reproducir ese tema una y mil veces, consciente de que ni la pantalla más novedosa y cara del mundo podría repetir ese instante a la perfección. Y, mientras cada segundo se convertía en eterno en la memoria de mi teléfono, disfruté del aquí y del ahora, del momento y de cada subida y bajada de su rasgada voz.

El tema se acababa y Julien levantó los ojos hasta que se encontraron con los míos. No escondí la emoción que me embriagaba ni el hecho de que su talento tenía vida propia y era capaz de meterse bajo tu piel, embrujarte y elevarte a otra dimensión. No parpadeamos. El tono ámbar y el tono azul se enfrentaron hasta el punto final y, cuando terminamos, cerramos los ojos y nos quedamos un segundo en silencio. Ahora ambos teníamos un secreto. Nuestra Navidad ya no sonaría a villancicos, una nueva canción acababa de sustituirlos.

Nuestro instante se rompió por las pisadas excesivamente fuertes de alguien que conocía y que venía en nuestra dirección. Jeremy me levantó para darme un abrazo antes de que pudiese reaccionar. Noté que tenía la nariz helada cuando la apretó contra mi frente. Sus labios siempre estaban húmedos, con un poco de baba en las comisuras. No me limpié cuando me depositó en mi sitio, dejando su marca brillante en mi mejilla como si fuese el pintalabios de alguna amiga. Era una costumbre que había adquirido al ver la cara de repulsión con la que respondían algunas personas que actuaban como si en lugar de saliva tuviese ácido en la boca que fuese a derretirles la carne.

—¿Has oído la canción, campeón? —le preguntó Julien.

—Sí —asintió—, pero era demasiado… lenta —balbuceó, para que su hermano no se ofendiese.

—No podía ser de otro modo. Las mejores interpretaciones las dejo para nuestros conciertos privados. —El pecho de Jeremy se hinchó de orgullo, como si tuviese algo que el resto no poseyese.

—¿Vas a quedarte a comer? —me preguntó.

—No, he venido a echarle una mano a Julien… —Este le tendió el dibujo al grandullón y señaló el palé como explicación. Jeremy se subió las gafas para observarlo mejor y respondió con algo así como «Mola»—. Y para darte una cosa que te ha traído Santa Claus a mi casa.

Caminé hacia mi abrigo para sacar el sobre de uno de los bolsillos. Con el rabillo del ojo pude ver cómo Jeremy hablaba entre susurros con su hermano. Lo hizo bajito, pero oí perfectamente su «Todavía no lo sabe» y percibí el gesto del rubio llevándose un dedo a la altura de los labios para que mantuviese el secreto. Eran esos detalles los que me recordaban su inocencia y lo frágil que podía llegar a ser.

Le tendí el sobre al grandullón, que, con sus nervios habituales, lo desgarró sin cuidado. Julien se colocó a su espalda y me percaté de que ambos abrían mucho los ojos al ver el interior. Era un folio con una lancha dibujada y ponía «vale por un viaje en lancha para dos». Mi padre tenía una que estaba acumulando polvo en el garaje y me pareció buena idea. No me paré a valorar lo que supondría para mí regresar a ese lugar. Si podría hacerlo.

—¿Mamá nos dejará? —El gigante se puso a dar saltitos, emocionado, mirando a su hermano.

—Todo depende de si me eliges como acompañante. Es tu regalo. —Jeremy asintió enérgicamente—. Gracias, ya estaba pensando cómo sobornarte para que me llevases contigo. —El hermano pequeño rodeó los hombros del mayor con su brazo y le dio un beso en la cabeza antes de soltarlo—. Déjame a mí hablar con mamá cuando haya dejado de mirarme con más odio que a las manchas en la ropa blanca. Supongo que cuando llegue el buen tiempo se le habrá pasado...

—¡Voy a guardarlo en mi habitación! —anunció.

—Y a ponerte ropa vieja —añadió Julien—. Vas a ser el ayudante artístico y que acabes pringado no nos ayudará en nuestra meta de surcar el océano como dos buenos piratas. Hay que ser cautos en nuestro nuevo plan de hacerle la pelota a mamá hasta que se asuste y piense que nos han practicado una lobotomía.

El grandullón se marchó, volviendo a dejarnos solos al rubio y a mí. Sabía que no tardaría en hablar y tenía preparada la respuesta.

—Así que un viaje en lancha...

—¿Qué? —Me encogí de hombros, restándole importancia—. Lo hago por mi integridad física. ¿Tú sabes la cantidad de esos que tendrías que vender para comprarte una? No me apetecía transformarme en la versión moderna de los esclavos de las pirámides de Egipto.

—Ya... —Se mordió el labio y, por cómo se le curvaba, supe que venía una frase «*Made in Julien*»—. No sabes qué inventar para verme sin camiseta, duende.

—¿De verdad crees que me atrae ver tu pecho con cuatro pelos?

—Sí, porque son los cuatro pelos mejor colocados que vas

a ver en tu vida —bromeó, y no pude evitar reírme a la vez que ponía los ojos en blanco. A veces dudaba que no tuviese un altar dedicado a él mismo en la habitación.

La conversación en la que él no paraba de echarse flores y yo tiraba sus supuestos encantos por tierra se prolongó hasta que regresó el gigante. Nos pusimos manos a la obra. Me dediqué a marcar la madera con las siluetas antes de aplicar la pintura con Jeremy, como si fuera mi pinche de cocina o un ayudante de quirófano tendiéndome todo lo que necesitaba.

Por su parte, Julien estuvo inusualmente callado. Se dedicó a estar sentado en el sofá con una postura antinatural, sujetando la libreta en las manos. Me recordó a mí misma cuando estaba pintando. En silencio, observando fijamente el entorno, estando largos periodos de tiempo parado para escribir un segundo después como si la vida le fuese en ello.

Me marché a la hora de comer. La pintura tenía que secarse antes de darle una segunda mano en la que se marcasen más los tonos hasta difuminar ese contorno que era demasiado evidente. Insistieron en que me quedase con ellos, argumentando que su madre preparaba el mejor asado del planeta, pero tuve que rechazar su oferta. Había quedado.

—¿Ya has encontrado un sustituto de un metro noventa para nosotros? —Me acompañaron a la puerta y Julien se dejó caer apoyándose despreocupado contra el marco.

—Más bien de uno sesenta y cinco. —Me calé la capucha. Estaba nevando—. Dana.

—Doy por hecho que le hablarás maravillas de mí.

—No sé si podré. De pequeña me enseñaron que por cada mentira mataba a un hada, y cada vez tengo más claro que la magia es necesaria en el mundo.

Me despedí de mis amigos para enfrentarme al exterior. Tras una mañana de normalidad tocaba regresar a la realidad, y no lo digo por volver a mi casa, donde Dana me estaría esperando, sino «a mi realidad», esa que me recordaba lo que ya veía en la ducha.

Hay dos tipos de personas, las de invierno y las de verano. Las de nieve y las de sol. Yo siempre había sido de las primeras. Tal vez porque me crie en un lugar donde la piel estaba permanentemente bronceada, no usábamos complementos monos como bufandas y gorros y temías derretirte hasta ser una masa gelatinosa sobre la calzada cuando salías en hora punta. El deseo de lo que no posees.

Las fotografías de las enormes montañas nevadas de Ketchikan fueron el mejor argumento para convencerme de que el destino sería apasionante. Recuerdo quedarme ensimismada viéndolas mientras mi padre nos explicaba las razones que lo habían llevado a tomar esa decisión, sin oírlo, casi sintiendo el aire sobre mi piel trayendo el aroma a humedad, el sonido de los árboles al mecerse, el tacto de los copos cuando desplegase las manos y los capturase y mis articulaciones moviéndose sobre ese manto blanco para dibujar un ángel en el suelo.

Las mismas razones que me habían hecho adorar ese paraje sin conocerlo eran las que ahora provocaban que, en ocasiones, lo detestase. La distancia entre mi coche y el garaje de Jeremy y Julien era de menos de veinte pasos y, aun así, suponía todo un reto. Debía comprobar que estuviese blanda y no resbalase antes de apoyar el pie para no perder el equilibrio, estar atenta a posibles sujeciones por si eso ocurría y vaticinar el dolor que me asaltaría si tardaba demasiado cuando la articulación recuperase la temperatura.

A nadie le gustan sus debilidades, lo que lo hace estar inseguro, ser lento, y mucho menos si eso significaba no disfrutar de la imagen de postal soñada que tenía ante mí cuando me asomaba a la ventana. Planificaba. Lo que podría hacer y lo que no. Para lo que necesitaría ayuda. Lo que ese paraíso me vetaba. Los copos que me quemaban en la piel porque no podía pararme a recogerlos, sino huir de ellos antes de que creasen una capa que me cercase como una muralla.

Mi madre entendía mis preocupaciones y actuaba por instinto, sin preguntar. Como ese día en el que, cuando llegué, había dejado el garaje abierto para que metiese el coche sin necesidad de tener que ir al salón para pedirle que me hiciese un hueco.

Aparqué y entré por la puerta que comunicaba directamente con nuestro hogar.

Sabía que Dana estaba ya dentro porque había visto su vehículo fuera; lo que me sorprendió fue encontrármela con mi madre sentada en el sofá, compartiendo una taza de chocolate caliente, con todo el arsenal de álbumes fotográficos desplegados sobre la mesa baja de madera. Crucé los dedos. Por favor, que mi madre no hubiese sucumbido a esa manía suya tatuada a fuego de enseñar una y otra vez mis fotos de cuando era pequeña, concretamente del día que me quitaron el pañal e iba haciendo bolitas de caca como una oveja cuando andaba.

—¿Por qué no me habías contado que tu madre es famosa? —Expulsé todo el aire que había contenido. No lo había hecho. Dana iba vestida con un jersey de cuello alto, morado y ceñido y llevaba el pelo ondulado recogido en una diadema de estilo griego con dos tiras blancas en las que se combinaban el elástico y la tela.

—Eso es mucho decir. Solo fui una principiante, un proyecto de algo grande que no llegó a germinar.

—Debería replantearse su carrera. Señora Dawson, está usted cañón. —La morena era espontánea y tenía la capacidad de despertar simpatías y confianza a su paso.

—No me hables de usted. Cada vez que lo haces me echas diez años encima, y no sabes el dineral en cremas que me estoy gastando para quitármelos. —Sonrió. Estaba encantada con sus halagos.

Se puso de pie y comenzó a recoger las fotos esparcidas por encima de la mesa.

—Podéis iros un rato a la habitación. Me he entretenido y tengo la comida en pañales.

—O estar las tres aquí un rato más hablando —apunté. Eran raras las ocasiones en las que mi madre tenía visita. Siempre estaba sola. Solo salía cuando iba al trabajo y cuando lo hacía conmigo. Tener gente nueva con la que hablar le venía bien.

—Hay que dejar a las jóvenes su espacio. —Por cómo me miró supe que ella pensaba exactamente lo mismo de mí—. Madurar.

—Eso nunca —señaló Dana—. Como dice mi madre, madurar es de frutas. —Se puso de pie y vino a mi lado—. Ahora que lo pienso, tenemos que presentaros. La pobre lo está pasando fatal. Solo se le presentan señoras que se dedican en cuerpo y alma a sus recetas y a alardear de hijos.

—Sí —me sumé—. Ir a la bolera o a jugar a los dardos.

—Ha pasado tanto tiempo, que debo de tener la puntería oxidada...

—Eso es como montar en bici —insistí—, nunca se olvida.

—Tal vez algún día...

Se fue a la cocina. No me pasó desapercibido que antes de hacerlo miraba la imagen de mi padre que había sobre el mueble del salón. Ellos nunca dejaron de tener tiempo como pareja cuando fueron padres. Les gustaba reservarse un día para los dos y hacer un plan del que Becca y yo estábamos excluidas. Ella lo llevaba al teatro, a ver exposiciones, películas románticas y a cenar a restaurantes de comida exótica. Él, a patinar, surfear, lanzar unas canastas y jugar unas dianas.

No. Dar con el dardo en el centro de la diana nunca se olvidaba. Como tampoco se olvidaba la persona que te lo había enseñado.

Dana y yo fuimos a mi habitación. La mano bendita de mi madre había pasado por allí y estaba mucho más recogida de lo que yo recordaba haberla dejado. Dana se sentó en la silla del escritorio y encendió el ordenador, se apartó para que introdujese la contraseña y se metió en internet para seleccionar una radio y poner algo de música.

—¿Qué hacemos? —pregunté, sentándome en la cama—. Es un poco pronto para hacer una de esas fiestas con pijamas rosas y tirarnos cojines como fantasean los chicos. —Me imaginé la típica escena de película.

—¡Qué horror! Tenemos mucho más glamur que vestirnos con unos pantalones cortos con estampado de conejitos. Somos de la generación que recuerda a Audrey Hepburn y no la que venera a Britney Spears. —Como prueba de ello se atusó su diadema—.

Podríamos dedicarnos a criticar a Camille y su séquito, pero eso sería agotador…

—¿Una lista de los mejores traseros del instituto? —bromeé.

—Una pérdida de tiempo. Ambas sabemos quién saldría ganador en todas las quinielas. —La miré sin comprender y añadió—: Tu amigo, el rubio. Si me dices que no te has dado cuenta de que tiene un señor culo para enmarcar, no me quedará más remedio que darles una colleja a tus hormonas para que espabilen.

—Creí que no te gustaba… —¿Por qué me molestaba que hablase de él así?

—Y no lo hace. Es de los peligrosos.

—Julien puede ser de todo menos amenazador o agresivo. —Me reí por la percepción que tenía de él.

—Ese no es el problema. El riesgo con él es que te enganches. Con que un Jack haya pasado por mi vida es suficiente.

—¿Un Jack?

—Sí, un pibón de esos que te dejan sin aliento y de los que te enchochas al mismo ritmo que pierdes tu dignidad. —Jugueteó con uno de los bolígrafos que había en la mesa—. Estuve seis meses con él cuando vivía en Los Ángeles y me convirtió en todo lo que odiaba. Una sumisa.

—¿Con el carácter que tienes? —Me extrañó. No parecía la típica chica dócil capaz de adaptar su personalidad para agradar a la persona con la que estaba.

—Me lo tragué por una cara de ángel y unas espaldas anchas. ¿Que me ponía los cuernos constantemente? No importaba. Él me decía que se había equivocado, que yo era especial, me lo creía y todos contentos.

—¿Cómo terminó?

—Repitió tantas veces el mismo patrón que al final solo me dejó dos opciones: o me quitaba la venda o me arrancaba los ojos para no verlo.

—¿Seguís teniendo relación?

—Ahora me espía por Facebook, ve que soy feliz y le entra una úlcera. El mundo es maravilloso.

Ambas nos reíamos. Dana me caía extremadamente bien. Hablar con ella era un ejercicio sano. Me hacía reír y reflexionar.

—Julien no es ningún Jack —le aclaré.

—Pues da el pego. Vivo con miedo de encontrármelo cualquier día firmando autógrafos en la cafetería del instituto...

—Eso es solo apariencia. —No quería «vendérselo» a la morena. Se trataba más bien de defenderlo.

—¿Qué esconde? —Se interesó.

—Es bueno, divertido, gracioso y... —No me gustó cómo me miraba. Hasta yo me di cuenta de que no me costaba esfuerzo enumerar sus virtudes—. Y canta muy bien.

Saqué el teléfono móvil para ganar tiempo y, para qué lo vamos a negar, que dejase de mirarme fijamente con esa cara de «engáñate lo que quieras, pero es más que evidente el motivo por el que hablas tan bien de él». Seleccioné el vídeo y le pasé el teléfono.

—Esta pantalla es tan pequeña que necesitaría una lupa para poder ver. —Lo conectó al ordenador para pasarlo—. Por cierto —cambió de tema mientras hacíamos tiempo—, ¿son tuyos? —Señaló el dibujo del pescador, que, no sabía por qué, todavía no había enviado a ningún hospital.

—Sí.

—Me gusta. —Lo agarró y recorrió las líneas con la yema de los dedos—. Mis padres tienen una amiga en Los Ángeles con una galería. Podría enseñárselos, por si le interesan...

Iba a darle las gracias por su ofrecimiento y rechazar su proposición con el pretexto de que solo pintaba para mí cuando mi hermana entró sin llamar en la habitación. Había regresado para pasar las vacaciones en casa y era un completo fantasma. No era ninguna sorpresa que detestaba pasar tiempo con mi madre y conmigo, pero lo que suponía un auténtico misterio era saber dónde se metía todo el tiempo. No mantenía amigas allí con las que quedar, no la había visto en las cafeterías y, si hubiera estado a la intemperie todos esos días a varios grados bajo cero, como mínimo habría pillado una pulmonía.

—¿Habéis visto uno de mis pendientes de Tous? ¿El del oso negro? —Fue directa al grano. Seca como de costumbre.

—Becca, te presento a Dana. —Recalqué, para que se diese cuenta de su mala educación. Pareció que no le importaba—. Y no, no los hemos visto.

—Si quieres, puedes quedarte con nosotras —ofreció Dana con esa vena amigable que solía mostrar—. ¡Estamos haciendo un *ranking* de traseros! —exclamó, tratando de captar la atención de mi hermana. Sin saber que eso la horrorizaría.

Becca puso los ojos en blanco y emitió un ruido ininteligible antes de marcharse por donde había venido sin decir adiós.

—Ella sabe que la oímos cuando refunfuña, ¿no? —Dana frunció el ceño. Era de las que ofrecían su mano una vez. Ni una más. Mi hermana acababa de perder su oportunidad.

Se giró con la silla hacia la pantalla del ordenador. Probablemente se tragó el resto de los calificativos no demasiado amables que le habría dedicado de buen gusto a mi hermana en ese preciso instante.

—Ya está —anunció—. Subido a mi cuenta de YouTube.

—¿Subido? —Me coloqué detrás de ella.

—Sí, los vídeos son el futuro. —Por aquel entonces no estaban de moda y Dana demostró ser una especie de visionaria—. Tranquila —se adelantó a mi objeción—. Julien no se va a enterar. No llego a los mil seguidores, lo que en internet se traduce a que soy invisible.

Pulsó el *play* rápidamente y de nuevo me perdí en esa voz dulce con rasgos profundos, roncos, distintos a las tonalidades de los cantantes que estaban entonces de moda y los más populares de tiempos pasados que escuchaba de vez en cuando en el tocadiscos de mis padres. La oímos entera, sin interrumpir o hablar, sin hacer nada más que regalarle todos nuestros sentidos a él. Solo cuando pulsaba el último acorde y levantaba la vista lo detuvo.

—He aquí una de las dos razones por las que sé que Julien no es para mí.

—¿Cuál?

—Si no lo ves, es que estás ciega.

He criticado muchas veces la tecnología. Poco a poco nos está invadiendo. Máquinas que nos privan de humanidad. Sin embargo, también tienen cosas buenas. Pueden lograr lo imposible. Son capaces de detener el tiempo. Capturar un instante. Hacerlo eterno. Permitirte observarlo, analizarlo, cambiar el prisma y rememorar la emoción.

Los nervios aumentaron en la boca del estómago y dejé de luchar contra esos gusanos para alimentarlos. Las mariposas no debían darme miedo. Sus alas tenían esos colores que tanto me gustaban. Todos menos uno. El ámbar de sus ojos. Esos que miraban fijamente a la cámara con una devoción capaz de traspasar una pantalla y arañar tu piel dejando marca en la carne. Transmitían sentimiento. Tangible. Patente. Una sensación hecha realidad. Impresionante.

Y yo era la protagonista. Nadie más. La premonición de algo que distaba mucho de ser un cuento de hadas, porque esos tenían punto final, y algo tan grande como lo que tenía enfrente solo podía ser infinito.

—¿Cuál es la otra razón? —me atreví a preguntar.

—La que tengo enfrente. —Dana me sonrió con cariño y supe que Julien no era el único al que traicionaban los ojos.

Cerré los párpados con fuerza. Las mejores instantáneas no se hacen con una cámara. Yo tenía la prueba en esa oscuridad en la que aparecía su imagen. Esa que me llevó a aceptar lo inevitable. Las mejores cosas en esta vida no se eligen, surgen solas, vienen a ti. Nunca me propuse enamorarme de Julien. Nunca busqué quererlo de ese modo. Nunca deseé que acabase inundándolo todo. Lo racional y lo irracional. La locura y la cordura. Los sentimientos y la mente. Y, aun así, lo hizo. Vaya si lo hizo. Mi apuesta más arriesgada. Mi certeza de que solo existía un final después de entonces, consumirme o elevarme a mi máxima potencia. Mi más preciada casualidad.

CAPÍTULO 11

JULIEN

Oí el jaleo y las risas a través de las duchas. Cerré el grifo, me enrollé la toalla blanca alrededor de la cintura y moví la cabeza como un perro para que se me secase el pelo, consiguiendo que el agua saliese disparada en todas direcciones.

Antes de llegar a mi taquilla de los vestuarios masculinos me encontré con Lucas. Estaba sentado en la banqueta de madera que dividía la estancia en dos rectángulos casi simétricos. Me puse alerta. No llevaba camiseta y tenía los codos apoyados encima del vaquero empapado, cabizbajo. Él siempre salía vestido. Algo iba mal.

—¿Adquiriendo nuevos hábitos exhibicionistas ahora que se acerca la primavera y te estás poniendo fuerte? —traté de sonar distendido con cautela.

—Han entrado mientras me estaba duchando. —No me miró.

—¿Quién?

—Un grupo. Ha sido muy rápido. No me ha dado tiempo de distinguirlos a todos… —dijo con amargura, lo que me llevó a deducir que Josh había sido uno de ellos.

—¿Una banda de seguidores que se morían por tocar tus pectorales con lascivia? —Quería quitarle hierro al asunto.

Lucas levantó la mirada. Dos bolsas oscuras rodeaban sus enrojecidos ojos. Apretaba tanto la mandíbula que en su frente había surgido una vena profunda, palpitante, a punto de estallar.

—Me han quitado las camisetas. —Observé que su taquilla estaba forzada—. También me han dejado un regalo. —Removió la mano y me lanzó una bola de tela.

La atrapé en el aire. Se trataba de una camiseta nueva de manga corta. El tono era rosa chillón. La desplegué y me di cuenta de que ese no era el detalle con el que pretendían humillarlo. La prenda tenía una serigrafía, unas letras con un único mensaje: «Maricón». Lamentablemente, su salida pública del armario tenía consecuencias.

—Voy a matarlos. —Lo anunció con apatía, como un robot. Oírlo hablar así hizo que contuviese la rabia que me estaba poseyendo. Debía mantener la cabeza fría por él.

—El valor debe aumentar cuando alguien quiere intimidarte —comenté abriendo mi taquilla. Dejé la camiseta rosa colgada en una esquina y saqué la que iba a ponerme yo para dársela—. Pero también la inteligencia.

Deposité la ropa a su lado. Él la ignoró. Fui a tocarle el hombro para infundirle confianza. Era el momento de decirle que estaba a su lado. Tratar de explicarle de la mejor manera que todo pasaba y que llegaría el día en que esos chicos crecerían y dedicarían su tiempo a algo más apasionante que molestar a los demás. Lo creía fervientemente. Tarde o temprano la gente maduraba. O eso decía la teoría.

Me fijé en su clavícula. La piel estaba ennegrecida. Una marca morada que comenzó a nublarme el juicio.

—¿Han hecho algo más aparte de robarte? —Me asusté del eco de mi voz. Lo conocía muy bien. Era el tono que se activaba cada vez que mi hermano sufría una injusticia. Un sonido capaz de fulminar mi cordura, los límites, la delgada línea entre el bien y el mal, lo que se podía hacer o no.

—No han sido ellos… —Tenía sentido. En el caso de que lo hubieran golpeado, la piel habría estado rojiza.

—¿Entonces?

—Mi padre —anunció.

Las ideas bulleron en mi interior a todo gas. Las conclusiones antes de poseer toda la información vinieron solas. ¿Y si me había confundido y la razón por la que Lucas nunca dejaba que lo viéramos sin ropa era por las hostias que recibía en casa en lugar de por su homosexualidad? Solo de imaginarlo un regusto amargo me subió por la garganta. Iba a partirle cada hueso del cuerpo a su padre disfrutando sádicamente de sus gritos de agonía.

—Sea lo que sea lo que estás pensando, la respuesta es no. No me maltratan en casa. —Sus palabras no me aliviaron. El pecho seguía subiendo y bajando con demasiada potencia—. ¿Recuerdas que te conté que mi madre estaba enferma?

—Sí. —Fruncí el ceño. No entendía el camino que había tomado la conversación.

Recordaba que Lucas había estado preocupado por la salud de su madre. Ella había estado unos meses bastante débil, con dolor de estómago, vómitos y fiebre. Era de ese tipo de personas que huyen de las consultas hasta que no les queda más remedio que ir. Su filosofía era que no debíamos abusar de los medicamentos y teníamos que conseguir que el cuerpo luchase hasta que se convirtiese en autoinmune de las pequeñas enfermedades.

—Ayer fue a la consulta…

—¿Todo bien?

—Tiene solución. —Se encogió de hombros—. Aunque no fue del todo agradable enterarme de que mi padre se gasta los pocos ahorros que tenemos en putas y que le han contagiado la gonorrea.

—Joder.

No se me ocurrió nada más que añadir. Había oído hablar sobre esa enfermedad, pero mis conocimientos acerca de la misma eran más bien nulos. Nada más allá de las veces que la había oído en los diálogos cómicos de cualquier película.

Lo observé. Lucas nunca se había caracterizado por tener una relación cercana con su padre. Los dos eran bastante ariscos y poco dados a las exhibiciones de cariño en público, y estaba casi seguro que tampoco en la intimidad.

Sin embargo, la revelación lo había quebrado. Todo el mundo necesita referentes, incluso los independientes. Estamos rodeados de personas, de información, de imágenes que se suceden a nuestro alrededor. Gracias a nuestra interacción con el entorno podemos recoger, dejar y descubrir. No es imitar, es encontrar los patrones en los que nos gustaría vernos reflejados.

Los padres son uno de los pilares fundamentales. Nuestros primeros tonos de grises vienen gracias a ellos. La percepción de lo que está bien y mal, los sueños, la actitud de enfrentarte a la vida. Al final son los que nos cambian el pañal, los que cuando nos caemos de la bicicleta saben cortar la hemorragia por arte de magia y los que cuando conseguimos algún logro se alegran más que nosotros mismos, dándonos un chute de energía que demuestra que vamos por el buen camino. Por muy frío que fuese Lucas, la caída del que un día fue su mito tenía que haberle hecho daño.

—El muy cabrón lo sabía y no decía nada. Aunque con su puto silencio ella cada vez se pusiera peor. Aunque con su cobardía la bacteria pudiese moverse por la sangre e infectar a los órganos reproductivos, el corazón y el cerebro. —Dio un puñetazo en el banco—. Quería pegarle con ganas, Julien, como si fuera un maldito saco de boxeo. —Se mordió el labio—. Pero no pude. Él es más fuerte.

—Nadie puede culparte de tu reacción. —Me puse en su lugar—. ¿Ella cómo está?

—Van a tratarla con antibióticos.

—Si necesitas ayuda en casa… Hay quien dice que vestido de señora de la limpieza estoy irresistible —ofrecí.

—Y serías capaz de venir con un uniforme…

—Con una faldita corta con la que se me viesen los gayumbos Calvin Klein al agacharme.

—No tienes remedio… —Sonrió, negando con la cabeza, y, por fin, volví a calmarme. Tenía la extraña manía de no encontrarme del todo tranquilo hasta lograr que ese gesto se dibujase en el rostro de los que me rodeaban.

—¿Por qué? ¿No te has dado cuenta de que los escoceses son un mito sexual universal? Las tablas y los cuadros ponen a las tías a cien. —Fingí que meditaba la idea colocando la mano en mi mentón y mirando al techo—. Decidido. El próximo Halloween iré de *highlander* resucitado. Voy a empezar a ahorrar para comprar al por mayor las cajas de preservativos que voy a necesitar cuando se lancen a mis brazos…

—¿Qué opina ella?

—Dirás ellas… —maticé.

—Venga, deja de fingir. Ambos sabemos que desde hace unos meses solo hay una. —Me miró con suspicacia—. No entiendo cómo todavía no te has liado con Crysta.

—¿Quién te ha dicho que quiera hacerlo? —pregunté en un susurro, como si diciéndolo más alto ese secreto que resguardaba en mi pecho fuese a hacerse público.

—No te líes con ninguna como si fueses un perro en celo y tuvieses que mancillar cada esquina de este pueblo. Y tus ojos —contestó—; nunca he estado enamorado y cuando veo cómo la miras hasta puedo sentir cómo será.

—¿Cómo lo hago?

—Como si ella fuese el deseo que le pediste de niño a una estrella fugaz y por fin hubiese llegado.

¿Eso era Crysta? No lo veía tan poético. Pensar en ella como un fenómeno de la naturaleza me parecía desmesurado. La convertía en algo espectacular. La luna inalcanzable. El salvaje efecto de la naturaleza que observaba embobado desde la lejanía. Quería todo lo contrario. Proximidad. El césped menos llamativo que podía rozar con mis manos cuando me tumbaba en el suelo después de correr. El lago de detrás de mi casa en el que podía bañarme. Algo que admirar, sí, pero también que disfrutar. La grandilocuencia de una supernova reducida a miles de pedazos que me acompañasen todas las noches. No buscaba tampoco a alguien que fulminase mi corazón de un plumazo al verla, sino la llave que encajase a la perfección para darle cuerda.

—Anda, vamos a vestirnos, que a este paso me viene la regla —cambié de conversación. Era algo de lo que no quería hablar. Al menos hasta que tuviese los cojones suficientes para mover ficha sin que las pelotas se me metiesen para dentro al imaginar un escenario que no me fuese favorable.

Me puse el bañador por encima de las rodillas. La primavera había llegado a Ketchikan y esa tarde tenía una cita muy importante para la que lo necesitaba. Terminé atando los cordones de las zapatillas y, cuando me giré, Lucas seguía dándome la espalda. Era normal. Estaba empeñado en no mirarme cuando me desnudaba, por más que yo le había dicho que el único problema era que se le desencajase la mandíbula al ver mis enormes atributos. Lo que no era tan habitual es que siguiese con el torso al descubierto.

—¿El Joker no es demasiado glamuroso para que te lo pongas? —Le señalé la camiseta que le había dejado, en la que salía el mítico personaje.

—No sé si quiero salir —murmuró, vistiéndose.

—Tú mismo, pero te adelanto que después de los quince primeros minutos de terapia sentimental gratuitos soy bastante caro...

—¿Eres consciente de que robarme la ropa solo ha sido un pequeño paso para un fin? Están todos esperando para humillarme, voy a querer destrozarlos y ayer ya demostré con mi padre que no soy muy bueno en el arte de combatir.

—Déjame eso a mí. —Apoyé la mano en su hombro para darle fuerza.

—No necesito que te partas la cara por mí...

—¡Y no voy a hacerlo! ¡Soy demasiado listo para estropear mi mejor atributo! —Le enseñé la camiseta rosa—. Supongo que me la regalas. Ya dejaste claro en mi habitación que Mariah Carey y el rosa son tu particular anticristo.

Me la puse. Lucas abrió la boca para oponerse. No le dejé. Me apresuré a andar hacia la puerta antes de que me alcanzase y la abrí. Como suponíamos, había un grupo de unos diez chicos esperando con su cara burlona, preparados para señalar con el dedo y mofarse de mi amigo. Me apetecía agarrar sus manos y rompérselas o darles de puñetazos hasta que no pudiesen curvar los labios. Esa fue la razón por la que no lo hice.

Convivir con Jeremy me había enseñado muchas cosas. Para que luego dijese mi madre que no aprendía las lecciones. Era lo que buscaban. Un conflicto. Llamar la atención. Una pelea. Dar munición para que se hablase de su hazaña durante semanas por los pasillos del instituto. No pensaba darles lo que querían. Ese era el golpe más efectivo.

Puse mi mejor sonrisa y, sintiendo la presencia de Lucas detrás, dije.

—Gracias, chicos, el rosa siempre ha resaltado mis ojos. —Se les quedó cara de idiotas. Lo que eran—. La próxima vez, que no sea una S, que me queda muy ajustada y creo que voy a reventarla con los brazos.

Pasé de largo con mi amigo siguiéndome, sin mirar a Josh, que no sabía dónde meterse. Los pobres no reaccionaron. Eran bastante básicos. Solo había hecho falta mover una pieza de su ajedrez para que sufriesen un cortocircuito. Caminar por el pasillo que nos hicieron era como estar rodeado de zombis sin cerebro.

—Maricón —se animó a balbucear desorientado uno de ellos a mi lado. Lo hizo por instinto. Seguía las pautas que le decían que debía insultar.

—Enhorabuena, Toby, ¡has aprendido a leer! —exclamé con fingida emoción al reconocerlo como uno de los secuaces de Josh—. Tu madre ya no tendrá que vigilarte cuando vayas a la cocina por miedo de que te bebas la lejía pensando que es un zumo.

Ninguno añadió nada más. Me conocían. Por las buenas, el mejor, por las malas, preferirían la dentadura de un yonqui que le daba al *crack* a la suya. Me superaban en número. Sin embargo, tenía seguridad y fama. Conseguí que respetasen a Jeremy a base de destrozarme los nudillos. La mayoría podía oír el sonido de su piel aplastada bajo mi puño si cerraba los ojos.

Acompañé a Lucas hasta el coche sin hablar del tema. Éramos amigos. No había nada que agradecer. Saqué el monopatín de su maletero y me despedí de él en el aparcamiento. Iba a tomar impulso cuando oí que alguien me llamaba.

—¡Julien! —Me giré justo a tiempo de ver a Dana corriendo en mi dirección. A ella y a sus enormes pechos que nunca paraban de botar con un movimiento hipnótico—. ¿Algo que confesar? —Enarcó una ceja al estar a mi lado. Sus ojos se centraron en mi camiseta rosa.

—Estoy implantando modas. Tendréis que buscaros otro color para destacar. Desde hoy, el rosa ha dejado de estar vetado para los chicos de este instituto.

Dana puso los ojos en blanco y me reí. Hacía buena pareja con Crysta. Las dos reaccionaban así cuando hablaba.

—Iré al grano. —Se irguió.

—¿Sobre el capó de un coche o contra el tronco de un árbol? —Me ignoró.

—Ya sabes que este año el comité ha decidido que seamos las chicas las que invitemos al baile de fin de curso por el tema de la igualdad y eso…

Vaya si lo sabía. Los proyectiles que recibía en las clases a modo de notas y las tarjetas que colaban por la rendija de la taquilla me lo recordaban diariamente. Era estresante e inquietante, sobre todo porque en la mayoría de las ofertas hablaban de mi voz y cómo su máxima ilusión era que terminase cantándoles algún tema bajo las estrellas y, hasta donde yo sabía, ellas nunca me habían escuchado cantar.

—¿Quieres un consejo para convencer a algún incauto de que te acompañe? Te diré una cosa: los chicos somos más sencillos que vosotras. Solo tienes que preguntar.

—Está bien. —Apretó los labios. No parecía muy contenta—. ¿Vendrás conmigo?

—¿Yo? —Me extrañó. Dana asintió.

Mierda. Al final el trabajo de Crysta había surtido efecto. La morena estaba buena, qué digo buena, era una maldita diosa y reconozco que no mirarle el escote por respeto me suponía un esfuerzo de contención brutal. Pero no me gustaba. La única meta de decirle una y otra vez a mi amiga que le hablase bien de mí era ver cómo, sin ser consciente, se le arrugaba la nariz. Un detalle ínfimo de celos que conseguía que tuviese esperanzas. Nadie puede meterse contigo con tanta vehemencia, reírse con ganas y que su propio cuerpo lo delate sin sentir nada por la persona que tiene enfrente.

—La verdad es que… —Se me daba fatal rechazar a la gente.

—Ella ya tiene pareja —me interrumpió.

—¿Crysta? —No oculté mi asombro, como si acabasen de darme una hostia con la mano abierta.

—Sí, su pareja era mi primera opción, pero se ha adelantado. Tendré que conformarme contigo. —No me ofendieron sus palabras. Apenas la escuchaba.

Por mi mente comenzaron a circular uno tras otro todos los estudiantes del instituto a la vez que analizaba los últimos movimientos de la chica de la mecha rosa en busca de alguna señal que me desvelase por quién narices me había cambiado. Ella era reservada. Para animarse a tomar ese paso debía de tener confianza con la persona. Eso hizo que me hirviese la sangre. No la imagen mental de ella, preciosa, bailando con otro, sino sentada a la mesa, agotada, hablando con intimidad.

—De segunda opción a segunda opción, ¿vamos juntos?

—Sí… —acepté sin estar convencido del todo.

La conversación no se alargó más. Dana era directa. Punto a su favor. Decía lo que quería sin dar ese tipo de vueltas que, en numerosas ocasiones, lleva a malentendidos. Nunca he sido muy fan del lenguaje cifrado.

Me marché del instituto, desorientado. Deseché mis pensamientos repletos de descabelladas teorías. Le preguntaría a ella directamente cuando me la encontrase, algo más eficaz y que no me produciría un agudo dolor de cabeza. Adiós, tremendismo. Hola, realidad.

Me impulsé con el monopatín y tomé a conciencia el camino

más largo. Se acercaba la primavera y era mi estación favorita. Miento. Los días previos a que esta llegase eran los que más me gustaban. Cuando los árboles todavía no habían alcanzado ese verde que, estaba seguro, solo se veía en esa parte del mundo y los capullos estaban cerrados anunciando la inminente presencia de las flores que lo llenarían todo de color.

Era algo así como estar en un preliminar de la naturaleza. Los nervios activados al saber lo que vendría. La ansiedad de contar los segundos hasta que se produjese. Imaginar la transformación de lo que tenía delante antes de verlo.

Giré en la carretera y, antes de ver el sitio, me reafirmé en una certeza que tenía desde hacía tiempo. La gente no cambia. Al menos, no del todo. Disimula, trata de evolucionar y mejora con el paso del tiempo. La experiencia es como el agua de las plantas. Nos riega. Hace que crezcamos. La misma ladera no es igual tras un invierno de tormentas torrenciales que tras uno menos extremo, pero el césped seguirá siendo solo césped y el árbol solo un árbol, con independencia de que el tono del primero sea más intenso o las copas del segundo estén más pobladas.

Lo mismo ocurre con las personas. Me había contenido ese día. Vaya si lo había hecho. Nadie que me conociese desde pequeño podía dudar de que mantener mis puños a raya había sido todo un ejercicio de autocontrol. Sin embargo, el destino era muy puñetero. Le gustaba ponerme a prueba, tentarme, y pecar no era ningún problema para mí. En ocasiones incluso me apetecía.

Reduje el ritmo al aproximarme al viejo concesionario. La caseta que albergaba las oficinas y tenía los mejores coches o las gangas más llamativas en el escaparate necesitaba con urgencia una capa de pintura en su pared blanquecina desconchada. La bandera de Estados Unidos ondeaba en la entrada y tenían que reponer los banderines de colores que colgaban de su mástil. El fuerte viento del invierno había terminado con la mayoría de las existencias, dejando las cuerdas prácticamente vacías.

Rodeé el espacio por un lateral, observando, curioso, algunos coches de segunda mano con llamativos letreros con el precio. Las lluvias cuyas gotas disparaban arena contra la luna delantera habían servido de carteles improvisados con las cifras dibujadas sobre la suciedad. De pequeño no comprendía por qué narices no lo limpiaban hasta que me explicaron que era una especie de estrategia de *marketing*. Se trataba de los vehículos más viejos y baratos. Una publicidad que te decía «no vale nada porque no tiene potencia, ideal para que el inexperto de tu hijo no pueda pisarle fuerte y termine saliéndose en una curva».

Localicé a la persona que me lo había contado. El padre de Lucas. No soy un amante de la moda. No suelo fijarme mucho en el vestuario de otras personas, pero era una verdad mundialmente reconocida que ese hombre solo tenía una camisa. Blanca, amarillenta por la lejía, con dos churretones en la parte delantera y los botones desabrochados para dejar escapar su enorme barriga.

—¿Por fin te has decidido a motorizarte, hijo? —me saludó, aproximándose con el símbolo del dólar dibujándose poco a poco en sus retinas por la comisión que adivinaba. Me detuve y no le contesté—. Entra. No te quedes ahí. Tenemos un par de gangas para conocidos que no vas a poder rechazar.

—No es necesario. Será algo rápido.

—Así me gusta. Con decisión. —Se puso a mi lado, con un seto como única separación.

—¿Ves ese coche de ahí? —Le señalé un Mustang gris oscuro.

—Tienes buen ojo. Clásico y elegante. Llamarás la atención. Por no mencionar su amplitud. —Me guiñó un ojo cómplice—. Los asientos se echan totalmente atrás para poder jugar con tus amigas… —Su tono de lascivia me produjo asco.

—¿Te has fijado en los dados que cuelgan del retrovisor? —El hombre asintió tratando de buscar la perfecta frase comercial. Nadie en su sano juicio compraba un coche por los complementos—. Pues bien, como vuelvas a ponerle una mano encima a Lucas, sea por el motivo que sea, te arrancaré las pelotas y los sustituirán. —Utilicé un tono amenazador y esperé los segundos necesarios a que el mensaje hubiese calado.

Podía ser un matón bastante convincente. Más cuando lo que estaba en juego era la integridad de mi amigo. Sabía que se debía a un acto puntual, pero eso no quitaba que fuese mi deber advertirle para que no lo tomase como costumbre. No me tiré un farol. Si hubiese llegado a ver la piel de Lucas ennegrecida por algo que no se debiese a los golpes fortuitos del deporte, le habría extirpado su masculinidad.

Lo dejé con cara de gilipollas y me encaminé a mi cita. Observé a Jeremy sentado en las maderas, sin camiseta y con las piernas colgando, antes de llegar al muelle. La imagen me horrorizó. Al final iba a resultar que sí que era un amante de la moda. O simplemente el *slip* de lunares que mi madre le había comprado a mi hermano dañaba a la vista. Apunté una nota mental. No dejarlos ir de tiendas solos nunca. Jamás.

—¿Y mamá? —Apoyé el patinete contra un mástil y me quité la camiseta y las zapatillas. Las temperaturas no eran excesivamente cálidas. Algo habitual en Alaska. Sin embargo, cuando el sol incidía directamente en la piel, el calor apretaba.

—Tenía que ir a recoger unas camisetas a la tintorería —contestó—. Me ha dicho que me estuviese quieto hasta que llegases y eso hago. —Jeremy era muy obediente. Por eso se había decidido a dejarlo solo, lo que no significaba que me librase de una buena sesión de reproches por mi retraso cuando llegase a casa. Ahora que la tenía hecha después de meses de indignación por el presunto robo.

—Ya estoy aquí. Puedes levantarte.

—No —negó con los labios apretados.

—¡Te estoy dando permiso! —En ocasiones llevaba las órdenes a rajatabla. Un tanto extremista.

—No es por eso...

—¿No tienes ganas de nuestro viaje en moto? —pregunté.

Habíamos fijado ese día cuando por arte de magia observamos en el mapa del tiempo un sol dibujado sobre Ketchikan. Teníamos que aprovecharlo. En verano habría más jornadas similares, pero ya habríamos sufrido la invasión temporal de los turistas y el mar estaría repleto de veleros y demás transportes. Era más seguro llevar a cabo nuestra aventura con poca gente a nuestro alrededor.

Estábamos de suerte. El agua estaba calmada. La moto acuática negra con los ribetes verdes se mecía levemente, anclada al palo del muelle. La madre del duende nos había dejado las llaves de la caseta que tenían en la orilla del mar. Me sorprendió que Crysta no nos acompañase, pero luego recordé que allí había sufrido el accidente y las piezas encajaron.

—El bañador se me mete por el culo —dijo enfadado, y no pude evitar reírme a carcajadas.

—¿Nunca has oído que para presumir hay que sufrir? Es el precio de ser un metrosexual —me mofé mientras le tendía la mano y lo ayudaba a ponerse de pie. Era cierto, su enorme pandero engullía la tela como si fuese un agujero negro.

—Ni siquiera sé qué es eso… —se quejó.

Lo ayudé a ponerse el chaleco salvavidas naranja y comprobé que el silbato funcionaba antes de colocarme el mío. Jeremy era muy patoso. Se mascó la tragedia a medida que sujetaba el vehículo y le daba la mano para que descendiese. Me doblaba en peso y, si hubiese perdido el equilibrio, no habría podido evitar que cayese al agua. Lo más seguro es que me hubiese arrastrado con él. Sin embargo, no importaba demasiado. Un baño y volver a empezar.

Una vez que estuvo sentado, hice lo propio. Era bastante más ágil gracias a mis años infantiles ejerciendo de mono con Lucas. Aceleré con suavidad para poder hacerme con los mandos del vehículo. No teníamos prisa. Lo importante era disfrutar de ese viaje que, gracias a Dios, Crysta nos había regalado, dada mi nula capacidad de hacerme multimillonario vendiendo en internet.

El grandullón se agarraba con fuerza a mi cintura y, en un par de ocasiones por lo menos, tuve que pedirle educadamente que aflojase si no quería triturarme las costillas y terminar el día amarrado al cadáver sexi e imponente de su hermano.

Una extensión enorme de un azul en el que no sabías dónde terminaba el cielo y comenzaba el mar. Las altas montañas al fondo, tan difuminadas por la claridad que dudabas de que no se tratase de un espejismo. El sol incidiendo con potencia hasta calentar la piel y regalar tonos a nuestro alrededor a los que no estábamos acostumbrados. El sonido del agua al ser surcada con sus gotas espumosas disparadas en todas direcciones. Esos fueron los ingredientes bestiales que nos acompañaron hasta que dejé de pisar el acelerador, un poco alejado de la orilla, para que la moto se detuviese.

El mar estaba en calma. Si hubiese ido solo ese detalle tal vez me habría aburrido. Con el agua un poco embravecida me habría puesto de pie para manejar mejor la moto y que el impacto de esta contra las olas fuese mejor. Más adrenalina. Más control. Más aventura. Más pulsaciones disparadas.

Sin embargo, no estábamos allí por mí. Yo solo era el secundario que acompaña al protagonista. Todos los focos debían enfocarlo a él.

—¿Por qué te detienes? —me preguntó.

—Hay un detalle que Crysta y yo no te hemos contado… —Soné misterioso.

—¿Cuál? —La paciencia no era su mayor virtud.

—Ahora lo verás —anuncié.

—¿Qué haces? —alcanzó a pronunciar mientras colocaba sus brazos en el manillar.

—Agárralo fuerte y no lo sueltes. —Me obedeció y serpenteé hasta situarme detrás—. El secreto es que hoy por fin vas a conducir. Eso sí, nada de venirte arriba. Esto es como cuando ves una ración inmensa de queso, tienes que comer poco a poco o te empacharás y tendrás cagalera. Y de todos es sabido que tu culo disparando es más peligroso que una metralleta.

—¿Conducir? ¿Yo? Ya sabes que no puedo…

—Voy a contarte un secreto. Hacerle una peineta al sistema de vez en cuando sienta demasiado bien. Con diecinueve años es hora de que lo pruebes. —Me sujeté fuerte y me percaté de que estaba a punto de llorar.

—No puedo… —Negó con la cabeza—. Ya sabes que yo no soy normal. No soy como tú…

—Solo una de las tres cosas es cierta. No eres como yo. Eres mucho mejor.

—¿De verdad confiarías en mí en algo como esto?

—La duda ofende.

Se le agitó la respiración. No me esperaba esa reacción. Los vehículos eran su sueño. Lo más normal hubiera sido un momento de emoción contenida antes de que tuviese que pararle los pies para explicarle cosas como, por ejemplo, que en las motos de agua no existe el freno y tendría que soltar el acelerador para detenernos.

Apoyé la cabeza en el hueco de su hombro y pegué mi cuerpo al suyo para poder sentirlo, adivinar lo que estaba pasando por su cabeza.

—¿Qué ocurre?

—Hoy he hecho algo muy malo —dijo con un deje de congoja.

—¿Alguno de mis videojuegos ha pasado a mejor vida? —A veces, con el entusiasmo, no se acordaba de lavarse las manos después de merendar, apoyaba los dedos en la cara del CD del lector y se los cargaba.

—Peor. —La voz le tembló—. Voy a ir al baile con Crysta —anunció, y algo dentro de mí se tranquilizó. Debía haberlo imaginado.

—¿Le has mentido asegurando que eres un magnífico bailarín y ahora temes que se entere de que tienes menos ritmo que un picaporte?

—No estoy para bromas, Julien. —Jeremy nunca me llamaba por mi nombre. Se trataba de algo serio—. He jugado sucio con ella.

—¿Cómo?

—La única baza que me tenías prohibida.

—¿La pena? —dudé, y, para confirmar mis temores, asintió.

—Le he contado que nadie quiso ir conmigo en mi curso y he fingido que eso me entristeció para que ella me invitase.

Me había ofrecido a acompañarlo en su baile y él se negó. No le apetecía ir a un sitio abarrotado de gente donde sudar, bailar canciones comerciales o tener que controlarse a la hora de comer. Eligió que nos fuésemos de excursión con una tienda de campaña al monte. Mi madre nos preparó unos bocadillos de un tamaño mutante, buscamos algunas constelaciones y jugamos a juegos de mesa a la luz de una fogata. Su plan ideal.

—¿Por qué?

—Por ti. —Se aclaró la garganta—. Por vosotros. No quería que fuese contigo.

—¿No te gusta que ella también sea mi amiga?

—Sí —aclaró—. Pero me da miedo que os hagáis, ya sabes... —La palabra se le atragantó en la garganta y la pronunció con la misma voz que cuando decía uno de esos tacos de máximo nivel que mi madre le había prohibido—. Novios.

Su respuesta me impactó.

—Si eso ocurriese, ¿qué temes?

—Que os olvidéis de mí. Que ya no me necesitéis porque preferís estar solos. Que os moleste. —Apretó con fuerza el manillar—. Sois lo único que tengo. Y yo he sido egoísta con vosotros...

La mayoría de los hombres lo negarán, pero es cierto que todos nos preguntamos en alguna ocasión cómo será nuestra primera declaración de amor, el instante en que derribar todas las murallas físicas, mentales y espirituales, el momento en que te quitas la piel y dejas que otra persona pueda ver tu interior, sea este mejor o peor.

En mi caso lo veía como algo lejano. La vulnerabilidad y la exposición no casaban mucho conmigo. El acojone de una entrega incondicional. Saber que todo sería distinto después. El corazón puede agarrar el timón de tu vida en numerosas ocasiones y de todas aprenderá, ya sea por el daño que una tormenta hace sobre el músculo impactando con dureza o por la dulzura de verlo reforzado. No importa. Nunca volverás a ser el mismo. Al fin y al cabo, es el órgano que rige tu existencia. El que provoca tu primer aliento y tu último suspiro. El punto final cuando estás trazando con un lápiz esa línea circular a la que llaman vivir.

Una vez que toma el control estás perdido, porque te has encontrado y no hay nada más significativo que conocerse. Las debilidades y las fortalezas.

Cuando me imaginaba a mí mismo pronunciando esas dos palabras con ocho letras veía una proyección mía de adulto completamente embobado con la mujer que tenía enfrente, ansioso por llegar a casa y consumir de manera compulsiva la nueva novela de Nicholas Sparks para que me diese ideas para sorprenderla y llorando emocionado si me cruzaba por la calle con un cachorrito que se acercaba para que lo tocase. Distinto. Alguien que no era yo. Cursi. Ñoño. Una imagen que no me atraía.

Nunca pensé que sería tan sencillo y mucho menos que lo tendría tan claro. La demostración de que darle vueltas era una pérdida de tiempo, porque cuando esas dos palabras quieren salir no tienes poder para detenerlas y lo hacen solas.

—Jer, mírame, por favor. —Se giró y me aparté para centrarme en sus ojos, esos que enfocaban a lados diferentes de mi cara, pero que sabía que tenían toda la atención fija en mí—. Te quiero. —Apoyé mi frente sobre la suya—. Y tienes que saber una cosa. Da igual cuántas personas habiten en él. —Tomé su mano y la llevé a la altura de mi pecho—. Es tuyo. Tú eres su único dueño. Para todo y para siempre.

Mi primera declaración de amor ocurrió mucho antes de lo que imaginaba. Mi primera declaración de amor no fue a la chica que me hacía suspirar, sino al hombre de cuya respiración dependía mi existencia. Mi primera declaración de amor fue para él, y de todas las cosas que he hecho en mi vida es posiblemente de la que más orgulloso estoy. Nunca he sido un alma perdida que vagaba en busca de su otra mitad, puede que no recuerde la primera vez que observé la mía, pero, según me ha contado mi madre, estaba en la cuna y ella lo sostenía en brazos. Un bebé que cuando vio una bola de pelo negro acercando a su rostro unas manos que eran demasiado grandes para su edad dejó de llorar.

CAPÍTULO 12

CRYSTA

—¡Has tomado la decisión! ¿Cómo te sientes? —Dana se incorporó sobre los codos. Llevaba un bañador negro con lunares blancos. La viva imagen de Audrey Hepburn con una noventa y cinco de pecho.

—Ahora mismo estoy como si me hubiese lanzado a una piscina en la que no sé si hay agua —confesé, subiéndome las mangas de mi camiseta estampada con margaritas.

Estábamos en uno de los meses de mayo más cálidos que recordaba, en plena época de exámenes. El día que la comisión había seleccionado para el baile de primavera. Tras varios meses soportando el dolor de cabeza de mi debate mental acerca del futuro, había tomado una decisión. Estudiaría Bellas Artes. Si pintar era mi momento favorito del día, debía arriesgarme sin saber si ganaría en la mesa de apuestas.

—¿Qué opina tu madre? —Se aplicó crema y me la tendió para que yo hiciese lo mismo en la cara.

—Que las carreras artísticas no tienen salidas.

—¿Te ha aconsejado que lo medites?

—No. —Sonreí recordando la conversación en la que le había explicado las optativas y el curso complementario que la amiga artista de los padres de Dana había recomendado para que la

178

perspectiva de mudarme a estudiar con mi amiga a Los Ángeles pudiese ser realidad—. Me ha hecho prometerle que no leeré ninguno de los estudios sobre la perspectiva de empleo según lo que estudias en la universidad. No quiere que su hija muera joven de un infarto por unas estadísticas con excepciones.

Sabía que mi madre era comprensiva y no pondría el grito en el cielo cuando se lo contase. Sin embargo, no me esperaba que se lo tomase tan bien. Incluso cuando había tenido mi momento de dudas y le había consultado qué pasaría si me equivocaba, ella se había mordido el labio antes de encogerse de hombros y decir «nada». Ella no utilizaba la palabra «error», sino «intento». A veces todo salía bien a la primera y otras había que probar un poquito más hasta encontrar el camino correcto. Eso no significaba fracaso, todos los paseos que pudiese dar eran experiencia, conocimiento y visión del mundo. Lo que era inconcebible era no probar, dejar que el arrepentimiento y el «y si» se instalasen en mi pecho.

—¿Dónde hay que firmar para declararse fan incondicional de ella?

—Eso es porque no te he contado el millón y medio de besos que me ha dado después sin parar de repetir que había criado una valiente y no una conformista.

—¡Si tu madre me besase, no me lavaría la mejilla nunca, a ver si con su saliva se me pega un poco de ella!

Algunos padres la llamarían inmadura. No me importaba. Lo único que lo hacía era la seguridad absoluta de que me apoyaría viniese lo que viniese, que nunca estaría sola.

—Voy a bañarme. Ya sabes lo que dicen, los bombones nos derretimos al sol. —Se puso de pie de un salto y señaló al grupo de Camille, que también había ido y estaba al lado de Josh y el resto de los chicos del equipo—. Y las mierdas se secan.

Dana se marchó andando como una sirena que volvía al mar. Me puse de pie y caminé por la arena alejándome de la multitud. Sorteé a los grupos de amigos que bebían lata tras lata de sus neveras portátiles riendo a carcajadas hasta llegar a un lugar más solitario. Era entretenido observarles haciendo piruetas, jugando con una pelota o echando carreras hasta el agua para ver quién llegaba primero. Lo que pasaba es que los envidiaba. Con mi prótesis no podía hacerlo. Una putada sin remedio.

Me senté en la arena blanca de un pequeño saliente en el que había algo de vegetación y oteé el horizonte. El océano tenía un efecto balsámico en mí desde pequeña. Su presencia infinita, el hecho de saber que era incontrolable y desconocer los secretos que aguardaba en su interior me fascinaba. Si alguna vez tenía dinero suficiente para alquilar o comprarme una casa, lo haría en algún lugar de costa. Era un privilegio al que no estaba dispuesta a renunciar. El pequeño lujo que le exigía a la vida.

—Deja de intentarlo, porque no vas a conseguirlo —oí la voz de Julien detrás de mí—. Da igual que te escondas, siempre te encuentro.

El rubio se colocó delante con el pelo empapado. Las gotas de agua relucían por su moldeado torso como si le hubiesen salpicado pintura con una brocha por todo el cuerpo y se había bajado el bañador mostrando una marcada uve debajo de su abdomen.

—Me tapas el sol —increpé.

—Hablas como si la visión que tienes delante no te gustase más… —Lo hacía. Vaya si lo hacía. Observarlo era como ver una de esas obras de arte en las que puedes detenerte durante horas buscando una imperfección en el modo que estaba tallado. Por supuesto, me hice la digna.

—Las campañas de Calvin Klein y sus modelos nos han hecho inmunes a los tíos en bañador.

—Podría haberte creído sin el repaso que me has dado. Tus ojos, duende, te traicionan.

—¿Algún día asumirás que no eres David Beckham? —Negué con la cabeza.

Julien se sentó a mi lado. La arena se adhirió a sus piernas mojadas. No pareció importarle. Estaba demasiado ocupado mirándome fijamente desde su posición. Traté de ocultar mis nervios jugueteando con la arena.

—Vaya, vaya, qué guardado tenías este secreto.

—¿Cuál? —Me giré. Sus ojos estaban más claros ese día y tenía un par de gotas sobre los labios que me apetecía probar para recordar si el agua del mar de Alaska estaba tan salada como la de Miami.

—Las pecas. —Movió la mano y me apartó el pelo de la cara para colocarlo detrás de mi oreja—. Te salen muchas con el sol. Podría estar toda la tarde contando y seguro que me dejaría alguna. —Posó el pulgar en mi nariz y lo paseó hasta mis mejillas llevando lo que parecía una cuenta que nunca terminó—. Tienes que estar muerta de calor. —Dejó de acariciarme el rostro y, como si siguiese necesitando el contacto, se acercó hasta que nuestros hombros se tocaron. Todavía estaba fresco por la temperatura del agua. Me quemó—. Deberías quitarte la camiseta.

—No llevo la parte de arriba del bikini puesta.

—Hasta donde yo sé, no son muy diferentes a los sujetadores. Y tampoco estoy en contra del *topless*. No hay nada que no haya visto antes.

—Me han crecido desde que las enseñé en el gimnasio…

—Entonces esto ha dejado de ser una oferta para convertirse en una orden. Irme de aquí sin actualizar el mito sería una tragedia.

—Deja que lo piense… —Me mordí el labio y coloqué una mano bajo mi barbilla—. Paso.

—¿Te da vergüenza?

—Sí —mentí para que parase.

Mi compañero asintió como si acabase de llegar a una conclusión. Se puso de pie y me señaló con un dedo.

—Voy a desnudarme. —Movió los dedos y los colocó en la cintura de su bañador tirando hacia abajo.

—¿Te das cuenta de que lo que dices no tiene sentido?

—Oh, sí, y mucho, porque inmediatamente después de quedarme en pelotas voy a ir allí. —Señaló el mar—. Y voy a bañarme en esa agua tan fría como las piscinas repletas de hielo que usan los Swat durante su entrenamiento. ¿Lo pillas?

—Has sufrido una insolación. Es eso, animalillo…

—¿Qué es lo más importante para un hombre? —me interrumpió, y contestó antes de que pudiese hablar—. Su paquete, Crysta, y, joder, si me meto desnudo con esta temperatura… Te aseguro que hay pocas cosas más vergonzosas para un hombre, y estoy dispuesto a mostrártelo con tal de que tú hagas lo mismo y le des una oportunidad a tu bikini.

—No.

—¿Por qué?

—Porque no quiero.

—¿Por qué? —No iba a rendirse. ¿Por qué narices le importaba tanto? Tenía todo un séquito de chicas si andaba un par de minutos—. No pienso parar hasta obtener una respuesta que me ayude a comprender por qué una tía como tú se esconde muerta de calor en lugar de refrescarse con una entrada digna de las chicas Bond.

—Las chicas Bond tenían dos piernas. Una y dos —dije, antes de darme cuenta de lo que estaba haciendo.

—Y los abdominales del tío que anuncia este bañador triplican los míos. No me sirve. —Dejó de bajarse la prenda para colocar los brazos cruzados por encima del pecho.

Me puse de pie para marcharme. No quería seguir con una conversación que no llevaba a ninguna parte. Me retuvo por el brazo.

—¡Y una mierda vas a huir ahora! —Sus dedos lo rodearon y me giré, dispuesta a exigirle que me dejase marcharme.

—¡Suéltame! —Traté de zafarme, pero no lo conseguí.

—¡No me da la gana!

—¿Qué quieres oír? —El pecho comenzó a subirme y bajarme con fuerza—. ¿Que me avergüenzo de no tener pie? ¿Que sé que nunca volveré a sentir el agua del mar sobre mi piel porque me da pánico la reacción de los demás al verme incompleta?

Se quedó en silencio y frunció el ceño. Me soltó para colocar una mano en mi cintura y con la otra agarrarme de la barbilla para obligarme a mirarlo. Mi cuerpo temblaba.

—Crysta…

—No me has dejado terminar, Julien —lo interrumpí luchando porque los ojos no se me anegaran de lágrimas—. Hay un tercer motivo y posiblemente es el más importante. Tu mirada.

—¿Qué le pasa? —Parecía desubicado, y se aproximó cada vez más.

—No quiero que cambie. —La punta de nuestra nariz se rozó.

—¿Por qué iba a hacerlo?

—Por la lástima. Verás el corte por debajo de la rodilla y la prótesis de hierro y no podrás evitarlo —confesé, y bajé el tono de voz antes de añadir—: Quiero seguir sintiendo esa normalidad especial cuando me reflejo en tus ojos.

—¿Todavía no te has dado cuenta? —preguntó Julien, dolido—. Yo solo puedo mirarte de una manera. Una sola que ni siquiera decido.

Me soltó y dio media vuelta.

—¿Te vas? —Acababa de confesarle mis temores y él se largaba. No podía creérmelo.

—Claro que lo hago. Ahora mismo estoy muy enfadado contigo, Crysta. Mucho.

—¿Por quitarte la venda de los ojos y enseñarte que lo único de color rosa en mi vida es una maldita mecha? —Elevé el tono de mi voz, ya no podía detener los temblores y las lágrimas caían por mis mejillas.

Julien se acercó muy serio. La proyección de su sombra me cubría por completo. Nunca lo había visto de ese modo; más que molesto parecía decepcionado.

—No estoy dispuesto a permitir que te quieras tan poco, porque ser consciente de que eres tan injusta contigo misma hace que me hierva la sangre, porque saber que asesinas tus posibilidades una y otra vez me duele como si me arrancasen el corazón y lo estrujasen en directo.

—Yo no hago eso…

—Sí, lo haces constantemente. —Levantó las manos, nervioso—. Como si de pequeña hubieses comenzado a flagelarte y ahora disfrutases enfermizamente haciéndolo. —Fui a hablar. Quería oponerme a lo que estaba diciendo. No me dejó—. ¿Que te falta un pie? Sí. Tú y yo lo sabemos y el resto del mundo también. ¿Y qué hay de lo demás? ¿Qué? ¿No importa? ¡Tienes la jodida cara de ángel más bonita que he visto y tu puta sonrisa podría servir de desfibrilador cuando una decena de corazones estuviesen parados!

—Julien…

—Pero el físico no significa nada. ¿Sabes cuándo realmente me fallan las malditas rodillas y siento que tengo que hacer todo lo que esté en mi mano para merecerte? Cuando hablas, mierda, cuando lo haces. A veces pienso que no tendré vida suficiente para todas las conversaciones que quiero tener contigo. —Se pasó una mano por el pelo—. Y nunca he creído en Dios ni en la fuerza del universo, pero cuando veo cómo tratas a Jeremy, tu bondad, les doy gracias a ambos por haberte colocado en mi camino. Mierda, ¡si me lo pidieran hasta me pondría de rodillas! —Se detuvo—. ¡Y me siento impotente cuando me doy cuenta de que no te valoras, como si me matases sin piedad cada vez que te reprimes! Por eso me voy, porque hace tiempo que me prometí a mí mismo que me alejaría de cualquiera que te hiciese daño. Y esa persona ahora mismo eres tú.

No lo detuve cuando se marchó después de su discurso. Me senté en el mismo sitio con la mirada al frente. Lloré. Y pensé.

Después del accidente llegué a la conclusión de que la opinión de los demás no me importaba. Todo me resbalaría por mi propia integridad. No me daba cuenta de que el enemigo estaba en casa. ¿Había pasado por una especie de depresión desde entonces?

Me repetía una y mil veces que no tenía amigos porque no los necesitaba, porque me daba pereza, cuando la realidad era que no deseaba que otros me quisieran porque yo misma no lo hacía. Encerrarme era el modo más sencillo de no enfrentarme al dolor y alimentarme de él. Mi cárcel no estaba compuesta de huesos, sino de mi cabeza. Esos pensamientos, esa desgana, ese modo de pasar sin pena ni gloria.

Repasé cada uno de mis movimientos. No todo el mundo se había alejado de mí. Muchas personas habían tratado de acercarse y las había apartado hasta que no les quedaban fuerzas para seguir intentándolo. No enseñaba la prótesis porque yo no quería verla y no porque las reacciones me produjesen dolor de cabeza. No me divertía como los demás no porque no me apeteciese, sino porque en el fondo eso suponía asumir, evolucionar, pasar página. A mi pérdida y a la muerte de mi padre.

Era hora de continuar. Estaba aburrida de mi drama, y mi verdadera personalidad, la alegre que luchaba por salir cada vez que me enfurruñaba, había aprovechado el impulso de las palabras de Julien para tomar el control. Después de tantos años tenía su primera oportunidad y no pensaba desaprovecharla.

Solo hacía falta una cosa para reventar en mil pedazos y exterminar todo el resentimiento, la inquina que me pudría por dentro. Una. Y sabía lo que era.

Me puse un vestido largo de color verde musgo atado al cuello, me recogí el pelo en un moño bajo con los mechones sueltos una hora y media antes de la hora a la que había quedado con Jeremy para ir al baile. Tenía que hacer una parada primero. Era ahora o nunca.

Aparqué en las inmediaciones del cementerio y tomé aire en el árbol en el que siempre me detenía pasando de largo hasta que llegué a la tumba de mi padre. Notaba los impulsos nerviosos fluyendo por mi cuerpo, pero, misteriosamente, estaba muy tranquila. Tanto como ya no recordaba.

Acaricié la lápida con la yema de los dedos. Allí estaba. Mi mayor temor. La impotencia de saber que por más que tocase una piedra él no volvería, no olería su aroma a recién afeitado ni escucharía su voz. Entonces observé algo. Un pendiente de Tous que me reveló que allí era donde se escondía Becca y una gran verdad. Mi padre había muerto, pero eso no significaba que se hubiese marchado. Seguía allí, con pedacitos repartidos en toda la gente que dejó atrás. Él no era un ente trasparente con voz distorsionada, él era el reflejo de esos ojos que veía cada mañana al mirarme en el espejo y tenían su mismo color, él era la fuerza de mi madre para seguir adelante, él era el modo en que mi hermana memorizaba texto tras texto sin cesar.

En ese momento, dejó de ser nada para convertirse en todo. Él era yo. Y por ese motivo tenía que empezar a disfrutar por dos, a reír, a exprimir todo lo que me ofreciese la vida. Sin embargo, había algo que tenía que decirle.

—Lo siento —dije lentamente—. Siento que te fueses pensando que la gran mentira era cierta. Tú no tuviste la culpa de que perdiese el pie. Lo único que me regalaste fueron colores y picos de montañas que escalar. —Tragué saliva—. Lamento nuestra despedida. Solo me queda el consuelo de que sepas que la última frase que le dices a una persona no significa nada, es el conjunto de todas las que forman el adiós no pronunciado, y espero que el mío no fuese un reproche sino el «te quiero, papá» más real que jamás se haya dicho en la tierra.

De repente noté cómo respirar costaba un poco menos y no me sentía culpable cuando los músculos de la cara se estiraban para formar una sonrisa. Ya estaba preparada para intentar ser feliz. Me sentía más ligera cuando salí del cementerio rumbo a casa de Jeremy y cerré los ojos para reproducir el silbido que habría hecho mi padre cuando me hubiese visto aparecer en el salón con el vestido y no dolió, fue placentero, recordarlo lo era.

Recogí al gigante a la hora acordada. Vestía unos sencillos vaqueros y un polo blanco que acompañaba con una enorme pajarita roja. Antes de que le preguntase por Julien me contó que ya se había marchado con Dana. Llegamos al aparcamiento del instituto con la música al máximo, cantando y, sobre todo, hablando de la comida que pondrían. Nadie podía negar cuál era el máximo interés de mi acompañante.

Nos bajamos y entramos en el gimnasio. Habían apartado las máquinas para colocar una especie de escenario al fondo, una barra lateral repleta de comida y refrescos probablemente adulterados y unas mesas en el centro. Del techo caían globos y bolas que iluminaban la estancia de todos los colores. El Dj, que pinchaba todos los temas comerciales sin calentarse mucho la cabeza, estaba en una de las esquinas al lado de un fotomatón que imprimía las fotografías de manera instantánea con una caja llena de complementos graciosos que poder ponernos.

Jeremy distinguió una mesa apartada y vacía y la señaló para que fuésemos allí. Negué con la cabeza. Había llegado la noche en la que ambos nos despidiésemos de la soledad. Juntos, como desde el inicio. Enlacé mi mano con la suya y lo guié hasta la marea humana. Localicé a un par de chicas con sus respectivas parejas que recordaba que habían tratado de hablar conmigo en mitad de alguna clase y, sin meditarlo, me situé a su lado y les pregunté qué tal todo. Así de sencillo. Sin más.

Ellas se extrañaron. Buscaron en mi mano algún vaso medio vacío de ese ponche que tenía más alcohol del que los profesores suponían para justificar mi cambio de actitud, después dejaron de hacer preguntas y me contestaron. Entablar conversación no fue complicado. Dejé mi escepticismo, la visión de superioridad y esa manía de vejar lo que me rodeaba y, de repente, me divertí compartiendo bromas y riendo de las locuras que me contaban y en las que no me habría importado participar. Cuando quise darme cuenta entrábamos en sus planes. Encajar fue tan natural que me arrepentí de no haberlo hecho muchísimo antes.

El gigante vio a Julien antes de que yo intuyese su presencia por esa aura que se generaba a su alrededor. Al verlo saludar enérgicamente y salir corriendo lo supe. Por su emoción cualquiera diría que no vivían en la misma casa. Dana y él entraron eclipsándolo todo. El vestido de mi amiga era impresionante, lástima que Julien le hiciese la competencia.

Iba vestido con unos vaqueros oscuros, una camisa blanca con una corbata negra y fina, casi una línea que dividía su pecho en dos, y una chaqueta a juego. Mi amigo paseó la mirada por el reformado gimnasio buscándome. Más que nada porque se detuvo en cuanto sus ojos se encontraron con los míos. Nos observamos en silencio un par de segundos, él serio y yo impaciente, hasta que su público reclamó su atención y él les regaló los segundos que le pedían.

Dana y Lucas vinieron con nosotros. Hablamos, reímos, comimos el poco queso que el gigante no engulló y fingimos que bailábamos haciendo el bobo. Julien fue testigo de todo lo que hacíamos desde la distancia. Daba un paso y las personas que tenían que saludarlo salían como setas.

Podría haberse librado de ellas con elegancia y educación, pero saltaba a la legua que en el fondo no quería. Seguía molesto conmigo. Demasiado con su carácter. Mi intención era hablar con él, pero tener un segundo a solas de intimidad para hacerlo parecía imposible. Eso no suponía ningún problema. La vida no se terminaba en el baile como en las películas románticas en las que si el protagonista no llegaba al aeropuerto antes de que ella se subiese avión todo había acabado, a pesar de tener un maravilloso móvil última generación para poder llamarla en cuanto aterrizasen. Tan solo tenía que ir a su casa al día siguiente y, en el caso de que se negase a bajar a verme, emplear los diez minutos largos que tardaría en subir la escalera que nos separaba.

Cuando el volumen de los gritos aumentó y la gente comenzó a bailar frenéticamente, detuvieron la música. Era la hora de anunciar al rey y a la reina de la promoción. Supongo que lo hicieron para obtener una fotografía perfecta que poner en el anuario y que los protagonistas no saliesen con el maquillaje corrido, la camisa por fuera y las mejillas rojas.

A nadie le sorprendió que Dana se alzase con tal honor. Los alumnos no podían dejar pasar la oportunidad de que alguien que aseguraba que sería actriz de Hollywood ganase y, tal vez, mencionase el instituto de pasada en algún programa de máxima audiencia para poder fardar.

No estaba tan claro con su acompañante. El rey. Aplaudí hasta hacerme daño en las palmas de las manos cuando la profesora de química gritó el nombre de Julien por el micrófono. Me habría sentido un poco decepcionada con el resto de mis compañeros si el elegido hubiese sido Josh, un tío popular, sí, pero que los había hecho sentir como una mierda sin excepción.

Julien subió eufórico con un foco que guiaba sus pasos. Nació un animal mediático. Lucas se situó a mi lado. La elegancia cobraba sentido al verlo con su traje de dos piezas azul marino y sus ojos destacaban más haciendo juego con la ropa.

—¿Tú también lo has votado? —se interesó.

—Sí —confesé.

—¿Qué hemos hecho? —Señaló a Julien, que brillaba en la tarima y provocaba que el resto de nuestros compañeros se riesen a carcajada limpia con sus comentarios.

—Crear un monstruo —bromeé.

Llegaba el momento del gran baile. La gente se apartó dejando un hueco en el medio para que ambos bajasen y nos deleitasen con sus habilidades en la pista. Me percaté de que Dana le susurraba algo en el oído mientras descendían los escalones y, justo en ese instante, los ojos de Julien volvieron a buscarme antes de asentir.

Todo sucedió muy rápido. En lugar de detenerse bajo la bola y hacer un gesto al DJ para que pinchase la canción, Dana caminó hasta la barra, dio dos golpecitos a Jeremy en el brazo y le preguntó algo a lo que este no pudo negarse caminando con ella hasta la pista. Estaba intentando comprender lo que sucedía, como el resto del mundo, cuando sentí el hombro de Julien chocando con el mío al hacerse hueco entre la marea humana.

—Alguien reclama tu atención… —advirtió Lucas. Me giré justo a tiempo de ver cómo el resto del mundo le hacía un paseo a Julien, que salió por la puerta.

—¿Estás seguro?

—¿Necesitas una señal más descarada que ese golpe «accidental»?

—¿Te encargas de Jeremy?

—Claro, así dejaré de ser el chico al que todos miran raro porque ha venido solo.

Me costó un poco más avanzar entre la gente. A mí no me hacían un pasillo humano, sino que se apiñaban para ver el baile más surrealista de la historia del instituto. Decir que el gigante no conocía el significado de la palabra ritmo sería quedarse corto.

Paseé por el aparcamiento antes de localizarlo. Estaba sentado en uno de los caballitos del antiguo Carrusel, una atracción que unos feriantes dejaron en el parque aledaño cuando se les averió hacía muchos años. Apenas había iluminación. La luna había decidido no honrarnos con su presencia esa noche. En su lugar, miles de puntitos brillantes habían acudido a su cita.

Reduje el ritmo a medida que me acercaba. ¿Cómo comenzar? Cuando las personas esperan algo de ti tienes que dar la talla. Menos mal que mi acompañante tenía ese don natural de hacerlo todo más sencillo.

—Tengo un dilema —rompió el silencio durante mis últimos pasos.

—¿Sobre la noche en la que se producen más embarazos juveniles no deseados? —bromeé antes de detenerme a su lado. Sus manos rodeaban el hierro que unía el caballito con el techo y miraba al frente.

—Eso lo tengo claro. Ninguna chica podrá resistirse a un cielo estrellado como el que hay hoy.

—Te confundes. Nosotras no queremos que nos regalen el firmamento, sino ser la estrella de alguien. —Me coloqué delante y rodeé con mis dedos la columna metálica hasta que rozaron su piel—. ¿Puedo ayudarte en lo que sea que te preocupa?

—Se trata del baile…

—¿Te ha ganado el pulso el miedo escénico?

—Dana lo ha hecho con las palabras adecuadas en un momento inoportuno.

—¿Qué te ha dicho? —pregunté, descendiendo lentamente con mi mano hasta que mi dedo meñique estuvo encima del suyo.

—Que bailase con mi reina. No con la que ellos han votado, sino con la que yo había elegido. —El corazón me dio un brinco cuando, por fin, levantó la vista y me miró—. Como comprenderás, eso supone un gran conflicto.

—No tiene por qué. —Me mordí el labio—. Tengo la sensación de que ella hoy lo habría hecho sin necesidad de que le cantases el tema que le prometiste al oído.

—Entre tú y yo —bajó la voz y se acercó como si fuera a contarme un secreto. Me agaché—, estoy muy cabreado con ella.

—Sospecho que un simple lo siento no basta. ¿Cómo puede solucionarlo?

—Tendría que hacer algo muy gordo.

—¿Tanto?

—Más. Y no es muy imaginativa que digamos. Me deja todo el romanticismo a mí.

—No la subestimes. Tal vez te sorprenda.

—¿Cómo?

—Hay cosas que no se dicen, se hacen. —Sonreí y él enarcó las cejas con curiosidad. Le tendí la mano—. ¿Te atreves a acompañarme y ver si soy capaz de cumplir tus expectativas?

Julien apretó mi mano aceptando el trato. Nos subimos al coche y conduje hasta nuestro destino sin ceder a sus burdos intentos de sonsacarme cuál era. Aparqué en el camino que llevaba a la caseta de mi padre y la pasamos de largo, rodeando el muelle, hasta una pequeña playa que había en uno de los laterales. El agua parecía plateada esa noche, la brisa corría suave y el sonido de los grillos era la única banda sonora que nos acompañaba.

—¿Qué hacemos aquí, Crysta?

Me separé un par de pasos hasta quedar enfrente de él.

—Voy a quitarme el vestido —anuncié con seguridad.

—¿No ha quedado claro esta tarde que desnudarse delante del otro solo lía las cosas? —Julien se colgó la chaqueta en el hombro con un gesto rebelde.

—A mí me traicionan los ojos y a ti tus labios, como sigas mordiéndolos así vas a sangrar. —Los liberó—. Voy a quitarme el vestido y después me bañaré —anuncié, moviendo las manos hasta la cremallera lateral.

—¿Por qué?

—Porque he liberado mis sueños y no quiero esperar ni un minuto más para hacerlos realidad. Lo que pasa es que ya no me seduce la idea de cumplirlos sola. Quiero que estés en cada uno de ellos. Del primero al último.

Bajé la cremallera con lentitud y levanté el vestido para poder sacar la cabeza antes de que este cayese al suelo, un remolino de tela a mis pies. Supongo que tenía un poco de frío. No lo sentí. Estaba centrada en observar su reacción. No por verme en ropa interior, sino por observar por primera vez esa articulación que terminaba debajo de la rodilla, seguida de unos hierros.

Julien se quedó petrificado. Sin decir nada. Mirando desde la lejanía.

—¿Y bien? —rompí el instante.

El rubio soltó la chaqueta dejando que esta cayese sobre la arena, deshizo la distancia que nos separaba y se detuvo delante de mí, mirándome fijamente con la cabeza ladeada.

—¿Alguien te ha dicho alguna vez que tienes los ojos más bonitos del planeta? —Ignoró mi prótesis, como si esta no importase.

—No me refería a eso. —Sonreí. Por fin quería a mi cuerpo y eso era lo único que importaba, que él también lo apreciase era un punto extra—. ¿Vas a obligarme a arrancarte el traje?

—¿Sabes cómo tiene que estar el agua a estas horas? —Su boca se torció, regalándome esa sonrisa ladeada suya que me volvía loca.

—Ya nos preocuparemos mañana de la nariz roja e irritada por el constipado. Ahora solo hagamos nuestra primera tontería y que pase lo que tenga que pasar.

—¿Qué ha sido de la chica responsable que fruncía el ceño?

—Lo mejor que podía ocurrirle. Te ha conocido. Y eso lo ha cambiado todo. Ya no quiere arrugas en la frente por las preocupaciones, sino en las mejillas de tanto reír.

No necesitó nada más. Lanzó los zapatos por el aire y se quitó los pantalones, la corbata y la camisa con una velocidad preocupante. El contraste de claros y oscuros que me ofreció de su cuerpo era delicioso.

—Voy a necesitar tu ayuda —le informé sin importarme pedir que me echaran una mano. Confiaba en él.

Predijo lo que iba a hacer y se colocó a mi lado para sujetarme y que me desprendiese de las botas y la prótesis. Después se agachó mientras mantenía el equilibrio, me rodeó con las manos y me elevó hasta acunarme en su pecho. Lo hizo con naturalidad. Éramos una pareja normal. La amputación carecía de importancia.

La velocidad de su pecho aumentó conforme deslizaba los dedos para acariciar el muñón. Nadie que no fuese un médico, una enfermera o mi madre lo había hecho con anterioridad. Incluso a mí me costaba trabajo cuando estaba sentada en la ducha adaptada y pasaba la esponja por la piel. Sentía como si atravesase la carne y los huesos invisibles que debían estar allí. Como si los apuñalase.

Sus yemas lo rozaron con cuidado, con delicadeza, y él, mi muñón, lo agradeció. No me había dado cuenta de cuánto cariño necesitaba hasta que sus cosquillas provocaron que una especie de gemido ronco surgiese de mi garganta. No había sido justa con la articulación. No la había cuidado. No la había mimado como se merecía. A ella, que había perdido su mitad. Y él conocía esa injusticia y se deleitó en devolverle lo arrebatado.

Durante esos instantes dejó de ser el gran olvidado, el paria, para convertirse en el protagonista, una especie de animal apaleado que volvía a experimentar lo que era el amor gracias a un chico que lo tocaba como si su tacto fuese sublime, adictivo, inspirador. Las cuerdas de la guitarra que tanto amaba.

Me apreté contra su pecho hasta que lo único que oía era el sonido de su corazón acelerado entremezclado con el de mi inconstante respiración. Dicen que todas las personas tenemos un lugar en el mundo. Nuestro espacio. El sitio en el que alcanzamos la paz. Al que pertenecemos y que nos pertenece. Yo lo encontré esa noche. Estaba allí, con mi mejilla sintiendo su carne de gallina, la nariz aspirando su olor y los ojos cerrados. Mi casa sin muros. Mi universo en el que volar.

Me enamoré de Julien tan lentamente que nunca seré capaz de definir el momento exacto. Fue como si poco a poco él invadiese mi sangre hasta circular con libertad dentro de mí. Pero sí sé en qué instante tomé la determinación de que tenía derecho a amarlo con toda mi alma. Ahí. Sin haberlo besado todavía, porque no puedes querer a nadie hasta que te quieres a ti misma, y su tacto sobre mi piel hizo que apreciase todas y cada una de las partículas que me componían.

No me había dado cuenta de que él estaba andando hasta que abrí los ojos para mirarlo y, de nuevo en el mundo real, oí las leves olas rompiendo contra la costa con la espuma que dejaban a su paso.

—¡Joder! —gritó al meterse—. ¿Preocuparnos por un constipado? ¡Somos los náufragos del *Titanic* sin tabla! ¡Está helada!

—¿Ya ha desaparecido tu pene…? —bromeé, recordando lo que había dicho.

—Tus tetas están rozándome el pecho; ahora mismo podría ser utilizado como espada láser.

Me reí y levanté la mirada mientras él continuaba adentrándose en el agua. Observé el cielo y pasó una estrella fugaz. No pedí ningún deseo a esos astros que murieron hace millones de años y ahora podíamos ver. Prefería la vida. El presente.

Dejé de prestarles atención y me centré en él con las primeras gotas salpicando en mi espalda.

—¿Por qué me miras de ese modo? —preguntó.

—¿Cómo?

—Como si acabases de darte cuenta de que soy el hombre más atractivo del planeta. Me ofende que hayas tardado tanto. —Soltó una de sus típicas frases, pero no sonó igual. Estaba nervioso. Muchísimo.

—Siento herirte todavía más… No es por lo que tú piensas. Tienes un moco. Verde. Con palpitaciones propias. Descomunal. —Decidí darle una pequeña lección.

—¿Qué me estás contando? —Abrió mucho los ojos, muerto de vergüenza—. ¡Mierda! —Se retorció en busca del modo más eficaz de quitárselo sin tener que soltarme.

Me reí. Fuerte y con ganas.

—¡Es coña! —exclamé entre carcajadas.

—Así que te crees muy graciosa, ¿eh?

—Estabas monísimo. —No podía parar.

—Eres cruel y te gusta mofarte de mí, duende.

—Puede que un poquito…

—No sé si alguien te ha contado que el que ríe el último ríe mejor.

—¿Y qué vas a hacer?

—Vengarme.

Julien me sujetó con fuerza y se sumergió en el agua llevándome con él. La sensación fue un poco distinta de lo que esperaba. Estaba helada. Glacial. Tanto que temí salir con una capa de hielo a mi alrededor. ¿Dónde estaban las playas de mis fantasías en las que podía nadar hasta que los dedos quedasen arrugados?

No pude reprocharle nada al emerger de nuevo porque me castañeteaban los dientes y estaba congelada, con el cuerpo un poco entumecido. Julien se dio cuenta y caminó hasta la orilla, me puso su chaqueta por encima sin importarle que se la mojase y me colocó sentada delante de él, con mi cabeza apoyada en su pecho, para darme calor frotándome los brazos con sus manos.

—Has estado a punto de morirme de hipotermia. —Me acurruqué—. Espero que por lo menos haya servido para que me perdones.

—Deja que lo piense —susurró a mi oído—. No.

—¿No? —Lo miré por encima del hombro. El muy cabrón se estaba divirtiendo de lo lindo conmigo.

—No. —Se le ensanchó la sonrisa.

—¿Que peligre mi integridad física no es suficiente?

—Tendrás que darle un par de vueltas más al asunto… —Me revolví hasta girarme—. Soy bastante exigente, aunque en esa caseta tuya hay argumentos motorizados de peso para que te… —Le coloqué el dedo sobre los labios para que se callase.

No cerró la boca y le rocé con la yema con fuerza, deleitándome en el tacto mientras ese deseo irrefrenable aumentaba de un modo que nadie sería capaz de parar. Sus ojos ámbar se oscurecieron y supe que estaba experimentando lo mismo que yo. Una necesidad que solo se saciaba bebiendo del otro.

195

—¿Qué haces? —preguntó con voz ronca mientras me aproximaba.

—Voy a besarte. —Noté un pinchazo en la boca del estómago.

—Sabía que este momento llegaría. Estás loca por mí por más que hayas intentado resistirte —dijo con suavidad y sensualidad para esconder los nervios que nos azotaban a ambos.

—Solo lo hago para que te calles.

—Acabas de cometer un error. —Ladeó la cabeza. Ya sentía su respiración rebotando en mi cara, provocando escalofríos por esa agua que todavía no se había secado—. No podré parar de hablar para que me silencies de este modo.

El beso llegó así. Sin planearlo. Solo. Tan natural que parecía raro no haberlo hecho siempre. Julien colocó su mano en mi nuca y con rapidez se movió hasta que nuestros labios se encontraron. Su boca cubrió la mía con rudeza y, sin saber por qué ni manejar mis movimientos, me descubrí abriéndola en un gemido ahogado. La sal se mezcló con la dulzura de su saliva y mi lengua invadió su interior hasta entrelazarse con la de él.

Empezó siendo un beso lento, de reconocimiento, de aproximación. La necesidad y ese ardor interior provocaron que el ritmo aumentase y me descubrí pegando tanto la cara que daba la sensación de que quería que la piel desapareciese hasta que algo más profundo se fusionase.

Ni siquiera me importó el sonido de mi móvil, hasta que se tornó más insistente y me preocupé. Me separé con lentitud, con sus labios liberando poco a poco los míos de su mordisco. Odié un poco a Dana cuando leí su nombre en la pantalla y, aun así, contesté por si le había ocurrido algo a Jeremy.

—Pásame a Julien, ¡ya!

—Quiere hablar contigo. —Se lo tendí y me pregunté si ella habría adivinado por mi voz lo que acababa de interrumpir.

Julien escuchó con atención sin mudar la cara. Oía los gritos exagerados de mi amiga, aunque no era capaz de distinguir lo que estaba diciendo. Julien me hizo un gesto para restarle importancia a mi compañera y aprovechó el primer descanso en el discurso de esta para cortarla.

—Mañana me cuentas detenidamente, que ahora me pillas ocupado. —Colgó antes de que pudiese añadir nada más.

—¿Pasa algo?

—Nada más importante que lo que tenemos entre manos. —Rozó su nariz con la mía—. ¿Dónde nos habíamos quedado? Ah, sí, estaba a punto de descubrir una cosa.

—¿Qué?

—Algo que llevo esperando desde que el grandullón te pintó un mechón rosa y le sonreíste. El sabor de la vida en tu boca. El de tu risa… El de tus enfados… El tuyo.

Al día siguiente me enteré de que Dana lo había llamado porque un agente musical se había puesto en contacto con ella después de ver el vídeo de Julien en su canal porque estaba interesado en representarlo. El principio de lo que sería el fin. Cualquier persona se habría emocionado y habría corrido a su lado para saber los detalles. A él no le importó. Prefirió quedarse a mi lado para que nos devorásemos mutuamente.

Y no le pedí que se detuviese. Volví a mi casa de día con los labios palpitando, rojos y casi tan hinchados como la ilusión que crecía en mi pecho. En aquel momento pensé que sería la noche más importante de nuestra vida. Tal vez lo fue. Épica porque pusimos un pie en el cielo gracias a nuestros labios. Épica porque sin saberlo también lo hicimos en el infierno. La hora de que el chico que vivía en las sonrisas ajenas brillase como una estrella.

La decadencia acababa de llamar a nuestra puerta, pero nosotros solo veíamos el amor.

PARTE II

LA DECADENCIA DE LA CIMA

CAPÍTULO 13

JULIEN

Con la resaca de los besos de Crysta sobre mi piel, llamé a Dana. No le presté demasiada atención cuando me narraba cómo subieron mi vídeo a YouTube y la repercusión que poco a poco este empezó a tener gracias a la gente que lo compartía en sus redes sociales.

Todos mis sentidos se activaron en ella al mencionar la palabra viral. Por lo visto, sus amigas no eran las únicas a las que les había gustado. Fue en ese punto cuando un supuesto agente se había puesto en contacto con ella a través de un mensaje privado y le había facilitado un número de teléfono al que llamar si estaba interesado en escuchar su oferta.

A medida que la conversación avanzaba comencé a ponerme nervioso. Si el tipo de voz ronca era un timador, era de los profesionales. No parecía que se tratase de un fraude o una trampa. No me pedía dinero, como había oído que algunos estafadores hacían para quedarse con todos los dólares que una persona estaba dispuesta a pagar para que sus sueños se hiciesen realidad.

La propuesta era sencilla. No adornó la realidad. Existían muchas caras bonitas que cantaban de manera aceptable, y los que no lo hacían podían ser retocados por ordenador. Lo importante era destacar. El reto estaba en transformarme en un

201

producto novedoso, no sustitutivo, y que el efecto permanaciese en el tiempo.

El agente, Sean, se definía así mismo como un tiburón para los negocios. Un visionario. Un jugador. Alguien dispuesto a arriesgarse por mí. Y fue su desmesurado interés en mi talento lo que me descolocó. Nunca aspiré a que una persona apostase por mí hasta que él colocó todas sus fichas en la mesa a mi nombre sin darme tiempo a valorar si realmente quería que la esencia que me definía me abandonase para impregnarlas.

No lo pensé. Sabía dibujar y, cuando alguien es capaz de recrear en tu mente el sueño más alucinante del mundo, te genera una ilusión, algo breve que nace dentro de ti y te empuja a continuar adelante por el nuevo sendero. De repente, la música deja de convertirse en ese momento divertido en el que te sumerges alguna tarde en el garaje de tu casa para presentarse en su glorioso esplendor y, buf, su imagen es nerviosa, potente, de las que hacen que te tiemblen las piernas, y cuando quieres darte cuenta estás de rodillas a sus pies, con un sueño que lo es todo. La expectativa de la fantasía de su significado que te engulle.

Así me lancé al desconocido mar con la firma de mis padres y la mía. No empecé siendo el rey del océano, sino un sencillo pececillo que aleteaba cada vez más arriba, descubriendo la claridad de esos rayos que no alcanzaban el fondo. Una partícula de nieve a la que soplan y que va adhiriendo hielo durante su avance hasta transformarse en un copo tangible, de los que se ven y no se intuyen.

Consiguió una actuación en Galaxy, un pub de Anchorage, una de las ciudades vecinas de Alaska. Es normal. Al ser vecino del estado allí empezó el reconocimiento, el pico más grande de esas visitas que se sumaban a un ritmo vertiginoso. El instante que más recuerdo de toda mi carrera, aunque haciendo un balance justo, ceñido a número de asistentes y dólares en la cuenta bancaria, posiblemente se tratase de mi mayor fracaso como cantante.

Todo fue nuevo esa noche, pero lo que más recuerdo son esos nervios afincados en mi estómago que me retorcían las tripas mientras esperaba sentado en el almacén de las bebidas. No era lo suficientemente glamuroso como para tener un camerino y el dueño colocó un par de sillas de plástico y una mesa en mitad de la estancia. Las manos me temblaban cuando saqué una Coca-Cola de las cajas que había a mi lado y sudaba sin parar.

No identifiqué que se trataba de inseguridad hasta que Jeremy abrió la puerta y apareció vestido del modo más elegante en el que lo había visto nunca. Llevaba unos pantalones de pinzas nuevos con los que no se atrevía a sentarse por que no se le arrugasen. También llevaba una camisa azul y una pajarita enorme.

No lo saludé con una de mis bromas habituales, porque tenía la garganta seca y el ruido que había llegado del otro lado, de la sala, me había dejado bloqueado. El grandullón se acercó a mi lado y se ajustó las gafas para mirarme fijamente.

—¿De qué tienes miedo? —Identificó el problema.

—¿Ha venido gente? —le contesté con ansiedad. Ese era el único temor. La soledad. Naufragar antes de haber sacado la cabeza del agua y sentir el aire golpeando la cara.

—Están Lucas, Crysta, muchos de tus compañeros, los amigos y la familia que ha invitado mamá… —enumeró con los dedos de la mano.

—¿Desconocidos? ¿Hay gente nueva? —Porque eso es lo que quería. Corrijo. Lo que en cierta manera necesitaba. Caras extrañas que no acudiesen por compromiso. El ingrediente básico para conseguir la realidad alternativa que Sean afirmaba que existía.

—Hay un par de grupos de chicas de aquí, se ríen mucho, nerviosas, y son muy raras. —Arrugó la nariz y bajó la voz como si no pudiese utilizar toda su capacidad para criticar y de ese modo no la contaminase—. Van a hacerse daño porque no paran de apretarse contra las vallas y hay sitio de sobra.

—Vamos, que va a ser penoso —refunfuñé con sarcasmo—. Diez personas como mucho que han acabado aquí por equivocación.

—Lo dices como si fuera algo malo… —dudó el grandullón.

—Lo es. ¿Has visto los conciertos? Van miles y yo no soy capaz de llenar una sala de mierda.

Pegué una patada a una de las cajas, frustrado, y mi hermano me agarró del brazo con ternura.

—¿Por qué te comparas? —Se puso serio.

—¿Acaso no es inevitable?

—Claro. Me lo has repetido mil veces. La envidia infecta las plantas y queremos crecer. Las cosas son como son y no como nos gustaría. Hay que aceptar la realidad, ¿no? —Me parafraseó y se quedó pensativo antes de añadir—: Puedes alegrarte de que diez personas hayan venido por ti o pasarlo mal porque a otro vayan a verlo mil. Con la primera serás feliz y con la segunda sufrirás y no merece la pena porque el resultado es el mismo cuando es algo en lo que tú no mandas.

Sin saberlo, Jeremy me dio el mejor consejo para un artista. El mundo del arte es confuso y no hay una fórmula mágica. Se trata de entrar en las personas, de rozar su interior, de colarte hasta que te transformas en un sentimiento, uno desconocido o el recuerdo del que ya habían experimentado. No hay mejores ni peores, solo productos que encajan en quien tienes enfrente o no. Es un universo en el que pones tu alma y, por ese motivo, aceptar que alguien te cierra la puerta es duro. Pero la solución no está en obsesionarte con aquellos que hacen lo mismo que tú, sacar sus defectos y dejar que te consuman los demonios por sus logros. Es luchar, evolucionar, pulirte y enseñar la mejor versión de ti mismo con la esperanza de que alguna vez te den la oportunidad. No es destruir el entorno, sino construirte a ti mismo.

No di importancia a sus palabras hasta tiempo después. Se perdieron en el momento en que Sean entró para anunciarme que tenía que actuar, me colgué la guitarra al hombro y recé por deshacer el camino que me separaba del escenario sin venirme abajo, huir por la salida de emergencia o vomitar. Sonreí a medida que avanzaba hacia la pequeña tarima con un taburete y focos en los laterales. La curvatura de labios no fue natural, solo la armadura para esconder el pánico que me azotaba y se incrementaba con las miradas de los conocidos, familiares y amigos, cuyas miradas se clavaban sobre mí.

Sé que no lo hacían adrede. Joder, estaban allí para apoyarme. Sin embargo, no podían evitarlo y por primera vez experimenté lo que habían tenido que soportar Crysta y Julien toda su vida. La pena. La lástima, y era… una putada que te corroe y hace que todo se reduzca al pensamiento que circula por sus mentes: «pobre, creía que iba a triunfar, a ser alguien, y estamos los de siempre». El ser humano y su extraña afición a acentuar los gestos en las derrotas en lugar de en las victorias.

Las primeras veces siempre son importantes. Las memorizas al dedillo. Te enseñan algo nuevo. Van directas al baúl de tu memoria, a los recuerdos que sabes que no se perderán por el paso del tiempo. Por eso es el concierto que reproduzco con más facilidad. Mis pies arrastrándose conforme subía sin mirar a nadie. Los dedos temblando cuando las luces se apagaron y el foco me cegó a la vez que quemaba. La sensación de que no sería capaz de cantar.

Entonces, cuando mi razonamiento lógico tomaba el control y despegaba los labios para anunciar que me piraba sin explicación, llegaron ellos. Lo hicieron de un modo tan escandaloso que no me quedó más remedio que detenerme a observarlos, a tratar de averiguar por qué coño todos se removían a la vez. Y he ahí mi señal. El golpe que todos necesitamos en nuestra bombilla cuando la luz está luchando por fundirse o volver a brillar.

¿Por qué canté esa noche y me convertí en el gran Julien Meadow? Por unas putas camisetas rosas con mi cara estampada en una de mis peores versiones y unas manos subiendo al unísono para recogerse el pelo en un moño. Los ojos comenzaron a escocerme ante la estampa, mi interior vibró y si no rompí a llorar fue porque me entró la risa al ver que mi madre repartía pelucas con moño para aquellos que tenían el cabello rapado y parecían samuráis.

Ver lo que tanta gente que me quería era capaz de hacer por mí provocó que el sonido de mi voz ascendiese por mi garganta. Las personas se pasan toda la vida buscando viajar a parajes paradisiacos, ver amaneceres jodidamente estremecedores, probar platos alucinantes y un largo etcétera para sentir. Cuando la gran verdad está a nuestro lado, compartiendo espacio vital, con roces de brazos, conversaciones insignificantes... y es que la inspiración no puede provenir de otra mano que no sea la de las personas. El ser humano y su grandeza.

Ellos consiguieron inspirarme y cuando empecé no pude parar. Versioné todas las canciones que tenía preparadas. Cada vez con más fuerza. Con más seguridad. Con más ganas. Con más adicción a esa tarima desde la que los mecheros brillando al ritmo de *All of me* me trasladaron a otra galaxia, la mía, la que podía crear cantando. Unos segundos mágicos en los que me di cuenta de que a veces, solo a veces, la vida puede ser más, que hay ocasiones en las que el oxígeno está compuesto de notas que inundan tus pulmones, saltos eufóricos con temas que lo requieren en los que parece que te mueves por primera vez y tu voz expulsa tu interior para que pasee por aquello que le está vetado, todo lo que eres, todo lo que quieres ser.

Disfruté como un crío con esa panda de locas sueltas en el mundo real con mi cara estampada y, cuando terminé, para poner la guinda perfecta al pastel, los dos grupos de chicas desconocidas me pidieron fotografías y parecían realmente contentas cuando acepté, sin saber que yo estaba mucho más emocionado que ellas. Y cuando volvía al almacén oí que una gritaba que nunca parase, que era bueno y mis versiones era lo que se ponía los días de mierda para que le pareciesen menos malos.

Regresé al lugar del que había salido cuarenta minutos antes con una actitud totalmente distinta. Crysta me esperaba con el sudor cayendo por su rostro, las mejillas rojas y una enorme sonrisa afincada en su rostro. Supongo que deseaba decirme algo para celebrarlo, pero la electricidad me recorría las venas y necesitaba impactar mis labios con los suyos con urgencia para explotar de un modo placentero en mil pedazos. Deshice el camino que nos separaba y ella se dejó hacer apretándome con fuerza, como si buscase el mismo efecto. No me extrañó. Siempre fue su mejor cualidad, vivir en los demás hasta el punto de alegrarse de la felicidad ajena como propia.

—Ya ha pasado. —Pegué mi frente a la suya e hice balance—. Y ha sido cojonudo experimentarlo una vez.

—¿Una vez? —susurró, con sus labios moviéndose sobre los míos.

—Es bastante evidente que jamás lograré robar los corazones de miles de fans en un estadio… —Sonreí porque entonces, ahí, con ella, me daba igual no llegar a la cima.

—Claro que no, Julien. —Se apartó y me miró con los cristales—. Nunca lo harás. —Se encogió de hombros y con la voz afónica de cantar pronunció la frase por la que ese concierto ha sido, es y será el más memorable de mi carrera—. Tú no eres de esos. Tú no le robas el corazón a la gente, tú les recuerdas que lo tienen.

No me quedó más remedio que volver a la carga. Y creí que eso era la fama. Tu entorno sacando la mejor versión de ti mismo por ti. Desconocidas pidiéndote que nunca pares de hacer lo que más te gusta. Acabar en un almacén besándote con tu chica sin ver el final. Creí que era… bonita. La libertad de las olas del mar. Luego conocí la verdad.

CAPÍTULO 14

JULIEN

1 año después

Todo fue una puta locura.

Las reproducciones continuaron aumentando y el directo que grabó Sean en el Galaxy alcanzó millones de visitas. Primero los periódicos digitales se hicieron eco de lo que llamaban el «fenómeno Meadow» y hacía que yo sintiese vértigo encerrado en mi habitación, con los seguidores y los mensajes subiendo como la espuma, con mis compañeros hablándome de manera distinta cuando nos encontrábamos en los pasillos del instituto, con mi figura creciendo mientras yo me sentía más pequeño, más asustado, aterrado por las expectativas y, a la vez, ansioso por continuar, por alcanzar aquello que cada vez estaba más cerca.

Luego, un día inesperado, mi cara salió en la televisión y, tal como el representante había vaticinado, una discográfica llamó a nuestra puerta. Orlando, que así se llamaba el productor, nos sugirió grabar un LP con siete temas para testar mi comerciabilidad, antes de arriesgarse a lanzar un disco, en el que habría un sencillo con Tiger, uno de los raperos de moda, y ver si funcionaba.

Mi madre se negó en rotundo a que fuera a Los Ángeles en mitad del curso para estudiar desde casa y así poder compaginar la grabación con los exámenes oficiales del último curso. Su vena peliculera sospechaba que se trataba de un negocio turbio de tráfico de órganos y que volvería de allí con una enorme cicatriz en el abdomen y sin uno de mis preciados riñones o que acabarían prostituyéndome con mujeres con fardos de billetes en los bolsillos y maridos con barrigas tan grandes que no se la veían al mear. Lo único que tuvo que hacer el de la discográfica para que lo mirase con mejores ojos fue pagarnos el billete de avión, mandarnos el *link* del hotel de lujo en el que nos alojaríamos y regalarle un bono del mejor *spa* de la ciudad para que ella no se estresase mientras trabajábamos.

Llegué a Los Ángeles a principios de junio, con la brisa del océano Pacífico evitando que me horrorizase por ese calor pegadizo tan diferente al que producía el sol de Alaska. Era domingo, los nervios me agarraban las tripas y quería empezar con buen pie allí por si las moscas, por si al final estaba más tiempo del previsto.

Me cargué la mochila al hombro y tomé un taxi hasta la zona sur de la colina que hay junto al distrito de Hollywood, la misma en la que está situado el cartel que se ha hecho famoso gracias al cine. Me decepcionó que hubiese gente capaz de anteponerlo a alguna de las maravillas mundiales. Luego ascendí por la carretera serpenteante y, en la cima, pude empatizar un poco más con ellos.

La panorámica desde el Observatorio Griffith era impresionante. Estaba atardeciendo. Las montañas con los picos blanquecinos servían de telón de fondo de ese escenario de teatro improvisado. Un par de palmeras se balanceaban a mi lado. En el centro, una extensión repleta de casas y vegetación en la que el blanco se fusionaba con el verde desembocaba en un núcleo de edificios altos, los más grandes que había visto en mi vida, tanto que, desde mi perspectiva, casi alcanzaban la cima de la cordillera. Un efecto óptico. El sol incidía de lado sobre las fachadas, inundando el lugar de reflejos dorados. No sería un mal sitio para establecerse, después de todo.

Tardamos dos meses en grabar el LP. Casi el mismo tiempo que necesité yo para mentalizarme de lo que me estaba ocurriendo y dejar de hacer fotografías furtivas a lo que me rodeaba o mirar a Tiger como si proviniese de otra galaxia. La carne estaba en el asador. Solía ser optimista, pero cuando el disco se puso a la venta creí que mi golpe de suerte había terminado. Una experiencia original para contar el resto de mi vida.

Se posicionó entre los primeros veinte de las listas de más de doce países. Más de 300.000 descargas del dúo en iTunes en 24 horas. Increíble, pero cierto. El universo se había vuelto loco y, por algún extraño fenómeno imposible de descifrar, ese desequilibrio mental generalizado provocaba que les gustase. Mucho. Tanto que Orlando se ofreció para producir mi primer disco con el LP apenas abriéndose paso en el mercado. Temí que me diese un infarto o cagarme encima. Una cosa es fantasear con llegar a la cima y otra, verla a través de la montaña que asciendes. Te falta el aire.

Acepté y debí de parecer gilipollas mientras lo hacía porque me fallaba la voz.

Poco o nada tuve que ver con las decisiones en el disco. Me limitaba a escuchar consejos u órdenes disfrazadas de sugerencias y asentir. Sospecho que habría firmado cualquier cosa. Cuando algo tan grande se presenta delante de ti necesitas un paréntesis para asumirlo, y el tiempo es algo que escasea en este mundo. Habría aceptado salir en tutú en la portada si me lo hubieran pedido, y mi madre, que asumió el rol de representante después de que Sean me cediese a la discográfica por un buen pellizco, lo habría cosido con sus propias manos por uno de esos masajes a los que se había vuelto adicta.

Siguieron meses de estrés, nervios, jornadas de trabajo y noches sin dormir con el monstruo de «¿Qué pasará si todo sale mal?» debajo de la cama. Triunfar cantando, vivir de ello, nunca había sido mi prioridad, pero una vez que lo tenía tan cerca me obsesionaba el hecho de no conseguirlo.

Por lo menos mi número de amigos aumentó considerablemente. Mi móvil no paraba de sonar. A todas horas. Un sonido inquietante que aprendí a detestar. Me escribía incluso gente a la que no recordaba haberle dado mi teléfono. Todos tenían algo que decirme. Por no hablar de esas redes sociales que no conocía y a las que poco a poco me fui aficionando después de que me sugiriesen (orden otra vez) que crease perfiles en ella. Era inspirador que desconocidos me escribiesen para halagarme de un modo que hizo que mi ego se disparase por las nubes.

Y allí estaba. Acababa de grabar el videoclip de «La vida nos jode a todos» con Tiger. Era mi tema más conocido y debía estar dentro del álbum, sobre todo desde que lo habían seleccionado como banda sonora para una película. Me imaginaba viajando por todo el mundo para conseguir los mejores escenarios o asistiendo al rodaje. Muy alejado de la realidad. Estuvimos un par de días enclaustrados en un estudio con una enorme pared de croma verde al fondo cantando en *playback*, siguiendo indicaciones para cambiar la energía, la pose y el modo en que nos mirábamos. Los lugares paradisiacos e imágenes del filme los veríamos igual que el público, en una pantalla.

Me desmaquillé en mi camerino. Debía de estar cansado, pero toda la adrenalina que recorría mi cuerpo mitigaba su efecto.

Tiger entró sin llamar. La barba rasurada con una fina línea como bigote por encima de los labios gruesos otorgaba un tono más oscuro a su rostro que su piel canela y tenía el pelo rapado teñido de un rubio blanquecino. Era excéntrico vistiendo. Llevaba unos vaqueros, una camiseta negra con rosarios colgando por encima, dilataciones en ambas orejas, un sombrero blanco y todo el cuerpo repleto de tatuajes, con lo que parecía un rostro femenino envuelto en unas alas que se cerraban sobresaliendo por el cuello. Se apoyó en el tocador y comenzó a liarse un cigarro.

—¿Te lo vas a encender? —pregunté cuando se lo llevó a los labios.

—A no ser que hagas una de las cosas que más odio y me lo gorronees, sí. —Sacó el mechero.

—Con el temor de que el espíritu de mi madre me haya poseído, debo recordarte que está prohibido. —Señalé el enorme cartel y él se rio. El *piercing* que llevaba entre ambas paletas delanteras brilló.

—Ahora que vas a sacar tu primer disco y soy algo así como tu hermano mayor en este mundillo, hay una cosa que debo revelarte.

—¿Qué? —Me incorporé. Observé mi reflejo en el espejo y me horroricé. Tenía una línea negra difuminada debajo del ojo. Me habían puesto rímel. Saqué con rapidez una toallita y me froté con fuerza para que desapareciese.

—Has escalado un nivel. Pasa de las leyes menores. Estás por encima. —Se encendió el pitillo y utilizó una lata de Coca-Cola que la maquilladora se había dejado como cenicero.

—¡Eso es una gilipollez! —Sonreí por su ocurrencia.

—Yo no pongo las normas, blanquito. Solo te cuento lo que hay. Si son capaces de salvarnos el trasero por temas más gordos, esto es un detalle insignificante por el que no merece la pena ni preocuparse.

—¿Sugieres que tenemos carta blanca en los delitos?

—Más o menos. —Se encogió de hombros y no supe si me estaba vacilando o lo que me contaba era cierto—. Lo que no quiere decir que no termines siendo el juguete sexual de cualquier pandillero en la cárcel si te tomas la justicia por tu mano y decides cargarte al mazado que te robó la chica con quince años. He oído que los rubios naturales los vuelven locos.

—Tendrán que buscarse a otro. A mí nunca me han robado una chica. —Le guiñé un ojo con suficiencia.

Tiger levantó la barbilla y se dedicó a hacer esferas perfectas con el humo. Una parte de mí no podía quitarle el ojo a la alarma, esperando que comenzase a sonar de un momento a otro. No lo hizo. Me ofreció el cigarro y negué con la cabeza.

—Los chicos del equipo van a ir a un club en el que ofrecen cervezas más frías que el corazón helado de mi ex, ¿te apuntas? —ofreció.

Pasé de recordarle el tema de que era menor de edad. Intuía que mi carnet iba a permanecer resguardado en mi bolsillo toda la noche si me marchaba con ellos. Me atraía la idea de ir a un local que seguramente sería la hostia, con famosos, pero tenía algo que hacer.

—Me temo que me voy a rajar.

—No lo has comprendido, ¿verdad? —Enarcó una ceja.

—¿Me iluminas, hermano mayor? —Si meses antes, cuando parecía una adolescente en celo cada vez que Tiger abría la boca, alguien me hubiese dicho que alcanzaríamos ese grado de confianza no lo habría creído.

—Hasta donde yo sé eres la mejor excusa que tienen para mojar.

—Pasé de largo la cláusula del contrato donde se me exigía ayudarlos a pillar... —Fruncí el ceño.

—Las personas que rodean a una estrella son buitres carroñeros. —Apagó el cigarro—. Blanquito, tienes una barra libre de coños. Vayas a donde vayas, decenas de piernas se abrirán con un simple chasquido de tus dedos y seleccionarás qué tipo de agujero o agujeros te apetece, con una gama de todos los colores, pelo y tamaño. —¿Eran ciertos todos los mitos?—. Comerás hasta saciarte y ellos esperarán impacientes los restos.

Saqué el móvil, busqué una fotografía y se la enseñé.

—Tendrán que buscarse a otro. Una maravillosa mudanza me espera en el apartamento. —En la imagen salía Lucas rodeado de cajas con las cosas que le había pedido que empaquetase para traerlas a Los Ángeles. Se mudaba, lo hacía después del último curso que habíamos pasado separados. Omití mi respuesta a su mensaje con una fotografía mía mandándole un beso y la suya posterior enseñando su dedo corazón erguido—. Por no hablar de que hay una persona a la que no le haría ninguna gracia... —Abrí la galería hasta localizar a Crysta.

—¿Es tu chica? —Me arrebató el móvil y la observó con curiosidad.

Dudaba que le gustase que la llamase así. No le iba demasiado todo el rollo ese de la propiedad como si se tratase de ganado. ¿Qué éramos? Todavía no habíamos puesto etiqueta a un sentimiento que parecía tener nombre propio. Llevaba todos esos meses hablando con ella por un ordenador al que había aprendido a odiar gracias a que me mostraba lo que más deseaba como si fuera un espejismo que no podía rozar.

—Es la chica —maticé—. Cuando está feliz es adorable, pero cuando se enfada aterroriza a Lucifer. Prefiero no enfrentarme al par de ovarios que tiene tan bien puestos por una barra libre en la que voy a ser abstemio.

Tiger se quedó unos segundos en silencio jugueteando con la cruz de su rosario.

—Negaré que estas palabras hayan salido de mi boca y ya te adelanto que en cuanto nos marchemos voy a insistirte, burlarme cuando te niegues e insultarte de un modo original en la despedida…

—Tu declaración de intenciones me ha robado el corazón. Eres puro amor —ironicé.

—No me hagas caso. No los pierdas. No la pierdas. —Me miró serio por primera vez—. Este mundo es falso, está repleto de ilusiones, mentiras y celos. Te distorsiona hasta que tú mismo desapareces. Necesitas a la gente real, a la de antes, a la que te recordará quién eres. La fama te lo da y te lo arrebata todo. —Se puso de pie—. No menosprecies la realidad por unos focos que hacen que lo que te rodea brille. Intentarán convencerte de lo contrario y fingirán que es por tu bien, cuando en el fondo lo único que no soportarán es que no estés tan podrido como ellos, que tengas lo único que el dinero no puede comprar.

—¿Qué?

—Las personas. No las que te rodean cuando todo va bien, sino las que se quedan cuando las cartas de una partida son una mierda.

—Eso es menospreciar mi inteligencia —puntualicé—. No soy tan fácil de engañar…

—No vayas por ese camino…

—¿Cuál?

—El de la superioridad moral, como los que se meten una raya mirando por encima del hombro a los que están enganchados, pensando que ellos son mejores, y luego acaban debajo de un puente pinchándose con una goma que les aprisiona el brazo. La fama es la droga más adictiva que existe.

—¿Por qué?

—Porque te hace creer que eres Dios y, una vez que te sientes el puto creador del universo, no te interesa que te recuerden tu estatus como un ser humano más. —Me puso una mano en el hombro—. Y ahí, amigo, distinguir a las alimañas es complicado, sobre todo cuando ellas están alimentando tu mito, reafirmando la posición que crees que has alcanzado, mientras te desangran lentamente. Te dejarán hacerlo todo. Incluso lanzarte al vacío si te empeñas en afirmar que sabes volar. Y en ese momento necesitarás verdaderos amigos que te detengan y te zarandeen hasta que aceptes que no tienes alas, por mucho que eso te moleste.

Salimos y se produjo todo lo que Tiger había vaticinado. El equipo de músicos trató de convencerme de todas las maneras posibles de que los acompañase y, cuando vieron que no había manera, me dedicaron algunos insultos exquisitos.

Regresé al apartamento dándole vueltas a lo que el rapero me había dicho. ¿Qué era la fama? ¿Podría cambiarme hasta tal punto? Tenía personalidad. ¿Acaso no la tenían todos los que habían estado en mi misma posición antes que yo y habían acabado distorsionándose?

Todo me parecía bueno. No le veía ningún defecto. Dinero. Reconocimiento. Aceptación. Realización personal. Los cantantes con éxito parecían muy felices cuando salían en la televisión en entrevistas. ¿Sería todo fingido? ¿Se trataba de un papel? ¿De verdad lo creían cuando en el fondo eran unos desgraciados?

La cabeza iba a estallarme. Las cosas paso a paso. Primero el uno, luego el dos y así todos los números en cadena. Los casos aislados no suponían un patrón. Cada persona era un mundo y de sus decisiones dependía su existencia. Si dos profesores, funcionarios o médicos no tenían que parecerse, eso mismo se podía aplicar a las personas del mundo del espectáculo.

Llegué a la playa de Venice. Nada más poner un pie en ese territorio tan familiar me invadió el olor a pintura, el sonido de la música, los adivinos y las personas disfrazadas. Olvidé el tema y me deleité con lo que tenía enfrente.

Se trataba de una zona de la ciudad con un ambiente bohemio, repleta de galerías de arte, grafitis en las paredes, tiendas con fachadas coloridas, pistas de patinaje, artistas callejeros, plaza de *skate* y pistas de balonmano y voleibol, todo frente al océano. Podría enumerar un millón de razones por las que elegí ese barrio cuando la productora se ofreció a pagarme el apartamento, pero la realidad es que solo influyó una.

Ese barrio era ella. Arte. Una enorme construcción en la que los pinceles volaban con total libertad para inundar la ciudad de diferentes tonalidades. Inspirador. La clase de sitio en el que Crysta se sentiría en el paraíso. No encontré un argumento más convincente que ese.

De camino a casa me detuve a ver a un grupo de chicos practicando *break dance*. Estaban en el centro de la calle con un anfiteatro sobre el asfalto compuesto por su público improvisado. Realizaban unas piruetas imposibles y la gente contenía el aliento cuando se contorsionaban de tal modo que parecía que se iban a romper alguna articulación. Los aplausos fueron atronadores cuando terminaron y pasaron una gorra para recoger las monedas que los viandantes les daban por su espectáculo. Me pregunté cómo sería emocionar a una multitud haciendo algo que para ti era sencillo, natural, regalar una parte de tu esencia.

Con ese pensamiento llegué al apartamento. Oí ruido en la cocina y fui directo. Era un espacio abierto a través de una barra americana amarilla que daba al moderno salón. Lucas colocaba el taburete de madera oscurecida para dirigirse a mi encuentro. No sé qué me sorprendió más, si el pañuelo rojo que llevaba en la cabeza para no sudar en la mudanza o el hecho de que se abalanzase sobre mí.

Mi mejor amigo no era efusivo y tenía el cariño justo para pasar el día. Por eso, cuando se lanzó en mi dirección me temí lo peor y, mentalmente, repasé qué narices podía haber hecho para conseguir esa reacción. Puede que dejarlo solo con el marrón del camión de la mudanza el primer día que llegaba a Los Ángeles no hubiera sido buena idea, aunque no hubiera tenido elección. La productora era como una gran agenda que organizaba mis horarios.

—En la cara no —apunté al ver que levantaba los brazos por si había decidido que había llegado el día de cruzármela—. Tenemos entrevistas y la maquilladora es capaz de inyectarme bótox para disimular el ojo pipa en las fotos de las revistas.

Coloqué el antebrazo como escudo y Lucas lo apartó para darme un abrazo. Barajé la posibilidad de que le hubieran practicado una lobotomía o si realmente me había echado de menos durante todo ese tiempo.

—Te quedaste un poco corto cuando me dijiste que te sobraba una habitación y me la cedías. ¡Me siento una princesa de Disney cuando le enseñan su palacio! —Se separó y enarqué una ceja al percatarme de que se había referido a sí mismo en femenino—. Ya sabes lo que quiero decir… —Me dio un codazo—. Me esperaba una alacena como la de Harry Potter y me encuentro con un cuarto con vistas al mar.

—Por el paseo hay mucho tío sudoroso. Aprovecharás más las vistas que yo. —Le guiñé un ojo.

Lucas había conseguido una beca deportiva en la Universidad de California (en Los Ángeles) para estudiar Administración y Dirección de Empresas. Unos diez mil dólares que le servían para la matrícula y poco más. La productora me pagaba el apartamento y tenía tres habitaciones, dos libres. Ofrecerle una había sido mecánico. No era algo altruista y, egoístamente, la razón no era facilitarle los estudios, sino que tenía una nueva etapa por delante que no sabía si podría gestionar y lo necesitaba a mi lado.

—Podrías sacar un buen pellizco alquilándola —apuntó con un cierto temor a que fuese víctima de la caridad, sin darse cuenta de que el favor era mutuo.

—¿Y prolongar la estancia de mi madre? Necesito un compañero. Ya.

Mi madre se había mudado conmigo para que no estuviese solo. Sin embargo, había sentido la llamada. La señal de que había llegado el momento de despegar las alas, independizarse y aprender a base de golpes a realizar todo lo que hasta ahora nos venía dado. Aprender el precio de los alimentos al comprar en un supermercado, comer con más cuidado después de experimentar la tortura de tratar de quitar una mancha de tomate reseco y poder tomar unos cereales en pelotas en la cocina. Bueno, tal vez esto último no. No creía que a Lucas le apasionase sentarse donde minutos antes había estado mi trasero desnudo, por muy glorioso que fuese este.

—Por lo menos déjame que pague algo —insistió.

—Tus precios son unos bonitos titulares sobre lo maravilloso que soy cuando la prensa te pregunte —repuse. Además no sabía cuánto costaba el alquiler. A mí me salía gratis.

—Estuvieron en Ketchikan. —Antes de que se lo pidiese abrió la nevera y me lanzó una botella de agua que atrapé al vuelo. Estaba seco. Era un chico del norte y el calor de esa parte del país me estaba matando.

—¿Quién? —Le di un trago y me retiré el pelo para atrás. Tenía la frente empapada de sudor.

—Los periodistas.

—¿Qué querían saber?

—Los datos más importantes de tu biografía, como tu color favorito, el plato que más te gustaba, anécdotas... —Puso los ojos en blanco.

—Le contarías alguna que me dejase en buen lugar... —Traté de ocultar lo extraño que me parecía que alguien se desplazase hasta allí solo para saber más cosas de mí.

—No hablé con ellos. —Se cruzó de brazos a la altura del pecho—. La relación que tenemos es nuestra y de nadie más.

—Lo que pasa es que no tenías ni idea de las respuestas... —bromeé—. Dime que por lo menos hizo buen tiempo y pudieron darse un baño antes de irse con las manos vacías.

—Qué va...

—¿Tormentas de verano?

—Grabadoras repletas de testimonios. ¿Recuerdas cierta vez que nos expulsaron por congelar las escaleras? —asentí—. Pues por lo visto a todo el claustro de profesores les hizo mucha gracia, o al menos eso oí que les decía el director. Julien el travieso, te llamó.

—O la memoria me falla o ese día me llamó destructor.

—Eres la nueva eminencia del instituto. Había que edulcorarlo. —No parecía celoso, sino indignado porque las personas hubiesen enganchado los micrófonos sin consultarme antes si deseaba que todo el mundo fuese partícipe de mi intimidad—. ¿Sabes lo más fuerte? —No me dejó contestar—. Todo el mundo se ha subido al carro. Hasta Josh. Ahora dice que eráis muy buenos amigos.

Eso sí que me pilló por sorpresa.

—¿En vez de insultarnos y quedarnos siempre a un paso de cruzarnos la cara nos duchábamos juntos para celebrar sus victorias? —Sea lo que sea lo que había contado, era mentira.

—Ni idea. Tuve que largarme al oír tanta falsedad por si se me pegaba por osmosis.

Sonreí. Ese era mi amigo. El único que realmente me conocía y podía revelar al resto del mundo quién era, con secretos que incluso yo todavía no sabía y observaba desde fuera, y mantenía los labios sellados.

—¿Sabes qué? —Dejé la botella sobre la encimera y Lucas se apresuró a recogerla, rellenarla de agua del grifo y meterla en la nevera. Los primeros síntomas de que era un pelín demasiado adicto al orden.

—¿Que la entrevista de Josh será la primera novela de ficción que leeremos en el piso?

—Él ya ha tenido los únicos cinco segundos de gloria que le vamos a permitir en nuestra casa. —Negué con la cabeza—. Hay una cosa que tengo que enseñarte del apartamento.

—¿Hay más?

—Lo mejor.

—Joder, te lo estás currando para generarme impotencia. No sé cómo voy a poder agradecértelo. —Suspiró.

—No es necesario, aunque mi nombre escrito con luces de neón en tu futura empresa no quedaría mal... —me mofé antes de emprender el camino.

Salimos del apartamento y fuimos a la escalera de emergencia que había en un lateral. Los ojos de mi amigo se abrieron cuando, en lugar de bajar, subimos a la azotea. Era grande, con una caseta en medio que no sabía qué albergaba y un muro a su alrededor. Nuestro edificio no era lo suficientemente alto como para tener una panorámica de toda la ciudad, lo que no quería decir que los atardeceres con la bahía enfrente no fuesen acojonantes.

—¡Mi madre! —exclamó con un sonido sordo, tan ensimismado con lo que tenía delante que no se percató de la presencia del grandullón sentado en una silla plegable.

—Antes de que te emociones y tu mente calenturienta empiece a trabajar, es de la comunidad, así que nada de subirte a los ligues si no quieres que te pillen... —Moví las caderas hacia delante y hacia atrás y, por la mirada que me echó, supe que no le hacía ni puta gracia.

Fui al lado del grandullón y me recosté en el bordillo apoyando la espalda en la pared. El móvil de mi amigo sonó, anunciando una llamada de su madre. No sé cuántas habría tenido ese día, pero se apartó para hablar con ella refunfuñando cuándo le dejaría en paz.

—¿Por qué no te has ido a cenar con papá y mamá? Han reservado en un sitio en el que hay todos los tipos de queso del mundo.

Jeremy estaba serio. No era ningún secreto que no le apasionaba Los Ángeles. En una ciudad tan grande no tenía la libertad de salir solo a la calle. Podía perderse y no conocíamos a los vecinos, como en Alaska. Los peligros se multiplicaban por mil. Esa azotea era su rincón de aire «fresco».

—No aguantaba más con ellos. No paran de discutir.

Las broncas eran constantes desde el reencuentro. Mi madre, esa mujer que enarbolaba un puño al aire fardando orgullosa de todas las gangas que había conseguido en los rastrillos, se había acostumbrado con facilidad a las marcas y quería llevar a mi padre al lado oscuro. Este se resistía y ella insistía una y otra vez en matizarle que, dado mi estatus, no podía seguir pareciendo un pueblerino, un granjero que pisaba por primera vez la gran ciudad.

—Han estado unos meses separados. Ya verás como todo será como siempre cuando regreséis a Alaska —aseguré. No me imaginaba a mi madre con ese absurdo bolso de más de trescientos pavos que se había comprado yendo a su partida de póquer de los miércoles con las amigas.

—Eso espero... —No parecía del todo convencido. Cambié de conversación para animarlo.

—¿Sabes lo que se me acaba de antojar? Queso, en cantidades enfermizas.

—Es un poco tarde para ir con ellos. Estarán con el postre.

—¿Quién te ha dicho que tengamos que movernos? —Levanté las cejas un par de veces con un gesto que pretendía ser gracioso. Mi siguiente opción era bajar a por la guitarra, hacerme el moño y tocar tirando cosas como en el garaje. No me hizo falta. Hablar de comida le cambió el ánimo.

—¿Lo traen a domicilio?

—¿Qué te pensabas, que en Los Ángeles todo era malo? Hoy va a ser un día especial, el primero que digas «no puedo más». Pienso pedir de todas clases hasta que lo aborrezcas.

—¿Incluso el que huele a pies y a ti te da tanto asco?

—Ese solo si cambias la cara —lo reté, y Jeremy sonrió.

Recordé en ese instante una cosa y saqué el móvil. Me habían mandado algunas fotografías del rodaje del videoclip y pensé que podría interesarle verlas, para que la conversación fuese en otra dirección.

—¿Quieres ver algo realmente increíble? —Le tendí el teléfono y él fue pasando las imágenes una tras otra con la curiosidad pintada en el rostro. Se detuvo y abrió mucho los ojos colocándose las gafas—. ¿Qué ocurre? —La amplió con la yema de los dedos y señaló a uno de los trabajadores. Se trataba de Leo, un chico con síndrome de Down que ayudaba en las labores mecánicas de administración.

—Él... Él... —balbuceó—. ¿Él trabaja?

—¡Claro! El equipo no podría sobrevivir sin su ayuda —aprecié—. Es el mejor.

Tragó saliva y se frotó las manos.

—¿Crees que yo también podré? —se atrevió a preguntar.

—Deja que mañana hable con mi productor... —Dudé. Si era el deseo de Jeremy, lo pondría como condición.

—No quiero hacer lo mismo que él. Aquí hace demasiado calor y mamá sufriría mucho si los dos nos vamos. —Se disculpó—. Encontrar algo en Alaska que me guste. Dejar de depender.

—Estoy convencido de ello —asentí, y él me creyó a ciegas, tal como hacía siempre. Me percaté de que el pecho se le hinchaba de un modo distinto. Acababa de tomar una decisión. La granja se le quedaba pequeña y había visto que existía un mundo más amplio donde podría tener cabida. Un ejemplo que imitar.

Debí dejar el móvil. Sin embargo, la parte superior de la pantalla estaba repleta de avisos de las redes y caí en la tentación. Leí por encima los comentarios buenos y, para qué lo vamos a negar, me detuve especialmente en los pocos que ya se metían conmigo. Nunca entenderé por qué me afectaba más uno destructivo que decenas de positivos, como si fuesen más reales. Verdad.

—¿Por qué te pones triste? —me preguntó.

—Hay gente que tiene mucho tiempo libre, no ha descubierto el placer de tocarse y decide emplearlo metiéndose conmigo —refunfuñé al encontrarme con él. Entre todos había uno que era más «insistente». Un puto pesado que salía en la foto con una gorra de color verde que impedía que le viese la cara y se creaba perfiles falsos al ritmo que yo lo bloqueaba.

—Puedo solucionarlo —se ofreció.

—No es necesario que te rebajes a su altura...

—Déjame que te defienda. Soy tu hermano mayor —repuso con seriedad, y acabé cediendo sin tener muy claro qué haría—. Es fácil ganarles. Vencer al poder del móvil. Solo tienes que apagarlo.

—Pulsó el botón y, de nuevo, me di cuenta de que a su lado los problemas eran más pequeños. Él tenía esa capacidad.

Lucas regresó al rato gruñendo un «y yo a ti» antes de colgar. Estuvimos cenando y hablando en la azotea hasta la una de la madrugada. Mi amigo durmió por primera vez en su habitación y Jeremy y yo compartimos cama, ya que mis padres ocupaban la tercera estancia.

El grandullón se abrió de piernas y brazos todo lo ancho que era y me dejó un hueco microscópico en uno de los laterales de la cama de matrimonio. Eso por no hablar de sus ronquidos. Un tractor a su lado tenía un motor silencioso. No me dejó dormir ni a mí ni a los habitantes de los bloques aledaños, cuyas ventanas abiertas estaban lo suficientemente cerca como para que el sonido se colase.

Sufrí insomnio y lo habría hecho aunque él no estuviese a mi lado. Fue poner el despertador a las seis de la mañana y todas mis terminaciones nerviosas se activaron. Crysta llegaba al día siguiente y se produciría el reencuentro que llevaba esperando desde que me despedí de ella, giramos la calle con el coche de mi padre y dejé de verla.

Tenía miedo de que nuestra hoguera se hubiese apagado poco a poco, que los troncos que un día fueron llamas enormes se hubiesen transformado primero en ascuas y luego en ceniza. El pensamiento desapareció de mi cabeza cuando llegué al aeropuerto y el mero hecho de ver el letrero que anunciaba que su vuelo había aterrizado me puso la piel de gallina. Saber que ella estaba a pocos metros era suficiente para que respirase con más fuerza buscando su olor en el viento.

Los familiares y amigos de los pasajeros se agolpaban en la puerta de salida. Me situé en uno de los laterales y miré fijamente la puerta corredera esperando impaciente a que se moviese hacia un lado y me regalase de nuevo su imagen.

Noté que una mano tiraba de mi brazo.

—¡Eres tú! —Me topé con una chica rubia que abrió mucho los ojos. Tenía unos doce años y llevaba una coleta que se movía a ambos lados al andar.–Supongo… –Dudé por si me había confundido con alguien.

–¡Julien! –Pegó un grito y comenzó a saltar mientras se tapaba la boca– ¡Ay, Dios mío! ¡Ay, Dios mío! ¡Ay, Dios mío! –Las personas que estaban allí nos miraron con atención–. ¿Puedo hacerte una foto? –Antes de que le contestase se colocó a mi lado, desenfundó su móvil y disparó cuatro o cinco selfies en los que, creo, tuve que salir bizco–. ¡Lyn se va a morir cuando se lo cuente! ¿Puedo llamarla y le dices hola?

–Sí… –balbuceé. No sabía cómo reaccionar ante una situación así. Era virgen en la fama.

Marcó un número sin separarse de mi lado.

–No vas a adivinar con quién estoy. Es muy fuerte tía. ¡¡¡Julien Meadow!!! ¡El cantante! –Anunció a la persona que estaba al otro lado–. ¡Que sí! –Debió de decirle algo–. Te lo paso.

Agarré el teléfono que me tendió. ¿Qué decirle a una desconocida? Ni siquiera sabía su nombre y estaba tan atacado por la inminente presencia de Crysta que mis recursos eran limitados.

–Hola. –No tuve que hacer nada más. Su chillido casi me deja sordo. Aparté el móvil disimuladamente con delicadeza para no ofender a la chica y ella me quitó de nuevo el aparato.

–¿Lo ves? –Me miró y suspiró mientras decía con sus ojos clavados en los míos–: Te quiero. –Allí estaba. Le había salido solo. Con todo el esfuerzo que me había costado a mí pronunciarlas por primera vez delante del grandullón. Esperaba una respuesta. No quería defraudarla y, a la vez, tampoco salía de mí mentir.

–No te conozco… –La decepción se dibujó en su rostro. ¿Qué hacían los cantantes? Nunca había sido seguidor de uno hasta ese punto y desconocía lo que podía sentir la chica. Me tenía que limitar a lo que tenía delante y, por imposible que pareciese, daba la sensación de que una palabra mía podría hacer que ese día fuese uno de los más memorables de su vida o un fracaso absoluto. Mi vena seductora me rescató–. Pero estoy seguro de que si lo hiciera te querría. –Sonreí para que el efecto fuese más devastador.

—¿Lo has escuchado, Lyn? ¡Ha dicho que me querría! ¡Julien ha dicho que…!

Su voz se perdió entre el ruido del aeropuerto. Los pasajeros habían comenzado a salir. En cuanto sus ojos como cristales se clavaron en los míos empaticé con la chica que tenía al lado y fui yo el que deseé comenzar a dar saltitos ridículos y gritar. Mantuve la compostura. Eso sí, la cara de gilipollas y la sonrisa boba que se me dibujó en ella no me la quita nadie, por mucho que me pese.

Tenía el cabello más claro y eso le otorgaba un halo de luz que la hacía destacar. Sobresalía. Al menos para mí. Todas las dudas se disiparon al verla tirar de la maleta con Dana pisándole los talones con tres bolsas. Me apetecía besarla y estrecharla entre mis brazos más de lo humanamente posible, de lo razonable, de lo que había querido nunca.

Verla de nuevo fue como un maremoto, un ciclón, un terremoto de una escala capaz de destrozar el mundo. Llevaba unos vaqueros desgastados con sus eternas botas y una camiseta blanca que dejaba uno de sus hombros al aire; tenía la piel canela. Parecía distinta, más feliz, sin ese peso que le había robado la sonrisa durante tantos años. Un duende travieso que había regresado.

—¿Has estado en Ketchikan o me has engañado y te has marchado de viaje a Hawái sin mí? —Hice un mohín y cambié el peso de un pie a otro para que no notase los nervios y la impaciencia de tirar de su mano hasta que nuestros cuerpos se acoplaran.

—La playa, que me trae muy buenos recuerdos… —murmuró, juguetona, antes de que la comisura de sus labios me mostrase la sonrisa más perfecta que recuerdo.

—Estás llena de pecas. —Alargué la mano y le rocé con la yema de los dedos la punta de la nariz para descender por ese camino de marcas marrones. Detuve el movimiento con la mano en su mentón, acariciándole la mejilla. La piel se le puso de gallina y noté un pinchazo en el pecho al saber que ese era el efecto que tenía en ella.

—No puedes hacer eso. —Su pecho subía y bajaba con fuerza—. Ahora eres un cantante famoso. En público tiene que parecer que estás disponible. Hay una ley mundialmente conocida que dice que pierdes ventas cada vez que estás con una chica. —Se aproximó.

—¿Cuántos discos por esto? —Coloqué mi mano libre en su cintura—. ¿Cien?

—Alguno más… —ronroneó mordiéndose el labio.

—Se puede asumir. —Apoyé mi frente contra la suya hasta que ambos tomamos el aire que salía a través de la respiración agitada del otro—. ¿Y por esto?

—Olvídate del disco de diamante. —Entreabrió los labios.

—Pues tendré que ser jodidamente bueno y superar las perspectivas de mi productor o soportar sobre mi conciencia haberlos arruinado.

—¿Y eso?

—Porque voy a besarte. —Imité su declaración en la playa. Se tensó y levantó la mirada.

—Tranquilo, eso solo serán mil menos.

—Una vez. Y otra… Y otra… Y otra… —susurré con ardor.

Mi cuerpo se estremeció con una necesidad dolorosa. Rodeé con las manos su cintura y tiré de ella con suavidad antes de estampar mis labios con los suyos. Fue un beso hambriento, en el que nuestras lenguas se reencontraron y saboreé de nuevo su aliento dulce. Nos ardía la boca y las ganas de devorarnos.

Sus dedos viajaron por mi espalda hasta enredarse en el pelo de mi nuca. Empujó con desesperación mi cabeza para que la separación fuese menor, los dientes chocaron y era tal la potencia que incluso dolía, un dolor placentero que no me importaba que fuese mi tortura eterna. Salvaje.

Nos separamos después de un beso que nos había sabido a poco, como si tan solo hubiese pasado un segundo, y que debía de haber durado más tiempo al ver que el tumulto de gente se había dispersado y que Dana nos observaba apoyada en una columna con los ojos en blanco.

—Has destruido mi carrera, duende. —Sonreí con los ojos cerrados, para que todos mis sentidos se tomasen el tiempo necesario para guardar en mi memoria los detalles de nuestro reencuentro—. Espero que sepas compensarme. —Noté que sus labios se curvaban sobre los míos.

—Vámonos a mi nueva casa y prometo esforzarme. He dedicado meses a profundizar en mi imaginación. —La invitación que contenían sus palabras o que mi recién activado cerebro de la entrepierna intuía hizo que separarme fuese más complicado. Debía hacerlo. Ver su reacción era una necesidad.

—Solo hay un problema. No es allí donde vas a ir exactamente. —Miré a Dana, que me tendió una de las maletas de mano mientras susurraba «me debes una». Crysta miró a su amiga en busca de una respuesta a lo que estaba pasando y esta se encogió de hombros.

—¿Adónde vamos?

—¿Alguna vez te has tumbado en las estrellas?

CAPÍTULO 15

CRYSTA

M e llevé una mano a la boca. No podía creérmelo.

—¡Te has sacado el carnet de conducir!

Julien abrió el maletero del Toyota Corolla blanco y metió la maleta que Dana había preparado para mí. ¿Qué tramarían esos dos? A mi amiga había tenido que costarle mucho esfuerzo no desvelármelo, los secretos le quemaban la garganta y tenía que expulsarlos para no arder por combustión espontánea.

—Era hora de abolir la esclavitud y dejarte libre como chófer. —Lo cerró con un golpe seco—. Además, yo también he ahondado en mi imaginación estos meses, y puestos a abusar de ti prefiero de otros modos.

Algo se retorció en mi interior, en la parte baja de mi abdomen y sobre mi pecho, una mezcla dulce y salada, de excitación y sentimiento. Estaba irresistible. El sol de California había tostado su piel y, gracias al efecto, su cabello recortado parecía más claro y el pendiente que llevaba en la oreja relucía. Una fina capa de barba cubría su mentón y enmarcaba esos labios que, después de lo que podían hacer, no podía calificar de otro modo: pecaminosos. Y sus ojos, qué decir de ellos, incluso eclipsaban a ese cuerpo tallado por el mejor escultor que se podía ver más que intuir con sus pantalones vaqueros rotos por las rodillas y la camiseta de manga corta gris oscuro con un pico en la parte delantera que mostraba el camino en el que se iniciaba su pecho.

Me subí al asiento del copiloto y él ocupó su lugar al mando. Lo tenía limpio, aunque un ligero aroma desvelaba que seguía abusando de la comida rápida. Movió su mano por encima de mis piernas y algo se activó. Mis hormonas habían despertado de golpe aquella noche en la playa con sus besos como incidente desencadenante y llevaban revolucionadas desde entonces.

—Solo voy a buscar las gafas de sol —leyó mi pensamiento, o tal vez el modo en el que me mordí el labio inferior habló por sí solo—. Contrólate, no tenemos tiempo para pasar por el hotel a que te des una ducha fría antes de ir a nuestro destino. —Se puso unas gafas de aviador que, junto con su aire arrogante y creído, lo convertían en alguien endemoniadamente sexi.

—¿Y ese sitio es…? —No negué el efecto que había tenido en mí. La etapa de avergonzarme por sentir y desear había quedado atrás.

—No malgastes tu ingenio en intentar sonsacármelo. —Me besó en la parte expuesta de mi hombro y arrancó.

Julien no conducía mal, a pesar de que estuviese retumbando en el asiento echado para atrás hasta límites de que dudaba que yo llegase a los pedales y llevase el brazo doblado apoyado contra la ventana entreabierta. La carretera estaba prácticamente vacía a esas horas y el viento entraba por la abertura, despeinándole el cabello. Se puso una cinta para mantenerlo sujeto y la visión me cortó la respiración. El aire bohemio le sentaba de vicio.

Mi móvil vibró en el interior de mi bolso y lo saqué. Lo había apagado al llegar al avión con Dana para que no me olvidara durante el vuelo y estaba que ardía. Mi inmersión en el universo de los grupos de WhatsApp iba a fulminar su batería.

—Veo que tu popularidad ha aumentado considerablemente desde mi ausencia. —Se bajó las gafas hasta el puente de la nariz para mirarme a través del espejo retrovisor.

—Solo con las chicas —apunté al abrir la aplicación y ver que había más de cien mensajes.

—Siempre he tenido esa duda, ¿de qué habláis las tías en los grupos?

—Hacemos planes, vemos vídeos chorras y subimos fotos de gatitos adorables y tíos. Muchas. —Dije la verdad. Algunas de las chicas parecían auténticas rastreadoras de dioses terrenales.

El baile supuso un antes y un después. Ser accesible provocó que terminase el instituto con más amigas de las que cabría esperar.

—¿En bolas? —se interesó, divertido.

—Sin camiseta. —Lo leí por encima y volví a guardarlo en el bolso.

—¿Alguna mía?

—No. —La sonrisa de mis labios me desmintió.

—Ya...

Le habría contestado para fulminar ese tonito engreído si no hubiese tenido razón. Una de las chicas lo había hecho y me había pedido una decena de veces perdón cuando Dana le había increpado de coña que «tener sueños húmedos con el chico de otra» era sucio. Era lo malo de no saber el tono. Más que molestarme me resultó extraño verlo como material para traficar con fantasías.

Pasamos el resto del trayecto hablando de todo y de nada, con la radio muy bajita, como si nos hiciese falta oír la voz del otro. En algún punto, no sé exactamente cuándo, su mano se movió hasta reposar sobre mi rodilla, haciéndome cosquillas, y yo hice lo mismo hundiendo mis dedos una y otra vez en el cabello que le sobresalía por la nuca. Fue algo sin planear, instintivo, y que me hizo sentir extremadamente bien. La tranquilidad de ir por la carretera con la brisa azotándome, su piel debajo de la mía y el sonido de su risa inundando todo mi ser.

Descubrí que el destino era Malibú gracias a los enormes carteles que señalaban la salida en la carretera. No estaba demasiado lejos. Tardamos un par de horas en llegar, contando que aparcar fue extremadamente complicado. El sol lucía por encima del mar y el viento traía consigo el sonido de los surfistas.

Desentumecí los brazos estirándome y una idea asomó. Mierda. Recordaba que en un par de ocasiones le había dicho a Julien que me habría encantado cabalgar el océano, sentir esa unión íntima, el control de saber manejar sus ondas con equilibrio. Su intención no era mala. Una de las cosas que me robaban el corazón una y otra vez era su afán por normalizar mi situación, por demostrarme que podía hacer todo lo que me propusiese. No obstante, una cosa es que me quitase mi prótesis para bañarme en sus brazos y otra atreverme a eso.

—Estás mirando en la dirección equivocada. —Se colocó detrás, rodeó mi cintura con sus manos enlazándolas en mi vientre y apoyó la barbilla en mi hombro mientras me giraba—. Vamos allí.

Andrómeda. El museo con nombre de constelación se extendía delante de mí. No lo conocía del todo. Era nuevo y, lamentablemente, no duró demasiados años antes de tener que cerrar sus puertas. Los únicos datos que poseía es que cedía parte de su espacio a nuevos artistas, como, por ejemplo, los grafiteros que habían inundado sus paredes de color. Me llamó la atención uno de una chica con los labios pintados de rojo que sostenía una linterna y decía: «El mundo está oscuro, ilumina tu parte».

—¿Nuevas aficiones? —Me apreté contra su pecho.

—Interés. Espero que ayudarte con las optativas haga que tengas clemencia y no me obligues a acompañarte a hacer todo el maldito papeleo burocrático. —Apoyó sus labios sobre mi lóbulo y le pegó un pequeño mordisco antes de separarse. Olvidé su comentario y no le pregunté a qué se refería.

Como dos buenos yonquis del contacto no tardamos en enlazar las manos antes de comenzar a andar por el paseo hacia la puerta. Era reconfortante ver tantos jóvenes comprando las entradas, sobre todo después de haber elegido dedicar mi vida al arte. Julien no tardó en desvelarme el motivo.

—Estrenan exposición.

—¿Cómo se llama?

—Cometa.

Bien, los cuerpos celestes de hielo, polvo y roca que orbitaban alrededor del Sol era el tema. Encajaba que me dijese que caminaríamos sobre las estrellas. Sin embargo, había utilizado la expresión tumbarnos y Julien no era de los que se equivocaban hablando.

Solo tuve que guardar la entrada en el bolsillo de mi vaquero y poner el primer pie en el *hall* de entrada para entender un poco más su críptico mensaje. Los gritos animados de los asistentes me hicieron levantar la vista al techo y allí estaba. Arte en vivo. Una obra que sentir y experimentar.

Los visitantes flotaban a unos veinticinco metros por encima de nosotros sobre una red de tela de araña compuesta por cables de acero que contenía esferas blanquecinas y transparentes que simulaban astros, cometas y estrellas en el interior.

—Una vez me dijiste que querías aunar tu vena artística con la aventurera. Pintar y escalar a picos de montañas.

—Sí... —El nudo en la garganta no me dejó decir nada más.

—Es algo que nunca he podido sacarme de la cabeza. El otro día estaba pensando adónde podía llevarte y, por casualidad, me topé con esto. —Señaló ese pequeño universo inventado sobre nuestras cabezas—. Es de un artista peruano. Por lo visto, al hombre no se le ocurrió otra cosa que prometerle a su mujer que si se casaba con él, le regalaría un cometa, las estrellas, y era de los que cumplía su palabra. En una entrevista decía que esperaba que la ciencia evolucionase rápido, pero cuando ella enfermó de cáncer no pudo seguir esperando y se puso manos a la obra. Le trajo el cielo a la tierra. —Me asió la barbilla y me obligó a mirarlo—. Pensé que tal vez exista alguna optativa de las que tienes que elegir que te ayude, algo para que, si subir al Himalaya nos viene un poco grande, encuentres la manera de bajarlo.

—Lo haré —afirmé con rotundidad—. Pero solo si tú me acompañas con tu música.

—Estaré a tu lado. Siempre. Te lo prometo. —Cerré los ojos y viajé a esa cordillera con el convencimiento de que algún día estaría en su cima. Por él. Por esos momentos. Por las palabras que no se merecían que se las llevase el viento.

Julien me echó una mano para ponerme el mono. Subimos por el ascensor en lugar de la escalera y un par de trabajadores me ayudaron a descender en la silla habilitada para discapacitados mientras él hacía lo propio por la escalera. No podría caminar por la tela de araña, pero sí tumbarme en una de las construcciones.

Superada la primera impresión de esa obra de arte que, definitivamente, no era apta para gente con vértigo, me deleité viendo el cielo a través de la cristalera del techo, el suelo bajo mis pies y esas estrellas de acero que se me antojaron tan reales como las compuestas de roca.

—¿Qué haces? —le pregunté al ver que en lugar de descansar a mi lado iba a uno de los laterales. Me reincorporé.

—Bautizar. —Recogió un bolígrafo que le tendió una de las trabajadoras y regresó con un gesto travieso—. He pagado un pastizal por seis letras y por lo que veo no soy el único idiota que ha picado.

Me percaté de que a mi alrededor la gente pintaba en las construcciones poniendo su nombre en las estrellas. Me fijé más detenidamente. La pintura se podía borrar. Mensajes que se perderían en cuanto nos marchásemos. Una especie de juego para recaudar dinero que, después me enteré, iría a la investigación contra el cáncer.

Se recostó a mi lado, relajado, con las manos por debajo de la nuca. Me pregunté por qué no hacía lo mismo que los demás y seguía sujetando el bolígrafo entre las manos. Se aproximó relajadamente y acercó la puntera a mi mejilla antes de ponerse a escribir sobre ella. Contuve la respiración. Había algo en el modo de hacerlo que me sobrecogió.

—¿No tienes curiosidad por saber qué he escrito?

—Mucha —confesé—. ¿Qué pone en mi mejilla? —Noté un hormigueo en la piel.

—Tu nombre. Un día me dijiste que las chicas no quieren el universo, sino ser la estrella de alguien. Ahora eres la mía. La tinta de tu piel lo dice. —Giró la cara y nos miramos. Temí que mi corazón hubiese explotado al percatarme de que los latidos no eran fuertes, sino que se habían paralizado a su lado. Tal vez esa obra de arte recibiese un millón de nombres durante el tiempo que durase la exposición, pero yo solo tendría uno, el que él me había puesto para que me transformase en un astro—. Es el momento de que me digas algo tan impresionante que haga que me olvide de las ganas que tengo de sacar una pistola y volarme los sesos por haberme convertido en el líder de los calzonazos.

Ocultó sus nervios con una broma. Tenía razón. Era el instante de decirle «te quiero», pero esa manida expresión se me quedaba corta. Quería hacer más. Algo que le demostrase todo. Un gesto de entrega infinita.

—Nunca voy a parar de pintar…

—Bien —dudó, confundido.

—Y desde hoy quiero que sepas que cada brochazo que dé será mi particular manera de decirte te quiero —se animó—. Da igual la hora que sea o dónde estés. No me detendré y, aunque no siempre lo oigas, sabrás que constantemente me estoy declarando.

Le regalé mi arte. Le regalé mi pasión. Le regalé mi tiempo. Le regalé a Crysta. Y no me arrepentí. Da igual lo que vino después, da igual la persona en la que se transformó, da igual lo que el tiempo y el espacio provocaron. La vida son errores y aciertos. Entregarme a él fue de los segundos.

Nuestra existencia es tan ínfima que, si la comparas con las estrellas, no somos nada. Algo pasajero. Fugaz. Perecedero. Un cometa que surca el cielo y cuyo rastro acaba apagándose. Hay que asumirlo. Nunca seremos eternos y probablemente no nos recordarán pasados cien años. Nuestro nombre se perderá. Nadie se acordará del sonido de nuestra risa. Nadie sabrá a qué olía nuestro pelo recién lavado.

Nos suplantarán. Gente que pisará el mismo suelo. Personas que se bañarán en el océano. No podemos cambiarlo. No está en nuestra mano. Pero hay algo que sí. Nuestro paseo surcando el cielo antes de que la luz se extinga puede ser indiferente o épico. Y ese es nuestro poder. Algo que solo nosotros podemos manejar.

Hay gente que te apaga y gente que te enciende. De ti depende si quieres dejar una estela blanquecina que los niños señalen con el dedo o tan oscura que nadie pueda ver. Pues bien, Julien me activaba, Julien me hacía hermosa, Julien me hacía brillar hasta competir con la luna y su claridad. Solo por eso, da igual todo lo demás. Una nunca puede arrepentirse de haber sido, aunque solo fuese por un breve periodo de tiempo, el astro más imponente del firmamento. Un cometa inolvidable.

—Entonces tengo una misión. —Se acercó y nos rozamos con la nariz.

—¿Cuál?

—Los colores. Tendré que mantener tu paleta llena para que no pares de trabajar.

No hablamos más. Era hora del contacto. De sentirnos. De decirle a nuestra piel aquello que el corazón ya sabía por las palabras. Solo nos besamos con delicadeza mientras nadábamos por el cielo.

Pasamos la mañana caminando por el paseo marítimo, probándome colgantes y pendientes de los puestos callejeros, comiendo a la sombra de una palmera con vistas al mar y hablando lo que podíamos cuando las carcajadas o los besos sin venir a cuento no nos interrumpían. También tuvimos nuestro momento de hinchas eligiendo en cada partido de vóley playa a uno de los equipos o contando los segundos que tardaban en caerse al agua los novatos que probaban suerte con el surf.

Notaba que la cara me ardía por el sol cuando a media tarde decidimos irnos al hotel. Descubrí entonces que no se trataba de uno al uso. El nombre le venía pequeño. Era una casa unifamiliar blanca de dos plantas con un tejado de madera de forma triangular. La rodeaba un enorme porche con un jardín en la parte delantera y una escalera que conducía directamente a la arena en la trasera.

Me dijo que era de Tiger y se había ganado su uso ese fin de semana en una apuesta de póquer. Nunca sabré si era verdad. Puede que mintiese al darse cuenta de que mentalmente estaba calculando cuánto podía costar para ofrecerme a pagar la mitad, aunque eso supusiese comer arroz y tomate durante todo el primer semestre.

Sea como sea, una alarma se activó. Olía a chamusquina. Demasiado elaborado para un reencuentro. Tal despliegue de medios pegaría para pedirme matrimonio, y estábamos muy alejados de ese punto. No tardó en confesarme el motivo. La semana siguiente, después de la presentación de su primer disco, se iría de gira. La primera en serio tras los conciertos en pequeñas salas con aforos máximos de quinientas personas. En principio serían dos meses, pero si todo iba bien, podía llegar a alargarse un poco más. Era su manera de compensarme, como si eso hiciese falta.

—¿Cuál es el veredicto de la cena? —preguntó mientras recogía los platos de la mesa del porche.

Había anochecido. Un par de farolillos que colgaban de las paredes y las velas de la mesa eran nuestra única iluminación. La puerta de la habitación estaba abierta y las cortinas blancas ondeaban en todas direcciones. El sonido de las olas rompiendo en la costa era cada vez más intenso y una luna tímida nos acompañaba cubierta con un velo de nubes, como si quisiera dejarnos intimidad.

—Un diez.

—¿A pesar de que te haya demostrado que no sabría freír un huevo para sobrevivir?

—A pesar de eso.

El plan inicial era comer una empanada rellena de jamón y queso que él mismo iba a cocinar y, más que una pinta apetecible, parecía carbón para encender una barbacoa cuando la sacó del horno. Pedimos sushi.

Fui a levantarme para ayudarlo y Julien me hizo un gesto para que permaneciese en mi sitio. Para una vez que se ponía, quería hacer las cosas bien. Me senté en el balancín con el batido de vainilla entre las manos. No podía liar ninguna fregando, o eso creía hasta que lo vi salir con la camiseta gris repleta de gotas. Se había peleado con el grifo. Camorrista…

En lugar de acudir a mi lado, se sentó en una de las sillas debajo del farolillo y se recostó. La luz incidía por detrás, provocando un juego de claros y sombras en su rostro. Levantó la cabeza para mirar las estrellas y silbó.

—Podría acostumbrarme a vivir aquí —aprecié.

—Tal vez algún día lo hagamos…

—No creo que eso sea posible ni deshaciéndome de todos los órganos estrictamente no necesarios para venderlos en el mercado negro.

—Quién sabe. Lo mismo engaño a la suficiente gente para triunfar con la música y no tenemos que recurrir a la mutilación.

—Entonces estarás en este porche con una rubia despampanante…—¿Qué ocurriría si eso pasaba? ¿Seguiría conmigo o, como la mayoría de los famosos, abandonaría a la novia de toda la vida para centrarse en una modelo capaz de comprender su existencia desarraigada?

—No tengo nada en contra de que te tiñas. —Se encogió de hombros.

Me recorrió un escalofrío. No por Malibú, sino por esa perspectiva de futuro en la que estaba empeñado en incluirme. El mundo parecía fácil entonces.

Observé que la luz del porche de la casa de al lado se encendía.

—Tenemos compañía.

Dos ancianos corrieron hacia un lado la puerta acristalada y salieron al exterior. La mujer se colocó el pelo canoso en un moño deshecho improvisado y él puso el viejo tocadiscos. Se acercó y, con un gesto elegante, la sacó a su particular pista de baile. Daban pasitos cortos en todas direcciones con movimientos lentos. La edad les había quitado gracilidad, pero no esa mirada de querer que el otro le besase hasta respirar directamente de sus pulmones, aunque eso supusiese asfixiarse.

—Joder, ellos sí que saben —oí que decía Julien sin dejar de mirarlos—. La vida debería consistir en eso. Sentarte con noventa años en un porche, hacer balance del pasado y ver que has perdido muchas cosas. Vista. Oído. Olfato. Pero sigues teniendo delante lo más importante. —Tragó saliva—. Levantarte y, con los mismos nervios de la primera vez, cuando le hiciste un desastre de cena a la chica que soñabas ver con arrugas, preguntarle: ¿quieres bailar conmigo? —Carraspeó y lo miré. Tenía la mano extendida en mi dirección. No estaba hablando de ellos, sino de nosotros.

—Me parece que te he mencionado en alguna ocasión que yo no bailo. —Acepté su ofrecimiento enlazando los dedos con los suyos y me puse de pie.

—También me dijiste el único modo de conseguirlo y a estas alturas puedes adivinar que no voy a dudar ni un segundo más en utilizarlo. —Me rodeó la cintura con una mano y me atrajo a su lado—. Dentro de una semana será público, pero esta noche es solo nuestro. De los dos.

Tomó aire y se agachó hasta que su boca quedó pegada a mi oído. Entonces cantó. Su voz sonaba rasgada, grave, con un deje de melancolía de esos que te pellizcan el corazón y hacen malabares con tu alma. La letra que había leído en su libreta había variado y, hasta el estribillo, no la reconocí. En el resto hablaba de una chica que parecía un pastel a la que a veces no aguantaba, con la que se enfrentaba, a la que le gustaba sacar de quicio, pero que todo eso siempre había sido una tapadera, porque lo que en realidad le costaba decirle es que desde que la vio con un gigante jugando a las barbies su vida cambió para mejor. No era todo pastel. Vaticinaba futuras peleas, complicaciones, momentos en los que pensarían que del amor habían pasado al odio. Una guerra sin tregua de emociones, y eso no era malo porque, según la letra, que los sentimientos tomasen el timón solo podía significar una cosa, que llegarían a la muerte bien vivos.

Mi tornado interior era tan potente que podría haberme echado a llorar, agarrarlo del cuello y besarlo para absorber las notas o abrirme en canal hasta llegar a las arterias para que circulase por mi sangre. Sin embargo, me reí.

—Nueve de cada diez personas encontrarían irresistible mi plan. Y tú, ¿te ríes? —Enarcó una ceja negando con la cabeza teatralmente.

—Me temo que el estado de desequilibrada mental en el que acabas de convertirme me está jugando una mala pasada. —No podía evitarlo. Era feliz.

—Para.

—No puedo.

—He dicho que no vuelvas a hacerlo —gruñó con un deje ronco que parecía provenir de sus entrañas.

—¿Por qué?

—No he encontrado nada que me haga inmune a tu risa, y cada vez que la oigo me entran ganas de sostenerte contra la pared. —Sus dedos serpentearon por debajo de mi camiseta acariciando mi espalda—. Arrancarte la ropa y que mi mano y mi boca recorran todo tu cuerpo. —El gesto travieso fue sustituido por el de un deseo demoledor.

—Hazlo.

—¿Me estás retando? —Siguió ascendiendo y pegó sus caderas a las mías, hasta que pude sentir el bulto de su entrepierna.

Asentí con la boca seca.

—No sigas por ese camino o pierdo la cabeza.

—Es lo que quiero —ronroneé, invitándolo.

No tuve que insistir, antes de poder siquiera tomar una bocanada de aire tenía su boca sobre la mía y, con cuidado, me guiaba hasta la habitación. No cerramos la puerta y detuvimos ese baile de lengua y labios devorándose para que yo levantase las manos y él me quitase la camiseta. Me rozó los pechos por encima del sujetador blanco y su grado de urgencia aumentó al arrancarme la prenda, que cayó hecha jirones a nuestros pies.

Julien volvió a la carga descendiendo con su boca sobre mi piel por el cuello y la clavícula hasta llegar al pecho. Me miró para confirmar que no me había echado atrás. Era un caballero al que le gustaba disfrazarse de cretino. Le hice un gesto para que continuase y liberó mis pechos para acariciarlos antes de recorrer los pezones con la lengua en movimientos circulares. Algo estalló dentro de mí. Perdí el sentido y, conforme estos se endurecían, eché la cabeza hacia atrás y emití el primer gemido real que recuerdo.

Me fallaba el equilibrio de mi pierna buena. Era como si todo el músculo fuese un material gelatinoso. Él también se dio cuenta y, antes de que pasase algo, me llevó a la cama y me depositó con cuidado encima de las sábanas blancas. Sus dedos se movieron hasta la cintura de mi pantalón y, mientras me besaba en el abdomen sin dejar de mirarme con sus ojos oscurecidos y fieros, desabrochó el primer botón.

Me lo quitó con cuidado y fue directo a la prótesis. Debió de interpretar mal mi gesto.

—Lo único que debes temer es que me corra solo con rozarte. Eres preciosa. —Me quitó el hierro—. Tu pierna lo es.

Lo que temía no era que me viese tal como era, con él mostrarme al natural era casi una necesidad. Sin embargo, sus palabras me aniquilaron en el mejor de los sentidos. No podía ser otro. Si la primera vez nunca se olvidaba, quería que la imagen que conservaría para siempre fuese con Julien.

Me retorcí. Necesitaba sentirlo. Dentro. Fuera. Piel. Lo que fuese. Ya.

Leyó las señales, lanzó las zapatillas a la otra punta de la habitación y se desprendió de los pantalones y los calzoncillos a la vez. Verlo completamente desnudo me noqueó y noté que las palpitaciones se aceleraban más allá de la entrepierna. Lo repasé con lujuria. Tenía el pelo revuelto, la cara rojiza y su pecho se hinchaba cada vez que respiraba. Los músculos estaban perfectamente definidos, tallados. La mejor escultura de carne y hueso que había observado. La uve de su abdomen era pronunciada y , debajo de ella, su pene se erguía erecto, inundándome de calor.

—Me ruborizas, duende. Cualquiera diría que tienes delante un trozo de carne y te mueres por hincarle el diente. Hambrienta —bromeó con su sonrisa ladeada.

Se agachó como un depredador y, apoyándose en sus fuertes brazos para no cargar todo el peso sobre mí, me besó con apetito. Ansia. Mis pechos rozaban su torso y mi cuerpo pedía a gritos que lo tocase con las manos, con la lengua, con las pestañas haciéndome cosquillas, con lo que fuese.

No sé cuánto tiempo transcurrió así, pero la urgencia, la impaciencia y la desesperación aumentaban con cada contacto. Me sabía a poco. Necesitaba más. El corazón me dio un vuelco cuando bajó la cabeza y respiró contra mi cuello mientras preparaba uno de los condones y se lo ponía.

—Todavía estás a tiempo de pensártelo. Solo tienes que pedir que pise el freno —ofreció.

—¿Podrías hacerlo? —Era evidente que su grado de excitación era descomunal.

—Sí, un dolor de huevos criminal es soportable pasadas unas horas. Descubrir que lo hiciste forzada o te arrepientes, no. Nunca. —Se separó para mirarme—. Quiero hacerte el amor hasta que el deseo duela, grites tanto que pierdas la voz y te lleves parte de mi carne en tus uñas. Y sé que ocurrirá. Pero el día y el momento los decides tú.

—Ya. Lo quiero ya. Todo.

Julien encajó su cadera entre mis muslos y, con un movimiento delicado, se deslizó en mi interior. Lo hizo poco a poco, sacando su miembro cuando se me aceleraba la respiración, introduciendo en cada embestida un poquito más hasta que dejó de molestar, de doler, de ser un organismo extraño que se introducía para formar parte de mi anatomía. Un escalofrío me recorrió la espina dorsal cuando nuestra unión fue completa. Noté el momento exacto en el que mi virginidad se quebró, dando paso a algo muy grande.

—Ahora lo sé. —Inspiró y respiró a través de mi aliento.

—¿Qué?

—Lo que querré con noventa años cuando haga balance.

—¿Un peluquín rubio para mantener tu melena irresistible?

—Estar dentro de ti, Crysta, visitar mi puto paraíso.

Golpeé mis labios contra su boca con agonía. Deseaba su cuerpo, pero era su corazón el que me excitaba como si fuese una bomba atómica a punto de estallar. Lo apreté con desesperación y el ritmo de las embestidas aumentó. Me consumía en cada roce y la perspectiva de acabar esa noche convertida en cenizas se me antojaba de lo más apetecible.

No sé en qué momento comencé a morderle el labio hasta el punto de hacerle sangrar, clavé mis uñas en su trasero sintiendo cómo sus músculos se endurecían a la misma velocidad que me lanzaba de lleno al nirvana o mis instintos suplantaron a la razón y a la cordura y grité con un sonido que no reconocía, el del placer de que tu cuerpo reventase en mil pedazos con un orgasmo tan potente que, temí sin preocupación, se tratase de mi fin. Un corazón no podía soportar una explosión de esa magnitud.

Julien se separó para observarme. Debían de dolerle los brazos y estar agotado, pero, aun así, lo primero que hizo fue pensar en mí.

—¿Estás bien?

—Nunca he estado mejor. —Sonrió alegre y rodó hasta colocarse a mi lado. Jadeaba, sudaba y respiraba como si le hubiesen sacado todo el aire de los pulmones—. No quiero que te vayas.

—Me salió solo. De manera egoísta. La separación me costaría horrores. Me había vuelto adicta a él.

—Con un poco de suerte el público se dará cuenta de que no soy nadie, solo un chico rubio que hizo gracia en un vídeo de internet, la carrera que no he llegado a tener caerá en picado y regresaré a tu lado antes de que te hayas recuperado de nuestro encuentro de hoy.

—Eso no va a suceder. —Tampoco quería que ocurriese. Giré la cara para mirarlo fijamente a los ojos. Tenía los labios hinchados con la marca de mis dientes tirando sobre ellos todavía en la piel y ya quería lanzarme de nuevo a devorarlos—. Tú eres mucho más que un chico rubio mono con suerte.

—¿Se me ha olvidado añadir el pene descomunal que calzo?

—Se te ha olvidado incluir tu esencia. La que regalas y desprendes.

—¿Y qué tiene de importante?

—Que nadie vuelve a ser el mismo después de sentirla, de que te posea. Haces a la gente especial, Julien. Después de ti, todos somos más. Una verdad.

Me apreté contra él y moví la articulación con el muñón para enlazarla con su pierna. Él la acarició con mimo antes de estrecharme en sus brazos.

—Todo va a salir bien. —Intentaba convencerse más a sí mismo que a mí.

—¿Aunque nos separen miles de kilómetros? —No solo Estados Unidos estaba en su agenda, Europa y puede que Asia también.

—Da igual que esté en la otra punta del planeta o de la galaxia. Tú estás conmigo. ¿O acaso se te ha olvidado que eres mi estrella?

CAPÍTULO 16

JULIEN

¿Qué es un concierto? La imagen con la que fantaseé tras el Galaxy estaba distorsionada. Creía que era hacer una fila en la que siempre había alguien que se colaba, daba igual las vallas de contención o lo meticulosa que fuese la organización. Correr por la arena en cuanto se abriesen las puertas para conseguir el mejor sitio, aunque este estuviese tan solo cinco metros por delante de los demás y tuviese el hándicap de que te empujasen todo el rato. Y esperar, esperar a que la música de los altavoces se detuviese, bajasen las luces y los artistas hicieran un espectáculo memorable.

Tuve que dar el primero para poder afirmar que se me escapaban demasiados detalles desapercibidos para el público. Eran horas ensayando con la banda, los bailarines y los técnicos de sonido hasta que el azar desaparecía a manos de la programación y el marketing. Era elegir vestuario, mirar la predicción del tiempo como un poseso obsesivo y volver a respirar cuando te decían que se habían vendido todas las entradas y te quitabas de encima el miedo al estrepitoso fracaso. Era redes sociales en las que te metías para llenarte de energía al leer la expectación desatada.

Podría estar nombrando acontecimientos todo el día y seguro que se me olvidaría alguno de la montaña rusa a toda potencia en la que se convirtió mi vida. Sin embargo, con el paso de los años ninguno de ellos permaneció en mi memoria. Lo alucinado que me quedé cuando me pidieron mi lista de exigencias definitivamente no formaba parte de esas cosas que haces en la vida para recordar.

Los nervios previos y la sensación de euforia cuando el conductor me llevó al estadio horas antes de que comenzase y observé un grupo de personas corriendo hacia el coche, sí. El protocolo de seguridad me impidió bajarme tal como yo quería, pero eso no impidió que sus caras se quedasen grabadas en mi retina, la sensación que desprendían de que, de algún modo, les había cambiado la existencia.

El encuentro con los seguidores que habían comprado entradas vips en una sala también. Les sorprendía que me mostrase cercano, como un colega; lo que ellos no sabían es que probablemente la persona que estaba más nerviosa en esa estancia era yo. No sabía cómo reaccionar cuando me contaban lo que habían ahorrado para poder estar allí, los kilómetros que habían recorrido y los dramas particulares, como, por ejemplo, una chica pelirroja a la que fui a visitar el día de su cumpleaños que aseguraba que gracias a mi música se olvidaba del *bullying* escolar al que se veía sometida y le hacía soñar con que existía otro tipo de vida.

Todo eso estaba francamente bien, pero lo que dejó marca, lo que mordió mis entrañas fue otro tipo de cosas. Lucas durmiendo conmigo la noche anterior porque decía que estaba inaguantable de un lado para otro y así podría atarme a la cama si amenazaba con levantarme de nuevo, una excusa para apoyarme. Mirar fijamente los labios de Crysta en el camerino, besarla y entrar en una balsa de calma donde desaparecían los temores y su aliento rebotaba contra mi boca mientras susurraba que les hiciese cantar hasta que se quedasen afónicos. Jeremy en el reservado con un moño moviendo la cabeza con un ritmo enloquecedor cuando salí y, ante los aplausos y la cantidad de gente que estaba congregada, me bloqueé, su particular manera de hacerme sentir en casa, en ese garaje en el que solo estábamos él y yo y los instrumentos del grupo de mi padre.

Y cantar. Joder, eso era lo fundamental. Dejarme la garganta, la piel y el espíritu en el escenario hasta explotar en mil pedazos y conectar con las personas que había debajo.

Eso debería haber sido siempre lo importante. Disfrutar. Vivir una realidad de ensueño que me hiciese feliz. Lástima que la fama trajese consigo otras cosas que acababan distorsionándolo todo. Pequeñas ramas enfermas que terminaban por pudrir el tronco. Pero todo eso vino después. En el primer concierto disfruté como un enano y tuve un orgasmo de notas, mecheros encendidos que trasladaban el cielo estrellado a la arena y gritos ensordecedores que quería que fuesen la banda sonora que ponía mi piel de gallina.

La segunda actuación fue en conjunto. Un movimiento de captación, lo denominó Orlando. Una radio había organizado una especie de gala a la que iban las principales estrellas del momento y me habían llamado a última hora. Movimos toda la agenda para aceptar. Iría mucha gente y era un buen método para conseguir nuevo público. Me vistieron como una especie de estrella del *rock* con una cazadora de cuero negro y unos vaqueros caídos por los que sobresalían los calzoncillos. Estaba programado que en un momento del concierto me quitase la cazadora para quedarme con una camiseta de tirantes con la que se veían mis brazos moldeados y debía subirla como colofón final para mostrar abdomen. Como hacía en aquella época, acepté e incluso me hizo gracia cuando mi productor afirmó que mi venta de discos sería proporcional al número de bragas que saliesen empapadas de allí. Lo tomé como una broma. Ni se me pasó por la cabeza que eran personas y no ganado. Como ya he dicho, la ilusión regía todas las decisiones.

¿Cómo no iba a fliparme cuando estaba en el Madison Square Garden de Nueva York con estrellas mundiales que me saludaban como si fuese un igual? Podría culpar a la edad. Tal vez con dieciocho años recién cumplidos dejarse llevar, eclipsarse por los focos, era sencillo, pero una parte de mí duda mucho que todo hubiese sido distinto con cincuenta y cuatro. Era un mundo llamativo y adictivo, con unas luces con tantos vatios que me impedían ver los recovecos de oscuridad que empezaban a rodearme, a pesar de que Tiger me dio más pistas de las que pretendía.

El rapero también estaba allí y me convertí en su sombra por los pasillos que llevaban a los diferentes camerinos. Al ver el agotamiento de los miembros de la organización me di cuenta de que mis exigencias a la hora de actuar, botellas de agua y chocolate, no eran nada. Entre todos ellos me llamó la atención una mujer pelirroja, que no tendría más de cuarenta años, con unas enormes gafas redondas. Caminaba con decisión en mi dirección, y aprovechó que Tiger se separaba para hablar por el móvil para acercarse.

—Tú debes de ser el famoso Julien Meadow. —Me analizó de un modo que me hizo sentir incómodo, como si su mente viajase más rápido que la mía y viese algo que todavía yo no percibía.

—Eso dice en mi documento de identidad. —Sonreí, tratando de ser simpático.

—Mi nombre es Betty. —Metió la mano en el bolso y rebuscó hasta encontrar una tarjeta—. Trabajo en la revista…

—Ni lo sueñes. —Tiger apareció de repente y se situó entre ambos para hablar con ella—. Algún día tienes que contarme tu secreto, ¿algún pacto con el rey de las tinieblas por el que te transformas en serpiente y eres capaz de colarte?

—¿No te gustó el último reportaje? —La tensión entre ambos se palpaba.

—Tengo fotos mejores.

—Lo importante estaba en el texto —repuso tranquila, con unos labios curvados y una mirada capaz de helar la sangre.

—Preciosa, esa mierda que escribes no sirve ni para limpiarse el culo. El papel raspa. —Continuó con esa batalla de la que yo solo era un testigo que no comprendía nada—. ¿Te gusta correr o solo lo haces cuando persigues a gente para destruirle la vida?

—¿Hemos vuelto a las andadas? Que conste que no lo critico, gracias a que no recordases tu nombre a las doce de la mañana pude comprarme muchos pares de zapatos Manolo Blahnik como estos. —Levantó el pie para que viésemos los zapatos rojos que llevaba.

—Ya te gustaría. —Su tono era de amargura—. Lo preguntaba para que te largases por tu propio pie y no me obligases a llamar a los chicos de seguridad, por si lo tuyo se pega con el contacto.

—Hasta donde llega mi hemeroteca mental, el que coleccionaba enfermedades de transmisión sexual eras tú. —Se giró, pero antes dijo—: Nos vemos, Julien.

La pelirroja comenzó a andar rumbo a la puerta. Dos miembros del equipo de seguridad la interceptaron por el camino y la acompañaron para cerciorarse de que se largaba y no era una estrategia.

—¿Se puede saber qué te ha hecho esa periodista?

—Eso no es una periodista. Es el diablo sobre veinte centímetros de tacón. —Colocó los brazos sobre mis hombros y me miró serio antes de añadir—: Necesitamos a la prensa. Si les caes en gracia con esa carita de niño bueno que gastas, no tardarás en convertirte en el chico mimado de América, pero hay algo que tienes que saber. El ser humano es morboso y las desgracias venden más que los triunfos. Las personas se recrean de un modo sádico con nuestras miserias, errores y caídas. Cuanto más te hundas y pierdas el norte, más desearán consumirte. Ahí es donde entra la pelirroja. Hay alimañas que no buscan información, sino destrucción. No te dejes engañar por las apariencias, hará cualquier cosa por sacar la peor versión de ti, el monstruo que todos llevamos dentro si aprietas las teclas adecuadas, y ella sabe dónde tocar.

Tiger se separó y esperó a que yo asintiese. Interioricé sus palabras con la sensación de que no tenían nada que ver conmigo. La periodista no tenía material donde rascar, munición con la que dispararme hasta transformarme en un asesino que mataba inocentes tratando de escapar de las balas. Eso creía.

—Ahora vayamos a mi parte favorita de los conciertos. —Cambió el rostro y se sacó las cadenas de oro y las cruces por encima de la camiseta ancha de la NBA que llevaba puesta. Con un movimiento de mano llamó a uno de sus guardaespaldas—. ¿Tienes lo que te he pedido?

—Sí —contestó el armario con un gesto neutro más propio de un robot. Le tendió el móvil. Tiger lo agarró y amplió la imagen. Me coloqué detrás justo para ver una fotografía de la primera fila del concierto que él recorría con los dedos repasando a las chicas que estaban allí—. Camisa a cuadros, vestido blanco y la de las tetas, joder, las tiene tan enormes que soy incapaz de ver lo que lleva puesto. —Se lo devolvió y este se marchó para cumplir su orden.

—¿Qué va a hacer? —pregunté.

—Regalarles un disco firmado para que se vayan contentas a casa —ironizó—. A veces eres tan inocente que siento que estoy pervirtiendo a un proyecto de cura. —Puso los ojos en blanco—. Va a traérmelas al camerino. Meterla en caliente me aclara la voz.

Pensaba que los rumores de que los artistas señalaban con un dedo a las tías que se querían trajinar solo era una leyenda urbana de esas que la gente inventa para que el mundo de la música parezca más interesante.

—A las mujeres no les gusta sentirse muñecas hinchables. Si quieres, puedo darte un par de lecciones para que consigas algo más que un rechazo y que cabrón sea lo más bonito que te llamen. No van a subir —apunté.

—¿Dónde está la cámara?

—¿Cuál?

—La que nos está grabando y por eso has dicho ese discurso que te eleva a la categoría de príncipe azul, porque si de verdad lo crees, te falta mucho por aprender de este mundo. Subirán. Tal vez no todas, pero algunas lo harán. ¿Sabes por qué? Porque no eres una persona. Has dejado de ser Julien Meadow. Eres un trofeo. Son ellas las que te utilizan a ti. —Levantó la barbilla señalando detrás de mí. Me giré justo a tiempo para ver cómo dos de las chicas venían con el guardaespaldas. Debió de notar mi cara de incredulidad—. Follar acaba de convertirse en el deporte más fácil que has practicado. Pierde la magia, aburre e incluso, en determinadas etapas, te satura. Esfuérzate en conservar lo que tienes con la chica de la fotografía o lamentarás haber perdido la única salvación de tus sentimientos.

Tiger colocó un brazo por encima de los hombros de cada chica y se marchó a su camerino. Los observé alejarse y no me produjo ninguna envidia. Era frío, poco natural, falso. Le robaba la gracia a la seducción. Ligarte a una chica era mucho más que señalarla con el dedo y que esta se abriese de piernas sin que supieras siquiera su nombre.

Concebía la seducción de un modo distinto. La previa a veces era mejor que el partido en sí mismo. Mirar fijamente a una persona hasta que vuestros ojos se encontraban y manteníais una especie de guerra retándoos. Era hablar y robarle la primera sonrisa que te desvelaba que ibas por el buen camino. El lenguaje no verbal cuando de manera accidental cada vez os rozabais en intervalos de tiempo menores, comenzando por una caricia en el brazo. Conquistar a una persona era aproximarse poco a poco sin notar el impulso que movía tus pies. En definitiva, era tener miles de cosas enfrente y que la única que captase tu atención fuesen sus labios.

Solo si el inicio era así tenía sentido el desarrollo. Podría disfrutar poniendo a alguna de esas chicas a cuatro patas y descargando embestidas con potencia. Gritaría al correrme. ¿Después, qué? Adoraba el sexo con Crysta. Habría firmado sin pensarlo dos veces por pasarme el resto de mi vida en su interior sumergido en una especie de maratón interminable. Habría sido una equivocación imperdonable. Habría perdido momentos como perseguirla por la casa para darle un beso a primera hora de la mañana y que ella huyese porque todavía no se había lavado los dientes, abrazarla por detrás cuando me apetecía y que ella apoyase la cabeza en el hueco de mi hombro u observar cómo luchaba contra sus instintos cuando pretendía hacerse la dura y me negaba un beso cuando todo su cuerpo lo pedía a gritos.

Esperé en mi camerino ensayando mentalmente la actuación hasta que Orlando vino a decirme que había llegado nuestro momento de salir al escenario. Era complicado concentrarse escuchando los temas de los otros artistas amplificados por los altavoces a toda potencia y los gritos del público. Fui a buscar a Tiger. Interpretaríamos nuestro dúo primero para romper el hielo y luego un tema individual. Lo agradecí. Consideraba que era una persona que los tenía bien puestos y daba bastante bien el pego, pero cuando me quedaba solo seguía sintiéndome demasiado pequeño para lo que tenía enfrente.

Golpeé con los nudillos un par de veces antes de que el rapero me invitase a entrar. Las chicas se estaban vistiendo y caminaban hacia la puerta. Tiger estaba recostado en la butaca.

—Dedícame alguna canción —dijo una con voz seductora en el marco de la puerta.

—Mi mánager me cortaría las pelotas si lo hiciera. No hay que ser egoísta con las demás. —La chica hizo un mohín—. Pero te tengo localizada. Estabas a la derecha del escenario, ¿no?

—Sí. —Asintió con energía y una ilusión que no alcanzaba a comprender después del trato que estaba recibiendo.

—Cada vez que vaya a ese lado será para buscarte. —Se quedó conforme.

—Sígueme en Instagram. —Se limitó a decir la otra.

—Estaba en ello. —Agarró el móvil de la mesa fingiendo que iba a hacerlo y lo tiró en cuanto cerraron la puerta.

—Nos llaman —anuncié.

—¡Bien! —Se puso de pie de un salto y se miró en el espejo mientras se colocaba un pañuelo sobre el pelo blanquecino—. Un último detalle y salimos.

Rebuscó en el bolsillo de la cazadora que colgaba del perchero hasta que sacó una bolsa de plástico. Supe lo que iba a hacer antes de que la abriese y viese el polvo blanquecino.

—La raya de la victoria —anunció. No dije nada. Había visto a gente drogarse en Alaska. Eso no cambiaba el hecho de que el ambiente se volviese más turbio en cuanto la cocaína hizo acto de presencia—. Tranquilo, lo único que voy a esnifar es el olor a sexo y sudor.

—No sé si estás como una puta cabra o por más que lo intente no te pillo. —Me recosté contra la pared y crucé los brazos.

—Eso es porque no sabes lo que es experimentar siete vidas en una. —Miró la raya fijamente—. Estuve muy enganchado a esta mierda. La muy cabrona me dominaba.

—¿Fuiste a algún centro de desintoxicación?

—¿Uno? ¡A todos! Y me largaba más adicto de lo que había entrado. Hasta la revelación.

—¿Qué pasó?

—Morí. —La rozó con la yema de los dedos—. Podría culpar al ritmo frenético, al hecho de tener que estar siempre a tope, a transformarte en una máquina con la salvedad de que no tenemos pilas, pero lo cierto es que siempre me ha gustado jugar con el fuego hasta quemarme. Me dio una sobredosis, y cuál fue la sorpresa cuando mi instinto me avisó de que a mis productores les jodía más verme despertar que si la hubiese palmado.

—Un poco paranoico…

—Puede. Sin embargo, piensa una cosa: ¿qué vale más dinero, un desfasado que sube al escenario sin saber hablar o un mito que muere joven y forma parte del club de los 27? Con la primera opción la gente se cansa y acaba siendo uno de tantos yonquis que se perdió por la droga y del que no se acuerda nadie, y con la segunda los discos se revalorizan y nace un mito. Solo tienes que echar cuentas.

—Pintas una conspiración un poco bestia, dado que somos personas…

—Personas que valen millones —matizó—. Decidí que no iba a darles esa satisfacción, cambié de productora a una muy legal y ahora, cada vez que voy a actuar, me preparo una buena raya para dedicarles esto a todos. —Le sacó el dedo corazón y la tiró a la basura—. Ya podemos irnos.

Tiger me habló por primera vez del club de los 27, esos jóvenes que habían muerto envueltos en desfases y leyendas. De nuevo no le creí. No existía gente tan mala en el mundo. El dinero no era capaz de fulminar la ética y la moralidad. Todos tomamos nuestras propias decisiones. Si esos chicos se habían marchado tan pronto era por las acciones que habían llevado a cabo y no por una especie de conspiración de poderosos sentados en sus sofás con el símbolo del dólar pintado en la retina.

Salimos al Madison Square Garden. Éramos solo dos puntos subidos al escenario entre una multitud que comenzó a gritar en cuanto nuestra imagen se proyectó en la pantalla que teníamos detrás. No me costó adaptarme. Todos los miedos desaparecían en cuanto ponía un pie en el escenario y me convertía en un animal del espectáculo. Las pulsaciones se aceleraban, la electricidad recorría mi cuerpo y esa voz que parecía atrapada en la garganta fluía con naturalidad.

Canté tan alto que tenía que cerrar los ojos para dejar salir todo ese torrente de musicalidad que necesitaba expulsar para regalárselo a las personas que estaban enfrente, bailé, me quité la cazadora y me subí la camiseta para provocarlas tal como me habían enseñado, e incluso improvisé y terminé tirándome una botella de agua por encima dominado por la adrenalina. Si no llego a ver la cara de pánico de los tipos de seguridad y la cara de dolor de las niñas de la primera fila cuando la masa humana las empujaba, puede que incluso me hubiese lanzado al público.

Sudoroso y drogado de euforia, terminé subiéndome a la limusina de alguno de los artistas para ir a uno de los clubes de moda de Nueva York. No recuerdo el nombre. Fuimos directos al reservado y, desde las alturas, se me contagió un poco esa sensación de reyes del mundo que habitaba a mi alrededor. Era la gente la que te hacía sentir así. Los camareros que se desvivían por atenderte. Los dueños del local, que bajaban para decirte que estabas invitado a todo. Las chicas y los chicos que se apiñaban junto a la escalera que conducía a nuestra zona, ansiosos porque los invitásemos.

Me dejé llevar. Jeremy no estaba para verlo y sentirse mal por no poder hacerlo, a nadie parecía importarle que yo fuese menor y no podía rechazar una copa de mi artista favorito. Brindé. Me bebí una copa. Otra. Otra. Otra. Hasta que perdí la cuenta y todo a mi alrededor comenzó a dar vueltas.

Llegué como pude hasta una zona más privada. Unos sofás

blancos que estaban al fondo del local. Me tambaleé con la vista distorsionada hasta que localicé uno libre. Me dejé caer mientras un regusto amargo ascendía por mi garganta y las manos cada vez me sudaban más. No sé si fue la proyección de su sombra lo que me llevó a levantar la vista o ella me habló. Los recuerdos de aquella noche son como un tráiler de una película que protagonizaba otra persona.

Era una mujer morena con unas piernas infinitas y el pelo ondulado echado para un lado. Tendría veintisiete o veintiocho años. El rostro parecía de una muñeca de porcelana, con unos rasgos perfectamente matizados por el maquillaje. Supuse que se había apiadado de mí al ver que no podía mantener el equilibrio y venía a ayudarme, como si fuera su hermano pequeño enfrentándose al primer pedo descomunal de su existencia, que haría que tuviera dolor de cabeza y la boca seca durante una semana.

—Allí dentro hacía demasiado calor. Solo necesito un poco del bendito aire acondicionado. —Le resté importancia para no sentirme un puto crío más de lo necesario. Mi excusa era convincente. La zona era más privada.

—Tienes toda la razón del mundo. —Se sentó a mi lado. Su voz era melosa. La miré de reojo y, para mi sorpresa, observé cómo se quitaba el vestido—. No me gusta llenar la ropa de sudor. Es demasiado cara.

Parpadeé. No podía ser cierto. Agarré el sofá con las manos para no venirme abajo.

—Vístete —logré pronunciar.

—¿No te gusta mi ropa interior? —Hizo un mohín—. No es el mejor conjunto, pero el material de debajo sigue siendo igual de bueno.

Decir que estaba tremenda sería quedarse corto. Una modelo. Lo más cerca que había estado de una diosa de esas que veía en internet cuando me empezaron a salir pelos en los huevos. La sugerente invitación prometía una noche inolvidable. Era evidente que tenía mucha más experiencia que yo y podría hacerme ver las estrellas.

—Tengo un duende… Digo, novia… —La rechacé como pude.

—Entiendo…

La morena se puso de pie. Su escultural silueta era deliciosa. Llevaba un liguero a la altura del muslo, un tanga negro de lencería fina y un sujetador que le subía los pechos redondos. Suspiré cuando llegó al final e, inocente, creí que lo había pillado y se alejaba la tentación. Estaba muy equivocado. Se limitó a cerrar la cortina blanca y regresar a mi lado.

—Así mucho mejor. Con privacidad. Lejos de miradas indiscretas. —Colocó su mano en mis rodillas y comenzó a ascender rumbo a la entrepierna. Sabía lo que hacía.

—Ya te lo he dicho… —balbuceé, notando sus dedos jugueteando con el botón de mi vaquero—. Hay una chica y…

—Y no tiene que enterarse de lo bien que nos lo pasamos en el broche final de la noche —completó—. Solo será sexo. El mejor de tu vida. Follar como animales. Sin amor. Ni siquiera te sentirás sucio mañana cuando le digas que la quieres. Existe una diferencia abismal entre la atracción y el corazón —me aseguró. Quería convencerme de que era lo correcto.

Le aparté la mano con las pocas fuerzas que me quedaban en mi estado seminconsciente con un golpe brusco.

—Te he dicho que no. Ella es la dueña de esto. —Coloqué un dedo en la cabeza—. Esto. —Lo moví hasta el corazón—. Y esto. —Lo desplacé hasta las pelotas—. No hay nada que puedas rascar, así que lárgate antes de que pierdas la dignidad. —Apoyé los codos en las rodillas y me sujeté la cabeza.

—¿Estás seguro? —insistió, rozando mi paquete, que, en contra de lo que deseaba, se había hinchado con una reacción natural—. Porque parece que esta parte de tu cuerpo sí que quiere fiesta. —La manoseó. Quería apartarla, pero dudaba si me vendría debajo de moverme.

—Déjame, por favor —gimoteé, y no pareció entender que no era no.

Observé la luz del exterior al abrirse las cortinas antes de que Tiger entrase.

—¿No lo oyes? Vete de una puta vez. —Ella levantó la cabeza y le sonrió. El rapero ni siquiera la miró, pero noté que tensaba los puños.

—¿Después de tanto tiempo te sigue poniendo celoso que juegue con tus amiguitos? —Como respuesta, él le lanzó el vestido.

—Póntelo en menos de tres segundos o te obligo a salir en pelotas. Aunque supongo que eso tampoco te importaría demasiado, dado que la mitad de los que están aquí te han visto desnuda.

La morena se levantó y caminó hasta su lado. Le rozó el brazo, coqueta, y él se apartó apretando la mandíbula.

—Así que es cierto, al gran Tiger todavía se le parte el corazón en mil pedazos cuando se imagina a otro metiéndomela. —Se acercó y le susurró en la oreja—: ¿Sabes qué es lo peor? Que solo yo podría recomponerlo y no me da la gana. Nunca volveré a estar contigo. Me jodiste la vida.

—Que te den.

Tiger volvió a cerrar la cortina cuando ella se largó, tomó aire y estuvo un rato inspirando y espirando antes de acudir a mi lado.

—Que las copas sean gratis no significa que tengas que beberte toda la barra. No tengo un GPS en tu trasero que me avise cada vez que tienes problemas. —Parecía molesto y me atrevía a aventurar que su mosqueo se debía más a la modelo que a mi intento de coma etílico.

—¿De qué la conoces?

—La llevo grabada en la piel. —Se retiró las pulseras que llevaba en la muñeca y me mostró una cicatriz enorme. Un corte. Un intento de suicidio—. El amor, que es muy puto. Me pillé por ella hasta el punto de que habría encontrado la manera de largarme a otro planeta a su lado si me lo hubiese pedido o dejarlo todo, casarme, hacer barbacoas y traer al mundo un par de críos si ese hubiese sido su deseo. Lejos de todo esto.

—No comprendo qué pudiste ver en ella...

—Era muy buena actriz y fue la novia perfecta hasta que pasé por un bache y creyó que mi carrera se estrellaba y, con ello, su ritmo de vida. —Se tapó las heridas—. Ironías de la vida, Betty fue la que me avisó de que me la estaba dando con un jugador de la liga americana. No por ayudarme, sino para que me partiese la cara con el tío en un club cegado por la ira, como acabó sucediendo esa noche con su objetivo para recoger la escena.

—¿Por qué cree que le jodiste la vida?

—Porque se le acabó el chollo después de que la grabase discutiendo conmigo cuando decía que solo estaba con ese tío con minipolla porque tenía mucho más dinero del que yo ganaría. —Sonrió—. Ahora se dedica a ir de fiesta en fiesta intentando encontrar una víctima que todavía no esté curtida en las cazafortunas. Me temo que el novato de hoy eras tú.

Todo me dio vueltas. Era demasiado. Una cosa era bromear con la frialdad de ese mundo y otra empezar a descubrirlo en tus propias carnes. La falsedad. El interés. Esa desconfianza que empezaba a instaurarse de manera sutil, imperceptible, sin que me diese cuenta.

Esa noche acabé vomitando. Esa noche al volver a casa vi que tenía diez llamadas de Jeremy y me percaté de que había incumplido por primera vez una promesa con él, ya que le había dicho que lo llamaría nada más salir de cada concierto para relatarle todo lo que ocurriese y que así viajase conmigo a través de la distancia. Esa noche no dormí a gusto en la cama del hotel y lloré echando de menos a mi madre.

Esa noche tuve las primeras señales del mundo en el que me estaba metiendo. Habría sido tan fácil como huir. La resaca me hizo olvidarme de la corazonada. Ya estaba en sus garras. Perdido.

CAPÍTULO 17

CRYSTA

Acostumbrarme a Los Ángeles fue sencillo. Decidí que todo sería diferente allí y solo necesité determinación para conseguirlo. Hice amigos desde el primer instante. No quise darme la oportunidad de cambiar de opinión y, mientras esperaba a poder matricularme, me acerqué a la primera chica que encontré con la misma cara de perdida que debía de lucir yo y me presenté. A veces decir «hola» es algo insustancial y mecánico, y otras es sinónimo de valentía, de llevar las riendas del nuevo capítulo, despidiéndote de la amargura, la zancada más grande que has dado en tu camino.

Las clases eran interesantes. Me encantaba averiguar que utilizaba algunas técnicas que otros artistas habían patentado sin saberlo y descubrir nuevas que podía adaptar a mis trabajos. La rapidez con la que giraban las ruedecillas del reloj cuando estaba atendiendo y la sensación de que había aprovechado cada uno de los segundos empapándome me llenaba. Hablar con mis compañeros de proyectos e ideas era del todo satisfactorio. Compartir con ellos mi visión del mundo de la pintura me demostró que no estaba sola, existían más como yo, personas que caminaban por la calle y en su cabeza, como si estuvieran locos, surgían dibujos y obras que debían reproducir como si les fuese la vida en ello. La unión del arte.

La convivencia con Dana mejoraba la nueva etapa. Tuvimos que acostumbrarnos a las manías de la otra. A ella le gustaba mantener abiertas las ventanas cuando llovía porque decía que el olor a humedad era el mejor ambientador sobre la faz de la tierra y yo me dedicaba a atar las cortinas a ambos lados de las ventanas para que entrase la luz, ya fuera del sol o la claridad de la luna. Eso y su manía de quedarse dormida los fines de semana con el televisor encendido hasta que le arrancaba el mando y le ordenaba que se fuese a la cama, o la mía de volver cuando habíamos salido del portal para asegurarme de que habíamos cerrado con llave la puerta, a pesar de que en ninguna de las ocasiones anteriores, cuando había repetido ese ritual, la había encontrado abierta.

Éramos muy diferentes y habíamos encontrado en todas las cosas que nos separaban el punto de unión. Era positivo. Nos ayudaba a conocer rincones que, de otra manera, nunca habríamos visitado. Como esa tarde. Dana y yo quedamos nada más salir de clase. Hicimos una ruta por las librerías más extrañas de la ciudad, una que estaba en el interior de una especie de museo rodeada por columnas góticas, otra en una especie de jardín y mi favorita, la que parecía una nave espacial y de cuyo techo caían novelas.

Dana era una amante de la literatura. Me fijé en que siempre que entraba en una librería se ponía de puntillas y andaba dando pequeños saltos. Tenía las manos desplegadas para rozar los lomos de los libros y, cuando localizaba uno que le gustaba y que quería comprarse, se lo pegaba al pecho como si quisiera que la historia que contenía escapase de sus páginas para envolverla hasta llevarla al interior.

—Con todo lo que lees, deberías plantearte escribir —apunté apoyándome contra una estantería.

—Con toda la ternera que comes, deberías reencarnarte en una vaca. —Puso los ojos en blanco—. Todo el mundo está siempre con el mismo tema. Que me encante devorar novelas no significa que me apasione crearlas. Estamos tan desesperados buscando sueños que en cuanto algo nos gusta lo etiquetamos como nuestra mayor fantasía, proyectamos una imagen irreal, nos retroalimentamos y ya está, o acabamos nuestros días trabajando de ello o que nos atropelle un camión ya para evitarnos lo infelices que seremos.

—¿A qué te refieres?

—A que si te gustan las series no tienes por qué ser guionista. A que si cuando seas una afamada pintora de una galería en París descubres que no lo disfrutas porque lo que te molaba era hacerlo a tu ritmo como afición no hay nada de malo en dar un paso atrás.

—La sociedad está un poco obsesionada con triunfar —comprendí.

—Sí, y querer hacerlo y no rendirte es bueno mientras sea sano. Prefiero servir cafés y reírme del chiste que me cuenta todas las mañanas el camionero que se sienta a la derecha de la barra para pedir una tarta de manzana que ser la mejor actriz de Hollywood que nunca tiene suficiente. Esa que en lugar de alegrarse por las buenas críticas del filme se estira de los pelos porque el caché de su compañera es superior.

Su punto de vista me pareció interesante. Distinto. Evocador. Alejado de esa idea instaurada en nuestra cabeza de que había que ser el mejor en todo. Sacar las notas más altas. Ir a la universidad con más prestigio. Trabajar en la empresa que más ceros regalase a tu cuenta bancaria. Esa idea estaba bien. Lo malo era llevarla a los extremos.

Las obsesiones dañan. Las metas imposibles también. Lo que Dana trataba de decir no era que teníamos que tirar la toalla a las primeras de cambio. Luchar con uñas y dientes era nuestra obligación. Parar de clavárnoslas en la piel cuando salía sangre también. Intentarlo hasta estar orgullosos de nosotros y, si aun así no lo lográbamos, no amargarnos, sino buscar ese arcoíris que solo sale cuando llueve.

Los seres humanos no somos solo una cosa. Somos tan complejos, tenemos tantos matices, que ni nosotros mismos nos conocemos del todo. Nos sorprendemos. Equivocarse a la hora de proyectar el futuro y rehacer el camino no era malo del mismo modo que no era obligatorio dedicarnos a lo que nos gustaba, sino lograr que el lugar donde echásemos el ancla fuese lo más maravilloso posible, sin importar que el puerto no fuese el que habíamos seleccionado desde pequeños.

Salí de la librería antes que Dana y quedamos en el paseo marítimo. Ella ya sabía el lugar exacto. Paseé entre la multitud y me detuve a ver a un malabarista y un mago que me dejaron con la boca abierta y ninguna moneda en la cartera. Tuve que esperar hasta que pasase una pareja que enseñaba a su hija a ir sin ruedines en bicicleta antes de poder sentarme en el muro y observar a los artistas.

Los había de todas las edades. Señores mayores con las uñas manchadas de carboncillo negro, cuyos restos nunca se eliminaban, como si formasen parte de su piel, que pintaban retratos por cinco pavos. Chicas jóvenes con una especie de máscara antigás, en láminas, paisajes que dibujaban con botes de pintura. Clásicos que llevaban los cuadros de casa. Niños a los que sus madres compraban tizas y decoraban el paseo.

Me atraían todas las vertientes del arte, y una parte de mí se preguntó si tendría tiempo suficiente para practicarlas. De repente, la idea de encerrarme en una galería se me antojaba aburrida, algo pasajero, mientras que la de colgarme una mochila al hombro y visitar diferentes países con el pincel me atraía hasta el punto de notar unos nervios contenidos de emoción.

Me miré la pierna y, en lugar de ser un obstáculo, imaginé si dejaría unas huellas más profundas sobre la tierra cuando escalase esas montañas en las que solo estaríamos Julien, una guitarra, un pincel y yo. Sonreí.

—¿Estás espiándolo? —Dana llegó con una bolsa repleta de libros y me señaló el móvil que sostenía en las manos para sacar fotografías de lo que me rodeaba.

—¿A Julien?

—Si acosas a otro tío, prefiero que no me lo digas, para que cuando venga la policía a detenerte no me lleve de cómplice —dijo con sarcasmo—. Las esposas solo para la cama y si yo soy la que ato. —Me guiñó un ojo y se sentó a mi lado.

—Confío en él. —Me encogí de hombros. La distancia era difícil. Un reto. Las dudas surgían de vez en cuando. Se disipaban en el preciso instante que lo veía a través del ordenador y me dedicaba esa sonrisa ladeada y cómplice que era solo mía.

—Pues si yo tuviera un novio como él, tendría los avisos rápidos de Google activados con su nombre —señaló antes de quitarme el móvil—. Vamos a ver qué ha hecho últimamente el rubio que más camisetas con su cara vende—. Lo desbloqueó.

—¿Cómo sabes mi patrón?

—Soy observadora y tú no cuidas demasiado tu intimidad. —Se mordió el labio—. Veamos. —Escribió «Julien» e inmediatamente salió él. Me llamó la atención una de las frases del buscador rápido que decía «novia Julien». Moví la mano y la pulsé.

—¿Quién es ahora la interesada? —bromeó al ver que me acercaba y abría mucho los ojos.

Salían imágenes de mí sacadas de las redes sociales y algunas que ni siquiera me había dado cuenta de que nos habían hecho cuando íbamos juntos por la calle. Fue extraño. Ni bueno ni malo. Saber que desconocidos me conocían fue muy raro. Una sensación indescriptible.

Dana deslizó el dedo por la pantalla hasta que llegamos a los comentarios. Error. El anonimato y esa creencia extendida de que se podía opinar sin filtro no eran buenos. Quiero pensar que las personas que lo habían escrito no lo hacían con ninguna intención. No valoraban el efecto que podían tener sus palabras en los protagonistas. No se paraban a mudarse de piel y ponerse en el lugar del otro. Extraños de los que opinar sin medir los daños colaterales que podían causar.

Tres eran los patrones más extendidos. Los de aquellos que se atrevían a vaticinar nuestro final y me reducían a la típica novia de instituto que no tardaría en dejar por una de las cantantes de moda que idolatraban y por la que me cambiaría en cuanto hiciese un dúo para su siguiente disco. Los que sacaban a reducir lo poca cosa que era, matizando mis defectos, el poco estilo que tenía al vestir y un sinfín de argumentos estereotipados de mi físico. Y, finalmente, los que aseguraban que lo amaban «todavía más» porque era capaz de estar con una coja, que eso decía mucho de la bondad infinita de Julien. Empequeñecerme. Insultarme. Pena. No sé cuál de los tres me gustaba menos.

—¿Crees que algún día aprenderemos? —Dana cerró la página y volvió a bloquear el móvil.

—¿A qué?

—A dejar de ser tan perras entre nosotras. —Debió de notar mi gesto alicaído y se quedó pensativa antes de cerrar un instante los ojos—. Voy a contarte una cosa. Será la única vez que hablemos del tema y, en cuanto termine, vamos a ir a la feria a pasárnoslo bien y celebrar que hoy he estado en clase con Brad Pitt.

—¿De verdad? —pregunté, impresionada.

—No, pero ha servido para lo que quería. Captar tu atención y que dejases de darle vueltas al tema. —Sonrió y sus labios curvados desaparecieron en cuanto pronunció la siguiente frase—. En el colegio era feliz. —Tragó saliva—. La gorda más feliz, con tantos pliegues de chichas en los muslos que cuando tomaba el sol se me quedaba la línea blanca. La comida me ponía contenta. Patatas, tortitas con sirope de chocolate y tartas. No necesitaba ni comérmela, solo con verla ya me cambiaba el estado de ánimo. Y no hacía daño a nadie, si no contamos los pantalones que de vez en cuando reventaba al sentarme. —Trató de hacer una broma, pero sonó demasiado amarga para catalogarla así—. Entonces llegaron algunos compañeros. ¿Te has dado cuenta de que desde que hemos llegado aquí no te he presentado a ninguna amiga?

—Porque están estudiando fuera… —Recordé que era lo que solía contestarme cuando le proponía que invitase alguna a casa o saliésemos con ellas a tomar algo.

—Me declaro oficialmente mentirosa. En mi favor solo diré que no lo hacía con mala intención. Confesarte que no tenía ninguna me resultaba un poco humillante. —No podía creerlo. Dana era una tía divertida, interesante, con un magnetismo que provocaba que todo el mundo quisiese estar a su lado. Me parecía imposible que no le quedase nadie del pasado—. Te lo resumiré: meterse conmigo era divertido porque, en lugar de pasar como hacías tú, era de las que corría al baño a encerrarse llorando y eso no las detenía, sino que las impulsaba.

Dana se abrazó a sí misma sin necesidad de que una ráfaga de viento la azotase, sus propios recuerdos lo hacían. Iba a hablar, a apoyarla, a decir algo que la hiciese sentir mejor. No lo hice. Era consciente de que ese tipo de palabras vacías no reconfortaban ni servían para nada. Las frases hechas pronunciadas con buena intención no sanaban. Sacar la mierda hasta darte cuenta de lo limpia que estabas ahora, sí. Remover el dolor no dañaba, fortificaba al ver que habías sido capaz de dejarlo atrás, que los infiernos nunca eran eternos.

—Jack no fue el cerdo que se enrolló con la tía buena del instituto, Crysta. Jack fue el cerdo que fue a por la gorda porque sabía que necesitaba cariño y solo tenía que acompañarla un par de veces a casa y apartarle el pelo de la cara para que esta no dudase ni un segundo en perder su virginidad con él. —Hizo una pausa—. Se liaba con otras y pedía que nos viésemos a escondidas. Me hizo creer que era por mi bien, cuando la realidad es que se avergonzaba tanto que cuando nos pillaron no dudó ni un segundo en afirmar que todo se trataba de una coña y enseñar las fotos que le había enviado en ropa interior a todo el mundo. —Tomó aire—. No lo dejé porque me quitase las vendas, sino porque pillé una depresión de caballo por el *bullying* hasta que mis padres no tuvieron otra opción, que mandarme a una clínica, en la que solo quería morirme. ¿Sabes por qué me salvé?

—Porque eres una de las personas más fuertes que conozco —logré articular.

—No, porque me apunté a clases de teatro allí dentro y los personajes me permitieron vivir otras vidas, unas que sí merecían la pena, las que me impulsaron a luchar para salir de allí. Ser actriz no fue nunca mi sueño, sino una terapia de salvación —asintió, orgullosa—. Te cuento todo esto porque quiero que entiendas que el día que te vi en la fiesta, Camille te insultó y le devolviste el golpe, supe que quería ser tu amiga. Yo no era la tía guay que elige por algún extraño motivo irse con la solitaria, sino la chica a la que sus padres llevan a Alaska para que termine sus estudios en un ambiente que no le recuerde su pasado y se topa en mitad del camino con alguien a quien admirar.

—Yo no…

—Tú sí. Tú has superado muchas cosas y, además, te has llevado al tío bueno. —Subió el volumen de su voz—. Así que ni se te ocurra por un instante hundirte por los comentarios que hemos leído y los que vendrán a medida que Julien siga subiendo, ¿me has entendido? —Sonó como una orden y me limité a asentir con energía.

—No lo haré.

—Claro que no. Como mucho te dejo que el siguiente polvo se lo eches en honor de todas las envidiosas.

Ambas nos reímos.

—Dana, si necesitas algo…

—Lo tengo todo bajo control. He tardado años, pero he borrado esa imagen deprimente que tenía de perfil en la que salía una anciana mirando su reflejo de niña en un espejo pidiéndole perdón.

—Aun así… —insistí.

—Es sencillo, Crysta. No quiero más dramas en mi vida. —Se giró y arqueó las cejas—. De hecho, estoy deseando terminar esta conversación, darte la gran noticia de que te he conseguido trabajo en la cafetería de la galería de arte y que nos subamos en la montaña rusa de la feria hasta acabar vomitando.

—¿Te había dado mi currículum? —No comprendía la parte de su frase en la que se refería a la cafetería.

—No era necesario. Las amigas se adelantan a las necesidades. ¿Te acuerdas de que te conté que mis padres conocían a una mujer que tenía una galería? Pues bien, han intercedido por ti para que el lunes empicces.

—¿Nos van a subir el alquiler y necesito dinero con urgencia? —Me preocupé.

—No. —Se puso de pie—. Esa es la excusa para que puedas exponer alguna de tus obras en la fiesta que celebra cada año, en la que reserva un espacio para los artistas de su equipo.

La emoción me recorrió de arriba abajo. Una oportunidad. No necesitaba más. Me levanté y la abracé con fuerza.

—Lamento no haber estado contigo en el colegio —fue lo único que me salió. El trabajo y lo que podía significar quedaba relegado a un segundo plano—. No habría permitido que te pasase algo así. Les habría dejado los ojos morados a todos. —Dana asintió, estrechándome.

—No dudo que habrías sido mi princesa guerrera a lomos de un caballo enarbolando una prótesis como espada.

—Cuando lo necesites, todo el hierro y la carne de mi cuerpo están a tu disposición. —sentencié y ella asintió alegre.

No hablamos más del tema. Dana ya había pasado por su particular casa de espejos de una atracción de feria. Se había perdido, visto distorsionada, observado todas las perspectivas de manera exagerada, mirado su reflejo en diferentes prismas hasta encontrar el que quería que la representase. Llevarla de vuelta a su sufrimiento por el morbo de conocer más detalles no entraba en mis planes, del mismo modo que, a partir de esa confesión, la memoricé en mi mirada para que, si algún día ella no recordaba su imagen, mis ojos, esos que decía que parecían cristales, se la mostrasen.

Nos fuimos directas a la feria. Estaba sobre el muelle de madera de la playa de Venice. El agua chocaba contra las columnas que la mantenían anclada y las atracciones inundaban de color ese rincón. Nos montamos en la noria un par de veces, comimos algodón de azúcar y, sí, nos subimos a la montaña rusa roja hasta que me vino la primera arcada y Dana se asustó y me suplicó que si echaba hasta la primera papilla lo hiciese en dirección contraria a la que estaba sentada ella.

De camino al apartamento nos paramos en algunos puestos. Pensaba que mi problema de compras compulsivas terminaría en cuanto dejase atrás Alaska y no usase complementos como gorros, guantes recortados y pañuelos varios, hasta que descubrí la bisutería artesana. Las pulseras, los colgantes, los anillos y sobre todo los pendientes asesinaban del tirón a esa vocecilla que trataba de contener a la vena consumista. Mi temática favorita era la celta, a pesar de que los únicos símbolos que conocía era los del árbol de la vida por *Juego de tronos* y la triqueta de *Embrujadas*.

Dana me preguntó si todavía podía andar un poco más frente a la parada del autobús y, aunque sabía que mi articulación se quejaría cuando me tumbase en la cama, le dije que sí. Ir dentro del vehículo no era lo mismo que disfrutar del paisaje en directo.

Los atardeceres me enloquecían. En Los Ángeles aprendí que el cielo es una de las mejores paletas de colores que existían y sospechaba que, si viajaba todo lo que pretendía con mis renovadas ganas, sería un buen sitio para encontrar nuevas tonalidades que utilizar en mis composiciones. Bajé la vista y me di cuenta de que Dana arrugaba la nariz antes de ver a mi hermana. No sabía cuánto tiempo llevaba frente a nuestro portal con su perfecta coleta con las puntas rizadas, unos pantalones negros de pinzas y la camisa blanca a lunares negros.

—¿Le ha pasado algo a mamá? —me apresuré a preguntarle, alarmada, al llegar a su lado con el movimiento más similar a correr una carrera que había hecho en años.

—Nada. —Me miró extrañada sin darse cuenta de que verla allí no era habitual.

Becca no era el tipo de hermana que te visitaba por sorpresa y te pedía que le enseñases la ciudad para terminar en un pub pidiendo unos chupitos para las dos con su carnet. Tampoco era de las que te llamaban la primera semana para preguntarte si te estabas adaptando bien y reírse mientras le relatabas tus anécdotas de novata, como, por ejemplo, cuando teñí toda mi ropa interior de rosa por un pañuelo granate que se coló en la colada. De hecho, no era nada. Teníamos un trato nulo que iba poco más allá de las reuniones familiares en las que nos veíamos obligadas a compartir una mesa que ella abandonaba a la primera ocasión.

—¿Ella está bien? —insistí, aunque una parte de mí era consciente de que Becca no conocía el tacto y me habría soltado una mala noticia de golpe.

—Supongo. —Seguía igual de fría. No me saludó con un abrazo o un beso en la mejilla.

—¿Entonces?

—Se trata de mí —confirmó, tensa—. ¿Podemos subir a un sitio más privado para hablar? —Desvió la vista hacia el portal con impaciencia y yo asentí.

No hablamos mucho en el ascensor. Podríamos haber aprovechado para intercambiar impresiones sobre su vida en Boston y la mía en Los Ángeles y lo distintos que eran los estados, pero ella se dedicó a peinarse de nuevo su perfecta coleta y yo jugueteé sacando y metiendo el anillo con una piedra ámbar que me había comprado.

—Quédate con nosotras si quieres —sugerí a Dana, porque era su casa y porque, para qué nos vamos a engañar, no sabía qué ocurriría si me quedaba a solas con Becca en el mismo espacio cerrado sin nuestra madre para contenerme.

—Paso de que me absorban toda la energía —se negó, e inmediatamente miré hacia atrás para comprobar que mi hermana se había marchado al sofá y no seguía allí plantada escuchándolo todo.

—No es para tanto... —mentí.

—Es capaz de ir a una concentración de hippies y convertirlos en zombis sin necesidad de morderlos. —Comenzó a andar rumbo a la habitación y me lanzó un beso por el camino para despedirse.

Le pregunté a Becca si quería algo y me pidió un té negro con leche. Por lo visto, el calor tampoco hacía mella en ella. Lo preparé tal como recordaba que lo hacía mi hermana, con dos sobres de azúcar, lo coloqué en una bandeja de girasoles al lado de mi batido de vainilla y, sin más excusas para permanecer alejada, volví al salón.

Mi hermana estaba sentada con las manos sobre las rodillas mirando horrorizada todo lo que la rodeaba, desde la pintura de unos pájaros volando que había dibujado en la pared hasta las mariposas de la lámpara blanca redonda, pasando los objetos desordenados.

Se lo tendí y me senté enfrente.

—¿Y bien? —la insté a hablar. Nadie hace tantos kilómetros si no tiene algo importantísimo que contar.

—Estoy embarazada. —Así. Sin más. Como quien habla del tiempo. Escupí el batido y me atraganté con lo poco que había tragado.

—¿Cómo?

—La fortuna me acompaña. Ahora tengo que darte tu primera clase de sexualidad… —bufó.

—Conozco el proceso —la interrumpí con brusquedad—. Es solo que… —balbuceé, tratando de buscar las palabras justas que no la hiriesen.

—Pensabas que si una de las dos hacía una estupidez así serías tú —soltó.

—No exactamente. —Me contuve para no defenderme e increparla por meterse conmigo. No era el momento de introducir más conflictos en su vida—. Es solo que no pareces el tipo de persona que se acuesta con un tío sin protección.

—Un error que no volveré a repetir. Tenlo por seguro.

Con cualquier persona habría sabido si tenía que decirle «lo siento» o «enhorabuena». Su inexpresividad facial no ayudó en ese punto.

—¿Qué necesitas? —pregunté.

—Que me convenzas de que aborte —respondió.

—No. Es una decisión tuya y del padre. —Podía ejercer de árbitro y aconsejarla, pero no convertirme en el juez de algo tan importante.

—El padre es cierto catedrático casado que se ha borrado del mapa perdiendo su derecho de voto. Solo quedo yo. —Le tembló ligeramente el labio. Todo lo que podía siendo ella—. Supongo que habrás llegado tú sola a la conclusión de que no soy muy popular. Por eso repito: tienes que convencerme de que aborte.

—Te acompañaré a la clínica si es lo que me estás pidiendo.

—No quiero que me sujetes la mano antes de entrar en quirófano, sino que me des el empujón para que lo haga —se exasperó.

—¿Por qué? ¿No estás segura?

—Lo estaba —apuntó—. En cuanto me hice la prueba pedí cita
para la semana siguiente. —La creí. Becca habría sacado su agenda
y, sin más, habría mirado qué huecos tenía libre—. El olor a anti-
séptico debió de nublarme el juicio en la sala de espera, porque
empecé a arrepentirme y hui. —Se colocó la mano en el vientre.

—Desear tenerlo no es algo malo. —Empezaba a comprender
su conflicto. No es que tuviese dudas, es que había tomado una
decisión con la que no contaba y le rompía los esquemas.

—¡Es lo peor que voy a hacer en mi vida! —gritó—. Tendré que
abandonar la universidad momentáneamente, cuando estaba a
un paso de convertirme en la alumna más excelente que la había pisado, las hormonas me dominarán, tendré que aprender a
interactuar con un ser que no entiende de racionalidad y… y…
¡Me convertiré en ella!

—¿Quién?

—¡En Cat! —La duda se me pintó en el rostro y la resolvió—:
Oh, Crysta, es imposible que no te hayas dado cuenta. Ella, la
gran modelo que tuvo que abandonar sus años dorados en la pasarela para hacerse cargo de una cría. A ti te buscaron. Yo llegué
en el peor momento para destrozarles su perfecta vida.

Sus palabras me impactaron. Nunca pensé que pudiese sentirse así. Un error. El más grande. Puede que mi madre recordase
con nostalgia esa etapa, pero estaba convencida de que no se había arrepentido ni un solo día de traer a Becca al mundo, a pesar
del esfuerzo de esta en conseguir que la detestase.

—Te confundes. Nunca la he oído decir algo así.

—Seguro que lo piensa —trató de convencerse.

—Lo dudo. —Me aproximé para colocar la mano sobre su rodilla y mi hermana se apartó. No habíamos llegado a ese grado
de complicidad—. ¿Has hablado con ella?

—Sí. Se volvió loca. Quería toma el primer vuelo a Boston.
Tuve que prometerle que vendría a verte para que no lo hiciese.

—¿Eso no te da una pista sobre lo que significas para ella?

—¿Por qué? —Estaba realmente confusa. Casi podía ver cómo todos los cimientos que forjaban su relación con ella comenzaban a desquebrajarse—. Mi presencia seguramente le desagradará.

—Puede que tengas razón y que yo tampoco sepa la respuesta a esa pregunta. Lo único que sé es que la relación que una madre forja con su bebé cuando lo lleva dentro es incondicional. Un amor indescriptible.

Nos quedamos en silencio. Becca aprovechó para dar un pequeño trago a su taza de té y volvió a dejarla en el plato.

—¿No vas a convencerme? —Hizo su último intento y negué con la cabeza.

—Pero me gustaría saber qué vas a hacer. Tu decisión.

Repasó de nuevo su coleta, dejando que el cabello se perdiese entre sus dedos.

—Tenerlo. Si un experimento sale mal, no lo intento una segunda vez, y ya sé mi reacción si vuelvo a la clínica.

Interioricé lo que acababa de decirme. Becca iba a ser madre, lo que me convertía en una futura tía. Nunca había visto en ella ningún tipo de instinto. Ni siquiera les pasaba la pelota a los críos cuando la tiraban a la carretera y ella estaba cruzando, para que no los atropellase un coche. No le hacían gracia los bebés monos de los vídeos de YouTube. Si algún familiar nos presentaba a su pequeño, en lugar de hacerle ruidos y caras graciosas lo trataba como si fuera adulto. Estaba claro que llegaba su gran aventura.

—Estaremos a tu lado. —Apoyé mi mano encima de la suya y, esta vez, no la apartó. Me miró de arriba abajo.

—¿Después de todo?

—Son los genes. —Sonreí—. Que se empeñan en seguir recordándome que eres mi hermana, aunque a veces parezcas más una perra del infierno. —Enarcó una ceja y temí que mi broma acabase en una batalla. La aceptó.

—Eres tú, que no cambias. Tan repelentemente bondadosa, con esa capacidad innata de perdonar. Sin olvidar nunca lo que querías ser de mayor. —Movió su mano en un intento fallido de enlazarla con la mía. Me conformé con el breve roce. Era un paso.

—¿De qué hablas?

—Cuando eras pequeña te preguntaron qué querías ser. Levantaste la cabeza con las dos coletas que Cat te había hecho y todos esperamos que contestases astronauta, profesora o aventurera.

—¿Qué dije?

—Feliz, Crysta, solo feliz. Y desde entonces te envidié —confesó—. Mientras yo vivía en un bucle insatisfactorio en el que necesitaba más y más, tú te conformabas con lo que tenías. Mientras que yo solo podía pronunciar cosas desagradables porque los sentimientos me asustaban, tú eras capaz de regalarlos sin fin. —Tomó aire—. Desde que murió papá siempre que voy a su tumba te odio porque una parte de mí está segura de que a ti te habla, que sientes sus señales, mientras que yo me enfrento a la nada. Al vacío.

Recordé su pendiente y la imaginé postrada frente a la piedra desgastada en silencio, como actuaría ella, sin llamar la atención, seria, sin pedirle al viento que le devolviese una palabra y deseándolo con todo su ser. Se me partió el alma.

—Él sí que te habla. Lo hace a través de mamá y de mí.

Becca se quedó pensativa. Su racionalidad luchando contra esa emoción silenciada. Fui testigo de cómo uno de los dos bandos triunfaba al mismo tiempo que sus dedos, esos que permanecían estáticos o sosteniendo un bolígrafo, se entrelazaban con los míos. Su tacto era suave. Su piel sobre la mía provocó una explosión. Para cualquier persona no sería un gran paso, pero la conocía y sabía que le estaba costando horrores. Ese día, el deseo de una niña que solo aspiraba a ser feliz se hizo realidad. No sabía cuánto echaba de menos tener una hermana hasta que la recuperé. A ella, la que siempre se había sentido un bebé no deseado. A ella, la que le dolía sentir porque no sabía expresarlo. A ella, que buscaba palabras en el viento.

Sabía que no sufriría una transformación radical. El deje borde que la dominaba era parte de su esencia. No entender las emociones del mismo modo que yo, también. Sin embargo, vislumbré la luz. La esperanza. El hecho de que ese bebé que todavía no había nacido le había abierto los ojos. Se había dado cuenta de que mi madre y yo éramos una constante que no desaparecía por más que se empeñase en convertirse en nuestro terremoto azotador. Llegaba el momento de dejarse querer. De hacerlo ella misma.

—Sea lo que sea lo que le pasó a papá, tú no tuviste la culpa. —Se aclaró la garganta—. Te lo dije solo porque estaba enfadada con el mundo y sabía que eras la única persona capaz de consolarme, de hacer que lo perdonase. Debía alejarte radicalmente, porque lo único que deseaba era seguir odiando el universo hasta que ardiese. —Asentí, aceptando su intento de disculpa.

Fui egoísta. No la perdoné porque tuviese un alma caritativa, sino porque era lo mejor para mí. Odiarla, culparla por cómo hizo sentirme durante años, solo me devolvería esa sensación de pánico que me destrozaba. A veces aceptar los errores de una persona tiene un efecto sanador en tu espíritu.

—Solo te pido una cosa —exigí.

—¿Qué?

—Mamá. Vas a volver a vivir con ella. Ahora que sabes todo lo que vale y lo que sería capaz de hacer por ti, no seas injusta. Trátala bien. Conviértete en esa persona que le falta para salir otra vez a la calle, para jugar a los bolos, para ser de nuevo la mujer que era a su lado... Su amiga.

—No tengo mucha experiencia... —Se quedó en silencio y apretó los labios antes de asentir—. Pero lo intentaré. Te prometo que lo haré.

De repente, esa especie de temor que se había instaurado en mi interior al saber que las dos iban a convivir de nuevo desapareció. Eran dos seres solitarios. Dos mujeres que se habían enfrentado a todo solas. Dos seres que unidos podrían encontrar la mejor versión de sí mismas. Mi familia se arreglaba. Después de tantos años, mi padre, por fin, podría volver a sonreír. Su legado estaba a salvo. Sus mujercitas. Esa carne que nunca dejaría de echarlo de menos, pero que sobrevivía a su ausencia.

Cenamos juntas. Becca no se quejó de mis burritos ni cuando Dana nos hizo un calvo porque sí antes de irse a dormir. Se quedaría un par de días antes de regresar a Boston a hacer el papeleo necesario para dejar por el momento la universidad y marcharse a Alaska. Estaba colocando unas sábanas en el sofá para dormir allí cuando me propuso que lo hiciésemos en la misma cama.

No hubo guerra de almohadas, confidencias hasta la madrugada o un beso antes de apagar las luces. Se tumbó en un lateral del colchón totalmente recta, como una auténtica momia, y yo me coloqué el móvil entre las manos para apagar la alarma que sonaría a las dos de la madrugada sin necesidad de despertarla.

Agarré el portátil y salí de la habitación a hurtadillas rumbo al salón. Encendí la lamparilla que Dana usaba para leer. Las persianas no estaban echadas y la brisa se colaba a través de la ventana abierta, revolviendo el pelo sobre mis hombros. Lo encendí y me conecté a Skype.

El icono que representaba a Julien cambió del rojo al azul. Iba a llamarlo cuando él se adelantó. Los dedos me temblaban al contestar y mis tripas se encogieron cuando la imagen distorsionada se volvió más nítida hasta mostrarlo. Estaba a miles de kilómetros de mi lado y, aun así, tenía ese efecto.

Podía encontrar cientos de fotografías suyas en internet con todas las poses y vestuarios posibles. Si quería verlo, solo tenía que escribir su nombre. No era lo mismo. Lo que activaba cada centímetro de mi piel y me arañaba las entrañas era su movimiento, sus gestos. Uno en concreto por encima de todos. Observarlo revolviéndose el pelo con ansiedad por la espera y cómo sus labios se curvaban en una especie de sonrisa canalla, rebelde, traviesa y repleta de significado en cuanto se encontraba conmigo era el símbolo. La señal de que era mío. El detalle del todo.

La distancia es relativa. Las percepciones también. Estar lejos y que a la vez todo mi cuerpo se activase era el mayor regalo. Me sentía como si estuviese enfrente y mis hormonas se revolucionasen con esa especie de deseo contenido los segundos previos al beso. Esa inquietud que te recorre la espina a medida que la conversación empieza a ser escasa y los silencios con significado y complicidad mantienen su propio lenguaje. El modo en que tu cuerpo tiembla ligeramente cuando os acercáis y notas su presencia en tu propia piel. La ligera abertura de los labios y esos ojos que solo miran su boca, hambrientos.

Las sensaciones no disminuían, sino que se incrementaban. Era una putada, porque no podías llenar esa especie de vacío, mitad dulce mitad amargo, que te deshacía el estómago, que estaba dentro, que te pinchaba en la parte inferior del vientre y provocaba que tu corazón se paralizase y no pudieses respirar sabiendo que ese beso que servía de interruptor para volver a ponerlo en marcha no iba a suceder.

Tenía el pelo desordenado y se lo había rapado por abajo, la barba le cubría levemente el mentón, el pendiente de la oreja brillaba y las cejas espesas enmarcaban esos ojos que, claramente, no tenían el tono ámbar del directo.

—¿Desde dónde me llamas? —Frunció el ceño tratando de reconocer la estancia.

—El salón.

—Qué raro… ¿Algo que ocultar en la habitación?

—Mi hermana. Va a pasar unos días aquí. —Aclaré.

—Vale. Acabas de preocuparme. —Se incorporó en la cama del hotel y pude ver el cuadro moderno que tenía detrás. —Dime que no tienes a tu amante musculoso durmiendo allí.

—¿Por quién me tomas? —fingí indignarme—. Mi paciencia tiene un límite y con aguantarte a ti está cubierto del todo. —Me reí.

—No lo pillo, ¿por qué ha ido? —No era ningún secreto que nuestra relación no era del todo buena.

—Cuando te lo diga no te lo vas a creer. Es muy surrealista.

—Duende, después de lo que estoy viviendo no queda nada en el mundo que pueda sorprenderme.

—No estés tan seguro. —Me aclaré la garganta—. Becca está embarazada.

—¡Hostia! ¡Me cago en la puta!

—Para ser alguien que no se sorprende por nada pareces un poco asombrado.

—Lo estoy. ¡Vaya si lo estoy! Creía que si un tío intentaba beneficiarse a tu hermana se la arrancaba cuando se bajase la bragueta.

—¡Eres un bestia!

—Vamos, no me digas que nunca te la has imaginado de amazona con un séquito de sirvientes eunucos.

—Puede que en alguna ocasión… —confesé, mordiéndome el labio.

Los dos nos reímos, aunque su risa sonó más ronca que de costumbre, como si le fallase un poco la voz.

—¿Qué tal está?

—Ni siquiera ella lo sabe. Lo descubrirá poco a poco.

Julien asintió y se tomó su tiempo para interiorizar la información. Me dediqué a observarlo y me percaté, a través de la camiseta de tirantes blanca, que tenía el pecho un poco más hinchado. El entrenador personal que le habían obligado a aceptar comenzaba a obtener sus resultados. No le había hecho gracia. Puede que porque se lo impusieran o porque hiriesen un poco su ego cuando el argumento fue que debía tener un cuerpo diez para el siguiente videoclip, que sería en una playa.

—¿Te das cuenta de que vas a ser tía?

—Todavía tengo unos meses por delante para hacerme a la idea y pensar métodos para malcriarlo.

—No lo intentes.

—¿Qué?

—Ser la tía guay. Ambos sabemos quién ganará en ese punto. Dará igual lo que te esfuerces. Solo tengo que llevarlo a Disney World y lo tendré en la palma de mi mano.

Me sobrecogió su idea de futuro. Juntos. Familia.

—Las personas no se compran —repliqué.

—Permíteme que lo dude —dijo con amargura y seguridad. Me disponía a preguntarle, pero se adelantó y cambió de conversación—. ¿Qué tal tu día?

—¿El mío? ¿Qué tal el tuyo? Mi normalidad no se puede comparar con tu existencia... —Me pareció que dijo muy bajito algo así como que me lo cambiaba cuando quisiera—. ¡Estás de gira! ¡Recorriendo el mundo! —Estaba en Carolina del Norte para recorrer la costa este después de hacer lo mismo en la oeste, el norte y el centro de Estados Unidos.

—Soy un experto en los aeropuertos, coches, platós y estadios de todo el país —matizó—. No hay mucho tiempo para turismo y, aunque lo hubiera, después de hoy tampoco creo que lo hiciese.

—¿Qué ha pasado? —Me incorporé yo también. No me gustaba la manera en la que hablaba. El deje de melancolía de sus palabras.

—Ha llegado el día.

—¿Qué día?

—El día en que me he dado cuenta de que algunas personas piensan que cuando compran tu disco adquieren una especie de derecho sobre ti. —Sonrió, pero ese gesto no iluminó sus ojos como de costumbre—. Tenía un hueco libre y he aprovechado para salir a hacer *skate*. Las pistas de aquí son alucinantes y lo echo mucho de menos. Un grupo de chicas me ha reconocido y se han abalanzado sobre mí. Les he increpado que casi me parto los dientes contra el suelo y se han enfadado diciendo que me creo un divo y que si estoy donde estoy es por ellas... —Le restó importancia—. He logrado calmarlas a base de fotografías y entonces ha llegado el momento objeto.

—¿Momento objeto?

—Sí. Por lo visto, en la letra pequeña de mi contrato venía dejarme sobar con una sonrisa arrebatadora. Entiendo que tengo un trasero irresistible, pero que sea un imán para las chicas no mejora el hecho de que sentirme un objeto al que dan cachetes no me agrade del todo. —Intentó que sonase a broma. No lo hizo—Tampoco es para tirarse de los pelos, —comentó para convencerse—. Hay trabajos mucho peor pagados. No sería justo que me quejase.

—Claro que sí. Da igual que te paguen por picar en la mina o por cantar. Nadie puede perderte el respeto.

—Relaja tu vena celosa. No importa. Lo único que lo hace es

lo que yo deseo. Y la única que puede tocar mi culo como si fuera un tambor eres tú.

Quería quitarle hierro al asunto. No estaba celosa. Bueno, no me hacía gracia la idea de que unas desconocidas lo manosearan porque les diese la gana. Pero no se trataba de eso. Julien era una persona e, igual que todo el mundo pondría el grito en el cielo si un compañero me tocase las tetas sin mi consentimiento, nadie debía hacérselo a él por mucho que fuese un personaje público.

Las cosas se compran y las personas se disfrutan. Las cosas se usan y las personas se aman. Dos conceptos fáciles de asimilar. En ocasiones, cuando vemos a famosos en la televisión, tendemos a quitarles lo más importante, su categoría de seres humanos. Se transforman en objetos, en marcas, en uno de esos móviles que ves en los anuncios, lo adquieres y lo utilizas. Ellos venden su talento, no su cuerpo.

—Ser alguien público no es sinónimo de pertenecer a todos —le recordé.

—Lo sé.

Me detuve a analizarlo. A observar los pequeños detalles que antes me habían pasado desapercibidos. Ya no era su sonrisa apagada o sus ojos que no brillaban como de costumbre. Podían ser imaginaciones mías o deberse a la tristeza por la separación. Las bolsas moradas de debajo de sus ojos no dejaban lugar a dudas.

—Pareces cansado —aprecié.

—Lo estoy. —No lo negó—. Por eso quería pedirte una cosa.

—Lo que sea.

—No sé si son los horarios, dormir cada noche en un sitio distinto, la adrenalina con la que llego a la cama después de los conciertos, saber antes de cerrar los ojos que el despertador sonará en menos de cuatro horas o que me han abandonado, pero ya no sueño. Nada. Ni pesadillas ni esos sueños que no recuerdas y hacen que te levantes con la sensación de que no tenías que haberte despertado porque estabas pasando una noche cojonuda. —Tragó saliva y me miró. Sus ojos desesperados me atravesaron—. Lo que intento pedirte es que no colguemos esta noche. Dormir juntos en la distancia. Comprobar si soy capaz de recuperarlos sabiendo que estás a mi lado, escuchando tu respiración, o ya nunca volverán. Fingir que vuelvo a casa.

Acepté lo que me pedía. Nos despedimos, apagamos la luz a la vez y me hice un ovillo en el sofá mientras él se tumbaba en la cama. Cerré los ojos y traté de dormirme. Esperé un rato hasta que volví a abrirlos. La imagen que me devolvió al otro lado era desoladora. Capaz de destrozarme lentamente ante mi incomprensión de lo que fuera que le estaba pasando.

En el mundo hay gente que se ahoga en un vaso vacío, gente ambiciosa que nunca está conforme porque siente que le falta algo y gente alegre destinada a ser feliz. Personas cuya presencia ilumina al resto sean de la categoría que sean, que inspiran, que sacan lo mejor de los demás. Líderes espirituales sin saberlo. Analgésicos que no están en un bote de pastillas. Sonrisas compartidas que se dibujan en los labios de los que las ven.

Eso era Julien. Especial en su normalidad. Cambiante de realidades en conversaciones que nunca pasarían a la historia. Portador de la magia en un mundo en el que los cuentos eran fantasía. Solía dormir tranquilo, con la respiración pausada, los labios curvados como si estuviese tramando algo y la cara relajada.

Esa no fue la imagen que me devolvió la pantalla del ordenador. Julien se movía de un lado a otro con ansiedad, con la cara tensa, los labios apretados y el pecho subiendo y bajando con la misma intensidad que las olas en una tormenta perfecta en alta mar. Una amenaza de que se estaba ahogando. Y quería nadar contracorriente para salvarlo. Pero mis brazadas no tenían nada que hacer contra una marea embravecida que quería tragárselo.

CAPÍTULO 18

JULIEN

¿Aquí es donde te metes cuando haces una jodida broma de mal gusto? —Orlando apareció de repente y encendió la luz de mi camerino.

Acababa de cerrar los ojos. Después de horas fantaseando con que lo haría por fin, los párpados habían cedido en un movimiento involuntario y estaba a punto de alcanzar mi mayor anhelo hecho un ovillo en la butaca del sillón con el chándal del ensayo puesto y el sudor frío recorriéndome la frente.

—No era coña. Tienes que cancelar el concierto. Hoy no voy a actuar —puntualicé—. No puedo hacerlo.

No había tomado la decisión a la ligera. Mientras estaba practicando la coreografía, que me sabía de memoria, unos haces de luz blanca parecidos a estrellitas tintineantes habían surgido delante de mí, las piernas me habían fallado y por poco me caigo redondo en el escenario. Iba a desmayarme y, antes de perder la conciencia, me había largado, abandonando por completo al cuerpo de baile y a los técnicos para huir a mi camerino con las pocas fuerzas que me quedaban y tirarme en cualquier sitio.

Llevaba algo más de tres meses de ritmo frenético y no parecía que eso fuese a cambiar, en todo caso a incrementarse. El maldito horario que amenazaba con abrirse paso entre mis costillas y arrancarme los pulmones de cuajo. El éxito que asfixiaba con las manos invisibles que me envolvían.

Me levantaba temprano para ir a ruedas de prensa en las que contestaba una vez tras otra a las mismas preguntas fingiendo que era la primera vez que me las hacían y que me sorprendían. Comía rápido, y todavía no había hecho la digestión cuando me tocaba montarme en el coche para ir a ensayar. Baile, voz, vestuario y de nuevo una actuación en la que tenía que dejarme el alma para que la gente se fuese satisfecha y no pensase que las entradas, a un precio desorbitado, eran un robo en toda regla. Con la última canción no terminaba mi jornada, llegaba el momento de recoger la maleta e irme al siguiente destino o acudir a alguna fiesta en la que tenía que hacer acto de presencia.

Caer bien a los periodistas era obligatorio, porque de los medios dependía la opinión generalizada del público. Ser simpático, aunque tuviese un día de mierda, en las entrevistas personales, y original en los programas de radio o de televisión nocturnos para que la audiencia subiera como la espuma y siguieran dándome publicidad. Una especie de promoción en la que más que la voz contaban mis dotes de actuación y mi faceta de animal mediático.

Horas de gimnasio, sonrisa perfecta y una pose sexi y única para cada sesión de fotografías. Maquillaje, ropa de distintos estilos dependiendo del efecto que quisieran causar y una paciencia soberana escuchando el clic de la cámara capturando imágenes con las que, empezaba a estar seguro, se cumplía ese mito de que robaban el alma.

Videoclips y conciertos en los que me repetían una y otra vez el mantra de que nos lo jugábamos todo. Redes sociales a las que debía atender. Seguidoras exigentes a las que mantener contentas fuese como fuese. Personas que sabían mejor mis planes que yo mismo y venían a verme al aeropuerto, a la puerta del hotel, a la salida de la discoteca de moda a la que tenía que ir para hacerme amigo de las estrellas de la ciudad y que me relacionasen con ellas. Chicas, en su mayoría, que no estaban dispuestas a marcharse sin su trofeo y no dudaban en indignarse si no me paraba el minuto de rigor, aunque llevase toda la noche sin dormir y mi único deseo fuese llegar a la cama más cercana y arañar al tiempo una hora de sueño antes del siguiente acto de mi apretada agenda.

Era tal el punto de mi éxito que incluso tenía mi propio séquito de *haters*, que no dudaban en hacer carnaza de nada, encabezado por el pirado de la puta gorra que me tenía hasta las pelotas. Su última proeza había sido intentar entrar en mi habitación de hotel durante mi estancia en Texas.

Por no hablar de la lupa que tenía encima de mi trasero. Un enorme cristal en el que la luz no paraba de incidir y quemaba, a través de juicios por todo lo que hacía, decía o intuían que pensaba por un mísero tuit. Una atención exagerada con la que mi piel y mi cabeza ardían.

No era perfecto. Nunca lo he pretendido, porque sabía a ciencia cierta que era imposible. No puedes ser un tío cojonudo para todo el mundo, del mismo modo que no toda la gente te considerará un demonio. Las opiniones son como los culos, cada persona tiene el suyo. Normalmente me resbalaban, pero era complicado ignorarlas cuando estaban escritas en titulares con la letra exageradamente grande allá donde me metiese en internet. Hablar de mí vendía y todo el mundo quería sacar beneficio.

Detenerme nunca parecía ser la opción y, de verdad, lo necesitaba. Dormir. Un día de paréntesis entre grabadoras, *flashes* y altavoces. Unas horas en las que la película de mi vida se ralentizase y no fuese una secuencia de hoteles, salas de espera vips de aeropuertos, actuaciones, cámaras enfocándome para llevarse mi esencia, vídeos a toda pastilla que ni siquiera yo podía seguir y vuelta a empezar.

—¿Te ha citado el Papa, las hijas de Obama quieren una actuación privada o eres el jodido descendiente ilegítimo de la Corona británica? —El productor cerró la puerta y se cruzó de brazos.

—Las tres cosas, pero la tercera que quede entre tú y yo hasta que Isabel decida confesar quién es su nieto favorito —bufé, reincorporándome. Me dolían todas las articulaciones, los huesos, la garganta. Hasta mi alma se quejaba—. Estoy enfermo, joder, Orlando, lo estoy.

—¿Te mueres?

—¿Qué mierda de pregunta es esa? —La sangre me hervía como lava, pero estaba tan cansado que ni la erupción de un volcán podría hacerme reaccionar y ponerme en pie para encararme.

—Contesta que sí y te dejo en paz. Es lo único que puede servirme. Que hayas ido al médico y te haya diagnosticado una enfermedad rara que te impida mover el trasero y salir ahí fuera a cumplir el contrato. —Apretó la mandíbula y habló con ferocidad—. Porque, si el problema es que te cagas encima, te pondré un puto pañal; si tienes fiebre, ahora mismo pido que llenen una bañera con hielo para bajarla; si te duele la cabeza, te traeré un vaso repleto de pastillas, y si tienes jaqueca porque resulta que te ha venido la maldita regla, pediré un tampón para que te lo metas por el culo.

—¡Estoy agotado! —lo interrumpí—. No tengo fuerzas ni para rebatirte los argumentos de cabrón que estás dando —me sulfuré—. No recuerdo cuándo fue el último día que dormí siete horas seguidas. ¡No recuerdo cuándo dormí cinco en la misma cama! No soy como ese móvil que recargas. Mierda, yo no tengo batería.

Orlando se quedó pensativo. Pensé que había comprendido mi punto de vista. No es que no quisiera actuar, es que en mis condiciones eso era un suicidio mediático. Tal vez podría cantar sentado en un taburete luchando contra el sueño que me dominaba. Nunca creí que la necesidad de dormir podría angustiarme hasta ese límite. Hacerlo no era un capricho, sino una necesidad, porque de antemano sabía que de nada serviría salir y decir al público que no podría darles todo el espectáculo que ansiaban porque mis músculos iban a partirse en dos de un momento a otro. Ellos habían pagado. Ahí terminaría su comprensión.

Mi parte ilusa albergaba la esperanza de que con el productor fuese diferente. Él sabía la presión a la que estaba sometido porque firmaba para ello. Él compartía la carretera y el cielo que surcaba en esa locura conmigo. Él debía de diferenciar entre la estrella y el muchacho de dieciocho años que trataba de hacerse el duro, pero que no podía evitar mirarlo con ojos suplicantes.

—Esto me pasa por trabajar con niñatos. —Solo necesité esa frase para que todas las esperanzas depositadas en él desaparesciesen—. Te sientes especial, ¿eh? La puta estrella más grande del universo que nunca desaparecerá. ¿Sabes cuántos chicos monos como tú con aspiraciones de grandeza salen si le doy una patada a una piedra? Mejor, ¿sabes cuántos llegaron más alto y tal como subieron bajaron? Seguro que no, porque ya no los recuerdas, porque ya no son nadie.

Un temor se instauró a la altura de mi pecho. La fama era adictiva. Una relación tóxica en la que odiabas a tu pareja y, a la vez, sentías una extraña conexión por la que no concebías tu existencia sin ella. Dependencia. Miedo. Error.

—No te estoy pidiendo un viaje a las Maldivas con todos los gastos pagados para relajarme —cedí. Yo era un crío inexperto y él, un lobo de los negocios que sabía el giro de muñeca exacto para agarrarme de las pelotas—. Un día. Descansar. Reponer fuerzas. Y machacaré el siguiente escenario hasta que se venga abajo —ofrecí.

—Eres un egoísta. —Se atusó el traje y se peinó la melena canosa hacia atrás—. Que tu cara salga en la carátula de los discos no significa que seas la única persona involucrada. Esto es tan grande que se escapa a tu visión. Yo he apostado por ti. La discográfica ha invertido una fortuna. Los técnicos, los montadores, la banda y el equipo de baile han dejado a sus familias en casa para seguirte porque necesitan el dinero. Estamos en una carrera de fondo en la que no podemos pararnos, ¿sabes por qué? —Negué con la cabeza—. Porque lo más importante en este negocio es la confianza, que los promotores nos la entreguen ciegamente. Si se corre la voz de que tenemos un artista consentido capaz de dejar tirados a los organizadores por echar una cabezadita no nos contratarán. Perderemos dinero. Mis jefes me darán un tirón de orejas y tendremos que reducir a todo ese equipo que ahora te adora porque les garantizas que puedan pagar el alquiler de sus casas.

Era demagogia barata. Mis neuronas atontadas me llevaron a creer sus palabras. De repente, mi estado físico y mental no importaba. Lo hacían esos hombres y mujeres con los que viajaba de un lugar al otro, compartían bromas mientras comíamos y me daban una palmada en la espalda cuando terminaba un concierto.

¿Y si era cierto lo que decía? Los organizadores habían vendido las entradas y tendrían que comerse las devoluciones. Rompería las ilusiones de las seguidoras que llevaban una semana haciendo cola en la entrada. Me arriesgaría a que fuese cierto que tuviesen que despedir a alguno de los miembros si el seguro no cubría las pérdidas y la discográfica tenía que poner de su bolsillo el dinero. No podía hacerles eso. Era anteponerme a decenas de personas. El sacrificio de un lobo, mejor que el de la manada.

—No existe ninguna cláusula en el contrato que contemple la falta de sueño como razón de peso para una anulación, ¿entiendes? —Bajó el tono de voz y se mostró más comprensivo. Me tenía justo donde deseaba. En su terreno.

—Sí, —acepté, y su sonrisa, que se me antojó interesada y desagradable, se ensanchó.

Orlando se dirigió a la puerta. Había conseguido lo que quería. Lo detuve con una pregunta justo cuando giraba el pomo.

—¿Qué pasa si me ocurre lo mismo que en el ensayo? Iba a desmayarme —confesé—. ¿Tenemos un seguro por si se me nubla la vista, me desmayo y me parto la boca? —Traté de que sonase distendido, pero era una preocupación real.

—Nadie quiere que eso pase…

—Lo sé, pero mi cuerpo parece un adolescente rebelde que no atiende a razones.

—Encuentra la gasolina.

—¿La gasolina?

—Sí, la que lo active, nos evite un susto y haga que hoy sea la noche en la que partes el escenario.

Orlando nunca me sugirió abiertamente que me drogase. Culparlo de una decisión equivocada que tomé yo solo sería ruin, rastrero y me restaría personalidad. Como en un buen combate de boxeo, me presionó contra las cuerdas. El golpe que di en ese instante para defenderme lo decidí yo solito.

Si hubiera tenido tiempo para meditar puede que no lo hubiera hecho. O tal vez estaba escrito en mi destino que tarde o temprano sucumbiría. Nunca lo sabré. Fue algo así como cuando rememoras una discusión y, mientras la estás reproduciendo, das con la frase perfecta que te gustaría haber pronunciado, pero ya es tarde. Las palabras han brotado y no puedes regresar al pasado.

Le he dado tantas vueltas al instante en el que todo cambió, en el que yo di un paso sin vuelta atrás, que la fantasía de que salía al escenario y me daba algo en directo se antojaba real. Dulce. Reveladora. Incluso he llegado a reír al imaginar cómo la productora habría tenido que excusarse delante de los micrófonos de la prensa por llevar al límite a un chaval. La suciedad de la utilización de la inocencia al descubierto. Joder, toda mi dentadura al completo habría merecido la pena. Perder la cabeza también.

Pero, como ya he dicho, el pasado es lo único que nunca vuelve. Lo que hicimos se graba a fuego en nuestra historia. En lo que seremos. En la carne. En la esencia. Un abanico de caminos se extendió ante mí y seleccioné el que me llevaba, arrastrándome como una rata, hasta el camerino de uno de los baterías que sabía que se metía.

Cuando llamé a la puerta con los nudillos estaba nervioso. Me avergonzaba pedirle droga y, antes de hacerlo, miré con ansiedad a ambos lados del pasillo y bajé el tono de mi voz. La parte de mi interior que todavía era pura cruzó los dedos por que se negase y me mandase a la mierda por ser un crío o me reprochase mi cara dura al quererla gratis. La única respuesta fue un plástico que envolvía un polvo blanco depositado en mi mano, un guiño cómplice y la promesa de que eso quedaba entre él y yo.

Regresé a mi camerino apretando la cocaína en mi bolsillo con miedo de que alguien me viese, paranoico de que la policía apareciese de un momento a otro y me detuviese. Habría sido lo mejor que podría haberme pasado. La salvación a modo de esposas y encierro en un calabozo.

Ellos no vinieron y, con los dedos temblorosos, me enfrenté a la primera vez que me drogaba. Ni siquiera sabía cómo se hacía una maldita raya. Eché el pestillo y vacié el contenido sobre uno de los espejos que la maquilladora utilizaría antes de que saliese al escenario para taparme las ojeras.

La cocaína se expandió como si fueran ligeros copos de nieve. Mi particular brújula apareció dibujando a Jeremy en mi cabeza con su paraguas diciendo que era azúcar que caía del cielo. Eliminé el pensamiento. Lo asesiné. Lo hice picadillo.

Saqué mi tarjeta de identificación y la giré por el lado contrario al de mi fotografía. No quería que mi imagen sonriente me devolviese la mirada. Preparé una fina línea, me taponé el lado izquierdo de la nariz con el pulgar y aspiré con fuerza.

Los efectos no fueron inmediatos. Casi creía que el batería me había timado, cuando la sensación de euforia se incrementó al ritmo que disminuía el cansancio. Estaba alterado. Nervioso. No paraba de moverme. Activo.

Salí completamente drogado al escenario. Para ser la primera vez, me había metido una cantidad considerable. No podía cerrar los ojos. Iba de un lado a otro como un rayo. Saltaba. Les ponía el micrófono a los asistentes cuando mi boca se secaba. Me mordía los labios con fuerza cuando mi cuerpo no era capaz de seguir las revoluciones de mis terminaciones nerviosas. Lo di todo.

Hay quien dice que fue mi mejor concierto. El más original. Ese en el que me dejé la sangre en la pista. No lo pongo en duda. No hubo ninguno igual detrás. Durante algo más de dos horas y media, el Julien del pasado desapareció lentamente entonando canciones y atravesado por unos focos.

Cuando terminé ya no era la misma persona. Los pedacitos de lo que me habían compuesto habían flotado por el ambiente hasta difuminarse con esa masa que odiaba porque me dominaba y a la vez amaba porque necesitaba sus aplausos. Estaba satisfecho. Animado. No quería dormir.

Entré en el camerino derrochando energía. Les había dicho a los chicos que me esperasen. Tenía la firme intención de darlo todo en el club al que me llevasen. La luz estaba encendida y una mujer reposaba en el sofá en el que horas antes había estado derrotado. De inmediato reconocí su cabello pelirrojo y sus ojos audaces detrás de unas gafas con forma de corazón.

—Eres algo así como esa chica que aparece si la llamas tres veces a medianoche mirando un espejo, pero sin necesidad de nombrarla, ¿no? —La periodista Betty ensanchó su sonrisa y, aunque sé que no es así, sus dientes me parecieron afilados—. ¿Cómo has entrado?

—La gente no valora la amistad, y es mi pilar fundamental. Hay que tener conocidos hasta en el infierno. —Sus ojos se movían por toda la estancia. Me tensé. El plástico que contenía los restos de cocaína estaba en el fondo de la basura con los enseres que habían utilizado para maquillarme encima. La angustia de que hubiera rebuscado me carcomió por dentro y, nervioso, opté por decir una gilipollez que eliminase esos pensamientos.

—Si descubro que ha desaparecido alguno de mis calzoncillos y un vendedor anónimo los cuelga en eBay para una subasta, sabré que has sido tú. No te ha salido del todo bien la jugada. Te he pillado. —Saqué una de las botellas de agua de la nevera y la vacié de un trago.

—No dudo que podría obtener un buen pellizco con tu ropa interior usada. No obstante, podemos sacar mejor partido de ti —susurró.

—La única mujer capaz de hacer que engañe a mi novia con un cruce de piernas sensual es Sharon Stone —bromeé, bravucón, al ver que hacía ese gesto con su falda por encima de las rodillas—. Si tu mente pervertida está pensando en que nos lo montemos aquí, pierdes el tiempo.

—Montármelo con un niño sudado no es lo que pretendo. Sin

ofenderte, puesta a fantasear prefiero los motoristas de *Hijos de anarquía* empotrándome con su chupa de cuero contra la pared. —Abrió el bolso y empezó a rebuscar con inquietud en su interior.

—Te van los duros, ¿eh? Lástima que sea un caballero y, por ese motivo únicamente, voy a tener la deferencia de pedirte amablemente que te largues. —No me gustaba su presencia. Era desagradable tenerla cerca después de los consejos de Tiger—. Nunca he echado a una mujer de mi habitación —continué al ver que no se movía—. Supongo que no quieres tener el honor de ser la primera.

Entorné la puerta invitándola a marcharse. Betty encontró lo que estaba buscando, un móvil, y se puso lentamente de pie. Se acercó a mi posición acechándome como un felino que acorrala a su presa y, como la gacela en la que me había convertido, me puse alerta.

—Puedo irme si es lo que quieres. —Encendió el móvil y movió sus dedos por la pantalla—. Aunque algo me dice que después de ver esto suplicarás que me quede e incluso me ofrecerás algo de beber.

Me lo tendió. No lo acepté.

—No me interesa nada de ti.

—No rechaces algo sin haberle echado una ojeada —insistió, y al ver que no reaccionaba añadió—: Arrepentirse después no vale. Y lo harás.

—¿Qué buscas?

—Sellar nuestra amistad —sentenció.

Lo agarré sin saber muy bien qué iba a encontrarme. Lo que vi en la pantalla me taladró el pecho, el cuerpo se convulsionó con violencia y la rabia ascendió por mi garganta hasta secarme la boca. Eran unas fotografías que parecían robadas en las que salía mi madre frente a ese *spa* que tanto había visitado durante su estancia en Los Ángeles, enrollándose, como una adolescente con un desconocido con pintas de galán venido a menos.

Me quedé en *shock* y, por si eso había sido poco, Betty se movió sibilina y pasó una imagen tras otra de la secuencia. El hombre la agarraba de la cintura, le daba la mano y le sostenía la cara mientras ella sonreía antes de que sus labios se estampasen. Noté cómo todos los valores, la idea que había proyectado de mi familia, se quebraban lentamente como los cristales de un barco que acababa de hundirse y cedían ante la presión marina.

—Es un viejo conocido. Un editor que se vale de su labia para seducir a toda cincuentona con ganas de aventura y que nos ayuda a rellenar espacios en blanco cuando los protagonistas están parados o en esa etapa zen que tarde o temprano os entra a todos —explicó sin empatía alguna.

—No puedes publicarlas —logré articular con fiereza.

—Claro que puedo. Me he gastado un dineral en comprarlas con exclusividad. —Si no llega a ser una mujer, la habría agarrado por el cuello y la habría estampado contra la pared para obligarla a que no lo hiciese. Lo vulnerable que parecía me detuvo en ese estado de locura transitoria incrementado por su falta de tacto o empatía. Estaba siendo testigo de cómo todo lo que creía desaparecía y parecía disfrutar al saber el dominio que tenía sobre mí—. Lo que no significa que vaya a hacerlo.

—¿Qué quieres a cambio? —Eso no era un juego. Ella no era mi amiga. Ni siquiera una conocida que quería ayudarme. Si no ocupaban la portada del siguiente número de la revista era porque había descubierto el modo de sacarle más partido y yo era la víctima que le dibujaba lingotes de oro en los ojos.

—¿No has oído nada de lo que te he dicho al principio? —Negó con la cabeza y me pareció irónico que alguien con tanta maldad pudiese fingir tan bien la inocencia—. La amistad es mi pilar fundamental. Solo quiero que aceptes que somos amigos. Y que los amigos se ayudan cuando el otro lo necesita y acude a sus llamadas. Y pagan sus deudas…

Tenía una concepción enferma de la amistad. Un amigo no daba esperando recibir y las deudas no existían. No la corregí. Lo que allí se cerró con un asentimiento por mi parte fue lo más alejado a ese tipo de relación que podía existir. Betty se marchó con la satisfacción pintada en el rostro y me dejó drogado, repleto de adrenalina y con los fantasmas instalándose a sus anchas en mi interior.

¿Por qué coño lo había hecho mi madre? ¿Por qué? Me importaba una mierda el chantaje al que tarde o temprano la periodista me sometería. Lo único que lo hacía era su traición. A mi padre. A mi familia. A mí.

Desenfundé mi móvil con un temblor en las manos superior al que había tenido cuando sujetaba la cocaína y marqué su número de memoria. Su voz me respondió al otro lado. Sonaba igual que la recordaba. Del mismo modo que cuando me regañaba o me daba lecciones morales para que, según sus propios argumentos, el día de mañana fuese un buen hombre. Todo era igual y a la vez lo sentía diferente.

—He aquí la prueba de que sigo teniendo un hijo que se llama Julien Meadow, aunque esté demasiado ocupado para dar señales de vida —me reprochó, como hacía normalmente cuando pasaba un par de días sin llamarla—. ¿Dónde era el concierto esta vez? —Cambió el tono de voz y se volvió más dulce y noté que me quemaba por dentro. Ardía. llenaba de humo mis pulmones.

No contesté. No quería hablar con la víscera y la ira inundando mis sentidos. No quería decir todo lo que pensaba, palabras que se clavarían como dagas y de las que acabaría arrepintiéndome.

—¿Te pasa algo? —preguntó, preocupada.

—¿Qué hiciste en Los Ángeles? —pregunté con dureza.

—¿Hacerte los últimos platos de comida decente antes de tu independencia? —dudó.

—¿Qué hiciste, mamá? ¿Qué coño hiciste con un tío en el *spa*?

Silencio al otro lado de la línea. Sabía a lo que me refería. El peso de la vergüenza comenzaba a embargarla.

—Cariño, yo… yo… —Le costaba hablar y la imaginé apoyándose en la pared más próxima buscando una excusa. Mi última esperanza se esfumó, esa a la que me había aferrado como si fuera un hierro ardiendo en la cual ella me explicaba que todo se debía a un error, que no había pasado nada, que ese hijo de puta la había besado a la fuerza, la había engañado, que todo era un juego de imágenes trucado. Su siguiente frase me dejó claro que no era así—. No se lo digas a tu padre, por favor.

Estampé el móvil al suelo y la pantalla se partió por la mitad, como mi corazón. Pegué un puñetazo a la pared que me destrozó los nudillos y me dediqué a darle patadas al armario hasta que la puerta cedió con una grieta en la madera.

Parecía un huracán cuando abandoné mi camerino. No sabía adónde iba, solo que necesitaba poner distancia. Largarme sin rumbo. Correr sin un destino fijo. Huir de la realidad hasta que esta fuese tan pequeña que no pudiese verla a través del espejo retrovisor.

Si alguien trató de detenerme no lo escuché y mucho menos le hice caso. Lo agradezco. No sé si me habría controlado. Destilaba una rabia que parecía que solo se podía curar con violencia o con velocidad. Me subí al coche y pisé el acelerador a fondo conduciendo como un jodido chiflado hasta la autopista.

La carretera estaba prácticamente vacía a esa hora de la noche y se extendía delante de mí sin fin. Observé la puñetera luna llena amarilla más grande y hermosa de la historia y mi pie pisó a fondo el pedal haciendo que el motor rugiese y alcanzase una velocidad en la que parecía más bien que volaba. La única meta era el jodido astro redondo. Llegar hasta él. Desaparecer del mundo con el peso de la traición de mi madre, el secreto que debería ocultar a mi padre y la sensación de que todo era culpa mía, de que ese disco era una maldición destructora.

CAPÍTULO 19

CRYSTA

Pintar y hablar por teléfono a la vez no era buena idea. A las pruebas me remitía. Mi cara salpicada de pintura y esa raya en el lienzo que tendría que disimular echándole imaginación hablaban por sí mismas. Jeremy me había llamado y, poniendo a prueba mis habilidades, había tratado de contestarle y terminar un bordeado. Error. Las mujeres tampoco éramos infalibles en el arte de hacer dos cosas a la vez.

Estaba en la galería. Hacía tres semanas que trabajaba allí. Al llegar el primer día pensé que me había equivocado y comprobé de nuevo que me hallaba en el lugar correcto. El escaparate era negro lacado y ningún detalle daba pistas sobre lo que podías encontrarte en el interior. Lo único que me hizo cruzar la puerta y no llamar por enésima vez a Dana fue el nombre, Al. Ni más ni menos.

La dueña del lugar se llamaba así. Nunca revelaba de qué nombre provenía, del mismo modo que te advertía que nunca le preguntases su edad mientras te daba el apretón de manos de rigor. Era una mujer menuda, con el pelo canoso, pómulos exagerados por algún cirujano con poca maña con el bótox y los labios pintados continuamente de colores vivos y llamativos.

No pude morderme la lengua y le pregunté por qué no hacía ninguna mención al arte, los cuadros o las esculturas en la fachada. Ella me explicó que no buscaba público entre los viandantes de ese barrio céntrico, que sus compradores acudían directamente por la fama que la predecía y tenía que forzarlos a entrar. Una mala elección en la decoración del exterior podía hacerle perder miles de dólares, ya que su punto fuerte era la persuasión, la habilidad para convencerlos con esa pasión que desprendía cuando hablaba de sus productos.

Ahí entraba yo. Confieso que creí que se trataba de un error cuando mi amiga me dijo que iba a trabajar en la cafetería y me percaté de que la tienda era tan pequeña. Un museo podría tener ese servicio, pero no había espacio en un sitio apenas compuesto por dos salas con un cuadro por pared divididas por un pasillo con las paredes blanco mate.

Al era una mujer de gustos refinados y su clientela, bastante elitista. Pronto aprendí una cosa de los ricos: les encanta el trato personalizado y una buena copa de vino tinto, blanco o champán mientras están tomando decisiones que superan los tres ceros. Así, era camarera, sí, pero no de las que ponen cafés y hablan con viejecitas adorables que les cuentan las trastadas de sus nietos. En lugar de eso, cada vez que teníamos un comprador potencial sondeaba sus preferencias, bajaba a la bodega o a la nevera a buscar la botella y mi labor era acompañarlos en silencio para evitar que el vaso se quedase vacío. Las intenciones se transformaban en transacciones a medida que el alcohol se mezclaba con su sangre.

No había horarios. El cliente siempre tenía razón. Si decidía quedarse una vez echado el cierre, no podíamos poner mala cara, de su comodidad dependía mi sueldo, dado que el mayor ingreso provenía de las suculentas propinas que me dejaban. Eso y los contactos. Algunos ni siquiera se molestaban en mirarte, como si fueras parte del mobiliario, el botón que pulsaban cuando estaban secos. Sin embargo, otros te preguntaban y Al no tenía normas al respecto de ese protocolo. Es más, disfrutaba cuando les contábamos que también pintábamos. Le daba caché al negocio. No era raro que te diesen su tarjeta, y ahí llegaba tu oportunidad. Muchas veces es más efectivo estar en el lugar apropiado en el momento oportuno que todo el esfuerzo del mundo. No sabía si los llamaría en alguna ocasión, aunque guardaba esos trozos de cartulina como si valiesen oro.

Además, muchos días no pasaba nadie. Era lo que tenía elegir pocas inversiones muy rentables en lugar de vender cuadros en cadena de Marilyn Monroe. Mi jefa nos dejaba emplear el tiempo libre en practicar nuestro talento, como si fuéramos sus pupilos y ella una extraña profesora que no habría dudado en atizarnos con un látigo si fuese legal.

Al tenía un talento innato, ese ojo clínico del que algunos hablan, y había viajado por todo el mundo para conocer las tendencias y los estilos. Aprendía más una tarde a su lado que con todas las clases de la universidad de un mes. No obstante, la paciencia no era su fuerte y podía herirte con sus apreciaciones. Una sinceridad demasiado aplastante. Nunca me quejé, pero un día debí de mirarla con tal cara de odio que, sin pronunciar palabra, ella me dijo:

—El tacto está sobrevalorado. Lo único que se consigue adulando productos que no funcionan para no herir el ego del artista es que este distorsione la realidad y luego el golpe sea más fuerte. Creemos que poner algodones a su alrededor amortiguará la caída cuando este se tire al vacío, pero lo que se debería haber hecho es romperle las ilusiones explicándole que no tiene alas. Tal vez de esa manera habría buscado alguna alternativa para volar y no estaría muerto y enterrado. No todo el mundo tiene capacidades para ser Picasso, Crysta.

Después de hacerme tirar tres lienzos porque no tenían solución, comencé a dudar de mis capacidades. Entonces dejé de crear al por mayor y pasé unos días observando el entorno, buscando a la musa, empapándome de lo que me rodeaba, hasta que ese interruptor que tenemos la gente que amamos el arte se activó solo. Yo no quería reproducir algo imitado un millón de veces, sino crear una pintura que otros quisieran hacer. Algo inspirador.

Me puse manos a la obra con lo que podía ser mi gran trabajo o un enorme montón de mierda que terminaría junto a los otros proyectos. Le enseñé el boceto, nerviosa, y, en lugar de arrugarlo como había pasado con los anteriores, me lo quitó de las manos y se dedicó a mirarlo durante unos segundos que a mí se me hicieron eternos antes de contarme lo que yo ya sabía. Todos los años, en Navidad hacía una exposición en la que dejaba que los jóvenes artistas que trabajaban en la galería participasen si se lo ganaban. Y acababa de conseguirlo.

Por eso empleaba todo el tiempo libre que tenía en trabajar como una loca en la sala aledaña, donde guardábamos los cuadros antes de desempaquetarlos, con una luz blanquecina que parecía de una nave mutante y con la que todas las imperfecciones destacaban. Eso si me dejaban, porque, por alguna extraña razón, mi móvil tenía una especie de conexión con ese lugar y no paraba de sonar. Como ese día que tuve que bajar el volumen de la banda sonora de *12 años de esclavitud* cuando Jeremy contactó conmigo.

Faltaba una semana para que se estrenase la película en la que Julien había puesto voz al tema principal y vendría al preestreno. Sus padres no podían acompañarlo y, como deducía que su hermano estaría hasta arriba, me consultó si podía ir a recogerlo y quedarse en mi casa. Grité tan alto que sí que Al vino a ver si estaba todo bien y tuve que pedirle disculpas. Echaba tanto de menos a mi gigante que saber que podría compartir unos días a su lado me devolvió una sensación que ya creía perdida, la de los instantes previos a Santa Claus, y es que ese chico era mi mejor regalo.

—La camisa tiene que estar bien planchada —insistió, y me reí mientras negaba con la cabeza. Estaba alterado y su vena maniática se acentuaba.

—Si no te fías de mis habilidades, la llevaremos a un profesional.

—Y la pajarita tiene que ser roja, pero que no parezca un payaso. —No parecía escucharme. Solo enumeraba, como si se tratase de la lista de tareas pendientes.

—Compraré de todas las tonalidades, eliges una y devolvemos las demás —ofrecí. No había encontrado ninguna en Alaska de su

gusto y me la había encargado. Quería ir perfecto por su hermano. Era el primer evento de tal magnitud al que acudía.

—Y tienes que vigilarme. —Me descolocó.

—¿Vigilarte?

—Me conoces, Crysta. No me controlo con la comida. —Bajó
la voz—. Es la noche de Julien. No puedo estropearla. Todo tiene
que ser perfecto. No puedo avergonzarlo.

—No lo harías ni aunque le mordieses la pierna a alguna de las
actrices pensando que se trata de un jamón. Es más, Julien me
decepcionaría si no roba una de las bandejas de queso para dár-
tela —bromeé, y esperé a oír el sonido de su risa ahogada al otro
lado antes de ponerme seria—. Eres lo más importante para él,
Jeremy. Y nada de lo que hagas puede cambiar ese hecho.

—Te equivocas en una cosa.

—No lo creo…

—Sí, somos lo más importante. Tú también. —El pecho se me
inundó de un calor agradable.

Nos despedimos. Volví a recogerme el cabello en una coleta
e, iba a darle al *play*, cuando la puerta se abrió y Tom entró. También trabajaba en la galería. Me sacaba un par de años. Era alto,
tenían el pelo negro rizado, ojos de color caramelo y una peca
enorme sobre el labio que le otorgaba un aspecto sexi, diferente. Siendo objetiva, estaba bastante bien, con ese aire de artista
despistado y bohemio que se incrementaba cuando fumaba un
pitillo y su mirada se perdía en el infinito, como si él fuese capaz
de encontrar algo en ese caos.

No era solo mi opinión. El día que Dana lo vio por primera
vez se quejó de que no tuviese una vena emparejadora y le hubiese organizado una cita a ciegas para acabar con su soltería y que
ambas pudiésemos hablar de lo maravilloso que era tener pareja.
Podrían haber funcionado. Tom era simpático, interesante y, por
lo poco que lo conocía, creía que no tenía mal fondo. Lástima
que ejercer de casamentera no estuviese entre mis habilidades.

—¿Hablando con tu chico? —me preguntó.

—Con uno de ellos. —Sonreí al darme cuenta de lo mal que

sonaba, pero era cierto. Nunca hubo un solo hombre en mi vida. Siempre fueron los dos.

Tom se colocó detrás de mí para observar la pintura y la amargura tiñó momentáneamente su rostro. No me parecía una persona celosa. Sin embargo, llevaba allí un par de meses más que yo y todavía no había conseguido que Al le hiciese el ofrecimiento que tanto estaba esperando.

—¿Has tenido suerte hoy? —pregunté con esperanza. Debía de ser frustrante esforzarse tanto y no conseguirlo.

—Me ha dicho que si quisiera agarrar un café para tirarlo contra un lienzo, lo haría ella misma. —Se encogió de hombros. Su especialidad era el arte moderno, abstracto, y, por lo visto, no lograba pulsar la tecla adecuada para nuestra jefa—. Por lo menos se fía de mí. —Me enseñó las llaves de la galería—. Aunque piense que no tengo talento, confía en que no le robaré todos los cuadros y me largare a otro país.

—Al se confunde.

—¿Tan evidente es que voy a pedirte que seas mi cómplice y me ayudes a cargar las pinturas en el maletero? Te dejo elegir destino y que te bebas su botella más cara para acusar al alcohol si nos pillan.

—No me refería a eso. —Me reí—. Eres bueno y a ella no se le ha escapado ese detalle. Por eso sigue queriéndote aquí. No sabe cuándo será, pero sí que en cuanto encuentres la expresión adecuada podrá fardar entre sus amigos de que ella te descubrió. —La intención no era consolarlo, sino ser sincera. Al no era del tipo de personas que generan falsas esperanzas. Había echado a muchos antes sin contemplación y si él seguía allí no era por caridad, sino porque veía potencial.

Mi móvil volvió a sonar. Mi madre. Me disculpé echándole un último vistazo al cuadro. No había avanzado todo lo que quería. Era imposible hacerlo con tanta gente llamándome. Y eso que Julien no podría hacerlo hasta el día siguiente, porque tenía un concierto y después se iba a ir con los chicos a la celebración.

Pensé en él y sonreí. ¿Qué pensaría cuando viese el lienzo? ¿Le haría ilusión ver plasmada nuestra historia? Ninguno de los asistentes se daría cuenta, a excepción de nosotros dos. No salían nuestros rostros. Solo unos dedos acariciando las cuerdas de una guitarra y las notas que emanaban de esta hasta convertirse en paisajes a los que viajar, en los sentimientos que podía desatar la música. Eso fue lo que le conté a Al, cuando la realidad es que esas sensaciones, esos momentos, eran nuestros. El puerto. Una cigüeña. Las estrellas. La playa. La montaña. Sonrisas. Una gama amplia de las situaciones que habíamos compartido. El inicio.

—Espérame fuera. Apago las luces, me aseguro de que todo está correcto y te acompaño al autobús —me dijo Tom. Asentí y salí a la calle.

Me envolvió el rumor de la gente y me dejé abrazar por la luz anaranjada de las farolas antes de contestar al teléfono a mi madre. Era insistente. De esas personas que esperan todos los tonos y no cuelgan después del quinto.

—El bebé ha poseído a tu hermana, Crysta. Ha tomado el control. Becca me ha propuesto que vayamos juntas a la bolera. —Parecía tan feliz que no pude evitar que el peso de la distancia cayese sobre mí. Me encantaría compartir esos momentos con ellas. La calma después de tanta tempestad.

—¿Qué le has dicho?

—¿Ya se te ha olvidado cómo es tu hermana mayor? Imita a la perfección el tono de ofrecer algo cuando lo único que sale de su boca son órdenes.

—No te hagas la dura. Seguro que estás encantada…

—Sí, aunque primero la he convencido para que se tomase la temperatura con la excusa de que las embarazadas tienen que estar controladas para asegurarme de que no se trataba de un deseo febril. —Me reí—. ¡Va en serio! Está muy rara. El otro día me pidió que le enseñase fotos de cuando era modelo.

—Las hormonas la están trastocando —repuse, divertida. Oírla tan feliz era contagioso—. Ahora solo hace falta que me digas que ha empezado a leerle cuentos infantiles al niño y cantar nanas…

—No, a tanto no ha llegado. El libro de cabecera sigue siendo Kafka y la ópera, su banda sonora.

—Eso es más propio de ella. ¿Cómo lleva el embarazo?

—Bien, aunque no puedo sacarle de la cabeza esa absurda idea de que todo es control mental y que si lo ejercita no volverá a vomitar.

Oyendo hablar a mi madre de nuevo tuve ese pálpito. La sensación de que quedarse embarazada era lo mejor que podía haberle pasado a mi hermana. El hecho de llevar a alguien dentro, una persona con la que compartir la soledad a la que le gustaba anclarse, estaba convirtiéndola en otra persona, y esto solo había comenzado.

—¿Cómo va la creación de ese cuadro que nos va a sacar de pobres? —cambió de tema.

—Poco a poco.

—¿No vas a darme una pista?

—¡Ya lo verás en la exposición! —Becca y ella se habían comprometido a venir y quería que fuese una sorpresa, como cuando eres una niña pequeña y haces una manualidad para regalar el día de la madre.

—Eres muy cruel —se quejó, y, estoy segura, sacó la lengua al otro lado, aunque no pudiese verla. Era su manía—. ¿Qué tal con ese rubio que tiene a medio país hipnotizado?

—Bien. —Me resultaba raro hablar con ella de ese tema—. Es solo que… que… que cada vez que le sale una actuación nueva me siento el peor ser del universo porque solo quiero que regrese, que esté a mi lado.

—La distancia es muy puñetera —afirmó—. Sin embargo, tienes que ver el lado bueno de las cosas.

—¿Convertirme lentamente en una especie de acosadora que mira sus fotografías cien veces al día como una posesa?

—El reencuentro.—Puso voz melosa—. Prometo no decir nada si veo un cargo en una tienda de lencería fina cuando este se acerque…

—¡Mamá!

—¿Qué? A ver si de tanto ver a la cigüeña por tu ventana has acabado creyendo que los niños vienen de París…

—¡No voy a hablar contigo de eso!

—Pues deberías. Mis amigas siempre me pedían consejo…

Puse una mueca. Imaginarme a mi madre y mi padre fue una de esas imágenes que quieres borrar de tu mente conforme la dibujas. Tom salió en esos momentos y fue mi salvación. Me despedí de mi madre diciéndole que tenía que ayudarlo a cerrar. Una mentira a medias, ya que lo ayudé a bajar la verja y observé cómo echaba el cierre.

—¿De qué hablabas con tu madre? —me preguntó, y me percaté de que debía de estar roja.

—Mejor no quieras saberlo. —Una ráfaga de viento me hizo temblar y Tom me frotó los brazos para que entrase en calor. No vi nada malo en el gesto. Solía ser muy atento con todo el mundo.

En lugar de emprender la marcha miró a ambos lados con nerviosismo y se quedó parado.

—¿No iría en serio lo de que ibas a robar la galería? —bromeé, confusa por su actitud.

—¿Tener a Al de enemiga? Paso. —Se frotó la frente. Estaba sudando—. ¿Qué vas a hacer esta noche?

—Sofá, película y muchas palomitas. —Dana se había ido a casa de sus padres a pasar el fin de semana. Me había ofrecido que la acompañase y había rechazado el plan. Me encantaba vivir con mi amiga, pero de vez en cuando echaba de menos tener tiempo para mí, una cita a solas conmigo misma.

—Es sábado, tienes dieciocho años y vives en Los Ángeles. Esa respuesta me ofende. —Sonrió—. Es mi deber obligarte a quemar las calles de la ciudad. —Se puso muy cerca y me miró fijamente a los ojos. Me sentí incómoda. Puede que fuesen imaginaciones mías, pero su lenguaje corporal me estaba haciendo otro tipo de invitación.

—Tal vez otro día —lo rechacé con tacto—. Seguro que encuentras a alguien que pueda sustituirme para el plan.

—Pero yo quiero ir contigo. —Salvó la distancia que nos separaba—. Podemos hablar de arte, beber cerveza barata en el primer pub que no nos pidan el carnet y acabar bailando sin gracia como dos borrachos que dan un poco de pena.

—Yo no bailo. —Bueno, solo lo hacía con una persona, y no era él.

—Crysta, yo… —balbuceó y de nuevo miró a ambos lados—. Yo… —Antes de que me diese cuenta, me agarró por la cara y estampó sus labios contra los míos, como si con ese gesto pronunciase las palabras que se resistían a salir.

Me revolví y lo aparté de un empujón. Me miró avergonzado, con la respiración agitada. Estaba segura de que no le había dado ningunas esperanzas. Nos llevábamos bien, sí, pero nada más allá de dos compañeros de trabajo que comparten una afición y critican juntos a la jefa cuando esta no puede oírlos ni verlos. Complicidad.

Estaba buscando las palabras justas para no herir sus sentimientos cuando me percaté de un detalle. Tom volvió a mirar a ambos lados y seguí la dirección de sus ojos. Me topé con un hombre que capturaba el instante con una cámara y que, en cuanto ese dio cuenta de que lo había visto, se perdió entre la multitud. Encajé las piezas.

—¿Se puede saber qué has hecho?

—Besarte, y por tu reacción veo que ha sido un error. —Se mordió el labio con un deje de culpabilidad.

—¡Y una mierda! —grité—. ¡He visto al fotógrafo!

—No sé de qué me estás hablando. —Trató de huir y lo retuve del brazo.

—No te hagas el tonto y mucho menos me trates como si estuviese loca. Estaba ahí con una cámara enfocándonos y no creo en las casualidades. ¿Nunca has mostrado el más mínimo interés en mí y esta noche te lanzas a la piscina de un modo tan apresurado, como si tuvieses prisa? ¿De qué narices va todo esto?

Tom se quedó en silencio. Lo había pillado. Era cuestión de tiempo que confesase. Su cara cambió y dejó de ser el tipo amable para parecer otro. Distinto. Puede que su verdadero yo, puede que su desesperación tomando el control.

—Va de la supervivencia de mi arte. Si la vieja no me daba la oportunidad de exponer, no tenía más opción que encontrar otro camino…

—¿Y has pensado que hacer un montaje conmigo era buena idea?

—¿Qué pasa? ¿Crees que eres la única que se puede beneficiar de que se la meta en caliente un famoso? La gente me conocerá. Seré el que le quitó la chica a Julien Meadow y eso me dará un nombre. El empujón para que el mundo descubra que pinto.

—Eres un… —No sabía qué decir—. Eres un…

—Un tío inteligente. Más que tú. Eres patética, Crysta, lo eres cuando se te iluminan los ojos hablando de él, como si el jodido cantante mantuviese celibato por alguien como… —Me miró despectivamente—. Alguien como tú. Tan poca cosa.

El golpe me dejó noqueada y aprovechó mi desconcierto para largarse a toda velocidad con un gesto siniestro que me impactó. El rostro de la victoria. La viva imagen de quien cree que acaba de conseguir algo sin esfuerzo.

Mi nivel de enfado aumentaba conforme me acercaba al piso. El cabreo no era tanto con Tom como con las personas que lo habían tentado y le habían vendido la absurda ilusión de que la prensa rosa lograría rescatar su talento no valorado. Convertirlo en alguien.

El aire se levantó a mi paso y pequeños remolinos de arena y algunas hojas secas anunciaron la inminente tormenta de verano. Oí al cielo rugir y, segundos después, el diluvio universal se cernía sobre mí. Coloqué el bolso a modo de paraguas improvisado y, dado que salir corriendo no era una opción, me dediqué a maravillarme del movimiento de agua que me rodeaba, la fina cortina que se extendía ante mí, los pequeños lagos en forma de charcos, las gotas refrescándome la piel y volver a percibir uno de mis olores favoritos. La humedad. Ese con el que de nuevo te sentías en las montañas de Alaska rodeada por sus enormes árboles, lo verde, lo terrenal.

Me quedé un rato en el portal mirando fascinada esos reflejos trasparentes que las nubes estaban descargando con violencia a la vez que la mayoría de las personas huían para esconderse en los locales de la zona. Era hermoso y lo habría sido más si hubiese sido por la tarde y hubiera podido apreciar la gama de grises que dominaba un cielo que, por una noche, no quería competir con el mar.

Estuve allí hasta que el fuerte viento que lo acompañaba me lo permitió. Observé el reloj y estaba pulsando el botón de nuestro piso en el ascensor cuando comencé a llamar a Julien. Quería explicarle lo que había pasado y despotricar con él de Tom y el fotógrafo. No me contestó inmediatamente y no me preocupé, pues supuse que el concierto se había alargado más de lo previsto.

Me senté en el sofá, preparé un bol de palomitas con mantequilla y zapeé en busca de la película perfecta para un sábado. Una que me entretuviese, romántica y sin quebraderos de cabeza. De esas, en las que puedes intuir el final en cuanto la empiezas y aun así te mantiene enganchada. Algo sencillito sin dramas que me destrozasen el corazón o misterios que me friesen la mente a base de teorías.

Seleccioné *Cómo perder a un chico en diez días*. No sabría decir qué tiene exactamente ese filme. Lo habré visto un millón de veces y todavía me río a carcajada limpia con cierta escena del helecho del amor y la princesa Dorita. Miré la hora en la primera pausa para los anuncios y volví a intentar contactar con Julien. No contestó.

Él me conocía y me creería.

Estuve con esa certeza hasta que la película terminó y la siguiente también. Revisé todas las redes sociales y los principales medios para saber si le había pasado algo. La única mención que había es que posiblemente se trataba de su mejor actuación y la afirmación de la mayoría de los críticos de que tenía madera de estrella, ese toque especial que diferencia a los cantantes fugaces de los permanentes y es complicado ver a simple vista si no se trata de un experto.

Le escribí. A medida que mis intentos fallidos de contactar aumentaban una especie de miedo ahogado se instalaba en mi pecho. No podía haberse creído lo mío con Tom y mucho menos sin darme la oportunidad de explicarme, sin escuchar mi versión. Me hice un ovillo en el sofá, enfadándome conmigo misma por juzgarlo y sacar conclusiones. Si no quería que él lo hiciese conmigo, lo justo era que yo no lo hiciera. Esperar hasta que hablásemos.

Me dormí con el televisor encendido con el volumen muy bajo. No recordaba cuándo ni en qué circunstancias había entornado las ventanas del salón. Probablemente con la baba colgando me había removido por el calor y al comprobar que había dejado de llover lo había hecho. Daba igual. Una suave brisa entraba por la abertura, el sonido matutino de los pájaros y la claridad, que no los rayos del sol, se colaba por el espacio abierto.

No me desperté plácidamente en un entorno tan de ensueño. De hecho, la manera en la que regresé del universo de Morfeo se asemejó más a una pesadilla. Alguien llamó. Corrijo. Alguien quemó el timbre dejándolo pulsado y acompañando el sonido infernal con unos potentes golpes en la madera.

Salí tan escopetada pensando que se trataba de los bomberos o la policía para sacarme de allí lo más rápido posible porque el edificio se venía abajo que ni siquiera reparé en que solo iba cubierta por un camisón blanco de tirantes que me había regalado Dana y dejaba al descubierto buena parte de mi anatomía y, lo más importante, la prótesis.

Abrí con la respiración agitada y la imagen al otro lado me la cortó. Julien estaba allí, en el descansillo, cuando lo suponía a miles de kilómetros de distancia. Estaba cabizbajo, con una mano metida en un bolsillo delantero de los pantalones vaqueros desgastados y con la otra estirada sujetándose en la pared. El pelo estaba empapado y parecía más oscuro. El movimiento de su boca me inquietaba.

—Esto no puede ser por las fotos... —me alarmé.

—Ni las menciones. —Sacó la mano de su bolsillo y colocó con suavidad su dedo sobre mis labios para silenciarme. El tacto y el calor que desprendía la yema hizo que me recorriese un escalofrío—. Ellas pueden robarme la imagen, pero nunca se adueñarán de mis instantes. Mis momentos. —Me liberó de su contacto. Levantó la barbilla y lo que vi hicieron que me olvidase de ese incidente con Tom del que por lo pronto deduje no sabía nada.

—¿Qué te ha pasado? —Tenía los ojos rojos con bolsas moradas a su alrededor, cansados y tristes, por no hablar de ese rostro que perdía color y brillo a pasos agigantados cada vez que volvía a verlo después de separarnos.

—No me mires como si fuera un moribundo al que le queda una noche de vida —intentó bromear, como de costumbre. La voz no lo acompañó. Era áspera, dura, con un deje de amargura que no reconocía en él—. Solo son ojeras y sueño acumulado.

—¿Has venido aquí a dormir?

Recordé nuestra conversación. Di un paso hacia delante y mi cabello rozó el brazo que tenía en la pared. Se removió como si esos pelos, las cosquillas que seguramente le hacían, fuesen pequeños latigazos de placer. Parecía una roca y a la vez vulnerable. Toda una contradicción.

—Llevo toda la noche conduciendo para darte un beso. Y no me agradezcas el gesto romántico antes de tiempo. Esto no es por ti, Crysta. Es egoísta. —Sus rasgos se volvieron fieros conforme salvaba la distancia que nos separaba y me miraba fijamente a los ojos—. Si de algo estoy seguro es de que a estas alturas necesito tus labios para sobrevivir. Sálvame, por favor.

Colocó sus manos a ambos lados de mi cara y me besó con anhelo y devoción. El tacto de sus labios fue rudo, impregnado de urgencia y pasión. Enredé las manos en su nuca con el mismo deseo de devorarlo que intuía que sentía él. Cerré los ojos con fuerza para que todos mis sentidos se concentrasen en ese contacto hasta el punto de que ni siquiera me enteré cuando me agarró en brazos y cerró la puerta detrás de él, hasta que carraspeó en mi oreja con un sonido animal.

—¿Estamos solos?

—Sí —asentí, apoyando la frente contra la suya. Intentando que sus pensamientos traspasasen mi cráneo y me enterase de lo que le estaba pasando por la cabeza.

Me dejó encima de la mesa del salón, abrió mis piernas y se colocó entre medias para poder continuar comiéndome con la boca, con las manos, con la mirada, con cada célula que componía su esencia.

—Sé que deberíamos hablar, que ha pasado mucho tiempo, y te pido perdón por ello. —La pasión con la que movía sus dedos por mis brazos, mis pechos y mi abdomen mientras nuestras lenguas se enlazaban, las bocas jugaban y los dientes capturaban el labio del otro provocó el primer pinchazo en la boca del estómago—. Tengo mil cosas que contarte y no todas son buenas. —Su aliento se coló a través de mis labios entreabiertos—. Y aun así te pido un favor.

—Lo que quieras.

—Dejemos las palabras para mañana. Concentrémonos en las emociones. Vuelve a ser la única palanca que activa mis sentimientos. Quiero reventar consumido en tu piel.

No me dio tiempo a hablar. Sus besos y sus roces se adelantaron con el mismo apetito. Lo contemplé con anhelo mientras se quitaba la camiseta y me deleité paseando con la yema de mis dedos por esa carne desnuda que se ponía de gallina bajo mi contacto. Yo, la dueña de las descargas eléctricas que lo activaba todo.

Sus labios recorrieron mi cuello y mi clavícula a base de besos, mordiscos y sus manos las cosquillas que me hacían sus pestañas se colaron por debajo del camisón. Rugí y me estremecí cuando me quitó la ropa interior y esta cayó al suelo.

—Casi me había olvidado… —Se separó para quitarse los calzoncillos.

—¿De qué?

—De que los orgasmos contigo se tienen antes de acostarse. —Se mordió el labio—. Firmaría ahora mismo no volver a correrme en la vida a cambio de verte siempre así, con las mejillas rojas, el pelo sobre los hombros, la respiración acelerada y desnuda. A veces pienso que solo debería admirarte desde la distancia, porque a las obras de arte no se las toca.

—Pero esta te necesita. —Lo agarré de la mano y él miró nuestros dedos enlazándose—. Nunca podría renunciar a ti. Es más, si el universo se acabase, no saquearía tiendas, intentaría desarrollar mis nulas capacidades de supervivencia o aprendería a usar los revólveres como en el antiguo oeste. Llegados a un extremo insalvable, pondría un punto final por el que el desarrollo hubiese merecido la pena.

—¿Cuál?

—Te obligaría a besarme hasta que me lanzases con tus labios a las estrellas.

Tiré de su mano y esta vez fui yo la que tomó las riendas. Pegué mis labios a los suyos, profundizando para jugar con su lengua. Julien rugió y se aproximó. Me estremecí en ese juego de reconocimiento en el que sus manos investigaron todas las partes de mi cuerpo alimentando su deseo, activándolo, desfibrando cada una de las terminaciones nerviosas mientras yo jugaba a recorrer cada centímetro de su piel sin dejar nada por tocar.

Se colocó el preservativo y no pude evitar un grito ahogado cuando penetró dentro de mí. Me agarró de ambas manos por la muñeca y las colocó arriba mientras me embestía para poder tener una imagen completa de mi rostro y mis pechos rebotando ante sus movimientos de cadera. Estaba muy excitada y gruñí de manera sensual cuanto más nos fundíamos.

El sexo fue distinto a las experiencias anteriores. El deseo contenido por la distancia se hacía patente en esa especie de urgencia, las ganas de darlo todo y las sacudidas potentes que ambos necesitábamos. Saboreé todos los detalles que se sucedían en su rostro con los ojos ámbar oscurecidos clavados en los míos. La tensión. El placer. La ternura. El amor.

Arqueé la espalda y me mecí al notar que, de nuevo, estaba cerca de experimentar el placer de esa explosión con sabor dulce y efecto narcótico y adictivo. Me retorcí y los jadeos aumentaron al mismo ritmo que las frenéticas embestidas.

—Deja que me quede dentro de ti. Déjame vivir en ti —dijo

Julien, y apreté los muslos en cada embestida para sentirlo con más profundidad.

—Todo va a ir bien... —Me retorcí y me dejé mecer por sus caderas.

—No hables del futuro. No vaticines algo que no sabemos si pasará. Centrémonos en el presente. Puede que mañana todo mejore o que se vaya a la mierda. Pero hoy tú y yo vamos a hacer historia.

—¿Historia? —Temblé por dentro. Estaba a punto de terminar.

—Sí, la nuestra. Hoy vamos a escribir con caricias y saliva en la piel del otro.

—¿Te refieres a un tatuaje?

—Me refiero a algo más profundo, a traspasar todas las barreras y formar parte de la carne, que no haya un centímetro de nuestro cuerpo que no hable del otro, para que nunca podamos olvidarnos, para que si algún día nuestros caminos se separan, el mejor argumento para luchar por reencontrarnos sea el recuerdo de ese tacto que nos arde por dentro, que nos recorre las venas. —Asentí, eché la cabeza hacia atrás y cerré los párpados mientras ambos nos íbamos, embarcándonos en ese cohete que nos lanzaba de lleno a un punto del espacio reservado para los dos.

Lo hicimos. Durante horas nos dedicamos a dejar huella en el otro a base de caricias, hasta que ninguna parte del cuerpo se quedó libre. Luego hablamos. Él me contó lo de su madre y yo le expliqué lo de Tom. Nos abrazamos y, con ese sencillo gesto, nos sentimos invencibles. Podíamos con todo lo que se avecinaba y mucho más. Juntos no existían los imposibles. Entonces el productor de Julien lo llamó hecho una furia y tuve que llevarlo al aeropuerto para que se subiese al primer vuelo a Atlanta, el siguiente destino en su gira. Y fue en ese instante, cuando se perdió por la puerta de embarque, cuando tuve que apoyarme en la pared. Lo vi hacerse pequeño a la vez que la gente gritaba y se acercaba a él. Lo vi perdiéndose entre la multitud. Lo vi desapareciendo para ceder su espacio a la estrella.

CAPÍTULO 20

JULIEN

El móvil vibró en el bolsillo de mi vaquero. Ladeé el trasero en el sofá y lo saqué. La pantalla se iluminó y pronto me percaté de que se trataba del grupo de chicos de la gira.

—¿Tanto te ha absorbido la tecnología esa nuez que tienes por cerebro que ya ni siquiera hablas cuando estamos al lado? La excusa de resaltar los atributos del cuerpo de baile sin que ellas se enteren ya no vale. No están aquí —bromeé mientras lo desbloqueaba.

—Lo sé. Desgraciadamente, en lugar de estar rodeado de ángeles solo hay tíos con cara de culo —contraatacó Ted, el batería de mi gira.

Habíamos llegado a Los Ángeles hacía una semana. Estábamos más o menos diez personas en el salón de mi casa. Colocados. Mucho. Parecía que me había olvidado de cómo se divertía uno sin un porro en la boca y cocaína en las venas. No me sentía un adicto, aunque había traspasado esa delgada línea en la que no necesitas compañía para meterte un buen chute el día que mi puto acosador particular me había mandado un paquete con un cuervo, el pájaro de la portada de mi disco, muerto. Por lo menos ya había conseguido la maldita orden de alejamiento. Una pequeña victoria.

Me había acostumbrado a la presencia de los chicos. A decir verdad, me había acostumbrado a estar rodeado de gente a todas horas y me inquietaba la soledad. La hiperactividad del ritmo frenético me impedía pensar, reflexionar o hacer balanza. Estar conmigo mismo antes era una necesidad y en esos momentos me asfixiaba. Huía del silencio y de no tener cosas que hacer. En lo único que no escatimaba era en dormir, después encendía el móvil y me afanaba en planificar todas las horas de lo que me quedaba de día.

—¿Insinúas que preferirías su compañía? —preguntó otro de los chicos, Jim, el bajo, repantigado en una silla y con chorretones de sudor bajando por la cinta negra que llevaba en la frente y le recogía el cabello.

—Que lo cuestiones indica que no estás seguro de mi respuesta, que evidentemente es: ¿dónde hay que firmar para que eso suceda? —Jim agarró una de las figuritas de la estantería y se la lanzó. Ted se movió para esquivarla y unas gotas del botellín que tenía en la mano se vertieron, no sé si solo en su ropa o también en el tapizado del asiento. Estaba demasiado colocado como para percatarme—. Es cuestión de olor corporal. Sus cuerpos sudados olían mejor que tú cuando acabas de salir de la ducha.

Dejé de prestar atención a su conversación sobre las bailarinas. Todo desembocaría en el mismo punto. Ted era de tetas y Jim de culos. Un debate interminable. Como las personas que son de dulce o salado, de playa o montaña o de cervezas o chupitos.

Le di una calada honda al canuto y noté cómo la hierba rasgaba mi garganta. Todavía no sé por qué accedí a probarla también. Supongo que influyó el hecho de regresar de visitar a Crysta hecho una mierda y verlos a ellos tan felices. Estaba harto de sentirme un despojo humano enfadado y habría pagado o hecho cualquier cosa por reír. Viendo las reacciones de los chicos no me pareció tan mala idea y me uní a ellos.

Puede que esa mierda estuviese calcinando mis pulmones y fulminando mis neuronas, pero a veces merecía la pena. Te sumergías en una especie de burbuja en la que todo se ralentizaba, los problemas disminuían y la atmósfera estaba menos cargada. Era lo más aproximado a convertirte en unos de esos zombis sin cerebro que deambulan por el mundo con la cabeza ladeada con la única preocupación de devorar a un humano. Ni siquiera podría considerarse preocupación, dejarse llevar sería más correcto. Caminar y si por el camino se encontraban lo que anhelaban, bien, y si no, seguían moviendo los pies con un ritmo armónico.

Tuve una especie de visión. Todos esos protagonistas que se afanaban en sobrevivir a pesar de saber que toda esperanza estaba perdida no eran los inteligentes de la historia, sino los sufridores, los que pasaban el resto de su existencia con una escopeta cargada, despidiéndose de seres queridos y haciéndose kilómetros de carretera. Ser un zombi sin inteligencia ni corazón no estaba tan mal. No te enterabas de lo que sucedía y eso provocaba que nadie pudiese dañarte hasta el punto de que notases con agonía cómo se quebraban tus huesos.

Expulsé el humo lentamente y miré la colilla para asegurarme de que no le quedaba ninguna calada más antes de apagarla encima del borde de la *pizza* que estaba en la caja. Leí el mensaje que Ted había escrito en el grupo o de WhatsApp: «Me he sacado el carnet de manipulador de alimentos... Ya tengo a los plátanos y a las patatas totalmente en contra de las zanahorias».

—Te mereces la muerte por esto. —Mientras lo decía, otro de nuestros amigos escribió: «Va un hombre por la calle y lo atropella un camión. No vio al tráiler».

—Los chistes son una buena alternativa a los centenares de vídeos porno diarios que nos manda Jim... —Nuestro amigo tosió teatralmente cuando aludió a él. —¿Qué te pasa?

—La falsedad, que no me deja respirar. —Se rio—. Solo quieres un parón en mis clases prácticas de sexualidad porque crean unas expectativas que solo podrás satisfacer si lo tienes a él al lado. —Me señaló. Había comenzado a salir con ellos. Mucho. Siempre que podía. Tiger no me mintió cuando aseguró que me utilizarían para ligar. Lo hacían constantemente y parecía una estrategia infalible.

Estaban ultimando los detalles de la nueva gira. Esta vez centrada en Europa y previsiblemente más larga. Si disponía de diez días antes de tomar el primer avión, podía dar las gracias. Era una sensación rara. Por un lado, me parecía exótico visitar países, conocer culturas y saltar de un lado a otro en esa bola del mundo que un día vi enorme y ahora casi cabía en mi mano cuando la cerraba en torno a ella. Por otro, ya no me engañaba. No podría ver los principales monumentos, solo las vistas desde el hotel poniendo la ciudad a mis pies, y valoraría a su gente por la amabilidad de los periodistas, los seguidores o los famosos con los que compartiría alguna copa en un pub de lujo. No era exactamente colgarse una mochila al hombro y pateárselo.

No oí la puerta de la habitación de Lucas al abrirse. La música y la televisión estaban demasiado altas para permitírmelo. Pasó por el salón poniéndose la camiseta mientras batía la mano de un lado para otro apartando el humo y se metió en la cocina.

—Creo que tu novio quiere llamar tu atención —dijo Jim cuando mi amigo comenzó a recoger compulsivamente lo que había encima de la barra americana para tirarlo con fuerza en la bolsa. Romper cristales no calmaba su furia, sino que cada vez estaba más rojo.

—Sip. Parece bastante mosqueado.

—Aguanta el chaparrón de manera estoica y que de tu boca no salgan más palabras que lo siento —se sumó Ted—. Es todo lo que he aprendido después de dos matrimonios fallidos. Eso y que preguntar qué te pasa es como tener una Coca-Cola agitada, quitarle el tapón y rezar por que no te salpique. —Me pregunté si sería verdad lo de sus dos bodas—. Totalmente cierto. No puedo evitar ser un romántico... —contestó a mi duda no formulada.

—Que engaña a sus princesas con el primer conejo que encuentra por el campo —completó Jim, ambos se rieron y chocaron la palma de las manos. No salió de mí imitar el gesto. No me parecía gracioso o heroico. Poco leal.

Lucas me esperaba en la cocina. Disimuló que no me veía mientras me acercaba, pero la vena de su frente palpitante lo delató. Llevaba unos días irascible. Los primeros exámenes de la universidad se acercaban y los profesores no habían tenido en cuenta este hecho a la hora de freírlos a trabajos. Su vida oscilaba entre la biblioteca y su habitación, como si no hubiese más lugares en el mundo.

—Estás un poco susceptible. Te he llenado de músicos tatuados la casa y alguno de ellos entienden. —Levanté las cejas de un modo gracioso para que comprendiese que me refería a su bisexualidad o su homosexualidad, dependiendo del miembro del que hablase—. Hay un par que te han echado el ojo cuando pasabas, como si tus nalgas fueran dos hamburguesas gordas y jugosas.

—En vez de mirarme el trasero deberían fijarse dónde apagan los cigarros. —Dio la vuelta a un botellín con restos de cerveza que habíamos utilizado como cenicero—. A este paso salimos ardiendo.

—No ves la parte útil. No tendremos que fregar. —Abrí la nevera y saqué una cerveza fría—. Eres un exagerado. Repite conmigo: no quiero más dramas…

—¿Vas colocado? —El tono de su voz cambió.

—Voy feliz. —Ignoré su pregunta.

—Hace tiempo, no necesitabas jugar a la maldita ruleta rusa con el cáncer para estarlo… ¿Lo sabe Crysta? —preguntó. Su nombre me hizo reaccionar. Ella no podía enterarse. Ella debía seguir viéndome como un día fui para poder observar ese reflejo en sus ojos. Ella era la cuerda que me amarraba al muelle, aunque las olas hiciesen mella en el casco.

—¿Vas a ser tan rastrero de chivarte porque el niño no puede estudiar si no hay silencio absoluto?

—No, y algo me dice que es un gran error. Confundo el significado de lealtad. —Se pasó una mano por el pelo. El tono negro de su cabello junto con su piel morena lo hacían parecer un actor latino y acentuaban sus ojos azules, rojizos e hinchados por el cansancio y la ausencia de sueño—. Y el niño necesita estudiar para poder seguir en la universidad…

—¡Qué coño! Pago yo. Tarda todos los años que necesites. —Sonó mal entonces y sigue sonando igual. El tiempo no hace que esa frase mejore. Las connotaciones de mi cambio de mentalidad eran más que evidentes.

—Por eso quiero que se larguen, para estudiar, conseguir una beca el año que viene y no depender de la caridad de nadie. —Le había tocado la fibra y, en lugar de callarme y asentir, solté:

—Pues te jodes. Es mi casa y te toca aguantar a mis colegas.

—Entiendo. —Apretó la mandíbula, aunque en sus ojos había más pena, decepción y dolor, que rabia—. El único que sobra soy yo...

Dejó de recoger las cosas y salió de la cocina.

—Lucas... —susurré, pero no se detuvo y lo siguiente que oí fue el portazo en la entrada principal.

Salí detrás de él. Una vez en el salón me percaté de que en el respaldo de la silla no estaba su sudadera de capucha granate. Si se la había llevado, solo podía significar una cosa. Tenía la firme intención de pasar mucho tiempo fuera, hasta que el sol abandonase el cielo de Los Ángeles y el frío calase los huesos. Puede que con su orgullo para siempre. Todo por mi culpa.

No eran las drogas. No era la presión. No era la angustia. Yo estaba cambiando y no para bien. El universo materialista me mecía en sus brazos y estaba a gusto. Nunca había tenido sentimiento de propiedad como aquella tarde con «mi casa». Nunca había echado en cara nada de lo que hacía, sino que lo ocultaba, salvo aquella tarde con mi comentario de «pago yo». Nunca había antepuesto a nadie a Lucas como aquella tarde que elegí a «mis colegas», cuando no eran más que conocidos que desaparecerían de mi vista si la fama un día decidía abandonarme.

Abrí la puerta del piso y la luz se encendió, mostrándome a Crysta. Por poco no me dio un infarto.

—¿Quieres matarme? Los músculos no te hacen inmune a los sustos —me quejé, con la mano en el pecho antes de sonreír. Sentía la apremiante necesidad de besarla incrementada por mi estado pedo/drogado y que ella me diese el consejo necesario para convencer a Lucas de que me perdonase. Era cabezón y había herido sus sentimientos. La discusión no sería fácil—. Dame un minuto y consigo que todos se marchen. —Mejor explicárselo dentro, ir a hablar con Lucas y que ella me esperase en casa.

La agarré de la mano, pero sus dedos no se enlazaron con los míos, sino que se movieron rápido hasta reposar en mi nuca. Me dio una sonora colleja que picó.

—¡Eso es agresión! —me quejé.

—Si supieras lo que estoy pensando tendrías base legal para acusarme de tentativa de homicidio con premeditación. —Se colocó el tirante del peto vaquero y sopló para que el mechón suelto rosa de su cabello recogido en una trenza no le diese en la boca—. Confiesa que te han frito el cerebro. Es el único argumento que me ayudaría a comprender que la estés jodiendo con todo el mundo sin remedio. —Desde que fui a su casa se había mostrado comprensiva y, sin embargo, estaba delante de mí con una mezcla de enfado y decepción que me desubicaba.

—Pero ¿qué os pasa? Es mi día. Hoy. Mío. ¿No podéis darme una tregua hasta que acabe el acto? —Esa noche era la presentación de la película. Había estado marcado en rojo en mi calendario. Llevaba meses soñando con ello.

—No voy a ir. No pienso celebrar el día de tu nombramiento oficial de cretino. —Antes de que pudiese quejarme añadió—: ¿Por qué Jer me ha pedido que devuelva la pajarita? —No encontré sentido a su pregunta.

Estaba loca. Mierda. Tal vez los músicos se habían dejado algunas setas alucinógenas en la nevera o en los armarios de la cocina y ella se las había llevado a casa. Tenía que estar alucinando. Ida. Y era buena disimulando, porque parecía totalmente consciente y cuerda.

—Cariño, no voy a responder a esa pregunta trampa. No seré yo quien ponga en duda tu delicioso gusto con la ropa. El que haya cometido ese error, que asuma sus consecuencias. —Me moví con lentitud y ella volvió a apartarse y negó con la cabeza a la vez que fruncía el ceño.

—¿Cómo puedes estar de coña sin más? —escupió—. Me asusta que ni con pistas recuerdes lo que has hecho y te reconcoma la conciencia. ¡No hace ni dos horas que has hablado con él! —exclamó, roja, y no supe si iba a llorar o a cruzarme la cara. Llorar mientras me la cruzaba parecía lo más probable.

Hostia. Todo pareció de repente sencillo. Tres fragmentos. Yo con espuma en la barbilla afeitándome y el móvil sonando en el lavabo. Orlando hablando conmigo sobre la fiesta de esa noche y sugiriendo que no era buena idea que mi hermano viniese, que era por su bien. El grandullón pinchando las tortitas del desayuno sin apetito.

—Jer me ha dicho que lo entendía y que no le importaba… —balbuceé con la boca seca.

—Es lo que tiene el rechazo. Te acostumbras. Azota a una parte de tu cerebro hasta que tus percepciones son defectuosas, hasta que crees que lo falso es cierto. ¿Sabes lo que es despertarte cada mañana con un mensaje suyo para que no olvidase que la camisa debía estar perfectamente planchada y le mandase una foto de la pajarita con una luz diferente por si la fiesta se alargaba? —Apuntó con su dedo y me golpeó en el pecho—. No, porque él quería sorprenderte. —La voz le temblaba—. Llámalo ahora y miente. Invéntate que era una broma y que no hay nada que te haga más ilusión que verlo allí, o te juro que no respondo y soy capaz de estrangularte con la pajarita.

Sacó una caja de cartón del bolsillo del peto y la sostuvo delante de mí antes de largarse con la amenaza pintada en el rostro. Cumpliría su palabra como no solucionase las cosas con el grandullón. Parecía desencantada, frustrada y con un deje de amargura que le corroía las entrañas. Cuando las puertas del ascensor se cerraron y dejé de ver su mirada supe que no vendría. Mi propia lección de humildad.

No volví a entrar con el resto de los chicos. Me senté en el hueco de la escalera y hundí la cabeza en las manos. Crysta ni siquiera me había dado la oportunidad de explicarme. No me había preguntado las razones que me habían llevado a tomar esa decisión. Encontré la respuesta por mí mismo, como si siempre lo hubiese sabido. En el universo no existían suficientes argumentos, doble lenguaje ni persuasión para manipular que justificasen lo que le había hecho a mi hermano. Pedirle que no me acompañase al estreno. Desprenderme de su presencia como si no valiese nada. Un paria.

Sí, Orlando me había asegurado que estaría muy solicitado y que no podría controlarlo todo el rato. También había mencionado los desfases que se vivían en las fiestas posteriores y cómo podrían destruir la visión ingenua y optimista de mi hermano. Y se había centrado con bastante insistencia en el punto de que la masa de gente podría agobiarlo y los periodistas incomodarlo con preguntas fuera de tono. La gente podía querer utilizarlo para acercarse a mí.

Jeremy era buena gente. Si le preguntaban sobre mi vida contestaría con una sonrisa, independientemente de que hubiese una grabadora por medio, robaría mi camiseta para regalársela a una chica si esta lloraba y se enfadaría si pasaba de largo cuando las niñas me aclamaban como últimamente tenía costumbre.

Eran muchos los riesgos. En eso no mentía Orlando. Y debí mandarlo al infierno antes de colgar.

Pegué un puñetazo a la pared y me raspé los nudillos. Todo se habría solucionado siguiendo el mantra que había dominado mi vida. El grandullón era mi prioridad. Siempre. En el patio de nuestra casa o en el mismísimo Hollywood. Cuidarlo y prestarle atención no era una obligación. Es más, llamar a la acción de pasar tiempo a su lado así me resultaba repulsivo. Me avergonzaba.

Las manos me temblaban cuando marqué su número. Las lágrimas caían por mi mejilla y me resistía a limpiarlas. La incertidumbre de no saber cómo estaría él al otro lado podía conmigo. No lograba decidir qué temía más, si oírlo angustiado, decepcionado o neutro.

—¿Julien? —Sonó esperanzado, y fue esa confianza ciega que denotó la mera pronunciación de mi nombre la que me partió en dos. No lo merecía. Nunca lo haría.

—¿Ya te has dado cuenta? —Hice de tripas corazón.

—¿De qué? —Casi pude notar cómo su corazón se aceleraba. Al menos, el temblor con el que apretaba el móvil contra su rostro se incrementó.

—¿No me estarás gastando ahora una broma tú a mí? —Me sentí falso por el rumbo de la conversación y a la vez aliviado por saber que iba a solucionarlo antes de que fuera demasiado tarde—. Porque supongo que en ningún momento te has creído eso de que era mejor que no me acompañases esta noche.

—¿No era verdad?

—¿Cómo iba a serlo?

—Va a ir gente importante...

—Nadie más que tú —lo interrumpí, y, al instante, me di cuenta de que era la verdad más grande que había dicho en semanas.

—¡Julien, he...! —No lo dejé terminar. Sabía lo que iba a decir. Era lo que tenía conocernos. Ser algo más que una gota de agua que impacta sobre la ventana y le cuenta al cristal su historia. El vaho que asciende desde diferentes puntos hasta formar la misma nube.

—Crysta era mi cómplice. —Noté un nudo en la garganta—. Te llevará ahora la pajarita.

—Os habéis reído bien de mí, ¿eh? —Sí, la sensación de ahogo se incrementó. Mi hermano carraspeó—. Gracias.

—¿Por qué?

—Por seguir siendo tú. Por un momento pensaba que me veías como los demás y he sentido que ya no existía la cara oculta de la luna para estar seguros, que esta vez ni el árbol más grande del mundo podría acabar con el dolor de tripa.

—Jeremy, no te sigo.

—¿Puedo contarte un secreto? —Me reí y me apoyé en la pared.

—Sí.

—¿No tienes que arreglarte? —Recordé que Orlando me había hablado de no sé qué cita con los estilistas.

—Ahora mismo no tengo nada mejor que hacer que escucharte.

—Cuando me contasteis que la abuela iba a marcharse con el abuelo al cielo y fui a verla al hospital empezó a dolerme la tripa —relató—. Mamá no paraba de preguntar si me tiraba gases o iba bien al baño y tú te reías diciendo que ese no podía ser el problema y que si me daba un laxante las tuberías se derretirían como si fuera ácido.

—Muy propio de mí. Soy un bocazas. —Me arrepentí y a él no pareció importarle.

—A veces la molestia paraba un poco, pero era ir a verla y otra vez volvía. Un día se lo conté. Ella tomaba muchas medicinas y a lo mejor conocía alguna que podría ayudarme. Me dijo que lo que me pasaba era normal, que cada vez que una persona va a marcharse deja una parte de ella dentro de ti y, hasta que se adapta, duele. —Imaginé a mi abuela tratando de explicarle esas emociones que a veces él no entendía. La pérdida. La muerte. El adiós—. Entonces me contó su truco. Cuando eres tan vieja como ella tienes que tener uno si no quieres volverte loco a medida que se va tu familia, tus amigos, tú... No se lo puedes decir a nadie —advirtió.

—Te lo prometo.

—¿Recuerdas el día que me perdí cuando los niños se metieron conmigo?

—Sí.

—Estaba buscando una cosa. Su tesoro. Su jardín. La abuela plantaba un árbol por cada uno de ellos, porque le recordaban lo más importante.

—¿Qué era?

—Las ramas acaban yendo en todas direcciones, pero pertenecen al mismo tronco, idénticas raíces, una unión que durará hasta que la última de ellas se marchite. —Bajó el tono de voz—. Ese día lo planté y veo cómo crece poco a poco. —Se quedó un segundo en silencio—. Hoy, cuando me has dicho que no podía acompañarte, me he acordado. He imaginado las ramas separándose y la tripa me ha dolido más que nunca. —Bajó el tono de voz—. Ya sabes que siempre te necesitaré.

—Te infravaloras. Soy yo el que te necesita. Es mi rama la que se vendría abajo si la tuya no estuviese sujetándola.

Jeremy y yo hablamos un rato más antes de despedirnos. Fue una conversación agridulce. Me sentía bien por cómo había terminado la historia y a la vez ruin por haber contemplado la opción de apartarlo. Tantos años luchando contra aquellos que lo maltrataban, sujetando en su pecho el cartel de «normal», para acabar cometiendo semejante traición a las primeras de cambio.

Y, de nuevo, Crysta había aparecido, regalándome, sin ella saberlo, la última tarde de paz antes de que esa noche todo cambiase para siempre. Nunca sabes cuándo vas a darte cuenta de que estás enamorado hasta la médula de una persona, de que es ella la que saca la mejor versión de ti mismo, esa que te hace decir «joder, merezco la pena».

Normalmente son los besos. Sí, ese roce entre dos labios tiene mucha fuerza. Hay civilizaciones que incluso llegaron a pensar que los humanos éramos capaces de intercambiar las almas durante ese contacto para rozar el interior del otro. También existen abrazos capaces de cambiar el mundo. Dos brazos que te envuelven y te aprietan contra un pecho y al escuchar los latidos del otro lado reconoces el sonido de tu hogar.

Las posibilidades son infinitas, impredecibles, y la revelación llega en un momento inesperado. Me di cuenta de que amaba a Crysta más de lo que creía posible ese día en la escalera, llorando como un jodido bebé por lo que había estado a punto de hacer, y con la certeza de que estaba muy enfadada conmigo y no vendría esa noche. Lo hice mordiéndome el labio hasta que sangró. Lo hice en el preciso instante en que me di cuenta de que ella era mi anticipación. La que actuaba antes de que fuese demasiado tarde para mí. La que se adelantaba a mis deseos. La que siempre iba un paso por delante para protegerme.

La conocía. Llevaba un jodido mes hablando del vestido, las botas adaptadas que se había comprado para el estreno y todos los actores de moda que iba a conocer. Era una cría entusiasmada. Y, sin embargo, no iba a ir. No por el cabreo. El temperamento de Crysta era un terremoto de un segundo de duración. Ya había estado en su epicentro. Lo peor había pasado. No. Si no venía era porque ella supo antes que yo que el grandullón y yo nos merecíamos una noche. Volver a ser solo los dos. Recordarme, sin necesidad de utilizar palabras o reproches, que era mi obligación cuidar nuestra relación, pues, si lo perdía, todo lo bueno que tenía se iría con él.

Crysta se apartó. Crysta cedió el protagonismo a Jeremy. Crysta evitó una fractura en nuestra relación como hermanos. Saber que le importaba tanto a una persona y todo lo que era capaz de hacer me abrió los ojos. La quería, joder, la quería tanto que me arrancaría la piel a tiras para que mi interior también pudiese rozarla. Ella era el pastel que me sorprendió. La adolescente que me enseñó lo hermoso que era ver a unas cigüeñas batiendo las alas. Y la mujer en cuya mirada quería encontrarme toda la vida. Bendita anticipación.

Estuve tanto tiempo meditando en esa escalera que al volver al piso los chicos ya se habían marchado. Olía a tabaco rancio, alcohol y sudor. Acostumbrados a tener servicio, no habían recogido nada y parecía una leonera sucia. Ni rastro de Lucas. Lo llamé al móvil, pero no contestó. La que prometía ser una noche rodeado de los míos iba a acabar siendo lo opuesto. Sin novia. Sin mejor amigo. Sin madre ni padre.

Me metí en la ducha y fingí no oír las llamadas de teléfono de Orlando con la cabeza apoyada en los azulejos y el agua fluyendo por mi espalda. Pasaba de peluquería, maquillaje o cualquier mierda de esas. Me puse mis vaqueros y una camisa negra, y me peiné con el pelo revuelto como tantas veces antes había hecho.

A la salida me estaba esperando una limusina. Dudé si subirme a ella o no y acabé accediendo. Jeremy iba a flipar en colores cuando fuésemos a recogerlo así. Lo hizo. Vaya si lo hizo. Se subió y rodó por los sofás de la parte trasera como si fuera una enorme croqueta antes de descubrir su parte favorita: una radio en la que los bajos de la música estaban conectados a la iluminación. Alucinante.

Se suponía que yo no sería el protagonista; al y fin y al cabo, íbamos al estreno de una película, por lo que la lógica me llevaba a pensar que los actores y el director captarían toda la atención. En cuanto bajé y puse un pie en la alfombra roja me percaté de que estaba confundido. Los objetivos giraron y los curiosos se agolparon intentando sobrepasar las barreras de seguridad. El sonido de los flashes me produjo dolor de cabeza.

La actriz principal se colgó de mi brazo y me obligó a andar más despacio, consciente de que estaban capturando nuestra imagen y, aunque fuese para elucubrar teorías sobre un posible romance, saldrían en las revistas. Una promoción jugosa. No pude rechazarla. Debía mantener el tipo. Fingir que era un acto inocente, cuando se trataba de un uso consciente y egoísta. Postureo elevado a su máxima potencia.

Me libré de ella en el *photocall*. Estaba intentando huir por un lateral como un cobarde, pasar desapercibido, cuando la organizadora me localizó. Me llamó a través de un *walkie talkie* con el que se comunicaba con el resto del equipo.

—¿No quieres hacerlo? —me preguntó Jeremy, que no paraba de mirar la pajarita y sonreír—. Parece divertido…

Entonces me di cuenta de que podía serlo. Estaba enfocando las cosas mal. Yo no era serio y mucho menos profesional. Comerme mi personalidad y fingir ser la persona que habían inventado en marketing era agotador. Noté cómo mis labios se curvaban y tiré del brazo de mi hermano.

Sin entrar en detalles, solo puedo decir que fue la sesión de fotos más surrealista para los trabajadores y divertida para mí. ¿Sabéis los fotomatones que ponen en las bodas en los que la gente con unas copas de más se fotografía haciendo el imbécil? No teníamos complementos para disfrazarnos, pero éramos los reyes haciendo el capullo. No necesité drogas para las carcajadas más auténticas de esos meses.

La película estuvo bien y el público aplaudió al final. Los actores y el director subieron al escenario para inundarse de ese baño de masas a sabiendas de que la crítica les repartiría de lo lindo al día siguiente. Nunca los he entendido del todo. Vale que su trabajo es valorar y juzgar. Sin embargo, algunos parecía que ponían especial énfasis en encontrar las cagadas o los argumentos negativos de un producto. Eso no iba conmigo. Siempre he preferido buscar el lado bueno de las cosas, de las personas, de lo que me rodeaba.

A la salida nos topamos con unos camareros con bandejas repletas de bebida y comida. Hice algo muy malo. No, me abstuve de beber. Los tiros no iban por ahí, más bien con cierta faceta cleptómana que descubrí en ese *hall*. Robé una fuente de queso a lo loco y me escondí con el grandullón en una esquina para que lo devorásemos todo. Jeremy no se resistió ni me dio ningún discurso moral, pero puso una sonrisilla que no supe identificar.

Deberíamos habernos ido después de eso. Lo habíamos pasado bien. Sería una noche memorable. ¿Qué más queríamos? Nada. El universo conspiró para liarnos. El interior de la tierra me reclamaba.

Acabamos en la zona vip de una discoteca. Con el paso del tiempo he olvidado los nombres. Todas me parecían iguales, luces tenues, bebidas en vasos finos, gente con ropa elegante, música *chill out* y barra libre. El alcohol circulaba por todas partes. Jeremy lo miraba interesado. Algunos de los cócteles eran realmente impresionantes.

Le pedí que me esperase mientras iba al baño. Conocía lo que pasaba allí. Yo lo había hecho. La droga circulaba a sus anchas en los lavabos y las mesas bajas de los reservados bajo el manto de la cortina que escondía a quien estaba allí. No quería abrir la puerta y que se encontrase a alguien esnifando u oyese esa banda sonora proveniente de los servicios. Mantenerlo puro para que él me recordase cómo era, para tratar de imitarlo cada vez que me corrompiese. Buscar su luz cálida entre esa oscuridad desfasada.

—¿Tienes un bote para que te facilite mi orina y después analizarla por si acaso consumo mierda? —Betty estaba apoyada en el pasillo con un vaso de margarita entre las manos—. Sería un titular muy jugoso...

—Te pasas de paranoico. —Mi instinto me prevenía y sabía que su presencia solo podía significar que esa noche no iba a acabar del todo bien—. Y no eres muy bueno quedándote con la cara de las personas, ¿verdad? —Enarqué una ceja sin contestar—. Lleva buscándote toda la noche. Da pena. Sus intentos de provocarte son patéticos.

—No me jodas, con una acosadora tengo suficiente y, preciosa, tú ostentas ese título. —Le guiñé un ojo y la hice a un lado—. Si me disculpas, voy a mear...

—Yo de ti no lo haría... Robert está dentro.

—Ni idea de quién me estás hablando...

—¿No? —parpadeó con inocencia—. Creía que te lo había dicho. ¡Vaya cabeza la mía! —Se dio un golpe coqueto—. Es el «amigo» de tu madre.

—¿Qué es lo que esperas que haga? ¿Que le grite o le pegue? —Me reí con amargura y noté mis pulsaciones aumentando de revolución. Tenía que contenerme para no cruzar la puerta y enfrentarme a ese cabrón.

—¿Incitar a la violencia? ¿Yo? ¿Por quién me tomas? —carraspeó—. Me decanto más por la justicia. Escucha esto e improvisa. —Le brillaron los ojos.

Colocó el móvil delante de mí y le dio al *play* de la grabación antes de que pudiese aceptar su oferta o rechazarla. Era un corte seleccionado de una conversación telefónica. Miré la duración. Tan solo unos segundos. Oí la voz de Betty.

—¿Te has acostado con ella? —Su tono era profesional. Neutro.

—Nena, ¿nos has visto a los dos en la misma fotografía? Parecemos de otro planeta. Es una jodida ama de casa, vieja, gorda, triste y desesperada porque le hagan caso y le metan un buen meneo en su coño seco con telarañas. Tengo más caché. —Se hizo el silencio un par de segundos—. Aunque por un módico precio todo es negociable. Ya sabes, las momias nunca mueren y no me dan ningún miedo las arañas...

No necesité escuchar más. Lo había decidido. Iba a matar a ese tío y ya alegaría enajenación mental después de oír cómo hablaba de ese modo de mi madre. Debería existir una ley universal que te permitiese estrangular con tus propias a manos a cualquier persona que se atreviese a pronunciar mierda sobre la mujer que te trajo al mundo.

La violencia me dominaba. Apagué el interruptor de los pensamientos o la moral. Crují los puños y tensé los músculos. El cuerpo mandaba. Mi juicio nublado tomaba el control. Abrí la puerta de una patada. Robert tenía que saber lo que iba a pasar. La pista de mi puño levantado viajando a la velocidad de la luz para impactar contra su cara era bastante clara. En lugar de que el rostro le cambiase, encogerse o mostrar algún signo de temor, sonrió. Que le partiese la cara en un sitio público con la cámara de la pelirroja de testigo era lo mejor que podía pasarle.

Bien, me trasformaría en el puto Santa Claus gótico y le daría su regalo partiéndole esa bocaza que se había creído con derecho de soltar culebras sobre Serena. Le pegué sin piedad. Puño. Rodilla. Puño. Puño. Puño. Su rostro giraba de un lado a otro, los músculos faciales crujían bajo la presión y la sangre me salpicaba. Él no dejó de sonreír de un modo tétrico mientras le pegaba y, con más énfasis, cuando la policía irrumpió para liberarlo.

Salí de la fiesta con las manos esposadas a la espalda y observé las retinas con el símbolo del dólar de los fotógrafos cuando me ayudaban a agacharme y a meterme en la parte trasera del coche. Estuve allí más de cinco horas antes de que me pusieran en libertad.

Era de noche y el cielo empezaba a clarear. Las calles estaban desiertas. Paseé sin rumbo evitando la luz de las farolas. Tenía un centenar de llamadas cuando salí y algunos mensajes. La mayoría giraban alrededor del mismo tema. Robert iba a denunciarme por agresión y Orlando me explicaba que pondrían a mi disposición a los mejores abogados y el problema no iría más allá de una jugosa indemnización. No parecía enfadado. Acababa de darle publicidad gratis e incrementar esa especie de mito que querían vender de que yo era un tío duro, peligroso, algo roto, un producto creado para el morbo colectivo.

El móvil sonó mientras lo tenía en las manos y leí su nombre. Contesté. Era la única persona con la que me apetecía hablar. Mi madre. La culpable. Quería decirle con amargura todo lo que había pasado por sus actos, incluso habría sido lo bastante cruel como para reproducirle las palabras con las que Robert se había referido a ella. Vieja. Gorda. Triste. Desesperada.

La vena de mi cuello latió.

—¿Se puede saber dónde diablos te has metido? ¡Llevo toda la noche intentando localizarte! —Parecía nerviosa y hablaba rápido—. Vamos a tomar el primer avión que salga a Los Ángeles, pero no llegará hasta esta tarde y…

—¿Por qué vais a venir?

—¿Es que a ti no te han llamado? —Mi madre parecía sorprendida—. Jeremy está en el hospital, Julien.

Juro que los minutos que tardé en llegar en taxi a Los Angeles Community Hospital fueron los más largos de mi vida. Acabé con mis uñas, me mordí el interior de la boca hasta que toda ella se impregnó del sabor metálico de la sangre y ofrecí al conductor un taco de billetes con tal de que fuera más rápido, ignorando las señales de tráfico.

Me bajé y las rodillas me fallaban cuando observé la construcción blanca. Eché a correr. En la recepción me contaron que lo habían encontrado vagando por las calles desorientado, borracho, con un inicio de coma etílico, sin saber coordinar su cuerpo o hablar. Era un peligro para la vía pública y para él mismo. Se lo habían llevado cuando se cayó redondo al suelo. También me preguntó si era el tutor del discapacitado y supe que, por segunda vez en la noche, mi familia tendría problemas con la justicia. Apreté los dientes. Tenía que haber cuidado de él.

La ira me había cegado hasta el punto de que después de esa conversación me había olvidado de su presencia. Llevaba tantos meses sin cuidarlo que ya no era parte del *pack*, como pasaba en Alaska. Un despiste imperdonable. Un descuido que me arrancó el alma cuando entré en la habitación y vi que estaba llorando, con la pajarita rota reposando en la mesilla de al lado, los pantalones meados, cortes alrededor del ojo por la caída en la que sus gafas se habían roto y unas correas que lo mantenían atado como si fuese un monstruo.

—No podíamos contenerlo. Estaba desubicado, no atendía a razones y se ha puesto un poco agresivo.

Me imaginé al grandullón acorralado. Al grandullón asustado al ver que su cuerpo no reaccionaba. Al grandullón buscándome para que lo salvase de aquello que no comprendía, desesperado por no conseguirlo.

A mí me habría dejado llevarlo a casa, desvestirlo, tumbarlo en la cama y darle una aspirina para que la resaca no fuese muy jodida al día siguiente. Con desconocidos, sin embargo, se había enfrentado. Era a lo que estaba acostumbrado. Un perro que ha sido apaleado durante muchos años no se fía de cualquiera y tiende a enseñar los dientes.

—¿Julien? —Achicó los ojos, como si viese borroso.

—Aquí estoy. —Me coloqué a su lado y tuve que esforzarme para no temblar cuando le acaricié el pelo.

—Lo siento. —Me miró con los ojos llorosos—. Ellos me dijeron que esos cócteles eran sin alcohol. —Imaginé a una panda de desalmados emborrachándolo, abusando de él a conciencia para pasar un buen rato, y de nuevo sentí el palpitar de mis puños—. Siento mucho haber hecho que te avergüences de mí.

—No —lo detuve—. Esto no es tu culpa, joder. Es mía. Solo mía. —Me froté los ojos—. ¿Te encuentras bien?

—Ya no tengo tantas ganas de vomitar y cada vez veo menos borroso.

—Suficiente. Nos vamos a casa —anuncié.

El grandullón sonrió con ese gesto suyo tan propio que me dedicaba de «eres mi salvador». El pecho no se me hinchó de orgullo, como ocurría siempre. Esa vez él no tenía razón. Yo era su perdición. Intentó moverse y se percató de las correas que lo mantenían atado.

—¿Qué pasa? —Se alteró—. ¿Por qué me ponen cuerdas como a un animal? —Se movió a un lado y a otro—. ¡Quítamelas!

—Voy. —Busqué la hebilla para hacerlo.

—Señor, no está usted autorizado para hacer eso —me dijo un celador que se situó a mi espalda.

—¿Sabes por dónde puedes meterte los protocolos? —No tenía paciencia. Ver a Jeremy temblar e intentar zafarse era demasiado—. Tranquilo, ya voy, estate quieto para que pueda…

—Señor. —Me golpeó en el hombro—. No me obligue usted a llamar a seguridad.

—Señor —lo imité—. No me fuerces a comprar el maldito hospital, porque como no me dejes llevarme a mi hermano ahora mismo te prometo que lo haré y os obligaré a trabajar atados, a ver si os gusta.

—Yo solo cumplo las normas.

—¿Y no puedes hacer una excepción? ¿Es que acaso no te das cuenta de que está asustado? —Jeremy no prestaba atención. Las muñecas se le habían comenzado a poner rojas de la fricción con la tela al intentar sacar las manos—. ¡Va a hacerse daño!

—Puedo llamar a una enfermera para que valore sedarlo.

—No vuelvas a insinuar que drogar a mi hermano es una posibilidad. —Me giré y me fijé en la cartera de Jeremy. Recordé que su llavero era una navaja multiusos pequeña que le regalamos por si alguna vez volvía a perderse en el bosque—. Lo he intentado por las buenas. Razonar contigo es una pérdida de tiempo. —La saqué y comencé a cortar las correas.

Ya casi había terminado con la del abdomen cuando dos guardias de seguridad me retorcieron los brazos en la espalda para obligarme a abandonar el hospital. Intenté zafarme de ellos con uñas y dientes, pataleé, me revolví y mordí. Nada sirvió. Me sacaron arrastrándome y creí que iba a darme un infarto fulminante cuando pasé por delante de la ventana y vi a Jeremy convulsionando, intentando escapar y, sobre todo, con esas palabras que me atormentaron todo el trayecto: «No me abandones, Julien, quítame las cuerdas. Te juro que no volveré a portarme mal, pero no me dejes solo».

Me soltaron fuera como un indeseable y se colocaron custodiando la puerta para que no intentase entrar hasta que me hubiera tranquilizado. Escupí, le pegué una patada al contenedor más cercano, gruñí y me encendí un cigarro gracias al cual pude ver mis manos destrozadas repletas de sangre. Me había cortado en la palma apretando la navaja. Arranqué un trozo de la camisa y me la até para cortar la hemorragia. Respiré profundamente. Debía calmarme. Era el único modo de regresar a su lado.

—¿Le parece cruel que el vídeo ya haya alcanzado las cien mil visitas? —Levanté la cabeza y me reí con amargura como un jodido maníaco. No podía ser. Todavía no había amanecido y la maldita prensa ya estaba allí.

—Vete a tomar por culo. —Sonreí y el hombre, al que se unieron otros dos, me miró como si hubiera perdido la cabeza. Estaba en lo cierto—. ¿Se puede saber de qué coño hablas?

Como respuesta giró su móvil y pulsó el *play*. En cuanto el fotograma se puso en movimiento me apoyé en la pared, vomité de la impresión y me caí al suelo de rodillas. La imagen de Jeremy borracho, andando sin rumbo, asustado y cayéndose al suelo muerto de miedo mientras se meaba encima paralizó la circulación de mi sangre. Las risas de los que lo grababan, la súplica del grandullón de «Llamad a mi hermano, por favor, es Julien, Julien Meadow» y la reacción de estos con un «Joder, creo que me suena, es el hermano retrasado del cantante ese que está de moda, ponte más cerca, que se le vea la cara» me vació. Me arrancó el corazón.

Volví a intentar entrar en el hospital y, en lugar de la fuerza, apelé a la emoción. No podía pelear cuando me mantenía en pie con dificultad. La congoja había dado paso a las lágrimas y solo quería llorar hasta expulsar toda el agua de mi cuerpo, deshidratarme y morir. Les di mi palabra de que no liaría ninguna y me creyeron, alguien tan destrozado como yo en esos momentos no era un peligro. Se apartaron y pasé.

Conseguí que desatasen a Jeremy y estuve en su habitación hasta que llegaron mis padres. Les dije que me iba a casa a descansar. Les mentí. Tenía una angustia que no me dejaría volver a dormir bien nunca más.

Fui directo al piso y me topé con que faltaba algo. Lucas se había ido. Mareado y cansado, caminé hasta la habitación y me saludó el cabecero que Crysta me había pintado en Alaska. Me caí de rodillas al suelo observando el chico que un día fui. Ese que lo tenía todo y ayudaba a la gente de su alrededor en lugar de condenarla, de arrastrarla a su infierno.

No me hablaba con mi madre. La imagen de mi hermano atado era una pesadilla de la que nunca podría desprenderme. Y me había ganado que mi mejor amigo ya no estuviese.

Solo me quedaba una persona. Ella. Mi duende. Dios, cómo la necesitaba en ese momento. La quería tanto que habría aceptado mil torturas que me hicieran desmayarme de dolor con tal de sentir sus brazos sobre los míos apretándome en un abrazo infinito. Por eso mismo no lo hice. Tenía las pruebas. Lo corrompía todo. Estaba maldito. Y arriesgarme a que ella sufriese no era una opción. Mi única meta desde que la vi compartir una muñeca con Jeremy había sido cuidarla, hacerla feliz, protegerla sin importar que fuese de mí mismo.

Debía dejarla marchar ahora que aún estaba a tiempo y, con esa determinación, di un grito y noté cómo mi vida se escapaba con él.

CAPÍTULO 21

CRYSTA

El tiempo es relativo. Era un hecho. Hacía unas semanas había escuchado en la radio que un estudio lo confirmaba. No recuerdo bien qué universidad lo había llevado a cabo. Era una de esas con nombre serio que te llevan a pensar inmediatamente que todo lo que salga de allí es cierto e imaginas a sus estudiantes como una versión juvenil de Stephen Hawking. Afirmaban que la percepción de que este se te perdía de entre las manos aumentaba conforme crecías y volvía a detenerse en la vejez.

Me estaba pasando. No sabía cómo habíamos llegado a noviembre ni cuándo las camisetas de tirantes fueron sustituidas en mi armario por las de manga larga. Y allí estaba. Sentada en el salón el día de la gran exposición con mi madre, Dana y Becca pululando a mi alrededor. El baño de mi piso se nos había quedado pequeño.

A mi hermana ya se le notaba la incipiente barriga por mucho que tratase de disimularla con prendas anchas. Había cambiado. En otra época el rechinar de sus dientes y sus bufidos nos habrían acompañado mientras las otras dos me ayudaban a peinarme, maquillarme y vestirme. Tampoco es que aplaudiese ante cada avance, como mi madre y Dana, para eso habrían tenido que practicarle una lobotomía, pero permanecía en silencio leyendo uno de sus ensayos y cuando le preguntaban cómo me estaban dejando contestaba «bien». No se le podía pedir más.

Las había acusado de exageradas cuando después de comer me habían hecho sentarme en el sofá al lado de la ventana para comenzar a trabajar en lo que Dana denominó «proyecto asesina en serie», porque, según su opinión, iban a dejarme tan perfecta que provocaría desnucamientos masivos a mi paso, y para mí era algo más similar a la tortura del potro del siglo XXI.

No era una chica dejada, pero hirieron el orgullo de mi vena coqueta con unas pinzas que parecían encontrar pelos ocultos que yo no era capaz de ver. Luego me hicieron uno de esos recogidos despeinados que parecen casuales en los que cada pelo está perfectamente colocado a conciencia en su sitio y con los que llevas tanta laca que tienes que estar atenta de no acercarte a ningún mechero si no quieres que tu cabeza salga ardiendo. Una vez colocado con el fijador llegó el turno de mi cara. Cuando me miré en el espejo el reflejo era natural, nada recargado y con unas pestañas tan duras y largas que podrían servirme de arma si alguien intentaba hacerme algo.

Quedaba pues, el punto final. El más importante. El vestido. Lo había visto una tarde paseando con Dana en un escaparate y supe que quería que fuese mío, aunque tuve la deferencia de no hacerme ilusiones antes de ver el precio y confirmar que podía permitírmelo. Era largo, de corte griego, de dos tonalidades, azul cielo y blanco, con una hebilla dorada a la altura del pecho que complementaba con el pequeño tocado del mismo tono que llevaba en el recogido.

Había sido una bocazas o ellas eran muy lentas y meticulosas. Dos horas y todavía no habían terminado. Volvía a estar sentada en el mismo sofá en el que todo había empezado esperando a que acabasen con el bajo. Mi madre lo había arreglado de manera que no arrastrase demasiado y, a la vez, mis botas no asomasen por debajo.

Mi madre se apartó y asintió satisfecha mientras observaba su trabajo.

—Levántate. Voy a por el último detalle —anunció.

—¿Hay más? —No iban a terminar nunca, sádicas…

—No te quejes, que todavía podemos volver al debate de tu ojo derecho —amenazó. Dana y ella se habían tirado diez minutos hablando sobre si con la máscara parecía más grande que el otro.

—Yo te soluciono ese tema. Tengo un ojo pipa y me siento muy orgullosa de él, así que no continúes o me crearás un trauma juvenil —ironicé.

—¡De eso nada! —Se colocó las manos en las caderas—. Puede que las orejas un poco puntiagudas...

—Mamá, el último detalle, por favor —le recordé para que se desviasen una vez más.

Mi madre se marchó rumbo a mi habitación con los rulos. Ese era el territorio de mi hermana y de ella durante su estancia allí y yo tenía que compartir cuarto con Dana.

Decidí ponerme de pie y mi amiga me tendió la mano.

—Puedo levantarme sola —apunté. No iba precisamente con unos tacones de quince centímetros con los que pudiese perder el equilibrio.

—Lo sé. —Puso los ojos en blanco—. Vas tan Kate Middleton que tengo que contenerme para no hacerte una reverencia real. —Su reacción era desmesurada y sabía a qué se debía, y poco tenía que ver con mi aspecto. Después de verme tan jodida quería exprimir al máximo mi aparente felicidad.

—Solo es un vestido... —Me puse de pie y me alisé la falda.

—Es el vestido que recordarás para siempre. El del día que expusiste tu primera obra y, ya sabes, esas cosas nunca se olvidan...

No. No lo haría. Igual que la gente que me acompañó y aquellos que no estuvieron.

Mi madre regresó con una caja entre las manos. Se colocó detrás de mí y se la tendió a Dana, que contuvo el aliento cuando esta la abrió. No tuve que esperar para saber de qué se trataba. Me rodeó con sus manos y un sencillo colgante con una pequeña piedra brillante cayó sobre mi pecho, en el escote. Lo abrochó y me rodeó para ver el resultado.

—Mamá, no puedo... —balbuceé.

—Sé que es pequeño y no pega con la temática griega —se disculpó, y la voz se le cortó—. Me haría mucha ilusión que lo llevases hoy.

—No es eso —la corregí inmediatamente. Puede que la joya no costase mucho, pero tenía más valor que ninguna en la tierra para mí. Para mi familia—. Él te la regaló y…

—Y nada le gustaría más que ver cómo pasa a manos de su hija, que se convierte en nuestra primera reliquia familiar.

La había reconocido inmediatamente. Era el único colgante con el que mi madre no nos dejaba jugar cuando éramos pequeñas. Su tesoro. El de las ocasiones especiales. Ese con el que montaría en cólera si se lo perdíamos, desgastábamos o rompíamos. Mi padre le había regalado ese diamante en su última pasarela para que, pasase lo que pasase, nunca olvidase que era su piedra más preciada.

Iba a oponerme. Sabía el cariño que le guardaba Cat. Tras su muerte no había día en que no lo besase cada mañana, como si ese objeto pudiese transportar de alguna manera mística sus labios hasta él. Era demasiado.

—Diles a tus neuronas que se relajen. —Becca dejó el libro encima de la mesa y me miró fijamente—. Nunca has sido egoísta y hoy no es el día de que eso cambie. Él también se merece estar allí. Ser testigo. Tener su representación —zanjó, seria, y no pude hacer otra cosa que envolver a mi madre con mis brazos mientras le susurraba «gracias» a mi hermana. Había sido decisión de las dos, y que me lo cediese me encogió el alma.

Mi hermana y mi madre me habían hecho un regalo que no merecía, iba a exponer por primera vez un cuadro y estaba rodeada de tres mujeres a las que quería cada día un poquito más. Me sentí fatal y me enfadé conmigo misma por no poder controlar la desazón que me invadía desde hacía un mes y que daba la sensación de que nunca iba a desaparecer. Pero es que era imposible que lo hiciera con las vistas que tenía enfrente: a través de las ventanas, detrás de los árboles pelados por el invierno, se encontraba Mountain High y una parte de mí estaba absolutamente convencida de que nunca podría mirar la cordillera con los picos nevados sin que una especie de vacío lo inundase todo.

La escena comenzó a reproducirse de nuevo en mi cabeza y me aferré con más fuerza a mi madre, que lo interpretó como un gesto de afecto sin ser consciente de que lo hacía porque temía que las imágenes de ese día hiciesen que me fallasen las fuerzas.

Era mediados de octubre. Las hojas de los árboles se teñían de marrón y abandonaban sus ramas para emprender el vuelo y dejar el tronco desnudo, descubierto, solo. Dicen que cuando una persona que aprecias va a despedirse de ti algo se activa en tu interior. Una especie de alerta, como la que permite a una madre levantar un coche si su pequeño está atrapado abajo. Una sensación amarga que te obliga a luchar, a pesar de que la batalla esté perdida.

Sabía que las cosas con Julien no estaban bien. Él no lo estaba. Daba igual las veces que intentase convencerlo de que, aunque la violencia nunca era la solución y no podía justificarse, cualquiera en su lugar habría reaccionado mal al oír lo que Robert había dicho de su madre. No importaba que le repitiese una y otra vez que ya había pagado por ello con el juicio mediático y el legal al que tendría que someterse, por no hablar de la rentabilidad que este había sacado yendo a todos los programas para alegar que no comprendía la furia del cantante, que él no le había hecho nada y que tal vez sufría un brote sicótico que deberían analizarle. O que las palabras se quedasen atrancadas en mi garganta cuando trataba de sacar el tema de Jeremy y Lucas y me pedía que me callase. No iba a hablar de ese tema. Prefería que la culpa lo carcomiera por dentro y lo inundase de tormento. No podía razonar.

No fue una decisión de un día tomada a la ligera. Lo intuía cada vez que nos acostábamos con necesidad, urgencia y dependencia, los ojos le brillaban y apretaba los dientes para contener las lágrimas. No era un contacto sexual que nos aproximase, sino la despedida más dolorosa jamás experimentada. Esa a la que te aferras suplicando por un día más. Algo largo, agónico y desesperante. Ahogarte en los brazos que prometían ser tu eterno salvavidas.

Los silencios se incrementaron y ya no eran placenteros. La obsesión por averiguar en qué pensaba cuando su vista se perdía en el infinito aumentaba con cada espacio en blanco. Pero eso no era lo peor. Podría haberlo aguantado todo. Remar yo sola hasta encontrarlo de nuevo. Lo que me mataba, lo que hacía por las noches tuviese pesadillas era echar de menos su risa cuando la había escuchado hacía unos minutos. Conocía a la perfección todos los matices de la carcajada de Julien y no era ese falso sonido sin vida. Perder el eco de lo que deseaba que retumbase en mis tímpanos una eternidad era como robar a una persona el oxígeno y pretender que siguiese sana con dióxido de carbono.

No dejaba que me viese desanimada ni le confesé lo que su actitud me estaba haciendo sufrir. Me equivoqué. Pensaba que de eso se trataban las relaciones, de apoyar incondicionalmente, pero algo no se arregla si lo dejas pasar, sino poniéndote manos a la obra, aunque sepas que para reconstruirlo hay que hacer o decir cosas que duelen. Fingir que todo está bien no consigue milagrosamente que eso suceda.

Sin embargo, ilusa de mí, esa noche, cuando me propuso que fuésemos a Mountain High a escalar juntos la primera montaña y ver amanecer, llegué a la conclusión de que lo había logrado. Nuestra pareja se había salvado gracias a las tiritas. Pronto supe que, cuando hay una herida en carne viva, colocarlas sin desinfectar solo la empeora.

Dejamos el coche y comenzamos el ascenso cuando todavía teníamos el manto de estrellas encima para asegurarnos de que no habría gente. Salir con Julien a la calle era imposible. Agobiaba. Una marea humana lo rodeaba en cuanto se escapaba un rato de ese hotel que hacía de hogar después de que Lucas se fuese de la casa y, con tanto viaje, la productora decidiese que no era rentable mantener un punto fijo para la veleta de su existencia. La particular cárcel de un águila que necesitaba ser libre.

La zona estaba habilitada para los esquiadores en la temporada de nieve, lo que no hizo que el ascenso fuese fácil. Tenía que estar pendiente de cada pisada para no resbalarme y la iluminación de la linterna en algunos puntos no era suficiente. El cansancio físico tampoco ayudó. Tuve que detenerme en muchas ocasiones para beber agua y masajearme la articulación. Poco a poco lo conseguí, más por cabezonería, orgullo y un poco de cabreo que por otra cosa.

Julien me ignoró todo el camino. Iba delante, sin apenas prestarme atención, aunque el modo en que se giraba cada vez que yo emitía un pequeño grito ahogado, las ramas crujían con fuerza debajo de mis botas o me quejaba, me decían que eso no era del todo cierto. Le pedí ayuda en el último tramo. La pendiente que rodeaba las piedras era muy pronunciada, por lo que deseché la opción de rodearlas y no estaba segura de poder ascender por esa especie de escalinata que formaban las rocas.

—Tienes que conseguirlo. Tú. Sola. —Me cedió el primer puesto y se colocó a mi espalda. Si fue casualidad o lo hizo para poder sujetarme en el caso de que me cayese es algo que solo él sabe.

Me ajusté la coleta con toda la rabia que me recorría porque no me echase una mano, me mordí el labio y asentí cargada de fuerzas. Ese pico no se me iba a resistir. No necesitaba a Julien para lograrlo. No fue un acto heroico. Aferrarme a las rocas y tomar impulso no habría tenido un final feliz. No importó. Tenía que buscar un plan B. Siempre. Encontrar mis oportunidades y aprovecharme. Me senté encima y me arrastré con cuidado hasta llegar a la cima.

Una vez en lo alto me puse de pie y, conforme el aire helado calaba mis huesos, celebré mi hazaña mirando Los Ángeles iluminado a mis pies. Ahí estaba, Crysta la escaladora. Mi padre se habría sentido orgulloso de mí. Yo lo estaba. Me afané en dejar la huella de la bota con la prótesis sobre la arena. Una marca que significaba que ella ya no era un impedimento.

Julien se situó a mi lado y se colocó la capucha de su sudadera gris. Tenía la mirada fija al frente y el cabello rubio le salía por los laterales.

—Bonito, ¿eh? —Le señalé la ciudad con sus enormes edificios bañados de naranja y el cielo aclarándose, con los rayos del sol, que todavía permanecía oculto, tratando de colarse entre las nubes. Moví la mano para enlazar los dedos con los suyos. No se me ocurría mejor plan que sentarnos a ver amanecer juntos.

—Me temo que es lo más impresionante que voy a ver en la vida. —Su voz sonó dura y melancólica a la vez. Una extraña mezcla.

Me giré para observarlo, y no sé si fueron imaginaciones mías para generarme falsas esperanzas a las que aferrarme, pero me pareció que se apresuraba a mover la cabeza para volver a mirar al frente en lugar de a mí. Me soltó la mano y no pude aguantar más. Ahí estaba. Había llegado el momento de poner las cartas sobre la mesa.

—¿Qué te pasa? —Lo noté dudar. Tal vez iba a volver a encerrarse en sí mismo y no podía permitirlo. La incertidumbre era inaguantable—. Y no me digas que nada. Te conozco. Sé que estás guardando algo. Luego decís que las mujeres somos complicadas, pero tú no te quedas atrás. Me estás volviendo loca con esta especie de juego de misterio en el que me estás obligando a participar. —Tomé aire—. Te juro que he intentado apelar a mis poderes de telequinesia y no hay manera. No soy adivina, Julien.

Este se miró la puntera de las Converse y se frotó los brazos antes de pronunciar la siguiente frase lapidaria con una voz de ultratumba.

—Tenemos que hablar.

—Está bien —acepté con una entereza falsa—. Con una condición: mírame a los ojos mientras lo hagas. Es lo mínimo que me merezco después de todo.

Lo hizo inmediatamente y, a pesar de la rapidez, dio la sensación de que le costaba horrores. Me observó fijamente con sus ojos ámbar, imperturbable, recto y desprendiendo seguridad. La decisión estaba tomada. Si no llega a ser por el ligero temblor de las manos que trataba de ocultar en el bolsillo delantero de la sudadera habría parecido que no le importaba en absoluto lo que iba a ocurrir, que era un mero trámite, un formalismo engorroso e incómodo.

—No quiero seguir contigo, Crysta. —Las entrañas se me volvieron del revés. Verlo tan entero fue como un latigazo directo a mi corazón y a la vez una descarga de adrenalina que me ayudó a mantenerme firme, con aplomo.

—¿Ya está? ¿Nada de no eres tú, soy yo, eres una buena chica y seguro que encontrarás algo mejor, me he dado cuenta de que te quiero como amiga o necesito tiempo para mí?

—Me has pedido sinceridad y te la he dado. —No elevó el tono. Dudo que pudiera. Al ser humano que estaba enfrente no le corría sangre por las venas—. ¿Prefieres que sea el tío que te dejó con una estúpida excusa que han utilizado un millón de veces? —Dejar, nunca pensé que un verbo pudiese afectarme tanto. Lo hacía real.

—Desde luego que no. Puestos a elegir, me gustaría que me dejase el verdadero Julien y no su versión robótica. Suenas falso. —Lo hacía.

Julien era alguien noble repleto de energía. No digo que no pudiera desenamorarse de mí; no era tan creída y siempre supe que las personas no son propiedad de nadie y tienen derecho a cambiar de opinión y sentimientos cuando les dé la gana. Sin embargo, ser tan frío no le pegaba. No después de todo. Podría haber llorado, aunque fuese de pena al ver cómo me destrozaba, o darme un abrazo de consolación. Permanecer a esa distancia con cautela, sin quitarme el ojo de encima, como si temiese que fuera a acercarme y eso tirase abajo los cimientos de su construcción era una señal inequívoca de que algo no iba bien.

—Tú me oyes así para engañarte, porque no quieres que sea cierto.

—No eches balones fuera. No seas cobarde. No ahora. Ten ese par de cojones de los que tanto te gusta presumir y cuéntame qué pasa. —Le di una nueva oportunidad.

—No me ocurre nada. —Se pasó una mano por la cabeza y la capucha cayó.

—¿Y quieres dejarme porque sí? ¿Sin motivo? —Levanté la voz y di un paso al frente. La proximidad lo desestabilizó.

—Claro que hay una razón…

—Mentiroso…

—¡La hay! ¿Vale, Crysta? —Se separó—. Pero ¡no veo la necesidad de ser cruel, joder!

—¡Pues lo estás siendo! Estas cosas no son fáciles de gestionar, y mucho menos saber cómo abordarlas, así que te daré una pista. Si no me dices el porqué, esa maldita pregunta va a atormentarme y no quiero levantarme cada mañana pensando si pude haberlo evitado, qué hice mal… —Di un paso al frente—. ¡No quiero pasarme el resto de mis días dando vueltas a la respuesta que pude tener aquí! —Continué la trayectoria en su dirección controlando el nudo en la garganta y ese escozor en los ojos que me revelaba unas lágrimas que deseaban salir contra mi voluntad. Ya habría tiempo para llorar después—. Soy fuerte, si he logrado subir aquí con una pierna de hierro podré superar que no quieras estar a mi lado. Te eximo de toda responsabilidad. Si lo que sueltes por esa boca me hiere, será solo culpa mía, ¿vale?

—No. —Antes de que diese un paso atrás lo agarré del brazo.

—No te lo estoy pidiendo y, por el amor de Dios, ¡deja de alejarte como si fuera una cepa de una enfermedad terminal! Ya estarías contagiado. Hace dos noches nos acostamos como si no hubiera mañana —le recordé, omitiendo esa ansiedad que nos llevó a repetir hambrientos. Esa sed que no se saciaba después de un orgasmo brutal.

Tenía la vista nublada, seguramente estaba roja, temblaba y las lágrimas caían solas por mi mejilla, y en medio de todo ese dolor que me tenía cegada, me pareció ver un estremecimiento en su rostro que me dejó sin aliento. La sombra del desconsuelo. El calvario. La tortura.

—Está bien —aceptó—. No me apetece follarme a otras cuando estoy de gira, no has hecho nada malo y mucho menos siento que me retengas aquí —escupió, y se aceleró al hablar—. El problema es que estoy enfermo…

—¿Has pillado algo? —lo interrumpí, asustada.

—Enfermo de ti. Te deseo tanto que sería capaz de desgarrarme el pecho por un beso tuyo, te quiero tanto que me arrancaría el corazón si me lo pidieras, y por eso tengo que dejarte marchar cuando todavía puedo, cuando la oscuridad no me ha tragado. Soy nocivo para la gente que me rodea, y si te hago daño, Crysta, no me quedaría más remedio que matarme.

Todo encajó. La culpabilidad movía sus hilos de marioneta. Los acontecimientos la habían precipitado.

—Me decepcionas, Julien. Me decepciona enormemente que por un instante creas que puedes tomar esta decisión tú solo. Yo estaría dispuesta a…

—No. —Me colocó un dedo sobre los labios y su tacto hizo que me recorriera un escalofrío. Él debió de notar lo mismo, porque tembló—. Una vez te dije que no permitiría que estuviese a tu lado alguien que te hiciese daño, que lo odiaría, que haría lo necesario para apartarlo. No me obligues a detestarme. No seas injusta. Porque pasará, y entonces no solo habré perdido a toda la gente que quiero, sino que tampoco me encontraré a mí mismo. —Me miró a los ojos con desesperación y añadió—: Sé que tú también me amas. Lo siento en los huesos, en la sangre, en la carne y aquí dentro. —Se señaló el pecho—. Déjame que haga mi último acto noble. Déjame salvarte de mí.

—¿Y si me niego?

—Lo haré igualmente sin tu consentimiento y me habrás robado algo muy importante.

—¿Qué?

—Un recuerdo. Ese al que me aferraré cuando la droga me carcoma, los escándalos no se puedan contar con los dedos de ambas manos y con todo el dinero del mundo sienta que no tengo nada. El de que un día solo fui un chico enamorado que se sacrificó por el bien de la chica que lo volvió loco, la que le enseñó que el paraíso puede estar contenido en una sonrisa y que el sexo, joder, que el sexo era más que follar o hacer el amor, una palabra no escrita, un sentimiento propio, el olor de un cuerpo que lo inunda todo hasta que eres capaz de ver colores en el entorno que hasta entonces no existía.

Lo acepté. No podía ser de otro modo. Él suplicaba que lo hiciera y yo sabía que daba igual lo que argumentase. Hasta para eso Julien fue especial. Me dejó con una declaración de amor tan perfecta que no podría haberla soñado. En el pico de una montaña, para asegurarse de cumplir su palabra de que me acompañaría antes de desaparecer. Me demostró que era capaz de conseguir mis sueños, que los imposibles no existían, y al mismo tiempo me rompió el corazón.

Mi madre se separó deshaciendo el abrazo y la ausencia del contacto me devolvió a la realidad. Tuve que esperar a que ella, Dana y Becca se arreglasen. La que menos tardó fue mi hermana, que se decantó por un conjunto de dos piezas de chaqueta pantalón en el que no se podía abrochar la parte de arriba.

—Esto no es una boda. Aquí no se premia ni hace gracia que una de las autoras llegue tarde —se quejó sin parar de mirar el reloj.

No le hicieron caso. Mi madre estaba inmunizada a su excesiva puntualidad y a mi amiga sus palabras le entraban por un oído y le salían por el otro. Calibré el estado de nervios de Becca por la vena de su frente que palpitaba a medida que aumentaba la temperatura de su sangre. De seguir así, le propondría que nos marchásemos y ya nos alcanzarían luego.

Íbamos a llevar dos coches. El que había alquilado mi familia y el de mi compañera de piso, por si decidíamos quedarnos a dar una vuelta cuando terminase la exposición. Mi hermana no habría venido con nosotras a destrozar la noche de Los Ángeles independientemente de su embarazo, pero sospecho que mi madre nos habría acompañado y nos habría mandado a la cama sin despeinarse de no ser porque no quería dejarla conducir sola.

Salieron justo cuando comenzaban a preocuparme las inquietantes miradas furtivas que Becca echaba a los cuchillos de la cocina. Mi madre llevaba un bonito vestido de tirantes anchos con un estampado de flores hasta la cintura y una falda lisa rosa palo que caía y la hacía parecer una especie de hada. Dana se había decantado por una elegancia provocadora. Lo suyo también era un vestido azul marino largo de un solo tirante que se cruzaba en la espalda dejando buena parte al descubierto y pedrería en el pronunciado escote. Los labios rojo granate, la trenza lateral y los ojos ahumados le daban un estilo propio.

Llegamos a la galería, donde había una especie de desfile de gente estirada. Hombres con pañuelos en los bolsillos de las chaquetas y mujeres con monederos más valiosos que todo mi sueldo de un año que bebían champán a sorbos, hablaban muy bajo y reían exageradamente alto moviendo las manos con teatralidad.

Una vez en el interior me percaté de que no todo el mundo era así. En la mayoría de los ambientes sociales hay gente que quiere llamar la atención, pero no se debe generalizar. Algunos de los invitados disfrutaban realmente del arte dedicando unos preciados segundos a cada cuadro.

La música envolvía la estancia y se colaba a través del pasillo gracias al sonido del trío de cuerda y voz amplificado por los altavoces. Se componía de una viola, un violín y la voz acompasada, dulce, melosa y a la vez desgarrada de la cantante, que interpretaba versiones lentas de grandes clásicos. Nos detuvimos cerca de ellos y me fijé en que mi madre se mecía de un lado a otro conteniéndose para no arrancar a bailar.

—¿Has encontrado algo que te llame la atención? —pregunté a mi hermana, que observaba sin pestañear la zona reservada a los cuadros modernos.

—Sí, tendré que guardar todos los dibujos que haga el bebé en la guardería. Nunca se sabe con cuál podemos tener un golpe de suerte —comentó.

Al pasó en ese momento por mi lado y me hizo un gesto para que la acompañase. Me disculpé con mi madre y mi amiga y la seguí por el pasillo.

—Lo has vendido —anunció antes de llegar a la siguiente estancia. Se detuvo delante de un hombre con el pelo canoso recogido en una elegante coleta, barba oscura larga y ojos pequeños castaños. Estaba tan alucinada porque alguien hubiese pagado por algo mío que agarré una copa de cava y me la bebí de un trago—.

No tenías que haberte apostado nada. Te dije que soy experta en desbancar a cualquiera que me rete. Aquí la tienes, Tomás, la artista que querías conocer, y me sobran cuatro de los diez minutos que te había asegurado que tardarías en tenerla delante.

—Una eficiencia asombrosa —apreció.

—Una no se hace rica siendo mediocre, querido. —Se rozó las perlas del cuello y me pregunté cuánto costarían—. Os dejo solos. No sería una anfitriona excelente si un único invitado acaparase toda mi atención, aunque sea mi mejor cliente. —Levantó la copa en su honor—. No seas malo con ella. Crysta no tiene la culpa de que hayas llegado tarde y sufras el síndrome del coleccionista al que acaban de quitarle un caramelo de las narices y todavía está tratando de averiguar el truco.

Al se marchó e intervine.

—¿No has comprado el cuadro tú? —Era lo único que tenía sentido de nuestro encuentro.

—He intentado pujar, pero se me habían adelantado. No tenían que haber aceptado la primera oferta. —Levantó la barbilla en dirección a Al—. Intenta fingir que no, pero también se arrepiente. Sabe que ha vendido algo por un precio muy inferior al que tiene. Habría pagado mucho ahora que por fin te he conocido en persona después de tantos años buscándote. —Me estaba confundiendo con otra. Adiós ilusiones. Pensaría que era alguna pintora europea a la que seguía y no una artista novel—. Creo que no me he presentado. Una falta de educación imperdonable, soy Tomás Sparks y, para no aburrirte con mi currículum, podemos simplificarlo con que dirijo varios hospitales.

—Crysta. —Le tendí la mano y él la estrechó—. Y podemos resumir todos mis logros en el cuadro que por lo visto he vendido esta noche a un precio irrisorio.

—Yo no he dicho eso —corrigió—. He dicho que su valor es superior para mí, teniendo en cuenta quién es la autora. Hace años que sigo tu carrera, tus progresos, tu crecimiento.

—Tomás, espero que no te sientas incómodo con lo que voy a revelarte, pero creo que es peor dejarte seguir metiendo la pata.

—Entrecomillé la expresión para que no quedase tan serio—. Es imposible que conozcas mi evolución porque cuando te digo que ese cuadro es mi único logro no es por modestia, es la verdad.

—¿Qué hay de todos los que nos has mandado para la planta infantil? Que sean anónimos no restan autoría. —Abrí la boca y no logré articular palabra—. No tenían firma, pero sí seña de identidad. Ese pico difuminado en el lado derecho como si fuera una montaña. —Debió de ver mi cara de incredulidad—. Siempre me he preguntado si lo hacías aposta o era algo que te nacía solo, y tengo mi respuesta. —Sonrió con amabilidad—. Ahora hablemos de negocios, que hoy haya venido aquí sustituyendo a mi subdirector y te haya encontrado no es una casualidad. Le hice una promesa a una niña que debo cumplir. Ya no se podía mover y obligaba a las enfermeras a llevarla al lado de las pinturas, cerraba los ojos y jugaba a imaginar sin hacer ruido. Quedaba poco para que se fuera y le pregunté si quería algo especial. Me pidió todos tus cuadros, Crysta, para marcharse viajando por el mundo, y me hizo jurarle que si un día te conocía, te daría las gracias y te pediría, te suplicaría si hacía falta, que nos hicieses más, por encargo, por supuesto, para que ninguno de ellos viese más esas paredes como una cárcel, sino como una puerta directa a los sueños.

Había vendido el cuadro. Tenía una oferta laboral para trabajar de *freelance* para Tomás. El pasado me premiaba los hechos sin intencionalidad. Sin embargo, no podía más que pensar en aquella niña, en que todas las horas al aire libre, la frustración con el pincel, cargar con el lienzo, los bloqueos artísticos y las caminatas habían merecido la pena porque ahora sabía que había logrado que una persona cerrase los ojos y viajase por mis colores hasta aliviar un poco su carga. No era necesario nada más.

Me di cuenta en ese momento de que pintar no había sido mi *hobbie*, como me había obligado a pensar tantas veces. Era un modo de vida. Una manera de expresarme. Mi particular regalo al mundo. Mi comunicación con el entorno. Vetarme soñar con ello era una manera de protegerme por si no salía bien. Eso ya no importaba. Debía luchar, porque tenía la prueba de que dejarme el alma en cada papel era la única vía que conocía para hacer un poco más feliz a la gente y esa debería ser la meta de todos los seres humanos. Aportar un granito de arena a ese mundo que tantas veces llamamos nuestro, pero tan poco cuidamos.

Hablé con Tomás, intercambiamos nuestros números de teléfono para llamarnos el lunes siguiente y anduve deprisa de nuevo al lado de mi madre, mi hermana y Dana para contárselo con todo lujo de detalles.

—Camarero, danos tres copas, que esta vez invito yo —ofreció mi madre. El chico sonrió y nos tendió la bandeja para que las cogiésemos nosotras mismas—. Deberías mostrarte más entusiasmada —regañó a Becca—. Tu hermana ha encontrado un proyecto de trabajo y ha vendido el cuadro antes de que estos roñosos vayan lo suficientemente pedo como para ponerse a malgastar el dinero. —Mi madre tenía la teoría de que la mano de los millonarios se cerraba a la misma velocidad que engordaban sus cuentas bancarias.

—Ya está. Hoy es tu día de suerte. —Dana se colocó delante de Becca—. Voy a regalarte una clase de veinte minutos de expresión facial. Cuando te dan una buena noticia de un ser querido puedes mostrar alegría, ¿ves? —Se estiró la comisura de los labios en una sonrisa—. Emoción. —Frunció el ceño, hizo un puchero y fingió secarse lágrimas—. O sorpresa…

—Oh, por Dios, para. No me obligues a morir de vergüenza ajena. —Se acarició la barriga. Era un gesto reflejo—. No puedo sentir nada de lo que dices porque yo ya sabía que esa pintura se vendería. Es mía desde hace una semana. La reservé el mismo día que llegué.

Era un gesto bonito, lo sé. Mi hermana la insensible había querido sorprenderme y tener un detalle. Sin embargo, fue como si su revelación restase mérito a mi hazaña.

—No me mires así. No es caridad ni un intento de motivarte. Para ello me buscaría un discurso de algún libro de autoayuda y te lo leería dándote palmaditas en la espalda.

—¿Entonces?

—Quiero que sea lo primero que vea él o ella al levantarse cada mañana para que se parezca un poco más a ti…

—¿Has dejado de pensar que ser artista es una pérdida de tiempo?

—Tengo las hormonas revolucionadas y estoy más sensible, lo que no significa que me hayan cambiado de cerebro y quiera dedicar mi vida a los desalmados que abandonan cachorritos en la autopista sin mirar atrás. Para eso estás tú —ironizó—. Lo que me gustaría que sacase de ti es esa fuerza, independencia y decisión que hacen que nunca parezcas necesitada. La lucha constante en la que rendirse no es una opción.

Me quedé impresionada de que me viera así y, de repente, el hecho de que mi primera obra vendida fuese a parar a manos de mi sobrino o sobrina me pareció la mejor idea del mundo. Continué el resto de la fiesta dándole vueltas a sus palabras. Había algo que me chirriaba y no era capaz de distinguir el qué exactamente.

Tenía la mosca detrás de la oreja. Era la misma sensación de impotencia que cuando quieres decir una palabra, no te sale y eres consciente de que la sabes, pero que tratar de adivinarla, forzar a tu cabeza para que te la desvele, no es la solución. La bombilla se activará cuando menos te lo esperes. La mía lo hizo dando indicaciones a mi madre y a mi hermana para que metiesen el cuadro en el maletero. Fue el sonido de unas notas. La música.

Siempre he odiado una parte de las películas o las novelas románticas. La escena en la que él o ella se sacrifican porque creen que así están salvando a la otra persona y esta, en lugar de luchar o percatarse de las señales que deberían hacerla sospechar que pasa algo raro, simplemente se deja llevar por su enfado, el conformismo o el dolor. Me desquicia y a veces incluso grito al televisor o a los folios para incitar al protagonista a que espabile.

¿Por qué narices estaba haciendo lo mismo? ¿Por qué me conformaba con lo que Julien me había dicho si no estaba de acuerdo? ¿Por qué no estrangulaba el orgullo antes de que él me destrozase la vida desde su plano pasivo?

Esperé a que mi madre y mi hermana se montasen en el coche, me giré y miré a Dana con la adrenalina invadiéndome.

—¿Aceptarías una proposición demente? —le pregunté, y mi amiga se apoyó en el coche.

—Solo conozco las indecentes, ¿de qué se trata?

—Es una locura…

—Los zapatos me han costado cien dólares, ¿correrán peligro?

—Ninguno.

—Desembucha. —Me observó atenta.

—He leído en twitter que Julien está en Los Ángeles y vamos a ir a verlo…

—¿Para colarnos en la zona vip?

—Sí.

—¿Para colarnos en la zona vip y que le des un rodillazo en las pelotas por todo el daño que te ha hecho?

—Para colarnos en la zona vip, arreglar las cosas… —Dana levantó una ceja no del todo convencida— y darle un rodillazo en las pelotas por todo el daño que me ha hecho. —Dudó y me lancé a la piscina. —No puedo dejarlo ir sin más. Tengo que intentarlo. Hacer todo lo que está en mi mano para que, si no sale, no pueda reprocharme a mí misma nada cuando pase el tiempo, ¿entiendes?

Mi amiga se quedó pensativa y yo tenía un poco de prisa. Las fans habían subido fotografías de él llegando hacía más o menos media hora a un local y no sabía cuánto tiempo se quedaría.

—Ya soy mayorcita. Buscar un guardaespaldas que me acompañe a solucionar las cosas es inmaduro. Lo siento. —Me dirigí a la carretera para parar un taxi. Iba a silbar a uno que pasaba cuando noté la mano de Dana en mi hombro.

—Voy contigo. Ese rubio sabe cómo nublar tus sentidos y no puedo permitir que termine esta noche sin el castigo que se merece. Te dará un beso, los dos lloraréis y nadie hará justicia a esos pasteles que tuve que tirar porque con la ruptura no tenías apetito —bromeó—. Alguien debe vengarlos. Soy la justiciera del relleno de chocolate y la nata.

Nos montamos en el coche y Dana condujo hasta el legendario edificio de Capitol Records donde estaba situada Avalon, una de las discotecas de moda donde actuaban en directo los DJ más reconocidos y artistas de renombre. Por lo que había oído tenía un restaurante en la planta baja, la pista y la sala vip en la planta superior.

—¿Ves por qué en las películas siempre van a por el protagonista al aeropuerto? Es más fácil burlar el área de seguridad que a esos gorilas. —Dejó el coche en doble fila y señaló a los tipos del establecimiento.

—Por lo visto no somos las únicas que queremos hablar con él… —Había una pequeña multitud congregada con pancartas, el rostro pintado con su nombre, empujándose y gritando «Julien» cada vez que se abría la puerta.

—Nunca más volveré a decir que la vida de la fan es fácil. ¿Has visto los codazos que se dan? Estoy segura de que tu exnovio es el culpable de alguna que otra costilla rota.

—Es imposible. No voy a poder acceder —reconocí.

—Nuestra amistad depende de que dejes de poner inmediatamente esa cara de pena, ¿desde cuándo te has convertido en una damisela en apuros? Eso está muy desfasado. Somos mujeres del siglo veintiuno y tenemos recursos.

—¿Qué propones? ¿Finjo que hay una bomba o activo la alarma contra incendios acercando la llama de un mechero?

—No son malas ideas… —Se mordió el labio y puse los ojos en blanco—. Aunque creo que podemos conseguirlo sin necesidad de buscarnos un abogado.

—¿Cómo?

—Estás en Los Ángeles, el cine corre por sus calles y la teatralidad por las venas de sus habitantes. Dales un motivo para que lo hagan. Un espectáculo digno de ello. La escena de una película en la vida real. —Se metió dos dedos en la boca y silbó antes de que pudiese explicarme cuál era su plan—. ¡Hola a todos! Mi amiga y yo necesitamos que seáis nuestros cómplices. La reconocéis, ¿eh? —Todos los ojos giraron en mi dirección y leí en sus rostros que lo hacían. Sacaron el móvil y los flashes me cegaron—. Sí, es ella. La novia de Julien —mintió, y se oyeron algunos grititos—. Quiere darle una sorpresa, pero nos hemos olvidado las entradas en casa, ¿nos ayudáis a entrar?

No todo el mundo se entusiasmó con la idea, pero sí el número suficiente de personas como para apartarse y dejarme pasar. La gente cuchicheaba a mi paso, me miraban de reojo, bromeaban, aplaudían o me hacían preguntas indiscretas como cuál era el tamaño de su pene. La verdad es que no les prestaba demasiada atención. De repente, todo era real. Iba a volver a verlo en cuanto cruzase la puerta y no tenía pensado ningún discurso. Improvisar no parecía tan efectivo allí como cuando lo había pensado.

—Gracias —susurró Dana.

—¿Por qué?

—Siempre quise saber lo que se sentiría al ser Moisés y separar las aguas a tu paso. —Le di un codazo y me reí.

Andábamos con seguridad. Victoriosas. Era pan comido. Cuando llegamos al guardia de seguridad del garito y este no se movió ni un centímetro, como si se tratase de la mismísima guardia real de la reina de Inglaterra, nuestra cara parecía un poema.

—¿Perdón? —Dana fingió no haber escuchado bien.

—Sencillo. No tenéis entrada, no pasáis —apuntó, serio.

—¿No sabes quién es? ¡Estás impidiendo el paso a la novia de Julien Meadow! —Dana levantó las manos al cielo.

—¿Tenéis móvil?

—¿Qué clase de pregunta es esa? —me sumé.

—Llama a tu novio. —Sonrió. Nos había pillado—. Si mi jefe me da el aviso, estaré encantado de acompañaros al reservado e invitaros a una copa por las molestias. Mientras eso no ocurra, para mí no seréis más que dos fanáticas más un poco más desquiciadas y molestas que el resto.

—¡Serás ca…! —Mi amiga se mordió el labio antes de terminar el taco. Dirigió una mirada asesina al guardia de seguridad, que se limitó a sonreírle—. Tú lo has querido. Has desatado mi furia asesina. ¿Crysta?

—Dime…

—¡Corre!

Antes de que me diese cuenta, mi amiga saltaba como un mono encima del guardia, que se quedó unos segundos estupefacto sin saber cómo reaccionar con la loca de la colina que tenía encima. Aproveché ese paréntesis para colarme por el hueco que dejó libre y entrar en el pub.

Era una fiesta privada y había mucha gente. La música sonaba a toda pastilla y los asistentes se mecían con movimientos exagerados siguiendo el ritmo. La iluminación era tenue, intercalando tonos cálidos con morados, y de vez en cuando salía un humo con un olor dulzón que hacía que me picase la nariz. Tenía que localizarlo. Ya. La maniobra de distracción de Dana no era infinita.

Repasé el lugar hasta encontrarlo. No estaba en la pista, sino sentado en uno de los sofás de los anfiteatros con vistas. No sé qué me paralizó más el corazón, si el hecho de volver a compartir una estancia con él, que estuviese rodeado de tías medio en pelotas o que sus rasgos se hubieran endurecido tanto en tan poco tiempo.

Caminé hacia él y un grupo de chicas pasó por mi lado en la misma dirección. No era la única que se había colado. Las seguí. Tenía que llegar antes de que se lo llevasen. La sonrisa ladeada que Julien estaba dedicando a sus seguidoras se borró de su rostro en cuanto me vio entre ellas y, antes de llegar, pude oír que decía a uno de los camareros.

—Cuando pago miles de dólares por venir a una fiesta privada, lo mínimo que espero es que sepáis contener a un centenar de adolescentes en celo en la puerta para que no me molesten.

—Venga, deja que se quede alguna. A partir de los dieciséis se les desarrollan las tetas… —le dijo uno de sus acompañantes, y la modelo que lo acompañaba rio.

—Si queréis que vuelva a poner mi bonito trasero sobre este sofá para promocionar alguna fiesta, más os vale que hayan desaparecido antes de que me termine la copa. —La levantó y le dio un largo trago.

El camarero se movió para buscar a los vigilantes e hice algo a lo que nunca me había atrevido. Corrí a sabiendas de que no podía. Lo hice por necesidad de llegar. Por el impulso de conseguirlo. Habría sido precioso lograrlo, superar de nuevo otra de las adversidades. No salió bien. Antes de darme cuenta perdí el equilibrio y me caí de bruces al suelo.

Noté las palmas de las manos doloridas. Levanté la mirada. Los acompañantes de Julien me observaban con lástima e hicieron el amago de levantarse a ayudarme cuando los guardias de seguridad de la discoteca llegaron. Él ni siquiera me dedicó un parpadeo.

—Las quiero fuera —pronunció.

—Joder, vamos a comprobar primero que está bien. Se ha dado una buena hostia… —señaló su acompañante.

—Está consciente, ¿no? Tampoco vamos a montar un drama por unos rasguños en las rodillas. —Le restó importancia—. Lleváosla.

—¿A cuál de todas?

—A ella —me señaló. Sabía que estaba hablando de mí. Los trabajadores dudaron. Todas las chicas estábamos en la misma dirección.

—¿Cuál? —insistieron.

—La que está en el suelo. —Sus ojos ámbar penetraron en los míos y con la mirada fija pronunció lentamente—: La coja.

Si quedaba algo que rescatar se lo cargó con ese comentario. Oír que se refería a mí así, con tanto desprecio, mirándome por encima del hombro, sin importarle para qué había ido o qué quería decirle, fue más de lo que podía aguantar. Si iba a transformarse en eso que tenía sentado enfrente, solo podía darle las gracias por haberme dicho adiós y reprenderme a mí misma por no haber dejado el recuerdo intacto, por no hacerle caso, por regresar y ser consciente de que el chico al que yo había amado había desaparecido.

PARTE III

LA PAZ DEL DESCENSO

CAPÍTULO 22

JULIEN

9 años después

Ver a Crysta corriendo en mi búsqueda es el último sentimiento real que recuerdo. Luego todo se pierde en la memoria, en un estado en el que las resacas se empalmaban, los cambios de humor se sucedían y sustituía los perdones que debía a base de cocaína. Me activó de tal manera que me reafirmé en mi decisión. Tenía que apartarla de mi lado. Obligarla a hacerlo. Por las buenas no había dado resultado, así que me decanté por la otra opción que me quedaba. Me odié a mí mismo por cómo la traté cuando estaba en el suelo y a mis acompañantes por permitirlo. Ninguno elevó la voz. Nadie me reprendió nada. Actuaron ignorando ese hecho, como si nunca hubiese sucedido.

Así iba a funcionar mi vida. Podía hacer lo que me saliese de las pelotas, ser cruel, egoísta, un puto desalmado, y el mundo seguiría girando de la misma manera. La camaradería o la amistad se habían esfumado para dar paso a una serie de personas que pasarían por mi lado en busca de algún provecho, la oportunidad que podría brindarles. No me aconsejarían ni me abrirían los ojos ante las equivocaciones, sino que permanecerían pasivos durante el tiempo que les fuese útil para darme una patada en el trasero en el preciso instante en que no pudieran obtener un beneficio.

Noté sus miradas de desaprobación y, durante los segundos que duró el silencio incómodo mientras la sacaban del local, tuve esperanza. Anhelé con toda mi alma que me insultasen, me dejasen plantado o me tacharan de impresentable. Le habría brindado mi confianza más absoluta a cualquiera que lo hubiera hecho, pero en lugar de eso levantaron las copas y brindaron para que el incidente no nos aguase la noche. El último trago de ese cubata me inundó de una amargura que iba más allá del plano físico y abarcaba el espiritual. Lo tragué sabiendo que mi existencia real se había terminado y habitaría en una especie de plano regido por la manida frase de que el espectáculo debía continuar.

Todo el alcohol, la droga y las impresionantes chicas que se me acercaron esa noche no fueron suficientes para eliminar su mirada, esa decepción que reproducía una y otra vez con la oscuridad de cada parpadeo. Salí de allí acompañado de diez tías. Un efecto visual que volvió locos a los fotógrafos acampados en busca de una exclusiva. Agarré a una por la cintura y coloqué el brazo libre por encima de los hombros de otra. No sabía ni sus nombres. No me había interesado por sus *hobbies*, estudios o comida favorita. Joder, las llamaba por su color de pelo o las señalaba cuando quería dirigirme a ellas y, sorprendentemente, no se quejaban. Pululaban encantadas a mi alrededor sin importarles lo más mínimo que las tratase como muñecas hinchables, trofeos que lucir, en lugar de personas.

Ver que podía tomar lo que quisiera sin consecuencia, que las mujeres se volvían locas en mi presencia y dejaban de valorarse, que todo era tan sencillo, vaciaba más que llenaba. Llegamos al hotel en un Hummer rosa. Allí acabó nuestra cita. Un par intentaron seducirme para que las subiese a la habitación. Les daba igual compartir con tal de tenerme un rato. Me negué. Solo las había utilizado para que ella lo viese a la mañana siguiente y pensase que era un desgraciado y toparse conmigo era lo peor que le había pasado. Nada más.

Las dejé en el lujoso bar con una cuenta abierta a mi nombre para que tomasen todo lo que quisieran. Eso las aplacó. Era un sitio caro, elegante y exclusivo, de esos que eligen a su cliente-la. Podrían buscar algún voluntario que me sustituyese. Por mi parte, subí a mi habitación y, nada más cerrar la puerta y asegurarme de que no había ningún testigo, me doblé sobre mí mismo y lloré como un crío desconsolado. Había apartado a toda la gente que un día me importó. Me había quedado totalmente solo.

Repetí ese *modus operandi* semanas. Salía, grababa un anuncio, un videoclip, actuaba, me dejaba ver en fiestas y sonreía. Lo hacía constantemente para los periodistas. Fingía a la perfección hasta encerrarme de nuevo y romperme en mil pedazos. Era una agonía asfixiante a la que terminé por acostumbrarme. Aprendí a respirar sin pulmones, como un tiburón.

No todo fue malo. Una vez superada la ruptura con todos me divertí. Viaje por el mundo. Practiqué deportes extremos. Follé hasta que agoté las posturas, reproduje en mis propias carnes mis películas porno favoritas y almacené toda la sabiduría sexual femenina en mis manos.

Lo tuve todo. Nada se escapaba a mi poder adquisitivo. Si veía algo y lo quería, solo tenía que sacar mi tarjeta de crédito y a veces ni eso, me lo regalaban con tal de obtener publicidad gratuita y el efecto imitación que provocaba. Joyas. Casas. Reservados. Aviones. Coches. Muchos de estos últimos. Como decían mis compañeros, la vida era demasiado corta para conducir vehículos aburridos.

También compuse muchos discos. Todos fueron un éxito. Desde los truños sacados a toda prisa para compensar las pérdidas cuando alguna promesa en la que la discográfica había invertido no había salido rentable, hasta sencillos en los que narraba en la letra cómo me sentía. Mis vivencias. Un grito al universo en el que pretendía aclararles que era una persona. Real. De carne y hueso.

Las listas de ventas se convirtieron en una obsesión y destrozar a mis rivales, la obligación del día a día. Si actuaba en una gala, me metía de manera compulsiva en internet para comprobar si era la que más visitas recibía. La envidia me pudría por dentro.

No bastaba con estar. Había que ser el mejor y, para eso, renuncié a mi salud. Inundaba mi nariz con esa especie de ácido que me daba fuerzas para aguantar más que los demás y ser ese número uno que nadie me iba a arrebatar.

Desataba sentimientos. Amor e ira. Adoración u odio profundo. Hubo una época en la que intenté contentar a todos. Era imposible. En un juicio constante no puedes ganarte a todos los miembros del jurado. Daba igual lo que hiciera. Si ayudaba a alguna causa benéfica, lo hacía para lavar mi imagen. Si lloraba, estaba actuando. No tenía derecho a suplicarles que me dejasen descansar porque era una parte de mi trabajo, el lado nocivo que acompañaba a todos los vicios de ser millonario. El dinero no me daba alas, sino que se convertía en la pala que cavaba mi tumba. Y daba igual que esta fuera de oro, la arena era la misma y los gusanos se comerían mi cadáver.

Decidí que lo más sano era que la opinión de los demás me importase una puta mierda. Me drogué sin control. Desfasé chocando en numerosas ocasiones con la ley. Me escapé de los centros de desintoxicación para ir a un combate de boxeo. Insulté a los periodistas. Me pegué. Robé novias a compañeros. Me convertí en una mina de oro de los objetivos. Un actor sin guion.

Los años pasaron y, a los veintisiete, me encontré en un mundo en el que ya había hecho todo lo que me apetecía. Las experiencias. Los viajes. Las emociones. No quedaba nada por probar. Era como estar montado en una montaña rusa con un ascenso constante en el que te acabas acostumbrando al vuelco del estómago y ha dejado de impresionarte. El ser humano necesita deseo, anhelos y metas. Es el motor que te lleva a seguir adelante. Las ganas de avanzar. La aventura de no saber cómo será el asfalto tras la siguiente curva o si se te pinchará la rueda antes de llegar al destino y tendrás que tomar un desvío desconocido.

Mi existencia estaba escrita. La magia se había esfumado. No quería nada porque podía tenerlo todo y eso hacía que careciese de importancia. El espacio para la improvisación en la página en blanco de mi propia novela había sido sustituido por billetes y contratos multimillonarios que la escribían sola. Lo único que debía hacer era dejarme llevar. No tener que esforzarte le restaba valor a cada logro. Una monotonía aburrida.

¿Conocéis la impotencia que crea saber que puedes ver amanecer en cualquier lugar del mundo y tener envidia al observar desde la limusina a un grupo de amigos reírse en un banco con una cerveza en la mano? La grandiosidad había sustituido a las pequeñas cosas y estas son las que marcan la diferencia.

La gente afirmaba que se cambiarían por mí sin pensarlo. Ignorantes. La fantasía los cegaba. La gran mentira de los focos. Los escenarios creaban ilusiones falsas. La realidad era otra.

Mis seguidoras me apoyarían ante cualquier barbaridad que hiciese, justificándose en esa fantasía que habían creado sobre mí en su cabeza, y mis detractores tararearían mi canción cuando sonase en la radio hasta que se enterasen de que era mía e, inmediatamente, la catalogasen de «mierda».

Levanté la mirada y observé mi reflejo en el espejo. Iba a suicidarme. No se trataba de una llamada de atención ni tenía depresión. Quería tomar el control. Por última vez. Hacer algo que hubiese decidido. Volver a sentir. Existir.

Era consciente de que mucha gente lamentaría mi pérdida. Ellos no me conocían. Nadie lo hacía. Ni yo. Podía vislumbrar tenuemente quién había sido gracias a la tinta que recorría mi piel. El mapa de tatuajes que había trazado concienzudamente, y hasta estos los veía borrosos. Como si narrasen la vida de un extraño.

Iba a morir. Cuando sabes que se acerca tu final, eres capaz de pensar con más rapidez y lo ves todo más claro. Tus cagadas. Tus aciertos. Y los momentos que te llevas. Estos casi nunca suelen coincidir con aquellos instantes que calificaste como épicos. Por extraño que parezca, las visiones que aparecen en tu cabeza son más pequeñas. Situaciones que creías que habías olvidado y de repente vienen solas.

Mi padre enseñándome a abrocharme los cordones. El tacto de las manos de mi madre cuando intentaba que la maraña alborotada de mi pelo estuviese en su sitio. El olor a queso que acompañaba a Jeremy. El sabor del agua salada cuando Lucas me hacía una aguadilla. Y el sonido de la risa de Crysta.

Como digo, no eran grandes momentos, pero eran mis momentos. Los seleccionados. Los que me llevaron hasta ellos después de tantos años. Quise llamarlos a todos para escuchar por última vez su voz. Un segundo. Como un acosador enfermo que se conforma con una palabra antes de colgar.

Pegué un puñetazo al espejo y se partió. Agarré un trozo de cristal. No podía llamarlos. No era justo. Dar señales de vida para luego abandonarlos de nuevo era tan cruel que ni el monstruo en el que me había convertido podía hacerlo. Solo existía una persona a la que sí podía decir adiós.

Descendí hasta el garaje y aparté las cajas hasta que lo encontré. El cabecero con mi propia imagen. El dibujo que el duende había pintado. Fue lo único que me llevé del piso. No podía abandonarlo. No podía abandonar por completo esa versión de mí.

Lo observé y en silencio le increpé por qué lo había hecho. Cómo había sido tan estúpido para perderlo todo siendo tan feliz. Me entraron ganas de pegarle un puñetazo y a la vez de aproximarme para que me invadiese de nuevo su espíritu. Regresar al pasado y quedarme anclado allí para siempre.

Podía meterme hasta que me diese una sobredosis y que mis últimos latidos estuviesen acompañados de convulsiones, vómito y unos calzoncillos cagados. También existía la opción de cortarme las venas y sentarme frente al cuadro para dormirme lentamente mientras la sangre abandonase mi cuerpo, perdiendo la conciencia con lo que pudo ser delante, con la prueba de que, a pesar de todas las cagadas de mi vida, hubo un tiempo en el que lo hice bien, en el que conseguí tenerlo todo sin un dólar en la cuenta. Arrastrarme cuando no pudiese moverme hasta quedarme lo suficientemente cerca como para distinguir con cada parpadeo un brochazo de Crysta y, sin necesidad de tener sus labios delante, oír sus «te quiero» gracias a la pintura.

Clavé la punta del espejo en la carne. El pinchazo dolió un poco y una pequeña gota rojiza brotó. Hacer los cortes no era tan complicado. Pero estaba acojonado. Lo sostuve con más fuerza y hundí un poco más el filo. Me mordí el labio de la impresión. Tomé aire para inundarme de fuerza.

Era ahora o nunca. Si no lo hacía, todo continuaría del mismo modo. Ido. Dominado por la coca y los contratos. Si no me atrevía a rajarme la muñeca, moriría lentamente con cada amanecer sin ilusión. Cerré los ojos y asentí con convicción. No podía esperar un segundo más.

Oí levemente el sonido tenue de mi móvil desde la terraza. Me estaban llamando. Mierda. Ese tono infernal no me iba a dejar en paz nunca. Pensaba ignorarlo, pero insistían demasiado. No iba a contestar. Subí por la escalera con la intención de apagarlo o lanzarlo al *jacuzzi*. Quería tranquilidad para morir. La única compañía que admitía era la de la luna escondiéndose, el sol saliendo y el mar. El tono desquiciante de ese trasto no podía irrumpir en mi instante de paz.

No iba a mirar quién era y no sé por qué lo hice. Leer su nombre lo cambió todo. Temí que se tratase de un espejismo y lo revisé. Nada había cambiado. Seguía saliendo ella. Después de años volvía a ponerse en contacto. El destino se reía de mí. Su golpe de efecto. Sentí que el cinturón de la montaña rusa en la que iba montado se desabrochaba y salía volando. Y no sabía si quería estamparme contra el suelo o aterrizar en alguna lona que me salvase la vida.

Todo por ella. Crysta. Mi anticipación.

CAPÍTULO 23

CRYSTA

La vida pocas veces es como la hemos planeado. Da igual las vueltas que le hayas dado hasta trazar su camino imaginario o las metas dibujadas, al final ella decide. Después de la actuación de Julien en el club tomé la determinación de no dedicarle ni un segundo de mis pensamientos y centrarme en el resto de las cosas que tenía. Quería disfrutar de la etapa universitaria y aprovechar la oportunidad que me habían brindado en la exposición.

Para lo primero no tuve muchos problemas. Hice todo lo posible para que mis años de estudiante fuesen memorables y lo conseguí. No fue un camino de rosas y en la época de exámenes temí sufrir un brote sicótico cuando revisaba mi agenda y lo único que veía eran trabajos por hacer y temario que estudiar. Todo mereció la pena por la gente, los viajes y los conocimientos que me llevé. Las experiencias, positivas y negativas, me ayudaron a evolucionar.

No puedo decir lo mismo del ámbito laboral. Durante un tiempo Tomás me permitió realizarme profesionalmente. El trabajo no estaba tan bien pagado como el resto del mundo y yo misma creíamos, pero podía pintar y eso era más que suficiente. Sin embargo, el gobierno cambió y, como si se tratase de un efecto dominó, los directivos cayeron. Amigos de los nuevos sustituyeron a los amigos de los antiguos. Si a eso le sumamos la maldita crisis, el resultado fue prescindir de mis colaboraciones. En los presupuestos anuales no había reservas para todo lo que no fuese estrictamente útil para los pacientes. El arte era la primera víctima que tirar del bote cuando el barco se hundía y el sobrepeso amenazaba la estructura del pequeño navío.

No me rendí. De eso nada. Si volvía la vista atrás, no podría arrepentirme de no haberle dado oportunidades a uno de los amores de mi vida. Me apunté a másteres y cursos con la única esperanza de conseguir unas prácticas que no fuesen un robo a mano armada para aumentar las posibilidades de cumplir en primera persona el viejo dicho de «lo importante es estar en el sitio adecuado en el momento oportuno».

Confieso que cuando observaba las ofertas y su «sueldo» (si es que se le podía llamar así) me entraba la risa nerviosa y ponía el grito en el cielo, quejándome de que los jóvenes permitiésemos a las empresas jugar con nuestras ilusiones de ese modo, aceptando algo que debería ser ilegal: trabajar gratis y encima tener que dar las gracias por ello. Pensaba mil planes revolucionarios y concentraciones para llamar la atención, pero al final acababa firmando los contratos.

Mis valores se resentían cuando por mi cabeza surcaba la idea de llegar a pagar por hacerlo, llegado al caso. Las facturas formaban parte de mi día a día y mi madre no hacía hincapié en ello para apoyarme. La pobre aceptó todas las veces que la llamaba con un nuevo seminario y le exponía las razones de peso por las que estaba segura de que ese sería el definitivo, y, cuando estaba de bajón porque me cerraban una nueva puerta en las narices después de dejarme la piel, ella misma buscaba el siguiente punto de partida.

Seguí así hasta que empezó a darme vergüenza pedirle dinero para mis caprichos. Llegó el momento de compaginar el sueño con trabajos a media jornada que me permitiesen un poco de independencia y me dejasen tiempo libre para seguir realizándome. Cafeterías, tiendas deportivas, comercial y, mi última hazaña, teleoperadora.

No existe ningún niño en el universo que conteste «telefonista» cuando le preguntan qué quiere ser de mayor. Supongo que desde el exterior se puede ver como un puesto en el que te dedicas a molestar a la gente cuando está descansando, con una revista del corazón y pintándote las uñas mientras charlas de temas insustanciales como el tiempo.

Mentira. Ponerse detrás del teléfono requería estudiar los productos y sacarte el graduado en psicología sin asistir a la universidad gracias a esa paciencia que debías desarrollar cuando te colgaban, las ancianitas solitarias aprovechaban para contarte su vida sin comprar el producto o te trataban como una mierda, como si no fueses más que un esclavo en las plantaciones de algodón.

Intento sacar algo positivo de cada paso que he dado en la vida. Ese me enseñó que se puede ser tremendamente feliz en lugares inesperados. La mayoría de mis compañeras eran de mi edad y compartían mis circunstancias, lo que nos llevó a apoyarnos desde el minuto uno. Esa complicidad hizo que el ambiente fuese envidiable, las risas constantes y la amistad inevitable.

Por eso, ese día, cuando nos anunciaron que la empresa para que la trabajábamos había hecho una subcontrata en un país extranjero en el que todavía pagarían menos y harían peores contratos a los trabajadores, agradecí encontrarme a Dana al salir del trabajo. Me apenaba que se hubiese terminado. No por comodidad o por conformismo, sino porque realmente echaría muchas cosas de menos, como contener la risa cuando mis amigas, que no me gusta llamarlas compañeras, me hacían caras mientras hablaba con un cliente complicado o cuando alguien porque sí traía galletas de chocolate para mantener vivo nuestro lema de que «el chocolate hacía que los pantalones encogiesen y las manecillas de los relojes fuesen más deprisa».

—Venía a ofrecer a mi amiga Crysta un plan alucinante. —Dana se apoyó en uno de los coches—. ¿La has visto? Porque al cadáver que tengo delante no me lo llevaría ni a que me sujetase la mano mientras me hacen la cera en las ingles.

—Estoy agotada —apunté. Los viernes habían comenzado su transformación, pasando de ser un día que esperaba con ganas, en el que sentía un hormigueo constante por todo el cuerpo ante la expectativa de lo que vendría, a visualizar mi imagen vegetando en el sofá como si fuera una jarra de agua en el desierto.

—Hay ancianas que mueven el carro de la compra con más marcha que tú.

—Ha sido una semana mortal... —Las despedidas, no saber qué vendría y la perspectiva de volver a rastrear internet en busca de ofertas y repartir currículos por toda la ciudad agotarían a cualquiera.

—Es lo que tiene hacerse adulta. Las responsabilidades te obligan a mantener un pulso constante con la muerte. Menos mal que tengo la solución. —Rebuscó en el bolso y sacó su neceser con las pinturas.

—¿Maquillarme va a solucionar las horas que me faltan de sueño? —Fruncí el ceño.

—No, seguirás igual de grogui, pero serás una grogui con aspecto saludable. —Insistió en su ofrecimiento y acepté la bolsa—. ¿Buscamos un baño?

—¿Para?

—Hacerlo en la calle le resta glamur.

—¿Glamur? —Me reí—. Me enseñaste a mear entre dos coches. La elegancia me abandonó en el preciso momento en que me confesaste que no tenías clínex y no me importó.

Me agaché hasta quedar a la altura del retrovisor del coche y noté cómo un par de señoras nos miraban de reojo para asegurarse de que no estábamos intentando robar el vehículo. Como si hacer un puente fuese tan sencillo como en las películas.

Me limpié el rastro negro de la máscara de pestañas de debajo de los ojos y saqué la base para aplicarla. Era verano y estaba morena, por lo que no tuve que emplearme a fondo y me centré en los coloretes rosados, la línea negra, rímel de nuevo y un pintalabios granate, porque me gustaba el efecto que hacía con mi camiseta verde musgo y los pantalones blancos.

—Sombra —señaló al darse cuenta de que iba a dar por zanjado el trabajo.

—¿Se puede saber adónde vamos? Espero que no sea una de esas citas dobles. La experiencia debería decirte que nunca nos salen bien. —Dana solo exigía que me maquillase a la perfección para grandes acontecimientos y, dentro de estos, a veces estaba esa manía suya de asumir la personalidad de la prima alcohólica de Cupido. Yo era la principal víctima de su lanzamiento de flechas a diestro y siniestro sin lógica. Después del tío que me propuso directamente ir al baño a montárnoslo sin acordarse de mi nombre creí que se había dado por vencida.

—¿No te has enterado? Brad y Angelina han roto. Nadie en su sano juicio sigue creyendo en el amor. Es malgastar el tiempo. —Sonrió—. Por no hablar de que una no se pone un vestido y unos tacones con los que va a desear que le amputen los pies por un bien mayor. —De repente se tapó la boca—. Lo siento. No quería...

—No pasa nada —la interrumpí—. Oír tu definición de ir en esas plataformas hace que, por una vez, tener una prótesis suponga una ventaja. —Le resté importancia—. ¿Y bien? ¿Cuál es nuestro destino? —Interrumpí mi sesión de maquillaje para fijarme en su atuendo a través del espejo. Llevaba un vestido rojo con escote, ceñido hasta la cintura y la falda por encima de las rodillas por delante y una cola en forma de pico por detrás.

—Vamos al acontecimiento que desembocará en mi primer papel protagonista —repuso, totalmente convencida de lo que decía.

Deseé con todas mis fuerzas que estuviese en lo cierto. Lamento decir que a Dana no le había ido mucho mejor que a mí en la persecución de sus sueños, solo que ella no se había resignado. De nada le había servido contar con el enchufe de sus padres como guionistas. El mundo cinematográfico movía muchos millones y no bastaba con que alguien dejase un currículo tuyo y buenas referencias.

En realidad, no sabía muy bien en qué se basaban los directores de *casting* para seleccionar a los actores para los diferentes papeles. Dana era bonita, con esa clase de belleza que escapaba a los cánones, y era buena actuando. La había visto en el piso recitando las escenas antes de cada *casting*, en las obras de teatro y en las representaciones callejeras con un grupo de compañeras en las que hacían versiones de clásicos de un modo original, con pocos recursos a cambio de la voluntad. Lo único que había conseguido era un papel en una serie B en el que gritaba y la mataban cortándole la cabeza con un machete. Todo muy sangriento y cutre.

Era constante y no se venía abajo. La dama de hierro. No había derramado ni una lágrima delante de mí con cada rechazo, aunque a la mañana siguiente, cuando desayunábamos juntas, tenía los ojos hinchados.

—He conocido a un productor haciendo un Marilyn —explicó.

—¿Tenías una audición de Marilyn? —Supuse que había formulado mal la frase y que se había presentado a algún papel para una nueva versión de la rubia más popular de Estados Unidos.

—No —contestó—. Iba por la calle con un vestido corto, se me ha subido la falda y se me han visto las bragas. Un hombre ha comenzado a reírse y le he preguntado si mi ropa interior no era de su agrado. Ha empezado a disculparse cada vez más apurado, una cosa ha llevado a la otra y ha terminado invitándome a un café por dañar mi honor. ¡Dañar mi honor! —exclamó, riéndose—. Resulta que es productor y nos ha invitado a una fiesta en Malibú. Y eso solo puede significar una cosa.

—Miedo me da preguntar… ¿Qué?

—¡La casualidad! Todas las grandes estrellas hablan de ella en las entrevistas. Los descubrieron por un encuentro fortuito con un productor mientras eran camareros, hacían un *striptease* o estaban sentados en un banco con la mirada perdida pensando cómo se podía acabar con el hambre en el mundo. ¡Yo qué sé! La cuestión es que tengo una corazonada, Crysta. Ese hombre va a darme el empujoncito que necesito y mañana podremos comprar cinco metros de papel de burbujas.

—¿Para qué?

—Para celebrarlo como Dios manda. Reventando pompas de satisfacción. —Guardé todos los artilugios de maquillaje en el bolso y me incorporé.

—¡Y enmarcar las bragas de la victoria! —me sumé a su entusiasmo.

—Ese punto tenemos que negociarlo.

—¿Por qué? Gracias a ellas lo has conseguido.

—Sí, y también me he hecho un poco de pis de la emoción. —Ambas rompimos a reír a carcajadas.

Dana me dijo que iríamos en autobús para poder beber las dos. Caminamos hasta el transporte público elucubrando acerca de lo que podría pasar y, durante el trayecto, seguimos haciendo lo mismo. Podríamos haber estado toda la noche con nuestras teorías.

—La parada en la que nos teníamos que bajar era la siguiente… —Apunté mientras descendíamos.

—¿Llegar a una fiesta con gente importante en esa lata de sardinas? Un poquito de clase, por favor.

—El surco de sudor que se está formando debajo de tus sobacos dice lo contrario. —Corrió a mirarse, alarmada, y me dio un codazo al averiguar que estaba de coña.

—Espero que la siguiente regla que tengas sea de las que te dejan baldada por bruja. —Me sacó la lengua—. O que se te rompa el pantalón por el culo. Las dos cosas me sirven.

—Hablando de pantalones… ¿Me dejarán pasar así? —No iba arreglada. Por lo menos ese día me había rizado las puntas del pelo y no llevaba una coleta como de costumbre.

—El estilo zarrapastroso está de moda. —La miré con una ceja enarcada y trató de arreglarlo—. Pensarán que eres la más importante de la fiesta. Solo los ricos de verdad no se preocupan por aparentar.

—No sé si eso me consuela…

Llegamos a la casa. Llamarlo así es quedarse corta. Mansión sería una definición mejor. Malibú era un sitio espectacular. Las aguas que bañaban su costa eran las mismas que las de otras zonas y, a la vez, parecía que su tono era más cristalino, limpio y cuidado. La arena blanquecina de la playa contrastaba con la vegetación repleta de palmeras y flores que otorgaban color al ambiente y las construcciones señoriales. De algunas solo se podían ver los tejados para tener mayor privacidad y, aun sin ver nada, tenías la sensación de que había más seguridad de la que distinguían tus ojos. No era de extrañar. Las grandes fortunas residían allí en verano.

Dana insistió mucho en que teníamos que aparentar indiferencia cuando llegásemos a la puerta, pero no pude evitar un pequeño grito ahogado después de que tacharan nuestro nombre de la lista y entrásemos. Era un maldito templo griego en mitad de Estados Unidos, con enormes cristaleras que daban a la piscina rodeada de palmeras con vistas a toda la bahía. La ostentosidad elevada a su máxima potencia.

—Contrólate. Pareces una pueblerina que acaba de pisar por primera vez la gran ciudad —rumió mi amiga mientras miraba con disimulo a la gente que nos rodeaba en busca del productor o, puede, los otros actores, que seguramente también estaban allí.

—No lo parezco, lo soy. ¿Tú has visto esto?

—Lo hago y me arrepiento de no tener una pistola con la que apuntarles para quedarme con la casa, pero hay que fingir que estamos hartas de acudir a este tipo de eventos.

—En vez de maquillaje deberías haberme dado unas lecciones de actuación para *dummies*. —Comenzaba a atardecer y el cielo rosado se reflejaba sobre el mar. Contuve la respiración.

—Es fácil. Actúa como cuando entras en alguna tienda de Loewe para ver la ropa que no te puedes comprar y cuando se acerca la dependienta le preguntas por un vestido *random* para que piense que realmente estás planteándote llevarte algo.

—Yo no hago esas cosas…

—Entonces bebe champán —Agarró dos copas de la bandeja de un camarero que pasaba por nuestro lado.

—A ti no te gusta. —Recordé la mueca de asco que ponía siempre que se lo ofrecían. Ella era más de cerveza y chupitos de whisky.

—Este Chardonnay cuesta más que toda nuestra compra del mes. Hoy nos apasiona. A las dos. Puede que incluso tenga pepitas de oro y mañana caguemos dólares. Bebe. —Su mirada me intimidó y brindé con ella.

Sociabilizar no fue tan complicado como parecía a primera vista. Al final los ricos y las grandes estrellas eran personas normales. Puede que hablasen de cruceros por las islas griegas, noches en Ibiza y desayunos en Moscú, pero por sus WhatsApp circulaban los mismos vídeos chorras que por los del resto de los mortales, eran frikis de *Juego de Tronos*, *Hijos de la anarquía* y *Stranger Things* y, sí, sospechaba que de vez en cuando también tenían que usar el baño para cagar.

El alcohol ayudó a que nos animásemos a hablar con aquellos que nos rodeaban y fue divertido. No nos juzgaron. Debieron de pensar que si estábamos allí éramos gente importante y Dana se encargó de que lo creyesen presentándonos como una actriz y una pintora de renombre. Me recordó a la escena de *Titanic* en la que Jack baja vestido elegante a la cena de primera clase y todos asumen que es uno de ellos.

Mi amiga tardó bastante en pillarlas al productor, Dustin, a solas para poder hablar de negocios. Era un hombre barrigón con una peluca negra que contrastaba con la incipiente barba blanca. No hacía falta ser un genio para intuir que iba pasado de todo. Mandíbula moviéndose a la velocidad de la luz, ojos brillantes y muy abiertos con las pupilas dilatadas.

La mayoría de los asistentes a la fiesta se habían congregado en la zona de la piscina, por lo que Dana y él se metieron dentro para hablar tranquilamente. Me quedé sola en el exterior. Podría haberme acercado a alguno de los grupos. Sin embargo, el alcohol había activado ese gen humano que incita a los borrachos a tirar al agua a cualquier persona que se aproxime lo suficiente al borde. Me alejé para ponerme a salvo y me senté en uno de los bancos de piedra. Faltaba poco para que amaneciese y no podía resistirme a verlo desde una posición privilegiada.

Estaba concentrada mirando al infinito cuando noté que alguien se detenía a mi lado.

—¿Nos hemos acostado alguna vez? —Giré el rostro en su dirección por su pregunta indiscreta y directa.

—¿Tantas chicas pasan por tu cama que ya no las recuerdas?

Reconocí al chico de inmediato. Era imposible no hacerlo. Se trataba de uno de los raperos más famosos del mundo, Tiger. Tenía la tez canela, unos ojos muy grandes verdosos y su camiseta sin mangas dejaba a la vista sus enormes brazos.

—A riesgo de que pienses que soy un gilipollas, sí. Espera, tu mirada me dice que ya lo piensas. He llegado demasiado tarde. —Sonrió y me fijé en que tenía una dentadura perfecta.

—No nos hemos acostado —aclaré—. Y sí, si no quieres que te tachen de cretino, ensaya alguna frase nueva para hablar con las chicas. Esa no sería efectiva en ningún tipo de realidad alternativa.

—¿Por qué?

—Porque si es cierto que has pasado la noche con ella, la harás sentir una basura por dudarlo, y si todavía no lo has hecho, perderás las posibilidades que tenías de hacerlo realidad —le expliqué como si yo fuera una experta. Posiblemente me equivocaba. Alguien como él lo tenía tan fácil que no necesitaba ser encantador, gracioso o divertido para ligar.

—Está bien. La próxima vez diré: preciosa, no he parado de soñar contigo desde la noche que pasamos juntos.

—No está mal, pero no sirve si es mentira…

—Sí, con la coletilla.

—¿Cuál?

—Lo hacía antes de saber que existías. —Se apoyó en la barandilla—. Bueno, ¿eh?

—Ñoño —sentencié.

Tiger se rio y su carcajada llenó el ambiente.

—En serio, tía, me suenas demasiado. —Me miró fijamente—. No me obligues a quedarme aquí hasta que se haga de día para averiguarlo.

—¿Te vas?

—Si por mí hubiera sido, no habría venido. —Se encendió un

cigarro—. Son todas idénticas. Las fiestas. Misma gente y con-versaciones. Lo único que podría salvarla sería un colocón de la hostia y solo de pensar en la resaca me entran escalofríos. —Fingió que tiritaba. Sonreí por lo absurdo de la situación, a la vez que me apartaba el pelo de la cara, lo recogía en un moño improvi-sado y volvía a soltarlo al darme cuenta de que no llevaba goma ni horquilla—. ¡Ya lo sé! —exclamó, abriendo mucho los ojos—. Eres tú.

—¿No se te ha ocurrido nada mejor para…?

—¡Su duende! —La afirmación hizo que no pudiese terminar la frase.

Me devolvió a Julien. Conocía a Tiger de la televisión, sí, y también de que el rubio me había hablado en numerosas oca-siones de él mientras grababan la colaboración. Lo que no sabía es que había sido recíproco y el rapero me conocía. Una parte de mí, la masoquista, quiso preguntarle que le había contado, escu-char de unos labios ajenos cómo él me vio un día. Me negué. La perspectiva del dolor no me apasionaba. Era mejor dejar atrás el pasado y no desenterrarlo.

—Prefiero que me llamen Crysta —repuse, cortante.

—Julien la jodió bien el día que te dejó. Perdió su magia.

—No quiero sonar brusca, pero a estas horas de la noche lo que menos me apetece es hablar de mi ex. Hay una puesta de sol muchísimo más interesante que me espera.

—Lo pillo. No es un tema agradable.

—Bingo.

Nos quedamos en silencio. Tiger dio una calada honda al ci-garro y expulsó el humo con lentitud.

—¿Dónde está tu amiga, la del vestido rojo? —cambió de tema. Iba a hacer un chascarrillo con el hecho de que se hubiera fijado en ella cuando aclaró—: La de las tetas enormes.

—Hablar a una chica de los pechos de su amiga no es ele-gante.

—No me negarás que tiene unas bombas que no pasan desa-percibidas… ¡Es un piropo! —Apagó el pitillo y levantó las ma-nos con un gesto inocente.

—Deberías meditar tu percepción sobre cómo halagar a las mujeres…

—Normalmente funciona…

—Hazme caso. A las chicas normales las horroriza.

Era extraño. Yo dando clases de seducción a un mujeriego reconocido. Sin embargo, no estaba incómoda. Hablar con Tiger era sencillo. Tal vez la imagen que proyectaban los medios que le hacían parecer alguien peligroso, capullo y con una sola neurona no fuera del todo cierta.

—A ver si así te gusta más: ¿dónde está la chica del vestido rojo, la del moño perfecto?

—Vas mejorando. Si no fuera por el tonillo, incluso parecerías aprendiz de caballero —bromeé—. Está con un productor, Dustin.

El rostro le cambió. Intentó que no se notase que su sonrisa pasó de ser natural a forzada.

—¿Qué pasa con él? —pregunté. Su reacción me puso alerta.

—El mundo del cine es muy puto —pronunció tras meditar—. Hay gente de toda clase, y si tuviera que definir a Dustin, sería como un montón de estiércol que no quieren ni las moscas. Uno de esos expertos en jugar con las ilusiones de las jovencitas que sueñan con ser la siguiente Jennifer Lawrence para beneficio de su bragueta. Si de verdad aprecias a tu amiga, deberías ir para evitar que cometa un error de los que pasan factura.

—Ella no…

—Tú no sabes lo que es capaz de hacer una persona desesperada cuando le ofrecen aquello que ansía. Cada cual pone los límites, y no seré yo quien juzgue. —Se incorporó—. Lo único que te aconsejo es que te des una vuelta. Tienes los suficientes recursos para inventarte una excusa convincente si solamente están hablando y, en el caso de que no sea así, salvarla de levantarse mañana con el recuerdo del gordo seboso sobre ella y ningún contrato sobre la mesa.

Me levanté. A la mierda la puesta de sol. Me quedaban muchos amaneceres y algo me decía que Dana me necesitaba. Una corazonada o que el hecho de verlo tan serio y seguro de sus palabras hizo que las tomase como ciertas. Me despedí e iba a marcharme cuando noté que me agarraba por el brazo.

—Sé que no debería decirlo y que posiblemente no me hagas el más mínimo caso. —Suspiró—. Tengo que intentarlo. Si cuando termines sigues teniendo la adrenalina a tope y te apetece continuar como heroína unos minutos más, deberías bajar un par de calles, la música de la fiesta te dirá qué casa es. Quema el telefonillo hasta que te abran. He pasado por allí antes y puedo asegurarte que en su interior habita la sombra de un chico que te necesita infinitamente más.

No dije nada y me marché. Sabía a quién se refería y la respuesta era no. Él había elegido su camino y yo el mío, y estaban a años luz de distancia. Por no hablar de que después de tanto tiempo dudaba mucho de que mi presencia pudiese afectarle.

Que no hablase de él y existiese una especie de pacto no escrito con mi entorno para que no lo mencionasen no significaba que no supiese de la existencia de Julien Meadow. El mundo entero gritaba su nombre y por mucho que me tapase los oídos era imposible no escucharlo. Sabía en lo que se había convertido. Había visto sus imágenes colocado pegando a cualquiera que se pusiese por en medio, su rostro endiosado cuando asistía a un juicio y salía impune, los vídeos fumando en el balcón de la clínica de desintoxicación antes de abandonarla, los conciertos en los que daba pena y las entrevistas de las mujeres a las que había destrozado el corazón sin piedad.

Ese ser no era solo el fantasma con una imagen endurecida del chico que un día conocí. Por muy triste que pudiese parecer, pasado el tiempo le agradecía que me hubiese dejado. Ser testigo de esa destrucción sin piedad habría terminado conmigo también. No conservaría la cordura. Me consolaba pensar que uno de los dos seguía vivo, porque, aunque respirase, Julien había dejado de existir hacía mucho tiempo. Ahora solo estaba en el recuerdo de los que un día estuvimos a su lado, de esos testigos que, sin querer, a veces se despertaban en mitad de la noche con el sonido de su risa rebotando en el pecho. Esos que cerraban los ojos y solo deseaban dormir, rememorar, habitar unas horas en la memoria.

Pasé al interior de la mansión. El bullicio terminaba una vez que accedías a la segunda planta. Pegué la oreja a varias puertas y una pareja que salía de un cuarto situado al fondo sonrió al pasar por mi lado. Probablemente me tomarían por una especie de salida que disfrutaba escuchando las prácticas sexuales de los invitados. No me molesté en rectificarlos. Me urgía encontrar a Dana.

Repetí mi hazaña al menos en cinco ocasiones (¿cuántas habitaciones tenía ese lugar?) hasta llegar a una en la que oí alboroto, algo así cómo gritos y golpes que bien podían provenir de un forcejeo. Abrí. Mi amiga estaba al otro lado, agazapada en el sofá junto a la chimenea con el enorme cuerpo de Dustin encima de ella.

—¡Serás zorra! —gritó él cuando ella le arrancó el peluquín de un tirón.

Levantó la mano para atizarla y reaccioné por instinto rompiendo contra la pared el jarrón que reposaba sobre una de las estanterías. A lo loco. A día de hoy sigo preguntándome qué pensaba hacer blandiendo un trozo de cerámica en la mano como si fuera un espadachín.

—Déjala en paz ahora mismo —amenacé, y él miró en mi dirección. Tenía el rostro enrojecido, el cinturón medio desabrochado y marcas rojas de arañazos en el cuello. No había dudas.

—La puta sin talento y la coja. Menudo equipo de mierda. —Caminó cabreado hacia la puerta con la respiración agitada. No le quité el ojo de encima, aunque no lo ataqué. Había que mantener la calma y ser inteligente. Me doblaba en tamaño y, por lo poco que apreciaba, Dana no sería de gran ayuda. En un cuerpo a cuerpo mis posibilidades eran nulas y acabaría haciéndome daño con el arma improvisada que sujetaba—. Has cavado tu propia fosa en este mundo. —Se giró en la puerta y me tensé por si volvía al ataque. Dustin arrastraba las palabras y llevaba una buena cogorza encima. La racionalidad había abandonado su ser.

—La tumba es amplia y te arrastraré a mi lado. Me gusta morir matando. No te confundas. —Dana no se dejó amedrentar por la amenaza.

El productor soltó una escalofriante carcajada ronca, fruto de ese tabaco que lo había acompañado durante toda la noche, y salió cerrando de un portazo. Solté el trozo de jarrón y caminé hacia mi amiga todo lo rápido que pude.

Ella se encontraba tirada en el suelo del despacho, junto al sofá pegado a la chimenea apagada. Distinguí sobre la mesa una botella de champán y dos copas de cristal, una de ellas contenía el carmín de mi amiga.

Me sujeté en la pared para sentarme a su lado y coloqué un dedo en su mentón para obligarla a mirarme. Tenía el pelo enmarañado, las mejillas encendidas y los ojos le brillaban tratando de contener las lágrimas de rabia.

—¿Te ha hecho daño? —le pregunté con cautela al observar la pequeña herida ensangrentada de su labio.

—Ese cabrón necesitaría el sedante de un caballo para poder conmigo. —Intentó hacerse la fuerte, pero estaba temblando—. Me he mordido de la impotencia cuando me he dado cuenta del juego que se traía. ¡Mi vagina no me consigue papeles! —Con disimulo miré su vestido para comprobar si estaba todo en su sitio o lo había rasgado y había llegado demasiado tarde—. No me ha violado. Si lo hubiera hecho tendrías a un hombre agonizante al lado desangrándose. —Se levantó el vestido para enseñarme sus braguitas blancas perfectamente colocadas—. Se la habría arrancado. No sé cómo, pero lo habría hecho…

—¿Qué ha pasado?

—Hemos venido para hablar de trabajo… —No sé cómo la miré, porque exclamó—: ¡No soy ninguna ingenua! Ni en sueños habría entrado en su cuarto. El despacho me parecía inofensivo.

—Lo sé… —Le acaricié el pelo para calmarla. Se apartó, arisca—. Estoy aquí para escucharte. Nada más. —Me miró dubitativa y apretó la mandíbula antes de romper a llorar.

—Me ha ofrecido una copa de champán. Llevo toda la noche

bebiendo de esa mierda y una más no iba a hacerme daño. Entonces he empezado a sentirme mareada, él ha mencionado el pequeño detalle de que la audición dependería del trato dispensado a su bragueta… —ironizó—. Y el resto ya lo has presenciado. —Apretó la peluca que todavía tenía en las manos.

—Vámonos ahora mismo de aquí. —Quería abandonar esa casa. Bueno, en realidad lo que quería era matar al dueño.

—No puedo. Es como si mi cuerpo no me respondiese. Me siento muy débil. —Entrecerró los ojos y me di cuenta de que estaba esforzándose por mantenerse consciente.

Me puse de pie con la ayuda del sofá y traté de levantarla. Solo necesitaba que colocase su brazo alrededor de mis hombros y ayudarla. Dana comprendió lo que intentaba hacer y quiso colaborar. Se cayó al suelo antes de conseguirlo.

—Piernas de mantequilla… —bufó—. ¿No puedes conmigo? —No. Era peso muerto—. Llevo una semana corriendo, eso debería hacer que pesase lo mismo que una pluma.

—Hay escaleras —le expliqué—. Si te cargo, vamos a acabar las dos partiéndonos la cabeza. —De repente me di cuenta de que sabía exactamente lo que tenía que hacer. Abrí el bolso y saqué el móvil—. Voy a llamar a la policía.

—¡No! —Cada vez le costaba más enfocar—. Nada de policía ni ambulancias. Mis padres no pueden enterarse porque les citen en la comisaría o los del seguro. Ellos no… —Su voz se perdió.

—Está bien —accedí—. Si no empeoras —puntualicé.

—Llévame a casa y deja que duerma un siglo. Es lo único que necesito. —Su tono era de súplica. Asentí. No me quedaba más remedio. Entendía lo que quería evitar. Los padres no son los únicos que protegen a sus hijos. Era su decisión y lo que podía haber sido una tragedia se había quedado en un susto.

Valoré las opciones que tenía. Necesitaba alguien que pudiese cargar con Dana hasta la calle para subirnos a un taxi. Eso no era complicado. Mi amiga tenía curvas, pero cualquier tío con un mínimo de fuerza podría con ella. Lo difícil era localizar al hombre. Debía ser una persona a la que dejasen entrar en una selecta fiesta sin invitación y solo conocía a uno que tenía carta blanca para hacerlo.

Me había contenido durante años, incluso en las borracheras lastimeras en las que acababa como un piojo y el móvil parecía cobrar vida propia incitándome a hacerlo. Estaba orgullosa. Me había resistido. Pero esa vez no se trataba de mí. No era yo la que estaba tirada en un despacho drogada y desorientada. Se lo debía a mi amiga.

Noté que las pulsaciones aumentaban su ritmo conforme desbloqueaba la pantalla y localizaba su nombre. Tomé una bocanada de aire y lo llamé. No sabía si Julien mantenía el número que Jeremy me había dado unos años atrás, cuando, con su ternura infinita, me pidió que lo convenciese para que acudiese a su cumpleaños y yo me negué. No asistió. Tenía algo más importante que hacer. Ni siquiera entendía por qué lo memoricé en lugar de borrarlo del historial de WhatsApp.

El primer tono me desveló que, por lo menos, el teléfono existía. Luché porque no me afectase, pero toda mi anatomía al completo estaba en tensión a la espera. Una expectativa repleta de adrenalina, como si estuviese en un barranco esperando mi turno para hacer *puenting* atada a una cuerda que no me parecía del todo segura.

No contestó.

Una parte de mí se conformó. Nadie podría acusarme de no haberlo intentado. Entonces miré de nuevo a Dana y lo llamé otra vez.

Nada.

Lo hice una vez tras otra cada vez que los tonos terminaban. No cesaría hasta que diese señales de vida o despertase al nuevo propietario. Fue en la octava llamada. Justo cuando estaba repasando los nombres de mis compañeras de clase, se hizo ese silencio entremezclado con lo que me parecía una respiración agitada que desvelaba que había alguien al otro lado.

Cerré los ojos y traté de calmarme antes de pronunciar.

—¿Julien? —Saborear otra vez su nombre en mi paladar fue

agridulce. Raspaba después de tanto tiempo clavado en la garganta y a la vez era liberador expulsarlo de mi interior.

No contestó y empecé a ponerme nerviosa.

—Sé que no debería llamarte a estas horas, que no debería hacerlo nunca —corregí.

Silencio. Me removí inquieta y apreté el puño libre. No había necesidad de ponerme histérica. Solo era una persona. Una que, además, ya no me importaba. Por no mencionar el pequeño detalle de que no sabía si estaba hablando con él. Puede que hubiese contestado una de sus amantes o que él se hubiese confundido al intentar colgar y estuviese tumbado durmiendo en su enorme cama. Continué. Era lo único que podía hacer. Lo que estaba en mi mano.

—Te juro que si recurro a ti es porque no tengo más opciones y estoy metida en un lío del que no sé cómo salir y…

—¿Dónde estás?

Una voz. Su voz. El escalofrío que me recorrió fue como si juntásemos todos los rayos que caen en una tormenta eléctrica en uno solo y descargase sobre mí con toda su potencia. Era más varonil, dura y tensa. Aun así, era la suya. La que un día me demostró que, a veces, hablar con una persona durante horas puede ser más sensual que sentir el roce de unos dedos sobre tu piel. La que contenía notas. La que mantenía una relación con la música.

—Encerrada en un despacho en Malibú. Un productor, Dustin, nos ha invitado a su fiesta y…

—No te muevas —me interrumpió de nuevo y colgó.

Lo que voy a decir puede situarme en la cúspide de la pirámide de las malas amigas, pero deseé que hubiera sido un farol, no viniese y cuando pasado el tiempo intentase localizarlo tuviese el móvil apagado.

No sabía si podía gestionar nuestro reencuentro. Poco o nada me importaba no ir preciosa como esas muñecas que le gustaban. Impresionarlo no era mi prioridad. Proteger la coraza de mi corazón cuando lo viese aparecer por la puerta, sí.

Él era una espina que tenía clavada y había aprendido a convivir con ella. Su presencia solo podía provocar que hincase más el filo y llegase a una profundidad con una nueva dimensión de dolor o que la sacase de cuajo abriendo la herida pertinente.

No había indiferencia. Una cosa es tener a alguien que ha sido muy importante lejos y no pensar en él. Es sencillo. Adquieres unos hábitos y rutinas en los que no está presente y cuando aparece en tu mente solo tienes que entretenerte con otra cosa. Tenerlo enfrente, su presencia, no se podía ignorar.

Me senté de nuevo al lado de Dana y la abracé con fuerza, aunque esta vez también era un poquito por mí. Afiné el oído, atenta a cada ruido que se producía a mi alrededor, y cuando el sonido de unos pasos en nuestra dirección era cada vez más potente recé en silencio por estar preparada.

Julien irrumpió como un torrente. Un torbellino. Un tornado capaz de removerlo todo. Estaba cambiado. El pelo rubio estaba oscurecido y sus rasgos endurecidos. No quedaba nada de esa inocencia canalla que desprendía cuando era adolescente. Lo que tenía delante enfundado en unos vaqueros desgastados y una camiseta blanca era un hombre. Uno imponente.

Su cuerpo tampoco era el mismo. Ahora estaba más fuerte. Esculpido. Arrebatador. Los músculos dibujaban esa anatomía que lo hacía parecer un antiguo gladiador que había regresado a la vida para vengarse de los que le hicieron daño. Amenazador. Magnético. La tinta recorría su piel a base de palabras en lenguas que no comprendía, dibujos enormes y unos pájaros negros que sobresalían por encima de su pecho.

Me levanté y caminé a su lado. No hubo un «hola» o un intento de saludo.

—¿Estás bien? —se limitó a preguntar. Intenté leer su expresión. Antes era fácil. La máscara que lucía ahora parecía inescrutable. No me miró directamente a los ojos y, pese a todo, me pareció que estaba conteniendo una ira desbordante.

—Sí. —Me fijé en que tenía la vista clavada en mi mano. No me había dado cuenta, pero me había hecho un pequeño corte con el jarrón—. No es nada. —La froté con la otra—. La prueba de que no valgo como ninja salvadora.

Entonces sus ojos se deslizaron hasta los míos. El momento en el que volví a observar el tono ámbar de su mirada fue como si recobrase un color del universo que me habían robado, ese que hacía que todo fuese más brillante.

—Te he llamado por Dana. Ese Dustin del demonio la ha drogado y necesito alguien que me ayude a llevarla hasta el coche.

No dijo nada. Asintió y fue a su lado para levantarle mientras ella balbuceaba algo así como que era un «capullo» y ojalá tuviese fuerzas para patearle la entrepierna y su especie no pudiese perpetuarse. No reaccionó. Daba la sensación de que estaba inmunizado a los comentarios hirientes.

La sostuvo en brazos sin esfuerzo y mi amiga se dejó. No le caía bien. Lo sabía a ciencia cierta. Sin embargo, incluso en su estado era consciente de que no teníamos una oportunidad mejor y que, a pesar de todo, en esa ocasión no había nada que reprocharle.

Había venido, ¿no? Lo había llamado y había acudido a mi súplica. ¿Por qué en lugar de agradecérselo cada vez estaba más enfadada? Su frialdad. Era desconcertante sentir que todo mi mundo daba vueltas y el suyo permanecía estático, como si nada. Indiferente. Apático.

Le abrí la puerta y descendí la escalera a su lado. Por lo menos tuvo la deferencia de llevar mi ritmo. Estaba convencida de que no volvería a dirigirme la palabra y se limitaría a llevarnos a la puerta y ayudarme a montar a Dana en el taxi por los viejos tiempos cuando se detuvo.

—Sujétala —anunció con calma, dejándola apoyada contra una mesa. La agarré por la cintura e iba a preguntar adónde narices iba cuando Dana se adelantó.

—El de la calva enrojecida porque acaban de arrancarle la peluca —dijo, sujetando con fuerza su trofeo en forma de cabello negro.

El resto ocurrió muy rápido. Julien salió a la terraza con paso decidido. Se oyeron gritos ahogados, golpes y mobiliario cayéndose, y regresó con nosotras como si nada. Si no hubiera sido por el modo en que su pecho subía y bajaba y la piel rojiza en el pómulo derecho fruto de un puñetazo, casi ni me habría dado cuenta de que había salido a partirle la cara al malnacido.

—Dime que ha recibido su merecido. —Dana se dejó agarrar de mejor gana.

—Los puntos que va a necesitar en el labio y la cicatriz harán que se lo piense un par de veces antes de intentar abusar de alguien.

Dana sonrió satisfecha y yo seguí con ese hormigueo que me carcomía por dentro. ¿Eso iba a ser todo? Ni una conversación. Ni reproches. Nada. Prefería cualquier cosa a la pasividad que estaba presenciando. Había imaginado todos los escenarios posibles cuando me dejó. Él arrepintiéndose. Ambos gritándonos. Conversando como adultos. Todo. Y nunca se me había pasado por la cabeza eso. El automatismo de dos robots sin sentimientos.

La prensa estaba esperándolo a la salida. Con la luz del día pude ver sus pronunciadas ojeras moradas, la palidez de su rostro y el inquietante movimiento nervioso de su boca. Si me hubiera dicho que llevaba un siglo sin dormir, lo habría creído. Si me hubiera dicho que estaba drogado hasta la médula, también.

Los periodistas se levantaron en el acto de sus sillas de plástico para hacer la espera más amena al distinguirlo y se arremolinaron a su alrededor. Su cuerpo se contraía con el sonido de cada clic de las cámaras. La apariencia de hombre imperturbable y seguro de sí mismo era solo una fachada. Estaba sufriendo. Era como si con cada *flash* que se disparaba a su alrededor le diesen un latigazo invisible. Un animal enorme luchando para abrirse paso entre una manada de hienas que lo torturaban con sus afilados dientes.

Me sorprendió cuando sacó del bolsillo trasero las llaves de un coche descapotable (no era muy buena para las marcas) rojo aparcado enfrente, abría las puertas y colocaba con cuidado a Dana en el asiento trasero. No tuvo que decirme nada. Inmediatamente rodeé el vehículo y tomé asiento junto a mi amiga.

Julien se montó y encendió el motor. Los periodistas seguían agolpándose en las ventanas para sacar instantáneas de todo lo que estaba sucediendo sin preocuparles que diese gas y los atrope-llase. Mi amiga se apoyó en mi hombro y él arrancó. Lo observé a través del espejo retrovisor y me pregunté si estaría preparado para ponerse al volante de un coche.

Condujimos en silencio hasta llegar a nuestro barrio.

—Esto es una mierda —gimió Dana.

—Tranquila, antes de que te des cuenta estarás en tu cama roncando y todo habrá pasado —la consolé sin dejar de estar atenta a la conducción de Julien. Se lo veía tan agotado que no me habría extrañado que se durmiese de un momento a otro.

—No me refiero a la fiesta, al calvo o lo que sea que me ha dado para dejarme hecha plastilina —escupió—. Odio esta ciudad. Odio las audiciones. Odio que me digan que no. Odio que haya-mos fracasado. Quiero irme, Crysta. Llévame a cualquier lugar —Julien giró hacia nuestra calle. Me sorprendió que recordase el lugar exacto donde se ubicaba nuestro piso.

—Te prometo que voy a tomarme más en serio echar la lotería cada semana y, si ganamos, te regalaré una bola del mundo para tachar todos los sitios que visitaremos.

—¡Deja de soñar! ¡Déjalo ya! —Se alteró y se acurrucó más cerca—. Nada de eso va a pasar. No vamos a hacernos millonarias con una papeleta. No vamos a recorrer todos los países que nos gustaría. Tú no vas a pintar y yo no voy a actuar más.

—No deberías tomar una decisión en estas circunstan…

—¿Por qué? ¿Por qué no abrir los ojos de una vez? Todo lo que hemos hecho no ha servido de nada. Y yo solo quiero ir a un si-tio en el que cada baldosa no me recuerde una ilusión perdida. ¿Es pedir demasiado?

Julien frenó y puso las luces de emergencia. Habíamos llega-do a nuestro destino.

—Discutiremos eso en casa. —Me giré en dirección a él. Lo mínimo que podía hacer era darle las gracias, aunque lo que me apetecía en ese momento era golpearle la cara para com-probar que seguía siendo un ser humano y no un cíborg con su rostro—. Julien…

—¿Cuánto tardas en hacer una maleta? —me preguntó, apretando con fuerza el volante.

—¿Qué?

—¿Cuánto tardas en hacer una maleta? —repitió, con la vista clavada al frente.

—Depende, ¿por? —No lo seguía.

—Para saber si necesito buscar un estanco para comprar un paquete de tabaco para fumar mientras espero. —Lo miré sin comprender y su mirada se encontró con la mía en el espejo retrovisor—. Nos vamos a casa. A Alaska. Los tres —anunció.

Había mil motivos para no hacerlo. La cara de esperanza de Dana fue lo único que necesité para acceder. Ya no tenía trabajo. Podría ver a mi familia. Por no hablar del pequeño detalle que quise que no me importase, y lo hizo y mucho, de que el rubio se había incluido en la ecuación. Después de esa noche necesitábamos un cambio de aires. Sobre todo mi amiga.

Pensé en Ketchikan y de pronto me invadió una sensación de paz. Ese lugar era sinónimo de hogar y, después de las decepciones, se me antojaba un bálsamo sanador. Hice las maletas en veinte minutos. La mayoría de la ropa que teníamos en Los Ángeles no servía para las temperaturas de allí y tenía un fondo de armario lo suficientemente grande como para que Dana y yo pudiésemos vestirnos, aunque ella no iría tan original como acostumbraba con mis prendas. Era una locura y, a la vez, me parecía lo más cuerdo.

Julien compró los billetes con el móvil mientras esperábamos. Le prometimos que le devolveríamos el dinero sin saber muy bien de dónde íbamos a sacarlo, pero él simplemente se negó con un rotundo «ni lo sueñes». Seguía sin estar muy hablador y eso no cambió cuando nos metimos en la sala vip del aeropuerto y cada una se adueñó de un sofá para dormir esperando a que saliese nuestro avión.

Me desperté antes de que sonase la alarma que me había puesto en el teléfono y lo observé desde mi posición. Estaba sentado al lado de la ventana mirando al exterior. No se había echado, y eso que era el que más agotado estaba de los tres. Parecía perdido en su propia telaraña de pensamientos.

Dana había recuperado fuerzas cuando subimos al avión, lo que no evitó que cayese rendida en cuanto este despegó y estuviese babeándome el hombro las seis horas que duró el trayecto. Yo cedí algunos intervalos. Los que no podía controlar el efecto narcótico que tenía el tenue movimiento del avión. El resto del tiempo lo invertí en mirar por la ventanilla y embobarme con el cielo azulado y esas nubes que parecían espumosas, cómodas, el sitio perfecto en el que tumbarte. Me debatía entre el paisaje de la naturaleza y el del cantante que estaba dos sitios delante, solo. Había adquirido los asientos que lo rodeaban y, tras ver la que se había liado cuando lo habían reconocido en el aeropuerto, no podía culparlo. Su existencia era estresante.

Me pregunté si tendría tantas preocupaciones o si se habría pasado con la droga y por eso no sucumbía al cansancio. Eso y porque sus labios todavía no se habían curvado cuando antes lo hacían con asiduidad. Esa línea recta no podía ser la evolución natural de su boca. Me negaba a creerlo del mismo modo que no habría admitido que talasen todos los árboles que nos rodeaban en Alaska para hacer una ciudad de enormes edificios como Los Ángeles.

Las montañas de Ketchikan asomaron conforme empezamos a descender y dejé de prestarle atención. El paisaje era suficiente para que mi mente se quedase en blanco y se empapase de lo que tenía delante. El mar, la montaña, la naturaleza. Solo me hizo falta poner un pie en el exterior y que mis pulmones se inundasen del aire del norte para recordar por qué me gustaba tanto mi ciudad, aunque no fuese la más *cool* o no tuviese la oferta cultural de las grandes urbes.

Era el sonido del viento. Las sombras que proyectaban los árboles y los pájaros en el suelo. El olor. Su pureza. La eternidad. El hecho de saber que las montañas y el mar que nos custodiaban habían estado allí antes que nosotros y seguirían después de que nos marchásemos. Sentirte pequeña de nuevo. Capaz de maravillarte. De sentir al máximo. De fascinarte con lo que te rodeaba sin necesidad de aspirar a nada más.

Mi amiga fue directa al servicio. Dijo que necesitaba mear o le estallaría la vejiga. Lo que quería en realidad era retocarse después de ver su reflejo desfasado en una cristalera. Me quedé a solas con Julien y aproveché para entablar una conversación.

—Mi madre me ha dicho que va a venir a por mí. —Revisé el mensaje que me había dejado en el móvil en el que anunciaba que llegaría tarde—. Podemos acercarte a casa. No es ninguna molestia.

—Tomaré un taxi al hotel. —Debería haberme sorprendido que no fuese a casa de sus padres, pero no lo hizo. Él ya no acostumbraba a visitar a su familia. Lo sabía por Jeremy.

Pensar en el gigante, en todas las veces que lo había escuchado triste al otro lado del teléfono o lo había visto llorar porque su hermano ya no le hacía caso, hizo que aflorase de nuevo esa rabia que había logrado mantener a raya. Vale que nos había sacado de la mansión de Dustin y nos había llevado a Ketchikan, pero todavía no se había disculpado por el día del club, por desaparecer. No podía actuar con una normalidad con la que no estaba de acuerdo en absoluto.

A la mierda hacer como si nada.

—¿De qué vas? —lo increpé.

—¿Cómo? —Repuso.

—¿No podrías ser más amable?

—¿Traerte hasta aquí no ha sido suficiente?

—No. Es decir, sabes lo que le ha pasado a Dana y ni siquiera le has preguntado qué tal está.

—Te recuerdo que le he partido la cara al productor. —Señaló su pómulo, que se empezaba a hinchar.

—¿Desde cuándo los puños son mejores que las palabras? ¡Llevábamos nueve años sin vernos! ¡Nueve! ¿No tienes nada que decir? ¿No te interesa saber cómo me ha tratado la vida?

—Así que esto no va de tu amiga. Es por ti. Todavía quieres que te pida perdón.

—Sería un paso —acepté. Estaba alterada—. Hace tiempo que dejé de esperar un discurso de arrepentimiento. Sabía que no llamarías a mi puerta, pero, joder, acabamos de pasar ocho horas juntos y no has tenido ni un acercamiento de cortesía.

—¿Acaso no ves la tele? Soy Julien Meadow, el monstruo por excelencia —repuso con sarcasmo.

—¡A la mierda la tele, las revistas y la radio! Me da igual lo que ellos digan. No te hemos hecho nada para que nos trates así.

—¿Cómo?

—Como si no fuésemos nada. ¡Has venido! ¡Lo has hecho! Así que no me salgas con la palabrería barata de que todo te resbala. Podrías habernos dejado allí y no te ha dado la gana. Tiene que significar algo.

Se quedó en silencio y aproveché para recobrar el aliento.

—No tengo ánimo ni ganas para lidiar con una de tus rabietas. Madura y aprende a asumir las cosas. He tenido una noche de mierda y me agotas la paciencia. —Se revolvió el pelo. Estaba poniéndolo nervioso. Aleluya. Seguía vivo.

—¿Tú? —Levanté la voz.

—Sí, yo.

—¿A Dana la drogan y eres tú el que tiene una noche de mierda? ¿Tu egocentrismo no conoce límites?

—¿Y qué sabrás tú de mi vida? No tienes ni puta idea. —Se sulfuró—. Me piro. —Se giró para marcharse.

—¿Eres bipolar? —Lo agarré por encima del pañuelo que llevaba en la muñeca para no rozar su piel. No podía. Sencillamente no—. ¡Dímelo! Porque no lo entiendo. Acudes a mi llamada de socorro y luego te comportas como si no te importase nada en absoluto.

—¿Que no me importas? ¿Que soy un egocéntrico? —Se rio con amargura y la piel se me puso de gallina—. ¿Sabes cuál era mi plan al acabar la fiesta? ¿Acaso lo sabes?

Julien se zafó de mi contacto y retiró el pañuelo que cubría su muñeca. Estaba manchado de sangre y había un corte profundo en carne viva.

—Tenía un cristal clavado con la firme intención de cortarme las venas. Quería desaparecer como nunca he deseado nada en este mundo. Hincarlo. Presionar y desangrarme en el garaje hasta acabar con todo. ¿Y sabes qué ha ocurrido? ¿Te haces una idea? —Hizo una pausa y noté que me fallaban las rodillas—. Sí, han pasado nueve años. Lo sé. Son mi carga. Y, aun así, cuando he visto tu nombre en la pantalla no he podido evitar contestar, aunque eso supusiese mantener el interruptor de mi vida encendido para escucharte una última vez, porque me parecía que la muerte me estaba dando su bendición. Escuchar tu voz antes de desaparecer. El premio por irme de manera voluntaria con ella. —Se aproximó hasta que pude sentir su aliento contra mi cara mientras escupía las siguientes palabras—: ¿Y sabes qué ha pasado? Que te he oído desesperada, con pánico, y algo se ha activado. Incluso en la decadencia más extrema, drogado y con ganas de suicidarme, no podía permitirlo. Me resistía a largarme del mundo si estabas en peligro, porque no concibo un universo en el que no estés presente aunque yo ya no exista. —Tragó saliva—. ¿Y entiendes lo que me ocurre ahora? Te he visto, de nuevo, y sigues teniendo la maldita mecha rosa, hueles igual y tu voz no ha cambiado. Y no encuentro esa voluntad que tenía para acabar con todo. Así que no te atrevas a llamarme egoísta, Crysta, no cuando acabo de elegirte a ti por encima de ese sufrimiento que esta noche debería haber terminado.

CAPÍTULO 24

JULIEN

No me hizo falta reserva. Me ofrecieron la mejor habitación del hotel nada más reconocerme en la recepción. Era algo habitual. Ketchikan se había convertido en una especie de santuario a mi persona. Explotaban mi paso por allí. Mi rostro estaba en las tiendas de recuerdos con todo tipo de *merchandising* y los diferentes negocios hosteleros tenían carteles en los que ponían qué plato solía comer, la mesa en la que me sentaba habitualmente y mis aficiones, como, por ejemplo, jugar al billar, cuando realmente era algo que nunca me había apasionado.

Era una práctica normal allá donde fuese. Por ejemplo, un día después de un concierto cojonudo en Berlín llegué mamado a la suite y tallé mi nombre con la fecha en una de las mesas. Supuse que me pasarían la factura, podía permitírmelo. En lugar de eso dejaron el mobiliario intacto y aumentaron el precio de la habitación. Había gente que pagaba una cifra astronómica por dormir allí por ese detalle. Un puñetero nombre era capaz de conseguirlo. Alguna vez, de coña, mis amigos me habían propuesto embotellar una mierda y subastarla. Estoy seguro de que algunas personas habrían pujado.

Subí a la tercera planta y me tiré en la cama. No llevaba nada conmigo. La decisión había sido improvisada. Oír a Dana en el coche me había llevado a huir de Los Ángeles para abandonarlo todo y regresar al inicio.

No era un sitio tan lujoso como a los que estaba acostumbrado. La cama era grande, pero la colcha tenía los colores desgastados del uso, el baño estaba compuesto por una ducha minúscula, un retrete y un lavabo, y la terraza no mediría más de tres metros de largo por uno de ancho. Las vistas lo compensaban. Los cimientos del hospedaje estaban sobre un muelle de madera que daba directamente al mar.

La ventana estaba abierta. El aire con olor a salitre se colaba por la abertura. El sonido de las gaviotas y los marineros saliendo a faenar. Las olas. Si cerraba los ojos, era capaz incluso de oír el burbujeo de la espuma que se formaba al chocar contra la construcción. Era placentero.

Todavía no podía dormir. Estaba demasiado nervioso para hacerlo. Me puse de pie de un salto y caminé hasta la ventana. Entonces los vi. Los hombres de Betty ya habían llegado y caminaban buscando la mejor perspectiva para tenerme localizado con sus objetivos. La periodista había evolucionado, creando su propia agencia de *paparazzis*. Si algo no se le podía negar era su eficiencia. Sabían adónde iba a ir antes siquiera de que eligiese el destino. Si no hubiera sido imposible, habría considerado seriamente la posibilidad de que me hubieran implantado una especie de chip en el cerebro. Esa mujer no se había planteado bien su profesión. Agente de la CIA le pegaba más. No se le habría escapado ningún delincuente y en los interrogatorios todos habrían cantado.

Rebusqué el móvil en el pantalón. Necesitaba tranquilidad y para conseguirlo solo podía hacer un nuevo trato con ella. Me preparé. Nuestras negociaciones siempre me salían caras, y eso que a veces no me había gastado ni un duro.

—Dime dónde tengo el localizador, para que me lo arranque de cuajo —saludé a la periodista cuando descolgó.

—Puedes intentar sonsacárselo a mis chicos, pero ellos no lo saben —bromeó. No me hizo gracia. Nada de lo que salía de su boca podría hacerlo—. Reconozco que esta vez casi me despistas, ¿qué se te ha perdido en Ketchikan?

—No es de tu incumbencia.

—Oh, querido, claro que lo es. Por si todavía no te has dado cuenta, oficialmente soy tu sombra.

—¿Cuál sería el precio para que te tomases un respiro unos días? —Quería evadirme de todo. Estar solo.

—Soy una profesional. No puedes comprarme con dinero. Aunque no pondría tantos reparos con una buena exclusiva. Dame material para firmar algunas portadas y los traeré de vuelta. Entre tú y yo, estoy un poco harta de regalarles a esos chicos vacaciones pagadas por todo el país para que siempre me traigan la misma mierda. Te estás volviendo un poco monótono y previsible.

—¿Sí?

—Sí. Te diré lo que no me sirve, para que puedas descartar ideas —apuntó antes de pasar a enumerar—: Estamos saturados de tus desfases, peleas, rollos de drogas y líos de faldas. Hay más fotografías tuyas colocado y con mujeres despampanantes que sonriendo.

—Podríamos probar con algo positivo... —propuse.

—Julien, que te redimas sería lo peor que podría pasarme. El precio de tus intentos fracasados de lavados de imagen en las ONG no cubría ni los gastos de desplazamiento. Gracias a Dios que hacías alguna de las tuyas para compensar. —Se rio. Una carcajada siniestra.

—¿Qué te parece un cambio de acera? Un buen montaje con un tío llamaría la atención. —Sería sencillo. Pagaría a cualquier chico para que subiera conmigo a la habitación y nos hiciesen unas fotografías en la terraza, abrazados. Estaba dispuesto con tal de que se largaran.

—Quiero algo real. Las mentiras tienen las patitas muy cortas y la competencia está deseando pillarme en algún descuido para machacarme. Es lo que tiene ser la mejor. Los envidiosos acechan para destruirme y ocupar mi lugar. Algo que no te convendría. Yo soy tu amiga. Me caes bien. Imagínate cómo sería lidiar con alguien que te detestase.

Betty se creía sus palabras. Tenía la visión distorsionada y turbia.

—Pídeme lo que quieras. —No me apetecía darle más vueltas al tema. Que la periodista disparase, yo lo haría y podría descansar de todos ellos.

—Hay una cosa...

—Sin rodeos. Solo dila.

—¿Tú sabes la cantidad de visitas que tuvimos en la página web el día que subimos tus fotos en la playa luciendo los nuevos tatuajes? El servidor se cayó y los anunciantes se peleaban por salir cuando pasabas la galería de imágenes. Si tu pecho consiguió ese efecto, no quiero ni imaginarme lo que haría otra parte de tu cuerpo. Podríamos obtener un Guinness.

—¿Insinúas que salga en pelotas? —No podía creerlo.

—¿Es desaprobación lo que oigo? Tarde o temprano cualquiera de tus amiguitas lo hará mientras duermes. Te ofrezco un desnudo bonito, elegante y casual. Parecerá que te hemos pillado y tendrás la oportunidad de tocarte para salir como un superdotado.

—Incluso en reposo necesitarás un objetivo de la hostia para poder capturarla en su totalidad —añadí con sarcasmo.

—¿Significa que aceptas?

—Sí —pronuncié con rotundidad.

—Algo me dice que me arrepentiré. Debes de estar muy desesperado o tener la intención de hacer algo muy malo...

—¿Tengo tu palabra de que los mandarás de vuelta a casa si me quito la ropa y salgo a la terraza? —la interrumpí.

—No volverás a verlos hasta que la noticia deje de ser la más leída de todos los medios y, te garantizo, durará mucho tiempo.

Acepté. Betty tenía razón, estaba desesperado. Se me había ido la pinza, algo se había quebrado en mi cerebro y no estaba del todo seguro de no romperle la cabeza a cualquiera de los periodistas apostados en el muelle del hotel con su propia cámara si no me dejaban en paz, si no paraban de robarme el alma una y otra vez pulsando un botón.

Me he desnudado muchas veces. Tantas que he perdido la

cuenta. Con lentitud mientras veía algo en la televisión. Con la camiseta a medio camino entre el torso y la cabeza cuando hablaba con alguien a la vez. Con urgencia cuando era un trámite que interrumpía mis besos con alguna chica. Ninguna fue como esa.

¿Sabéis lo que es arrancarse las prendas sabiendo que estás vendiendo tu cuerpo? ¿Utilizarlo como moneda de cambio para tener privacidad? Duro. Mucho. No te desprendes de tela, sino de piel. De orgullo. De dignidad. De honor. De personalidad. Todo por volver a tener el control. Por mandar sobre ti. Por sentirte libre.

Me sentí expuesto. Sucio.

Salí a la terraza sin nada y el aire me golpeó de frente. Era potente. Frío. No experimenté ningún cambio. Miré al frente y me perdí en las aguas revolucionadas, deseando que acabase de una puta vez. Era un muñeco para disfrute de los demás. Un objeto, salvo porque las cosas no lloran, y yo tenía que reprimir las lágrimas por, de alguna manera, prostituirme por paz espiritual.

Betty cumplió su palabra. Los dejé retratarme, inmóvil, hasta que comenzaron a mirar las pantallas y darse codazos entre ellos. Tenían buen material. Ya me lo habían robado todo. No quedaba nada más interesante. Mi personalidad. Mis experiencias. Mi cuerpo.

Me vestí con el amor propio que me quedaba y abandoné esa habitación. Sentía frío. Tanto que me castañeteaban los dientes y, en aquella época, en Alaska brillaba un sol radiante. Me prometí no volver a pensar en ese hecho y comencé a deambular por las calles.

Ketchikan había sido un sitio tranquilo. Reconocía cada esquina y recordaba cómo había paseado desapercibido por sus caminos eternamente húmedos. No fue el caso. Las personas dejaban lo que estaban haciendo a mi paso y cuchicheaban con sorpresa, orgullo o un deje de asco. Cada uno tenía una opinión de mí. Eché de menos la época en que era uno más. Parte de la masa. Un desconocido.

Me interné en el bosque y serpenteé entre los árboles hasta llegar al camino que daba a mi casa. No me atreví a ir allí. ¿Con qué cara iba a verlos después de lo que acababa de hacer? Desnudarse no es algo del otro mundo. Podrían haberme pillado en alguna playa nudista o montándomelo con una tía, cachondo perdido frente a mi casa. Lo que hacía que ese acto fuese algo ruin eran las razones. Denotaba un agobio extremo. Era la vergüenza personificada con patas y pelo rubio.

Las ramas crujían a mi paso. El sonido era agradable. No oír nada más. El móvil me interrumpió. Ese maldito cacharro me devolvió a la realidad. Lo saqué del bolsillo y comprobé que se trataba de Orlando. Se habían percatado de mi huída o Betty había sido muy rápida en la venta. Daba igual. Sonreí conforme levantaba el brazo, le enseñaba el dedo corazón y lo lanzaba contra una roca. Ver cómo se destruía y dejaba de vibrar me produjo una satisfacción increíble. Debería haberlo hecho antes. Desconectar del universo. Estar fuera de cobertura.

Me entretuve andando. Observando las ramas a las que me subía con Lucas y los puntos donde me sentaba con mi hermano a descubrir galaxias. Mis pies se movieron solos sabiendo hacia dónde se dirigían. Algo de lo que no fui consciente hasta que llegué y me topé con el enorme árbol en el que encontramos a Jeremy el día que se perdió. Me aproximé con cuidado. No estaba seguro de que se tratase del mismo.

Entonces me fijé en el arbusto endeble que crecía junto a él, ese que él me había confesado que había plantado por la fábula de mi abuela, y la piedra que había al lado y los nombres pintados sobre ella, Jeremy y Julien, me dio la pista definitiva. No había dormido desde hacía casi dos días y la carga emocional era demasiado fuerte para seguir en pie. Me vine abajo. Literalmente. Caí como un tronco que ha cedido ante el peso de las aves que habitan en sus ramas. Pensar en el grandullón fue demasiado.

Me hice un ovillo y me planteé no moverme nunca más. Quedarme allí en posición fetal hasta que la falta de agua y alimentos hiciese su trabajo. No era un mal sitio. Podría contar los pájaros que surcaban el cielo o abrazarme a ese arbusto de la familia hasta fundirme con él.

Entonces rocé las letras y descendiendo encontré una parte del grabado que se había ido difuminando, el dibujo de esa luna a la que le había prometido que lo llevaría. No había cumplido mi palabra. Otro de mis innumerables fallos con él. El pellizco en las entrañas fue bestial. Las ganas de correr en busca de un camello para que me vendiese algo que acabase con la sensación inminente se dispararon y, sin embargo, no deseaba hacerlo. Estaba sintiendo. De nuevo. Tenuemente, pero lo hacía. Al ver a Crysta mi coraza se había desprendido un poco, y en ese momento notaba que se había resquebrajado por el borde.

Una serie de imágenes se sucedieron. Jeremy abrazándome con fuerza cuando lo encontramos. Jeremy aplaudiendo cada vez que llegábamos con el telescopio. Jeremy tumbado a mi lado en la cama relatándome una aventura.

No quería drogarme. No, visualizándolo tan vivo que parecía que estaba a mi lado. Debía exprimirlo por todas aquellas ocasiones en las que había tratado de dibujarlo en mi mente y me percataba de que había olvidado algún rasgo, detalles como, por ejemplo, sus dientes royendo como un ratón el borde del queso.

Sentía la necesidad de sangre. De la mía. Y fui con la persona con el carácter más apacible que conocía. Mi padre. Como suponía, estaba trabajando en el cementerio con su mismo mono desgastado y el pelo blanco repleto de ramas. Nada más verme dejó de cortar las malas hierbas y me abrazó. Su olor a campo me devolvió a la infancia. A la seguridad.

—Los vecinos me han dicho que habías vuelto. —Se separó y me fijé en que las arrugas que poblaban su rostro se habían multiplicado—. He arreglado la habitación por si quieres venir a casa.

—Estoy en un hotel del puerto…

—Lo sé. —No me lo echó en cara. Igual que tampoco me reprochó las ausencias, las navidades en las que no había acudido y las llamadas a las que no contestaba. Así era él. Tranquilo. Sereno. Pura calma—. Es solo por si cambias de opinión. —Asentí.

—¿Necesitas ayuda? —El trabajo era nuestra manera de comunicarnos. La complicidad del pasado.

—No, las malas hierbas casi no crecen en verano. —Se sentó en una roca, al lado de una tumba ennegrecida por el moho, y bebió un trago de agua de la cantimplora que siempre lo acompañaba. Me ofreció y le di un sorbo—. Aunque ahora que lo preguntas sí que hay algo que puedes hacer por mí.

Me senté a su lado.

—¿Qué?

—Deberías llamar a tu madre. Está visitando a tu hermano —aclaró.

Jeremy trabajaba como orientador para niños discapacitados en Anchorage. Lo sabía porque, aunque él no era consciente, yo le había conseguido el empleo. Un buen donativo lo había hecho. Puede que no lo viese. Puede que no me pusiese en contacto con él. Puede que me hubiese apartado más de lo razonablemente correcto. Pero nunca, jamás, había dejado de cuidarlo.

—Lo haré —mentí, sentándome a su lado.

—¿Todavía no le has perdonado la infidelidad? —Su pregunta directa me pilló desprevenido. No sonaba como si me estuviera regañando, sino con lástima.

—¿Lo sabes?

—Me llamaron para acudir a un programa… —Negó con la cabeza. Recordarlo no era agradable.

—¿La perdonaste?

—A veces pienso que trabajar en un cementerio es una bendición. Te da perspectiva. Lo importante y lo que no lo es. Los lamentos de los visitantes y los arrepentimientos de los que están bajo tierra. Una relación hay que cuidarla. —Se detuvo y me observó con dulzura—. ¿Sabes cuánto tiempo llevaba mirándola sin verla, sin hacer planes juntos, sin ofrecerle una aventura o decirle lo bonita que estaba mientras regaba las plantas? Muchos. Demasiados. Tantos que las malas hierbas hicieron que enfermásemos. Cuando me ofrecieron las fotos no me cabreé con ella, sino conmigo por haber sido tan estúpido de permitir que se alejase. La quería tanto que no estaba dispuesto a dejarla marchar sin tratar de enamorarla de nuevo, y es lo que hice. Eso es el amor, ¿no? Esforzarse cada día para encontrar un motivo para enamorar de nuevo a la persona que tienes enfrente. Trabajé duro hasta que volvió a sonreír, a arreglarse para que la silbara a su paso o abrazarme sin motivo. Conquistarla en lugar de reprochárselo todo ha sido la mejor decisión que he tomado. Y si tú la culpas por un error, no puedo más que decirte con todo el dolor del mundo que me decepcionas. Lo único que siempre intenté transmitirte, los valores, fueron que la observases a través de mis ojos amándola incondicionalmente para que, si un día faltaba, la cuidases —carraspeó—. Puedes quedarte en el hotel. No voy a culparte por ello. Pero el tiempo pasa muy deprisa y las personas somos finitas. —Señaló el cementerio en el que estábamos—. No dejes que el rencor te obligue a llorar frente a una tumba, porque podrás dejarte el alma y, aun así, descubrirás que las piedras son frías, no abrazan y, por más que lo intentes, nunca te responden.

Prometí a mi padre que meditaría sobre sus palabras y él lo resumió todo en que tan solo debía apelar a una parte de mí mismo, la nobleza. En realidad no estaba enfadado con mi madre. Ya no. Tampoco decepcionado. El paso de los años había curado esa parte. No comprendía qué cojones me pasaba. El motivo por el que no volvía a acercarme. Lo identifiqué esa tarde cuando me despedí. A veces te separas de una persona por una tontería, o algo que en algún momento fue importante y deja de serlo en el transcurso de tu historia, y no encuentras la manera de solucionarlo. Cuando un glacial enorme se sitúa entre dos personas te vuelves vago. Levantas la mirada y lo único que ves es el enorme bloque de hielo que no puedes surcar. Se te olvida una cosa, el calor lo derrite. La vida es sencilla. Nosotros la complicamos. Una simple llamada. Una conversación corta. Un abrazo. Un gesto y lo habríamos arreglado.

Regresé a la ciudad. Los rayos de sol todavía incidían sobre las viviendas. Los niños gritaban jugando en la calle. Cerré los ojos y me masajeé la sien. Estaba fusionando dos mundos. Mi nuevo yo y el antiguo. El aura de ese lugar me atrapaba y me recordaba que otro camino, otra versión de mí mismo, era posible. Había existido. Tal vez pudiese recuperarla si escarbaba bajo la superficie. Perforando lo necesario. Regresando a ese punto en el que la felicidad se resumía en subir al árbol más alto y, desde la distancia, ver las construcciones que se perdían en la lejanía con el mar.

Pasé por delante de mi casa. Volvería a la mañana siguiente, a ver si me valía algo de la ropa. Podía comprar toda la que quisiese, pero me apetecía enfundarme en uno de mis antiguos vaqueros por si me ayudaban en el ejercicio de redescubrirme. Me encontré con su coche aparcado en la puerta. Crysta no estaba dentro. Me asomé para localizarla, dando por hecho que estaría caminando para matar el tiempo o sentada en alguno de los bancos, a la espera.

Todavía no comprendía por qué le había contado mis intenciones. No era un plan. Vomité las palabras. Había perdido el control al verla sulfurada, apretando los labios, con las mejillas encendidas, la mecha rosa y la nariz repleta de pecas. Fueron esas manchas marrones las que lo provocaron. Parecía que el cielo había salpicado las estrellas sobre ella.

Cuando empezó a hablar, solo me apetecía largarme. No estaba escuchándola. No quería rollos. La miraba sin prestarle atención, dejándome acariciar por su voz porque no estaba seguro de poder soportar el contacto de su piel. Entonces comencé sin premeditación. Una. Dos. Tres. Cuatro. Paré al darme cuenta de lo que estaba haciendo y una sensación extraña me invadió. Podía llevar a cabo una de las tres cosas de las que me arrepentía mientras seleccionaba el modo de morir. Contar sus pecas. Y, teniéndola enfrente, no parecía suficiente. Deseaba rozarlas. Saber cuántas tenía y perder la cuenta si le salían nuevas. Un ejercicio constante que no se acabase nunca.

La localicé dentro de nuestro garaje. La puerta estaba abierta y se la veía al fondo, concentrada en una de las mesas. Tramaba algo. Su presencia me atrajo y caminé en dirección a ella, a pesar de que no me apetecía hablar de mi revelación en el aeropuerto.

—¿Has aprendido a forzar cerraduras eléctricas? —Me apoyé contra la pared y ella se giró de golpe. Asustada. No me había oído llegar.

—Te has perdido muchas cosas estos años. —Sonrió. Fue un gesto falso. Igual que mi actitud. No lograba la normalidad de antaño—. Tu padre me ha dado las llaves —aclaró, encogiéndose de hombros.

—¿No deberías estar cuidando de alguien? —apunté, refiriéndome a Dana.

—En ello ando. —Sus ojos se clavaron en los míos. Crucé los brazos a la altura del pecho como gesto defensivo. No quería que nadie penetrase en mí y ella tenía mucha facilidad para hacerlo—. No puedes soltar una bomba emocional y esperar que no me salga de mi órbita. Estoy flotando en la materia oscura, Julien —reconoció. Le costaba decir mi nombre. Daba la sensación de que le dolía y, a pesar de todo, lo hizo con más facilidad que en nuestro primer encuentro.

—¿Así es como funciona? La jodo, dramatizo y todo solucionado.

—No. Sigo muy molesta. Tanto que mantener la compostura me está costando un esfuerzo sobrehumano. Pero no sé en qué clase de persona me convertiría regodearme en tu miseria.

Se hizo una coleta. No debía haber estado mucho tiempo en casa. El suficiente para cambiarse de ropa a unos vaqueros claros y un top sin tirantes que dejaba sus hombros al descubierto. Tenía la piel canela y la marca de unos tirantes. La imaginé paseando por la arena de la playa en Los Ángeles, puede que acompañada. Las tripas se me revolvieron.

—Necesitas ayuda —soltó de golpe, y me fijé en que, a pesar de que parecía mayor, toda una mujer, seguía teniendo la manía de levantar la barbilla y fruncir el ceño de un modo que era todo menos adorable cuando pretendía hacer una revelación crucial.

—Sabes que leer artículos tontos en internet no te convierte. en psicóloga, ¿no?

—Me ha servido para pillar algunas ideas. —Sonó misteriosa.

—Lo mío no se soluciona con cuatro discursos motivacionales sobre lo bonito que es vivir —aclaré para que no perdiese el tiempo.

—Lo sé. —Su mirada me inquietó. Parecía un paso por delante. Y eso no era seguro.

No añadió nada más. Me alivió que no ahondase en la mierda y mucho más que, si a esas alturas ya sabía de la existencia de las fotografías, no les diese importancia. A nadie le gusta que saquen toda su basura a relucir. Las verdades que duelen.

—¿Cuál es tu plan?

—Para empezar, no desvelar mi estrategia.

—¿Vamos a actuar como si nada?

—Supongo que vamos a aparcar ciertos temas.

—¿Por qué?

—Porque me parece absurdo malgastar nuestro primer día en Ketchikan analizando todos los motivos por los que hemos estado años separados teniéndote a un metro de distancia, estando juntos.

—Esto no va a volver a ser como antes —le advertí. A ella y a mí.

—Desde luego que no —confirmó, y, aunque no quise, no me gustó verla tan decidida. No me lo confesaba ni a mí mismo. No podía aferrarme a algo que creía que no existía en mi presente. Sin embargo, desde que vi su nombre en la pantalla, una palabra volvió a escribirse en mi diccionario. Esperanza.

Nos quedamos en silencio. Crysta estaba rara. Como si acabase de salir del baño, este oliese a mierda y quisiera revelar a un desconocido que ella no había sido. Solo que esa vez la cara de culpabilidad no dejaba lugar a dudas. Se removía inquieta para que no viese lo que tenía detrás.

—¿Qué me escondes? —Di un paso y me interceptó colocándose delante. Sentía su proximidad en todos los poros de mi piel.

Dios mío, solo tenía que levantar la mano para rozarla de nuevo. Algo casual. Puede que ni siquiera se percatase y me daría una descarga de electricidad tan potente como para volver

a funcionar, devolverme las pilas. Apreté los puños. No. Si lo hacía, luego sería más complicado irme.

Tenía una realidad de la que no podía escapar. Me había planteado mil veces dejar la música. Abandonarlo todo. No era posible. Me ataban contratos. Periodistas. Adicción a la fama. La seguridad de que allá donde fuera me reconocerían. Ellos me estarían esperando. Cuando llegas a mi nivel no hay marcha atrás. No puedes retroceder. Vales demasiado dinero para que te dejen escapar sin utilizar todas las armas del mundo para detenerte. Y delante tenía uno de mis talones de Aquiles.

—Déjame verlo por las buenas.

—No.

—No me obligues a usar mis armas para demostrarte que sigo siendo mucho más…

—¿Fuerte? Me defiendo bien con los músculos.

—Alto —puntualicé—. Solo tengo que acercarme lo suficiente y sabré lo que estás tramando, aunque te pongas a dar saltos.

—Está bien —cedió—. Pero prométeme que no te enfadarás. La intención es lo que cuenta.

Me adelanté y ladeé la cabeza. Crysta había convertido una de las mesas en el quirófano particular de mi antiguo monopatín. No tenía mucha idea de cómo hacerlo. Había abierto la caja de herramientas de mi padre y estas estaban desperdigadas sin ton ni son. Algunas eran útiles, pero otras no servían absolutamente para nada. La base estaba rota y tenía un par de ruedas descolgadas.

—¿Querías salvarme diseccionando el mejor recuerdo de mi infancia hasta destruirlo? —Modulé mi tono para que no sonase del todo brusco.

—¡Ha sido un accidente! —Levantó las manos en un gesto inocente—. Pensé que te vendría bien volver a los viejos hábitos, pero se me ha caído. Llevo dos horas intentando arreglarlo con vídeos de YouTube y no hay manera. Cada vez que pienso que he colocado bien una pieza se desprende otra. Oficialmente soy una manazas —bromeó—. ¡Y tú te has adelantado!

—¿A qué?

—He localizado una tienda en la que venden uno idéntico. Unos minutos rebozándolo en la arena para que pareciese usado y no te habrías dado cuenta —confesó, y se mordió el labio, frustrada.

—¿Me tomas por un niño que no se entera del cambiazo que le dan cuando se muere su primera mascota por otro pez idéntico? El fin no justifica los medios.

—Cambiarías de opinión si supieras que he estado a punto de perforarme el dedo con un taladro, ¿cómo diablos se utilizan?

—¿Cómo se te ocurre usarlo para esto?

—¡Yo qué sé! En las películas lo usan para todo. Pensaba que mi relación con él sería mejor que la que he mantenido con la llave inglesa. —Bufó y me miró—. Siento haberlo roto.

Saber todo lo que se había esforzado por recuperar un detalle de mi juventud, algo con lo que mejorar mi situación, fue dulce. Una ternura que provocó que mis defensas bajasen un instante.

—No pasa nada... —Las palabras se atrancaron en mi boca. No podía ser de otro modo cuando estas venían acompañadas de mi mano levantándose hasta estar a punto de rozar su mejilla.

Su boca se entreabrió y me paralicé al observar sus labios húmedos. Entrecerré los ojos. JO-DER. No lo había hecho y el calor que emanaba su piel ya se colaba por la mía con familiaridad. Me aparté. Tenía que irme.

—No te preocupes...

—No lo hago —me interrumpió—. Solo es un objeto. Nada irreemplazable. Además, así no me tocará ir detrás de ti...

—¿Adónde?

—Leer unos artículos no me convierte en una experta —me imitó—. ¿Me crees tan ilusa para pensar que una vuelta en monopatín traería de vuelta al Julien que ambos recordamos?

—Te considero una ilusa por creer que sigue existiendo.

404

—Ven conmigo y demuéstrame que me equivoco. Acompáñame a Nunca Jamás.

Lo hice con la firme intención de evidenciar que no estaba en lo cierto. Nada de lo que hiciese podría lograr que mi estado de ánimo cambiase. Necesitaba dejarle hacer todo lo que tenía planeado para destruir el optimismo. Que Crysta se esforzase y, aun así, continuar en la misma mierda al regresar a la habitación del hotel.

—¿Vas a hacerme un *tour* guiado por la ciudad señalando mis mejores momentos? —consulté al ver que nos dirigíamos a su coche.

—No. Para eso no tendríamos que movernos de aquí. —Lo abrió y no me miró directamente cuando apuntó—. Lo mejor que tenías en tu vida eras tú. Los lugares no significaban nada hasta que los convertías en épicos. Eras especial.

—No daba esa sensación cuando me decías que era un capullo creído y un poco gilipollas.

—Tú no eres el único que tiene derecho a equivocarse. Lo di por sentado.

—¿Qué?

—Que serías eterno.

Cerró la puerta y me subí al asiento del copiloto. Giró la llave y el coche arrancó.

—Tampoco es necesario que me lleves al límite. Este trasto va a explotar. —Era viejo y sonaba muy distinto a aquellos en los que estaba acostumbrado a montar.

—Relájate. —Comenzó la marcha.

—Como si eso fuera posible… —rumié al ver los botes que daba, lo duro que parecía el volante cuando lo giraba y el sonido chirriante del freno.

Miré por la ventanilla, tratando de averiguar hacia dónde nos dirigíamos antes de que ella lo desvelase. El cielo se había ido oscureciendo y el aire formaba remolinos de polvo en las aceras. La gente caminaba rápido hacia sus casas para resguardarse de la inminente tormenta de verano.

—Va a llover —anuncié—. Sea donde sea donde vayamos, espero que esté resguardado.

—Y yo que te guste tanto que te importe una mierda calarte hasta los huesos.

Verla tan convencida me agitó. Y con la incertidumbre nació un nuevo deseo. De repente, sin ton ni son, necesitaba un cigarrillo, un porro, una raya. Algo. Era como si esa necesidad latente se hubiese incrementado con el paso de las horas.

Me removí inquieto intentando apartar las tentaciones. Yo lo hacía porque quería para divertirme con mis amigotes y esa no era una de esas situaciones. Llevaba horas sin comer. Sin apenas beber. Con insomnio. ¿Por qué no pensaba en calmar el hambre, la sed o el sueño y sí en esnifar hasta volver a alcanzar el estado al que estaba acostumbrado?

Anhelaba la droga con un apetito voraz. Ansiedad. Era mi compañera diaria y, de repente, sin ella me sentí vacío. Un vehículo sin motor. Sin la gasolina que lograba que avanzase kilómetros. Mientras había estado ocupado lo mantenía bajo control, pero la tranquilidad de estar con Crysta viajando, con la música de la radio bajita, las luces de la ciudad encendiéndose y el olor a humedad penetrando por la abertura de su ventanilla en lugar de calmarme me recordó que algo no estaba bien. Estaba pensando. Estaba ralentizando mi paso y me gustaba moverme a toda velocidad.

Mi compañera tamborileaba con los dedos sobre el volante cantando el tema de Disney que sonaba en su reproductor, y solo podía maquinar planes para que me llevase a pillar de inmediato sin tener que desvelarle mis intenciones. Ir a un bar de mala muerte, localizar a quien vendía y decirle que iba al baño a mear para colocarme sin piedad.

Las pulsaciones aumentaron y sentí que iba a darme una taquicardia, un infarto o un ataque de nervios, cuando se detuvo. Ni siquiera miré dónde había parado. Me frotaba las manos tratando de contener a la bestia. La que se calmaba esnifando hasta que me dolían las fosas nasales, nublando la cabeza con marihuana o alucinando con unas pastillas que me invitaban a un mundo de fantasía.

—Me gusta ver llover, ¿y a ti? —me interrumpió, y me percaté de que las gotas habían comenzado a golpear la luna delantera y tenía el limpiaparabrisas activado.

—No me lo he planteado —logré articular. Estaba enfadado. Por haber subido al coche. Porque no hubiese un camello de confianza cerca. Por no haber previsto ese detalle.

No me veía como una persona enganchada. Es decir, notaba el impulso y la necesidad, pero estaba seguro de que podría dejarlo cuando quisiese. No quería un gramo. Menos bastaba. Un poquito. Como las personas que están dejando de fumar y suplican por una mísera calada. Una solo. Aunque después venga otra. Y otra. Y otra.

—El mundo se ve diferente a través del agua… —continuó ella, ajena a mi debate interno.

Ya estaba. No podía más. Tenía que huir.

—Lamento chafarte la sorpresa reflexiva que hayas preparado, pero me piro…

No le di tiempo a responder antes de salir. El agua me golpeó con brutalidad. Ni siquiera la noté sobre mi piel. Anduve desorientado, dando vueltas sin ver, con una única meta. Iba a conseguir la droga para paliar ese desasosiego.

—¿Estás bien? —la oí gritar detrás de mí.

—¡Mañana! ¡Sea lo que sea puede esperar! —Elevé el volumen sin parar.

La vi venir dando grandes zancadas hasta que me alcanzó. El pelo se le pegaba al rostro y me miraba preocupada.

—¿Qué ocurre?

—Nada, joder, no me pasa nada. Ya hemos jugado suficiente a los amigos por hoy —dije, más rudo de lo que pretendía.

Crysta colocó sus manos en mi cara. En ese momento me di cuenta de que estaba enfermo. Todas las veces que había ido a rehabilitación lo había hecho por prescripción de mi productor después de una cagada tan enorme que nuestra única carta era apelar a la bondad de los seguidores y la prensa internándome. No estaba bien visto socialmente insultar a una persona con un problema.

Entraba, pasaba unos días aguantando unas charlas que me la sudaban y, en cuanto me devolvían el móvil, llamaba a alguno de mis amigos para que viniese de inmediato por mí, me iba a casa y vuelta a empezar. Suponía que lo tenía bajo control y si no me detenía era porque no me daba la gana, porque disfrutaba haciéndolo y no dañaba a nadie.

Su tacto fue el que me demostró la gran mentira. Por fin tenía su piel sobre la mía y no experimentaba absolutamente nada. El deseo por el polvo blanco me había privado de los sentidos. Es duro reconocerlo, pero habría cambiado que sus labios me besasen bajo la lluvia por un gramo.

—Espera un segundo —suplicó—. Solo uno. Ya no debe de faltar mucho. —Iba a negarme, a empujarla para que se hiciese a un lado, cuando dijo—: Ya está. Gírate.

—¿De qué coño hablas? —Me avergüenzo mucho de cómo actué. Estaba al límite.

—Solo mira detrás de ti. Tal vez yo no puedo ayudarte. Él sí.

Lo hice para que me dejase en paz y, de pronto, lo comprendí todo. Estaba en Nunca Jamás. Mi Peter Pan había venido a salvarme acompañado. Distinguí el coche de Crysta aparcado frente al aeropuerto. Los había llamado. A Jeremy y a mi madre y, aunque no me lo merecía, habían acudido a socorrerme.

La grieta que se había formado cuando me había encontrado con ella comenzó a avanzar hasta que mi coraza estalló. Mi hermano. Él me devolvió los sentimientos de golpe y sentí que me fallaban las rodillas. No pensé. Corrí en su dirección y, cuando sus enormes brazos me envolvieron, noté cómo las costillas se abrían para dejar paso a su regalo. El grandullón me devolvió el corazón.

Lo apreté con todas las fuerzas que me quedaban, aferrándome a su carne, ahogándome entre mis propios gemidos cuando su familiar olor a queso me invadió. Apreté los dientes y lloré.

Con rabia. Manchando su hombro. Liberé todas las lágrimas contenidas durante nueve años.

—No me sueltes, por favor. —En ese momento comprendí que no habría podido suicidarme. No sin verlo una vez más.

—Te tengo. —Me sujetó y su voz hizo que me deshiciera.

—No lo hagas.

—Soy grande.

—Mi grandullón.

—Tuyo. —Me besó en el pelo y añadió—: Para todo y para siempre. —Reventé en mil pedazos.

Levanté la mirada y me encontré con mi madre. Tenía los ojos vidriosos, estaba asustada al verme en esas circunstancias y no se atrevía a acercarse. Tragué saliva y moví uno de los brazos para invitarla a que se uniese. Observar la ilusión con la que se fusionó y notar cómo temblaba con mi aceptación me hizo sentir un monstruo, uno muy cruel que había destrozado a la mujer que lo había dado todo por él.

Podría haberme quedado allí para siempre. Fuera de esa adicción que sabía que era más seria de lo que pensaba. Alejado de todo. Entre ellos. Bajo la lluvia.

Entonces distinguí a la tercera persona que quedaba. Crysta permanecía en su discreto segundo plano. Intentaba disimular las lágrimas que caían por sus mejillas. El movimiento de su pecho la traicionaba.

Era la mujer de mi vida. No había más. La única capaz de emocionarse después de que yo actuara como un cabrón. La única que podía sentir mi interior desde la distancia, porque habitaba dentro.

—Gracias —susurré a través del pelo de mi madre.

Y ella sonrió. Puso su sonrisa REAL. Y yo solo pude pensar que alguien allí arriba debía de quererme demasiado. Después de todo, era el hombre más afortunado del planeta. Los tenía a ellos. Mi fortuna personal. Cómo no lo había visto antes…

CAPÍTULO 25

CRYSTA

—¿Te has tirado un pedo? —pregunté a Dana.

—No tienes manera de saberlo. No huelen. Son milagrosos.

—Olvidas que llevamos años compartiendo baño…

—Las tuberías juegan malas pasadas.

—Ya. O la confianza da asco.

Llevábamos tres días en Ketchikan. Mi amiga y yo estábamos sentadas en la cama con la almohada doblada como respaldo, el edredón por encima de las piernas y mi sobrino enroscado como un gato entre ambas. El portátil reposaba encima de mis rodillas y estaba girado para que todos pudiésemos ver la película.

La había elegido el pequeño de la casa. Era una de miedo. Becca accedió para ver si así el niño se calmaba, aunque no era para su edad. Esa madrugada, mi madre, mi hermana y Karl (nombre que le puso al niño en honor al gran filósofo) tomaban un vuelo a Disneyworld y mi sobrino estaba más activo que de costumbre, por imposible que eso pudiese parecer.

Karl tenía mucha energía. Una personalidad totalmente distinta a la de su madre con nueve años. Lo habría sacado de su padre, del mismo modo que la melena pelirroja, la piel blanquecina y esa pasión innata por los animales, especialmente los pájaros. También influía el hecho de estar en territorio favorable.

Vivía con Becca en Boston, adonde ella regresó a estudiar cuando él tuvo edad de ir a la guardería, y ahora trabajaba en un bufete como abogada laboralista defendiendo a los grandes empresarios. Le iba bastante bien salvando a los que nos robaban. Pasaba de hablarle de moralidad, porque era un debate interminable en el que ella alegaba que todo el mundo se merecía una defensa justa y yo, que la justicia sería que acabasen entre rejas.

El carácter férreo de mi hermana se había ablandado tenuemente con la maternidad. El pequeño ganaba sus propias batallas e iba ofreciendo poco a poco una mejor versión de Becca. Como, por ejemplo, la pelea constante por el pelo. Él lo quería de punta y ella echado para atrás, bien peinado. Los pinchos que me rozaban la mejilla desvelaban que había cedido, y así en muchas cosas. Sin embargo, el único lugar en el que conseguía todo lo que se proponía era en Alaska. Mi madre y yo lo malcriábamos demasiado. Sabía cómo hacerlo y era un torrente de aire fresco que llenaba los espacios de vida y alegría.

—¿Por qué vemos esto? —La música del filme era tétrica. Uno de los personajes secundarios había salido de la ducha y estábamos en tensión.

—Para mantener nuestro lado sádico a raya —apuntó Dana, apretujándose más a mi lado. Estaba mejor. La visita al norte le había sentado bien. Le daba la lejanía suficiente para pensar con perspectiva—. Y porque no podemos ser más cagonas que un crío de nueve años…

—Que lleva roncando desde el minuto uno… —Karl hacía ruiditos con la nariz y me abrazaba como si fuera un peluche. Me entraron ganas de achucharlo—. ¿Taparnos los ojos nos convierte en valientes? —Ambas lo habíamos hecho de manera instintiva mientras la chica de la pantalla se ponía la toalla.

—Es vergüenza ajena, no miedo. ¿Es que esa chica no sabe que en una casa de espíritus nunca, repito nunca, hay que mirarse en el espejo o cualquier superficie reflectante? —Llevaba la mano hacia el espejo.

—Los guionistas, que tienen la mala costumbre de asustarnos con mujeres de pelo lacio negro sobre la cara y asesinos en serie que aprovechan que el grupo se separa para liarse a matar sin control.

La actriz limpió el vaho del espejo e iba a levantar la barbilla para mirarse. Sabíamos lo que vendría. En un lateral saldría el fantasma. Lo haría en una de esas escenas rápidas que te cortan el aliento, tus pulsaciones se aceleran y te entra la risa nerviosa. Entrecerré los ojos y me disponía a prepararme cuando oímos un potente ruido.

—¿Lo has oído? —se alertó mi amiga.

—Sí. —Me removí inquieta y paré la reproducción—. Proviene de la calle, ¿no?

Antes de que me contestase oímos otro más. Potente y seco.

—Un borracho se habrá perdido... —Dana le restó importancia, aunque estaba cagada.

—Vivo en las afueras...

—Pues imagina la borrachera que debe de llevar el susodicho.

El sonido de los golpes fue sustituido por unas pisadas que se aproximaban a nuestra propiedad. Teníamos la ventana un poco abierta, de ahí que estuviésemos tapadas con la colcha, y se oía con total claridad cómo se acercaba. En la quietud de la noche y tan aisladas en el bosque los sonidos se incrementaban. Estaba acostumbrada a los de la naturaleza, los búhos volando, los animales nocturnos cazando y las ramas meciéndose, por ello que destacase la presencia humana.

—Viene hacia aquí —dijo Dana, y la persona se golpeó con la mesa que habíamos desplegado para cenar al aire libre—. Es el delincuente más inepto de la historia. Al final vamos a tener que socorrerlo... ¿Qué tienes para defendernos?

Nos pusimos en pie.

—A no ser que le lancemos los DVD y los libros...

—Cualquier cosa puede convertirse en un arma en momentos desesperados. —Agarré el viejo telescopio que usaba con Jeremy y que ahora pertenecía a mi sobrino—. ¿Serviría?

—Habría sido más útil que te gustase jugar al béisbol que ver estrellas y pintar. —Dana hizo lo propio con una de las baquetas de madera que estaba apoyada en la estantería—. ¿Lista?

Asentí. Nos encaminamos a la ventana. Una nunca sabe cómo va a reaccionar ante casos extremos. El miedo y la adrenalina nos dominaban, y, por algún caso de *Expediente X*, nos creíamos lo suficientemente preparadas y fuertes para enfrentarnos a lo que fuera que viniese. Supongo que influía el hecho de oír que el ladrón era más patoso que nosotras.

—¿Y luego hiero vuestro orgullo cuando os digo que busquéis los tornillos que perdisteis hace años? —Oí a Becca.

—Chis. Hay alguien fuera. —Me giré y la observé en la puerta.

—Lo sé. —Se encogió de hombros y fue a despertar a Karl—. A la cama.

El pequeño se frotó los ojos, nos miró sin comprender muy bien qué estábamos haciendo y, en su estado de letargo, salió rumbo a su cuarto para seguir durmiendo.

—¿No has oído lo que te hemos dicho? —se sumó Dana, mirando alternativamente a la ventana y a mi hermana.

—Sí. Lo que lleva a preguntarme: ¿qué demonios pensáis que vais a hacer?

—Defender el fuerte. Podrías echarnos una mano en lugar de mirarnos con superioridad… —contestó Dana.

—¿Exactamente para qué?

—Para que a ese desgraciado se le quiten las ganas de acechar una casa con cuatro mujeres y un niño —expliqué.

—¡Sois un peligro para vosotras mismas! ¿En qué universo os parece buena idea enfrentaros a un delincuente?

—¿Qué propones? —pregunté.

—Aplicar la lógica. No tenéis una enorme cabeza encima de los hombros para ignorarla. —Negó con la cabeza—. Yo también lo he oído y, en lugar de creer que mis habilidades para la lucha se habían desarrollado solas, me he asomado a la ventana para llamar a la policía. Es tu amigo, Crysta. El cantante —reveló—. Y parece fastidiado.

Dana y yo nos miramos sin comprender. ¿Qué hacía allí a esas

413

horas sin avisar? Fuimos a la entrada, dejando atrás a mi hermana, que regresó a la habitación murmurando «Dios las cría y ellas se juntan». Encendí la luz del porche y salimos al exterior. Las noches seguían siendo igual de frías en Ketchikan, a pesar de estar en verano, pero el golpe que oímos hizo que se nos olvidase este detalle y fuésemos a su encuentro en lugar de volver a por una chaqueta.

Julien estaba debajo de mi ventana. Andaba de un modo raro. Desorientado. Lo alcanzamos a tiempo de evitar que se viniese abajo y nos colocamos un brazo por encima del hombro cada una para ayudarlo a entrar en la casa. La piel le ardía y no paraba de tiritar. Tenía los ojos inyectados en sangre y babeaba con una especie de espuma blanquecina en la boca, como un perro con la rabia.

—Deja que me quede aquí esta noche. No quiero que me vean así. No puedo permitirlo —me suplicó el rubio.

—Claro. El tiempo que necesites —acepté sin que añadiese nada más.

Lo dejamos en mi cama y fui directamente a la cocina. Llené una de las cazuelas de agua y agarré un paño.

—¿Quieres que te acompañe? —se ofreció Dana.

—Me hago cargo. —Estaba asustada. Tenía mucho miedo. Y, aun así, me notaba fuerte. Capaz de ayudarlo en lo que quisiera.

Mi amiga aceptó y fue al cuarto de invitados, no sin antes decirme que si la necesitaba, solo tenía que llamar a su puerta. Pronuncié «sí» con la urgencia de regresar a su lado. Cosa que no conseguí de inmediato, porque mi madre me detuvo en mitad del pasillo.

—¿Está bien? —preguntó, visiblemente afectada. A ella también la había despertado y había sido igual de inteligente que Becca como para asomarse en lugar de creerse la versión actualizada de Xena La princesa Guerrera con un telescopio y un palo.

—No lo sé.

—Parecía enfermo… —comentó, inquieta.

—Deja que lo averigüe…

—¿Y si llamamos al médico? Él sabrá mejor cómo actuar en estos casos.

—Espera a que hable con él. Si necesitamos una ambulancia, llamaré yo misma. —Suponía por dónde iban los tiros y no creía que se tratase de un constipado.

Cedió a regañadientes. Fui a mi habitación y cerré la puerta detrás de mí para tener intimidad. Privacidad. Julien se había levantado y estaba mirando por la ventana, abrazándose con fuerza por las costillas. Sin poder detener el temblor. Medité sobre cómo empezar la conversación y me decanté por ser directa.

—¿Has pillado a alguien que no conocías y te ha vendido algo adulterado?

—No me he drogado. —Se dio la vuelta. Tenía las pupilas dilatadas y el sudor frío le pegaba el pelo a la frente. Parecía un guerrero herido de muerte—. Llevo tres días sin hacerlo y el mono es insoportable. La abstinencia. Iba a sucumbir y he venido a tu casa, arrastrándome. —Tragó saliva—. ¡Pensaba que sería más fácil! Esta vez debería serlo, porque lo hago porque quiero, por ellos, por mí. Es distinto a todas las demás. Y me he meado. Joder, ¡me he meado como un puto adicto!

Me fijé en el pantalón vaquero empapado que se adhería a sus muslos. Me sobrecogió y me encontré en una situación que no sabía muy bien cómo gestionar. Nunca me había visto en una similar. Julien pegó un golpe a la pared y el sonido de sus puños me devolvió a la realidad. Parecía ido, frustrado, cabreado e impotente. Y repetía «me he meado» hasta el límite en que esta frase se transformó en dagas que se me clavaban.

El chico que tenía enfrente lo estaba pasando mal. Tanto que asomó un deje de culpabilidad. Lo había abandonado. Incluso cuando veía el ritmo de vida que llevaba. Lo desmejorado que parecía cuando salía en algunos de sus desfases. Estropeado. Decadente. No me había preocupado. Había dejado que ese rencor fruto de su actuación en el Club sirviese como excusa, aunque una parte de mí sabía que lo había hecho adrede. Había esperado hasta el punto de encontrarlo hundido, desesperado, en un lugar en el que tal vez no había retorno.

La agonía que desprendía me caló en las entrañas. No podía ser demasiado tarde. Las oportunidades estaban ahí. Tal vez había dejado pasar muchas, todas las llamadas que no había hecho, las collejas que no le había pegado para que espabilase, los días que no me había encadenado a su puerta hasta que me hiciese caso, pero debía de quedar alguna. Una. Solo una. Algo a lo que aferrarme.

Sus gritos de agonía me traspasaron, apreté los ojos y más que frotármelos los golpeé.

—¿Qué haces? —me preguntó.

—Te veo angustiado y estoy asustada —confesé entre dientes—. Quiero que sepas que no estás solo, estoy a tu lado.

—Lo sé. ¿Por qué crees que he venido, Crysta? Has aparecido en mi mente. Cuando iba a caer en la tentación porque era lo más fácil, lo has hecho y he venido sin pensar. Sabiendo que estarías aquí. Tú, mi incondicional. —Dejé de hacer presión para mirarlo—. Quería volver a observar mi reflejo en los cristales que tienes por ojos y saber que todo iba bien.

Dejé la cazuela con agua y el paño en una estantería, deshice los metros que nos separaban y lo agarré de la mano.

—Hazlo.

—No. —Giró el rostro—. No quiero encontrarme con un jodido yonqui con un ataque de ansiedad.

—No lo harás. —Coloqué un dedo en su barbilla y lo obligué a levantar la vista—. Nunca te reduciría a eso. No he podido ni queriendo. Siempre serás más.

—¿Después de tanto tiempo?

—Que no te haya visto no significa que no te haya tenido presente. Incluso cuando me prohibía pensar en ti seguías estando, ¿sabes? Viajabas conmigo en cada paso que dabas. Aquí. —Le señalé mi corazón—. En ese hogar al que estaba esperando que un día regresaras.

—Fui un capullo. —Cerró los ojos para evitar el contacto.

—Sí, y me irritaba profundamente no poder olvidarte. Pero el amor es un sentimiento que no se elige. Se da. Y yo te lo regalé al completo. —Subí la mano y la apoyé en su mejilla con dulzura—. Mira cómo te veo. Te encontrarás con un hombre con más tatuajes y músculos y el pelo oscurecido, pero aparte de eso nada habrá cambiado.

Despegó los párpados con cuidado. El ámbar se enfrentó dubitativo al azul y abrí mis ojos todo lo que pude para que pudiese penetrar en mi interior. Sonreí al comprobar que lo hacía, que su rostro desencajado se relajaba.

—Lo ves, ¿no?

—No. —Deslizó sus dedos hasta enredarlos en mi mecha rosa—. Tú me distraes. —Su voz sonaba ronca—. Hacía tiempo que no tenía delante algo tan bonito. Puede que sea eso lo que necesito. Observar tanta belleza que me vea obligado a volver a confiar en el mundo. Un universo capaz de crear a alguien como tú no puede ser malo.

Ahí estaba. Julien. Mi Julien. Ese que me hacía levitar unos centímetros por encima de la tierra y el asfalto para que más que andar flotase. Nos observamos un buen rato y fue como hacer el amor con los ojos, sintiendo una presión con cada parpadeo y cosquillas con las pestañas. Si no llega a doblarse sobre sí mismo por un pinchazo, lo habría besado en ese preciso instante.

—Vamos a la cama. —Lo sujeté—. Deja que te ayude a desvestirte.

—No soy un bebé. —Agarré la tela de su camiseta para tirar hacia arriba. En la parte baja había restos de líquido.

—Un niño no conseguiría que se me pusiera la piel de gallina ante la expectativa de verlo desnudo —apunté. Lo deseaba, aunque no era el momento—. Me gustaría pensar que esto es recíproco, que si alguna vez lo necesito, tú también me ayudarás a quitarme la ropa, no por lástima o pena, sino porque somos uno. Una verdad que solo formamos juntos. La versión alternativa que tiende la mano al otro para que se levante cuando se cae.

Le quité la camiseta, las zapatillas y el pantalón y nos metimos en la cama. Lo arropé y me senté detrás de él, envolviéndolo con mis brazos. No hubo nada erótico en ese gesto. Era sanatorio. Lo cuidé aplicándole paños de agua fría en esa carne que ardía y lo apreté contra mi pecho cuando convulsionaba, con unas perturbaciones feroces y violentas.

—Antes he asustado a Beatriz y Dante —dijo. Me conmovió que los recordase y no quise decirle que ellos nos habían abandonado ya, que hacía dos veranos él no regresó y ella se marchó para siempre. Algo me decía que cuando había llegado estaba alucinando un poco—. Es irónico.

—¿Qué?

—Cómo nos creemos más listos que los demás.

—¿A qué te refieres? —Escurrí el paño y le aparté el pelo para colocarlo en su frente.

—Cuando iba a rehabilitación miraba a los pacientes por encima del hombro. Me creía mejor que ellos. En plan yo puedo dejarlo cuando quiera y no soy un desgraciado enganchado. Tristes, que sois unos tristes. —Se rio con amargura—. Me merecía esta hostia en toda la cara.

—Lo que te merecías era darte cuenta para ponerle solución profesional. —Mis conocimientos tenían su límite. Hablar no era suficiente. Necesitaba tratamiento.

—¿Te parecería mal que ocupase tu casa una semana? Un margen de tiempo para disfrutar de mis padres. De ti. De él. —Se estremeció al mencionar a Jeremy. Nunca he visto a una persona que quiera tanto a otra. Era un amor incondicional e irracional. El gigante lo era todo para él.

—¿No preferirías estar su lado? —No me sentía celosa ni desplazada. Siempre supe que debería repartirme el corazón de Julien con mi mejor amigo y lo acepté porque me encontraba en la misma tesitura. No habría podido elegir entre los dos.

Hay muchos tipos de amor. Tendemos a idealizar el romántico y desprestigiar los demás, cuando la amistad puede ser igual de fuerte. Potente. Lanzarte por encima de la capa de ozono a investigar los astros. La sensación que me recorría las venas cuando el rubio me besaba solo era comparable a cuando Jeremy me abrazaba con fuerza. No podría vivir sin ninguna de las dos. Eran lo mejor que tenía.

—No quiero que él sea testigo de mis altibajos. Mis cambios de humor. La desesperación. Esto. —Fue a señalarse, pero por el camino se encontró con mis manos y terminó enlazando sus dedos con los míos—. Prefiero que piense que estoy intentando solucionarlo contigo y por eso me quedo aquí, y que lo invites a venir todos los días, cuando la luz todavía me permite dominar el movimiento de mi pecho. —Se había ido calmando. Sin embargo, seguía subiendo y bajando más rápido de lo normal. Brusco.

—Vale, si me prometes que no harás ninguna tontería.

—Te juro que cada vez que quiera meterme cocaína o atracar tu botiquín para medicarme te llamaré…

—Y vendremos a esta cama para que te abrace hasta espantar a los fantasmas. Hasta que se me entumezca todo el cuerpo de sostenerte y me duelan las manos de acariciarte.

—Hasta que tus dedos hagan que me olvide de todo y dormirme con tu olor me devuelva los sueños.

—Hasta que estemos tan juntos que nos encontremos de nuevo en el mundo onírico.

Julien se estaba relajando. Cerró los ojos para disfrutar del instante y yo me dediqué a serpentear con las yemas por su rostro, su cuello, la mandíbula y el pecho.

—¿Qué significa? —Me detuve en el tatuaje que iba desde el pectoral hasta la clavícula.

—El diente de león representa mis deseos y los pájaros a los que tuve que dejar volar, vosotros, que os tuve que dejar marchar aunque erais lo que más quería a mi lado. —Tragó saliva y se movió en la cama hasta quedar de lado y poder mirarme—. Lo siento muchísimo, Crysta, siento haber sido tan gilipollas como para abandonarte.

—Y yo, haber dejado que lo hicieras sin oponer una digna resistencia.

Me tumbé a su lado y nos abrazamos. No hicimos nada más.

Los brazos enredados, las respiraciones mezcladas, las frentes apoyadas y dormir. Ha sido, es y será la mejor noche de mi vida. Incomparable. Memorable. Tierna.

Estaba cómoda, con sus brazos rodeándome, y su respiración acompasada con la mía cuando los ruidos de las ruedas de las maletas me despertaron. Cerré los ojos para disfrutar del momento hasta que oí la voz de Karl en la puerta de mi habitación y la que suponía era mi madre instándolo a guardar silencio.

Me deshice de la sujeción de Julien con cuidado para no despertarlo y me coloqué la prótesis. Anduve con cuidado hasta la puerta y me giré. Julien seguía durmiendo tranquilo, en un mar de calma que me hizo sonreír. Giré el pomo lentamente.

—¡Es cierto! —exclamó mi sobrino abriendo mucho los ojos.

—¿Qué? —Se coló por debajo de mí para poder mirar el interior.

—¡Julien Meadow... está en tu cama! —Parecía realmente asombrado—. ¿Mamá, no podemos quedarnos?

—El viaje está pagado. ¿Te imaginas tú solito la respuesta? —Se puso detrás de él para obligarlo a moverse. Parecía petrificado mirando al cantante.

—¡Mis amigos fliparían! —se quejó.

—Lo harán con las fotografías de Disneyworld.

—¿Significa que vas a dejarme tener un móvil?

—Un pésimo intento —señaló Becca.

Aproveché la conversación entre ambos para cerrar la puerta y que así el cuarto quedase aislado de los ruidos.

—Y luego dicen que eres aburrida... —Karl se puso la gorra del revés y mi hermana negó con la cabeza antes de marcharse, puntualizando que en cinco minutos quería verlo en el coche.

—¿Quién dice eso?

—Yo. —Se encogió de hombros—. Vives en Los Ángeles y no cuentas nada emocionante.

—Es una ciudad como otra cualquiera.

—No te lo crees ni tú. ¡Allí están todos los famosos!

—¿Qué te parece que es un famoso?

—¡Son la hostia!

—Esa boca… —Lo regañé antes de añadir—. ¿Julien te ha parecido distinto a las demás personas?

—No —aceptó—. Su ronquido es como el motor de un tractor, igual que Bobby. —Identifiqué el nombre de su mejor amigo por todas las veces que me había hablado de él.

—Lo que te demuestra que solo se trata de personas de carne y hueso. —Intenté que lo comprendiese y no sucumbiese a esa aura falsa que se dibujaba alrededor de las personas conocidas. La falsedad de un mundo inventado para que el resto del universo los envidiase.

—¡Personas que conducen Ferraris y tienen todas las consolas del mundo! —completó con una especie de tono de adoración.

—El dinero no da la felicidad.

—Díselo a mamá. Ella no para de trabajar para ganarlo. —Estaba pensando un contraargumento para debatir con un crío de nueve años, pero se me adelantó con la siguiente pregunta—. ¿Es tu novio?

—Es un buen amigo.

—Mejor.

—¿No te gusta?

—¡Es el amo! —fue su respuesta, y me chocó que hablase de ese modo. Para mí siempre sería el niño con un pañal que levantó la cola y me orinó en la cara cuando estaba cambiándolo—. Pero cuando las chicas empiezan con los chicos todo se complica. Hace un mes Bobby se echó una novia porque era muy pesada, le prohibió jugar al fútbol y tuvo que dejarla. —Imaginé qué sería a su edad tener novia y me entró la risa. Era como esas ocasiones en las que ves a dos niños bailar sin ritmo, animados porque al público le hace gracia—. Ella se enfadó y le pinchó la pelota.

—Menudo carácter…

—Por eso yo no voy a estar nunca con ninguna chica. No quiero que me rompan las cosas ni que me manden —sentenció—. Y tú no lo hagas tampoco con Julien, Crysta. Tengo negocios que hacer con él a la vuelta.

—¿Cuáles?

—Voy a proponerle que salga conmigo en el vídeo de presentación de mi canal.

—¿Tienes canal? —pregunté, curiosa. Internet podía plantear muchos problemas para un crío que todavía no tenía la madurez mental necesaria para comprender los peligros que albergaba la red. Gestionar las dosis adecuadas para que los niños pudiesen beneficiarse de las nuevas tecnologías y no sucumbir a su lado oscuro era complicado. Mi hermana tenía una enorme tarea por delante.

—Lo tendré y, si aparece conmigo, empezaré por la puerta grande. No puedo dejar pasar esta oportunidad.

Me pareció curioso que hasta un inocente niño de nueve años encontrase la manera de utilizar a Julien. Nos despedimos en la puerta y le hice prometer que no contaría nada a cambio de proponerle el vídeo de presentación del canal dentro de unos años. Me resistía a que mi sobrino se expusiese de ese modo mientras nosotras pudiésemos controlarlo. Luego ya no habría manera. Al final las prohibiciones carecen de efecto y lo único que te queda es confiar en haberlo educado bien.

Nos despedimos en la entrada con un abrazo grupal que mi hermana cortó antes de que se dirigieran al coche. No me había dado tiempo a llegar al pasillo cuando oí el timbre. Se habrían olvidado algo. Deshice el camino y abrí. La persona que estaba al otro lado me descuadró.

—El nivel de cotillas en esta ciudad es alarmante. No he tenido ni que preguntar si sabían dónde estaba Julien y ya había cuatro personas informándome de cada uno de sus pasos. Os espían.

—Tiger se cruzó de brazos. Los cordones sobresalían por encima de su abrigo verde, y el llamativo sombrero rojo captaba toda la atención.

—¿Has venido a convencerlo de que vuelva? —pregunté, para no echarlo sin cerciorarme de sus intenciones.

—En teoría. —Se encogió de hombros—. Necesitaba una buena coartada para que en la productora me diesen carta blanca. En realidad, vengo a darle la enhorabuena. Por fin ha tenido un par de cojones y ha dicho basta. Estoy orgulloso. No todos saben pisar el freno antes de tener el accidente.

Su respuesta me tranquilizó y me hice a un lado, invitándolo a entrar. Oí pasos detrás de mí y al girarme me encontré a Dana desperezándose.

—Una pintora, una actriz frustrada y el cantante con más éxito del jodido planeta que se ha dado a la fuga. Si presentáis el piloto a la CW os lo compran fijo —bromeó el rapero.

—¿Has dejado de plagiar temas de la competencia para dedicarte al humor? —Mi amiga se sentó en el sofá y lo retó con la mirada.

—¿Siempre tienes la misma cara? —se rio este al ver que ella lo fulminaba con los ojos.

—¿Tú puedes? —contestó con calma mi amiga, y yo tampoco entendí a qué se refería.

—¿Qué?

—Cambiar la cara. Si es así, dime el truco, me pongo la de Jennifer Lawrence y todo solucionado. Ni un *casting* más y los papeles vendrán a mí por arte de magia.

Los miré alternativamente a uno y a otro.

—Tregua, chicos. ¿Puedo ducharme sin temer que transforméis el salón en una trinchera para lanzaros los trastos? —Dana asintió a regañadientes y Tiger se limitó a ampliar su sonrisa—. Julien está durmiendo —aclaré a su amigo—. No ha pasado buena noche. Si no te importa, espera a que él mismo se despierte.

Tiger aceptó y los dejé solos. Entré en la habitación tratando de hacer el mínimo ruido posible, agarré la ropa y fui directa al baño. Me di una ducha rápida, me puse los vaqueros y la camiseta de gatos negros, una de mis favoritas cuando iba al instituto, y abrí la puerta del aseo para escuchar si seguían retándose o habían superado ese paso y se comportaban como seres civilizados. Me alivió comprobar que se trataba de lo segundo.

—Joder, no pensaba que era tan difícil —decía él.

—No todos tenemos la suerte de que nos vea un productor

rapeando en unas pistas de mala muerte y apueste hasta convertirnos en una estrella —contestó, y, mientras me desenredaba el pelo, deduje que estaban charlando sobre su vida profesional.

—No fue tan fácil, pero lo que verdaderamente pasó no quedaba demasiado poético para mi biografía no autorizada.

—¿Cómo fue?

—Morenita, que esté siendo un caballero y finja no darme cuenta del escote que llevas, manteniendo mis ojos clavados en los tuyos, no significa que vaya a desnudar mi alma delante de ti. Para eso tendría que conservarla. —Se hizo el silencio entre ambos hasta que él lo rompió—. ¿Te compensa?

—¿Qué?

—¿Estar siempre frustrada, cabreada y desesperada por no conseguir el papel de tu vida?

—Si algún día lo logro, podré contestarte.

—¿Es la manera sutil que tienes de pedirme el móvil? —Oí su risa e imaginé a mi amiga poniendo los ojos en blanco, porque no respondió—. Ahora en serio, ¿no te has planteado la otra opción?

—¿Tirar la toalla? Nunca.

—El sueño americano también te ha lavado a ti el cerebro.

—¿De qué hablas?

—De que nos venden que rendirse es un fracaso, cuando en muchas ocasiones es el paso contundente que necesitamos para avanzar, el giro para salir del fango en el que nos ahogamos. —Hizo una pausa—. Yo no quería cantar. Lo mío siempre fue el baloncesto, hasta que me metí en una pelea y el tío que tenía enfrente me cortó con un cristal. Fue una raja de mierda. Tanto que me entró la risa. Carcajadas que se convirtieron en lágrimas cuando llegué al hospital y me dijeron que tenían que operarme porque había tocado el tendón. La única meta se desvaneció por un corte de coña que me dejó dos dedos sin movilidad. Me enfadé con el universo y estuve amargado un año pensando que no podría vivir de lo que me gustaba. Y entonces llegó ella. La música. Me salvó. ¿No hay nada más que te guste hacer?

—Leer —dijo de inmediato—. Pero no quiero ser escritora.

—¿Y montar una librería? —Ella no contestó—. Voy a decirte una cosa que no es muy popular y que la mayoría de tus amigos no se atreverían a hacer. Es lo bueno de ser un desconocido. No necesito atrancar la sinceridad en mi garganta para no herir tus sentimientos. Existen muchas posibilidades de que no lo logres. ¿Sabes cuántas personas llegan cada día a Los Ángeles con una mochila repleta de ilusiones? Miles. ¿Cuántas lo consiguen? Dos capullos como Julien y yo. No digo que no lo intentes. Luchar y no cesar es tu obligación. Ampliar miras, también. La vida es corta. Demasiado. Es mejor ser una anciana adorable con arrugas en la comisura de los labios por reír que en el entrecejo por la tensión acumulada. ¿Quién sabe? Lo mismo montas la librería y te das cuenta de que la felicidad reside en recomendar novelas, o lo consigues y te unes al club de los capullos con el rubio y conmigo. Da igual cuál de los dos supuestos sea el tuyo, siempre y cuando hayas logrado lo más importante, que cada día cuente.

—Al final va a resultar que sí tienes cerebro, después de todo.

—Me queda solo una neurona, pero la utilizo muy bien.

Me decidí a salir. Hacía tiempo que había terminado de peinarme y había aprovechado para maquillarme para no interrumpir su conversación. Oír hablar al rapero era hipnótico. Tal vez utilizaba más tacos de los necesarios y era tan directo que arañaba, pero no malgastaba palabras. Te quedabas con todas las que decía.

Iba a ir a comprar comida. Les ofrecí que me acompañasen para hacer de guía improvisada para Tiger y que no tuviese que esperar demasiado. Rechazaron la invitación y me subí al coche. Mientras me peinaba había tenido una idea. A Julien podría venirle bien que hiciésemos una barbacoa invitando a su familia. Un plan tranquilo en el porche de mi casa con la gente que más quería que le devolviese algo de paz. Por ese motivo, en lugar de ir a la tienda más cercana para comprar la carne fui a la que estaba al lado del puerto. Tenía que hablar con una persona más.

Caminé hasta la zona de la pescadería y llamé al telefonillo. Me interné en las oficinas y fui directamente al despacho que había al fondo. La recepcionista me dejó pasar. No era la primera vez que lo hacía y sabía que mi amigo siempre me recibía. Llamé a la puerta un par de veces y la voz de Lucas me invitó a entrar.

Desde hacía un par de años trabajaba allí llevando la contabilidad y programando las campañas de marketing. Se levantó nada más verme y me dio un abrazo breve. Como mi hermana, él tampoco era muy efusivo.

—¡Qué elegante! —apunté al separarnos. Llevaba un traje de dos piezas negro con una corbata verde—. ¡Pareces alguien distinguido!

—Que apesta a pescado… Da igual lo que me gaste. Ninguna tela es inmune a este olor. —Se sentó en la mesa del despacho y yo lo imité enfrente—. ¿Qué te trae por aquí?

—¿Una no puede venir a visitar a un viejo amigo sin ningún motivo?

—Sí, pero no es el caso. —Me miró con sus ojos azules analizando mi reacción—. Soy experto en olores y esto huele a un metro setenta y cinco, pelo rubio y muchos tatuajes.

—Me has pillado —confesé. No era necesario darle más vueltas. Debía ir al grano—. Supongo que sabes que ha regresado.

—Sus fotos en pelotas en el puerto cada vez que me meto en Internet, en las redes sociales, WhatsApp y la televisión me dieron una pista. —Fruncí el ceño. No sabía de qué narices me estaba hablando. Decidí ignorarlo. Había algo mucho más destacado que tratar—. ¿Tan importante se cree que te utiliza de secretaria para ayudarlo en sus asuntos pendientes? ¿Vas a pedirme perdón en su nombre? —bufó.

Lucas estaba molesto y no lo culpaba por ello. Después de la hospitalización de Jeremy, Julien desapareció. En lugar de pedirle perdón por su actuación de ese día lo apartó de su lado. Lo privó del único amigo verdadero que había tenido. Había acumulado años de tensión, de separación y de dolor.

—Está muy jodido, Lucas. Mucho. Y nos necesita. —Coloqué las manos encima de la mesa.

—¿Por qué debería importarme? —Se recostó en la silla—. Él

tomó una decisión. No me apetece escuchar lo que sea que has preparado para apelar a mi bondad infinita. La respuesta es no. Sea lo que sea.

—Intentó suicidarse —le espeté. Lucas siguió serio. Duro como una roca. Sin embargo, en lugar de levantarse y pedirme amablemente que me marchara, me dejó continuar. Buena señal—. Está destrozado. Deshecho. Roto por dentro. Nunca he visto a nadie así.

—Él solito se lo ha buscado todo.

—¡Eso es cruel!

—¿Acaso no puedo serlo? Él fue el capullo, yo regresé cuando me enteré de lo de su hermano y me dijo que no quería verme, ni entonces ni nunca, que ya no encajaba con los suyos. —Se inclinó hacia delante—. ¿Te haces una idea de lo que he llorado por ese mamón, Crysta?

—Lo sé porque yo también lo he hecho.

—Ya —aceptó—. Y no me meto en que el hecho de que esa locura que hace que estés perdidamente enamorada de él haga que muestres piedad en su caída del mismo modo que espero que no me juzgues porque a mí no me dé la gana ser clemente. Julien no es mi obligación.

—En eso te equivocas.

—Se te va la cabeza. Cuando estás con él no piensas claro.

—Lo hago mejor que nunca, Lucas. Y sí, lo repito, Julien es tu obligación. Lo es desde el minuto en que decidiste ser su amigo. La amistad es una putada, ¿no lo entiendes? —Se quedó en silencio, mirándome como si estuviera tarada. Comencé a hablar con rapidez, nerviosismo y pasión—. No hay que tomársela a la ligera, porque cuando decides regalársela a alguien adquieres un compromiso. El de cuidar a la otra persona en todas las circunstancias. Es un lazo invisible, un nexo de unión, un parentesco sin igual, porque sientes a través del otro. Porque en los peores momentos, cuando más enfadado estás, tienes que sacar fuerzas de Dios sabe dónde para exterminar el orgullo. Porque lo quieres de un modo incondicional que hace que odies esa parte de ti que es vulnerable, que no depende de ti. Porque te obliga a hacer lo que más le cuesta a la humanidad, perdonar. —Tragué saliva—. Piensa en todos los momentos buenos y en los malos y compáralos, y si, como yo, eres consciente de que serías capaz de hipotecar tu alma por volver a tenerlo un solo día más, ven esta tarde a la barbacoa que voy a hacer en casa. —Me levanté y me giré antes de llegar a la puerta—. Julien ya no sonríe. No como antes. Le falta el muelle que le curvaba la comisura. Le faltas tú.

Regresé a casa cargada de bolsas. Tiger y Julien estaban sentados en el porche hablando animosamente. En cuanto abrí el maletero se levantaron para ayudarme.

—¿Qué tal se han portado? —le pregunté a Julien.

—Las cosas se les han ido de las manos y tenemos el cadáver de Dana en el salón esperando a ver qué hacemos con él. —Levanté una ceja—. Es coña. Ha ido a dar un paseo.

—Yo sé de uno que se ha levantado bromista, ¡eh!

—Yo sé de uno que se ha levantado feliz —concedió.

Llamé a Jeremy para invitarlo a él y a sus padres y aceptaron de inmediato. Los cuatro nos pusimos manos a la obra para adecentar la mesa, sacar las sillas y encender la barbacoa. Fue divertido. Por extraño que pareciese, las dos estrellas del mundo de la canción disfrutaron como niños, lo que me llevó a pensar que tal vez cuando lo tienes todo son los pequeños detalles los que marcan la diferencia. Las cosas comunes que no valoramos. Las acciones que pasan desapercibidas ante el brillo de la grandilocuencia.

Los padres y el hermano de Julien llegaron un par de horas después. El gigante se había puesto tanta colonia que casi me caigo con el abrazo de rigor. Serena había aprovechado para hacer una empanada casera que las chicas comimos mientras Daniel, Tiger y Julien ponían la carne a asar.

Estábamos en el paraíso. No solo porque no nos dejaran hacer nada y estuviésemos atendidas como reinas, sino por el ambiente sano, bueno y familiar. Cuando terminaron, se sentaron a la mesa con nosotras y saqué limonada casera. Me detuve a mirar a mi alrededor. Podría vivir así. Sin nada más. Con las montañas de Ketchikan, su aire puro y la gente que quería comiendo entre risas.

—Menos mal que llegué antes de que se lanzase por la ventana. —Serena estaba contando batallitas de Julien. Se la veía tan distinta a unos meses atrás… Era como si volver a hablarse con su hijo le hubiese dado color en el rostro y energía.

—¿Qué creías que iba a hacer después de ver *Superman*? —preguntó Julien.

—¿Pedirme que te comprase su muñeco?

—¡Ponerme una capa e intentar volar como él! —bromeó.

—Un peligro. Era un peligro para la sociedad —le dijo Serena a Tiger—. Casi me apunto a clases de costura para poder remendarlo a él cuando se hacía una herida. ¡Tiene más puntos en el cuerpo que Frankenstein!

—Y tras cada uno de ellos hay una historia apasionante. —Le guiñó un ojo.

—¡Yo las sé! —se emocionó Jeremy—. Todas menos la de la barbilla.

—Eso es porque le pedí que no se la contase a nadie. —Oí la voz de Lucas antes de percatarme de la cara de Julien. Lo observaba como si tuviese delante una aparición, con una mezcla de temor y entusiasmo, permaneciendo cauto; no sabía si tenía derecho o no a abalanzarse sobre su amigo.

Lucas saludó a todos con un gesto seco de la barbilla y clavó los ojos en el cantante. Estoy segura de que en ese momento él solo podía ver a su amigo.

—Discutí con mi padre. No me habían concedido la beca para el instituto y me gritó que nunca llegaría a ser nadie. Desaparecí. Mi madre estaba histérica buscándome por todas partes y Julien me encontró. Fue directo. Sabía dónde estaría.

—En el poste de las fotos —completó con voz ronca su amigo.

—Sí, escalando con un bote de pintura que le había robado a mi padre para poner mi maldito nombre y demostrarle que sí sería alguien importante, más que él, tanto que habría un letrero con mi nombre. Subió a ayudarme, lo aparté para que me

429

dejase en paz y se cayó. Nunca ha tenido muy buen equilibrio en las alturas. —Forzó un intento de sonrisa—. Volvimos a casa para que lo llevaseis al médico y le pedí que no contase nada. Ya se me había pasado la rabia del momento y sabía que mi padre me mataría si se enteraba de que había hurgado en sus cosas para hacer un grafiti, como un delincuente. Él me prometió que nunca se lo diría a nadie y yo le pregunté cómo estaba tan seguro. Porque somos amigos, contestó, e insistí: ¿qué pasa si algún día discutimos?

—Que encontraremos la manera de solucionarlo —completó Julien.

—Porque somos amigos —rememoraron la conversación.

—Para siempre...

—Eso es mucho tiempo...

—El suficiente para vivir aventuras...

—Juntos.

Julien no se contuvo más y se levantó para acercarse a Lucas. Lo hizo con lentitud y sin quitarle la mirada de encima. Lucas permaneció inmóvil con un ligero temblor en el cuerpo y en el labio inferior. Eran dos animales que se aproximaban sin saber si el otro iba a atacarlo. Entonces Lucas dio un paso al frente y abrió los brazos. Julien no se hizo de rogar y se lanzó. Fue un momento mágico, íntimo, de esos que te encogen las entrañas. El mundo había vuelto a unir a dos personas que habían tomado caminos opuestos.

—¿Cómo te ha tratado la vida? —susurró el rubio mientras se separaban.

—Trabajo de contable en un supermercado, empiezo a sospechar que nunca sentaré la cabeza y odio el rosa. ¿Y tú? —carraspeó para que no se le notase la emoción contenida.

—Yo seguiría poniéndome camisetas de ese color por ti las veces que hiciese falta. Eso es lo único importante.

Julien y Lucas se miraron de nuevo, en silencio, fijamente. Entonces los labios de Lucas comenzaron a curvarse hacia un lado y los de Julien le imitaron, mostrando de nuevo su sonrisa. Esa que nunca había llegado a perder. Juro que nunca he visto algo tan hermoso como dos amigos sanando por la presencia del otro.

Hay muchas cosas que me llevo de Julien. Tantas que me consumiría frente al teclado si intentase transcribirlas todas. Y en la mayoría yo no soy la protagonista. Me aferro a sus besos, a sus caricias y a sus palabras, pero cuando cierro los ojos y los aprieto con fuerza lo veo con su hermano y con su amigo. Era ahí cuando me enamoraba más y más, al ser testigo de su capacidad para tocar almas ajenas, estando a su lado hasta que ponía rostro a todos los sentimientos que nos rodeaban. El amor. La felicidad.

CAPÍTULO 26

JULIEN

El plan estaba listo. Me quedaba por delante la dura tarea de despertarla y poner los engranajes en marcha. Se me había ocurrido durante una conversación con Jeremy, Lucas y Tiger el día de la barbacoa. Dana y Crysta se habían ofrecido a limpiar y mis padres habían regresado a casa después de que mi amigo se comprometiese a acercar a mi hermano más tarde.

Nos fuimos al muelle de la familia de la chica de la mecha rosa. Me apetecía regresar allí y, ya de paso, enseñarle parte del encanto de Ketchikan al rapero. Alaska tenía muchas cosas buenas. Sin embargo, era su naturaleza salvaje, pura e hipnótica la que te llevaba a hacerle el amor con los ojos, observándola hasta desgastarla.

Nos sentamos con las piernas colgando sobre las maderas y el agua chapoteando debajo de nosotros y sacamos la limonada que nos habíamos llevado. El alcohol quedaba vetado cuando el grandullón estaba presente. Me venía bien. Dudaba que pudiese controlar ese deseo que me aprisionaba las costillas y me incitaba una y otra vez a recaer bajo sus efectos. El tiempo pasaba y la ansiedad se incrementaba. Meterme era mi primer pensamiento por la mañana y el impulso que me hacía levantarme sudando en mitad de la noche.

—¿Así que contable en el supermercado? —inicié la conversación, con la típica pregunta de rigor.

—Te mentiría si te dijese que es el mejor trabajo del mundo, pero está bien pagado y tengo seguro. —Lucas lanzó una piedra, que rebotó dos veces en la superficie marina antes de perderse en el fondo—. Para ser la única opción que me quedaba no es mala. No tenía enchufe cuando terminé la universidad y el panorama bidireccional no me lo puso más fácil: o estaba sobrecualificado para los puestos o me faltaba experiencia…

—Vaya mierda —apunté sin saber muy bien qué decir.

—Hay cosas que lo compensan. Soy jefe de Josh. —Sonrió—. Y reviso con lupa todo lo que hace.

—Tu maldad no conoce límites —me mofé—. ¿Ha salido ya…?

—Está felizmente comprometido con su novia de la facultad —contestó antes de que pronunciase la pregunta, y sentí lástima por ese desgraciado.

Sabía la impotencia que se sentía al intentar encontrar en otros brazos el tacto único de una persona. La frustración de ese deseo que no se veía satisfecho después de haber tenido un orgasmo. Vivir encerrado en una mentira era una tortura. Más aún si tú mismo te la habías impuesto. Podías intentarlo una y mil veces, pero cuando habías probado lo necesario para que tu mente, tu corazón y tu alma cantasen al unísono, tu cuerpo rechazaba cualquier cosa inferior. La enfermedad de la insatisfacción. El reproche de que había algo más ahí fuera y estabas estancado sin piedad.

—Es raro… —murmuró Lucas.

—¿Volver a estar juntos?

—Y terminar una fiesta sin tu guitarra y ese moño ridículo que te hacías.

Me recorrió un escalofrío. Sabía a lo que se refería. Antes encontraba una excusa perfecta en cualquier situación para sacarla y cantar. Me divertía poner banda sonora a nuestros momentos. Sin embargo, me daba pavor hacerlo en ese momento. Una especie de fobia. Actuar me recordaba todas las cagadas que había hecho, el universo turbio del que intentaba desvincularme. Sentí rabia. ¿Por qué no podía seguir siendo tan fácil? ¿En qué punto había dejado de serlo? Lo había conseguido todo en el mundo de la música: premios, discos vendidos y fama, y si volvía la vista atrás, disfrutaba más recordando las tardes en el garaje que subido a un escenario.

—Es por la toxicidad —respondió Jeremy, y, al ver que todos nos girábamos en su dirección, completó—: Una persona muy sabia me contó una vez que existen diferentes tipos de sueños. Hay algunos sanos, los tóxicos y los que te defraudan.

—¿Quién te dijo eso? —se interesó Tiger.

—Julien. Y siempre memorizo todos sus consejos. —Me miró con timidez, pidiéndome permiso para continuar. Se lo otorgué—. Hay sueños sanos con los que sumamos, somos mejores o encontramos la paz. Nunca debemos renunciar a ellos. Otros que deseamos con toda nuestra alma y que, cuando los conseguimos, nos intoxican o envenenan y tenemos que despedirnos de ellos por nuestra propia salud. Y los que nos defraudan como las personas y debemos valorar si los perdonamos. —Se frotó las manos—. Cuando cantabas antes siempre sonreías, y cada vez que te veo hacerlo ahora te pones muy serio. Ya no te gusta. No de la manera en la que lo estás haciendo realidad, por lo que creo que lo tuyo es la segunda opción. —Se subió las gafas—. No es el caso de Crysta.

—¿Qué pasa con ella? —indagué.

—Ha dejado de pintar. Nunca me lo ha dicho, pero está muy enfadada con su sueño. Lo sé por cómo mira los pinceles, como si fuese lo que más quisiese en el mundo y, a la vez, le diese pánico hacerlo. Es como cuando los niños no querían jugar conmigo. Me apetecía acercarme más que comerme un queso de medio kilo, y no lo hice hasta que tú me dijiste que siguiese intentándolo, que llegaría mi momento, y la conocí a ella. Tal vez Crysta necesita un empujón como yo para darle otra oportunidad. Y lo tienes más fácil, pesa menos que yo. —Sonrió.

Mi brújula me señaló de nuevo el norte y me sentí un poco

gilipollas por no haber averiguado que ella había dejado de hacer lo que más le gustaba en el mundo por mí mismo después de todo el tiempo que había pasado a su lado. Me había centrado tanto en mis propias miserias siendo un egoísta que no había visto más allá.

Me reprendí a mí mismo por no haberle preguntado. Hurgar en lo que había pasado todos estos años. Preguntarle si llevábamos diez días en Ketchikan y no la había visto con un pincel porque no tenía inspiración o porque había tirado la toalla tras las decepciones. Si era lo segundo, debía ayudarla a reunir fuerzas para enfrentarse de nuevo, demostrarle que no se caería ante un «no», porque estaría detrás para sujetarla si eso ocurría.

Sí, una vez le dije a Jeremy que los sueños son como las personas. Nos dan los mejores momentos y los peores. Nos hacen felices y desgraciados. Nos permiten evolucionar o nos estancan. Hay que amarlos, cuidarlos, enfrentarnos a ellos, valorar si deseamos que sigan a nuestro lado y, si la respuesta es positiva, perdonarlos. Nadie dijo que tener una ilusión fuese un camino de rosas. A veces las espinas se te clavan en la piel y, otras, un aroma delicioso se adhiere a tus entrañas. Relativo. Solo tú decides después de experimentar lo que es sentirlos navegando por tu interior.

Me levanté con cuidado y la observé. Estaba tumbada en la cama, con el pelo revuelto sobre la cara, la boca entreabierta y la respiración acompasada. La luz del exterior la bañaba por completo, creando un juego de luces y sombras sobre su cuerpo. Me permití el lujo de permanecer de pie un rato más, deleitándome con sus manos cayendo sobre la sábana y el modo en que instintivamente se movía para buscarme a su lado.

Se había acostumbrado a mi presencia nocturna del mismo modo que yo lo había hecho a la suya. Sin hacer nada más que reposar al lado del otro. Sin besarnos o acostarnos. Estábamos a otro nivel. Ese en el que un abrazo o sentir la respiración del otro sanaba sin necesidad de devorarnos los labios o fundir la carne. Con contactos lentos y calmados. Roces de piel, dedos enlazados o susurros para espantar a las pesadillas. Oliendo. Sintiendo. Saboreando el aire que el otro expulsaba. Sonriendo como bobos al comprobar que los sueños habían reaparecido al lado del otro. Abrir los ojos en mitad de la noche y experimentar que ya no estabas roto, que la mitad que te completaba yacía al lado. La certeza de que solo necesitaba verla dos veces más, bostezando y desperezándose con legañas en los ojos, al día siguiente y, a poder ser, el resto de mi vida.

Le rocé el hombro y susurré su nombre para despertarla. Ella no se hizo de rogar.

—¿Tienes fiebre? ¿Sudores? ¿Temblores? —Se reincorporó en el acto, alarmada, y me mordí el labio con impotencia y rabia. Ella no debería reaccionar así. Echaba de menos cuando le preguntaba con aire juguetón cómo podía hacerla feliz en la cama y respondía que no despertándola. No tendría que haberle dado motivos para cambiar. Pero estaba compartiendo mi calvario y esa era una de las consecuencias. El pánico a que el ansia del consumo me absorbiese de nuevo.

—No te apresures a sacar el disfraz de enfermera sexi. Todo va bien. No me he meado encima y tampoco he imitado a la niña de EL *Exorcista* vomitando con la cabeza dándome vueltas —bromeé, recordando dos episodios lamentables que había vivido a su lado, el del día que me encontró con los pantalones calados y otra noche que me mareé rumbo al baño, me caí en el pasillo y poté a mi alrededor.

—No es gracioso... —Encendió la luz de la lamparilla y me miró para comprobar que decía la verdad.

—Plantearte llevar pañales por si el mono decide volver a transformarte en un bebé que tiene incontinencia urinaria tampoco lo es. Ironizar aplaca un poco la vergüenza.

—Ya sabes que no me importa...

—Y eso me hace plantearme que tienes cierto problema con una cosa llamada lluvia dorada. —Enarcó una ceja—. ¿Qué? Voy evolucionando. He pasado de ser un yonqui con tendencias depresivas a uno con sentido del humor. ¡Deberíamos hacer una fiesta!

—La haremos el día que dejes de referirte a ti mismo con esa palabra.

—Tendremos que esperar a que sea cierto y, como no sé cuántas semanas o meses voy a necesitar, ¿qué te parecería si celebramos que voy a dar el primer paso?

—¿Vas a entrar en una clínica de desintoxicación? —preguntó con alegría y a la vez un deje de pena.

—Hay una cerca de donde trabaja Jeremy a la que le he echado el ojo —confesé.

—¿Te dejarán verlo?

—Espero hacerlo aunque no admitan visitas. Vosotros sois mi motivación. —Me acerqué y le tendí la mano—. ¿Aceptas que celebremos el hasta pronto?

—¿Ya? —Miró hacia la ventana—. Todavía es de noche...

—¿Confías en mí?

—Lo que me das es mucho miedo... —Aceptó, enlazando sus dedos con los míos, y sonreí—. ¿Qué tengo que llevarme?

—Ropa. Ir desnuda no está bien visto.

Salí de la habitación para que se cambiase y me fui al baño para hacerlo yo también. Me puse unos vaqueros, una camiseta blanca de manga larga, una camisa a cuadros azules abierta por encima y un gorro gris. Me encontré con ella en la puerta de la entrada y llegué justo a tiempo de apartar la bolsa que Dana me había ayudado a preparar como cómplice para que no pudiese ver lo que contenía.

—No se trata de un plan improvisado, ¿eh? —musitó a mi lado.

—Las cosas importantes no deben alejarse al azar. Hay que comprar todas las papeletas para estar seguro de que te tocará la lotería.

Nos montamos en su coche y le indiqué que nuestro destino era el puerto. La quietud de la noche se cernía sobre el mismo cuando llegamos. No me costó identificar al hombre con el que había quedado frente a su velero. El tío sonrió al verme llegar con Crysta al lado. Me había timado. El precio del alquiler del navío era exorbitado. Él lo sabía y yo también. Pero no tenía tiempo para andar buscando otras opciones y desenfundar dólares no me suponía ningún problema.

—Todo un despliegue de medios… —murmuró, nerviosa, recogiéndose el pelo en una coleta. No me daba cuenta de que ella no estaba acostumbrada a la ostentosidad y me gustó que, aun así, no se eclipsase por ella.

—Ni mires el barco. No es lo importante.

Pagué al señor y la ayudé a subir al interior. Sabía cómo llevar un barco. Es lo bueno de ser rico. Había tenido tiempo para probarlo todo, para aprender a dominar cualquier tipo de vehículo. Los deportes extremos, los tatuajes y cualquier aparato con motor eran mi debilidad.

Me costó convencerla, pero acabó aceptando que le vendase los ojos. El trayecto fue corto y, cuando detuvimos el barco, la obligué a esperar veinte minutos más sentada sin ver nada. No fue sencillo, dada su impaciencia natural. Cedió a regañadientes y porque la amenacé con atarle las manos a la espalda si intentaba quitarse la venda.

Tenía que esperar el instante preciso y este llegó cuando el sol comenzó a asomar. Le tendí la mano y sus dedos se enlazaron con los míos para ponerse en pie. La acompañé hasta uno de los laterales, con las velas blancas ondeando detrás de nosotros, y me coloqué detrás de ella para rodearla con mis brazos por la cintura.

—Recuerda. A los tiburones no les gusta el sabor de la carne humana y solo atacan si se ven amenazados. Si no tienes heridas y te estás quieta, no te pasará nada —susurré contra su oreja.

—¿De qué hablas? —Se puso tensa.

—¿Nadar con tiburones no era la ilusión de tu vida?

—¡No! ¡Me dan pánico!

—Ups, lo siento. —Puse mi mejor voz inocente y, antes de que pudiese quejarse o pusiese el grito en el cielo, le deshice el nudo y me aparté.

No me extraña que las palabras se quedasen atrancadas en su garganta. El paisaje no era para menos. El mosaico natural de acantilados del Misty Fjords National Monument se extendía ante nosotros con sus paredes de piedra, acantilados marinos y fiordos pronunciados.

Alrededor del barco se desplegaban espesos bosques con laderas verticales desde el nivel del mar hasta las cumbres montañosas, cataratas que se zambullían en el agua salada a través de grietas, arroyos y lagos, y el azul marino se fundía con el cristalino del cielo.

Era todo tan puro que estoy seguro de que si me centraba en un punto, podría ver las cabras montesas, los osos pardos, los lobos, las nutrias, las orcas, las águilas calvas y los salmones que poblaban ese lugar. Era brutalmente hermoso, aunque había algo que lo eclipsaba. Ella. Cuando se giró con las mejillas rojas, los ojos brillantes y la piel de gallina me compadecí por los fiordos. No tenían nada que hacer con su presencia. Crysta era la única maravilla de mi mundo.

—Me habían dicho que a tu paleta le faltaban colores y he pensado que un amanecer aquí podría devolvértelos todos.

—Era tu celebración. La tuya. —La voz le temblaba.

—¿Todavía no te has dado cuenta de que no tengo elección, que todo lo que me pase tiene que ver contigo? Sí, es mi hasta pronto, pero antes quiero cerciorarme de que cuando nos reencontremos volverás a ser la chica con los dedos pintados de témpera, la que se inventaba paisajes con un lienzo, con la que iba a escalar los picos de todas las montañas que nos rodean.

—Julien, te quie…

—No lo digas, por favor. Estoy cansado de oírlo. Después de tantas veces suena falso. —Me moví y abrí la bolsa que había preparado Dana. Saqué las témperas y las coloqué en sus manos temblorosas—. Píntamelo. Tal como un día me dijiste. Llena mi cuerpo de brochazos hasta que lo invadas todo. Lléname de color. Regálame tu amor, duende.

Me quité la camisa y la camiseta, las lancé al suelo y me acerqué a su lado. Las lágrimas brotaban de sus ojos y se perdían en la sonrisa que tenía dibujada en el rostro. Mi respiración se agitó cuando desenroscó el bote de pintura y sumergió el pincel.

—Te pinto suave. —Colocó la punta sobre mi pectoral y trazó una línea recta. Y, desde entonces, supe que el verbo pintar era mi favorito, para nosotros significaba amar—. Te pinto fuerte. —Lo hizo con más potencia—. Te pinto con todos los colores. —Abrió los botes y metió los dedos para recorrer mi torso con las yemas—. Te pinto con todo mi ser. —Se quitó la sudadera y la camiseta y se embadurnó de pintura antes de impactar contra mí—. Te pinto porque soy tuya. —Deslizó sus dedos desde el tatuaje con los pájaros que volaban hasta mi corazón, anclándolos a él—. Y te pintaré siempre. Siempre, ¿me has entendido? Porque tú eres mi color favorito.

Pasó las manos por su cara hasta dejar su rostro repleto de tonalidades, enredó los dedos en mi nuca y me besó con urgencia, pasión y ternura. Coloqué mis brazos alrededor de ella y la apreté, gruñendo de placer al notar que nuestros cuerpos se pegaban gracias a la pintura. Su pecho subía y bajaba, acelerado, y los labios se entreabrían para dejar paso a la lengua, a la mezcla de saliva, al intercambio de sabores.

—Joder, por fin. —Lo apreté con las manos, atrayéndola más.

—¿Qué? —gimió sobre mi cuello.

—Vuelvo a sentirlas. Han estado vacías hasta que te han tocado de nuevo.

Crysta volvió a presionar sus labios contra los míos y noté cómo el mundo desaparecía a mi alrededor.

—Yo también pinto cada centímetro de tu piel. —La acaricié con mis manos pringadas por la espalda, la cintura, esa barriga que temblaba a mi paso y el pecho. La agarré por las mejillas y la miré fijamente—. Te pintaría toda mi vida. —Pasé el dedo por sus mejillas, por la nariz, por la frente, por los labios y por el cuello, para declararme a través de las yemas de mis dedos hasta que ningún poro quedase intacto.

El duende me abrazó clavando las uñas en mi espalda y aproveché para agarrarla de la cintura y descender lentamente hasta depositarla en el suelo del navío. La besé alrededor del ombligo mientras desabrochaba su pantalón y se lo quitaba. Ella se incorporó y me arrancó el cinturón, demostrando que tenía las mismas ganas que yo.

Nos deshicimos de la ropa interior y volví a ser virgen cuando me introduje en su interior. No exagero. Lo fui. Con los mismos nervios y esa sensación de que si sonreía un par de veces más debajo de mis brazos, me corría en el acto. Era preciosa. Estaba feliz. Dispuesta. Y no paraba de meter los dedos una y otra vez en el bote de pintura para recorrerme el cuerpo, para gritarme su amor.

Después de tanto tiempo de insatisfacción, de acostarme con ansiedad con mujeres en busca de algo que se asemejase a lo que ella me hacía sentir, tenerla de nuevo me destrozó. En el buen sentido de la palabra. Me partió los huesos, los músculos, las entrañas, el corazón, y todo para dejar salir a ese Julien que habitaba en ellos. Ese chico que empujaba entre las piernas de la mujer de su vida y no se podía creer la maldita suerte que tenía. Ese chico que se perdía en el azul cristalino de su mirada y sabía que no necesitaba nada más. Ese chico que tenía los sentidos amplificados y estaba al borde del infarto al experimentar sensaciones vetadas durante años.

Ese que descubrió que todavía podía sorprenderse, que se equivocaba al pensar que ya lo había vivido todo, que con ella ningún día sería igual, porque su mera presencia lo haría memorable.

Terminamos entre gemidos, respiraciones agitadas, sudor y mucha pintura. Rodé hasta colocarme a su lado y nos miramos a los ojos hasta que estuvimos un poco más relajados.

—No quiero irme… —confesé. Se estaba tan a gusto allí…

—Lo sé. Yo tampoco quiero que te vayas. Pero no será tan malo.

—Ya. Esta vez voy a conseguirlo —asentí con seguridad.

Se apartó el pelo de la cara y vi que estaba pintada de rosa, azul y verde.

—¿Qué quieres que hagamos hasta que te marches? —preguntó.

—Contarte las pecas mientras hablamos durante días, sin dormir, lo necesario para volver a saber todo del otro.

—Hemos cambiado mucho. —Se mordió el labio—. ¿Por dónde empezamos?

—Sencillo, ¿qué es lo que más te gusta hacer ahora, aparte de deleitarte con mis nuevos pectorales?

—Vas a mofarte de mí... —Miró hacia abajo con un deje de vergüenza.

—Te prometo que disimularé lo mejor que pueda. —Me dio un codazo y fingí que me dolía—. En serio, ¿qué es? Tengo curiosidad.

—Sé que suena a que tengo pocas pretensiones, pero lo que más me gusta hacer ahora es reír. ¿Y a ti?

—Me lo has puesto fácil, duende. Ver cómo lo haces. A todas horas.

CAPÍTULO 27

JULIEN

Tras sortear a la prensa, entré en el centro de desintoxicación, cargado de voluntad y buenas intenciones. Tenía toda la determinación del mundo y las fuerzas para enfrentarme a la adicción. Estaba dispuesto a pelear. A no caer de nuevo. A vencer. Bla. Bla. Bla. La realidad es que eso no hizo que fuese sencillo. Pensaba que todo en esta vida era actitud, mentalizarse, proponerse las cosas, y la verdad es que me costó horrores levantarme cada mañana y acostarme cada noche sin notar sus efectos en mi cuerpo.

A día de hoy, meses después, todavía lo hace. La tentación está ahí, continuamente. Sientes el anhelo recorrerte las venas y su llamada palpita en tu sien. Aprendes un ejercicio de contención que te permite mantenerla a raya. Es a lo máximo que puedes aspirar. Siempre desearás que su toxicidad te envuelva y, del mismo modo, sonríes al golpearla con un derechazo limpio para apartarla de tu camino. Las metas nunca debieron ser el objetivo, sino el trayecto. No pienso en no volver a sucumbir nunca, sino en no hacerlo hoy, y mañana pensaré no hacerlo mañana y, espero, así día tras día hasta mi final. Lento y sin pausa.

Miro por la ventana. Es febrero y el cielo está encapotado. Las nubes han descendido hasta la tierra e inundan las edificaciones, difuminando sus tonalidades con un halo de misterio. La tierra está húmeda, el asfalto brilla, mojado, y la vegetación nos regala su versión más oscura. Los coches circulan con las luces encendidas y los limpiaparabrisas a su máxima potencia y un grupo de amigos corren con las capuchas puestas para resguardarse.

Vuelvo la vista al espejo que han colocado en el almacén del Galaxy que, años después, de nuevo ejerce de camerino improvisado. Observo mi reflejo. El pelo está revuelto y mi piel blanquecina. Sin embargo, parezco sano. Parezco yo.

Se abre la puerta y entra Lucas.

—Anda, déjame. —Me quita la pajarita roja de las manos—. No tienes ni puta idea de hacerte un nudo. —Se coloca frente a mí y me envuelve con sus brazos para colocarla, concentrado.

—¿Quién decidió que esta mierda era elegante? —Noto cómo me aprisiona el cuello y mi amigo se muerde el labio mientras continúa.

—La misma persona que decidió no bendecirte con ese don… —Se mofa de mí y se aparta para que vea el resultado.

—¿Te recuerdo que fui imagen de ropa interior de Calvin Klein? —Observo el resultado y asiento satisfecho.

—Dame la mitad de tu fama y me habría apoderado de la marca hasta la vejez. —De nuevo esa competitividad que echaba de menos.

—No lo dudo, con tus dotes para los negocios. —Compruebo la hora. Queda tiempo. Me giro y Lucas está peinándose hacia atrás para que el pelo se mantenga en su sitio—. Y hablando de eso. Hay una cosa que me gustaría decirte.

—¿No habrás esperado hasta hoy para confesarme que estás enamorado de mí? —Imita la conversación que mantuvimos en el pasado—. Porque sé de una chica pequeñita pero matona que nos colocaría el culo como cara de una patada.

—Lo nuestro siempre será un amor prohibido. —Le guiño un ojo.

—Ni de coña. Sería demasiado típico. El tío que está enamorado en secreto de su mejor amigo. Prefiero esto.

—¿Qué?

—La prueba de que una amistad a veces solo es una amistad y no es necesario nada más.

Me siento encima de una caja. Lucas se coloca enfrente. Nos miramos y me pongo serio.

—¿Amenaza de recaída? —Frunce el ceño.

—Ten un poquito más de fe en mí. —Noto que va a pedirme perdón por su primera reacción y le quito importancia con una sonrisa—. Es otra cosa.

Lucas se masajea la barbilla y clava sus ojos azules en los míos para que continúe.

—Últimamente he tenido mucho tiempo para meditar y he llegado a una conclusión. Quiero montar un negocio.

—¿Hacerte empresario? No sales de una y te metes en otra. El mundo de las finanzas no es mucho mejor que el anterior.

—Lo sé. Por eso no voy a dirigirlo. Si aceptas, lo harás tú. —Se echa hacia atrás y noto que lo he sorprendido.

—Julien, yo...

—Es lo que soñabas, ¿no? Por eso nos destrozamos las piernas corriendo en el instituto para que consiguieses una beca y te dejaste la cabeza en la biblioteca en la universidad.

—Julien...

—No puede ser otro. No cuando eres el único en el que confío que los tendrá en cuenta. —Miro hacia la puerta, consciente de que ellos me esperan allí—. Crysta y Jer tienen que estar dentro.

Le dejo pensar, esperando a que se dé cuenta de que se trata de un favor mutuo y no compasión.

—Te escucho.

—Un hogar para sanar esto. —Señalo el corazón.

—¿Un hospital especializado en cardiología?

—No, un hogar especializado en almas, en incomprendidos, al que puedan ir aquellos que se sientan atacados en el colegio, en las redes... Su refugio. ¿Qué te parece?

—¿Soy sincero?

—Cruel, si quieres.

—Nunca sacarás beneficios. Nadie pagará.

—Por eso quiero que sea gratis. El dinero saldrá de mi bolsillo. Tu labor consistirá en administrarlo correctamente, hacer que funcionen los departamentos y mantener a Jeremy y Crysta en la plantilla. Él para que ayude con sus sabios consejos y ella para que inunde de color todas las estancias. Necesito que lo dirija alguien de mi absoluta confianza, sobre todo cuando no va a estar a mi nombre.

La clínica me ha enseñado muchas cosas. Estar allí ha cambiado mi perspectiva. Me obligó a hacer cosas que no quería. Pensar. Mucho. Abrirme en canal. Hacer retrospectiva. Y no todo tuvo que ver con Crysta, el grandullón, mi mejor amigo, mi familia o el tipo de vida que llevaba. Hubo más.

Medité. Sin tener nada, me di cuenta de lo que había hecho teniéndolo todo. Comprar coches de lujo, malgastar el dinero en botellas de champán cuando mi paladar no era delicado y no sabía distinguir un Moët & Chandon del que vendían en el supermercado de la esquina, joyas, ropa cara… Gilipolleces.

Me percaté de que había tenido en mi mano ayudar a mejorar el mundo y me había centrado en pudrir mi universo personal. No toda la gente tenía mis posibilidades. Ser rico estaba vetado para la gran mayoría de los humanos. Solo yo podía determinar en qué emplear el dinero que tenía en el banco. Seguir por el mismo camino y fundirlo en tonterías que no significaban nada o hacer que contase. Conseguir que esa arma destructora se convirtiese en lo contrario.

—¿No vas a dejar que la gente conozca tu mejor versión? —Abre mucho los ojos.

—No —contesto con rotundidad—. Ya lo he compartido todo. Quiero tener algo que sea solo mío. Mi secreto. Nuestro secreto si me dices que sí.

—Joder, claro, es la oportunidad que llevo esperando toda la vida. Mi padre…

—Nos importa una mierda lo que piense tu padre. Tú siempre has triunfado, ¿sabes? Por eso te tenía envidia y te presionaba, porque al mirarte veía lo mismo que yo.

—¿Qué?

—Alguien grande sin importar el puesto que ocupase.

Le explico a mi amigo que mi administrador ya está al tanto de la idea y que mientras firmaba no paraba de repetirme que era una puta locura, antes de que abandone la estancia dando paso a Jeremy.

—No sufras. Ha venido mucha gente que no conocemos y también hay personas fuera. —Anuncia algo que yo ya sabía.

Es mi regreso. Uno más calmado, en una sala pequeña, y me abstengo de contestarle que ya contaba con eso y que, en esta ocasión, lo que realmente me importa son ellos. Los que en la otra vida no valoré. Los amigos, la familia «obligada» y ellos tres. Que me encuentro ante una prueba de fuego, la que determinará si hay algo que rescatar, si la música todavía puede hacerme disfrutar o continúa doliendo demasiado. Si al mirarla a la cara veo las horas compartidas en el garaje de mi casa de Alaska o su rostro demacrado, el cruel, el que me deforma, el que me absorbe, el que juega conmigo. Aquel al que no quiero volver.

—Llevan la cara pintada con tu nombre y pancartas con fotos… —Se acerca y se olvida de los datos que tenía que darme en cuanto ve el detalle más importante de mi atuendo—. ¡Te la has puesto! —Grita, emocionado, a mi lado.

—Pajaritas rojas para las citas importantes, ¿no? —Señalo la misma que lleva él y se le hincha el pecho de orgullo—. Hoy lo va a ser. ¿Sabes por qué?

—No. —Se apresura a enfatizar sus palabras con un movimiento de cabeza.

—Porque hoy, por fin, vas a ver la cara oculta de la luna.

Abre mucho los ojos y sonríe.

—¿Es verdad? —Su emoción confirma que he tomado la mejor decisión.

—Todavía no he encontrado la manera de bajarla, pero me he dado cuenta de que llevo años sabiendo cómo era.

—¿Podré tocarla?

—Será tuya en cuanto acabe el concierto. Te pertenece. —Y se lanza a mis brazos y me da besos que impregnan de huellas húmedas mi cara. Me dejo querer.

Mi madre viene a buscarlo. Cada vez hay más gente y será complicado acceder a la primera fila, el rincón que está reservado para ellos. Falta poco para que comience y Jeremy no se maneja bien entre las masas. Veo su silueta perderse tras un «mucha mierda» y no puedo evitar adelantarme a imaginar su cara cuando vea el decorado.

El productor por poco me mata cuando le confesé que no haría un regreso espectacular en un estadio o algo similar, sino que sería en una pequeña sala de la que ni siquiera había oído hablar, y que la recaudación se donaría íntegramente a la ONG con la que trabajaba el grandullón.

No tuvo más remedio que aceptar. Por una vez no era una sugerencia, sino una orden. Yo tenía el mando. Entonces comenzó a pensar mil ideas para que fuese brutal y, de nuevo, tuve que decir que no. Y debo reconocer que negarme y ser testigo de cómo lo horrorizaba mi plan alternativo fue algo digno de recordar.

Así que tengo exactamente lo que quiero. Una sala íntima. Mi gente. Un micrófono. Mi antigua guitarra. Los dos focos cutres del Galaxy. Un sonido que deja mucho que desear. Un único elemento de acompañamiento, una luna que caerá conforme empiece a rozar las cuerdas con una imagen que Crysta pintó. La de esa cara oculta que durante toda mi vida tanto me ha acompañado.

Quedan diez minutos para que me anuncien. Puede parecer poco, pero, como siempre he mantenido, el tiempo es relativo. Sé todo lo que va a pasar durante esos segundos. Las ideas que se clavarán. Las costumbres que me llamarán con voz melosa. Por eso el lugar es tan determinante, por lo que significa. Espero que me traiga lo que me ofreció en nuestra primera cita, en la que el miedo era insignificante porque si todo salía mal podía volver a mi vida como si nada.

Quiero habitar en esa realidad y no en la que se transformaron los conciertos. Alejado del lujo que me lanzaría de lleno a polvos rápidos y mucha cocaína. Cerca de esas cajas en las que puedo sacar mi ejemplar de *El Principito* para distraer la mente leyendo y en el sitio en el que, sin previo aviso, aparece Crysta.

Va impresionante con su mono rojo, el pelo rizado cayéndole hacia un lado en una cascada de rizos y los ojos maquillados. La repaso de arriba abajo sin pudor y ella se lanza en mis brazos, enlaza sus dedos en mi nuca y me besa.

—Marcando territorio… —bromeo cuando se separa, con su nariz todavía rozando la mía.

—No sé de qué me hablas…

—El pintalabios es la nueva fórmula para grabar a fuego en el otro que soy de tu propiedad.

—No necesito ponerte etiquetas.

—Es verdad, no lo necesitas. —La aprieto y aspiro su aroma. El pelo le huele a jabón. Me encanta.

—¿Estás nervioso?

—¿Debería estarlo?

—No lo sé. A mí nunca me han nominado a seis Grammy.

—¡Ah, eso! Tranquila, voy a ganarlos todos. —Pone los ojos en blanco.

Es cierto. Ese es otro de los motivos por los que probablemente Orlando me odia hoy. Mi «descanso» forzado llevó a la industria a echarme de menos y, en un intento desesperado, volvieron a nominarme como al principio, cuando para ellos era «un niño prodigio» y no el «tío malo» de América.

Me han adelantado que iba a ganar para que asistiese a la gala o les enviase un vídeo dando las gracias. Es su particular manera de indicarme que me esperan con los brazos abiertos. Lástima que yo no piense en ellos más tiempo del estrictamente necesario. Estoy tranquilo. Reconduciendo todo. Puede que ellos piensen que una alfombra roja, estatuillas y gente gritando mi nombre provocarán un efecto llamada, cuando en realidad ya no los oigo.

Allí estoy mejor. Lo sé. Lo siento.

—Aunque hay otra cosa que me inquieta.

—¿Cuál? —Comienza a jugar con mi pelo y me hace cosquillas.

—En mi faceta destructora tomando el poder.

—¿Se puede saber en qué estás pensando? —Su boca se curva.

—En que algún día dejaré de tener fuerza de voluntad, devoraré tus labios, me comeré tu sonrisa, y que nadie me culpe si dejo sin luz al mundo.

—¿Has aprendido esta palabrería cursi de tu nueva afición por leer? —Me quita el ejemplar.

—Las nuevas rutinas me están enseñando mucho, pero si por algo este libro es mi favorito es porque en él encontré la frase inspiradora, la de un nuevo inicio, la que me recuerda a ti. —Me aclaro la garganta y recito—: Si tuviera que volver a comenzar mi vida, intentaría encontrarte mucho antes...

—...Y si vienes, por ejemplo, a las cuatro de la tarde, comenzaré a ser feliz desde las tres —me contesta con los ojos vidriosos con otra cita de la obra.

Oigo que anuncian mi nombre por megafonía y el eco de los gritos. El duende se pone de pie, me tiende la guitarra y se acerca de nuevo.

—Si no puedes, hazme un gesto y subo a acompañarte —me susurra al oído.

—Tú cantas de pena —le recuerdo.

—En eso consiste el amor, en dar lo mejor de ti y aprender imposibles, cosas que nunca imaginaste que harías y que el otro necesita.

Salimos y comienzo a andar por medio de las vallas rumbo al escenario. Las personas que han venido gritan y comienzan a amontonarse sobre las vallas de metal, con los guardias de seguridad esforzándose porque no consigan saltarlas. Sacan los móviles, los flashes lo inundan todo y su luz está a punto de quemarme la carne cuando Crysta enlaza su mano con la mía y la aprieta con fuerza. Me pierdo en ese contacto, en la temperatura de su piel, que impide que me hierva la sangre.

Me abandona en el lateral en el que ya están mis padres, Lucas y Jeremy, que levanta la muñeca para que vea la goma negra que prende. No esperan a que esté arriba y repiten el ritual, el primer mantra, las camisetas rosas vuelven a inundarlo todo. Mis ojos se deslizan hasta la mecha del mismo color del duende y, de repente, no hay nada que desee más en el mundo que besarla para derretirme en sus labios con sus palabras.

Las voces aumentan cuando llego arriba y mi respiración se agita. No sé si estoy preparado. Si ya es el momento. Si debería esperar más. Mil dudas que se disipan con los ojos brillantes del grandullón mientras niega con la cabeza. Me está ofreciendo que no lo haga, que no lleve a cabo ese ritual que tanto hemos adorado, pero debo hacerlo. Por él. Por mí. Por volver a utilizar el sonido de mi garganta para algo que merezca la pena.

—Gracias por acompañarme hoy. —Sueno débil, pero no podría ser de otra manera. Me estoy abriendo en canal—. Sé cómo lo han vendido. El desfasado vuelve a la carga. —Oigo risas, pero también gente que contiene la respiración—. Pero hoy no vais a encontraros con Julien Meadow. Hoy va a cantar solo Julien. Y ya os adelanto que no voy hasta el culo, no voy a levantarme la camiseta ni terminaré haciendo alguna gilipollez que compartir en las redes sociales. Hoy quiero que mi voz sea pegamento. La que una los fragmentos desperdigados. La que os enseñe al chico al que más ha castigado su bendita madre con razón, el que se subía a los árboles con el tío tremendo de los ojos azules que veis ahí, el que se enamoró de la chica que sabe decir «te quiero» con el pincel y para el que la felicidad es algo tan sencillo y natural como comer queso con su hermano. Ese soy yo. Y espero que os guste.

Silencio. Algunas personas se sorben los mocos. Me apoyo en el taburete. Coloco la guitarra en mi regazo y cierro los ojos para familiarizarme de nuevo con las cuerdas. Las rozo con miedo y suavidad. El sonido que emana hace que me recorra electricidad. Lo echaba de menos. La echaba de menos. A ella. A la música. A las notas recorriendo el ambiente. A esa prolongación de mi ser desprendiéndose en pedazos para vagar libre por el mundo.

Me recojo el pelo en un moño improvisado y me pongo manos a la obra. Al principio es extraño. Nuevo. Como si fuera la primera vez. Sin embargo, a medida que avanzo, las cicatrices van sanando gracias a su medicina. Despegó los párpados y veo a una

multitud concentrada enfrente de mí y me centro en mi hermano como si el resto no existiese. La letra viene sola, inventada,
hablando del chico del queso, el de las estrellas, el inquieto, el
dueño de mi alma. La luna empieza a descender del techo y el
grandullón se tapa la boca emocionado. Ahí la tiene.

Entonces oigo una voz masculina que pregunta.

—¿Estáis contentos del regreso de Julien Meadow?

El público congregado asiente, algunos le chistan para que se
calle y no interrumpa, y yo empiezo el movimiento ascendente y descendente de mi cabeza con el moño cuando con el rabillo del ojo veo que lleva un sombrero verde. No me da tiempo
a reaccionar ni a ponerle cara cuando oigo a la gente gritar con
pánico y levanto la vista justo a tiempo de ver la pistola con la
que me encañona.

Es él. El acosador. El de los perfiles falsos. El insistente.
Y nuestros ojos se encuentran una milésima de segundo antes de
que lleve a cabo el motivo por el que está allí.

Disparo. Disparo. Disparo. Gritos.

Lo ha conseguido. No se lo ha pensado dos veces.

Las personas comienzan a correr de un lado para otro, deso-
rientadas, un miembro del equipo de seguridad se abalanza sobre mi agresor hasta reducirlo y alguien llama a emergencias.

Me quedo estático y muevo mis manos hacia las cuerdas de la
guitarra para seguir tocando, porque el descenso de la luna se ha
detenido por los disparos y Jeremy tiene que ver el dibujo que
ha hecho Crysta de él en la parte trasera. Tiene que saber que él
es la cara oculta de la luna, el que te lleva a aquella parte de ti
que nadie ve, pero es la más brillante.

No suena nada. Están rotas. Partidas por la mitad. Con unos
agujeros que las traspasan hasta mi abdomen. Se me cae al suelo y es entonces, solo entonces, cuando noto la piel ardiendo
y la pólvora carcomiéndome por dentro. El olor a madera y carne quemada.

Trato de moverme y no puedo. Estoy clavado en el sitio. Bus-
co a mi gente y su mirada hace que me muera de miedo. Su dolor

me asusta porque yo no siento nada en absoluto y eso no puede ser buena señal. Crysta es la primera en llegar, con la cara desencajada. Presiona mi tripa y me percato del reguero de sangre que emana hasta cubrir mis pantalones, las zapatillas y el suelo. Estoy perdiendo mucha sangre, y muy rápido.

El duende se afana en apretar con todas sus fuerzas con la respiración agitada, y no sé qué hacer. No sé cómo coño reaccionar. Los ojos me pican y siento las lágrimas brotar cuando comienzo a cantarle al oído con la voz rota hasta que no puedo más por la angustia.

—Así debería haber sido para siempre. Cantándote al oído hasta quedarme sin voz —susurro sobre su pelo antes de perder el equilibrio y caerme al suelo a pesar de su intento de sostenerme.

No puedo contenerme y tiemblo. Lo hago con espasmos y aterrorizado. Todo se nubla a mi alrededor, la sangre caliente me pringa el pelo y toso con agonía, escupiendo desde tan adentro que me da la sensación de que estoy expulsando las entrañas.

Mis padres, Lucas y Jeremy corren como si fuese la carrera más importante de su vida. Intento cambiar de posición y me parece imposible. Un líquido caliente me pringa el pelo y escupo sangre. Se agolpan a mi alrededor, pálidos, con los ojos brillantes, lágrimas por las mejillas y respirando de tal modo que parece que les duela cada bocanada de aire que toman. Voy a morir. Lo veo en mi reflejo maltrecho en los cristales del duende. La vista se distorsiona aún más y no sé cuánto tiempo podré permanecer así antes de dormirme, de no aguantar ni un segundo más despierto. Tengo que decirles algo. A todos. Y no sé el qué. No tengo ningún discurso preparado. No ahora.

Mierda.

Intento que el miedo no me domine y quiero decir tantas cosas que me atraganto.

Un sabor metálico asciende por mi garganta. Me urge continuar. Sé que están hablándome. Sé que dicen que permanezca a su lado. Sé que lo hacen. Pero no puedo escuchar. Tengo que decir lo que llevo dentro, y el hecho de no poder hacerlo me asesina más que la bala en mis entrañas.

—Os... —Tos seca. —Quiero. —La respiración se agita y paseo la mirada de uno a otro. Lucas—. Mucho. —Espasmos. Mi padre—. Mucho. —Los dientes me castañetean. Mi madre—. Mucho. Crysta.

Me cuesta respirar y ya no sé si es porque lo que me ha pasado está acabando conmigo o porque decirle adiós es lo más complicado que he hecho nunca.

—Ni se te ocurra despedirte de mí, ¿me oyes? —Sostiene mi cara entre sus manos—. Vamos a salir de esta. ¡Vamos a hacerlo! Tú no te vas a ninguna parte... Tú no te vas...

—No... Lo... Voy... A. —Gasto todas las fuerzas en dibujar mi mejor sonrisa ladeada y aprieto las manos para gastar las pocas que me quedan en hablar—. Te voy a... un secreto. Un día te dije que daba igual... escondieses... siempre te encontraba. —Carraspeo y noto los labios secos—. Tu risa... —Los ojos se me cierran y lucho por despegar los párpados—. No... pongas... tarea complicada... y nunca pares de hacerlo.

—No, por favor, no... —Ya no le queda voz y las lágrimas que brotan de sus ojos impactan sobre mi piel.

—Te pintaré allá donde vaya... —Escupo la sangre y añado con voz ronca—: ¿Cómo no voy a hacerlo si eres la historia más bonita que el destino ha escrito en mi vida?

—Y tú la mía, pero necesito más capítulos. Quiero que seamos la historia interminable.

Noto su agonía y me siento culpable. Quiero parar las sacudidas. Quiero detener su dolor. Quiero dejar de morirme. Los observo destrozados y la histeria me domina. Noto un ataque y comienzo a balancearme con fuerza, entre escalofríos, con terror. La herida no duele. Duelen sus gritos. La forma en que mi padre aprieta a mi madre mientras ella clama al cielo. El modo en que Lucas aprieta los dientes y ver que la vena de su frente va a estallar. La manera en que Crysta me acaricia clavando su piel en la mía, pintando con sus dedos rojos mis mejillas, enfatizando con palabras el «te quiero» que me susurran sus yemas.

Y el miedo aumenta hasta ser tangible, patente, hasta dominar mis últimos segundos... Hasta que el grandullón deja de estar serio y enseña a todo el mundo lo que yo siempre he sabido. Él es el valiente. Él es el que no se rinde. Él es el héroe y yo solo el chico que se dejaba llevar. Es el momento de colocarse la capa y ayudar a los que están a su alrededor.

—Le estáis asustando, ¿no lo veis? —Coloca una mano en el hombro de Crysta y hace que esta se aparte un poco para dejarle un hueco—. Julien odia que la gente llore, se pone triste —les explica mientras se sienta, y, con delicadeza, levanta mi cabeza para que repose en su regazo—. Acaba de decirlo y no lo habéis escuchado. Tenéis que sonreír porque ahí es donde encuentra a la gente. Donde vive.

Mi hermano los mira uno a uno con determinación y observo cómo las lágrimas siguen cayendo, pero esos regueros de agua ya no acaban en el suelo, sino que se pierden en el interior de sus bocas, en los labios curvados.

La vista se me nubla y los párpados me pesan. Ya no tengo fuerza de voluntad para mantenerlos abiertos. Es irónico. Yo, que quise morir, daría todo por quedarme unos minutos más. Pero así es la vida. Al final voy a formar parte del club de los 27. Sin embargo, no lo haré por un cristal o una sobredosis, sino por un loco que se creía con derecho. Un acosador que, como sus predecesores, actúa el día que menos te lo esperas. Sin importarle que sea el mejor o el peor, que hayas salido a la calle con ganas de comerte el mundo o enfadado, que te haya dado tiempo a decir a tus seres queridos lo que significan o te hayas reservado desvelar tus sentimientos para otro día. Sin importarle todos los momentos que te ha robado con su locura. Sin importarle que por fin la hayas comprendido a ella. A la vida. Que hayas tenido que despreciarla para saber la verdad. La vida es ser feliz. Ya.

Dicen que cuando te estás marchando, cuando te despides de ella, repasas tus recuerdos más memorables. Por eso me enfado.

Me frustro. Porque he experimentado mil cosas y, en lugar de repetirlas, estoy en una escena de la película que ni siquiera sabía que existía. Una en la que tengo miedo, estoy desubicado y no puedo parar de llorar a lo bestia con objetos flotando en lo alto.

No veo con claridad. Solo siluetas borrosas. En mitad de la desesperación, aparece un bulto que reconozco y mi berrido aumenta. No puedo controlarlo y no sé qué quiero. En lugar de prestarme atención, mira hacia abajo y dice con voz dulce.

—¿Quieres ver al llorón de tu hermano? —Distingo su voz. Es mi madre—. Con cuidado, Jeremy, que es muy pequeñito.

Entre las sombras y las siluetas aparece una bola negra que se aproxima peligrosamente. Me asusta y estoy a punto de demostrarle toda mi capacidad pulmonar cuando me toca con los dedos en la cara, rozando con curiosidad las lágrimas, y, de repente, detengo el llanto. Porque me transmite tranquilidad, seguridad y un sinfín de cosas que no soy capaz de descifrar. Lo único que entiendo es que ese grandullón es lo que necesito.

La vista se empieza a aclarar y cada vez veo más nítido, hasta que mis ojos enfocan con toda su potencia por primera vez. Hay un niño enorme, con una mata de pelo negro, babeando y unas manos que parece que han encontrado su sitio en mi cara. Me pierdo en sus ojos marrones, que enfocan a extremos opuestos. Y no tengo ni idea de lo que son los árboles, las plantas o las semillas, pero sí que él es la tierra donde quiero echar raíces.

Todo gran árbol proviene de una semilla pequeña, y la mía comenzó el día que se instauró en el interior de Jeremy.

No puedo marcharme. No así. Llorando. Asustado. Triste. Y solo hay un modo de revertirlo.

Soy consciente de que mis parpadeos están limitados, pero tengo que lograrlo. Abro los ojos despacio para dar el adiós que más cuesta, ese que tienes que hacer cuando no quieres irte. Me topo con esas manazas acariciándome de nuevo con la misma ternura las lágrimas, con la sonrisa que ahora está poblada de dientes irregulares y con el marrón de sus ojos. Me concentro con todos los sentidos. Es lo que quiero llevarme. Tacto. Vista.

Olfato. Sabor. Oído. Su gesto se contagia y dejo de llorar para mover los labios. Pude irme solo. Era lo que merecía. Pero los recuperé. Lo hice. Estuve a su lado. Los tuve de nuevo. Tal vez la muerte se había apropiado de mí desde el momento en que decidí marcharme de su lado, y me había dado este regalo. Sea como sea, gracias. Hay gente que llega a los cien años y no es capaz de encontrar a una persona que merezca la pena. Yo tengo muchas.

Empieza a cantarme bajito al oído y su voz me trae la paz. Sonrío y me siento más vivo que nunca; ya no me agobia cerrar los ojos, lo dejo allí, a él, a mi mitad, y sé que mi alma no desaparecerá del todo mientras esos ojos marrones sigan existiendo. Se detiene y habla.

—Para todo, Julien…

—Y para siempre, grandullón…

Digo mis últimas cuatro palabras y Jeremy, que lee dentro de mí, se da cuenta de lo que está sucediendo, desciende con sus ojos clavados en los míos y posa sus labios sobre mi frente, mandándome con su beso a las estrellas. Él, lo primero y lo último que he visto, cierra el círculo de mi vida y no podría haber elegido un final mejor que entre sus brazos.

CRYSTA

Julien Meadow murió una tarde de febrero entre las manos de su hermano y dejó una incógnita. Todavía no se sabe quién le hizo las fotografías, pero, en la era digital, a las pocas horas el mundo entero tenía la prueba gráfica de su fallecimiento en su móvil. He ahí el misterio de unos labios curvados, de la sonrisa que lucía el cuerpo inerte. Hay muchas teorías. Solo una es cierta. Jeremy. Nunca supo mirarlo de otro modo. Y no estoy celosa de que le dedicase su último aliento. Si el amor tiene rostro, estoy segura que es el de ellos dos cuando sus ojos se encontraban. Solo el gigante tenía el poder de provocar un latido tan potente en su interior que lo enviase directo allí arriba, al otro lado de la luna, a las nubes, al brillo de una estrella o adonde sea que exista ahora.

El mundo entero lloró su pérdida. Los informativos de todos los países abrieron con la noticia, sus fans continúan dedicándole un *trending topic* diario y hay altares improvisados en la mayoría de los lugares donde posó la suela de sus Vans, y son muchos, tantos que ahora habita incluso en los rincones más inesperados del universo. Los periodistas que dedicaron su pluma a destrozar cada partícula que lo componía ensalzaron su carrera, sus logros, y se lamentaron de que nos lo hubieran arrebatado tan joven. Por su parte, la productora puso todos sus engranajes a funcionar con la máxima efectividad para sacar recopilatorios, DVD de conciertos, vídeos con momentos robados en los ensayos, las horas de caravanas, las entrevistas, las entradas a los conciertos…Y, al final, hicieron una película que reventó la taquilla.

Tardé en ir a verla.Ya casi la habían quitado de la cartelera tras anunciar que el DVD tendría cuarenta minutos extra cuando me decidí. Fui sola y no derramé ni una sola lágrima hasta que salí y me encontré con Lucas. Dana le había avisado de mis intenciones. Estaba apoyado contra la pared mirando al frente.

—¿Ya has gastado un arsenal de clínex? —me preguntó, imitando el comentario más popular en esas redes sociales en las que la gente decía que lloraba desde el primer instante porque ya sabían el final.

—No era necesario.

—No. No lo era —admitió—. Nada de comentarios estúpidos y engreídos, camisetas rosas, queso ni monopatín. Han creado un héroe. Ese no es Julien. —Señaló el punto que lo tenía embrujado—. Ese sí.

Lucas cumplió su palabra y dio vida al proyecto que el rubio le había pedido antes de morir.También lo traicionó y, cuando tuvo la oportunidad que llevaba años anhelando de colocar su cara en una valla publicitaria, no lo hizo, no pudo. Colocó otra en su lugar.

—Sabes que te mataría si viese la que has elegido —aprecié.

Julien no salía en el cartel con una fotografía realizada por un profesional, una de esas en las que salía sumamente atractivo, sino haciendo el idiota con los ojos bizcos, la nariz arrugada, el pelo alborotado y una sonrisa en la que casi podías oír la carcajada que la acompañaba.

—Insinuaría que lo he hecho para camuflar su increíble atractivo y así parecer yo más guapo. —Entonces me encontré con sus ojos azules vidriosos—.Y me llamaría caraculo. Lo haría…

Y Lucas, el indestructible, el experto en camuflar sentimientos, se derrumbó y me abrazó. Entonces sí que lloré. Entre sus brazos, sintiendo cómo sus manos buscaban que me adaptase al tamaño de la persona a la que se moría por estrechar y que ya no estaba.

Me di cuenta de que no me emocionaba con lo que leía o veía de él, porque se centraban en sus récords de ventas, las colas kilométricas para sus conciertos, sus canciones, su *merchandising*, frases sacadas de sus entrevistas e incluso la horrorosa película que tan poco lo representa. Nada de eso me hará recordarlo.

Porque Julien… Julien era el niño al que solo le importaba planificar trastadas perfectas desde los árboles con Lucas y evitar que su hermano sufriese *bullying*. El que me hizo enamorarme de mí misma al ritmo que él también lo hacía. El que congelaba escaleras y se ponía camisetas rosas ante las injusticias. El que celebraba las ocasiones especiales con queso. El que se inventó el secreto de la luna y los copos de nieve cayendo contra un paraguas. El que me hablaba de un algo «real» que nunca comprendí, pero me hacía sentir bien. En definitiva, el que te contestaba que si sabías que tenías los ojos más bonitos del planeta cuando tú le mostrabas tu debilidad.

También fue el que compuso una canción que se hizo viral y dio un primer concierto al que solo acudieron sus amigos, familia y cuatro personas. El que pensaba que todo había acabado cuando grabó un LP que obró el milagro. El que se trasladó a Los Ángeles siendo una persona inocente que poco sabía de la vida y mucho de las ilusiones. El que conoció las dos caras de la fama. La bonita repleta de éxito, aplausos, estadios llenos, lujo y personas diciendo que su música había cambiado su vida a mejor, que él lo había hecho. También la oculta, la menos buena, la que lo transformó en un objeto para los periodistas envenenados, en la que sintió el dolor de unas redes sociales en las que la gente opinaba sin filtro, la exposición total, la ausencia de anonimato, el cansancio de las giras interminables y la utilización por parte de aquellos que lo rodeaban.

El que se drogó, abandonó a sus amigos, experimentó la decepción al saber que su madre tampoco era perfecta y se transformó con la visión de Jeremy borracho en la camilla de un hospital. El confuso. El que detestaba la fama porque estaba robándole la vida y a la vez necesitaba los aplausos para continuar respirando.

El adicto que no quería arrastrar a más personas a su destrucción y decidió alejarme para poder perder el control. El que con 27 años estaba dispuesto a suicidarse, pero contestó mi llamada y acudió a ayudarme. El adulto sin esperanza en su propia salvación que regresó a Alaska para que yo encontrase la mía. El que allí recordó que la felicidad estaba contenida en un amigo sincero, perdonar a su madre, el abrazo de su hermano que tanto necesitaba y unos besos entre brochazos de pintura.

El que se dio cuenta de que tenía un problema y decidió curarse y, cuando estaba empezando de cero, en la sala donde todo comenzó, tranquilo, con los suyos, a salvo, murió a manos de un acosador dedicándome palabras de amor entre los brazos de su hermano. El que pudo irse solo de este mundo con una sobredosis y, al final, nos recuperó.

Fue allí, apretada contra el pecho de su mejor amigo, traspasada por su dolor, donde me concedí el derecho de echarlo de menos, de sufrir por él, y ya se sabe que abrir la caja de Pandora nunca es bueno, sobre todo si está desbordada de sentimientos. Julien derritió el hielo que rodeaba mi corazón y se convirtió en el agua que me componía, la que circulaba a sus anchas, las mareas que me mecieron con violencia y me hicieron estremecerme.

Las paredes me aprisionaban. El pecho me ardía. La cabeza también. No encontraba consuelo en el mundo para superarlo. No existía y, de hacerlo, no sabía si quería localizarlo. Hui de mí misma. Hui de los recuerdos. Hui de una realidad que no quería asumir… Hasta que alcancé mi destino. La dirección que siempre marcaba la punta de la brújula de Julien y la mía. Jeremy.

Me recibió con una sonrisa amplia, limpia, transparente, de esas en las que cierras los ojos porque en el silencio tienen su propio sonido, el de tu pecho al vibrar por haber sido testigo. Sin embargo, en cierta manera su gesto me ofendió, o eso creo, porque no era justo sonreír de ese modo sin tener a Julien enfrente intentando penetrar para habitar en ella.

—¿Te molesta que no esté triste? —preguntó con las gafas caídas en el puente de la nariz y ojos curiosos, con la culpabilidad asomando, pendiente de mi próxima frase.

—¿Cómo se hace para no estarlo? —Decidí no ser cruel y pedirle consejo. Si él no amortiguaba mi constante caída al vacío, me hundiría.

—¿Qué fue Julien? Además de un chico, ¿qué fue?

—¿Una estrella? —dudé con la otra cara de la moneda tras meditar.

—Una estrella que hablaba demasiado. —Se rio y, tras fijarme más en su gesto, me di cuenta de que no lo hacía tan alto y exagerado como de costumbre—. Y yo memorizaba todas sus palabras. Ahora las utilizo… —señaló la foto con un grupo del centro que tenía en su habitación— y sirven. Esa es la sensación en la que lo encuentro. Soy capaz de hacer feliz a la gente. Utilizo su don. No se ha ido. —Colocó una mano en mi hombro y meditó para recordar frases exactas antes de pronunciarlas—. Julien me contó una vez que los artistas buscan transmitir, crear y robar emociones, porque son egoístas y anhelan ser eternos. Cantan, pintan, actúan… Todo para que la gente baje la guardia y colarse dentro. Aseguran que son enfados, lágrimas, suspiros, notas que llevan tu pecho al límite de estallar, son no querer cerrar los ojos, son no querer abrirlos apretando los párpados con fuerza… No son lo que hacen, son lo que nosotros sentimos. —Movió la mano hasta el lugar donde estaba mi corazón—. Lo que te sale de aquí solo cuando piensas en él es la única manera de recuperarlo.

Me lo tomé muy en serio. De todos es sabido que Jeremy era el más listo de los tres. Por el que no nos daba miedo perdernos. Tarde o temprano nos encontraría. Le di vueltas al consejo, pero era sumamente complicado. Hay personas que te enseñan tanto que llegas a creer que te descubrieron el mundo.

Lo averigüé una tarde, pintando desesperada, sin inspiración, con la brisa meciendo mi cabello y el sol ocultándose en el firmamento tiñendo el cielo de rojo. Hay estrellas que salpican de brillantes el firmamento. Hay reflejos en la superficie del mar que parecen polvo de astros. Y luego, luego están los que no son rocas, ni una masa ingente de agua, no son nada espectacular, solo personas.

Personas.

Y el foco correcto me lo devolvió.

Supongo que cada uno nos llevamos algo de los seres que dejamos atrás. De Julien, me llevo una enseñanza, una ilusión y un sentimiento.

La enseñanza de que los artistas son personas y no objetos, que detrás de las sombras proyectadas por los focos impactando contra su piel hay un ser humano imperfecto, con aristas, pero que, por ejemplo, puede tener los ojos de un color ámbar único en el mundo. O pedirte perdón una tarde después de acostaros por buscar mil maneras de decirte «te quiero» que no fuera utilizar esa palabra. Confesándote, debajo de las sábanas y muy bajito, que esa expresión le pertenece a otra persona. Que no lo hizo adrede para robarte su poder, que simplemente cuando esas dos palabras querían salir no tenías poder para detenerlas y lo hacían solas, y Jeremy había sido el afortunado.

Me llevo el respeto, la comprensión y la seguridad de que lo que me muestra una pantalla no es la realidad, porque al rozarla con las yemas compruebo que se trata de un cristal frío y los famosos tienen piel, fría o cálida, pero con la misma necesidad de perderse en una caricia.

Luego está la ilusión. Soñar es fácil cuando respiras el mismo aire que aquel que se empeña en que te despiertes, dejes de imaginarlo y lo dibujes a su lado para también poder verlo. Julien me devolvió los colores y, por eso, ahora mismo, un año y tres meses después, estoy en la montaña de Misty Fjord. Pintando. Regalando al universo lo que llevo dentro, mi arte, y cuando a alguien se le pone la piel de gallina porque dice que he inventado un color, magia, sus ojos aparecen frente a mí, porque he tardado, mucho, pero por fin lo he logrado, tengo la fórmula para recrear su tono ámbar y que este inunde el universo.

Termino de pintar con el eco de su canción resonando en mi móvil. Dicen los tibetanos que quien ha oído la voz de las montañas nunca podrá olvidarlas. Eso es lo que intento, que el mundo entero lo recuerde, impregnar de su sonido todos los puntos del planeta hasta que esté por todas partes. Que le robe el poder al viento y se transforme en el aire que respiramos.

Mis hazañas, mis pinturas en las montañas, se han hecho populares y hay gente que ha acudido a verme trabajar. Observo sus caras satisfechas al ver la imagen de Julien, cómo se apoyan unos contra otros y sus labios se curvan. Me abrazo a mí misma, levanto la vista al cielo y sonrío, y ya no sé si me estoy volviendo loca o es que me aferro a cualquier detalle, pero me parece oír el eco de su risa. Cierro los ojos y trato de localizar el sonido y me doy cuenta de que este proviene de mi interior, y es que Julien no era una persona de paso, se afincaba en ti, te invadía, se quedaba dentro. Era una piedra. Una tan pequeña que la gente muchas veces no veía su valor. Una que al ser lanzada contra la superficie marina creaba ondas expansivas que se perdían en el firmamento.

Y es que, como he dicho, además de una enseñanza y una ilusión, me regaló un sentimiento. ¿Sabéis por qué hay personas que te repiten tanto que vales que consiguen que te lo creas? Yo sí. Las inseguridades, las decepciones y los temores nos quiebran y ellos, con sus palabras, nos curan, provocando que parte de su medicina, de su esencia, quede dentro.

Suspiro. Ya tengo la respuesta a la pregunta de Jeremy. Lo que me nace en el pecho cuando pienso en él es una exhalación para tragarme lo que tengo delante, un latido potente y la seguridad de que estoy dedicándole una sonrisa. Es vida. Y no concibo una manera mejor de demostrarle que está. Al final eso es lo bonito del amor. Puedes querer a una persona con toda tu alma sin llegar a verla. Puedes amar a una estrella que no fue astro, ni estuvo en el cielo ni tan siquiera brilló. Puedes querer a la estrella menos estrella, que se consumirá, de la que no quedará rastro, y, aun así, nunca se irá del todo, como su voz, como su leyenda.

Y es que, por último, quiero pedirte un favor. Me conoces y sabes lo complicado que me ha resultado siempre abrirme, confiar, solicitar cosas, y, si lo hago, es por Julien y porque creo que, después de compartirlo todo, esta historia es mía. De él. Tuya. Y de todos los que se sumerjan en ella. No llores. Por favor, no lo hagas. A Julien nunca le gustaron las lágrimas si no eran de felicidad. Canta hasta que te quedes afónico. Sé un nuevo color que ilumine al mundo. Y ríe cada día más, contra viento y marea, tan alto que él pueda encontrarnos. Solo de esa manera conseguiremos que regrese. Lo recuperaremos. Solo de ese modo será eterno.

Déjalo vivir ahí. En casa. En lo más bonito que tienes. Déjalo vivir en tu sonrisa.

AGRADECIMIENTOS

Hay novelas tan importantes para ti que te entran ganas de darles las gracias a las musas que te las regalaron, la banda sonora de *Los protegidos* que te ponías en los momentos clave, el teclado que aporreabas llorando, riendo, enamorándote, sintiendo hasta límites que antes no creías posibles, así que, sí, me temo que esta vez voy a explayarme.

Quiero dar las gracias a Plataforma Editorial por acogerme en su casa, por cuidarme con mimo y con delicadeza, por apostar, por confiar y por hacer tantas cosas cuquis de la novela. En especial, a mi editora Anna por creer y hacerme creer, por ilusionarse cuando Julien solo era un esbozo y poner corazones en los laterales del manuscrito cuando una escena le gustaba mucho, por quererlo desde el primer momento y darme los argumentos para que me quedase, y es que ella, ella no me habló de un producto, ella me habló de los personajes, de lo que había experimentado, de lo que significaban, y supe que veía reales a mi gigante bondadoso, a la chica de los colores y al rubio de las sonrisas y que no podrían estar en mejores manos. No me equivoqué.

A Pilar y a Inés. Mis novelas hace tiempo que dejaron de ser solo mías para ser nuestras, y es ahí, en la acción de compartir, donde encuentro esa magia que hace que desde que llegasteis a mi vida escribir sea más bonito, más intenso y más especial. Gracias por darme consejos, por emocionaros, por ayudarme a que el resultado sea mejor, pero, sobre todo, gracias por formar parte de mi locura, ya sea mandando vídeos de la canción de Justin Bieber que me quebró un poquito el corazón y con la que surgió la idea, dejando audios en nuestro grupo en los que la risa ocupa más espacio que las palabras o hablando de nada y a la vez de todo.

A Daniel Ojeda. Gracias por regalarme el talento de tus letras. Gracias por aconsejarme en los desayunos en los que el tiempo desaparece y las galletas de dibujos animados están demasiado ricas. Gracias por hacer que el mundo de la literatura a tu lado sea más bonito.

A mi madre y a mi padre, Elena y Javier. Sois mis fuerzas. Sois mis ganas. Sois la ilusión. Sois el sueño. Sois el motivo por el que sé que nunca dejaré de escribir. Sois los que me habéis enseñado una gama inmensa de sentimientos. Mi inspiración. Sois la cara del amor. A mi familia, los que están y los que no, Emiliano, Bertita, Juliana, Fidel, Antonia, Miguel Ángel (Titi), Jorge y Amparo, por enseñarme que la felicidad reside en una partida de dominó, la voz más bonita del mundo cantando una copla, la tortilla de patatas más buena del mundo, bajar la avenida de la Albufera subida a tus hombros, escuchar una y mil veces el día que me colé en la casa abandonada de José con los perros llenos de pulgas, mandarme un mensaje antes del derbi deseando suerte al Atleti aunque eres acérrimo del Madrid, riendo como una loca escuchando los chistes más graciosos del mundo o viéndote bailar el día de tu cumpleaños en el río Cabriel. Vosotros sois la felicidad. A mi gigante bondadoso, Rubén, por dejarme perseguirte por toda la casa aun con treinta años, y a mi chica de los colores, Nuria, por dejarme experimentar lo que es tener una hermana.

A Pablo. Gracias por entender que compartes piso con tu novia y cien personas que habitan en su cabeza. Por apoyarme. Por ser el protagonista perfecto que el destino escribió para mí. A tu familia por hacerme sentir que también es mía: Lola, Sara, Carmen, Pepe, Paco, Mari y Lucía.

A la gente de Villora. A mis amigos. Del Erasmus: Ana, Paula,

Vera, Cristian, Sara, Ángela, Mado, Roberto y Laura. Del cole: Alba, Cristina, Bea, Silvia y María. De Romance: Tamara, Paloma y Alba. De la universidad: Raúl, Alberto, Dani y Carlos. De ese lugar en la tierra que contiene mi paraíso (Villar del Maestre): Alejandro, Silvia, Miguel, Alberto, Carolina, Mónica, Toni, Samuel, Antonio, Clara, Jesús, Sergio, Víctor, Carmen, Guillem, Tamara, Rubén, Nuria, Vanessa, José, Nico, Paula, Lara, Laura, Migué, Natalia, Berta, Diego, Mario, Blanca, Rodrigo, David, Irene, Carlos, Darío, Noah, Laura, Alicia, David, Andrea, Guille, Raúl, Ana, Rosa, Tito, Belén, Sergio y Lucas. De la oficina: Sheila, Raquel P., Nuri, Sandra, Sara, Raquel V., Andrea, Javi, Ceci, JC, Rosa, Fani, Yoana, Virginia P. Eva, Virginia V. Nati, Alberto, Juanjo, Jorge y Ruth. De la uni/intento fallido de enfermería: Soraya y Mercedes. De esa familia improvisada en Madrid: Mónica, Jaime, Nuria y Nichel. ¡Me he quedado a gusto! ¡Sois un millón! Un millón de personas importantes en mi vida y, estar tan completa me convierte en alguien tremendamente afortunado. ¿Sabéis lo que es poder poner este pedazo párrafo repleto de nombres de gente que quieres? ¿Os hacéis una idea de cómo te hace sentir? ¿De cómo me hace sentir? Voy a confesar una cosa. De pequeña quería ser sirena, luego vivir en las estrellas, posteriormente me frustré mucho cuando no me llegó la carta de Hogwarts… y ahora, ahora a veces tengo miedo, porque cuando hago balance, cuando todos y cada uno de vosotros acudís a mi mente, siento que no hay nada más que pedir, que lo tengo todo, que no fui sirena, ni estrella, ni maga, pero que gracias a ello en algún momento me crucé con vosotros y, joder, eso sí que es magia, la de la realidad, la que hace que desde el sofá de mi casa a veces le sonría a la vida porque sí, porque se lo merece, porque os tengo.

A las lectoras y lectores. Después de la presentación de *Hasta que el viento te devuelva la sonrisa* en Madrid, una buena amiga me escribió y me dijo: «Tía, ayer lo conseguiste, porque tú no querías publicar, tú querías que la gente estuviese dispuesta a leerte». Gracias por hacerlo. Gracias por sumergiros en mi imaginación. Gracias por dar vida a los personajes. Gracias por hacer realidad lo imposible. Gracias por dejarme soñar.

Y por último, bueno, por último, llegó su turno. Los escritores nos despedimos de los personajes con letras y aquí os dejo las que le dediqué hace exactamente una semana a él, sin cambiar ni una palabra ni una coma, como me salió del corazón y transcribí en mi libreta.

«Querido Julien:

De todos los lugares del mundo nunca pensé que me despediría de ti y te daría las gracias en medio del océano, con el sol ocultándose en el mar que me rodea y tiñendo el cielo de rojo. En realidad, nunca me planteé cómo decirte adiós y creo que no hay mejor manera que con las vistas más maravillosas del mundo. Es lo que te mereces después de regalármelo.

Darte vida ha sido una experiencia que nunca olvidaré. Lo conseguiste. Me entregaste aquello que todo escritor anhela. Me hiciste sentirte real. A mi lado. Hablando sin parar. Cantando bajito. Riendo hasta que tu carcajada se colaba por mi oído.

Gracias.

Gracias por elevar la escritura a otro nivel. Gracias por ofrecerme un abanico de emociones. Gracias por vaciarme. Gracias por llenarme tanto y quedarte dentro. Porque estás conmigo, en cada detalle de tu persona (los que se publican y los secretos que me quedo para mí) que hace posible que en las circunstancias más dispares algo se active en mi interior y suelte una carcajada que te pertenece.

Gracias por tratar de ese modo a mi gigante bondadoso, por conseguir que la chica de los colores volviese a pintar y por cuidar a las personas en un mundo en el que cada vez importan menos. Gracias por dejarme conocerte, acompañarte y, de un modo u otro, seguir a tu lado. Porque yo también he aprendido. Yo sonrío cada día al mundo porque gente como tú puede habitar en él.

Con cariño (y un poco de frustración por el bloqueo escrituril de medio año que me has dejado),

ALEXANDRA ROMA

Para todo y para siempre».

Tu opinión es importante.

Por favor, haznos llegar tus comentarios a través
de nuestra web y nuestras redes sociales:

www.plataformaneo.com
www.facebook.com/plataformaneo

Plataforma Editorial planta un árbol
por cada título publicado.